中国现代文学经典
1917—2012（三）（第二版）

Zhongguo Xiandai Wenxue Jingdian 1917—2012

朱栋霖 主编
吴秀明 本卷主编

北京大学出版社
PEKING UNIVERSITY PRESS

图书在版编目(CIP)数据

中国现代文学经典：1917～2012.3/朱栋霖主编；吴秀明分册主编.—2版.—北京：北京大学出版社，2014.6
(博雅大学堂·文学)
ISBN 978-7-301-24215-5

Ⅰ.①中… Ⅱ.①朱…②吴… Ⅲ.①中国文学-现代文学-作品综合集-高等学校-教材 Ⅳ.①I216.1

中国版本图书馆 CIP 数据核字(2014)第 089415 号

书　　　名：中国现代文学经典 1917—2012(三)(第二版)
著作责任者：朱栋霖 主编　吴秀明 本卷主编
责 任 编 辑：张雅秋
标 准 书 号：ISBN 978-7-301-24215-5/I · 2763
出 版 发 行：北京大学出版社
地　　　址：北京市海淀区成府路 205 号　100871
网　　　址：http://www.pup.cn　新浪官方微博：@北京大学出版社
电 子 信 箱：pkuwsz@126.com
电　　　话：邮购部 62752015　发行部 62750672　出版部 62754962
　　　　　　编辑部 62752022
印 刷 者：河北滦县鑫华书刊印刷厂
经 销 者：新华书店
　　　　　650mm×980mm　16 开本　25 印张　450 千字
　　　　　2007 年 1 月第 1 版
　　　　　2014 年 6 月第 2 版　2023 年 6 月第11次印刷
定　　价：55.00 元

未经许可，不得以任何方式复制或抄袭本书之部分或全部内容。
版权所有，侵权必究
举报电话：010-62752024；电子信箱：fd@pup.pku.edu.cn

目录

前 言/1

小 说（1949—2012）

萧也牧
　　我们夫妇之间/3

王愿坚
　　党费/16

王 蒙
　　组织部来了个年轻人/23

宗 璞
　　红豆/49

茹志鹃
　　百合花/70

赵树理
　　"锻炼锻炼"/77

陈翔鹤
　　陶渊明写《挽歌》/91

刘心武
　　班主任/101

高晓声
　　李顺大造屋/118

张 洁
　　爱,是不能忘记的/133

谌 容
　　人到中年/145

汪曾祺
　　受戒/206

目录

扎西达娃
　系在皮绳扣上的魂/220

莫　言
　透明的红萝卜/236

残　雪
　山上的小屋/270

刘　恒
　狗日的粮食/273

余　华
　十八岁出门远行/282

池　莉
　热也好冷也好活着就好/288

陈　染
　嘴唇里的阳光/299

刘庆邦
　鞋/312

白先勇
　游园惊梦/321

西　西
　像我这样的一个女子/337

毕飞宇
　青衣/347

格　非
　戒指花/386

中长篇小说作品存目(1949—2012)

梁 斌
  红旗谱(中国青年出版社1957年版)
周而复
  上海的早晨(作家出版社1958年版)
欧阳山
  三家巷(广东人民出版社1959年版)
柳 青
  创业史(中国青年出版社1960年版)
杨 沫
  青春之歌(人民文学出版社1961年版)
姚雪垠
  李自成(一、二)(中国青年出版社1963、1976年版)
古 华
  芙蓉镇(原载《当代》1981年第1期)
路 遥
  人生(原载《收获》1982年第3期)
陆文夫
  美食家(原载《收获》1983年第1期)
张贤亮
  绿化树(原载《十月》1984年第2期)
刘索拉
  你别无选择(原载《人民文学》1985年第3期)
韩少功
  爸爸爸(原载《人民文学》1985年第6期)
莫 言
  红高粱(原载《人民文学》1986年第8期)
贾平凹
  浮躁(原载《收获》1987年第1期)

王　朔
　　顽主(原载《收获》1987年第6期)
王　蒙
　　活动变人形(人民文学出版社1987年版)
凌　力
　　少年天子(北京十月文艺出版社1987年版)
陈忠实
　　白鹿原(人民文学出版社1993年版)
林　白
　　一个人的战争(原载《花城》1994年第3期)
余　华
　　许三观卖血记(原载《收获》1995年第6期)
王安忆
　　长恨歌(作家出版社1996年版)
王小波
　　黄金时代(花城出版社1997年版)
阿　来
　　尘埃落定(人民文学出版社1998年版)
金　庸
　　射雕英雄传(三联书店1994年引进版)
阎连科
　　受活(春风文艺出版社2004年版)
莫　言
　　生死疲劳(作家出版社2006年版)

前　言

《中国现代文学经典 1917—2012》（第二版）是在《中国现代文学经典 1917—2000》的基础上修订而成；修订内容主要是增加了 21 世纪部分作品，适量删减了部分编者认为已经不适应当下教学的篇目。本教材系中国语言文学、新闻传播等专业的主干课教材，与朱栋霖等主编的《中国现代文学史 1917—2012》（第二版）相配套，被列入教育部"十五"国家级教材规划。习近平总书记在《高举中国特色社会主义伟大旗帜　为全面建设社会主义现代化国家而团结奋斗——在中国共产党第二十次全国代表大会上的报告》中指出："坚守中华文化立场，提炼展示中华文明的精神标识和文化精髓，加快构建中国话语和中国叙事体系，讲好中国故事、传播好中国声音，展现可信、可爱、可敬的中国形象。"本书秉承这一思想，为国内各高校中国语言文学等相关专业的广大师生呈现了这些中国现当代文学经典作品。

自 1917 年五四运动以来，中国文学曾经产生许多优秀的作品，它们是现代以来中国文学史的重要构成，也是中国现代文学教学的主要内容。本书选目，旨在以新的文学史观、新的文学观重新遴选五四以来迄今的中国文学经典。选篇包括小说、新诗、散文、戏剧诸文体，各时期重要作家、各种风格流派的代表性作品，也适当遴选了台湾、香港、澳门地区的代表性作品。本选本以最精炼的选目，希望以此呈现中国现代文学发展的一个缩影，为高校中国现代文学的教学提供一个有新意的、实用性强的作品选读本。

本选本强调教学实用性。考虑到高校扩招，各校学生多而图书少，本选本选录了几篇重要的中篇小说与多幕剧，以供教学之需。有一些文学名篇，已被现行中学语文课本列为精讲篇目，又被各种选本多次选录，为节省篇幅，本书一般不再重复选入。

长篇小说是现代文学教学的重点之一。限于篇幅，长篇小说不能入选，分别存目于第一卷、第三卷选篇目录之后。存目作品意在给本课程教学提供一个基本的阅读书目，任课教师可根据各校教学情况与学术特点，选择其中部分作品指导学生阅读。我们不主张提供长篇小说的故事梗概,为的是引导学生直接阅读原著。

入选作品,尽量采用初版本;若初版本难找到,或初版本与重版本的文字无大的变化,则采用通行的重要版本。所有入选作品的版本出处,均在该作品后以括号注明。

本书编目,在每卷每一文体内以作品发表或出版时间为序编排,同一作家有若干篇作品入选的,则相对集中于该作家首篇入选作品之后。台湾、香港、澳门地区的文学作品本应与内地作家作品一起按发表时间编排,但考虑到教学时查阅方便,这部分作品相应集中在每一文体的后半部分。

本书编选工作由吉林大学、武汉大学、浙江大学、福建师范大学和苏州大学合作完成。

全书四卷:

第一卷　小说(1917—1949)　　　　　张福贵　主编
第二卷　诗歌散文戏剧(1917—1949)　　龙泉明　主编
第三卷　小说(1949—2012)　　　　　吴秀明　主编
第四卷　诗歌散文戏剧(1949—2012)　　汪文顶　主编

编选工作获得海内外专家的支持和指导,他们提供了不少宝贵意见与建议;教育部高教司和文科处领导一贯高度重视与支持;北京大学出版社责任编辑张雅秋投入了大量劳动。在此,向大家表示衷心的感谢!

我们热诚地希望海内外同行教师、大学生对本教材提出宝贵意见。

朱栋霖
2014年4月

小 说

(1949—2012)

萧也牧

我们夫妇之间

一 "真是知识分子和工农结合的典型！"

我是一个知识分子出身的干部；我的妻却是贫农出身，她十五岁上就参加革命，在一个军火工厂里整整做了六年工。

三年前我们结了婚。当时我们不在一起，工作的地方相隔有百十来里，只在逢年过节的时候才能见面。所以婚后的生活也很难说好还是坏；只是有一次却使我很感动：因为我有胃病，一挨冻就要发作，可是棉衣又很单薄！那年，正快下雪的时候，她给我捎来了一件毛背心，还附着一封信，信上说：

……天快下雪了！你的胃病怎样了？真叫我着急得不知道怎么看好！我早有心给你打件毛背心，倒也不是羊毛贵，就是钱凑不够！我就在每天下午放工以后，上山割柴禾，可是天气太短了！一下工，天很快就黑了！所以一直割了半个多月，才割了不少柴禾，卖给厂里的马号里了，卖了二千块边币，秤了两斤羊毛，问老乡借了个纺车，纺成了毛线，打了这件毛背心！

因为我不会打，打的又不时样又尽是疙瘩，请你原谅！希望你穿上这件毛背心，就不再发胃病，好好为人民服务……

我读着这封信，我仿佛看到了她那矮小的身影，在那黄昏时候，手拿镰刀，独自一个人，弯着腰，在那荒坡野地里，迎着彻骨的寒风，一把，一把，一把地割着稀疏的茅草……

她这样做，完全是为着我！为着我不挨冻，为着我"不再发胃病，好好的为人民服务……"突然，我流泪了！可是我感到了幸福！

两年以后的秋天，我们有了小孩，组织上就把我们调在一块工作。那时，我们住在一个叫"抬头湾"的山村里。

每当晚上，我在那昏黄的油灯下赶工作，她呢，哄着孩子睡了以后，默默地坐在我底身旁，吃力地、认真地、一笔一划地练习写大楷……

山村的夜是那样的静寂,远远地能听见"胭脂河"的流水,"哗哗"的流过村边。时间该是半夜了吧,我想她又是照顾孩子,又是工作……一定是很累了,就说:"你先睡吧!"她一听我的话,总是立刻睁大了有点朦胧了的睡眼:"不!"继续练她的大楷……直到我也放下工作。

早上,孩子醒得很早,她就起来哄:"嗯嗯……听妈妈的话,别把爸爸扰醒了……"孩子才几个月大,当然不懂得,还是嚷!于是她就蹑手蹑脚地起来,抱着孩子,到隔壁老乡屋里的热炕头上哄着去了。

闲时,她教我纺线、织布;我给她批仿,在她写的大楷上划红圈,或是教她打珠算,讨论土地政策……

每天下午,孩子睡着了,我们抬水去浇种在窗前的几棵白菜;到沟里帮老乡打枣,或是盘腿坐在炕上,我搓"布卷"(棉花条儿)、拐线,她纺线,纺车"嗡嗡"的响,声音是那样静穆、和谐……

虽然我们的出身、经历……差别是那样的大,虽然我们工作的性质是那样的不同:我成天坐在屋子里画统计表、整理工作材料;她呢,成天和老百姓们打交道!……但在这些日子里边,我们不论在生活上、感情上……却觉得很融洽,很愉快!同志们也好意地开玩笑说:"看你这两口子,真是知识分子和工农结合的典型!"

但是,不到一年的光景,我们却吵起架来了,甚至有一个时候,我曾经怀疑到:我们的夫妇生活是否能继续巩固下去。那是我们进了北京城以后的事。

二 "……李克同志:你的心大大的变了!"

今年二月间,我们进了北京。这城市,我也是第一次来,但那些高楼大厦,那些丝织的窗帘,有花的地毯,那些沙发,那些洁净的街道,霓虹灯,那些从跳舞厅里传出来的爵士乐……对我是那样的熟悉,调和……好像回到了故乡一样。这一切对我发出了强烈的诱惑,连走路也觉得分外轻松……虽然我离开大城市已经有十二年的岁月,虽然我身上还是披着满是尘土的粗布棉衣……可是我暗暗地想:新的生活开始了!

可是她呢?进城以前,一天也没有离开过深山、大沟和沙滩,这城市的一切,对于她,我敢说,连做梦也没梦见过的!应该比我更兴奋才对,可是,她不!

进城的第二天,我们从街上回来,我问她:"你看这城市好不好?"她大不为然,却发了一通议论:那么多的人!男不像男女不像女的!男人头上也抹油……女人更看不的!那么冷的天气也露着小腿;怕人不知道她有皮衣,就让毛儿朝外翻着穿！嘴唇血红红，像是吃了死老鼠似的，头发像个草鸡窝！那样子，她还觉得美的不行！坐在电车里还掏出小镜子来照半天！整天挤挤嚷嚷，来来去去，成天干什么呵……总之，一句话：看不惯！说到最后，她问我："他们干活也不？那来那么多的钱？"

我说："这就叫做城市呵！你这农村脑瓜吃不开啦！"她却不服气："鸡巴！你没看见？刚才一个蹬三轮的小孩，至多不过十三四，瘦的像只猴儿，却拖着一个气儿吹起来似的大胖子——足有一百八十斤！坐在车里，翘了个二郎腿，含了根烟卷儿，亏他还那样'得'！（得意，自得其乐的意思）……俺老根据地那见过这！得好好儿改造一下子！"

我说："当然要改造！可是得慢慢的来；而且也不能要求城市完全和农村一样！"

她却更不服气了："嘿！我早看透了！像你那脑瓜，别叫人家把你改造了！还说哩！"

我觉得她的感觉确实要比我锐利得多，但我总以为她也是说说罢了，谁知道她不仅那么说；她在行动上也显得和城市的一切生活习惯不合拍！虽然也都是在一些小地方。

那时候，机关里还没起伙，每天给每人发一百块钱，到外边去买来吃。有一次，我们俩到了一家饭铺里。走到楼上，坐下了，她开口就先问价钱："你们的炒饼多少钱一盘？""面条呢？""馍馍呢？"……她一听那跑堂的一报价钱，就把我一拉，没等我站起来，她就在头里走下楼去。弄得那跑堂的莫名其妙，睁大了眼睛，奇怪地看了我们几眼。当时，真使我有点下不来台，说实话，我真想生气！可是，她又是那样坚决，又有什么办法呢？只好硬着头皮跟着她走！

一面下楼，她说："好贵！这哪里是我们来的地方！"我说："钱也够了！"她说："不！一顿饭吃好几斤小米；顶农民一家子吃两天！哪敢那么胡花！"

出了饭铺，我默默地跟着她走来走去，最后，在街角上的一个小饭摊上坐下了！还是她先开口，要了斤半棒子面饼子！两碗馄饨。大概她见我老不说话，怕我生气，就格外要了一碟子熏肉，旁若无人地对我说："别生气了！给你改善改善生活！"

像这类事，总还可以容忍。我想一个"农村观点"十足的"土豹子"，总是难免的；慢慢总会改变过来……

那知她并不！

那时，机关里来了不少才参加工作的新同志；有男的也有女的。她竟不看场合，常常当着他们的面，一板正经地批评起我来。她见我抽纸烟，就又有了话了："看你真会享受！身边就留不住一个隔宿的钱！给孩子做小褂还没布呢！一枝连一枝的抽！也不怕薰得慌！你忘了？在山里，向房东要一把烂烟，合上大芝麻叶抽，不也是过了？"

开始，我笑着说："这可不是在抬头湾啦！环境不同了呵！"

她却有了气啦："我不待说你！环境变了，你发了财啦？没了钱了，你还不是又把人家扔在地上的烟屁股拣起来，卷着抽！"

不知道是怎么回事儿，我的脸，"唰"的就红了！站在一旁看热闹的青年男女同志们，本来看得就很有兴趣；这时候，就有人天真活泼地嚷起来："哈哈！脸红啦！脸红啦！"旁的同志也马上随声附和，并且大鼓其掌："红啦！红啦！"这一嚷，我的脸，果真更加发烫了！

我发觉，她自从来北京以后，在这短短的时间里边，她的狭隘、保守、固执……越来越明显，即使是她自己也知道错了，她也不认输！我对她的一切的规劝和批评，完全是耳边风！常常是，我才一开口，她就提出了一大堆的问题来难我："我们是来改造城市的；还是让城市来改造我们？""我们是不是应该开展节约，反对浪费？""我们是不是应该保持艰苦奋斗、简单朴素的作风？"等等。她所说的确实也都是正确的，因此，弄得我也无言答对，这样一来，她也就更理直气壮了，仿佛真理和正义，完全是在她的一边；而我，倒像是犯了错误了！她几次很严肃地劝我："需要好好的反省一下！"

我有什么可反省的呢？我自己固然有些缺点，但并不像她说的那样严重，除了沉默，我还有什么办法？可是，有一次，我忽然再也不能沉默了！我们破例的吵了一架，这在我们结婚以来，还是第一次。

在今年六七月间，连日天雨，报上不断登着冀中和冀西一带闹水灾的消息；突然，她的精神也就随着紧张起来了！每天报来，她就抢着去看。我发现，她是专门在找报上所列举的水患成灾的县份和村名……她一面读着，不断地发出惊叹："呵呵！怎么得了呀！才翻了身的农民，还没缓过气来，地又叫淹了！呵呵……"

有一次，我正在整理各地灾情的材料，她看着报，就大声嚷了起来："这怎么着好呵！俺村的地全叫淹了！嗳呀！日子怎么着过呀！我娘又该挨饿了呵！怎么着呵！嗳！说呀！你说呀！"这我才发觉她是在征求我的意见。我出口说了句俏皮话："天要下雨，娘要嫁人——谁也没法治！党和政府自会想办法，你操心也枉然！"冷不防，她一伸手，一指头直通到我的额角上："没良心的鬼！你忘了本啦！这十年来谁养活你来着？"我说："反正不是你家！"她却真的又生我的气了："你进了城就把广大农民忘啦？你是什么观点？你是什么思想？光他妈的会说漂亮话！"我说："谁比得上你的思想！'当当当'的好成份！又是工人阶级出身！"她把桌子一拍："放你妈的臭屁！你别讽刺人啦！"就再也不理我了，好像很伤心的样子。

过了几天,我恰好得了一笔稿费;够买一双皮鞋,买一条纸烟,还可以看一次电影,吃一次"冰淇淋"……我很高兴,我把钱放在枕头心里,不让她知道。

第二天,我正准备取钱上街,钱却怎么找也找不见了,心里真着急。我只好问她:"我的钱呢?"她说:"什么?钱?哪里来的钱?你交给谁啦?"我继续找,直找得头上冒烟!她却"噗嗤"一声笑了!我知道准是她拿了,于是我就很正经他说:"这钱不是我的!""得了!你别唬弄我没文化了!稿费单上还有你的名字呢!""是,是,我这钱,我有用处!我要去买一套'干部必读'——十二本书!好好加强理论学习,比什么也重要!""谁还知不道谁哩!加强你的'冰鸡宁','烟斗牌'烟去吧!"我一看不对头,只好恳求了:"你拿一半行不行?"她却说:"我早给家寄走了!"我不免吃了一惊:"真的?"她说:"唬弄鬼!"

我不知不觉地提高了嗓音:"这钱是我的!你不应该不哼一声就没收了!"那知她的嗓音更大:"你没花过我的钱?嗯?你的花被面,你的毛背心……是谁的钱买的?"我说:"不稀罕!反正你得检讨检讨,你这样做对不对?"她说:"对!家里闹水灾,不该救济救济么?"我说:"你把钱捐给救灾委员会,那就算你的思想意识强,为什么给自己家里寄呀——那还不是自私自利农民意识!"她却真的火了:"反正比浪费强!钱我是寄走了!你看着办吧!"我说:"咱们分家!"她说:"马上分!今儿格黑价(今天晚上)你就不行盖我的被子!"我说:"好好好!"我一扭头就走了……

说也笑人,为了这么芝麻粒大的一点事,我们三天没说话,而且觉得很伤脑筋!恰好星期六那天晚上,机关内部组织了一个音乐晚会,会跳舞的同志就自动地跳起舞来,这正好解闷,我就去参加了!

我正下场,忽然发现:她抱着孩子来了!一看她的神色,知道糟了!她气冲冲地,直窜到我的面前,把孩子往我怀里一塞:"你倒会散心!孩子有你一半责任,我抱够了!你抱抱吧!"我说:"跳完这一场就回去!"她二话没说,把孩子往旁边的"沙发"上一摆,雄赳赳地走了……

孩子不见他妈,就"哇哇"地嚎啕起来,和着手风琴的伴奏,发出一种奇怪的音乐,引起了人们的注意。

我红着脸,抱起孩子,回到卧室里去。只见她伏在桌上写字呢!我悄悄地走到她的背后一看,原来她在给我写信:"李克同志:你的心大大的变了……"她发觉我来,马上又把纸撕了!

孩子见了妈,挂着两行眼泪,笑着,跳着,"哇!哇!"地叫,向她扑去,她才接过孩子,解开怀来喂奶,一面走到门边,背贴着门,向我命令地说:"不许走!咱们谈判谈判!"

三　她真是一个倔强的人

这些虽然都是非原则问题,但也恰好正在这些非原则问题上面,我们之间的感情,开始有了裂痕!结婚以来,我仿佛才发现我们的感情、爱好、趣味……差别是这样的大!

她对我,越看越不顺眼,而我也一样,渐渐就连她一些不值一提的地方,我也看不惯了!比方:发下了新制服,同样是灰布"列宁装",旁的女同志们穿上了,就另一个样儿:八角帽往后脑瓜上一盖,额前露出蓬松的散发,腰带一束,走起路来,两脚成一条直线,就显得那么洒脱而自然……而她呢,怕帽子被风吹掉似的,戴得毕恭毕正,帽沿直挨眉边,走在柏油马路上,还是像她早先爬山下坡的样子,两腿向里微弯,迈着八字步,一摇一摆,土气十足……我这些感觉,我也知道是小资产阶级的,当然不敢放到桌子面上去讲!但总之一句话:她使我越来越感觉过不去,甚至我曾经想到:我们的夫妇关系是否可以继续维持下去?

幸好,不久她被分配到另一个机关去工作了!我欢欢喜喜的打发她走了,精神上好像反倒轻松了许多!

我想她这种狭隘、保守、固执……恐怕很难有所改变的了!她真是一个倔强的人!

我们分手以后,约摸有个半月的时光,她连电话也没来过一个,却对旁人说:离了我她也能活!

可是,我却不能!即使我对她有很多不满,然而孩子总还是十分可爱的!我一想起那孩子的乌亮墨黑的大圆眼,和他那"牙牙"欲语的神气……,我就十分怀念!终于还是我先去找她去了!那知道一见她,她却向我一挥手:"今天工作太忙,改日来吧!"

我说她真是个倔强的人。这评语,越来越觉得确切了!特别是又发生了几件事情以后。

当她到了那机关不久,找来了一个保姆:姓陈,叫小娟。样子很灵俐,她爸爸是个蹬三轮的工人。

那天正好是星期日,我在她机关里。那"老妈子房"里的掌柜,领着小娟来上工。一进门,指着我们俩,对小娟说:"这是小少爷的母亲,这是……"

小娟毕恭毕正的向她鞠了个躬,叫了一声:"太太!"那知道我的妻,一听"太太"两个字,就像是叫蝎子螯着了似的嚷起来:"呀!呀!别叫别叫!我不是'太太'!我是我是……我们解放军里头没有'太太'!我姓张,你叫我张同志好了！记住！我叫张同志！要不你就叫我大姐！"她说着就把小娟拉到炕上，和她并排坐下了。弄的那"老妈子房"的掌柜，先是奇怪，接着也笑了："对对！叫张同志！'太太'那名儿，嘿嘿！不时新了！太封建！太封建！"

我的妻马上就给小娟上起政治课来：说她自己也是个穷人，曾经受过旧社会的压迫，后来共产党来了，她就参加了革命，得到了解放……因为工作太忙，孩子照顾不了，所以请小娟来帮忙，这样，她对小娟说：你也是参加了革命工作，咱们一律平等！和旧社会雇老妈子完全不一样……等等。

小娟听得很高兴，不住嘴地说："您说得真好！您说得真好！"

小娟这孩子，虽说是灵俐，可是记性并不好！一不小心，常常又叫"太太"了！每逢这功夫，我的妻决不放松，一定及时纠正，并且又得上一堂政治课！弄得小娟反倒很不安了！

自从小娟来了以后，我的妻几次三番给我打电话：要我给小娟找识字课本、找笔墨纸砚……并且还给她订了学习计划：一天认五个字、写一张仿……一星期还有一堂政治课。我的妻自任文化教员兼政治教员。

每次周末的晚上，我去找她的时候，总是见她在给小娟上课，一板正经地念道："穷人、要、翻身、团结、一条心、永远、跟着、共产党、前进"，小娟就跟着念："穷、人、要、翻、身……"不知道为什么，我有点感动了！心想：她真是个倔强的人呵！

有一次周末的傍晚，我们从东长安街散步回来，看见"七星舞厅"门口，围着一圈人。过去一看：只见有一个胖子，西服笔挺，像个绅士，一手抓住一个十三四岁的小孩，一手张着五个红萝卜般粗的手指，"劈！劈！拍！拍！"直向那小孩的脸上乱打，恨不得一巴掌就劈开他的脑瓜！那小孩穿着一件长过膝盖的破军装，猴头猴脑，两耳透明，直流口水……杀猪般地嚷着："娘嗳！娘嗳！"嘴角的左右，挂下了两道紫血……

看热闹的人，越来越多；抄着手的、微弯着头的、口含着烟卷儿的……但是，都很坦然！

这情景，在我看来，也已经是很生疏的了！觉得很不顺眼，正想问问，忽听得人群里有人喝道：

"住手！你凭什么压迫人！"嗓音又尖又高。

一瞬眼间，我突然发现：那人不是别人；正是她，是我的妻！这时候，她昂头挺胸地站在那胖子的面前，正像武侠小说里所描写的——那种"路见不平，拔刀相助"的侠客的神气！我突然觉得精神上有点震动，但同时，马上又模糊地想：她真是好管闲事！不知道怎么着才好……

那胖子仍然一手拧住那小孩不放，一手贴到花领结上，很有礼貌地微微一笑！心平气和地向围着的人们说："这小子，太可恶，太可恶！不知道的人，以为我压迫人，其实，不然！我这个舞厅，是在人民政府里登记了的，是正当的营业，是高尚的娱乐！拿捐，拿税……而他，这孩子，却用石头子儿，往里——"他一挥手："扔！如果，把我的客人们，全撵走了，那么，我——又当如何呢……"他还想接着演讲，却叫我的妻打断了他的话：

"你说得对！这孩子扔石头子儿，也可以说是一个错误！可是，我们是有政府的有秩序的！不是无政府主义！就说他犯了天大的法，也应该送政府法办！你有什么权力随便打人？嗯？有什么权力？你打得他满嘴流血，好像你还受了屈似的？嗯？让大伙儿评评理！"

这时候，人群里就有人嚷起来："对对对！这同志说得对！"

有一个苦力模样的人，也就走到那胖子面前，转过身来，指着那胖子向大伙儿说："这位先生说的不假！这小孩儿是往舞厅里扔了一个石头子儿！我亲眼看见的……"

胖子马上微笑点头："诸位听着！不假吧！光凭我一个人说不行！不行！"

那苦力接着说："可惜这位先生说得不全！那小孩儿凭吗平白无故的扔石头子儿哩？是那么一回事儿：刚才他在舞厅门口向客人们要钱，这位先生撵他走，他走慢了一步，这位先生'拍！'的给了他一个响锅贴（耳光）！回头，过了一会儿，这小孩就扔了个石头子儿，就又叫这位先生抓住了。这我也是亲眼看见的！现时不是那个世道了，是人就得说实话！"

胖子显得有点不安了，掏出一块小花手绢来不住地擦额角，对我的妻说："同志！我认错行不行？"说着掏出了一张五百元的人民券，向那小孩一伸："给！买糖吃！哈哈！"

那被打了一顿的小孩，好像一切的仇恨，马上就消失了！把嘴角的血一擦，正想伸手去接，却马上被我的妻喝住了："别拿！太便宜啦！一顿巴掌只值五百块钱？"

胖子马上伸手到口袋里，慷慨他说："再加二百！"

我的妻却发了大火啦："嗯！你真明白！你以为还在旧社会——有钱能使鬼推磨，有钱能使鬼上树？哪怕你掏一百万人民券，也不能允许你随便压迫人；随便破坏人民政府的威信！走！咱们到派出所去！咱们是有政府的！"

围着的人也就说："对对！"

结果还是到了派出所。

那胖子先生认了错，表示切实悔过。于是罚了他二千元人民券，赔偿给那小孩作医药费。同时也批评了那小孩，以后不要扔石头子儿。

我跟随着我的妻从派出所回来,她很兴奋地问我:"刚才你怎么一句话也不说?"我说:"我有什么说的!那样的事,在城市里多得很,凭你一个人就管清了?这是社会问题,得慢慢……"我的话还没有说完,就叫她打断了:"去鸡巴吧!不吃你这一套!我就要管!这是新社会,我就不让随便压迫人!我就不让随便破坏咱们政府的威信!咱们是有政府的,不是无政府主义!"我连忙说:"对对对!正确!"同时也觉得有点好笑,我真想说:什么叫"无政府主义"?你知道么?瞎用新名辞儿!可是,我知道这句话是说不得的!

她真是一个倔强的人呵!我开始分析:她对旧社会的习惯为什么那样的憎恨?绝无妥协调和的余地!我想,这和她自己切身的经历是分不开的。

她出身在贫农的家庭,十一岁上就被用五斗三升高粱卖给人家当了童养媳,受尽了人间一切的辛酸,她的身上、头上、眉梢上……至今还留着被婆婆和早先的丈夫用烧火棍打的、擀面杖打的、用剪子铰的伤痕!共产党来了,她就毅然决然地参加了革命!为着自己的命运战斗了!革命对于她,真可以说是"破釜沉舟,背水一战"!绝无后退的路!

她曾经在游击区跳沟爬墙,和日本人、汉奸搏斗!她的手杀过人……

她曾经在老山沟里的军火工厂里,制造子弹、装配步枪……为了突击生产,把右手的食指在"压力机"上撞下了一小节指头,成了一个疙瘩……

日本人来"扫荡"了!她率领着一班女工,连夜抬着机器,淌过齐大腿根的水去"坚壁",因此落下了"寒腿"的病,每逢阴雨,至今还隐隐发痛……

有一次深夜,工厂失火,她奋勇当先,率领了二十五个女工去抢救器材,差一点没烧死在火里……

在这些艰苦的日子里,她开始学习认字、写字……终于学成了"粗通文字"……

在一九四四年,她当选了"劳动英雄"。出席晋察冀边区第二届英模大会,我记得当她在大会上作完了典型报告的末了,她举着胳膊宣誓似地说:"……在旧社会里我是个老几?我只值五斗三升高粱米!这会儿大伙儿说我是英雄!叫我来开会,让我上台说话……唉!没有共产党那会有我呵!我愿意为着全世界被压迫的人们彻底的解放,流尽我最后一滴血!"——那时候我在大会上担任收集和整理材料的工作。组织上分配我给她写传记,我们整整谈了三个晚上。也就在这个时候,我爱上了她。

**四 我们结婚三年,直到今天我仿佛才对她有了
　　　比较深刻的了解……**

那一切的苦难,使她变得倔强。今天她来到城市;和这城市所遗留的旧

习惯,她不妥协,不迁就,她立志要改造这城市!因此,有些地方她就显得固执、狭隘……甚至显得很不虚心了!特别是对于我更是如此。也因此使得我们之间的感情有了裂痕!但我对她依然还很留恋,还没有决心和勇气断然和她决裂!特别是当我比较清醒的时候,仔细想来,我们之间的一切冲突和纠纷,原来都是一些极其琐碎的小节,并非是生活里边最根本的东西!所以我决心用理智和忍耐,甚至迁就,来帮助她克服某些缺点!

我以为,我对她的分析和结论,已经是很完满很公平,而且觉得这样做,对我来说是仿佛将要牺牲一些什么!

那知道她还并不如我想像的那样!

首先是她的某些观点和生活方式也在改变着:最明显的例子是:她现在所担任的工作是女工工作,在那些女工里边,也有不少擦粉抹口红的,也有不少脑袋像个"草鸡窝"的……可是她和她们很能接近,已经变得很亲近……有一次,我故意问她:"你不是很讨厌那些擦粉抹口红,头发像'草鸡窝'的人么?"她却很认真地教训起我来了:"你不能从形式上、生活习惯上去看问题!她们在旧社会都是被压迫的人!她们迫切需要解放!同志!狭隘的保守观点要不得!"哈哈!她又学了一套新理论啦!

同时,她自己在服装上也变得整洁起来了!"他妈的""鸡巴"……一类的口头语也没有了!见了生人也显得很有礼貌!最使我奇怪的是:她在小市上也买了一双旧皮鞋,逢是集会、游行的时候就穿上了!回来,又赶忙脱了,很小心地藏到床底下的一个小木匣里……我逗她说:"小心让城市把你改造了啊!"她说:"组织上号召过我们:现在我们新国家成立了!我们的行动、态度,要代表大国家的精神;风纪扣要扣好,走路不要东张西望;不要一面走一面吃东西,在可能条件下要讲究整洁朴素,不腐化不浪费就行!"我暗暗地想:女同志到底是爱漂亮的呵!但在某些基本问题上,她不容易接受人家的意见,不认错的毛病,恐怕是很难改变的!

可是随着时间的前进,我又发现我对她的了解不但不完全,而且是相反的!我总还是习惯从形式上去看问题!

有一次周末,我去看她,她独自抱着孩子坐在炕角里沉思。我说:"小娟呢?她吃饭去了?"她不安地说:"不!她走了!"接着她就告诉我:她们机关里有一个本地做饭的大师傅,有一只怀表,在昨天早晨开饭的时候不见了!恰好这时候,只有小娟到伙房里去倒过水,旁人没去过!同时,早先机关里在拾掇大客厅的时候,她拣了几个扣子。所以就有人怀疑那只表也是她拿的!另外,早先有些同志也嚷嚷过,有的说丢了个化学梳子,有的说丢了一块毛巾……那大师傅也没和别的同志商量,就去找我的妻,肯定说那只表是小娟拿的!要我的妻向小娟追究。于是,她就问小娟拿了那只表没有?

问的小娟直啼哭,一口咬定说:没拿!并且说:"大姐!要是我拿了,就算对不起您的一片好心!"小娟这孩子个性太强,受不了这,马上非走不可!挡也挡不住!

可是,就在这天晚上,大师傅自己又把表找着了!

这一下,我的妻的激动和不安,真是无法形容!翻来覆去,一夜没睡好觉!她对我说,机关里那么多的人为什么不怀疑旁人,偏偏就怀疑是小娟拿的表?你说老干部们都受过锻炼,决计不会拿的,这倒也是理由;可是机关里留用的旧人员很多,他们也没受过革命锻炼,那么为什么不怀疑是他们拿的呢?她说:"这是什么观点?这还不是小看穷人么?"我说:"算了!事情已经过去了,鸡毛蒜皮的一点事!"她说:"什么?这是思想问题哩!"

第二天清早,她让我陪她到小娟家里去走一趟。我说:"那又何必呢!人已经走了!要是让她知道表又找着了,她爸爸说我们诬赖人!老百姓知道了这件事,对我们的影响很不好!"

她说:"不!我们错了,为什么不认错呢?要不,小娟一辈子一想起这件事,就要伤心!影响更不好!"

可是,我还是认为不去的好!说实话,也就是说,我没有那样大的勇气!她说:"你给看孩子,我去!"我又怕孩子啼哭了没法治!只好硬着头皮,抱着孩子跟她走了!

到了小娟家里,只见她爸爸在拾掇车子,一见我们,就显得很尴尬的样子说:"那表的事我知道了!昨天晚上我就揍了她一顿!我对她说:咱们人穷志不穷!要是你真的拿了,我的老脸往那里撂?你不说真话,非打死你不解!刚才,我又揍了她一阵子!她可还是一口咬定:没拿!我正想找您去说说,我这孩子顶老实,手也严实,敢情也不准是她拿的!"

我听了,胸口直打扑通,而她反倒很镇静很自然,微笑着说:"不!大伯!我是来赔不是的!表已经找着了!不是小娟拿的!请你原谅!"

正在这时候,小娟从屋里出来了!红肿着双眼,扑到我的妻的怀里,两肩一耸一耸地哭了!我的妻摸着她的小辫,轻声地说:"小娟!你怪我不?"小娟哽咽着说:"不!大姐!您是,您是个,好人!您待我的好处,我,我,我这辈子也忘不了!"

我发现:我的妻的眼里,"扑索索"地掉下两颗黄豆大的泪点,滴到小娟的头上!

我们结婚三年,我还是第一次在人面前见她掉泪,那么个倔强的人呵!怎么今天也哭啦!

从这以后,我有好几天感到不安,我在她身上发现了不少新的东西,而正是我所没有的!也正是我所感觉她表现狭隘、保守、固执……的地方!也正从这些地方,我们的感情开始有了裂痕!我想到夫妇之间的感情到底应该建筑在什么基础上……我们结婚三年,到今天,我仿佛才觉得对她有了比较深刻的了解!我真应该后悔,真应该像她过去屡次严肃地向我说过的:需要好好地反省一下了!

我正想不等到周末,就找她去深谈一次,恰好那天傍晚,我正在整理劳资关系的材料,她倒来找我了!我觉得有些不寻常,因为在平时她是轻易不来找我的!我问她:"有什么事?"她说:"没事就不许来找你么?"坐了好一会儿,一句话也没说,最后,她说:"到你们屋顶平台上去坐坐好吗?"我说:"好的!"不知道为什么,我的心有点发跳,我怕要发生什么不能推测的事情了……

到了屋顶上,坐了一会儿,她忽然说:"我犯了错误了!"我不觉吃了一惊:"什么?"她笑了,说:"也不是什么大了不起的事!"接着她就说:昨天她们区里,西单商场有一家皮鞋铺里的一个掌柜,嫌学徒晚上到区里开会回去晚了,把那学徒骂了个狗血喷头。那学徒找区工会办事处,她一听就生了气,跑到那铺子里把那掌柜训了个眼发蓝!走路的人都围过来看,觉得很奇怪。今天区里开检讨会,同志们批评她:工作方式太简单;亲自和掌柜吵架,对那学徒也没好处,有点"包办代替",群众影响也不好!并且还批评她的工作一贯有点太急;恨不得一下子就把社会改造好。同时太不讲究工作的方式方法……

她说完了,叹了口气,把头靠到我的胸前,半仰着脸问我:"这该怎么着好?"我说:"你没接受批评吧?"她摇了摇头:"那里!自己错了,还能不接受?那怎么算是个同志呢?我都坦白地接受了!"我说:"那就算了!还有什么难过的呢!"她忽然紧握着我的手说:"唉!只怪自己文化、理论水平太低!政策掌握得不稳!不能很好地完成党所给我的任务!以后你好好帮我提高吧!"

我说:"这是一方面。可是你也不要把自己的优点忽略了!比方拿我来说:文化上——初中毕业;革命历史——和你一样;工作职位——我是个资料科科长;每天所接触的是工作材料、总结报告;脑子里成天转着的是——党的政策。按理说,对于现实生活里边所发生的问题,应该比你有更锐利的感觉,应该更是是非分明。可是在这些方面我还不如你!——你不要笑!这是真话。我参加革命的时间不算短了!可是在我的思想感情里边,依然还保留着一部分小资产阶级脱离现实生活的成分!和工农的思想感情,特别是在感情上,还有一定的距离,旧的生活习惯和爱好,仍然对我有着很大的吸引力,甚至是不自觉的。——你有这个感觉吗?而你呢?虽说文化水准、理论知识、工作职位都比我低——这也是真话。可是你倔强、坚定、朴素、憎爱分明——这句话的意思就是说你有着很深的阶级仇恨心和同情心。可是你确实也有点急躁情绪——恨不得一个早起的功夫就把社会改造好。因此，常常喜欢用简单的工作方法方式，问题想得不够深不够远。你和我的这些缺点，都会阻碍我们的进步，不能更好地来完成党所给予我们的任务。我相信：在党的教育下加上自己的努力，我们一定都会很快进步的！你记得我们在'抬头湾'的时候，同志们不是曾经好意地和我们开过玩笑吗，说：'看你这两口子真是知识分子和工农结合的典型！'我看，我们倒是真要在这些方面彼此取长补短，好好地结合一下呢……"我像演讲似地说了不少话，要是在往日，准是早被她卡断了！可是，她今天听得好像很入神，并不讨厌，我说一句，她点一下头，当我说完了，她突然紧紧地握着我的手不放。沉默了一会儿，她说："以后，我们再见面的时候，不要老是说些婆婆妈妈的话；像今天这样多谈些问题，该多好啊！"

我为她那诚恳的真挚的态度感动了！我的心又突突地发跳了！我向四面一望，但见四野的红墙绿瓦和那青翠坚实的松柏，发出一片光芒。一朵白云，在那又高又蓝的天边飞过……夕阳照到她的脸上，映出一片红霞。微风拂着她那蓬松的额发，她闭着眼睛……我忽然发现她怎么变得那样美丽了呵！我不自觉地俯下脸去，吻着她的脸……仿佛回复到了我们过去初恋时的，那些幸福的时光。她用手轻轻地推开了我说："时间不早了！该回去喂孩子奶呵！"

1949 年秋天，初稿于北京
重改于天津海河之滨
（原载《人民文学》1950 年第 3 期）

王愿坚

党　　费

　　每逢我领到了津贴费,拿出钱来缴党费的时候;每逢我看着党的小组长接过钱,在我的名字下面填上钱数的时候,我就不由得心里一热,想起了一九三四年的秋天。

　　一九三四年是我们闽粤赣边区斗争最艰苦的开始。我们那儿的主力红军一部分参加了"抗日先遣队"北上了,一部分和中央红军合编,准备长征,四月天就走了。我们留下来坚持敌后斗争的一支小部队,在主力红军撤走以后,就遭到白匪疯狂的"围剿"。为了保存力量,坚持斗争,我们被逼迫得上了山。

　　队伍虽然上了山,可还是当地地下斗争的领导中心,我们支队的政治委员魏杰同志就是这个中心县委书记。当时,我们一面瞅空子打击敌人,一面通过一条条看不见的交通线,和各地地下党组织保持着联系,领导着斗争。这种活动进行了没多久,敌人看看整不了我们,竟使出了一个叫做"移民并村"的绝着:把山脚下、偏僻的小村子的群众统统强迫迁到靠平原的大村子去了。敌人这一着来的可真绝,切断了我们和群众的联系,各地的党组织也被搞乱了,要坚持斗争就得重新组织。

　　上山以前,我是干侦察员的。那时候整天在敌人窝里逛荡,走到哪里,吃、住都有群众照顾着,瞅准了机会,一下子给敌人个"连锅端",歼灭个把小队的保安团,真干得痛快。可是自打上了山,特别是敌人来了这一手,日子不那么惬意了:生活艰苦倒不在话下,只是过去一切生活、斗争都和群众在一起,现在蓦地离开了群众,可真受不了,浑身有劲没处使,觉得憋得慌。

　　正憋得难受呢,魏杰同志把我叫去了,要我当"交通",下山和地方党组织取得联系。

　　接受了这个任务,我可是打心眼里高兴。当然,这件工作跟过去当侦察员有些不一样,任务是秘密地把"并村"以后的地下党组织联络起来,沟通各村党支部和中心县委——游击队的联系,以便进行有组织的斗争。去的落脚站八角坳,是个离山较近的大村子,有三四个村的群众新近被迫移到那里去。要接头的人名叫黄新,是个二十五六岁的媳妇,一九三一年入党的。

一九三二年"扩红"的时候,她带头把自由结婚的丈夫送去参加了红军。以后,她丈夫跟着毛主席长征了,眼下家里就剩下她跟一个才五岁的小妞儿。敌人实行"并村"的时候,把她们那村子一把火烧光了,她就随着大伙来到了八角坳。听说她在"并村"以后还积极地组织党的活动,是个忠实、可靠的同志,所以这次就去找她接头,传达县委的指示,慢慢展开活动。

这些,都是魏政委交代的情况。其实我只知道八角坳的大概地势,至于接头的这位黄新同志,我并不认识。魏政委怕我找错人,在交代任务时还特别嘱咐说:"你记着,她耳朵边上有个黑痣!"

就这样,我收拾了一下,换了身便衣,就趁天黑下山了。

八角坳离山有三十多里路,再加上要拐弯抹角地走小路,下半夜才赶到。这庄子以前我来过,那时候在根据地里像这样大的庄子,每到夜间,田里的活干完了,老百姓开会啦,上夜校啦,锣鼓喧天,山歌不断,闹得可热火。可是,现在呢,鸦雀无声,连个火亮儿也没有,黑沉沉的,活像个乱葬岗子。只有个把白鬼有气没力地喊两声,大概他们以为根据地的老百姓都被他们的"并村"制服了吧。可是我知道这看来阴森森的村庄里还埋着星星点点的火种,等这些火种越着越旺,连串起来,就会烧起漫天大火的。

我悄悄地摸进了庄子,按着政委告诉的记号,从东头数到第十七座窝棚,蹑手蹑脚地走到窝棚门口。也奇怪,天这么晚了,里面还点着灯,看样子是使什么遮着亮儿,不近前是看不出来的。屋里有人轻轻地哼着小调儿,听声音是个女人,声音压得很低很低的。哼的那个调儿那么熟,一听就听出是过去"扩红"的时候最流行的《送郎当红军》:

> ……
> 五送我郎当红军,
> 冲锋陷阵要争先,
> 若为革命牺牲了,
> 伟大事业侬担承。
> ……
> 十送我郎当红军,
> 临别的话儿记在心。
> 郎当红军我心乐。
> 我做工作在农村。
> ……

好久没有听这样的歌子了,在这样的时候,听到这样的歌子,心里真觉得熨帖。我想得一点也不错,群众的心还红着哩,看,这么艰难的日月,群众还想念着红军,想念着扯起红旗闹革命的红火日子。兴许这哼歌的就是我要找的黄新同志?要不,怎么她把歌子哼得七零八落呢?看样子她的心不在唱歌,她在想她那在长征路上的爱人哩。我在外面听着,真不愿打断这位红军战士的妻子对红军、对丈夫的思念,可是不行,天快亮了。我连忙贴在门边上,按规定的暗号,轻轻地敲了敲门。

歌声停了,屋里顿时静下来。我又敲了一遍,才听见脚步声走近来,一个老妈妈开了门。

我一步迈进门去,不由得一怔:小窝棚里挤挤巴巴坐着三个人,有两个女的,一个老头,围着一大篮青菜,头也不抬地在摘菜叶子。他们的态度都那么从容,像没有什么人进来一样。这一来我可犯难了:到底哪一个是黄新?万一认错了人,我的性命事小,就会带累了整个组织。怔了一刹,也算是急中生智,我说:"咦,该不是走错了门了吧?"

这一着很有效,几个人一齐抬起头来望我了。我眼珠一转,一眼就看见在地铺上坐着的那位大嫂耳朵上那颗黑痣了。我一步抢上去说:"黄家阿嫂,不认得我了吧?卢大哥托我带信来了!"末了这句话也是约好的,原来这块儿"白"了以后,她一直说她丈夫卢进勇在外地一家香店里给人家干活。

别看人家是妇道人家,可着实机灵,她满脸堆笑,像招呼老熟人似的,一把扔给我个木凳子让我坐,一面对另外几个人说:"这么的吧:这些菜先分分拿回去;盐,等以后搞到了再分!"

那几个人眉开眼笑地望望我,每人抱起一大抱青菜,悄悄地走了。

她也跟出去了,大概是去看动静去了吧。这工夫,按我们干侦察员的习惯,我仔细地打量了这个红军战士的妻子、地下党员的家;这是一间用竹篱子糊了泥搭成的窝棚,靠北墙,一堆稻草搭了个地铺,地铺上一堆烂棉套子底下躺着一个小孩子,小鼻子翅一扇一扇的睡得正香。这大概就是她的小妞儿。墙角里三块石头支着一个黑乎乎的砂罐子,这就是她煮饭的锅。再往上看,靠房顶用几根木棒搭了个小阁楼,上面堆着一些破烂家具和几捆甘蔗梢子……

正打量着,她回来了,关上了门,把小油灯遮严了,在我对面坐下来,说:"刚才那几个也是自己人,最近才联系上的。"她大概想到了我刚进门时的那副情景,又指着墙角上的一个破洞说:"以后再来,先从那里瞅瞅,别出了什么岔子。"——看,她还很老练哪。

她看去已经不止政委说的那年纪,倒像个三十开外的中年妇人了。头发往上拢着,挽了个髻子,只是头发嫌短了点;当年"剪了头发当红军"的痕迹还多少可以看得出来。脸不怎么丰满,可是两只眼睛却忽悠忽悠有神,看去是那么和善、安详又机警。眼里潮润润的,也许是因为太激动了,不多一会儿就撩起衣角擦擦眼睛。

半天,她说话了:"同志,你不知道,跟党断了联系,就跟断了线的风筝似的,真不是味儿啊!眼看着咱们老百姓遭了难处,咱们红军遭了难处,也知道该斗争,只是不知道该怎么干,现在总算好了,和县委联系上了,有我们在,有你们在,咱们想法把红旗又打起来!"

本来,下山时政委交代要我鼓励鼓励她的,我也想好了一些话要对她说,可是一看刚才这情况,听了她的话,她是那么硬实,口口声声谈的是怎么坚持斗争,根本没把困难放在心上,我还有啥好说的?干脆就直截了当地谈任务了。

我刚要开始传达县委的指示,她蓦地像想起什么似的,说:"你看,见了你我喜欢得什么都忘了,该弄点东西你吃吃。"她揭开砂罐,拿出两个红薯丝子拌和菜叶做的窝窝,又拉出一个破坛子,在里面掏了半天,摸出一块咸萝卜,递到我脸前说:"自从并了村,离山远了,白鬼看得又严,什么东西也送不上去,你们可受了苦了;好的没有,凑合着吃点吧!"

走了一夜,也实在有些饿了,再加上好久没见盐味儿了,看到了咸菜,也真想吃;我没怎么推辞就吃起来。咸菜虽说因为缺盐,腌得带点酸味,吃起来可真香。一吃到咸味,我不由得想起山上同志们那些黄瘦的脸色——山上缺盐缺得凶哪。

一面吃着,我就把魏政委对地下党活动的指示,传达了一番。县委指示的问题很多,譬如了解敌人活动情况、组织反收租夺田等等,还有一些可能遇到的困难和办法。她一边听一边点头,还断不了问几个问题,末了,她说:"魏政委说的一点也不假,是有困难哪,可咱是什么人!十八年①上刚开头干的时候,几次反'围剿'的时候,咱都坚持了,现在的任务也能完成!"她说得那么坚决又有信心,她把困难的任务都包下来了。

我们交换了一些情况,鸡就叫了。因为这是初次接头,我一时还落不住脚,要趁着早晨雾大赶回去。

在出门的时候,她又叫住了我。她揭起衣裳,把衣裳里子撕开,掏出了一个纸包。纸包里面是一张党证,已经磨损得很旧了,可那上面印的镰刀斧头和县委的印章都还鲜红鲜红的。打开党证,里面夹着两块银洋。她把银洋拿在手里掂了掂,递给我说:"程同志,这是妞她爹出征以前给我留下的,我自从'并村'以后好几个月也没缴党费了,你带给政委,积少成多,对党还

---

① 十八年,指民国十八年,即一九二九年。闽西根据地的革命政权,大都是一九二九年"夏收暴动"以后建立的,所以当地群众多用"十八年"作为翻身的分界线。

有点用处。"

那怎么行呢,一来上级对这问题没有指示,一来眼看一个女人拖着个孩子,少家没业的,还要在这样的环境里坚持工作,也得准备着点用场。我就说:"关于党费的事,上级没有指示,我不能带,你先留着吧!"

她见我不带,想了想又说:"也对,目下这个情况,还是实用的东西好些!"

缴党费,不缴钱,缴实用的东西,看她想得多周到!可是谁知道事情就出在这句话上头呢!

过了半个多月,听说白匪对"并村"以后的群众斗争开始注意了,并且利用个别动摇分子破坏我们,有一两个村里党的组织受了些损失。于是我又带着新的指示来到了八角坳。

一到黄新同志的门口,我按她说的,顺着墙缝朝里瞅了瞅。灯影里,她正忙着呢。屋里地上摆着好几堆腌好的咸菜,也摆着上次拿咸菜给我吃的那个破坛子,有腌白菜、腌萝卜、腌蚕豆……有黄的,有绿的。她把这各种各样的菜理好了,放进一个笋筐里。一边整着,一边哄孩子:

"乖妞子,咱不要,这是妈要拿去卖的,等妈卖了菜,赚了钱,给你买个大烧饼……什么都买!咱不要,咱不要!"

妞儿不如大人经折磨,比她妈瘦得还厉害,细长的脖子挑着瘦脑袋,有气无力地倚在她妈的身上。大概也是轻易不大见细盐,两个大眼辘辘辘辘地瞪着那一堆堆的咸菜,馋得不住地咂嘴巴。她不肯听妈妈的哄劝,还是一个劲地扭着她妈的衣服要吃。又爬到那个空空的破坛子口上,把干瘦的小手伸进坛子里去,用指头沾点盐水,填到口里吮着;最后忍不住竟伸手抓了一根腌豆角,就往嘴里填。她妈一扭头看见了,瞅了瞅孩子,又瞅了瞅笋筐里的菜,忙伸手把那根菜拿过来。孩子哇的一声哭了。

看了这情景,我直觉得鼻子尖一酸一酸的,我再也憋不住了,就敲了门进去。一进门我就说:"阿嫂,你这就不对了,要卖嘛,自己的孩子吃根菜也算不了啥,别屈了孩子!"

她看我来了,又提到孩子吃菜的事,长抽了一口气说:"老程啊,你寻思我当真是要卖?这年头盐比金子还贵,哪里有咸菜卖啊!这是我们几个党员凑合着腌了这点咸菜,想交给党算作党费,兴许能给山上的同志们解决点困难。这刚刚凑齐,等着你来哪!"

我想起来了,第一次接头时碰到她们在摘的青菜,就是这咸菜啊!

她望望我,望望孩子,像是对我说,又像自言自语似的说:"只要有咱的党,有咱的红军,说不定能保住多少孩子哩!"

我看看孩子,孩子不哭了,可是还围着个空坛子转。我随手抓起一把豆角递到孩子手里,说:"千难万难也不差这一点点,我宁愿十天不吃啥也不能让孩子受苦!……"

我的话还没有说完,忽然门外一阵慌乱的脚步声,一个人跑到门口,轻轻地敲着门,急呼呼地说:"阿嫂,快,快开门!"

拉开门一看,原来就是第一次来时见到的摘菜的一个妇女。她气喘吁吁地说:"有人走漏了消息,说山上来了人,现在,白鬼来搜人了,快想办法吧!我再通知别人去。"说罢,悄悄地走了。

我一听有情况,忙说:"我走!"

黄新一把拉住我说:"人家来搜人,还不围个风雨不透?你往哪走?快想法隐蔽起来!"

这情况我也估计到了,可是为了怕连累了她,我还想甩开她往外走。她一刹间变得严肃起来,板着脸,说话也完全不像刚才那么柔声和气了,变得又刚强,又果断。她斩钉截铁地说:"按地下工作的纪律,在这里你得听我管!为了党,你得活着!"她指了指阁楼说:"快上去躲起来,不管出了什么事也不要动,一切有我应付!"

这时,街上乱成了一团,吆喝声、脚步声越来越近了。我上了阁楼,从楼板缝里往下看,看见她把菜筐子用草盖了盖,很快地抱起孩子亲了亲,把孩子放在地铺上,又霍地转过身来,朝着我说:"程同志,既然敌人已经发觉了,看样子是逃不脱这一关了,万一我有个什么好歹,八角坳的党组织还在,反'夺田'已经布置好了,我们能搞起来!以后再联络你找胡敏英同志,就是刚才来的那个女同志。你记着,她住西头从北数第四个窝棚,门前有一棵小榕树……"她指了指那筐咸菜,又说:"你可要想着把这些菜带上山去,这是我们缴的党费!"

停了一会,她侧耳听了听外面的动静,又说话了,只是声音又变得那么和善了:"孩子,要是你能带,也托你带上山去,或者带到外地去养着,将来咱们的红军打回来,把她交给卢进勇同志。"话又停了,大概她的心绪激动得很厉害,"还有,上次托你缴的钱,和我的党证,也一起带去;有一块钱买盐用了。我把它放在砂罐里,你千万记着带走!"

话刚完,白鬼子已经赶到门口了。她连忙转过身来,搂着孩子坐下,慢条斯理地理着孩子的头发。我从板缝里看她,她还像第一次见面时那么和善,那么安详。

白匪敲门了。她慢慢地走过去,开了门。四五个白鬼闯进来,劈胸揪住了她问:"山上来的人在哪?"

她摇摇头:"不知道!"

白鬼们在屋里到处翻了一阵,眼看着泄气了,忽然一个家伙发现了那一箩筐咸菜,一脚把箩筐踢翻,咸菜全撒了。白鬼用刺刀拨着咸菜,似乎看出了什么,问:"这咸菜是哪来的?"

"自己的!"

"自己的!干吗有这么多的颜色!这不是凑了来往山上送的?"那家伙打量了一下屋子,命令其他白鬼说:"给我翻!"

就这么间房子,要翻还不翻到阁楼上来?这时,只听得她大声地说:"知道了还问什么!"她猛地一挣跑到了门口,直着嗓子喊:"程同志,往西跑啊!"

两个白匪跑出去,一阵脚步声往西去了。剩下的两个白匪扭住她就往外走。

我原来想事情可以平安过去的,现在眼看她被抓走了,我能眼看着让别人替我去牺牲?我得去!凭我这身板,赤手空拳也干个够本!我刚打算往下跳,只见她扭回头来,两眼直盯着被惊呆了的孩子,拉长了声音说:"孩子,好好地听妈妈的话啊!"

这是我听到她最后的一句话。

这句话使我想到刚才发生情况时她说的话,我用力抑制住了冲动。但是这句话也只有我明白,"听妈妈的话",妈妈,就是党啊!

当天晚上,村里平静了以后,我把孩子哄得不哭了。我收拾了咸菜,从砂罐里菜窝窝底下找到了黄新同志的党证和那一块银洋,然后,把孩子也放到一个箩筐里,一头是菜,一头是孩子,挑着上山了。

见了魏政委。他把孩子揽到怀里,听我汇报。他详细地研究了八角坳的情况以后,按照往常做的那样,在登记党费的本子上端端正正地写下:

黄新同志一九三四年十一月二十一日缴到党费……

他写不下去了。他停住了笔。在他脸上我看到了一种不常见的严肃的神情。他久久地抚摸着孩子的头,看着面前的党证和咸菜。然后掏出手巾,蘸着草叶上的露水,轻轻地,轻轻地把孩子脸上的泪痕擦去。

在黄新的名字下面,他再也没有写出党费的数目。

是的,一筐咸菜是可以用数字来计算的,一个共产党员爱党的心怎么能够计算呢?一个党员献身的精神怎么能够计算呢?

1954年6月15日初稿
1954年11月8日三次修改
(原载《解放军文艺》1954年第12期)

王　蒙

组织部来了个年轻人

一

三月，天空中纷洒着似雨似雪的东西。三轮车在区委会门口停住，一个年轻人跳下来。车夫看了看门口挂着的大牌子客气地对乘客说："您到这儿来，我不收钱。"传达室的工人、复员荣军老吕微跛着脚走出，问明了那年轻人的来历后，连忙帮他搬下微湿的行李，又去把组织部的秘书赵慧文叫出来。赵慧文紧握着林震的两只手，说："我们等你好久了。"这个叫林震的年轻人，在小学教师支部的时候就与赵慧文认识。她的苍白而美丽的脸上，两只大眼睛闪着友善亲切的光亮，只是下眼皮上有着因疲倦而现出来的青色。她带林震到男宿舍，把行李放好，解开，把湿了的毡子晾上，再铺被褥。在她料理这些事情的时候，常常撩一撩自己的头发，正像那些能干而漂亮的女同志们一样。

她说："我们等了你好久！半年前就要调你来，区人民委员会文教科死也不同意，后来区委书记直接找区长要人，又和教育局人事室吵了一回，这才把你调了来。"

"可我前天才知道，"林震说，"听说调我到区委会，真不知怎么好。咱们区委会净干什么呀？"

"什么都干。"

"组织部呢？"

"组织部就做组织工作。"

"工作忙不忙？"

"有时候忙，有时候不忙。"

赵慧文端详着林震的床铺，摇摇头，大姐姐似的不以为然地说："小伙子，真不讲卫生！瞧那枕头布，已经由白变黑；被头呢，吸饱了你脖子上的油；还有床单，那么多折子，简直成了泡泡纱……"

林震觉得，他一走进区委会的门，他的新的生活刚一开始，就碰到了一个很亲切的人。

他带着一种节日的兴奋心情跑着到组织部第一副部长的办公室去报到。副部长有一个古怪的名字：刘世吾。在林震心跳着敲门的时候，他正仰着脸衔着烟考虑组织部的工作规划。他热情而得体地接待林震，让林震坐在沙发上，自己坐在办公桌边，推一推玻璃板上叠得高高的文件，从容地问：

"怎么样？"他的左眼微皱，右手弹着烟灰。

"支部书记通知我后天搬来，我在学校已经没事，今天就来了。叫我到组织部工作，我怕干不了，我是个新党员，过去做小学教师，小学教师的工作与党的组织工作有些不同……"

林震说着他早已准备好的话，说得很不自然，正像小学生第一次见老师一样。于是他感到这间屋子很热。三月中旬，冬天就要过去，屋里还生着火，玻璃上的霜花溶解成一条条的污道子。他的额头沁出了汗珠，他想掏出手绢擦擦，在衣袋里摸索了半天没有找到。

刘世吾机械地点着头，看也不看地从那一大叠文件中抽出一个牛皮纸袋，打开纸袋，拿出林震的党员登记表，锐利的眼光迅速掠过，宽阔的前额上出现了密密的皱纹，闭了一下眼，手扶着椅子背站起来，披着的棉袄从肩头滑落了，然后用熟练的毫不费力的声调说：

"好，对，好极了，组织部正缺干部，你来得好。不，我们的工作并不难做，学习学习就会做的，就那么回事。而且你原来在下边工作的……相当不错嘛，是不是不错？"

林震觉得这种称赞似乎有某种嘲笑意味，他惶恐地摇头："我工作做得并不好……"

刘世吾的不太整洁的脸上现出隐约的笑容，他的眼光聪敏地闪动着，继续说："当然也可能有困难，可能。这是个了不起的工作。中央的一位同志说过，组织工作是给党管家的。如果家管不好，党就没有力量。"然后他不等问就加以解释："管什么家呢？发展党和巩固党，壮大党的组织和增强党组织的战斗力，把党的生活建立在集体领导、批评和自我批评、与密切联系群众的基础上。这样做好了，党组织就是坚强的、活泼的、有战斗力的，就足以团结和指引群众，完成和更好地完成社会主义建设与社会主义改造的各项任务……"

他每说一句话，都干咳一下，但说到那些惯用话的时候，快得像说一个字。譬如他说"把党的生活建立在……上"，听起来就像"把生活建在登登登上"，他纯熟地驾驭那些林震觉得是相当深奥的概念，像拨弄算盘子一样的灵活。林震集中最大的注意力，仍然不能把他讲的话全部把握住。

接着，刘世吾给他分配了工作。

当林震推门要走的时候,刘世吾又叫住他,用另一种全然不同的随意神情问:

"怎么样,小林,有对象了没有?"

"没……"林震的脸刷地红了。

"大小伙子还红脸?"刘世吾大笑了,"才二十二岁,不忙。"他又问:"口袋里装着什么书?"

林震拿出书,说出书名:"《拖拉机站站长与总农艺师》。"

刘世吾拿过书去,从中间打开看了几行,问:"这是他们团中央推荐给你们青年看的吧?"

林震点头。

"借我看看。"

"您有时间看小说吗?"林震看着副部长桌上的大叠材料,惊异了。

刘世吾用手托了托书,试了试分量,微皱着左眼说:"怎么样?这么一薄本有半个夜车就看完啦。四本《静静的顿河》我只看了一个星期,就那么回事。"

当林震走向组织部大办公室的时候,天已经放晴,残留的几片云现出了亮晶晶的边缘。太阳照亮了区委会的大院子。人们都在忙碌:一个穿军服的同志挟着皮包匆匆走过,传达室的老吕提着两个大铁壶给会议室送茶水,可以听见一个女同志顽强地对着电话机子说:"不行,最迟明天早上!不行……"还可以听见忽快忽慢的框咻、框咻声——是一只生疏的手使用着打字机,"他也和我一样,是新调来的吧?"林震不知凭什么理由,猜打字员一定是个女的。他在走廊上站了一站,望着耀眼的区委会的院子,高兴自己新生活的开始。

二

组织部的干部算上林震一共二十四个人,其中三个人临时调到肃反办公室去了,一个人半日工作准备考大学,一个人请产假。能按时工作的只剩下十九个人。四个人做干部工作,十五个人按工厂、机关、学校分工管理建党工作,林震被分配与工厂支部联系组织发展党的工作。

组织部部长由区委副书记李宗秦兼任,他并不常过问组织部的事,实际工作是由第一副部长刘世吾掌握。另一个副部长负责干部工作。具体指导林震工作的是工厂建党组组长韩常新。

韩常新的风度与刘世吾迥然不同。他二十六岁,穿蓝色海军呢制服,干净得抖都抖个卜土。他有高大的身材,配着英武的只因为粉刺太多而略有瑕疵的脸。他拍着林震的肩膀，用嘹亮的嗓音讲解工作，不时发出豪放的笑声，使林震想："他比领导干部还像领导干部。"特别是第二天韩常新与一个支部的组织委员的谈话，加强了他给林震的这种印象。

"为什么你们只谈了半小时？我在电话里告诉你，至少要用两小时讨论发展计划！"

那个组织委员说："这个月生产任务太忙……"

韩常新打断了他的话，富有教训意味地说："生产任务忙就不认真研究发展工作了，这是把中心工作与经常工作对立起来，也是党不管党的一种表现……"

林震弄不明白什么叫"中心工作与经常工作对立起来"和"党不管党"，他熟悉的是另外一类名词："课堂五环节"与"直观教具"。他很钦佩韩常新的这种气魄与能力——迅速地提高到原则上分析问题和指示别人。

他转过头，看见正伏在桌上复写材料的赵慧文，她皱着眉怀疑地看一看韩常新，然后扶正头上的假珐琅发卡，用微带忧郁的目光看向窗外。

晚上，有的干部去参加基层支部的组织生活，有的休息了，赵慧文仍然赶着复写"税务分局培养、提拔干部的经验"，累了一天，手腕酸痛，不时在写的中间撂下笔，摇摇手，往手上吹口气。林震自告奋勇来帮忙，她拒绝了，说："你抄，我不放心。"于是林震帮她把抄过的美浓纸叠整齐，站在她身旁，起一点精神支援作用。她一边抄，一边时时抬头看林震，林震问："干吗老看我？"赵慧文咬了一下复写笔，笑了笑。

林震是一九五三年秋天由师范学校毕业的，当时是候补党员，被分配到这个区的中心小学当教员。作了教师的他，仍然保持中学生的生活习惯：清晨练哑铃，夜晚记日记，每个大节日——五一、七一……以前到处征求人们对他的意见。曾经有人预言，过了三个月他就会被那些生活不规律的成年人"同化"。但，不久以后，许多教师夸奖他也羡慕他了，说："这孩子无忧无虑，无牵无挂，除了工作，就是工作……"

他也没有辜负这种羡慕，一九五四年寒假，由于教学上的成绩，他受到了教育局的奖励。

人们也许以为，这位年轻的教师就会这样平稳地、满足而快乐地度过自己的青年时代。但是不，孩子般单纯的林震，也有自己的心事。

一年以后，他更经常焦灼地鞭策自己。是因为社会主义高潮的推动，全国青年社会主义积极分子会议的召开，还是因为年龄的增长？

他已经二十二岁了，记得在初中一年级时作过一篇文，题目是"当我××岁的时候"，他写成"当我二十二岁的时候，我要……"现在二十二岁，他的生命史上好像还是白纸，没有功勋，没有创造，没有冒险，也没有爱情——

连给某个姑娘写一封信的事都没有做过。他努力工作，但是他做的少、慢，和年轻积极分子们比较，和生活的飞奔比较，难道能安慰自己吗？他订规划，学这学那，做这做那，他要一日千里！

这时，接到调动工作的通知，"当我二十二岁的时候，我成了党工作者……"也许真正的生活在这里开始了？他抑制住对于小学教育工作和孩子们的依恋，燃烧起对新的工作的渴望。支部书记和他谈话的那个晚上，他想了一夜。

就这样，林震口袋里装着《拖拉机站站长与总农艺师》，兴高采烈地登上区委会的石阶，对于党工作者（他是根据电影里全能的党委书记的形象来猜测他们的）的生活，充满了神圣的憧憬。但是，等他接触到那些忙碌而自信的领导同志，看到来往的文件和同时举行的会议，听到那些尖锐争吵与高深的分析，他眨眨那有些特别的淡褐色眼珠的眼睛，心里有点怯……

到区委会的第四天，林震去通华麻袋厂了解第一季度发展党员工作的情况，去以前，他看了有关的文件和名叫"怎样进行调查研究"的小册子，再三地请教了韩常新，他密密麻麻地写了一篇提纲，然后飞快地骑着新领到的自行车，向麻袋厂驶去。

工厂门口的警卫同志听说他是委员会的干部，没要他签名，信任地请他进去了。穿过一个大空场，走过一片放麻的露天仓库与机器隆隆响的厂房，他心神不安地去敲厂长兼支部书记王清泉办公室的门，得到了里面"进来"的回答后，他慢慢地走进去，怕走快了显得没有经验，他看见一个阔脸、粗脖子、身材矮小的男人正与一个头发上抹了许多油的驼背的男人下棋。小个子的同志抬起头，右手玩着棋子，问清了林震找谁以后，不耐烦地挥一挥手："你去西跨院党支部办公室找魏鹤鸣，他是组织委员。"然后低下头继续下棋。

林震找着了红脸的魏鹤鸣，开始按提纲发问了："一九五六年第一季度，你们发展了几个人？"

"一个半。"魏鹤鸣粗声粗气地说。

"什么叫'半'？"

"有一个通过了，区委拖了两个多月还没有批下来。"

林震掏出笔记本记了下来。又问：

"发展工作是怎么样进行的，有什么经验？"

"进行过程和向来一样——和党章的规定一样。"

林震看了看对方，为什么他说出的话像搁了一个星期的窝窝头一样干巴？魏鹤鸣托着腮，眼睛看着别处，心里也像在想别的事。

林震又问："发展工作的成绩怎么样？"

魏鹤鸣答:"刚才说过了,就是那些。"他好像应付似地希望快点谈完。

林震不知道应该再问什么了,预备了一下午的提纲,和人家只谈上五分钟就用完了。他很窘。

这时门被一只有力的手推开了。那个小个子的同志进来,匆匆忙忙地问魏鹤鸣:"来信的事你知道吗?"

魏鹤鸣无精打采地点了点头。

小个子的同志来回踱着步子,然后劈开腿站在房中央:"你们要想办法!质量问题去年就提出来了,为什么还等着合同单位给纺织工业部写信?在社会主义高潮当中我们的生产迟迟不能提高,这是耻辱!"

魏鹤鸣冷冷地看着小个子的脸,用颤抖的声音问:"您说谁?"

"我说你们大家!"小个子手一挥,把林震也包括在里面了。

魏鹤鸣因为抑制着的愤怒的爆发而显得可怕,他的红脸更红了,他站起来问:"那么您呢?您不负责任?"

"我当然负责。"小个子的同志却平静了,"对于上级,我负责,他们怎样处分我我也接受。对于我,你得负责,谁让你作生产科长呢?你得小心……"说完,他威胁地看了魏鹤鸣一眼,走了。

魏鹤鸣坐下,把棉袄的扣子全解开了,喘着气。林震问:"他是谁?"魏鹤鸣讽刺地说:"你不认识?他就是厂长王清泉。"

于是魏鹤鸣向林震详细谈起了王清泉的情况。王清泉原来在中央某部工作,因为在男女关系上犯错误受了处分,一九五一年调到这个厂子作副厂长,一九五三年厂长他调,他就被提拔作厂长。他一向是吃饱了转一转,躲在办公室批批文件下下棋,然后每月在工会大会、党支部大会、团总支大会上讲话,批评工人群众竞赛没搞好,对质量不关心,有经济主义思想……魏鹤鸣没说完,王清泉又推门进来了。他看看左腕上的表,下令说:"今天中午十二点十分,你通知党、团、工会和行政各科室的负责人到厂长室开会。"然后把门砰地一带,走了。

魏鹤鸣嘟哝着:"你看他怎么样。"

林震说:"你别光发牢骚,你批评他,也可以向上级反映,上级决不允许有这样的厂长。"

魏鹤鸣笑了,问林震:"老林同志,你是新来的吧?"

"老林"同志脸红了。

魏鹤鸣说:"批评不动!他根本不参加党的会议,你上哪儿批评去!偶而参加一次,你提意见,他说:'提意见是好的,不过应该掌握分寸,也应该看时间、场合。现在,我们不应该因为个人意见侵占党支部讨论国家任务的宝贵时间。'好,不占用宝贵时间,我找他个别提,于是我们俩吵成了现在这个样子。"

"向上级反映呢?"

"一九五四年我给纺织工业部和区委写了信,部里一位张同志与你们那儿的老韩同志下来检查了一回。检查结果是:'官僚主义较严重,但主要是作风问题,任务基本上完成了,只是完成任务的方法有缺点。'然后找王清泉'批评'了一下,又找我鼓励了一下,开展自下而上的批评的精神,就完事了。此后,王厂长有一个来月对工作比较认真,不久他得了肾病,病好以后他说自己是'因劳致疾',就又成了这个样子。"

"你再反映呀!"

"哼,后来与韩常新也不知说过多少次,老韩也不答理,反倒向我进行教育说,应该尊重领导,加强团结。也许我不该这样。"

林震出了厂子再骑上自行车的时候,车轮旋转的速度就慢多了。他深深地把眉头皱起来。他发现他的工作的第一步就有重重的困难,但他也受到一种刺激,甚至是激励——这正是发挥战斗精神的时候啊!他想着想着,直到因为车子溜进了急行线而受到交通民警的申斥。

三

吃完午饭,林震迫不及待地找韩常新汇报情况。韩常新有些疲倦地靠着沙发背,高大的身体显得笨重,从身上掏出火柴盒,拿起一根火柴剔牙。

林震杂乱地叙述他去麻袋厂的见闻,韩常新脚尖打着地不住地说"是的,我知道。"然后他拍一拍林震的肩膀,愉快地说:"情况没了解上来不要紧,第一次下去嘛。下次就好了。"

林震说:"可是我了解了关于王清泉的情况。"他把笔记本打开。

韩常新把他的笔记本合上,告诉他,"对,这个情况我早知道。前年区委让我处理过这个事情,我严厉地批评过他,指出他的缺点和危险性,我们谈了至少有三四个钟头……"

"可是并没有效果呀,魏鹤鸣说他只好一个月……"林震插嘴说。

"一个月也是效果,而且决不止一个月。魏鹤鸣那个人思想上有问题,见人就告厂长的状……"

"他告的状是不是真的?"

"很难说不真,也很难说全真。当然这个问题是应该解决的,我和区委副书记李宗秦同志谈过。"

"副书记的意见是什么?"

"副书记同意我的意见,王清泉的问题是应该解决也是可能解决的……不过,你不要一下子就陷到这里边去。"

"我?"

"是的。你第一次去一个工厂,全面情况也不了解,你的任务又不是去解决王清泉的问题,而且,直爽地说,解决他的问题也需要更有经验的干部,何况我们并不是没有管过这件事……你要是一下子陷到这个里头,三个月也出不来,第一季度的建党总结还了解不了解?上级正催我们交汇报呢!"

林震说不出话。

韩常新又拍拍林震的肩膀:"不要急躁嘛,咱们区三千个党员,百十几个支部,你一来就什么问题都摸还行?"他打了个哈欠,有倦意的脸上的粉刺涨红了:"啊——哈,该睡午觉了。"

"那,发展工作怎么再去了解?"林震没有办法地问。

韩常新又去拍林震的肩膀,林震不由得躲开了。韩常新有把握地说:"明天咱们俩一齐去,我帮你去了解,好不好?"然后他拉着林震一同到宿舍去。

第二天,林震很有兴趣观察韩常新如何了解情况。三年前,林震在北京师范上学的时候,出去作过见习教师,老教师在前面讲,林震和学生一起听,学了不少东西。这次,他也抱着见习的态度,打开笔记本,准备把韩常新的工作过程详细记录下来。

韩常新问魏鹤鸣:"发展了几个党员?"

"一个半。"

"不是一个半,是两个,我是检查你们的发展情况,不是检查区委批没批。"韩常新纠正他,又问:"这两个人本季度生产计划完成的怎么样?"

"很好,他们一个超额百分之七,一个超额百分之四,厂里黑板报还表扬……"

谈起生产情况,魏鹤鸣似乎起劲了些,但是韩常新打断了他的话:"他们有些什么缺点?"

魏鹤鸣想了半天,空空洞洞地说了些缺点。

韩常新叫他给所举的缺点提一些例子。

提完例子,韩常新再问他党的积极分子完成本季度生产任务的情况,他特别感兴趣的是一些数字和具体事例,至于这些先进的工人克服困难、钻研创造的过程,他听都不要听。

回来以后,韩常新用流利的行书示范地写了一个"麻袋厂发展工作简况",内容是这样的:

……本季度(一九五六年一月——三月)麻袋厂支部基本上贯彻了积极慎重发展新党员的方针,在建党工作上取得了一定的成绩,新通过的党员朱××与范××受到了共产党员的光荣称号的鼓舞,增强了主人翁的观念,在第一季度繁重的生产任务中各超额百分之七,百分之四。广大积极分子,围绕在支部周围,受到了朱××与范××模范事例的教育,并为争取入党的决心所推动,发挥了劳动的积极性与创造性,良好地完成或者超额完成了第一季度的生产任务……(下面是一系列数字与具体事例)这说明:一、建党工作不仅与生产工作不会发生矛盾,而且大大推动了生产,任何借口生产忙而忽视建党工作的作法是错误的。二……但同时必须指出,麻袋厂支部的建党工作,也仍然存在着一定的缺点……例如……

林震把写着"简况"的片艳纸捧在手里看了又看,他有一刹那甚至于怀疑自己去没去过麻袋厂,还是上次与韩常新同去时自己睡着了,为什么许多情况他根本不记得呢?他迷惑地问韩常新:

"这,这是根据什么写的?"

"根据那天魏鹤鸣的汇报呀。"

"他们在生产上取得的成绩是因为建党工作么?"林震口吃起来。

韩常新抖一抖裤角,说:"当然。"

"不吧?上次魏鹤鸣并没有这样讲。他们的生产提高了,也可能是由于开展竞赛,也许由于青年团建立了监督岗,未必是建党工作的成绩……"

"当然,我不否认。各种因素是统一起来的,不能形而上学地割裂地分析这是甲项工作的成绩,那是乙项工作的成绩。"

"那,譬如我们写第一季度的捕鼠工作总结,是不是也可以用这些数字和事例呢?"

韩常新沉着地笑了,他笑林震不懂"行",他说:"那可以灵活掌握……"

林震又抓住几个小问题问:

"你怎么知道他们的生产任务是繁重的呢?"

"难道现在会有一个工厂任务很清闲吗?"

林震目瞪口呆了。

四

初到区委会十天的生活,在林震头脑中积累起的印象与产生的问题,比他在小学呆了两年的还多。区委会的工作是紧张而严肃的,在区委书记办公室,连日开会到深夜。从汉语拼音到预防大脑炎,从劳动保护到政治经济学讲座,无一不经过区委会的忠实的手。林震有一次去收发室取报纸,看见一份厚厚的材料,第一页上写着"区人民委员会党组关于调整公私合营工商业的分布、管理、经营方法及贯彻市委关于公私合营工商业工人工资问题的报告的请示"。他怀着敬畏的心情看着这份厚得像一本书的材料和它的长题目。有时,一眼望去,却又觉得区委干部们是随意而松懈的,他们在办公时间聊天,看报纸,大胆地拿林震认为最严肃的题目开玩笑,例如,青年监督岗开展工作,韩常新半嘲笑地说:"吓,小青年们脑门子热起来啦……"林震参加的组织部一次部务会议也很有意思,讨论市委布置的一个临时任务,大家抽着烟,说着笑话,打着岔,开了两个钟头,拖拖沓沓,没有什么结果。这时,皱着眉思索了好久的刘世吾提出了一个方案,马上热烈地展开了讨论,很多人发表了使林震惊佩的精彩意见。林震觉得,这最后的三十多分钟的讨论要比以前的两个钟头有效十倍。某些时候,譬如说夜里,各屋亮着灯:第一会议室,出席座谈会的胖胖的工商业者愉快地与统战部长交换意见;第二会议室,各单位的学习辅导员们为"价值"与"价格"的关系争得面红耳赤;组织部坐着等待入党谈话的激动的年轻人,而市委的某个严厉的书记出现在书记办公室,找区委正副书记汇报贯彻工资改革的情况……这时,人声嘈杂,人影交错,电话铃声断断续续,林震仿佛从中听到了本区生活的脉搏的跳动,而区委会这座不新的、平凡的院落,也变得辉煌壮观起来。

在一切印象中,最突出和新鲜的印象是关于刘世吾的:刘世吾工作极多,常常同一个时间好几个电话催他去开会,但他还是一会儿就看完了《拖拉机站站长与总农艺师》,把书移借给了韩常新;而且,他已经把前一个月公布的拼音文字草案学会了,开始在开会时用拼音文字作记录了。某些传阅文件刘世吾拿过来看看题目和结尾就签上名送走,也有的不到三千字的指示他看上一下午,密密麻麻地划上各种符号。刘世吾有时一面听韩常新汇报情况,一面漫不经心地查阅其他的材料,听着听着却突然指出:"上次你汇报的情况不是这样!"韩常新不自然地笑着,刘世吾的眼睛捉摸不定地闪着光;但刘世吾并不深入追究,仍然查他的材料,于是韩常新恢复了常态,有声有色地汇报下去。

赵慧文与韩常新的关系也被林震看出了一些疑窦:韩常新对一切人都是拍着肩膀,称呼着"老王""小李",亲热而随便,独独对赵慧文,却是一种礼貌的"公事公办"的态度。这样说话,"赵慧文同志,党刊第一百〇四期放在哪里?"而赵慧文也用顺从包含着警戒的神情对待他。

……四月,东风悄悄地刮起,不再被人喜爱的火炉蜷缩在阴暗的贮藏室,只有各房间熏黑了的屋顶还存留着严冬的痕迹。往年,这个时候,林震就会带着活泼的孩子们去卧佛寺或者西山八大处踏青,在早开的桃李与混浊的溪水中寻找春天的消息……区委会的生活却不怎么受季节的影响,继续以那种紧张的节奏和复杂的色彩流转着。当林震从院里的垂柳上摘下一颗多汁的嫩芽时，他稍微有点怅惘，因为春天来得那么快，而他，却没作出什么有意义的事情来迎接这个美妙的季节……

晚上九点钟，林震走进了刘世吾办公室的门。赵慧文正在这里，她穿着紫黑色的毛衣，脸儿在灯光下显得越发苍白。听到有人进来，她迅速地转过头来，林震仍然看见了她略略突出的颧骨上的泪迹。他回身要走，低着头吸烟的刘世吾作手势止住他："坐在这儿吧，我们就谈完了。"

林震坐在一角，远远地隔着灯光看报，刘世吾用烟卷在空中划着圆圈，诚恳地说：

"相信我的话吧，没错。年轻人都这样，最初互相美化，慢慢发现了缺点，就觉得都很平凡。不要作不切实际的要求，没有遗弃，没有虐待，没有发现他政治上、品质上的问题，怎么能说生活不下去呢？才四年嘛。你的许多想法是从苏联电影里学习来的，实际上，就那么回事……"

赵慧文没说话，她撩一撩头发，临走的时候，对林震惨然地一笑。

刘世吾走到林震旁边，问："怎么样？"他丢下烟蒂，又掏出一支来点上火，紧接着贪婪地吸了几口，缓缓地吐着白烟，告诉林震："赵慧文跟她爱人又闹翻了……"接着，他开开窗户，一阵风吹掉了办公桌上的几张纸，传来了前院里散会以后人们的笑声，招呼声和自行车铃响。

刘世吾把只抽了几口的烟扔出去，伸了个懒腰，扶着窗户，低声说："真的是春天了呢！"

"我想谈谈来区委工作的情况，我有一些问题不知道怎么解决。"林震用一种坚决的神气说，同时把落在地上的纸页拾起来。

"对，很好。"刘世吾仍然靠着窗户框子。

林震从去麻袋厂说起："……我走到厂长室，正看见王清泉同志……"

"下棋呢还是打扑克？"刘世吾微笑着问。

"您怎么知道？"林震惊骇了。

"他老兄什么时候干什么我都算得出来，"刘世吾慢慢地说："这个老兄棋瘾很大，有一次在咱这儿开了半截会，他出去上厕所，半天不回来，我出去一找，原来他看见老吕和区委书记的儿子下棋，他在旁边'支''招儿'了。"

林震把魏鹤鸣对他的控告讲了一遍。

刘世吾关上窗户，拉一把椅子坐下，用两个手扶着膝头支持着身体，轻轻地摆动着头：

"魏鹤鸣是个直性子，他一来就和王清泉吵得面红耳赤……你知道，王清泉也是个特殊人物，不太简单。抗日胜利以后，王清泉被派到国民党军队里工作，他作过国民党军的副团长，是个呱呱叫的情报人员。一九四七年以后他与我们的联系中断,直到解放以后才接上线。他是去瓦解敌人的,但是他自己也染上国民党军官的一些习气,改不过来,其实是个英勇的老同志。"

"这样……"

"是啊。"刘世吾严肃地点点头,接着说,"当然,这不能为他辩护,党是派他去战胜敌人而不是与敌人同流合污,所以他的错误是应该纠正的。"

"怎么去解决呢?魏鹤鸣说,这个问题已经拖了好久。他到处写过信……"

"是啊。"刘世吾又干咳了一会,作着手势说:"现在下边支部里各类问题很多,你如果一一的用手工业的方法去解决,那是事倍功半的。而且,上级布置的任务追着屁股,完成这些任务已经感到很吃力。作为领导,必须掌握一种把个别问题与一般问题结合起来,把上级分配的任务与基层存在的问题结合起来的艺术。再者,王清泉工作不努力是事实,但还没有发展到消极怠工的地步;作风有些生硬,也不是什么违法乱纪;显然,这不是组织处理问题而是经常教育的问题。从各方面看,解决这个问题的时机目前还不成熟。"

林震沉默着,他判断不清究竟哪样对;是娜斯嘉的"对坏事决不容忍"对呢,还是刘世吾的"条件成熟论"对。他一想起王清泉那样的厂长就觉得难受,但是,他驳不倒刘世吾的"领导艺术"。刘世吾又告诉他:"其实,有类似毛病的干部也不只一个……",这更加使得林震睁大了眼睛,觉得这跟他在小学时所听的党课的内容不是一个味儿。

后来,林震又把看到的韩常新如何了解情况与写简报的事说了说,他说,他觉得这样整理简报不太真实。

刘世吾大笑起来,说:"老韩……这家伙……,真高明……"笑完了,又长出一口气,告诉林震:"对,我把你的意见告诉他。"

林震犹豫着,刘世吾问:"还有别的意见么?"

于是林震勇敢地提出:"我不知道为什么,来了区委会以后发现了许多许多缺点,过去我想像的党的领导机关不是这样……"

刘世吾把茶杯一放:"当然,想像总是好的,实际呢,就那么回事。问题不在有没有缺点,而在什么是主导的。我们区委的工作,包括组织部的工作,成绩是基本的呢,还是缺点是基本的?显然成绩是基本的,缺点是前进中的缺点。我们伟大的事业,正是由这些有缺点的组织和党员完成着的。"

走出办公室以后,林震有一种奇怪的感觉:和刘世吾谈话似乎可以消食化气,而他自己的那些肯定的判断,明确的意见,却变得模糊不清了。他更加惶惑了。

五

不久,在党小组会上,林震受到了一次严厉的批评。

事情是这样:有一次,林震去麻袋厂,魏鹤鸣说,由于季度生产质量指标没有达到,王厂长狠狠地训了一回工人,工人意见很大,魏鹤鸣打算找些人开个座谈会,搜集意见,准备向上反映。林震很同意这种做法,以为这样也许能促进"条件的成熟"。过了三天,王清泉气急败坏地到区委会找副书记李宗秦,说魏鹤鸣在林震支持下搞小集团进行反领导的活动,还说参加魏鹤鸣主持的座谈会的工人都有历史问题……最后说自己请求辞职。李宗秦批评了他的一些缺点,同意制止魏鹤鸣再开座谈会,"至于林震,"他对王清泉说,"我们会给以应有的教育的。"

批评会上,韩常新分析道:"林震同志没有和领导上商量,擅自同意魏鹤鸣召集座谈会,这首先是一种无组织无纪律的行为……"

林震不服气,他说:"没有请示领导,是我的错。但是我不明白为什么我们不但不去主动了解群众的意见,反而制止基层这样作!"

"谁说我们不了解?"韩常新翘起一只腿,"我们对麻袋厂的情况统统掌握……"

"掌握了而不去解决,这正是最痛心的!党章上规定着,我们党员应该向一切违反党的利益的现象作斗争……"林震的脸变青了。

富有经验的刘世吾开始发言了,他向来就专门能在一定的关头起扭转局面的作用。

"林震同志的工作热情不错,但是他刚来一个月就给组织部的干部讲党章,未免仓促了些。林震以为自己是支持自下而上的批评,是作一件漂亮事,他的动机当然是好的;不过,自下而上的批评必须有领导地去展开,譬如这回事,请林震同志想一想:第一,魏鹤鸣是不是对王清泉有个人成见呢?很难说没有。那么魏鹤鸣那样积极地去召集座谈会,可不可能有什么个人目的呢?我看不一定完全不可能。第二,参加会的人是不是有一些历史复杂别有用心的分子呢?这也应该考虑到。第三,开这样一个会,会不会在群众里造成一种王清泉快要挨整了的印象因而天下大乱了呢?等等。至于林震同志的思想情况,我愿意直爽地提出一个推测:年轻人容易把生活理想化,他以为生活应该怎样,便要求生活怎样,作一个党工作者,要多考虑的却是客观现实,是生活可能怎样。年轻人也容易过高估计自己,抱负甚多,一到新的工作岗位就想对缺点斗争一番,充当个娜斯嘉式的英雄。这是一种可贵的、可爱的想法,也是一种虚妄……"

林震像被打中了似地颤了一下,他紧咬住下嘴唇。

他鼓起勇气再问:"那么王清泉……"刘世吾把头一扬:"我明天找他谈话,有原则性的并不仅是你一个人。"

六

星期六晚上,韩常新举行婚礼。林震走进礼堂,他不喜欢那弥漫的呛人的烟气,还有地上杂乱的糖果皮与空中杂乱的哄笑;没等婚礼开始他就退了出来。

组织部的办公室黑着,他拉开灯,看见自己桌上的信,是小学的同事们写来的,其中还夹着孩子们用小手签了名的信:

> 林老师:您身体好吗?我们特别特别想您,女同学都哭了,后来就不哭了,后来我们作算术,题目特别特别难,我们费了半天劲,中于算出来了……

看着信,林震不禁独自笑起来了,他拿起笔把"中于"改成"终于",准备在回信时告诉他们下次要避免别字。他仿佛看见了系蝴蝶结的李琳琳,爱画水彩画的刘小毛和常常把铅笔头含在嘴里的孟飞……他猛把头从信纸上抬起来,所看见的却是电话、吸墨纸和玻璃板。他所熟悉的孩子的世界和他的单纯的工作已经离他而去了,新的工作要复杂得多……他想起前天党小组会上人们对他的批评。难道自己真的错了?真的是莽撞和幼稚,再加几分年轻人的廉价的勇气?也许真的应该切实估量一下自己,把分内的事作好,过两年,等到自己"成熟"了以后再干预一切吧?

礼堂里传来爆发的掌声和笑声。

一只手落在肩上,他吃惊地回过头来,灯光显得刺眼,赵慧文没有声响地站在他的身边,女同志走路都有这种不声不响的本事。

赵慧文问:"怎么不去玩?"

"我懒得去。你呢?"

"我该回家了,"赵慧文说,"到我家坐坐好吧?省得一个人在这儿想心事。"

"我没有心事。"林震分辩着,但他接受了赵慧文的好意。

赵慧文住在离区委会不远的一个小院落里。

孩子睡在浅蓝色的小床里,幸福地含着指头。赵慧文吻了儿子,拉林震到自己房间里来。

"他父亲不回来吧?"林震问。

赵慧文摇摇头。

这间卧室好像是布置得很仓促,墙壁因为空无一物而显得过分洁白,盆架孤单地缩在一角,窗台上的花瓶傻气地张着口;只有床头小桌上的收音机,好像还能扰乱这卧室的安静。

林震坐在藤椅上,赵慧文靠墙站着。林震指着花瓶说:"应该插枝花,"又指着墙壁说:"为什么不买几张画挂上?"

赵慧文说:"经常也不在,就没有管它。"然后她指着收音机问:"听不听?星期六晚上,总有好的音乐。"

收音机亮了,一种梦幻的柔美的旋律从远处飘来,慢慢变得热情激荡。提琴奏出的诗一样的主题立即揪住了林震的心。他托着腮,屏住了气。他的青春,他的追求,他的碰壁,似乎都能与这乐曲相通。

赵慧文背着手靠在墙上,不顾衣服蹭上了石灰粉,等这段乐曲过去,她用和音乐一样的声音说:"这是柴可夫斯基的意大利随想曲,让人想到南国,想到海……我在文工团的时候常听它,慢慢觉得,这调子不是别人演奏出的,而是从我心里钻出来的……"

"在文工团?"

"参加军事干部学校以后被分配去的,在朝鲜,我用我的蹩脚的嗓子给战士唱过歌,我是个哑嗓子的歌手。"

林震像第一次见面似的又重新打量赵慧文。

"怎么?不像了吧?"这时电台改放"剧场实况"了,赵慧文把收音机关了。

"你是文工团的,为什么很少唱歌?"林震问。

她不回答,走到床边,坐下。她说:"我们谈谈吧,小林,告诉我,你对咱们区委的印象怎么样?"

"不知道,我是说,还不明确。"

"你对韩常新和刘世吾有点意见吧,是不?"

"也许。"

"当初我也这样,从部队转业到这里,和部队的严格准确比较,许多东西我看不惯。我给他们提了好多意见,和韩常新激动地吵过一回,但是他们笑我幼稚,笑我工作没作好意见倒一大堆,慢慢地我发现,和区委的这些缺点作斗争是我力不胜任的……"

"为什么力不胜任?"林震像刺痛了似地跳起来,他的眉毛拧在一起了。

"这是我的错,"赵慧文抓起一个枕头,放在腿上,"那时我觉得自己水平太低,自己也很不完美,却想纠正那些水平比自己高得多的同志,实在不量力。而且,刘世吾、韩常新还有别人,他们确实把有些工作作得很好。他们的缺点散布在咱们工作的成绩里边,就像灰尘散布在美好的空气中,你嗅得出来,但抓不住,这正是难办的地方。"

"对!"林震把右拳头打在左手掌上。

赵慧文也有些激动了,她把枕头抛开,话说得更慢,她说:"我做的是事务工作,领导同志也不大过问,加上个人生活上的许多牵扯,我沉默了,于是,上班抄抄写写,下班给孩子洗尿布、买奶粉。我觉得我老得很快,参加军干校时候那种热情和幻想,不知道哪里去了。"她沉默着,一个一个地捏着自己的手指,接着说,"两个月以前,北京市进入社会主义高潮,工人、店员还有资本家,放着鞭炮,打着锣鼓到区委会报喜,工人、店员把入党申请书直接送到组织部,大街上一天一变,整个区委会彻夜通明,吃饭的时候,宣传部、财经部的同志滔滔不绝地讲着社会主义高潮中的各种气象;可我们组织部呢?工作改进很少!打电话催催发展数字,按前年的格式添几条新例子写写总结……最近,大家检查保守思想,组织部也检查,拖拖沓沓开了三次会,然后写个材料完事。……哎,我说乱了,社会主义高潮中,每一声鞭炮都刺着我,当我复写批准新党员通知的时候,我的手激动得发抖,可是我们的工作就这样依然故我地下去吗?"她喘了一口气,来回踱着,然后接着说:"我在党小组会上谈自己的想法,韩常新满足地问:'难道我们发展数字的完成比例不是各区最高的?难道市委组织部没要我们写过经验?'然后他进行分析,说我情绪不够乐观,是因为不安心事务工作……"

"开始的时候,韩常新给人一个了不起的印象,但是实际一接触……"林震又说起那次写汇报的事。

赵慧文同意地点头:"这一二年,虽然我没提什么意见,但我无时无刻不在观察。生活里的一切,有表面也有内容,作到金玉其外,并不是难事。譬如韩常新,充领导他会拉长了声音训人,写汇报他会强拉硬扯生动的例子,分析问题,他会用几个无所不包的概念;于是,俨然成了个少壮有为的干部,他漂浮在生活上边,悠然得意。"

"那么刘世吾呢?"林震问,"他决不像韩常新那样浅薄,但是他的那些独到的见解,精辟的分析,好像包含着一种可怕的冷漠,看到他容忍王清泉这样的厂长,我无法理解,而当我想向他表示什么意见的时候,他的议论却使人越绕越糊涂,除了跟着他走,似乎没有别的路……"

"刘世吾有一句口头语:就那么回事。他看透了一切,以为一切就那么回事。按他自己的说法,他知道什么是'是',什么是'非',还知道'是'一定战胜'非',又知道'是'不是一下子战胜'非',他什么都知道,什么都见过——党的工作给人的经验本来很多;于是他不再操心,不再爱也不再恨。他取笑缺陷,仅仅是取笑,欣赏成绩,仅仅是欣赏。他满有把握地应付一切,再也不需要虔诚地学习什么,除了拼音文字之类的具体知识。一旦他认为条件成熟需要干一气,他一把把事情抓在手里,教育这个,处理那个,俨然是一切人的上司。凭他的经验和智慧,他当然可以作好一些事,于是他更加自信。"赵慧文毫不容情地说道。这些话曾经在多少个不眠的夜晚萦绕在她的心头……

"我们区委副书记兼部长呢?他不管么?"

赵慧文更加兴奋了,她说:"李宗秦身体不好,他想去作理论研究工作,嫌区的工作过于具体。他作组织部长只是挂名,把一切事情推给刘世吾。这也是一种相当普遍的不正常的现象,有一批老党员,因为病,因为文化水平低,或者因为是首长爱人,他们挂着厂长、校长和书记的名,却由副厂长、教导主任、秘书或者某个干事作实际工作。"

"我们的正书记——周润祥同志呢?"

"周润祥是一个非常令人尊敬的领导同志,但是他工作太多,忙着肃反,私营企业的改造……各种带有突击性的任务,我们组织部的工作呢,一般说永远成不了带突击性的中心任务,所以他管的也不多。"

"那……怎么办呢?"林震直到现在,才开始明白了事情的复杂性,一个缺点,仿佛粘在从上到下的一系列的缘故上。

"是啊。"赵慧文沉思地用手指弹着自己的腿,好像在弹一架钢琴,然后她向着远处笑了,她说:"谢谢你……"

"谢我?"林震以为自己听错了。

"是的,见到你,我好像又年轻了。你天不怕地不怕,敢于和一切坏现象作斗争,于是我有一种婆婆妈妈的预感:你……一场风波要起来了。"

林震脸红了。他根本没有想到这些,他正为自己的无能而十分羞耻。他嘟哝着说:"但愿是真正的风波而不是瞎胡闹。"然后他问:"你想了这么多,分析得这么清楚,为什么只是憋在心里呢?"

"我老觉得没有把握,"赵慧文把手放在自己的胸前,"我看了想,想了又看,我有时候想得一夜都睡不好,我问自己:'你的工作是事务性的,你能理解这些吗?'"

"你怎么会这样想?我觉得你刚才说的对极了!你应该把你刚才说的对区委书记谈,或者写成材料给《人民日报》……"

"瞧,你又来了。"赵慧文露出润湿的牙齿笑了。

"怎么叫又来了?"林震不高兴地站起来,使劲搔着头皮,"我也想过多少次,我觉得,人要在斗争中使自己变正确,而不能等到正确了才去作斗争!"

赵慧文突然推门出去了,把林震一个人留在这空旷的屋子里,他嗅见了肥皂的香气。马上,赵慧文回来了,端着一个长柄的小锅,她跳着进来,像一个梳着三只辫子的小姑娘。她打开锅盖,戏剧性地向林震说:

"来,我们吃荸荠,煮熟了的荸荠,我没有找到别的好吃的。"

"我从小就喜欢吃熟荸荠,"林震愉快地把锅接过来,他挑了一个大的没剥皮就咬了一口,然后他皱着眉吐了出来,"这是个坏的,又酸又臭。"赵慧文大笑了。林震气愤地把捏烂了的酸荸荠扔到地上。

临走的时候,夜已经深了,纯净的天空上布满了畏怯的小星星。有一个老头吆喝:"炸丸子开锅!"推车走过。林震站在门外,赵慧文站在门里,她的眼睛在黑暗中闪光,她说:"下次来的时候,墙上就有画了。"

林震会心地笑着:"而且希望你把丢下的歌儿唱起来!"他摇了一下她的手。

林震用力地呼吸着春夜的清香之气,一股温暖的泉水在心头涌了上来。

七

韩常新最近被任命为组织部副部长。新婚和被提拔,使他愈益精神焕发和朝气勃勃。他每天刮一次脸,在参观了服装展览会以后又做了一套凡尔丁料子的衣服。不过,最近他亲自出马下去检查工作少了,主要是在办公室听汇报,改文件和找人谈话。刘世吾仍然那么忙……

一天,晚饭以后,韩常新把《拖拉机站站长与总农艺师》还给林震,他用手弹一弹那本书,点点头说:"很有意思,也很荒唐。当个作家倒不坏,编得天花乱坠。赶明儿我得了风湿性关节炎或者犯错误受了处分,就也写小说去。"

林震接过书,赶快拉开抽屉,把它压在最底下。

刘世吾坐在另一边的沙发上正出神地研究一盘象棋残局,听了韩常新的话,刻薄地说:"老韩将来得关节炎或者受处分倒不见得不可能,至于小说,我们可以放心,至少在这个行星上不会看到您的大作。"他说的时候一点不像开玩笑,以致韩常新尴尬地转过头,装没听见。

这时刘世吾又把林震叫过去,坐在他旁边,问:"最近看什么书了?有没有好的借我看看?"

林震说没有。

刘世吾挪动着身体,斜躺在沙发上,两手托在脑后,半闭着眼,缓慢地说:"最近在《译文》上看了《被开垦的处女地》第二部的片段,人家写得真好,活得很……"

"您常看小说?"林震真不大相信。

"我愿意荣幸地表示,我和你一样地爱读书:小说、诗歌,包括童话。解放以前,我最喜欢屠格涅夫,小学五年级,我已经读《贵族之家》,我为伦蒙那个德国老头儿流泪,我也喜欢叶琳娜;英沙罗夫写得却并不好……可他的书有一种清新的、委婉多情的调子。"他忽地站起来,走近林震,扶着沙发背,弯着腰继续说,"现在也爱看,看的时候很入迷,看完了又觉得没什么,你知道,"他紧挨着林震坐下,又半闭起眼睛,"当我读一本好小说的时候,我梦想一种单纯的、美妙的、透明的生活。我想去作水手,或者穿上白衣服研究红血球,或者作一个花匠,专门培植十样锦……"他笑了。从来没有这样笑过,不是用机智,而是用心。"可还是得作什么组织部长。"他摊开了手。

"为什么您把现在的工作看得和小说那么不一样呢?党的工作不单纯,不美妙,也不透明么?"林震友好而关切地问。

刘世吾接连摇头,咳嗽了一会,又站起来,靠到远一点的地方,嘲笑地说:"党工作者不适合看小说。……譬如,"他用手在空中一划,"拿发展党员来说,小说可以写:'在壮丽的事业里,多少名新战士参加了无产阶级的先锋行列,万岁!'而我们呢,组织部呢,却正在发愁:第一,某支部组织委员工作马大哈,谈不清新党员的历史情况。第二,组织部压了百十几个等着批准的新党员,没时间审查。第三,新党员需经常委会批准,常委委员一听开会批准党员就请假。第四,公安局长参加常委会批准党员的时候老是打瞌睡……"

"您不对!"林震大声说,他像本人受了侮辱一样地难以忍耐,"您看不见壮丽的事业,只看见某某在打瞌睡……难道您也打瞌睡了?"

刘世吾笑了笑,叫韩常新:"来,看看报上登的这个象棋残局,该先挪车呢还是先跳马?"

八

魏鹤鸣告诉林震,他要求回到车间作工人,他说:"这个支部委员和生产科长我干不了。"林震费尽唇舌,劝他把那次座谈会搜集的意见写给党报,并且质问他:"你退缩了,你不信任党和国家了,是吗?"后来魏鹤鸣和几个意见较多的工人写了一封长信,偷偷地寄给报纸,连魏鹤鸣本人都对自己有些怀疑:"也许这又是'小集团活动'?那就处罚我吧!"他是带着有罪的心情把大信封扔进邮箱的。

五月中旬,《北京日报》以显明的标题登出揭发王清泉官僚主义作风的群众来信。署名"麻袋厂一群工人"的信,愤怒地要求领导上处理这一问题。《北京日报》编者也在按语中指出:"……有关领导部门应迅速作认真的检查……"

赵慧文首先发现了,她叫林震来看。林震兴奋得手发抖,看了半天连不成句子,他想:"好!终于揭出来了!还是党报有力量!"

他把报纸拿给刘世吾看,刘世吾仔细地看了几遍,然后抖一抖报纸,客观地说:"好,开刀了!"

这时,区委书记周润祥走进来,他问:"王清泉的情况你们了解不?"

刘世吾不慌不忙地说:"麻袋厂支部的一些不健康的情况那是确实存在的。过去,我们就了解过,最近我亲自找王清泉谈过话,同时小林同志也去了解过。"他转身向林震:"小林,你谈谈王清泉的情况吧。"

有人敲门,魏鹤鸣紧张地撞进来,他的脸由红色变成了青色,他说,王厂长在看到《北京日报》以后非常生气,现在正追查写信的人。

……经过党报的揭发与区委书记的过问,刘世吾以出乎林震意料之外的雷厉风行的精神处理了麻袋厂的问题。刘世吾一下决心,就可以把工作作得很出色。他把其他工作交代给别人,连日与林震一起下到麻袋厂去。他深入车间,详细调查了王清泉工作的一切情况,征询工人群众的一切意见。然后,与各有关部门进行了联系,只用了一个多星期的时间,就对王清泉作了处理——党内和行政都予以撤职处分。

处理王清泉的大会一直开到深夜,开完会,外面下起雨,雨忽大忽小,久久地不停息。风吹到人脸上有些凉。刘世吾与林震到附近的一个小铺子去吃馄饨。

这是新近公私合营的小铺子,整理得干净而且舒适。由于下雨,顾客不多。他们避开热气腾腾的馄饨锅,在墙角的小桌旁坐下来。

他们要了馄饨,刘世吾还要了白酒,他呷了一口酒,掐着手指,有些感触地说:"我这是第六次参加处理犯错误的负责干部的问题了,头几次,我的心很沉重。"由于在大会上激昂地讲过话,他的嗓音有些嘶哑,"党工作者是医生,他要给人治病,他自己却是并不轻松的。"他用无名指轻轻敲着桌子。

林震同意地点头。

刘世吾忽然问:"今天是几号?"

"五月二十。"林震告诉他。

"五月二十,对了。九年前的今天,'青年军'二〇八师打坏了我的腿。"

"打坏了腿?"林震对刘世吾的过去历史还不了解。

刘世吾不说话,雨一阵大起来,他听着那哗啦哗啦的单调的响声,嗅着潮湿的土气。一个被雨淋透的小孩子跑进来避雨,小孩的头发在往下滴水。

刘世吾招呼店员:"切一盘肘子。"然后告诉林震:"一九四七年,我在北大作自治会主席。参加五·二〇游行的时候,二〇八师的流氓打坏了我的腿。"他挽起裤子,可以看到一道弧形的疤痕,然后他站起来:"看,我的左腿是不是比右腿短一点?"

林震第一次以深深的尊敬和爱戴的眼光看着他。

喝了几口酒,刘世吾的脸微微发红,他坐下,把肉片夹给林震,然后斜着头说:"那时候……我是多么热情,多么年轻啊!我真恨不得……"

"现在就不年轻,不热情了么?"林震用期待的眼光看着。

"当然不,"刘世吾玩着空酒杯,"可是我真忙啊!忙得什么都习惯了,疲倦了。解放以来从来没睡够过八小时觉。我处理这个人和那个人,却没有时间处理处理自己。"他托起腮,用最质朴的人对人的态度看着林震,"是啊,一个布尔什维克,经验要丰富,但是心要单纯。……再来一两!"刘世吾举起酒杯,向店员招手。

这时,林震已经开始被他深刻和真诚的抒发所感动了。刘世吾接着闷闷地说:"据说,炊事员的职业病是缺少良好食欲,饭菜是他们做的,他们整天和饭菜打交道。我们,党工作者,我们创造了新生活,结果,生活反倒不能激动我们……"

林震的嘴动了动,刘世吾摆摆手,表示希望不要现在就和他辩论。他不说话,独自托着腮发愣。

"雨小多了,这场雨对麦子不错,"过了半天,刘世吾叹了口气,忽然又说:"你这个干部好,比韩常新强。"

林震在慌乱中赶紧喝汤。刘世吾盯着他,亲切地笑着,问他:"赵慧文最近怎么样?"

"她情绪挺好。"林震随口说。他拿起筷子去夹熟肉,看见了他熟悉的刘世吾的闪烁的目光。

刘世吾把椅子拉近他,缓缓地说:"原谅我的直爽,但是我有责任告诉你……"

"什么?"林震停止了夹肉。

"据我看,赵慧文对你的感情有些不……"

林震颤抖着手放下了筷子。

离开馄饨铺,雨已经停了,星光从黑云下面迅速地露出来,风更凉了,积水漏漏地从马路两边的泄水池流下去。林震迷惘地跑回宿舍,好像喝了酒的不是刘世吾,倒是他。同宿舍的同志都睡得很甜,粗短的和细长的鼾声此起彼伏。林震坐在床上,摸着湿了的裤角,眼前浮现了赵慧文的苍白而美丽的脸。……他还是个毛小伙子,他什么也没经历过,什么都不懂。他走近窗子,把脸紧贴在外面沾满了水珠的冰冷的玻璃上。

九

区委常委开会讨论麻袋厂的问题。

林震列席参加。他坐在一角,心跳、紧张,手心里出了汗。他的衣袋里装着好几千字的发言提纲,准备在常委会上从麻袋厂事件扯出组织部工作中的问题。他觉得麻袋厂问题的揭发和解决,造成了最好的机会,可以促请领导从根本上考虑一下组织部的工作。时候到了!

刘世吾正在条理分明地汇报情况。书记周润祥显出沉思的神色,用左拳托着士兵式的粗壮而宽大的脸,右腕子压着一张纸,时而在上面写几个字。李宗秦用食指在空中写划着。韩常新也参加了会,他专心地把自己的鞋带解开又系上。

林震几次想说话,但是心跳得使他喘不上气。第一次参加常委会,就作这种大胆的发言,未免过于莽撞吧?不怕,不怕!他鼓励自己。他想起八岁那年在青岛学跳水,他也一边听着心跳,一边生气地对自己说:"不怕,不怕!"

区委常委批准了刘世吾对于麻袋厂问题提出的处理意见,马上就要进行下面一项议程了,林震霍地举起了手。

"有意见吗?不举手就可以发言的。"周书记笑着说。

林震站起来,碰响了椅子,掏出笔记本看着提纲,他不敢看大家。

他说:"王清泉个人是作了处理了,但是如何保证不再有第二、第三个王清泉出现呢?我们应该检查一下区委组织工作中的缺点:第一,我们只抓了建党,对于巩固党没给以应有的注意,使基层的党内斗争处于自流状态。第二,我们明知有问题却拖延着不去解决,王清泉来厂子整整五年,问题一直存在而且愈发展愈重。……具体地说,我认为韩常新同志与刘世吾同志有责任……"

会场起了轻微的骚动,有人咳嗽,有人放下了烟卷,有人打开笔记本,有人挪了一下椅子。

韩常新耸了一下肩,用舌头舔了一下扭动着的牙床,讽刺地说:"往往听到一种事后诸葛亮的意见:'为什么不早一点处理呢?'当然是愈早愈好喽……高、饶事件发生了,有人问为什么不早一点,贝利亚,也有人问为什么不早一点。再者,组织部并不能保证第二、三个王清泉不会出现,林震同志也未尝能保证这一点。"

林震抬起头,用激怒的目光看韩常新。韩常新却只是冷冷地笑。林震压抑着自己说:"老韩同志知道缺点的存在是规律,但他不知道克服缺点前进更是规律。老韩同志和刘部长,就是抱住了头一个规律,因而对各种严重的缺点采取了容忍乃至于麻木的态度!"说完,他用手抹了抹头上的汗,他也不知道自己怎么敢说得这样尖锐,但是终究说出来了,他有一种如释重负的感觉。

李宗秦在空中划着的食指停住了,周润祥转头看看林震又看看大家,他的沉重的身躯使木椅发出了吱吱声。他向刘世吾示意:"你的意见?"

刘世吾点点头:"小林同志的意见是对的,他的精神也给了我一些启发……"然后他悠闲地蹓到桌子边去倒茶水,用手抚摸着茶碗沉思地说:"不过具体到麻袋厂事件,倒难说了。组织部门巩固党的工作抓的不够,是的,我们干部太少,建党还抓不过来。麻袋厂王清泉的处理,应该说还是及时而有效的。在宣布处理的工人大会上,工人的情绪空前高涨,有些落后的工人也表示更认识到了党的大公无私,有一个老工人在台上一边讲话一边落泪,他们口口声声说着感谢党、感谢区委……"

林震小声说:"是的,正因为这样,我才觉得我们工作中的麻木、拖延、不负责任,是对群众犯罪。"他提高了声音,"党是人民的、阶级的心脏,我们不能容忍心脏上有灰尘,就不能容忍党的机关的缺点!"

李宗秦把两手交叉起来放在膝头,他缓缓地说,像是一边说一边思索着如何造句:"我认为林震、韩常新、刘世吾同志的主要争论有两个症结,一个是规律性与能动性的问题,……一个是……"

林震以不知从哪儿来的勇气对李宗秦说:"我希望不要只作冷静而全面的分析……"他没有说下去,他怕自己掉下眼泪来。

周润祥看一看林震,又看一看李宗秦,皱起了眉头,沉默了一会,迅速地写了几个字,然后他对大家说:"讨论下一项议程吧。"

散会后,林震气恼得没有吃下饭,区委书记的态度他没想到。他不满甚至有点失望。韩常新与刘世吾找他一齐出去散步,就像根本没理会他对他们的不满意,这使林震更意识到自己和他们力量的悬殊。他苦笑着想:"你还以为常委会上发一席言就可以起好大的作用呢!"他打开抽屉,拿起那本被韩常新嘲笑过的苏联小说,翻开第一篇,上面写着:"按娜斯嘉的方式生活!"他自言自语:"真难啊!"

他缺少了什么呢?

十

第二天下班以后,赵慧文告诉林震:"到我家吃饭去吧,我自己包饺子。"他想推辞,赵慧文已经走了。

林震犹豫了好久,终于在食堂吃了饭再到赵慧文家去。赵慧文的饺子刚刚煮熟。她穿上暗红色的旗袍,系着围裙,手上沾满面粉,像一个殷勤的主妇似地对林震说:"新下来的豆角做的馅子……"

林震嗫嚅地说:"我吃过了。"

赵慧文不信,跑出去给他拿来了筷子,林震再三表示确实吃过,赵慧文不满意地一个人吃起来。林震不安地坐在一旁,一会儿看看这,一会儿看看那,一会儿搓搓手,一会儿晃一晃身体。

"小林,有什么事么?"赵慧文停止了吃饺子。

"没……有。"

"告诉我吧。"赵慧文目不转睛地看着他。

"昨天在常委会上我把意见都提了,区委书记睬都不睬……"

赵慧文咬着筷子端想了想,她坚决地说:"不会的,周润祥同志只是不轻易发表意见……"

"也许,"林震半信半疑地说,他低下头,不敢正面接触赵慧文关切的目光。

赵慧文吃了几个饺子,又问:"还有呢?"

林震的心跳起来了。他抬起头,看见了赵慧文的好意的眼睛,他轻轻地叫:"赵慧文同志……"

赵慧文放下筷子,靠在椅子背上,有些吃惊了。

"我很想知道,你是否幸福。"林震用一种粗重的完全像大人一样的声音说,"我看见过你的眼泪,在刘世吾的办公室,那时候春天刚来……后来忘记了。我自己马马虎虎地过日子,也不会关心人。你幸福吗?"

赵慧文略略疑惑地看着他,摇头,"有时候我也忘记……"然后点头,"会的,会幸福的。你为什么问它呢?"她安详地笑着。

林震把刘世吾对他讲的告诉了她:"……请原谅我,把刘世吾同志随便讲的一些话告诉了你,那完全是瞎说……我很愿意和你一起说话或者听交响乐,你好极了,那是自然而然的,……也许这里边有什么不好的,不合适的东西,马马虎虎的我忽然多虑了,我恐怕我扰乱谁。"林震抱歉地结束了。

赵慧文安详地笑着,接着皱起了眉尖儿,又抬起了细瘦的胳臂,用力擦了一下前额,然后她甩了一下头,好像甩掉什么不愉快的心事似地转过身去了。

她慢慢地走到墙壁上新挂的油画前边,默默地看画。那幅画的题目是"春",莫斯科,太阳在春天初次出现,母亲和孩子到街头去……

一会,她又转过身来,迅速地坐在床上,一只手扶着床栏杆,异常平静地说:"你说了些什么呀?真是!我不会作那些不经过考虑的事。我有丈夫,有孩子,我还没和你谈过我的丈夫,"她不用常说的"爱人",而强调地说着"丈夫","我们在五二年结的婚,我才十九,真不该结婚那么早。他从部队里转业,在中央一个部里作科长,他慢慢地染上了一种油条劲儿,争地位、争待遇,和别人不团结。我们之间呢,好像也只剩下了星期六晚上回来和星期一走。我的看法是:或者是崇高的爱情,或者什么都没有。我们争吵了……但我仍然等待着……他最近出差去上海,等回来,我要和他好好谈一谈。可你说了些什么呢?"她又一次问,"小林,你是我所尊敬的顶好的朋友,但你还是个孩子——这个称呼也许不对,对不起。我们都希望过一种真正的生活,我们希望组织部成为真正的党的工作机构,我觉着你像是我的弟弟,你盼望我振作起来,是吧?生活是应该有互相支援和友谊的温暖,我从来就害怕冷淡。就是这些了,还有什么呢?还能有什么呢?"

林震惶恐地说:"我不该受刘世吾话的影响……"

"不,"赵慧文摇头,"刘世吾同志是聪明人,他的警告也许并不是完全没有必要,然后……"她深深地吐了一口气:"那就好了。"

她收拾起碗筷,出去了。

林震茫然地站起,来回踱着步子,他想着,想着,好像有许多话要说,慢慢地,又没有了。他要说什么呢?本来什么都没有发生。生活有时候带来某种情绪的波流,使人激动也使人困扰,然后波流流过去,没的一点痕迹……真的没有痕迹吗?它留下对于相逢者的纯洁和美好的记忆,虽然淡淡,却难忘……

赵慧文又进来了,她领着两岁的儿子,还提着一个书包。小孩已经与林震见过几次面,亲热地叫林震"夫夫"——他说不清"叔叔"。

林震用强健的手臂把他举了起来。空旷的屋子里顿时充满了孩子的笑闹声。

赵慧文打开书包,拿出一叠纸,翻着,说:"今天晚上,我要让你看几样东西。我已经把三年来看到的组织工作中的一些问题和自己的意见写了一个草稿。这个……"她不好意思地摸了一下一张橡皮纸:"大概这是可笑的,我给自己规定了一个竞赛的办法。让今天的自己和昨天的自己竞赛。我划了表,如果我的工作有了失误——写入党批准通知的时候抄错了名字或者统计错了新党员人数,我就在表上划一个黑叉子,如果一天没有错,就画一个小红旗。连续一个月都是红旗,我就买一条漂亮的头巾或者别的什么奖励自己……也许,这像幼儿园的作法吧?你好笑吗?"

林震入神地听着,他严肃地说:"决不,我尊敬你对你自己的……"

临走的时候,夜已经深了,林震站在门外,赵慧文站在门里,她的眼睛在黑暗中闪着光,她说:"今天的夜色非常好,你同意吗?你嗅见了槐花的香气了没有?平凡的小白花,它比牡丹清雅,比桃李浓馥,你嗅不见?真是!再见。明天一早就见面了,我们各自投身在伟大而麻烦的工作里边。然后晚上来找我吧,我们听美丽的意大利随想曲。听完歌,我给你煮荸荠,然后我们把荸荠皮扔的满地都是……"

……林震靠着组织部的门前的大柱子好久好久地呆立着,望着夜的天空。初夏的南风吹拂着——他来时是残冬,现在已经初夏了。他在区委会度过了第一个春天。

他作好的事情简直很少,简直就是没有,但他学了很多,多懂了不少事,他懂得了生活的真正的美好和真正的分量;他懂得了斗争的困难和斗争的价值。他渐渐明白,在这平凡而又伟大的、包罗万象的、担负着无数艰巨任务的区委会,单凭个人的勇气是作不成任何事情的……从明天……

办公室的小刘走过,叫他:"林震,你上哪儿去了?快去找周润祥同志,他刚才找了你三次。"

区委书记找林震了吗?那么不是从明天,而是从现在,他要尽一切力量去争取领导的指引,这正是目前最重要的……

隔着窗子,他看见绿色的台灯和夜间办公的区委书记的高大侧影,他坚决地、迫不及待地敲响领导同志办公室的门。

(原载《人民文学》1956 年第 9 期)

宗 璞

红 豆

天气阴沉沉的,雪花成团地飞舞着。本来是荒凉的冬天的世界,铺满了洁白柔软的雪,仿佛显得丰富了,温暖了。江玫手里提着一只小箱子,在×大学的校园中一条弯曲的小道上走着。路旁的假山,还在老地方。紫藤萝架也还是若隐若现地躲在假山背后。还有那被同学戏称为阿木林的枫树林子,这时每株树上都积满了白雪,真是"忽如一夜春风来,千树万树梨花开"了。雪花迎面扑来,江玫觉得又清爽又轻快。她想起六年以前,自己走着这条路,离开学校,走上革命的工作岗位时的情景,她那薄薄的嘴唇边,浮出一个微笑。脚下不觉愈走愈快,那以前住过四年的西楼,也愈走愈近了。

江玫走进了西楼的大门,放下了手中的箱子,把头上紫红色的围巾解下来,抖着上面的雪花。楼里一点声音也没有,静悄悄的。江玫知道这楼已作了单身女教职员宿舍,比从前是学生宿舍时,自然不同。只见那间门房,从前是工友老赵住的地方,门前挂着一个牌子,写着"传达室"三个字。

"有人么?"江玫环顾着这熟悉的建筑,还是那宽大的楼梯,还是那阴暗的甬道,吊着一盏大灯。只是墙边布告牌上贴着"今晚团员大会"的布告,又是工会基层选举的通知,用红纸写着,显得喜气洋洋的。

"谁呀?"一个苍老的声音从传达室里发出来。传达室门开了,一个穿着干部服的整洁的老头儿,站在门口。

"老赵!"江玫叫了一声,又高兴又惊奇,跑过去一把抱住了他。"你还在这儿!"

"是江玫!"老赵几乎不相信自己昏花的老眼,揉了揉眼睛,仔细看着江玫。"是江玫!打前几个总务处就通知我,说党委会新来了个干部,叫给预备一间房,还说这干部还是咱们学校的学生呢,我可再也没想到是你!你离开学校六年啦,可一点没变样,真怪,现时的年轻人,怎么再也长不老哇!走!领你上你屋里去,可真凑巧,那就是你当学生时住的那间房!"

老赵絮絮叨叨领着江玫上楼。江玫抚着楼梯栏杆,好像又接触到了六年以前的大学生生活。

这间房间还是老样子,只是少了一张床,多了些别的家具,窗外可以看到阿木林,还有阿木林后面的小湖,在那里,夏天时,是要长满荷花的。江玫四面看着,眼光落到墙上嵌着的一个耶稣受难像上。那十字架的颜色,显然深了许多。

好像是有一个看不见的拳头,重重地打了江玫一下。江玫觉得一阵头昏,问老赵:"这个东西怎么还在这儿?"

"本来说要取下来,破除迷信,好些房间都取下来了。后来又说是艺术品让留着,有几间屋子就留下了。"

"为什么要留下?为什么要留下这一间的?"江玫怔怔地看着那十字架,一歪身坐在还没有铺好的床上。

"那也是凑巧呗!"老赵把桌上的一块破抹布捡在手里。"这屋子我都给收拾好啦,你归置归置,休息休息。我给你张罗点开水去。"

老赵走了。江玫站起身来,伸手想去摸那十字架,却又像怕触到使人疼痛的伤口似的,伸出手又缩回手,怔了一会儿,后来才用力一揿耶稣的右手,那十字架好像一扇门一样打开了。墙上露出一个小洞。江玫踮起脚尖往里看,原来被冷风吹得绯红的脸色刷地一下变得惨白。她低声自语:"还在!"遂用两个手指,钳出了一个小小的有象牙托子的黑丝绒盒子。

江玫坐在床边,用发颤的手揭开了盒盖。盒中露出来血点儿似的两粒红豆,镶在一个银丝编成的指环上,没有耀眼的光芒,但是色泽十分匀静而且鲜亮。时间没有给它们留下一点痕迹。

江玫知道这里面有多少欢乐和悲哀。她拿起这两粒红豆,往事像一层烟雾从心上升了起来——

那已经是八年以前的事了。那时江玫刚二十岁,上大学二年级。那正是一九四八年,那动荡的翻天覆地的一年,那激动,兴奋,流了不少眼泪,决定了人生的道路的一年。

在这一年以前,江玫的生活像是山岩间平静的小溪流,一年到头潺潺地流着,很少波浪。她生长于小康之家,父亲做过大学教授,后来做了几年官。在江玫五岁时,有一天,他到办公室去,就再没有回来过。江玫只记得自己被送到舅母家去住了一个月,回家时,看见母亲如画的脸庞消瘦了,眼睛显得惊人的大,看去至少老了十年。据说父亲是患了急性肠炎去世了。以后,江玫上了小学上中学,上了中学上大学。日寇入侵的那段水深火热的日子,江玫也在母亲的尽力遮蔽下较平静地度过。在中学时,有一些密友常常整夜叽叽喳喳地谈着知心话。上大学后,因为大家都是上课来,下课走,不参加什么活动的人简直连同班同学也不认识,只认识自己的同屋。江玫白天上课弹琴,晚上坐图书馆看参考书,礼拜六就回家。母亲从摆着夹竹桃的台阶上走下来迎接她,生活就像那粉红色的夹竹桃一样与世隔绝。

一九四八年春天,新年刚过去,新的学期开始了。那也是这样一个下雪天,浓密的雪花安安静静地下着。江玫从练琴室里走出来,哼着刚弹过的调子。那雪花使她感到非常新鲜,她那年轻的心充满了欢快。她走在两排粉装玉琢的短松墙之间,简直想去弹动那雪白的树枝,让整个世界都跳起舞来。她伸出了右手,自己马上觉得不好意思,连忙缩了回来,掠了掠鬓发,按了按母亲从箱子底下找出来的一个旧式发夹,发夹是黑白两色发亮的小珠串成的,还托着两粒红豆,她的新同屋肖素说好看,硬给她戴在头上的。

在这寂静的道路上,一个青年人正急速地向练琴室走来。他身材修长,穿着灰绸长袍,罩着蓝布长衫,半低着头,眼睛看着自己前面三尺的地方,世界对于他,仿佛并不存在。也许是江玫身上活泼的气氛,脸上鲜亮的颜色搅乱了他,他抬起头来看了她一眼。江玫看见他有着一张清秀的象牙色的脸,轮廓分明,长长的眼睛,有一种迷惘的做梦的神气。江玫想,这人虽然抬起头来,但是一定没有看见我。不知为什么,这个念头,使她觉得很遗憾。

晚上,江玫躺在床上,久久不能入睡。许多片断在她脑中闪过。她想着母亲,那和她相依为命的老母亲,这一生欢乐是多么少。好像有什么隐秘的悲哀在过早地染白她那一头丰盛的头发。她非常嫌恶那些做官的和有钱的人,江玫也从她那里承袭了一种清高的气息,那与世隔绝的清高。江玫想想,忽然好笑了起来。

江玫自己知道,觉得那种清高好笑是因为想到肖素的缘故。肖素是江玫这一学期的新同屋。同屋不久,可是两人已经成为很要好的朋友。肖素说江玫像是从另一个世界来的,清高这个词儿也是肖素说的,她还说:"当然,这也有好处也有不好处。"这些,江玫并不完全了解。只不知为什么,乱七八糟的一些片断都在脑海中浮现出来。

这屋子多么空!肖素还不回来。江玫很想看见她那白中透红的胖胖的面孔,她总是给人安慰、知识和力量。学物理的人总是聪明的,而且她已经四年级了,江玫想。但是在肖素身上,好像还不只是学物理和上到大学四年级,她还有着更丰富的东西,江玫还想不出是什么。

正乱想着,肖素推门进来了。

"哦!小鸟儿!还没有睡!"小鸟儿是肖素给江玫起的绰号。

"睡不着。真希望你快点回来。"

"为什么睡不着?"肖素带回来一个大萝卜,切了一片给江玫。

"等着吃萝卜,——还等着你给讲点什么。"江玫望着肖素坦白率真的脸,又想起了母亲。上礼拜她带肖素回家去,母亲真喜欢肖素,要江玫多听肖姐姐的话。

"我会讲什么?你是幼稚园?要听故事?咴,给你本小书看看。"江玫接过那本小书,书面上写着"方生未死之间"。

两人静静地读起书来了。这本书很快就把江玫带进了一个新的天地。它描写着中国人民受的苦难,在血和泪中,大家在为一种新的生活——真正的丰衣足食,真正的自由——奋斗,这种生活,是大家所需要的。

"大家?——"江玫把书抱在胸前,沉思起来。江玫的二十年的日子,可以说全是在那粉红色的夹竹桃后面度过的。但她和母亲一样,憎恶权势,憎恶金钱。母亲有时会流着泪说:"大家都该过好日子,谁也不该屈死。"母亲的"大家"在这本小书里具体化了。是的,要为了大家。

"肖素,"江玫靠在枕上说:"我这简单的人,有时也曾想过人活着是为了什么,但想不通。你和你的书使我明白了一些道理。"

"你还会明白得更多。"肖素热切地望着她,"你真善良——你让我忘记刚才的一场气了,刚刚我为我们班上的齐虹真发火——"

"齐虹?他是谁?"

"就是那个常去弹琴,老像在做梦似的那个齐虹,真是自私自利的人,什么都不能让他关心。"

肖素又拿起书来看了。

江玫也拿起书来,但她觉得那清秀的象牙色的脸,不时在她眼前晃动。

雪不再下了。坚硬的冰已经逐渐变软。江玫身上的黑皮大衣换成了灰呢子的,配上她习惯用的红色的围巾,洋溢着春天的气息。她跟着肖素,生活渐渐忙起来。她参加了"大家唱"歌咏团和"新诗社"。她多么喜欢那"你来我来他来她来大家一齐来唱歌"的热情的声音,她因为《黄河大合唱》刚开始时万马奔腾的鼓声兴奋得透不过气来。她读着艾青、田间的诗,自己也悄悄写着什么"飞翔,飞翔,飞向自由的地方"的句子。"小鸟"成了大家对她的爱称。她和肖素也更接近,每天早上一醒来,先要叫一声"素姐"。

她还是天天去弹琴,天天碰见齐虹,可是从没有说过话。本来总在那短松夹道的路上碰见他,后来常在楼梯上碰见他,后来江玫弹完了琴出来时,总看见他站在楼梯栏杆旁,仿佛站了很久了似的,脸上的神气总是那样漠然。

有一天天气暖洋洋的,微风吹来,丝毫不觉得冷,确实是春天来了。江玫在练琴室里练习贝多芬的月光曲,总弹也弹不会,老要出错,心里烦躁起来,没到时间就不弹了。她走出琴室,一眼就看见齐虹站在那里。他的神色非常柔和,劈头就问:

"怎么不弹了?"

"弹不会。"江玫多少带了几分诧异。

"你大概太注意手指的动作了。不要多想它,只记着调子,自然会弹出来。"

他在钢琴旁边坐下了,冰冷的琴键在他的弹奏下发出了那样柔软热情的声音。换上别的人,脸上一定会带上一种迷醉的表情,可是齐虹神采飞扬,目光清澈,仿佛现实这时才在他眼前打开似的。

"这是怎么样的人?"江玫问着自己。"学物理,弹一手好钢琴,那神色多么奇怪。"

齐虹停住了,站起来,看着倚在琴边的江玫,微微一笑。

"你没有听?"

"不,我听了。"江玫分辩道,"我在想——"想什么,她自己也不知道。

"我送你回去,好么?"

"你不练琴?"

"不想练。你看天气多么好!"

就这样,他们开始了第一次的散步,就这样,他们散步,散步,看到迎春花染黄了柔软的嫩枝,看到亭亭的荷叶铺满了池塘。他们曾迷失在荷花清远的微香里,也曾迷失在桂花浓郁的甜香里,然后又是雪花飞舞的冬天。哦!那雪花,那阴暗的下雪天!——

齐虹送她回去,一路上谈着音乐,齐虹说:"我真喜欢贝多芬,他真伟大、丰富,又那样朴实。每一个音符上都充满了诗意。"

江玫懂得他的"诗意"含有一种广义的意思。她的眼睛很快地表露了她这种懂得。

齐虹接着说:"你也是喜欢贝多芬的。不是吗?据说肖邦最不喜欢贝多芬,简直不能容忍他的音乐。"

"可我也喜欢肖邦。"江玫说。

"我也喜欢。那甜蜜的忧愁——人和人之间是有很多相同的也有很多不同的东西——"那漠然的表情又来到他的脸上。"物理和音乐能把我带到一个真正的世界去,科学的、美的世界,不像咱们活着的这个世界,这样空虚,这样紊乱,这样丑恶!"

他送她到西楼,冷淡地点了点头就离开了,根本没有问她的姓名。江玫又一次感到有些遗憾。

晚上,江玫从图书馆里出来,在月光中走回宿舍。身后有一个声音轻轻唤她:"江玫!"

"哦!是齐虹。"她回头看见那修长的身影。

"你怎么知道我的名字?"齐虹问。月光照出他脸上热切的神气。

"你怎么知道我的名字?"江玫反问。她觉得自己好像认识齐虹很久了,齐虹的问题可以不必回答。

"我生来就知道。"齐虹轻轻地说。

两人都不再说话。月光把他们的影子投在地上。

以后,江玫出来时,只要是一个人,就总会听到温柔的一声"江玫"。他们愈来愈熟。不知从什么时候起,从图书馆到西楼的路就无限度地延长了。走啊,走啊,总是走不到宿舍。江玫并不追究路为什么这样长,她甚至希望路更长一些,好让她和齐虹无止境地谈着贝多芬和肖邦,谈着苏东坡和李商隐,谈着济慈和勃朗宁。他们都很喜欢苏东坡的那首江城子:"十年生死两茫茫,不思量,自难忘,千里孤坟、无处话凄凉。"他们幻想着十年的时间会在他们身上留下怎样的痕迹。他们谈时间,空间,也谈论人生的道理——

齐虹说:"人活着就是为了自由。自由,这两个字实在好极了。自就是自己,自由就是什么都由自己,自己爱做什么就做什么。这解释好吗?"

他的语气有些像开玩笑,其实他是认真的。

"可是我在书里看见,认识必然才是自由。"江玫那几天正在看《大众哲学》。"人也不能只为自己,一个人怎么活?"

"呀!"齐虹笑道,"我倒忘了,你的同屋就是肖素。"

"我们非常要好。"

因为看到路旁的榆叶梅,齐虹说用热闹两字形容这种花最好,江玫很赞赏这两个字,就把自由问题搁下了。

江玫隐约觉得,在某些方面,她和齐虹的看法永远也不会一致。可是她并没有去多想这个,她只喜欢和他在一起,遏止不住地愿意和他在一起。

一个礼拜天,江玫第一次没有回家。她和齐虹商量好去颐和园。春天的颐和园真是花团锦簇,充满了生命的气息。来往的人都脱去了臃肿的冬装,显得那样轻盈可爱。江玫和齐虹沿着昆明湖畔向南走去,那边简直没有什么人,只有和暖的春风和他们作伴。绿得发亮的垂柳直向他们摆手。他们一路赞叹着春天,赞叹着生命,走到玉带桥旁。

"这水多么清澈,多么丰满啊。"江玫满心欢喜地向桥洞下面跑去。她笑着想要摸一摸那湖水。齐虹几步就追上了她,正好在最低的一层石阶上把她抱住。

"你呀!你再走一步就掉到水里去了!"齐虹掠着她额前的短发,"我救了你的命,知道么?小姑娘,你是我的。"

"我是你的。"江玫觉得世界上什么都不存在了。她靠在齐虹胸前,觉得这样撼人的幸福渗透了他们。在她灵魂深处汹涌起伏着潮水似的柔情,把她和齐虹一起溶化。

齐虹抬起了她的脸,"你哭了?"

"是的。我不知为什么,为什么这样感动——"

齐虹也感动地望着她,在清澈的丰满的春天的水面上,映出了一双倒影。

齐虹喃喃地说:"我第一次看见你,就是那个下雪天,你记得么?我看见了你,当时就下了决心,一定要永远和你在一起,就像你头上的那两粒红豆,永远在一起,就像你那长长的双眉和你那双会笑的眼睛,永远在一起。"

"我还以为你没有看见我——"

"谁能不看见你!你像太阳一样发着光,谁能不看见你!"齐虹的语气是这样热烈,他的脸上真的散发出温暖的光辉。

他们循着没有人迹的长堤走去,因为没有别人而感到自由和高兴。江玫抬起她那双会笑的眼睛,悄声说:"齐虹,咱们最好去住在一个没有人的岛上,四面是茫茫的大海,只有你是唯一的人——"

齐虹快乐地喊了一声,用手围住她的腰。"那我真愿意!我恨人类!只除了你!"

对于江玫来说,正是由于深切的爱,才想到这样的念头,她不懂齐虹为什么要联想到恨,未免有些诧异地望着他。她在齐虹光亮的眼睛里感到了热情,但在热情后面却有一些冰冷的东西,使她发抖。

齐虹注意到她的神色,改了话题:

"冷吗?我的小姑娘?"

"我只是奇怪,你怎么能恨——"

"你甜蜜的爱,就是珍宝,我不屑把处境和帝王对调。"齐虹顺口念着莎士比亚的两句诗,他确是真心的。可是江玫听来,觉得他对那两句诗的情感,更多于对她自己。她并没有多计较,只说是真有些冷,柔顺地在他手臂中,靠得更紧一些。

江玫的温柔的衰弱的母亲不大喜欢齐虹。江玫问她:"他怎么不好?他哪里不好?"母亲忧愁地微笑着,说他是聪明极了,也称得起漂亮,但做为一个人,他似乎少些什么,究竟少些什么,母亲也说不出。在江玫充满爱情的心灵里,本来有着一个奇怪的空隙,这是任何在恋爱中的女孩子所不会感到的。而在江玫,这空隙是那样尖锐,那样明显,使她在夜里痛苦得不能入睡。她想马上看见他,听他不断地诉说他的爱情。但那空隙,是无论怎样的诉说也填不满的罢。母亲的话更增加了江玫心上的阴影。更何况还有肖素。

红五月里,真是热闹非凡。每天晚上都有晚会。五月五日,是诗歌朗诵会。最后一个朗诵节目是艾青的《火把》。江玫担任其中的唐尼。她本来是再也不肯去朗诵诗的,她正好是属于一听朗诵诗就浑身起鸡皮疙瘩的那种人。肖素只问了她两句话:"喜欢这首诗不?""喜欢。""愿意多有一些人知道它不?""愿意。""那好了。你去念罢。"江玫拂不过她,最后还是站到台上来了。她听到自己清越的声音飘在黑压压的人群上,又落在他们心里。她觉得自己就是举着火把游行的唐尼,感觉到了一种完全新的东西、陌生的东西。而肖素正像是指导着唐尼的李茵。她愈念愈激动,脸上泛着红晕。她觉得自己在和上千的人共同呼吸,自己的情感和上千的人一同起落。"黑夜从这里逃遁了,哭泣在遥远的荒原。"那雄壮的齐诵好像是一种无穷的力量,推着她,使她想要奔跑,奔跑——

回到房间里,她对肖素说:"我今天忽然懂得了大伙儿在一起的意思,那就是大家有一样的认识,一样的希望,爱同样的东西,也恨同样的东西。"

肖素直看着她,问道:"你和齐虹有一样的认识,一样的期望么?"

江玫很怪肖素这时提到齐虹,打断了她那些体会,她那双会笑的眼睛严肃起来:"我真不知道怎样告诉你,我和齐虹,照我看,有很多地方,是永远也不会一致的。"

肖素也严肃地说:"本来是不会一致。小鸟儿,你是一个好女孩子,虽然天地窄小,却纯洁善良。齐虹憎恨人,他认为无论什么人彼此都是互相利用。他有的是疯狂的占有的爱,事实上他爱的还是自己。我和他已经同学四年——"

"你怎么能这样说他!我爱他!我告诉你我爱他!"江玫早忘了她和齐虹之间的分歧,觉得有一团火在胸中烧,她斩钉截铁地说,砰的一声关上房门,到走廊里去了。

"回来!回来。"第一声是严厉的,第二声是温柔的。肖素打开房门,看见她站在走廊里,眼睛像星星般亮。"你这礼拜天回家吗?有点事要你做。"

江玫是从不拒绝肖素的任何要求的。她隐约觉得肖素正在为一个伟大的事业做着工作,肖素的生活是和千百万人联系在一起的,非常炽热,似乎连石头也能温暖,她望着肖素,慢慢走了回来。

"什么事?交给我办好了。"

"你不回家么?"

"原来想回去看看。听说面粉已经涨到三百万一袋了。前几天大公报登了几首小诗,有一点稿费,想去送给母亲。"江玫一下子觉得疲倦得要命,坐在椅子上。

肖素本来想说"不食人间烟火的江玫也知道关心物价了",又一想,就没有说。只说:

"这里有几篇壁报稿子,礼拜一要出,你来把它们修改一遍,文字上弄通顺些,抄写清楚。我明天进城,可以把钱送给伯母。"她把稿子递给江玫,关心地看着她,说:"过两天,咱们还要好好谈一谈。"

礼拜天,江玫吃过早饭就坐在桌旁看那些稿子。为什么这些短短的文字并不怎么通顺的文章这样有说服力?要民主反饥饿,像钟声一样在江玫耳边敲着。参加新诗朗诵会的兴奋心情又升起来了。《火把》中的唐尼的形象仿佛正站在窗帘上。

有人敲门。

"江玫!"是齐虹的声音。

江玫转过头去,正是齐虹站在门口,一脸温柔的笑意,在看着江玫。

"哦!你来了!"

"昨天晚上到你家里去了,伯母说你没有回来。我连家也没有回,就回学校来了。"他走上来握住江玫的手。

一提起齐虹的家,江玫眼前就浮现出富丽堂皇的大厅,老银行家在数着银元,叮叮当当响,这和江玫手上的那些文章很不调和。甚至齐虹,这温文尔雅的齐虹,也和它们很不调和,但江玫看见他,还是很高兴的。

"在干什么?要出壁报么?听说你还朗诵诗?你怎么?也参加民主运动了?我的女诗人!"

江玫不太喜欢他那说话的语气,颔首要他坐下。

"我是来找你出去玩的。你看天气多么好!转眼就是夏天了。我来接你到'绝域'去做春季大扫除。"

"绝域"是他们两个都喜欢的一个童话"潘波得"中的神仙领域。他们的爱情就建筑在这些并不存在的童话,终究要萎谢的花朵,要散的云,会缺的月上面。

"今天不行呀,齐虹。"江玫抱歉地说。她抽回了自己的手,理了理放在桌上的稿子。"肖素要我——"

"肖素!又是肖素!你怎么这么听她的话!"齐虹不耐烦地说。

"她的话对么!"

"可是你知道我多么想和你在一起,去听那新生的小蝉的叫唤,去看那新长出来的小小的荷叶——我想要怎样,就要做到!"齐虹脸上温柔的笑意不见了,好像江玫是他的一本书,或者一件仪器。

江玫惊诧地望着他。

"也许,你还会去参加游行罢!你真傻透了!就知道一个肖素!"忿怒的阴云使他的脸变得很凶恶。但他马上又换上一副温和的腔调:"跟我去罢,我的小姑娘。"

江玫咬着自己的嘴唇,几乎咬出血来。

门外有人叫:"小鸟儿!江玫!快来看看这幅漫画,合适不合适。"

江玫想要出去。齐虹却站在桌前不放她走。江玫绕到桌子这边,齐虹也绕了过来,照旧拦住她。江玫又急又气,怎么推他也推不动,不一会儿,江玫的头发散乱,那红豆发夹落在地上,马上就被齐虹那穿着两色镶皮鞋的脚踩碎了,满地散着黑白两色的小珠。江玫觉得自己整个的灵魂正像那个发夹一样给压碎了。她再没有一点力气,屈辱地伏在桌上哭起来。

齐虹需要的正是这样的哭泣。他捡起那两粒红豆,极其体贴地抚着她的肩:"原谅我,原谅我!我太任性,我只是说不出的要和你在一起,我需要你——"

"别哭了,别哭了,我的小姑娘。"齐虹真的着急起来,"我再也不惹你生气了,再也不——再也不——"

江玫觉得这一切真没意思。她很快就抬起头来,擦干了眼泪。她看出来壁报是编不成了,但她也下定决心不跟他出去。只呆呆地坐着,望着窗外。

"好了,好了,不要生气。我来做个盒子把这两粒红豆装起来吧。做个纪念,以后绝不会再惹你。咱们该把这两粒红豆藏在哪儿?"

以后,这两粒红豆就被装在一个精致的盒子里面,放在耶稣像后面的小洞里了。那小洞是齐虹偶然发现的。江玫睡在床上看见耶稣的像,总觉得他太累,因为他负荷着那么多人世间的痛苦。

这一次争吵以后,齐虹和江玫并不是再也不,而是把争吵、哭泣,变成了他们爱情中的一部分。他们每次见面总有一阵风波,有时大有时小,但如有一天不见面,不看到听到对方的音容笑貌,在他们却又是受不了的事。他们的爱情正像鸦片烟一样,使人不幸,而又断绝不了。江玫一天天地消瘦了,苍白了,母亲望着她忍不住哭。齐虹脸上那种漠不关心的神气消失了,换上的是提心吊胆的急躁和忧愁。因为他对人生不信任,他对爱情也不信任,他监视着爱情,监视着幸福,监视着江玫——

就在这个时候,江玫也一天天明白了许多事。她知道少数人剥削多数人的制度该被打倒。她那善良的少女的心,希望大家都过好的生活。而且物价的飞涨正影响着江玫那平静温暖的小天地。母亲存着一些积蓄的那家银行忽然关了门。江玫和母亲一下子变成舅舅的负担了。江玫是决不愿意成为别人的负担的。她渴望着新的生活,新的社会秩序。共产党在她心里,已经成为一盏导向幸福自由的灯,灯光虽还模糊,但毕竟是看得见的了。

也就在这时候,江玫的母亲原有的贫血症愈来愈严重,医生说必须加紧治疗,每天注射肝精针,再拖下去的话,后果不堪设想。但是这一笔医药费用筹办起来谈何容易!舅舅已经是自顾不暇了,难道还去麻烦他?本来和齐虹一提也可以,但是江玫决不愿求他。江玫只自己发愁,夜里直睡不着觉。

肖素很快就看出来江玫有心事。一盘问,江玫就一五一十告诉了她。

"那可不能拖下去。"肖素立刻说,她那白白的脸上的神色总是那样果断。"我输血给她!小鸟儿,你看,我这样胖!"她含笑弯起了手臂。

江玫感动地抱住了她:"不行,肖素。你和我的血型一样,和母亲不一样,不能输血。"

"那怎么办?我们总得想办法去筹一笔款子。"

第三天晚上,肖素兴高采烈地冲进房间。一进来就喊:"江玫!快看!"江玫吃惊地看她,她大笑着,扬起了一叠钞票。

"素!哪里来的?你怎么这样有本事!"江玫也笑了,笑得那样放心。这种笑,是齐虹极想要听而听不到的。

"你别管,明天快拿去给伯母治病吧。"肖素眨眨眼睛,故作神秘地说。

"非要知道不可!不然我不安心!"

"别说了。我要睡觉了。"肖素笑过了,一下子显得很是疲倦。她脱去了朴素的蓝外套,只穿着短袖竹布旗袍,坐在床边上。

江玫上下打量她,忽然看见她的臂弯里贴着一块橡皮膏。江玫过去拉起她的手,看看橡皮膏,又看看她的脸。

"有什么好打量的?"肖素微笑着抽回了手,盖上了被。

"你——抽了血?"

肖素满不在乎地说:"我卖了血。不只我一个人,还有几个伙伴。"

人常常会在一刹那间,也许只是因为一个眼神一个手势,伤透了心,破坏了友谊。人也常常会在一刹那间,也许就因为手臂上的一点针孔,建立了生死不渝的感情。江玫这时什么话也说不出来。她一下子跪在床边,用两只手遮住了脸。

礼拜六,江玫一定要肖素自己送钱去给母亲。肖素答应了和江玫一道回家,江玫也答应了肖素不告诉母亲钱的来源。两人欢欢喜喜回家去了。到了家,江玫才发现母亲已经病倒在床,这几天饭都是舅母那边送过来的。她站在衰老病弱的母亲床边,一阵心酸,眼泪夺眶而出。肖素也拿出了手绢。但她不只是看见这一位母亲躺在床上,她还看见千百万个母亲形销骨立心神破碎地被压倒在地下。

这一晚,两人自己做了面,端在母亲床边一同吃了。母亲因为高兴,精神也好了起来。她吃过了面,笑着问:"我真是病得老了,今天你舅母来,问我有火没有,我听成有狗没有。直告诉她从前咱们养了一只狗,名叫斐斐——"肖素和江玫听了笑得不得了。江玫正笑着,想起了齐虹。她想:这种生活和感情是齐虹永远不会懂的。她也没有一点告诉给他的欲望。

六月,反对美国扶植日本的运动达到了高潮。江玫比以前更关心当前的政治局势。她感到美国正在筹谋着什么坏主意。很明显,扶植压迫中国人民八年之久的日本,在每一个中国人心上都会引起抑制不住的愤怒。

有一天,肖素和江玫坐在窗前,读着当时美驻华大使司徒雷登在报上发表的声明,一面读一面生气。声明中说:"如使日人成为饥饿不安之人民,则日人亦将续为和平之威胁,此种情形适为共产主义所需。如吾人诚意为一般之利益计,必须消灭鼓励共产主义之因素。"这很可以看清楚美国的目的究竟何在了。读完报纸,江玫忿忿地说:

"要不要共产主义,是我们自己的事!"

肖素微笑道:"你知道共产主义是什么?"

江玫坦率地说:"我不知道。不过我想那种生活总不会比现在坏。那时的人,都像你一样——"

肖素又笑道:"现在哪里不够好?你吃着大米饭,穿的花布旗袍,还坏么?"

江玫倚在肖素身上,一面想,一面说:"这个人吃人的社会,不只在物质上,也在精神上。"她出了一会儿神,又说:"肖素,要知道,我是多么寂寞呵。"

肖素抚着她的肩,说:"人生的道路,本来不是平坦的。要和坏人斗争,也要和自己斗争——"以后江玫在最困难的时候,总会想起这几句话。

六月九日,北京学生举行反美扶日大游行,江玫也参加了。

那天早上,窗外还黑得像老鸦的翅膀,江玫就起来收拾医药包,她是救护队的。她看看肖素空了一夜的床,又看看救护包上的红十字,心想肖素这一夜不知忙得怎样了,也许今天就会用这包里的绷带纱布来救护她罢。不知为什么,江玫特别为肖素和几个社团里的同学担心,江玫摸摸碘酒和红药水的药瓶,心中又兴奋,又不安。

"小鸟儿快走呀!"同学在门外叫起来了。

她们跑到操场上,夏天的太阳刚在东柳村那边村庄的屋顶上射出一片红光。肖素正在人丛里,她分明是一夜没有睡,胖胖的面庞有些苍白,但精神还是那样好。她看见江玫和同学们跑来,脸上闪过一个嘉许的微笑。

"江玫!"

"肖素!"江玫悄悄地塞给她一个大苹果,那是齐虹昨天送来的。对于齐虹不断向西楼运来的各式各样的礼物,江玫只偶尔接受一点水果和糖食。

长长的队伍出发了,举着各种标语,沉默地走在郊外的大道上。愈走天愈亮，愈走路愈分明，一个男同学问江玫："药包重吗？我代你拿。"江玫微笑，说："一个兵士的枪，能让人家代他背着吗？"那男同学也微笑，看着她穿着白衬衫蓝长裤红背心的雄赳赳的样子，问："你永远都要做一个兵？"江玫严肃地睁大眼睛，略想了一想，她回答："是的，永远。"

队伍七点钟就到了西直门，可是城门关了，进不去。人群中有人喊着："不开城门，决不回校！"有的喊着："大家冲呵，冲进去！"一时群情激昂，人声嘈杂，那些标语牌子忽高忽低地起伏着。肖素在队伍里跑来跑去叫着："别嚷！别乱！已经去交涉了。"江玫忽然很希望自己是一个手执拂尘的仙女，用拂尘一指，城门马上便开——自己这样想想，又觉得好笑，还是等肖素他们交涉，肖素比仙女有用得多。

果然，到九点钟时，城门开了，队伍涌进城去，正遇到城里几个大学的同学拥在门前迎接他们。"同学们，你好！""兄弟们，你好！"热情的呼声，此起彼落，江玫觉得泪水已冲到了眼睛里，她连忙低下头，看着自己的鞋尖。

游行开始了，大家一步步地走着，一声声地喊着。"反对美国扶植日本！""要自由！""要独立！"口号像炸弹一样在空中炸了开来，路旁有些军警脸上带了惊慌的神色，江玫几乎来不及想喊了什么，只觉得每一步路每一声喊都使大家更接近光明——

队伍走过了西四西单天安门，绕南池子到北京大学的民主广场。走过天安门的时候，江玫望着那雄伟的建筑，心里升起一种怜悯而又惭愧的心情。天安门在不肖的子孙手里，蒙受了多少耻辱。江玫觉得那剥落的红墙也在盼望着：新的社会快点来，让中华民族站起来，让天安门也站起来！

在民主广场举行了群众大会，有几个教授讲演。也许是累了，也许是别的原因，江玫觉得思想很不集中，那种兴奋和激动已经过去了。她惦记着那黄昏笼罩了的初夏的校园，惦记着自己住的西楼，说得更确切些，她是惦记着那在西楼窗下徘徊的那个年轻人。天知道他会急成什么样子，会发多么大的脾气，会做出怎样的事来！她把肩上挎的药包紧了一紧，感觉到一阵头昏。

肖素走过来，低声问："你不舒服么？"

"没有，一点儿都没有！"江玫连忙振起了精神。自己暗暗责骂自己，在这样的场合，偏会想到他！

大队回到学校时，灯光已经缀满校园。江玫回到房间里，两腿再也抬不起来，像是绑上了两块大石头。这时有人敲门，江玫心中一紧，感到一场风暴就要发生了，她靠在床栏杆上，默默地啜着热水。门开了，进来的是老赵。他的眉头皱得打了结，手里拿着一个破碎的糖盒子，往桌上一放说：

"哎哟江小姐！可真不得了啦！我活了这么大年纪也没见过脾气这么

火暴的人!你们这位齐先生别是用公鸡血喂大的吧?他要死了,准得下冰冻地狱把人镇凉了才行,要不然连阎王殿都给烧啦!"

"什么'你们齐先生'!别这么说。他怎么了?你快说呀。"江玫放下了手中的杯子。

"今儿个下午他来找您,我说江小姐游行去了。他一听,就把他带来的这盒糖扔到大门外台阶上了,像是扔球似的!盒子破了,糖都滚了出来,我看这盒糖呀,值一袋面的钱,心里怪舍不得,我说,'齐先生,江小姐不在,你给东西留下得了,干嘛发这么大的火呀?'他一听更急了,一张脸煞红煞白,抄起门房的一个茶杯就摔在玻璃窗上,哗啦!你瞧瞧这满地的玻璃碴子!我看他是有点儿疯病!摔完了拔腿就走,还扔在台阶上三百万的票子,那是让我们修玻璃买茶杯?您说是不是?"

"别说了。"江玫无力地挥手。"就补块玻璃买个茶杯罢。"

"这糖,我看怪可惜了儿的,给您捡了来了。"

"你带回家去,那不是我的,我不要。"

这时肖素已经进来了,把这一段话都听了去。她一回来就洗脸洗脚,都收拾好了就伏在桌上写什么。而江玫还靠在床栏杆上,一动也不动。

肖素停下笔来:"你干什么?小鸟儿?你这样会毁了自己的。看出来了没有?齐虹的灵魂深处是自私残暴和野蛮,干嘛要折磨自己?结束了吧,你那爱情!真的到我们中间来,我们都欢迎你,爱你——"肖素走过来,用两臂围着江玫的肩。

"可是,齐虹——"江玫没有完全明白肖素在说什么。

"什么齐虹!忘掉他!"肖素几乎是生气地喊了起来,"你是个好孩子,好心肠,又聪明能干,可是这爱情会毒死你!忘掉他!答应我!小鸟儿。"

江玫还从没有想到要忘掉齐虹。他不知怎么就闯入了她的生命,她也永不会知道该如何把他赶出去。她迟钝地说:"忘掉他——忘掉他——我死了,就自然会忘掉。"

肖素真生她的气:"怎么这样说话!好好儿要说到死!我可想活呢,而且要活得有价值!"她说着,颜色有些凄然。

"怎么了?素姐!"细心而体贴的江玫一眼就看出有什么不平常的事。对肖素的关心一下子把自己的痛苦冲了开去。

肖素望着窗外,想了一会儿,说:"危险得很。小鸟儿。我离开你以后,你还是要走我们的路,是不是?千万不要跟着齐虹走,他真会毁了你的。"

"离开我!"江玫一把抱住了肖素。"离开我!为什么!我要跟你在一起!"

"我要毕业了呀,家里要我回湖南去教书。"肖素似真似假地回答。她是湖南人,父亲是个中学教员。

"毕业?"

"是毕业呀。"

可是肖素并没有能毕业,当然也没有回湖南去教书。她去参加毕业考试的最后一项科目,就没有回来。

同学们跑来告诉江玫时,江玫正在为"英国小说选"这一门课写读书报告,读的书是英国女作家艾米莱·勃朗特的《咆哮山庄》。江玫和齐虹常常谈论这本书。齐虹对这本书有那么多精辟的见解,了解得那样透彻,他真该是最懂得人生、最热爱人生的,但是竟不然——

肖素被捕的消息一下子就把江玫从《咆哮山庄》里拉出来了。江玫跳起来夺门而出,不顾那精心写作的读书报告撒得满地。好些同学跟她一起跑出了西楼,一直跑到学校门口,只看见一条笔直的马路,空荡荡的,望不到头。路边的洋槐发散着淡淡的香气。江玫手扶着一棵洋槐树,连声问:"在哪儿?在哪儿?"一个同学痛心地说:"早装上闷子车,这会子到了警察局了。"江玫觉得天旋地转,两腿再没有一点力气,一下子就坐在地上了。大家都拥上来看她,有的同学过来搀扶她。

"你怎么了?"

"打起精神来,江玫!"

大家喊喊喳喳在说着。是谁忿忿的声音特别响:"流血,流泪,逮捕,更教人睁开了眼睛!"

"是呀!"江玫心里说,"逮走一个肖素,会让更多的人都长成肖素。"

江玫弄不清楚人群怎样就散开了,而自己却靠在齐虹的手臂上,缓缓走着。

齐虹对她说:"我们系里那些进步同学嚷嚷着江玫晕倒了,我就明白是为了那肖素的缘故,连忙赶来。"

"对了。你们不是一起考理论物理吗?听说她是在课堂上被抓走的。"江玫这时多么希望谈谈肖素。

"是在考试时被抓走的。你看,干那些民主活动,有什么好下场!你还要跟着她跑!我劝你多少次——"

"什么!你说什么!"江玫叫了起来,她那会笑的眼睛射出了火光。"你!你真是没有心肝!"她把齐虹扶着她的手臂用力一推,自己向宿舍跑去了。跑得那么快,好像后面有什么妖魔鬼怪在追着她。

她好容易跑到自己房间,一下子扑在床上,半天喘不过气来。这时齐虹的手又轻轻放在她肩上了。齐虹非常吃惊,他不懂江玫为什么会发这么大的脾气,他曲着一膝伏在床前说:

"我又惹了你吗？玫！我不过忌妒着肖素罢了,你太关心她了。你把我放在什么地方？我常常恨她,真的,我觉得就是她在分开咱们俩——"

"不是她分开我们,是我们自己的道路不一样。"江玫抽咽着说。

"什么？为什么不一样？我们有些看法不同,我们常常打架,我的脾气确实不好。不过,那有什么关系,反正我只知道,没有你就不行。我还没有告诉你,玫,我家里因为近来局势紧张,预备搬到美国去,他们要我也到美国去留学。"

"你！到美国去？"江玫猛然坐了起来。

"是的。还有你,玫。我已经和父亲说到了你,虽然你从来都拒绝到我家里去,他们对你都很熟悉。我常给他们看你的相片。"齐虹得意地拿出他随身携带的小皮夹子,那里面装着江玫的一张照片,是齐虹从她家里偷去的。那是江玫十七岁时照的,一双弯弯的充满了笑意的眼睛,还有那深色的嘴唇微微翘起,像是在和谁赌气。"我对他们说,你是一首最美的诗,一只最美的乐曲——"若说起赞美江玫的话来,那是谁也比不上齐虹的。

"不要说了。"江玫辛酸地止住了他。"不管是什么,可不能把你留在你的祖国呵。"

"可是你是要和我一块儿去的,玫,你可以接着念大学,我们要永远在一起,没有任何东西能分开我们。"

"不要说了,不要说了。"这是江玫惟一能说的话。

心上的重压逼得江玫走投无路。她真怕看肖素留下的那张空床,那白被单刺得她眼睛发痛。没有到礼拜六,她就回家去了。那晚正停电,母亲坐在摇曳的烛光下面缝着什么,在阴影里,她显得那样苍老而且衰弱,江玫心里一阵发痛,无声地唤着"心爱的母亲,可怜的母亲",眼泪不由自主地流了下来。

"玫儿！"母亲丢了手中的活计。

"妈妈！肖素被捉走了。"

"她被捉走了？"母亲对女儿的好朋友是熟悉的。她也深深爱着那坦率纯朴的姑娘,但她对这个消息竟有些漠然,她好像没有知觉似地沉默着,坐在阴影里。

"肖素被捉走了。"江玫又重复了一遍。她眼前仿佛看见一个殷红的圆圆的面孔。

"早想得到呵。"母亲喃喃地说。

江玫把手中的书包扔到桌上,跑过来抱住母亲的两腿。"您知道！"

"我不知道但我想得到。"母亲叹了一口气,用她枯瘦的手遮住自己的脸,停了一下,才说:"我一直没有告诉你。我想着,没有父亲的日子,对我的小女儿来说,已经够受的了,怎能再加上别的缘故,让你的日子更沉重。——要知道你的父亲,十五年前,也是这样不明不白地就再没有回来。他从来也没有害过什么肠炎胃炎,只是那些人说他思想有毛病。他脾气倔,不会应酬人,还有些别的什么道理,我不懂,说不明白。他反正没有杀人放火,可我们就这样糊里糊涂地再也看不见他了——"母亲说着,失声痛哭起来。

原来父亲并不是死于什么肠炎!无怪母亲常常说不该有一个人屈死。屈死!父亲正是屈死的!江玫几乎要叫出来。她也放声哭了。母亲抚着她的头,眼泪浇湿了她的头发……

从父亲死后,江玫只看见母亲无言流泪,还从没有看见她这样激动过。衰弱的母亲,心底埋藏了多少悲痛和仇恨!江玫觉得母亲的眼泪滴落在她头上,这眼泪使得她平静下来了。是的,难道还该要这屈死人的社会么?彷徨挣扎的痛苦离开了她,仿佛有一种大力量支持着她走自己选择的路。她把母亲粗糙的手搁在自己被泪水浸湿的脸颊上,低声唤着:"父亲——我的父亲——"

门轻轻开了,烛光把齐虹的修长的影子投在墙上,母亲吃惊地转过头去。江玫知道是齐虹,仍埋着头不做声。齐虹应酬地唤了一声"伯母",便对江玫说:

"你怎么今天回家来了?我到处找你找不着。"

江玫没有理他,抬头告诉母亲:"他要到美国去。"

"是要和江玫一块儿去,伯母。"齐虹抢着加了一句。

"孩子,你会去吗?"母亲用颤抖的手摸着女儿的头。

"您说呢?妈妈!"江玫抱住母亲的双膝,抬起了满是泪痕的脸。

"我放心你。"

"您同意她去了,伯母?"人总是照自己所期待的那样理解别人的话,齐虹惊喜万分地走过来。

"母亲放心我自己做决定。她知道我不会去。"江玫站起来,直望着齐虹那张清秀的象牙色的脸。齐虹浑身上下都滴着水,好像他是游过一条大河来到她家似的。

可是齐虹自己一点不觉得淋湿了,他只看见江玫满脸泪痕,连忙拿出手帕来给她擦,一面说:"咱们别再闹别扭了,玫,老打架,有什么意思?"

"是下雨了吗?"母亲包起她的活计,"你们商量罢,玫儿,记住你的父亲。"

"我不知道下雨了没有。"齐虹心不在焉地回答,他没有看见江玫的母亲已经走出房去,他的眼睛一刻都没有离开江玫。

江玫呆呆地瞪着他,尽他拭去了脸上的泪,叹了一口气,说:

"看来竟不能不分手了。我们的爱情还没有能让我们舍弃自己的一生。"

"我们一定会过得非常舒适而且快活——为什么提到舍弃,为什么提到分手?"齐虹狂热地吻着他最熟悉的那有着粉红色指甲的小手。

"那你留下来!"江玫还是呆呆地看着他。

"我留下来?我的小姑娘,要我跟着你满街贴标语,到处去游行么?我们是特殊的人,难道要我丢了我的物理音乐,我的生活方式,跟着什么群众瞎跑一气,扔开智慧,去找愚蠢!傻心眼的小姑娘,你还根本不懂生活,你再长大一点,就不会这样天真了。"

"傻心眼?人总还是傻点好!"

"你一定得跟我走!"

"跟你走,什么都扔了。扔开我的祖国,我的道路,扔开我的母亲,还扔开我的父亲!"江玫的声音细若游丝,她自己都听不见自己在说什么。说到父亲两字,她的声音猛然大起来,自己也吃了一惊。

"可是你有我。玫!"齐虹用责备的语气说,他看见江玫眼睛里闪耀一种亮得奇怪的火光,不觉放松了江玫的手。紧接着一阵遏止不住的渴望和激怒,使他抓住了江玫的肩膀。他压低了声音,一字一字地说:"我恨不得杀了你,把你装在棺材里带走。"

江玫回答说:"我宁愿听说你死了,不愿知道你活得不像个人。"

风呼啸着,雨滴急速地落着。疾风骤雨,一阵比一阵紧,忽然哗啦一声响,是什么东西摔碎了。齐虹把江玫搂在胸前,借着闪电的惨白的光辉,看见窗外阶上的夹竹桃被风刮到了阶下。江玫心里又是一阵疼痛,她觉得自己的爱情,正像那粉碎了的花盆一样,像那被吹落的花朵一样,永远不能再重新完整起来,永远不能再重新开在枝头。

这种爱情,就像碎玻璃一样割着人。齐虹和江玫,虽然都把话说得那样决绝,却还是形影相随。花池畔,树林中,不断地增添着他们新的足迹。他们也还是不断地争吵,流泪。

十月里东北局势紧张,解放军排山倒海地压来,解放了好几个城市。当时蒋介石提出的方针是:"维持东北,确保华北,肃清华中"。虽然对华北是确保,但华北的"贵人"们还是纷纷南迁。齐虹的家在秋初就全部飞南京转沪赴美了,只有齐虹一个人留在北京。他告诉家里说论文还有点尾巴没写好,拿不到毕业文凭,而实际上,他还在等着江玫回心转意。他根本不相信江玫可能不跟他走。他,齐虹,这样的齐虹,又在发疯地爱着的齐虹!在那执拗的江玫面前,他不只一次想,若真能把她包扎起来带走该有多好!他脸上的神色愈来愈焦愁,紧张,眼神透露着一种凶恶。这些都常在黑夜里震荡着江玫的梦。

江玫的梦现在已不是那种透明的、颜色非常鲜亮的少女的梦了。局势的变化,肖素的被捕,齐虹的爱,以及她自己的复杂的感情,使她多懂了许多事。在抗议"七五"事件(国民党屠杀东北来的青年学生)的游行里,她已经不再当救护队,而打着"反剿民,要活命,要请愿"的大标语走在队伍的前列了。她领头喊着"为死者伸冤,为生者请命"的口号,她奇怪自己的声音竟会这样响。她想到,在死者里面有她的父亲;在生者里面有母亲、肖素和她自己。她渴望着把青春贡献给为了整个人类解放的事业,她渴望着生活来一次翻天覆地的变动。

后来据肖素说,(肖素在解放后出狱,在广播电台做播音员,向全世界广播北京的声音。)那时的地下组织原打算发展江玫参加地下民主青年联盟的,只是她和齐虹的感情,让人闹不清她究竟爱什么,憎恶什么,就搁下来了。江玫听说这话,只轻轻叹了口气。

一九四八年冬天,北京已经到了解放前夕。城里流传着这样的民谣:"家家挂红灯,迎接毛泽东。"最沉得住气的反动官员们、大亨们都纷纷逃走了。齐虹家里几乎是一天一封电报催他走,并且代他订了飞机座位。那时江玫的中心工作是和同学们一起讨论怎样应"变",宣传护校。她为即将来到的解放,感到兴奋,好像等待着一件期待已久的亲人的礼物,满怀着感情,幻想解放后的日子。而同时,她和齐虹那注定了的无可挽回的分别啮咬着她的心。她觉得自己的心一面在开着花,同时又在萎缩。

一天,齐虹进城去了,直到晚上还没有露面。江玫坐在图书馆里,一页书也没有看,进来一个人她就抬头,可是直到电灯开了,齐虹还是不见。她忽然想,很可能他已经走了。走了,永远再也见不到他了。可是江玫一定还要再看他一眼,最后一眼!"齐虹!齐虹!"江玫几乎要叫出来,叫得全图书馆都听见。她连忙紧咬着嘴唇,快步走出了图书馆。

那是那一年冬天的第一个下雪天。路上的雪还没有上冻,灯光照在雪花上,闪闪刺人的眼。江玫一直向北楼走去,她想看一看那正对着一棵白杨树梢的窗子,有没有灯光。那个房间她从没有去过,可是那窗口她却十分熟悉。齐虹常对她讲窗口的白杨树叶的沙沙声怎样伴着他度过多少不眠的夜。透过飞舞着的迷乱的雪花,她一下子就找到那棵白杨树,而那白杨树梢的窗口,漆黑一片,没有灯光。

江玫的心沉了下去。她两腿发软,站在北楼前,一动不动。

也许他从城里回来太累,已经去睡了?也许他还没有回来?江玫快步走进了北楼,走到齐虹的房间,她敲门又推门,门是锁着的。

"难道再见不着他了！真见不着他了！"江玫走出北楼,心里在大声哭泣。她完全没有看见新诗社的一个同学从她身边走过,也没有听见人家在唤着"小鸟儿"。

好容易走到西楼,江玫真是一点力气都没有了。她想找个地方靠一靠再上楼,一眼看见自己房间里有灯光。那房间,自从肖素被抓去以后,是那样空,那样冷,晚上进去总是黑洞洞的。这时竟点着灯,这灯光温暖了江玫,她三步两步跑上去,在门外就叫着"虹!"

果然是齐虹在房间里等她,满脸的焦急使他看上去苍老了许多。他一看见江玫,连忙迎上来握着她的手,疲倦地、也多少有些安心地说:"你到底回来了！我以为我再也见不着你了。"

江玫没有回答。她怕自己会把刚才那一番焦急向他倾吐,会让他明白她多离不开他。而他却就要走了,永远地走了。

"明天一早的飞机,今晚就要去机场。"齐虹焦躁地说,"一切都已经定了,怎么样？咱们就得分别么？"

"分别？——永远不能再见你——"江玫看着那耶稣受难的像,她仿佛看见那像后的两粒红豆。

"完全可以不分别,永不分别！玫！只要你说一声同我一道走,我的小姑娘。"

"不行。"

"不行！你就不能为我牺牲一点！你说过只愿意跟我在一起！"

"你自己呢？"江玫的目光这样说。

"我么！我走的路是对的。我绝不能忍受看见我爱的人去过那种什么'人民'的生活！你该跟着我！你知道么！我从来没有这样求过人！玫！你听我说！"

"不行。"

"真的不行么？你就像看见一个临死的人而不肯去救他一样,可他一死去就再也不会活转来了。再也不会活了！走开的人永远也不会再回来。你会后悔的,玫！我的玫！"他用力摇着江玫的肩。

"我不后悔。"

齐虹看着她的眼睛,还是那亮得奇怪的火光。他叹了一口气:"好,那么,送我下楼罢。"

江玫温柔地代他系好围巾,拉好了大衣领子,一言不发,送他下楼。

纷飞的雪花在无边的夜里飘荡,夜,是那样静,那样静。他们一出楼门,马上开过来一辆小汽车。从车里跳出一个魁梧的司机。齐虹对司机摇摇手,把江玫领到路灯下,看着她,摇头,说:"我原来预备抢你走的。你知道么?你看,我预备了车,飞机票也买好了。不过,我看了出来,那样做,你会恨我一辈子。你会的,不是么?"他拿出一张飞机票,也许他还希望江玫会忽然同意跟他走,迟疑了一下,然后把它撕成几瓣。碎纸片混在飞舞的雪花中,不见了。"再见!我的玫。我的女诗人!我的女革命家!"他最后几句话,语气非常尖刻。江玫看见他的脸因为痛苦而变了形,他的眼睛红肿,嘴唇出血,脸上充满了烦躁和不安。江玫忽然想起,第一次看见他时,他脸上那种漠不关心,什么都看不见的神气。

江玫想说点什么,但说不出来,好像有千把刀子插在喉头。她心里想:"我要撑过这一分钟,无论如何要撑过这一分钟。"她觉得齐虹冰凉的嘴唇落在她的额上,然后汽车响了起来。周围只剩了一片白,天旋地转的白,淹没了一切的白——

她最后对齐虹说的一句话就是"我不后悔"。

江玫果然没有后悔。那时称她革命家是一种讽刺,这时她已经真的成长为一个好的党的工作者了。解放后又渐渐健康起来的母亲骄傲地对人说:"她父亲有这样一个女儿,死得也不算冤了。"

雪还在下着。江玫手里握着的红豆已经被泪水滴湿了。

"江玫!小鸟儿!"老赵在外面喊着。"有多少人来看你啦!史书记,老马,郑先生,王同志,还有小耗子——"

一阵笑语声打断了老赵不伦不类的通报。江玫刚流过泪的眼睛早已又充满了笑意。她把红豆和盒子放在一旁,从床边站了起来。

1956 年 12 月

(原载《人民文学》1957 年第 7 期)

茹志鹃

百 合 花

一九四六年的中秋。

这天打海岸的部队决定晚上总攻。我们文工团创作室的几个同志,就由主攻团的团长分派到各个战斗连去帮助工作。大概因为我是个女同志吧!团长对我抓了半天后脑勺,最后才叫一个通讯员送我到前沿包扎所去。包扎所就包扎所吧!反正不叫我进保险箱就行。我背上背包,跟通讯员走了。

早上下过一阵小雨,现在虽放了晴,路上还是滑得很,两边地里的秋庄稼,却给雨水冲洗得青翠水绿,珠烁晶莹。空气里也带有一股清鲜湿润的香味。要不是敌人的冷炮,在间歇地盲目地轰响着,我真以为我们是去赶集呢!

通讯员撒开大步,一直走在我前面。一开始他就把我摞下几丈远。我的脚烂了,路又滑,怎么努力也赶不上他。我想喊他等等我,却又怕他笑我胆小害怕;不叫他,我又真怕一个人摸不到那个包扎所。我开始对这个通讯员生起气来。

嗳!说也怪,他背后好像长了眼睛似的,倒自动在路边站下了。但脸还是朝着前面,没看我一眼。等我紧走慢赶地快要走近他时,他又蹬蹬蹬地自个向前走了,一下又把我甩下几丈远。我实在没力气赶了,索性一个人在后面慢慢晃。不过这一次还好,他没让我摞得太远,但也不让我走近,总和我保持着丈把远的距离。我走快,他在前面大踏步向前;我走慢,他在前面就摇摇摆摆。奇怪的是,我从没见他回头看我一次,我不禁对这通讯员发生了兴趣。

刚才在团部我没注意看他,现在从背后看去,只看到他是高挑挑的个子,块头不大,但从他那副厚实实的肩膀看来,是个挺棒的小伙。他穿了一身洗淡了的黄军装,绑腿直打到膝盖上。肩上的步枪筒里,稀疏地插了几根树枝,这要说是伪装,倒不如算作装饰点缀。

没有赶上他,但双脚胀痛得像火烧似的。我向他提出了休息一会后,自己便在做田界的石头上坐了下来。他也在远远的一块石头上坐下,把枪横搁在腿上,背向着我,好像没我这个人似的。凭经验,我晓得这一定又因为我是个女同志的缘故。女同志下连队,就有这些困难。我着恼地带着一种反抗情绪走过去,面对着他坐下来。这时,我看见他那张十分年轻稚气的圆脸,顶多有十八岁。他见我挨他坐下,立即张惶起来,好像他身边埋下了一颗定时炸弹,局促不安,掉过脸去不好,不掉过去又不行,想站起来又不好意思。我拼命忍住笑,随便地问他是哪里人。他没回答,脸涨得像个关公,讷讷半晌,才说清自己是天目山人。原来他还是我的同乡呢!

"在家时你干什么?"

"帮人拖毛竹。"

我朝他宽宽的两肩望了一下,立即在我眼前出现了一片绿雾似的竹海,海中间,一条窄窄的石级山道,盘旋而上。一个肩膀宽宽的小伙,肩上垫了一块老蓝布,扛了几枝青竹,竹梢长长的拖在他后面,刮打得石级哗哗作响……这是我多么熟悉的故乡生活啊!我立刻对这位同乡,越加亲热起来。我又问:

"你多大了?"

"十九。"

"参加革命几年了?"

"一年。"

"你怎么参加革命的?"我问到这里自己觉得这不像是谈话,倒有些像审讯。不过我还是禁不住地要问。

"大军北撤时①我自己跟来的。"

"家里还有什么人呢?"

"娘、爹、弟弟妹妹,还有一个姑姑也住在我家里。"

"你还没娶媳妇吧?"

"……"他飞红了脸,更加忸怩起来,两只手不停地数摸着腰皮带上的扣眼;半晌他才低下了头,憨憨地笑了一下,摇了摇头。我还想问他有没有对象,但看到他这样子,只得把嘴里的话,又咽了下去。

两人闷坐了一会儿,他开始抬头看看天,又掉过来扫了我一眼,意思是在催我动身。

当我站起来要走的时候,我看见他摘了帽子,偷偷地在用毛巾拭汗。这是我的不是,人家走路都没出一滴汗,为了我跟他说话,却害他出了这一头

---

① 一九四五年鬼子投降后,共产党为了全国人民实现和平的愿望,和国民党进行和平谈判,并忍痛撤出江南。但时隔不久,国民党竟背信撕毁"双十"协定,又向我中原、苏中等解放区大举进攻。

大汗,这都怪我了。

我们到包扎所,已是下午两点钟了。这里离前沿有三里路,包扎所设在一个小学里,大小六个房子组成品字形,中间一块空地长了许多野草,显然,小学已有多时不开课了。我们到时屋里已有几个卫生员在弄着纱布棉花,满地上都是用砖头垫起来的门板,算作病床。

我们刚到不久,来了一个乡干部,他眼睛熬得通红,用一片硬拍纸插在额前的破毡帽下,低低地遮在眼睛前面挡光。他一肩背枪,一肩挂了一杆秤;左手挎了一篮鸡蛋,右手提了一口大锅,呼哧呼哧地走来。他一边放东西,一边对我们又抱歉又诉苦,一边还喘息地喝着水,同时还从怀里掏出一包饭团来嚼着。我只见他迅速地做着这一切,他说的什么我就没大听清。好像是说什么被子的事,要我们自己去借。我问清了卫生员,原来因为部队上的被子还没发下来,但伤员流了血,非常怕冷,所以就得向老百姓去借。哪怕有一二十条棉絮也好。我这时正愁工作插不上手,便自告奋勇讨了这件差事,怕来不及就顺便也请了我那位同乡,请他帮我动员几家再走。他踌躇了一下,便和我一起去了。

我们先到附近一个村子,进村后他向东,我往西,分头去动员。不一会儿,我已写了三张借条出去,借到两条棉絮,一条被子,手里抱得满满的,心里十分高兴,正准备送回去再来借时,看见通讯员从对面走来,两手还是空空的。

"怎么,没借到?"我觉得这里老百姓觉悟高,又很开通,怎么会没有借到呢,我有点惊奇地问。

"女同志,你去借吧!……老百姓死封建……"

"哪一家?你带我去。"我估计一定是他说话不对,说崩了。借不到被子事小,得罪了老百姓影响可不好。我叫他带我去看看。但他执拗地低着头,像钉在地上似的,不肯挪步。我走近他,低声地把群众影响的话对他说了。他听了,果然就松松爽爽地带我走了。

我们走进老乡的院子里,只见堂屋里静静的,里面一间房门上,垂着一块蓝布红额的门帘,门框两边还贴着鲜红的对联。我们只得站在外面向里"大姐大嫂"地喊,喊了几声,不见有人应,但响动是有了。一会,门帘一挑,露出一个年轻媳妇来。这媳妇长得很好看,高高的鼻梁,弯弯的眉,额前一绺蓬松松的刘海。穿的虽是粗布,倒都是新的。我看她头上已硬翘翘地挽了髻,便大嫂长大嫂短地对她道歉,说刚才这个同志来,说话不好别见怪等等。她听着,脸扭向里面,尽咬着嘴唇笑。我说完了,她也不作声,还是低头咬着嘴唇,好像忍了一肚子的笑料没笑完。这一来,我倒有些尴尬了,下面的话怎么说呢!我看通讯员站在一边,眼睛一眨不眨地看着我,好像在看连长做示范动作似的。我只好硬了头皮,讪讪地向她开口借被子了,接着还对她说了一遍共产党的部队,打仗是为了老百姓的道理。这一次,她不笑了,一边听着,一边不断向房里瞅着。我说完了,她看看我,看看通讯员,好像在掂量我刚才那些话的斤两。半晌,她转身进去抱被子了。

通讯员乘这机会,颇不服气地对我说道:

"我刚才也是说的这几句话,她就是不借,你看怪吧!……"

我赶忙白了他一眼,不叫他再说。可是来不及了,那个媳妇抱了被子,已经在房门口了。被子一拿出来,我方才明白她刚才为什么不肯借的道理了。这原来是一条里外全新的新花被子,被面是假洋缎的,枣红底,上面撒满白色百合花。她好像是在故意气通讯员,把被子朝我面前一送,说:"抱去吧。"

我手里已捧满了被子,就一努嘴,叫通讯员来拿。没想到他竟扬起脸,装作没看见。我只好开口叫他,他这才绷了脸,垂着眼皮,上去接过被子,慌慌张张地转身就走。不想他一步还没走出去,就听见"嘶"的一声,衣服挂住了门钩,在肩膀处,挂下一片布来,口子撕得不小。那媳妇一面笑着,一面赶忙找针拿线,要给他缝上。通讯员却高低不肯,夹了被子就走。

刚走出门不远,就有人告诉我们,刚才那位年轻媳妇,是刚过门三天的新娘子,这条被子就是她惟一的嫁妆。我听了,心里便有些过意不去,通讯员也皱起了眉,默默地看着手里的被子。我想他听了这样的话一定会有同感吧。果然,他一边走,一边跟我嘟哝起来了。

"我们不了解情况,把人家结婚被子也借来了,多不合适呀!……"我忍不住想给他开个玩笑,便故作严肃地说:

"是呀!也许她为了这条被子,在做姑娘时,不知起早熬夜,多干了多少零活积起来的钱,或许她曾为了这条花被,睡不着觉呢。可是还有人骂她死封建……"

他听到这里,突然站住脚,呆了一会,说:

"那!……那我们送回去吧!"

"已经借来了,再送回去,倒叫她多心。"我看他那副认真、为难的样子,又好笑,又觉得可爱。不知怎么的,我已从心底爱上了这个傻乎乎的小同乡。

他听我这么说,也似乎有理,考虑了一下,便下决心似的说:

"好,算了。用了给她好好洗洗。"他决定以后,就把我抱着的被子,通统抓过去,左一条、右一条地披挂在自己肩上,大踏步地走了。

回到包扎所以后,我就让他回团部去。他精神顿时活泼起来了,向我敬了礼就跑了。走不几步,他又想起了什么,在自己挂包里掏了一阵,摸出两

个馒头,朝我扬了扬,顺手放在路边石头上,说:

"给你开饭啦!"说完就脚不点地地走了。我走过去拿起那两个干硬的馒头,看见他背的枪筒里不知在什么时候又多了一枝野菊花,跟那些树枝一起,在他耳边抖抖地颤动着。

他已走远了,但还见他肩上挂下来的布片,在风里一飘一飘,我真后悔没给他缝上再走。现在,至少他要裸露一晚上的肩膀了。

包扎所的工作人员很少。乡干部动员了几个妇女,帮我们打水、烧锅,做些零碎活。那位新媳妇也来了,她还是那样,笑眯眯地抿着嘴,偶然从眼角上看我一眼,但她时不时地东张西望,好像在找什么。后来她到底问我说:

"那位同志弟到哪里去了?"我告诉她同志弟不是这里的,他现在到前沿去了。她不好意思地笑了一下说:"刚才借被子,他可受我的气了!"说完又抿了嘴笑着,动手把借来的几十条被子、棉絮,整整齐齐地分铺在门板上、桌子上(两张课桌拼起来,就是一张床)。我看见她把自己那条白百合花的新被,铺在外面屋檐下的一块门板上。

天黑了,天边涌起一轮满月。我们的总攻还没发起。敌人照例是忌怕夜晚的,在地上烧起一堆堆的野火,又盲目地轰炸,照明弹也一个接一个地升起,好像在月亮下面点了无数盏的汽油灯,把地面的一切都赤裸裸地暴露出来了。在这样一个"白夜"里来攻击,有多困难,要付出多大的代价啊!我连那一轮皎洁的月亮,也憎恶起来了。

乡干部又来了,慰劳了我们几个家做的干菜月饼。原来今天是中秋节了。

啊!中秋节,在我的故乡,现在一定又是家家门前放一张竹茶几,上面供一副香烛,几碟瓜果月饼。孩子们急切地盼那炷香快些焚尽,好早些分摊给月亮娘娘享用过的东西。他们在茶几旁边跳着唱着:"月亮堂堂,敲锣买糖……"或是唱着:"月亮嬷嬷,照你照我……"我想到这里,又想起我那个小同乡,那个拖毛竹的小伙,也许,几年以前,他还唱过这些歌吧!……我咬了一口美味的家做月饼,想起那个小同乡大概现在正趴在工事里,也许在团指挥所,或者是在那些弯弯曲曲的交通沟里走着哩!……

一会儿,我们的炮响了,天空划过几颗红色的信号弹,攻击开始了。不久,断断续续的有几个伤员下来,包扎所的空气立即紧张起来。

我拿着小本子,去登记他们的姓名、单位,轻伤的问问,重伤的就得拉开他们的符号,或是翻看他们的衣襟。我拉开一个重彩号的符号时,"通讯员"三个字使我突然打了个寒战,心跳起来。我定了下神才看到符号上写着×营的字样。啊!不是,我的同乡他是团部的通讯员。但我又莫名其妙地想问问谁,战地上会不会漏掉伤员。通讯员在战斗时,除了送信,还干什么——我不知道自己为什么要问这些没意思的问题。

战斗开始后的几十分钟里,一切顺利,伤员一次次带下来的消息,都是我们突击第一道鹿砦,第二道铁丝网,占领敌人前沿工事打进街了。但到这里,消息忽然停顿了,下来的伤员,只是简单地回答说"在打",或是"在街上巷战"。但从他们满身泥泞,极度疲乏的神色上,甚至从那些似乎刚从泥里掘出来的担架上,大家明白,前面在进行着一场什么样的战斗。

包扎所的担架不够了,好几个重彩号不能及时送后方医院,耽搁下来。我不能解除他们任何痛苦,只得带着那些妇女,给他们拭脸洗手,能吃得的喂他们吃一点,带着背包的,就给他们换一件干净衣裳,有些还得解开他们的衣服,给他们拭洗身上的污泥血迹。

做这种工作,我当然没什么,可那些妇女又羞又怕,就是放不开手来,大家都要抢着去烧锅,特别是那新媳妇。我跟她说了半天,她才红了脸,同意了。不过只答应做我的下手。

前面的枪声,已响得稀落了。感觉上似乎天快亮了,其实还只是半夜。外边月亮很明,也比平日悬得高。前面又下来一个重伤员。屋里铺位都满了,我就把这位重伤员安排在屋檐下的那块门板上。担架员把伤员抬上门板,但还围在床边不肯走。一个上了年纪的担架员,大概把我当做医生了,一把抓住我的膀子说:"大夫,你可无论如何要想办法治好这位同志呀!你治好他,我……我们全体担架队员给你挂匾!……"他说话的时候,我发现其他的几个担架队员也都睁大了眼盯着我,似乎我点一点头,这伤员就立即会好了似的。我心想给他们解释一下,只见新媳妇端着水站在床前,短促地"啊"了一声。我急拨开他们上前一看,我看见了一张十分年轻稚气的圆脸,原来棕红的脸色,现已变得灰黄。他安详地阖着眼,军装的肩头上,露着那个大洞,一片布还挂在那里。

"这都是为了我们……"那个担架员负罪地说道,"我们十多副担架挤在一个小巷子里,准备往前运动,这位同志走在我们后面,可谁知道狗日的反动派不知从哪个屋顶上扔下颗手榴弹来,手榴弹就在我们人缝里冒着烟乱转,这时这位同志叫我们快趴下,他自己就一下扑在那个东西上了……"

新媳妇又短促地"啊"了一声。我强忍着眼泪,给那些担架员说了些话,打发他们走了。我回转身看见新媳妇已轻轻移过一盏油灯,解开他的衣服;她刚才那种忸怩羞涩已经完全消失,只是庄严而虔诚地给他拭着身子。这位高大而又年轻的小通讯员无声地躺在那里……我猛然醒悟地跳起身,磕磕绊绊地跑去找医生。等我和医生拿了针药赶来,新媳妇正侧着身子坐在他旁边。

她低着头,正一针一针地在缝他衣肩上那个破洞。医生听了听通讯员的心脏,默默地站起身说:"不用打针了。"我过去一摸,果然手都冰冷了。新媳妇却像什么也没看见,什么也没听到,依然拿着针,细细地、密密地缝着那个破洞。我实在看不下去了,低声地说:"不要缝了。"她却对我异样地瞟了一眼,低下头,还是一针针地缝。我想拉开她,我想推开这沉重的氛围,我想看见他坐起来,看见他羞涩的笑。但我无意中碰到了身边一个什么东西,伸手一摸,是他给我开的饭,两个干硬的馒头……

卫生员让人抬了一口棺材来,动手揭掉他身上的被子,要把他放进棺材去。新媳妇这时脸发白,劈手夺过被子,狠狠地瞪了他们一眼。自己动手把半条被子平展展地铺在棺材底,半条盖在他身上。卫生员为难地说:"被子……是借老百姓的。"

"是我的——"她气汹汹地嚷了半句,就扭过脸去。在月光下,我看见她眼里晶莹发亮,我也看见那条枣红底色上洒满白色百合花的被子,这象征纯洁与感情的花,盖上了这位平常的、拖毛竹的青年人的脸。

1958 年 3 月
(原载《延河》1958 年第 4 期)

赵树理

"锻炼锻炼"

"争先"农业社,地多劳力少,
动员女劳力,作得不够好;
有些妇女们,光想讨点巧,
只要没便宜,请也请不到——
有说小腿疼,床也下不了;
要留儿媳妇,给她送屎尿;
有说四百二,她还吃不饱,
男人上了地,她却吃面条。
她们一上地,定是工分巧,
做完便宜活,老病就犯了;
割麦请不动,拾麦起得早,
敢偷又敢抢,脸面全不要;
开会常不到,也不上民校,
提起正经事,啥也不知道;
谁给提意见,马上跟谁闹,
没理占三分,吵得天塌了。
这些老毛病,赶紧得改造,
快请识字人,念念大字报!

——杨小四写

这是一九五七年秋末"争先农业社"整风时候出的一张大字报。在一个吃午饭的时间,大家正端着碗到社办公室门外的墙上看大字报,杨小四就趁这个热闹时候把自己写的这张快板大字报贴出来,引得大家丢下别的不看,先抢着来看他这一张,看着看着就轰隆轰隆笑起来。倒不因为杨小四是副主任,也不是因为他编得顺溜写得整齐才引得大家这样注意,最引人注意的是他批评的两个主要对象是"争先社"的两个有名人物——一个外号叫"小腿疼",那一个外号叫"吃不饱"。

小腿疼是五十来岁一个老太婆,家里有一个儿子一个儿媳,还有个小孙孙。本来她瞧着孙孙做做饭媳妇是可以上地的,可是她不,她一定要让媳妇照着她当日伺候婆婆那个样子伺候她——给她打洗脸水、送尿盆、扫地、抹灰尘、做饭、端饭……不过要是地里有点便宜活的话也不放过机会。例如夏天拾麦子,在麦子没有割完的时候她可去,一到割完了她就不去了。按她的说法是"拾东西全凭偷,光凭拾能有多大出息"。后来社里发现了这个秘密,又规定拾的麦子归社,按斤给她记工,她就不干了。又如摘棉花,在棉桃盛开每天摘的能超过定额一倍的时候,她也能出动好几天,不用说刚能做到定额她不去,就是只超过定额三分她也不去。她的小腿上,在年轻时候生过连疮,不过早在二十多年前就治好了。在生疮的时候,她的丈夫伺候她;在治好之后,为了容易使唤丈夫,她说她留下了个腿疼根。"疼"是只有自己才能感觉到的。她说"疼"别人也无法证明真假,不过她这"疼"疼得有点特别:高兴时候不疼,不高兴了就疼;逛会、看戏、游门、串户时候不疼,一做活儿就疼;她的丈夫死后儿子还小的时候有好几年没有疼,一给孩子娶过媳妇就又疼起来;入社以后是活儿能大量超过定额时候不疼,超不过定额或者超过的少了就又要疼。乡里的医务站办得虽说还不错,可是对这种腿疼还是没有办法的。

"吃不饱"原名李宝珠,比"小腿疼"年轻得多——才三十来岁,论人材在"争先社"是数一数二的,可惜她这个优越条件,变成了她自己一个很大的包袱。她的丈夫叫张信,和她也算是自由结婚。张信这个人,生得也聪明伶俐,只是没有志气,在恋爱期间李宝珠跟他提出的条件,明明白白地就说是结婚以后不上地劳动,这条件在解放后的农村是没有人能答应的,可是他答应了。在李宝珠看来,她这位丈夫也不能算最满意的人,只能说是"比上不足比下有余"——因为不是干部——所以只把他作为个"过渡时期"的丈夫,等什么时候找下了最理想的人再和他离婚。在结婚以后,李宝珠有一个时期还在给她写大字报的这位副主任杨小四身上打过主意,后来打听着她自己那个"吃不饱"的外号原来就是杨小四给她起的,这才打消了这个念头。她既然只把张信当成她"过渡时期"的丈夫,自然就不能完全按"自己人"来对待他,因此她安排了一套对待张信的"政策"。她这套政策:第一是要掌握经济全权,在社里张信名下的账要朝她算,家里一切开支要由她安排,张信有什么额外收入全部缴她,到花钱时候再由她批准、支付。第二是除做饭和针线活以外的一切劳动——包括担水、和煤、上碾、上磨、扫地、送灰渣一切杂事在内——都要由张信负担。第三是吃饭穿衣的标准要由她规定——在吃饭方面她自己是想吃什么就做什么,对张信她做什么张信吃什么;同样,在穿衣方面,她自己是想穿什么买什么,对张信自然又是她买什么张信穿什么。她这一套政策是她暗自规定暗自执行的,全面执行之后,张信完全变成了她的长工。自从实行粮食统购以来,她是时常喊叫吃不饱的。她的吃法是张信上了地她先把面条煮得吃了,再把汤里下几颗米熬两碗糊糊粥让张信回来吃,另外还做些火烧干饼锁在箱里,张信不在的时候几时想吃几时吃。队里动员她参加劳动的时候,她却说"粮食不够吃,每顿只能等张信吃完了刮个空锅,实在劳动不了"。时常做假的人,没有不露马脚的,张信常发现床铺上有干饼星星(碎屑),也不断见着糊糊粥里有一两根没有捞尽的面条,只是因为一提就得生气,一生气她就先提"离婚",所以不敢提,就那样睁只眼阖只眼吃点亏忍忍饥算了。有一次张信端着碗在门外和大家一齐吃饭,第三队(他所属的队)的队长张太和发现他碗里有一根面条。这位队长是个比较爱说调皮话的青年。他问张信说:"吃不饱大嫂在哪里学会这单做一根面条的本事哩?"从这以后,每逢张信端着糊糊粥到门外来吃的时候,爱和他开玩笑的人常好夺过他的筷子来在他碗里找面条,碰巧的是时常不落空,总能找到那么一星半点。张太和有一次跟他说:"我看'吃不饱'这个外号给你加上还比较正确,因为你只能吃一根面条。"在参加生产方面,"吃不饱"和"小腿疼"的态度完全一样。她既掌握着经济全权,就想利用这种时机为她的"过渡"以后多弄一点积蓄,因此在生产上一有了取巧的机会她就参加,绝不受她自己所定的政策第二条的约束;当便宜活做完了她就仍然喊她的"吃不饱不能参加劳动"。

杨小四的快板大字报贴出来一小会,吃不饱听见社房门口起了哄,就跑出来打听——她这几天心里一直跳,生怕有人给她贴大字报。张太和见她来了,就想给她当个义务读报员。张太和说:"大家不要起哄,我来给大家从头念一遍!"大家看见吃不饱走过来,已经猜着了张太和的意思,就都静下来听张太和的。张太和说快板是很有工夫的。他用手打起拍子有时候还带着表演,跟流水一样马上把这段快板说了一遍,只说得人人鼓掌、个个叫好。吃不饱就在大家鼓掌鼓得起劲的时候,悄悄溜走了。

不过吃不饱可没有回了家,她马上到小腿疼家里去了。她和小腿疼也不算太相好,只是有时候想借重一下小腿疼的硬牌子。小腿疼比她年纪大,闯荡得早,又是正主任王聚海、支书王镇海、第一队队长王盈海的本家嫂子,有理没理常常敢到社房去闹,所以比吃不饱的牌子硬。吃不饱听张太和念过大字报,气得直哆嗦,本想马上在当场骂起来,可是看见人那么多,又没有一个是会给自己说话的,所以没有敢张口就悄悄溜到小腿疼家里。她一进门就说:"大婶呀!有人贴着黑帖子骂咱们哩!"小腿疼听说有人敢骂她好像还是第一次。她好像不相信地问:"你听谁说的?""谁说的?多少人都在社房门口吵了半天了,还用听谁说?""谁写的?""杨小四那个小死材!""他这小死材都写了些什么?""写的多着哩,说你装腿疼,留下儿媳妇给你送屎尿,说你偷麦子;说你没理占三分,光跟人吵架……"她又加油加醋添了些大字报上没有写上去的话,一顿把个小腿疼说得腿也不疼了,挺挺挺挺就跑到社房里去找杨小四。

　　这时候,主任王聚海、副主任杨小四、支书王镇海三个人都正端着碗开碰头会,研究整风与当前生产怎样配合的问题,小腿疼一跑进去就把个小会给他们搅乱了。在门外看大字报的人们,见小腿疼的来头有点不平常,也有些人跟进去看。小腿疼一进门一句话也没有说,就伸开两条胳膊去扑杨小四,杨小四从座上跳起来闪过一边,主任王聚海趁势把小腿疼拦住。杨小四料定是大字报引起来的事,就向小腿疼说:"你是不是想打架?政府有规定,不准打架。打架是犯法的。不怕罚款、不怕坐牢你就打吧!只要你敢打一下,我就把你请得到法院!"又向王聚海说:"不要拦她!放开叫她打吧!"小腿疼一听说要出罚款要坐牢,手就软下来,不过嘴还不软。她说:"我不是要打你!我是要问问你政府规定过叫你骂人没有?""我什么时候骂过你?""白纸黑字贴在墙上你还昧得了?"王聚海说:"这老嫂!人家提你的名来没有?"小腿疼马上顶回来说:"只要不提名就该骂是不是?要可以骂我可就天天骂哩!"杨小四说:"问题不在提名不提名,要说清楚的是骂你来没有!我写的有哪一句不实,就算我是骂你!你举出来!我写的是有个缺点,那就是不该没有提你们的名字。我本来提着的,主任建议叫我去了。你要嫌我写的不全,我给你把名字加上好了!""你还嫌骂得不痛快呀?加吧!你又是副主任,你又会写,还有我这不识字的老百姓活的哩?"支书王镇海站起来说:"老嫂你是说理不说理?要说理,等到辩论会上找个人把大字报一句一句念给你听,你认为哪里写得不对许你驳他!不能这样满脑一把抓来派人家的不是!谁不叫你活了?""你们都是官官相卫,我跟你们说什么理?我要骂!谁给找出大字报叫他死绝了根!叫狼吃得他不剩个血盘儿,叫……"支书认真地说:"大字报是毛主席叫贴的!你实在要不说理要这样发疯,这么大个社也不是没有办法治你!"回头向大家说:"来两个人把她送乡政府!"看的人们早有几个人忍不住了,听支书一说,马上跳出五六个人来把她围上,其中有两个人拉住她两条胳膊就要走。这时候,主任王聚海却拦住说:"等一等!这么一点事哪里值得去麻烦乡政府一趟?"大家早就想让小腿疼去受点教训,见王聚海一拦,都觉得泄气,不过他是主任,也只好听他的。小腿疼见真要送她走,已经有点胆怯,后来经主任这么一拦就放了心。她定了定神,看到局势稳定了,就强鼓着气说了几句似乎是光荣退兵的话:"不要拦他们!让他们送吧!看乡政府能不能拔了我的舌头!"王聚海认为已经到了收场的时候,就拉长了调子向小腿疼说:"老嫂!你且回去吧！没有到不了底的事！我们现在要布置明天的生产工作，等过两天再给你们解释解释！""什么解释解释？一定得说个过来过去！""好好好！就说个过来过去！"杨小四说："主任你的话是怎么说着的？人家闹到咱的会场来了，还要给人家赔情是不是？"小腿疼怕杨小四和支书王镇海再把王聚海说倒了弄得自己不得退场，就赶紧抢了个空子和王聚海说："我可走了！事情是你承担着的！可不许平白白地拉倒啊！"说完了抽身就走，跑出门去才想起来没有装腿疼。

主任王聚海是个老中农出身，早在抗日战争以前就好给人和解个争端，人们常说他是个会和稀泥的人；在抗日战争中八路军来了以后他当过村长，作各种动员工作都还有点办法；在土改时候，地主几次要收买他，都被他拒绝了，村支部见他对斗争地主还坚决，就吸收他入了党；"争先农业社"成立时候，又把他选为社主任，好几年来，因为照顾他这老资格，一直连选连任。他好研究每个人的"性格"，主张按性格用人，可惜不懂得有些坏性格一定得改造过来。他给人们平息争端，主张"和事不表理"，只求得"了事"就算。他以为凡是懂得他这一套的人就当得了干部，不能照他这一套来办事的人就都还得"锻炼锻炼"。例如在一九五五年党内外都有人提出可以把杨小四选成副主任，他却说"不行不行，还得好好锻炼几年"，直到本年（一九五七年）改选时候他还坚持他的意见，可是大多数人都说杨小四要比他还强，结果选举的票数和他得了个平。小四当了副主任之后，他可是什么事也不靠小四做，并且常说："年轻人，随在管委会里'锻炼锻炼'再说吧！"又如社章上规定要有个妇女副主任，在他看来那也是多余的。他说："叫妇女们闹事可以，想叫她们办事呀，连门都找不着！"因为人家别的社里每社都有那么一个人，他也没法坚持他的主张，结果在选举时候还是选了第三队里的高秀兰来当女副主任。他对高秀兰和对杨小四还有区别，以为小四还可以"锻炼锻炼"，秀兰连"锻炼"也没法"锻炼"，因此除了在全体管委会议的时候按名单通知秀兰来参加以外，在其他主干碰头的会上就根本想不起来还有秀兰那么个人。不过高秀兰可没有忘了他。就在这次整风开始，高秀兰给他贴过这样一张大字报：

"争先社"，难争先，因为主任太主观；
只信自己有本事，常说别人欠锻炼；
大小事情都包揽，不肯交给别人干，
一天起来忙到晚，办的事情很有限。
遇上社员有争端，他在中间赔笑脸，
只求说个八面圆，谁是谁非不评断，
有的没理沾了光，感谢主任多照看，

有的有理受了屈,只把苦水往下咽。
正气碰了墙,邪气遮了天,
有力没处使,谁还肯争先?
希望王主任,来个大转变;
办事靠集体,说理分长短,
多听群众话,免得耍光秆!

——高秀兰写

他看了这张大字报,冷不防也吃了一惊,不过他的气派大,不像小腿疼那样马上唧唧喳喳乱吵,只是定了定神仍然摆出长辈的口气来说:"没想到秀兰这孩子还是个有出息的,以后好好'锻炼锻炼'也许能给社里办点事。"王聚海就是这样一个人。

杨小四给小腿疼和吃不饱出的那张大字报,在才写成稿子没有誊清以前,征求过王聚海的意见。王聚海坚决主张不要出。他说:"什么病要吃什么药,这两个人吃软不吃硬。你要给她们出上这么一张大字报,保证她们要跟你闹麻烦;实在想出的话,也应该把她们的名字去了。"杨小四又征求支书王镇海的意见,并且把主任的话告诉了支书,支书说:"怕麻烦就不要整风!至于名字写不写都行,一贴出去谁也知道指的是谁!"杨小四为了照顾王聚海的老面子,又改了两句,只把那两个人的名字去了,内容一点也没有变,就贴出去了。

当小腿疼一进社房来扑杨小四,王聚海一边拦着她,一边暗自埋怨杨小四:"看你惹下麻烦了没有?都只怨不听我的话!"等到大家要往乡政府送小腿疼,被他拦住用好话把小腿疼劝回去之后,他又暗自夸奖他自己的本领:"试试谁会办事?要不是我在,事情准闹大了!"可是他没有想到当小腿疼走出去,看热闹的也散了之后,支书批评他说:"聚海哥!人家给你提过那么多意见,你怎么还是这样无原则?要不把这样无法无天的人的气焰打下去,这整风工作还怎么往下做呀?"他听了这几句批评觉得很伤心。他想:"你们闯下了事自己没法了局,我给你们做了开解,倒反落下不是了?"不过他摸得着支书的"性格"是"认理不认人、不怕不了事"的,所以他没有把真心话说出来,只勉强承认说:"算了算了!都算我的错!咱们还是快点布置一下明天的生产工作吧!"

一谈起布置生产来,支书又说:"生产和整风是分不开的。现在快上冻了,妇女大半不上地,棉花摘不下来,花秆拔不了,牲口闲站着,地不能犁,要不整风,怎么能把这种情况变过来呢?"主任王聚海说:"整风是个慢工夫,一两天也不能转变个什么样子;最救急的办法,还是根据去年的经验,把定额减一减——把摘八斤籽棉顶一个工,改成六斤一个工,明天马上就能把大部分人动员起来！"支书说："事情就坏到去年那个经验上！现在一天摘十斤也摘得够，可是你去年改过那么一下，把那些自私自利的人改得心高了，老在家里等那个便宜。这种落后思想照顾不得！去年改成六斤，今年她们会要求改成五斤，明年会要求改成四斤！"杨小四说："那样也就对不住人家进步的妇女！明天要减了定额，这几天的工分你怎么给人家算？一个多月以前定额是二十斤，实际能摘到四十斤，落后的抢着摘棉花，叫人家进步的去割谷，就已经亏了人家；如今摘三遍棉花，人家又按八斤定额摘了十来天了，你再把定额改小了让落后的来抢，那像话吗？"王聚海说："不改定额也行，那就得个别动员。会动员的话，不论哪一个都能动员出来，可惜大家在作动员工作方面都没有'锻炼'，我一个人又只有一张嘴，所以工作不好作……"接着他就举出好多例子，说哪个媳妇爱听人夸她的手快，哪个老婆爱听人说她干净……只要摸得着人的"性格"，几句话就能说得她愿意听你的话。他正唠唠叨叨举着例子，支书打断他的话说："够了够了！只要克服了资本主义思想，什么'性格'的人都能动员出来！"

话才说到这里，乡政府来送通知，要主任和支书带两天给养马上到乡政府集合，然后到城关一个社里参观整风大辩论。两个人看了通知，主任说："怎么办？"支书说："去！""生产？""交给副主任！"主任看了看杨小四，带着讽刺的口气说："小四！生产交给你！支书说过，'生产和整风分不开'，怎样布置都由你！""还有人家高秀兰哩！""你和她商量去吧！"

主任和支书走后，杨小四去找高秀兰和副支书，三个人商量了一下，晚上召开了个社员大会。

人们快要集合齐了的时候，向来不参加会的小腿疼和吃不饱也来了。当她们走近人群的时候，吃不饱推着小腿疼的脊背说："快去快去！凑他们都还没有开口！"她把小腿疼推进了场，她自己却只坐在圈外。一队的队长王盈海看见她们两个来得不大正派，又见小腿疼被推进场去以后要直奔主席台，就趁了两步过来拦住她说："你又要干什么？""干什么？今天晌午的事你又不是不知道！先得把小四骂我的事说清楚，要不今天晚上的会开不好！"前边提过，王盈海也是小腿疼的一个本家小叔子，说话要比王聚海、王镇海都尖刻。王盈海当了队长，小腿疼虽然能借着个叔嫂关系跟他耍无赖，不过有时候还怕他三分。王盈海见小腿疼的话头来得十分无理，怕她再把个会场搅乱了，就用话顶住她说："你的兴就还没有败透？人家什么地方屈说了你？你的腿到底疼不疼？""疼不疼你管不着！""编在我队里我就要管你！说你腿疼哩，闹起事来你比谁跑得也快；说你不疼哩，你却连饭也不能做，把个媳妇拖得上不了地！人家给你写了张大字报，你就跟被蝎子螫了一下一样，唧唧喳喳乱叫喊！叫吧！越叫越多！再要不改造，大字报会把你的大门上也贴满了!"这样一顶,果然有效,把个小腿疼顶得关上嗓门慢慢退出场外和吃不饱坐到一起去。杨小四看见小腿疼息了虎威,悄悄和高秀兰说:"咱们主任对小腿疼的'性格'摸得还是不太透。他说小腿疼是'吃软不吃硬',我看一队长这'硬'的比他那'软'的更有效些。"

宣布开会了,副支书先讲了几句话说:"支书和主任今天走得很急促,没有顾上详细安排整风工作怎样继续进行。今天下午我和两位副主任商议了一下,决定今天晚上暂且不开整风会,先来布置明天的生产。明天晚上继续整风,开分组检讨会,谁来检讨、检讨什么,得等到明天另外决定。我不说什么了,请副主任谈生产吧!"副支书说了这么几句简单的话就坐下了。有个人提议说:"最好是先把检讨人和检讨什么宣布一下,好让大家准备准备!"副支书又站起来说:"我们还没有商量好,还是等明天再说吧!"

接着就是杨小四讲话。他说:"咱们现在的生产问题,大家都看得很清楚:棉花摘不下来,花秆拔不了,牲口闲站着,地不能犁,再过几天地一冻,秋杀地就算误了。摘完了的棉花秆,断不了还要丢下一星半点,拔花秆上熏了肥料,觉着很可惜;要让大家自由拾一拾吧,还有好多三遍花没有摘,说不定有些手不干净的人要偷偷摸摸的。我们下午商量了一下,决定明后两天,由各队妇女副队长带领各队妇女,有组织地自由拾花;各队队长带领男劳力,在拾过自由花的地里拔花秆,把这一部分地腾清以后,先让牲口犁着,然后再摘那没有摘过三遍的花。为了防止偷花的毛病,现在要宣布几条纪律:第一、明天早晨各队正副队长带领全队队员到村外南池边犁过的那块地里集合,听候分配地点。第二、各队妇女只准到指定地点拾花,不许乱跑。第三、谁要不到南池边集合,或者不往指定地点,拾的花就算偷的,还按社里原来的规定,见一斤扣除五个劳动日的工分,不愿叫扣除的送到法院去改造。完了!散会!"

大会没有开够十分钟就散了,会后大家纷纷议论:有的说:"青年人究竟没有经验!就定一百条纪律,该偷的还是要偷!"有的说:"队长有什么用?去年拾自由花,有些妇女队长也偷过!"有的说:"年轻人可有点火气,真要处罚几个人,也就没人敢偷了!"有的说:"他们不过替人家当两天家,不论说得多么认真,王聚海回来还不是平塌塌地又放下了!"准备偷花的妇女们,也互相交换着意见:"他想的倒周全,一分开队咱们就散开,看谁还管得住谁?""分给咱们个好地方咱们就去,要分到没出息的地方,干脆都不要跟上队长走!""他一只手拖一个,两只手拖两个,还能把咱们都拖住?""我们的队长也不那么老实!"……

"新官上任,不摸秉性",议论尽管议论,第二天早晨都还得到村外南池边那块犁过的地里集合。

要来的大都来到犁耙得很平整的这块地里来坐下,村里再没有往这里走的人了,小四、秀兰和副支书一看,平常装病、装忙、装饿的那些妇女们这时候差不多也都到齐,可是小腿疼和吃不饱两个有名人物没有来。他们三个人互相看了看,秀兰说:"大概是一张大字报真把人家两个人惹恼了!"大家又稍微等了一下,小四说:"不等她们了,咱们就按咱们的计划来吧!"他走到面向群众那一边说:"各队先查点一下人数,看一共来了多少人!男女分别计算!"各个队长查点了一遍,把数字报告上来。小四又说:"请各队长到前边来,咱们先商量一下!"各队长都集中到他们三个人跟前来。小四和各队长低声说了几句话,各个队长一听都大笑起来,笑过之后,依小四的吩咐坐在一边。

小四开始讲话了。小四说:"今天大家来得这样齐楚,我很高兴。这几天,队长每天去动员人摘花,可是说来说去,来的还是那几个人,不来的又都各有理由:有的说病了,有的说孩子病了,有的说家里忙得离不开……指东划西不出来,今天一听说自由拾花大家就什么事也没有了!这不明明是自私自利思想作怪吗?摘头遍花能超过定额一倍的时候,大家也是这样来得整齐。你们想想:平常活叫别人做,有了便宜你们讨,人家长年在地里劳动的人吃你们多少亏?你们真是想'拾'花吗?一个人一天拾不到一斤籽棉,值上两三毛钱,五天也赚不够一个劳动日,谁有那么傻瓜?老实说:愿意拾花的根本就是想偷花!今年不能像去年,多数人种地让少数人偷!花秆上丢的那一点棉花不拾了,把花秆拔下来堆在地边让每天下午小学生下了课来拾一拾,拾过了再熏肥。今天来了的人一个也不许回去!妇女们各队到各队地里摘三遍花,定额不动,仍是八斤一个劳动日;男人们除了往麦地担粪的还去担粪,其余到各队摘尽了花的地里拔花秆!我的话讲完了!副支书还要讲话!"有一个媳妇站起来说:"副主任!我不说瞎话!我今天不能去!我孩子的病还没有好!不信你去看看!"小四打断她的话说:"我不看!孩子病不好你为什么能来?""本来就不能来,因为……""因为听说要自由拾花!本来不能来你怎么来的?天天叫也叫不到地,今天没有人去叫你,你怎么就来了?副支书马上就要跟你们讲这些事!"这个媳妇再没有说的,还有几个也想找理由请假,见她受了碰,也都没有敢开口。她们也想到悄悄溜走,可是坐在村外一块犁过的地里,各个队长又都坐在通到村里去的路上,谁动一动都看得见,想跑也跑不了。

副支书站起来讲话了。他说:"我要说的话很简单:有人昨天晚上要我把今天的分组检讨会布置一下,把检讨人和检讨什么告大家说,让大家好准备。现在我可以告大家说了,检讨人就是每天不来今天来的人,检讨的事就是'为什么只顾自己不顾社'。现在先请各队的记工员把每天不来今天来的人开个名单。"

一会,名单也开完了,小四说:"谁也不准回村去!谁要是半路偷跑了,或者下午不来了,把大字报给她出到乡政府!"秀兰插话说:"我们三队的地在村北哩,不回村怎么过去?"小四向三队队长张太和说:"太和!你和你的副队长把人带过村去,到村北路上再查点一下,一个也不准回去!各队干各队的事!散会!"

在散会中间又有些小议论:"小四比聚海有办法!""想得出来干得出来!""这伙懒婆娘可叫小四给整住了!""也不止小四一个,他们三个人早就套好!""聚海只学过内科,这些年轻人能动手术!""聚海的内科也不行,根本治不了病!""可惜小腿疼和吃不饱没有来!"……说着就都走开了。

第三队通过了村,到了村北的路上,队长查点过人数,就往村北的杏树底地里来。这地方有两丈来高一个土岗,有一棵老杏树就长在这土岗上,围着这土岗南、东、北三面有二十来亩地在成立农业社以后连成了一块,这一年种的是棉花,东南两面向阳地方的棉花已经摘尽了,只有北面因为背阴一点,第三遍花还没有摘。他们走到这块地里,把男劳力和高秀兰那样强一点的女劳力留在南头拔花秆,让妇女队长带着软一点的女劳力上北头去摘花。

妇女们绕过了南边和东边快要往北边转弯了,看见有四个妇女早在这块地里摘花,其中有小腿疼和吃不饱两个人。大家停住了步,妇女队长正要喊叫,有个妇女向她摆摆手低声说:"队长不要叫她们!你一叫她们不拾了!咱们也装成自由拾花的样子慢慢往那边去!到那里咱们摘咱们的,她们拾她们的!让她们多拾一点处理起来也有个分量!"妇女队长说:"我说她们怎么没有出来!原来早来了!"另一个不常下地的妇女说:"吃不饱昨天夜里散会以后,就去跟我商量过不要到南池边去集合,早一点往地里去,我没有敢听她的话。"大家都想和小腿疼她们开开玩笑,就都装作拾花的样子,一边在摘过的空花秆上拾着零花,一边往北边走。

原来头天晚上开会时候,小腿疼没有闹起事来,不是就退出场外和吃不饱坐在一起了吗?她们一听到第二天叫自由拾花,吃不饱就对住小腿疼的耳朵说:"大婶!咱明天可不要管他那什么纪律!咱们叫上几个人天不明就走,赶她们到地,咱们就能弄他好几斤!她们到南池边集合,咱们到村北杏树底去,谁也碰不上谁;赶她们也到杏树底来咱们跟她们一块儿拾。拾东西谁也不能不偷,她们一偷,就不敢去告咱们的状了!"小腿疼说:"我也是这么想!什么纪律?犯纪律的多哩!处理过谁?光咱们俩人去多好!不要叫别人!""要叫几个人,犯了也有个垫背的;不过也不要叫得太多,太多了轮到一个人手里东西就不多了!"她们一共叫过五个人,不过有三个没有敢来,临出发只来了两个,就相跟着到杏树底来了。她们正在五六亩大的没有摘过三遍花的地里偷得起劲,听见有人说话,抬头一看,见三队的妇女都来了,就溜到摘过的这一边来;后来见三队的人也到没有摘过的那边去了,她们就又溜回去。三队的人都哈哈大笑起来。小腿疼说:"笑什么?许你们偷不许我们偷?"有个人说:"你们怎么拾了那么多?""谁不叫你们早点来?"三队的人都是挨着摘,小腿疼她们四个人可是满地跑着捡好的。三队有个人说:"要偷也该挨住片偷呀!"小腿疼说:"自由拾花你管我们怎么拾哩?要说是偷,你们不也是偷吗?"大家也不认真和她辩论,有些人隔一阵还忍不住要笑一次。

妇女队长悄悄和一个队员说:"这样一直开玩笑也不大好。我离开怕她们闹起来,请你跑到南头去和队长、副主任说一声,叫他们看该怎么办!"那个队员就去了。

队长张太和更是个开玩笑大王。他一听说小腿疼和吃不饱那两个有名人物来了,好像有点幸灾乐祸的样子说:"来了才合理!我早就想到这些人物碰上这些机会不会不出马!你先回去摘花,我马上就到!"他又向高秀兰说:"副主任!你先不要出面,等我把她们整住了请你你再去!你把你的上级架子扎得硬硬地!"可是高秀兰不愿意那样做。高秀兰说:"咱们都是才学着办事,还是正正经经来吧!咱们一同去!"他们走到北头,队员们看见副主任和队长都来了,又都大笑起来。张太和依照高秀兰的意见,很正经地说:"大家不要笑了!你们那几位也不要满地跑了!"小腿疼又耍她的厉害:"自由拾花!你管不着!""就算自由拾花吧!你们来抢我三队的花,我就要管!都先把篮子缴给我!"吃不饱说:"我可是三队的!三队的花许别人偷就得许我偷!要缴大家都缴出来!"张太和说:"谁也得缴!"说着就先把她们四个人的篮子夺下来,然后就问她们说:"你们为什么不到南池边集合?"吃不饱说:"你且不要问这个!你不是说'谁也得缴'吗?为什么不缴她们的?""她们是给社里摘!""我们也是给社里摘!""谁叫你们摘的?""谁叫她们摘的?""对!现在就先要给你们讲明是谁叫她们摘的!"接着就把在南池边集合的时候那一段事给她们四个讲述了一遍,讲得她们都软下来。小腿疼说:"不叫拾不拾算了!谁叫你们不先告我们说?""不告说为什么还叫到南池边集合?告你说你不去听,别人有什么办法?"小腿疼说:"算我们白拾了一趟!你们把花倒下,给我们篮子我们走!"

这时候,高秀兰说话了。她说:"事情不那么简单:事前宣布纪律,为的是让大家不犯,犯了可就不能随便了事!这棉花分明是偷的。太和同志!把这些棉花送回社里,过一过秤,让保管给她们每一个篮子上贴上个条子,写明她们的姓名和棉花的分量,连篮子一同保存起来,等以后开个社员大会,让大家商量一个处理办法来处理!"张太和把四个篮子拿起来走了,小腿疼说："秀兰呀！你可不能说我们是偷的！我们真正不知道你们今天早上变了卦！"秀兰说："我们一点也没有变卦！昨天晚上杨小四同志给大家说得明白：'谁要不到南池边集合，拾的花就都算偷的'，何况你们明明白白在没有摘过的地里来抢哩？这是妨害全社利益的事，我们不能自作主张，准备交给群众讨论个处理办法！你们有什么话到社员大会上说去吧！"

　　小腿疼和吃不饱偷了棉花的事，等到吃早饭的时候，就传遍了全村。上午，各队在做活的时候提起这事，差不多都要求把整风的分组检讨会推迟一天，先在本天晚上开个社员大会处理偷花问题——因为大多数人都想叫在王聚海回来之前处理了，免得他回来再来个"八面圆"把问题平放下来。两个副主任接受了大家的要求，和副支书商量把整风会推迟一天，晚上就召开了处理偷花问题的社员大会。

　　大会开了。会议的项目是先由高秀兰报告捉住四个偷花贼的经过，再要她们四个人坦白交代，然后讨论处理办法。

　　在她们四个人坦白交代的时候，因为篮子和偷的棉花都还在社里，爱"了事"的主任又不在家，所以除了小腿疼还想找一点巧辩的理由外，一般都还交代得老实，前头是那两个垫背的交代的。一个说是她头天晚上没有参加会，小腿疼约她去她就去了，去到杏树底见地里没有人，根本没有到已经摘尽了的地里去拾，四个人一去，就跑到北头没摘过的地里去了。另一个说的和第一个大体相同，不过她自己是吃不饱约她的。这两个人交代过之后，群众中另有三个人插话说，小腿疼和吃不饱也约过她们，她们没有敢去。第三个就叫吃不饱交代。吃不饱见大风已经倒了，老老实实把她怎样和小腿疼商量，怎样去拉垫背的、计划几时出发、往哪块地去……详细谈了一遍。有人追问她拉垫背的有什么用处，她说根据主任处理问题的习惯，犯案的人越多了处理得越轻，有时候就不处理；不过人越多了，每个人能偷到的东西就太少了，所以最好是少拉几个，既不孤单又能落下东西。她可以算是摸着主任的"性格"了。

　　最后轮着小腿疼作交代了。主席杨小四所以把她排在最后，就是因为她好倚老卖老来巧辩，所以让别人先把事实摆一摆来减少她一些巧辩的机会。可是这个小老太婆真有两下子，有理没理总想争个盛气。她装作很受屈的样子说："说什么？算我偷了花还不行？"有人问她："怎么'算'你偷了？你究竟偷了没有？""偷了！偷也是副主任叫我偷的！"主席杨小四说："哪个副主任叫你偷的？""就是你！昨天晚上在大会上说叫大家拾花，过了一夜怎么就不算了？你是说话呀是放屁哩？"她一骂出来，没有等小四答话，群众就有一半以上的人"哗"地一下站起来："你要造反！""叫你坦白呀叫你骂人？"……三队长张太和说："我提议：想坦白也不让她坦白了！干脆送法院!"大家一齐喊"赞成"。小腿疼着了慌,头像货郎鼓一样转来转去四下看。她的孩子、媳妇见说要送她也都慌了。孩子劝她说:"娘你快交代呀!"小四向大家说:"请大家稍静一下!"然后又向小腿疼说:"最后问你一次:交代不交代?马上答应,不交代就送走!没有什么客气的!""交交交代什么呀?""随你的便!想骂你就再骂!""不不不那是我一句话说错了!我交代!"小四问大家说:"怎么样?就让她交代交代看吧?""好吧!"大家答应着又都坐下了。小腿疼喘了几口气说:"我也不会说什么!反正自己做错了!事情和宝珠说的差不多:昨天晚上快散会的时候,宝珠跟我说:'咱明天可不要管他那什么纪律!咱们叫上几个人……'"

这时候忽然出了点小岔子:城关那个整风辩论会提前开了半天,支书和主任摸了几里黑路赶回来了。他们见场里有灯光,预料是开会,没有回家就先到会场上来。主任远远看见小腿疼先朝着小四说话然后又转向群众,以为还是争论那张大字报的问题,就赶了几步赶进场里,根本也没有听小腿疼正说什么,就拦住她说:"回去吧老嫂!一点点小事还值得追这么紧?过几天给你们解释解释就完了……"大家初看见他进到会场时候本来已经觉得有点泄气,赶听到他这几句话,才知道他还根本不了解情况,"轰隆"一声都笑了。有个年纪老一点的人说:"主任!你且坐下来歇歇吧!'没有调查就没有发言权'!"支书也拉住他说:"咱们打听打听再说话吧!离开一天多了,你知道人家的工作是怎样安排的?"主任觉得很没意思,就和支书一同坐下。

小腿疼见主任王聚海一回来,马上长了精神,她不接着往下交代了。她离开自己站的地方走到王聚海面前说:"老弟呀!你走了一天,人家就快把你这没出息嫂嫂摆弄死了!"她来了这一下,群众马上又都站起来:"你不用装蒜!""你犯了法谁也替不了你!"……主任站起来走到小四旁边面向大家说:"大家请坐下!我先给大家谈谈!没了不了的事……"有人说:"你请坐下!我们今天没有选你当主席!""这个事我们会'了'!"……支书急了,又把主任拉住说:"你为什么这么肯了事?先打听一下情况好不好?让人家开会,我们到社房休息休息!"又问副支书说:"你要抽得出身来的话,抽空子到社房给我们谈谈这两天的事!"副支书说:"可以!现在就行!"

他们三个离了会场到社房,副支书把他和杨小四、高秀兰怎样设计把那些光想讨巧不想劳动的妇女调到南池边,怎么批评了她们,怎么分配人力摘花、拔花秆,怎样碰上小腿疼她们偷花……详细谈了一遍,并且说:"棉花明天就可以摘完,今天下午犁地的牲口就全都出动了,花秆拔得赶得上犁,剩下的男劳力仍然往准备冬浇的小麦地里运粪。"他报告完了情况,就先赶回会场去。

副支书走了,支书想了一想说:"这些年轻人还是有办法!做法虽说有点开玩笑,可是也解决了问题!"主任说:"我看那种动员办法不可靠!不捉摸每个人的'性格',勉强动员到地里去,能做多少活哩?""再不要相信你摸得着人的'性格'了!我看人家几个年轻同志非常摸得着人的'性格'。那些不好动员的妇女们有她们的共同'性格',那就是'偷懒''取巧'。正因为摸透了她们这种性格,才把她们都调动出来。人家不止'摸得着'这种性格,还能'改变'这种性格。你想:开了那么一个'思想展览会',把她们的坏思想抖出来了,她们还能原封收回去吗?你说人家动员的人不能做活,可是棉花是靠那些人摘下来的。用人家的办法两天就能摘完,要仍用你那'摸性格'的老办法,恐怕十天也摘不完——越摘人越少。在整风方面,人家一来就找着两个自私自利的头子,你除不帮忙,还要替人家'解释解释'。你就没有想到全社的妇女你连一半人数也没有领导起来,另一半就是咱那个小腿疼嫂嫂和李宝珠领着的!我的老哥!我看你还是跟那几位年轻同志在一块'锻炼锻炼'吧!"主任无话可说了,支书拉住他说:"咱们去看看人家怎样处理这偷花问题。"

他们又走到会场时候,小腿疼正向小四求情。小腿疼说:"副主任!你就让我再交代交代吧!"原来自她说了大家"捉弄"了她以后,大家就不让她再交代,只讨论了对另外三个人的处分问题,留下她准备往法院送。有个人看见主任来了,就故意讽刺小腿疼说:"不要要求交代了!那不是?主任又来了!"主任说:"不要说我!我来不来你们该怎么办还怎么办!刚才怨我太主观,不了解情况先说话!"小腿疼也抢着说:"只要大家准我交代,不论谁来了我也交代!"小腿疼看了看群众,群众不说话;看了看副支书和两个副主任,这三个人也不说话;群众看了看主任,主任不说话;看了看支书,支书也不说话。全场冷了一下以后,小腿疼的孩子站起来说:"主席!我替我娘求个情!还是准她交代好不好?"小四看了看这青年,又看了看大家说:"怎么样?大家说!"有个老汉说:"我提议,看在孩子的面上还让她交代吧!"又有人接着说:"要不就让她说吧!"小四又问,"大家看怎么样?"有些人也答应:"就让她说吧!""叫她说说试试!"……小腿疼见大家放了话,因为怕进法院,恨不得把她那些对不起大家的事都说出来,所以坦白得很彻底。她说完了,大家决定也按一斤籽棉五个劳动日处理,不过也跟给吃不饱规定的条件一样,说这工一定得她做,不许用孩子的工分来顶。

散会以后,支书走在路上和主任说:"你说那两个人'吃软不吃硬',你可算没有摸透她们的'性格'吧?要不是你的认识给她们撑了腰,她们早就不敢那么猖狂了!所以我说你还是得'锻炼锻炼'!"

1958 年 7 月 14 日
(原载《火花》1958 年第 8 期)

陈翔鹤

陶渊明写《挽歌》

一

在六朝时候宋文帝元嘉四年,陶渊明已经满过六十二岁快达六十三岁的高龄了。近三、四年来,由于田地接连丰收,今年又是一个平年,陶渊明家里的生活似乎比以前要好过一些。尤其是在去年颜延之被朝廷任命去作始安郡太守,路过浔阳时,给他留下了二万钱,对他生活也不无小补。虽说陶渊明叫儿子把钱全拿去寄存到镇上的几家酒店,记在账上,以便随时取酒来喝,其实那个经营家务的小儿子阿通,却并未照办,只送了半数前去,其余的便添办了些油盐和别的家常日用物;这种情形,陶渊明当然知道,不过在向来不以钱财为意的陶渊明看来,这也算不得什么,因此并不再加过问。

在身体健康方面,虽说陶渊明自四十一岁归田以后,即"躬耕自资,遂抱羸疾",但在六十岁以前,他却仍然不断地参加部分劳动。只是当他满过六十岁之后,他才把锄头交给儿子,说:"不成不成,手脚骨头都松了,使用不得力,这些事只好交给你们来作了!"此后即很少自己动手,只于早晚间负手到田垄间去看看桑麻禾黍,一面温习温习自己心爱的诗篇。

这一年浔阳的秋天,来得似乎比哪年都早;每到早晚间,八月里的瑟瑟秋风便使人倍加有畏缩之感。这一天早晨,天刚一放亮,陶渊明便起来了。昨夜他在床上翻腾了一整夜。昨天在庐山东林寺给他的不愉快的印象实在太深了,这不能不逼使他去思考一些问题。因为他去庐山,本来是想同慧远法师谈谈,同时也想在庙里住上三几天,静静脑筋,换换空气。却不料一到东林寺,就遇见那里正在大办法事,来烧香的人真有如穿梭一般,进进出出,十分闹杂。而尤其令他不愉快的,便是那盘腿打坐在大雄宝殿正中的慧远和尚的那种近于傲慢、淡漠而又装腔作势的态度。这与他平时的为人是完全两样的。他头戴毗卢帽,身披绯色罗袈裟,前后左右还围着有一大群年青俊美的小和尚,手中各持着铜唾盂、白玉柄麈尾、紫丝布巾帨等类的东西,俨然是另一种达官贵人的派头。只见他半闭着眼睛,两手合十,一让香客们在他座前四礼八拜,脸上纹风不动,连一点表情都没有;真不知他是在睡觉呢还是在闭目养神。法会一会儿正式开始了,首先由僧徒们高声唪诵一通《无量寿佛经》,然后又由刘遗民来大念一遍他自己作的所谓"发愿文",次即是由白莲社中的社友们一齐向慧远和尚顶礼膜拜;然后又由会众大声宣扬一阵"南无阿弥陀佛,观世音菩萨,大势至菩萨"的佛号,便算散会。这时他才微微地动了一下眼皮,在钟鼓齐鸣中,喃喃念道:"揭谛揭谛,波罗揭谛,波罗僧揭谛,菩提萨婆诃!"念毕这种神秘而又令人难懂的咒语之后,他什么也没有说,便下得座来起身入内了。对于那些匍匐在地面上的会众,连正眼都不曾看一眼,更不用说和气地来同大家打个招呼了!这种毫不理会大家的态度,给陶渊明以一种大有"我慢"之概的印象。而这种"我慢",又正是慧远本人对陶渊明所时常提起,认为是违反佛理的。

"渊明公,你看这个念佛法会怎样?"到禅堂里坐下喝茶时,刘遗民对他这样问道。还不等他回答,周续之接着便说:"真正是名山胜会,世间少有啊!我看渊明公还是加入我们白莲社的好。慧远法师不是说你加入之后,还是特许可以喝酒吗?""对,对!还是加入的好。'浔阳三隐'中有两位都已经加入,渊明公再一加入,那便算是全数了!"只听得张野、张铨、宗炳、雷次宗等陶渊明儒学中的朋友,当时所谓知名之士的,都一齐异口同声地来劝说。"让我再想想看。人生本来就很短促,并且活着也多不容易啊!在我个人想,又何必用敲钟敲鼓来增加它的麻烦呢?"陶渊明边说边立起身来,打算出去。"你不坐坐,吃过午斋,去同法师谈谈再走吗?"大家齐声说。"不用啦,今天人多,他也很忙,改天再来。"陶渊明记得自己昨天正是这样起身回家的。

虽说"背负炉峰(香炉峰),旁带瀑布"的东林寺离陶渊明的住处柴桑山的栗里只不过二十多里地,可是陶渊明这次走起来却觉得比往常任何一次都吃力。他停停走走地一直到将近黄昏时候才回到了家。在喝过一碗稀粥之后,他便上床睡觉了。他一方面虽然觉得自己腿酸腰疼,疲乏不堪,但一方面想睡却又睡不着。而更可恶的是那种"铛、铛、铛、铛"的东林寺的钟声,于朦胧半睡中,还不住阴一下阳一下地在他耳边鸣响。"看来东林寺以后是不能再去啦,这些和尚真作孽,总是想拿敲钟敲鼓来吓唬人。最可笑的还有刘遗民、周续之那一般人,平时连朝廷的征辟也都不应,可是一见了慧远和尚就那样的磕头礼拜,五体投地!是不是这可以说明,他们对于生死道理还有所未达呢?死,死了便了,一死百了,又算得个什么!哪值得那样敲钟敲鼓地大惊小怪!佛家说超脱,道家说羽化,其实这些都是自己仍旧有解脱不了的东西。"陶渊明就像这样的想着想着,直翻腾了一整夜。

二

　　此刻，陶渊明是坐在他茅屋前面过道间的靠背胡床上面了。这还是他大儿子阿舒十多年前，在修盖这所草屋时替他出的主意：即是把房檐尽量放得宽些，简直有堂屋一般的宽，目的是好招待来拜访的客人。不想这样一来，陶渊明却得到受用了，因为他近年来除了爱在床上躺躺之外，就喜欢斜倚在这过道间的胡床上，有时读读书，想想诗，望望南山，听听松涛和想想心事；有时也同来找他谈天的邻居们研究研究收成，话话桑麻；如果当家酿黍酒新熟时，就同他们和和融融、喜笑颜开地喝上几杯。

　　昨天夜晚刚下过一点小雨。屋檐下的几棵柳树，虽然在中秋的微寒里已经不再苗长了，而且叶子已有点发黄，但早晨乡间的空气还是那般清新，简直分辨不出哪是篱边黄菊的芬芳，哪是田野间残稻的谷香。陶渊明情不自禁地深深呼吸了几口长气。他因昨晚不曾睡好，虽然觉得头有些发晕，口有些发苦，腰也有些发痛，但这一派远远近近的山光树影、薄雾流云，仍不能不使这位饱经忧患的老诗人，很自然地想要去停止一切不愉快的思考，好让自己安静一下。但秋天清晨的寒气又使得陶渊明不得不把身上的灰布单袍往紧里裹了一裹。"真正是秋天了呀！'良辰在何许，凝霜霑衣襟。'阮嗣宗的《咏怀》诗可真正作得不错。还有呢，'感物怀殷忧，悄悄令心悲，多言焉所告，繁辞将诉谁。'像这样的好诗，恐怕只有他一人才能写得出来啦。我的诗似乎可以不必再写了，只消读读他的《咏怀》诗也满够味的。"陶渊明不自禁地想起了他平时最心爱的阮诗来。他念着，念着，轻轻地频频地摇着头，好像是要把那些使人瑟缩的秋气赶跑似的。

　　就在这时候，一个身穿白布小褂，青布裤子的小孩，八岁左右，皮肤黑黑的，全身胖乎乎的，一蹦一跳地从后面跑出来了。"呀，我知道，我知道，爷爷昨天又去庐山来着。总不带我去，我不答应。"他边说边扑到陶渊明的怀里来，用手去摸摸陶渊明的灰白胡子。"你走得动吗？我去的时候还是西头的王家叔叔用篮舆抬我去的，回来自己走，可就不行啦，二十多里地就一直走到天黑。"陶渊明边说边抓住孙儿的两只小手，不让他去弄乱他的胡须。"我走得动，走得动，等下一回，你一定要带我去，我跟着你篮舆走，一大步一大步地跨。""小牛，你等不到。以后恐怕我就不会再去庐山啦。哎，不会再去啦！""干什么不？我就一个人也要去。庐山真好玩儿。我就喜欢摸小和尚的脑袋。我摸他们，他们也摸我。上回我还同他们捉蜻蜓来着。真好玩儿。""嗯……"陶渊明觉得对孩子简直无理可说，便只得这样嗯了一声。

"哎,小牛,快下来!我不告诉过你,爷爷乘不起你吗?还是那样不听话!"这时那个陶渊明的小儿媳妇已托着一个茶盘走了出来。她约有三十岁左右,身体壮健,足穿草履,身着青衣,发髻挽得高高的,眉目间颇带一点秀气。她一面嚷着,将茶盘放到矮矮的小白木几上,便动手去拉那个淘气的小孩。"不要紧,还乘得起,就让他这样吧!"陶渊明摸着小孙儿头上的两个丫角爱抚地说,同时又抬起头去望了儿媳妇一眼,在他黑瘦清秀的方脸上不觉已露出了一点笑容。"这是南山上刚才摘下来的秋茶,昨天夜晚才炒好,请爷爷尝尝,看可合口味?"她恭顺地说了,随即斟出一杯碧绿的茶水递给陶渊明。"给我喝,给我喝……"孩子又在撒娇了。"好,好。我们大家都喝。媳妇,你辛苦,也来喝上一杯。"陶渊明一面给孩子喝茶一面要媳妇再去取个杯子。"我不忙。昨天爷爷那样晚才回来,可把您累着了?要早知道您在庙里只坐一会儿就走,那便不该把篮舆打发回来了,老年人哪里走得了这样多的路!""不,不,还可以。阿通呢,下田去了吗?""哪里,他还睡着呢。稻子一收上坡,他就该睡懒觉啦。有事吗?我去喊他。""没事,没事,让他睡着吧。年轻人能睡得着觉总是好的。"陶渊明说到这里蹙起眉,轻轻叹了一口气,看来他又是觉得腰有些发痛了。

　　这个媳妇仍然在陶渊明身边站着没有走,似乎尚有所待。陶渊明又抬起头来疑问地望了她一眼。"昨天下午爹来啦,他还等了你老人家半天呢。"她关心地说。"找我可有事情?""他把您的诗稿都拿走了。"听到这里,陶渊明在心内不禁也为之一惊。他间歇了一会才又追问:"他这是什么意思,拿去做什么用呢?""据他老人家说,他找到一个什么字写得不错的书手,打算把您的诗拿去重抄一遍,装订起来,以留作传家之宝。等再过两天,我一定去把稿子要回来。……本来嘛,我就有点不大放心,怕有遗失。"她说罢将头低了下去,仿佛做了一件什么错事似的。"哦,原来这样!那就让它去吧。当然,如果把稿子失掉了也是可惜的。""不!过两天我一定自己去要回来!""好媳妇,你又何必这样性急呢,等过些时候再说吧。稿子又不比可以吃得的东西,你还怕些什么!""哎,我本来就不愿意给的,可是他老人家执意要拿去,真是叫人为难。""给了就算了吧。不用去管它。写着玩的东西,本来就不值得什么,哪用得着这样耽心!"陶渊明说毕,又望了儿媳一眼,同时有一种暖乎乎的感觉袭上心来。他简直没想到在自己的家里,竟有人会这样的珍视他的诗篇。随着,这个少妇便拿起一个竹耙,走到篱笆外面去了。

　　至于说到对这位小儿媳妇的选择,渊明起初还是有所考虑的,因为新娘的父亲庞迭之曾经作过江州刺史刘弘的后军功曹,家里又广有田产,他恐怕她过得门来不能吃苦安贫。何况阿通又有一种粗声粗气的戆脾气。可是他的那个以爱管闲事著名的故人庞通之,却竭力向他担保说:"行! 我说行就行。难道我自己的亲侄女儿都不了解? 她念的《列女传》、《论语》、《诗经》,都还是我一手教出来的呢。姑娘是个不多言多语的好姑娘,平时又很喜欢诗,你的许多诗她都能背得过来。……固然,老头儿有些俗气,讨厌,贪财好名。不过我们娶的是姑娘,而不是那个老头儿。"

过门后,问题果然出来了。首先是大哥阿舒的老婆对新娘感情不好,不肯再管家;等庞家姑娘动手管家了,她又嫌别人管得不好,太费。接着就吵着要分家(陶渊明的其他三个儿子,因为小孩多,早就自立门户了);这时庞迭之也出来说了话。于是,平素就很不喜欢生活关系闹得复杂的陶渊明,才决定让他们各自东西,而自己仍同阿通夫妇一同过日子。所幸他所租得庞迭之的三十多亩田,近三四年来收成也还不错,而阿通在庄稼上又是个全把式,孩子也只有小牛一个,再加上陶渊明和儿媳妇两个帮着薅薅锄锄,他们的日子总算勤巴苦做地度过去了。

陶渊明是从三十岁起就开始过独身生活的。他的两个妻室都早已前后亡故,只有那个"夫耕于前,妻锄于后"的继室翟氏,他对她始终保持着一种优美和崇高的柔情。而阿通又正是翟氏所生的,(老二、老三、老四也都与阿通同母)因此他对于这个有点戆脾气的小儿子便更加爱惜,不愿同他离开。一个独身生活过得太久的人,常常是有许多怪脾气的。比如说,不大注意室内清洁,不许别人动用他的东西之类,陶渊明也不例外。可是这种独身汉的生活习惯,到他五十六岁的那年,却被一场严重的痢疾破除了。这时陶渊明病倒床上,看看已入危境,于是这个庞家姑娘才不避嫌疑,大胆地前去看护他,亲自替他换洗衣衾,侍奉汤药。等到病慢慢好了,这个少妇才真正成为这一家之主。而陶渊明也才重新感到有人照顾他生活的家庭之乐。

近几年来,陶渊明又一连遇见了一些就连他自己也不大能理解的事情——那即是他不懂得为什么如像本州(江州)刺史那样的大官儿总爱来同他攀亲论友。首先是刺史王弘,接着又是刺史檀道济。而最使他不高兴的便要数檀道济来拜访的那一次了。他带有许多兵马前来,吆吆喝喝,简直把一个栗里村闹得天翻地覆;老乡们家家关门闭户,一直等他走了以后才敢探出头来。

陶渊明对于这个一州之长,自然是待之以礼。而檀刺史呢,在他高谈阔论了一阵什么贤者处世应当"天下无道则隐,有道则至"之后,竟至又说起打算要送他几百斛粳米和多少口猪羊这类的话来了。这使得"逃禄归耕",一向不肯轻易接受人钱财的陶渊明,不禁觉得登时两颊有些发烧起来。因此他才拱了拱手,断然决然地说:"这决不敢当,决不敢当,粳米猪羊之类一定不能接受! 我陶潜(这是他在刘裕夺取了晋朝政权以后所取的新名字)

哪里够得上称什么'贤者'呢!这并不是我故意装腔作势,只是由于个人的夙愿,不敢妄与那些借归隐为高,一心取得高官厚禄的'贤者'高攀,如此而已!"话不投机半句多。知道谈不下去了,于是这个聪明的檀刺史便拿出赳赳武夫的派头,立起身来大声地说,"到州里来坐坐吧。我一定大张筵席地招待你!""好,再见。改天一定来拜访。"这样才结束了这次颇为不愉快的会谈。事过之后,陶渊明又不得不再三去向邻里们解释,说檀刺史是他自己来的而不是由于他的招请。"真正对不起得很,惊动了大家,惹起这许多麻烦。""还好,还好,幸喜那些兵大爷们没有去捉我们的鸡鸭,"一个老乡说。"近几年来,催收赋税的衙役们好像对我们都要客气得多啦,想来是沾了你老人家的光!"另一个深谙世故的老人说。"哎,老邻居,我们都已经是白发苍苍的老人了啊,哪里还禁得起这样的吵闹。我不图别的,只希望那些豪门大官儿们不要再到这儿来,让我们安安静静地过日子就求之不得啦!看来诗还是作不得的,诌了几句诗,就会引起一些无聊的人前来麻烦!"像这样,陶渊明才算结束了他的"善后工作"。

三

就在从庐山回来第二天的当晚,经过一整天躺着休息之后,陶渊明的心情似乎已经平静得多了,腰虽然还有点疼,但头却已经不再发晕了。到用晚饭的时候,陶渊明又看见他儿媳端出两大盘风鸡和糟鱼来。"嘿,了不起,哪里来的这许多好东西?"陶渊明惊疑而又奇怪地问。"还不是爹带来的。两边都是老人家,真是收下不好,不收下也不好。"因为这个摸熟了陶渊明脾气的聪敏儿媳妇知道,如果公公一不高兴,他是连筷子也都不会去动的,于是她才这样惴惴然地解释说,同时更借着灯光去窥探陶渊明的脸色。近些年来,特别是在有了孙儿小牛以后,陶渊明对于儿媳的神态不觉已经变得柔和、温存得多了,有时还可以说有意去揣摩和投合她的心意。"总是这样时常的道谢他老人家。好,有了好菜,我们大家都来喝上几杯。阿通,你用大碗喝我的菊花酒,我喝糯米酒。媳妇儿也不能不喝。只有一个人喝酒就太没意思啦!"陶渊明的这种兴致,显然是为了要投合他儿媳的心意。

他们父、子、儿媳三人围着一张黑漆矮饭桌,席地坐下了。阿通平时不大爱开口,但喝起酒来,正同他种庄稼一样是个能手。他大口大口地喝着,在他晒得黧黑的圆脸上,也不时露出一种开朗的笑容来。

"你爸爸老啦,下不得田啦。不知道现刻家里可还有什么困难没有?你大哥三哥孩子多,想来一定是有困难的。你爸爸没本领,脾气又怪,不能够去升官发财,让你们弟兄书都读得很少,阿通尤其识字不多,这不能不算是我当爸爸的人的一种不到之处！"在喝过两杯之后，陶渊明不禁又发起平日所时常爱发的感慨来了。"干吗爸爸总爱说这一些，读书有个屁用！你看颜延之叔叔作了一辈子官，到头还不充军似的到始安郡去作个什么太守。依我看，还是地不哄人，你挖多少锄就能有多少锄的收成！我就不喜欢读书，也不喜欢读书人。大哥因为多读了几句书，说起话来就总有些酸溜溜的，让人家听不懂。我不高兴和他说话，好多人都不高兴和他说话。"阿通说罢，大大地喝了一口酒，咂了一咂嘴，又用他粗大的手掌去把嘴唇抹了一下。

"爸爸说话，你好好地听着不好吗？"那个知书识礼的媳妇正想制止丈夫的说话。

"不，不。他说得对，说得很对！颜延之是个好人，就是名利心重，官瘾大了点。上回他来，还同我吵架呢。他把自己诗写得不好，归罪于公务太忙，没有时间去推敲。其实哪里是这样。他一天到晚都在同什么庐陵王、豫章公这些人搞在一起，侍宴啦，陪乘啦，应诏赋诗啦，俗务萦心，患得患失，哪还有什么诗情画意？没有诗情，又哪里来的好诗！你看，我所认为好的他的那几首《五君咏》，还不是他官作得不如意的时候写的。除此之外，可就不大高明啦。不过他人总是个好人。讲义气，重朋友。一喝起酒来，便把什么俗情都忘却了。这不能不说他是颇懂得一点酒中真味的。哎，人一老了，就净爱去想些莫名其妙的事情，说不定他从始安郡回来，就不大可能再看见我了！"陶渊明用手理了理胡须，又满满的干了一杯。"因此，在这两天，我很想把那几首《挽歌》和那篇《自祭文》写完，好留给如像颜延之那样的故友们看看。"言下似乎不胜感慨。

"爸爸昨天上庐山见着那个慧远和尚没有？你不说要在那里住上两天吗，干吗当天就回来了呢？"庞家姑娘担心地问。

"见是见着啦，只是没有得着机会说话。他们正在做什么念佛法会。这位大法师，就欢喜装腔作势，净拿些什么'三界不安犹如火宅'，生啦死啦的大道理来吓唬人。我就不喜欢听这些。"

"'未知生，焉知死？'还是孔老夫子说的对呀。"儿媳妇又在运用她的《论语》知识了。其实这一句也正是陶渊明所时常引用的。

"简直乌七八糟，可恶得很！其实，眼睛里恐怕还是在望着那几个大钱上！"阿通在喝过两大碗酒之后，话也多起来了。

"话不能那样说。慧远和尚倒是戒律很严，不爱钱财的。我所看重他的就在于三件事情：第一，他写过五篇《沙门不敬王者论》，而且又博通六经，更懂得老庄的道理，讲起经来也还不是那样干巴巴的；第二，他不许可那个架子很大，拿富贵来骄人的谢灵运加入白莲社；第三，他竟取去同那个杀人不眨眼的贼头儿卢循'欢然道旧',一点也不怕得附逆之罪的名声。这些都是要有点胆量、修养、本领的人才能作得到的。不过我同他究竟还是两路人。关于生死的看法,我同他就有很大的不同,当然我平时也不是不去思考这些。但说来说去还是二十多年前我在《归去来辞》里面说过的那两句话,'聊乘化以归尽,乐乎天命复奚疑'。慧远和尚再想同我辩论也辩论不出个什么道理来。他写过一篇《形尽神不灭论》,我也写过三首《形影神》诗来回答他。我主要的意见就在'纵浪大化中,不喜亦不惧。应尽便须尽,无复独多虑'这四句当中。尽,就是完结。凡事有头就有尾,有开头就得有个完结。这不是很自然的吗?何况人活在世上又多么的不容易啊。即以咱们家里的事来作个比喻吧,你们死过两个母亲,一个堂叔叔(敬远)、一个堂姑姑(程氏妹),在我四十四岁的时候大火又烧掉了我们的房子,简直烧得个精光,在这段时间,几乎大半要靠向别人借贷口粮过日子。你们弟兄也挨过饥、受过苦。像这样,没个完结,行吗?从反面讲,再以你爹为例吧,好媳妇,你说说看,如果每个人都像你爹那样,养得肥胖肥胖的,终日忙着见官见府,买田置地,没个了结,恐怕也不见得就行吧?"陶渊明说罢便不自禁哈哈的大笑了起来,在他黑瘦的脸上不觉泛起了一层薄薄的酒晕。接着陶渊明又说:"我讲个笑话给你听好吗?这还是前两天羊松龄告诉我的,可能是出于他自己的瞎编。不过也真有趣,这很能说明一些道理,说明佛家道理的不大能说得通。"

"爸爸,讲,讲吧,我就爱听爸爸讲笑话。"

"好多人都说爸爸讲的笑话有意思。"

阿通和他的媳妇都异口同声地要求着。

"那就说一个吧。据说,有个寒门素士去找一位有名的和尚谈道。那和尚爱理不理的,待他非常傲慢。碰巧一个大官儿到庙里来了,而那个老和尚接待他时,却亦步亦趋非常谦恭。等到官儿走了之后,这士子便责问他,为什么接待客人竟会有两种不同的面孔?老和尚就用禅语来回答说:'接是不接,不接是接!'这个士子听了实在不胜其愤,于是就在他秃头上狠狠揍了几巴掌,说,'打是不打,不打是打!'打过后便飘然而去了。你们说有意思没意思?……"陶渊明讲完后,大家都哄堂地笑了起来。阿通笑得更加痛快,接连说:"该打,该打,打得好,打得好!"这时陶渊明早已经有些醉意阑珊了,他立起身来,而那个庞家姑娘就赶忙上前去搀扶着他,把他送入室内。

四

依照陶渊明平时的生活习惯,他总是爱在睡醒一觉之后又动手去做点事情,或者就斜靠在床上去想想在白天他所不大能弄得明白的事情;他这种爱躺在床上沉思默想的习惯,简直可以说已经成为几十年来的顽固习惯了。

  今天夜晚,因为大家酒都喝得很高兴,风鸡和糟鱼的味道又很不错,所以隔壁阿通夫妇以及那个早就睡着了的小牛孙儿都睡得很香。等陶渊明一觉醒来,估计时间只不过三更左右。他感觉这几间草房似乎比任何时候都要显得清静,清静得几乎连窗外飞虫的展翅声全都可以听得出来。同时,那桌上的一盏黯淡的菜油灯也更衬托出这秋夜的萧索和静寂。秋夜是那样的静,静得简直有些令人难受。他半夜起身来,把灯芯拨亮了一下。本来打算下得床来,将自己早已打好腹稿的三首《挽歌》和那篇《自祭文》用纸笔记了下来的,可是从牛肋巴的窗孔间所吹进来的阵阵秋风,却使他接连打了两个喷嚏。同时他又感觉自己四肢无力,实在站立不起来。"果然人一到秋天便大大的不同了啊。脚软,站不起来,这不正表明我所有的时间不会太多了么?"他心里这样的嘀咕着,于是便放弃了要下床去动纸笔的念头,决定只斜靠在床上,依旧去思索他那不知思索过多少遍了的诗篇。

  他从"有生必有死,早终非命促"起,在心内一直默念到"亲戚或余悲,他人亦已歌"止,本来这三首诗写到这里,他认为便可完结了的,可是庐山法会的钟鼓齐鸣,慧远和尚在会上的那种淡漠自傲和专门拿死来吓唬人的情景,蓦地又在他的脑子里闪现出来了。"嗨,不能够这样就算完结,还得同慧远辩论下去。再在这篇诗里面表示一下我对于生死大事的最终看法吧!"于是他在诗的末尾又加上了"死去何所道,托体同山阿"这两句。"'死去何所道,托体同山阿'。不错,死又算得个什么!人死了,还不是与山阿草木同归于朽。不想那个赌棍刘裕竟会当了皇帝,而能征惯战的刘牢之反而被背叛朝廷的桓玄破棺戮尸。活在这种尔虞我诈、你砍我杀的社会里,眼前的事情实在是无聊之极;一旦死去,归之自然,真是没有什么值得留恋的!……'死去何所道,托体同山阿',好,这首诗,就该这样结束,不必再作什么添改啦。"

  陶渊明结束了《挽歌》之后,在他心里又默默地去念咏他那篇《自祭文》。这篇东西,因为酝酿时间相当的久,所以在他反复地吟诵了几遍,却仍然不曾发现有什么需得改动的地方。只是当他念到"……匪贵前誉,孰重后歌,人生实难,死之如何?呜呼哀哉!"这最后五句时,一种湿漉漉、热乎乎的东西便不自觉地漫到了他的眼睫间来。这时他引为感慨的不仅是眼前的生活,而且还有他整个艰难坎坷的一生。

  "'人生实难,死之如何'!难道这不是我对于生死一事的素常看法吗?哎,脚都站不起来,老了,看来是真正的老了啊!凡事得有个结束。明天得叫庞家儿媳妇回娘家去,请那位书手将我的诗稿多抄两份,好捡一份送给颜延之。他上回送我的二万钱,数目可真不算少呀。他不肯轻易送人,我也不是那种轻易收下赠物的人。"

想到这里,窗外的雄鸡,拍了拍翅膀,已高声啼唱起来了。

(原载《人民文学》1961 年第 11 期)

刘心武

班 主 任

一

你愿意结识一个小流氓,并且每天同他相处吗?我想,你肯定不愿意,甚至会嗔怪我何以提出这么一个荒唐的问题。

但是,在光明中学党支部办公室里,当黑瘦而结实的支部书记老曹,用信任的眼光望着初三(三)班班主任张俊石老师,换一种方式向他提出这个问题时,张老师并不以为古怪荒唐。他只是极其严肃地考虑了一分钟左右,便断然回答说:"好吧!我愿意认识认识他……"

事情是这样的:前些日子,公安局从拘留所把小流氓宋宝琦放了出来。他是因为卷进了一次集体犯罪活动被拘留的。在审讯过程中,面对着无产阶级专政的强大威力与政策感召,他浑身冒汗,嘴唇哆嗦,作了较为彻底的坦白交代,并且揭发检举了首犯的关键罪行,因此,公安局根据他的具体情况——情节较轻而坦白揭发较好,加上还不足十六岁——将他教育释放了。他的父母感到再也难在老邻居们面前抛头露面,便通过换房的办法搬了家,恰好搬到光明中学附近。根据这几年实行的"就近入学"办法,他父母来申请将宋宝琦转入光明中学上学。他该上初三,而初三(三)班又恰好有空位子,再加上张老师有十几年的班主任工作经验,又是这个年级班主任里唯一的党员,因此,经过党支部研究,接受了宋宝琦的转学要求,并且由老曹直接找到张老师,直截了当地摆出情况,向他说:"怎么样?你把宋宝琦收下吧?"

正像你所知道的那样,张老师思忖的目光刚同老曹那饱含期待、鼓励的目光相遇,他便答应下来了。

二

张老师是个什么样的人呢?

趁他顶着春天的风沙,骑车去公安局了解宋宝琦情况的当口,我们可以仔细观察他一番。

张老师实在太平凡了。他今年三十六岁,中等身材,稍微有点发胖。他的衣裤都明显地旧了,但非常整洁,每一个纽扣都扣得规规矩矩,连制服外套的风纪扣,也一丝不苟地扣着。他脸庞长圆,额上有三条挺深的抬头纹,眼睛不算大,但能闪闪放光地看人,撒谎的学生最怕他这目光;不过,更让学生们敬畏的是张老师的那张嘴,人们都说薄嘴唇人能说会道,张老师却是一对厚嘴唇,冬春常被风吹得爆出干皮儿;从这对厚嘴唇里迸出的话语,总是那么热情、生动、流利,像一架永不生锈的播种机,不断在学生们的心田上播下革命思想和知识的种子,又像一把大笤帚,不停息地把学生心田上的灰尘无情地扫去……

一路上,张老师的表情似乎挺平淡。等到听完公安局同志的情况介绍,翻完卷宗以后,他的脸上才显露出强烈的表情来——很难形容,既不全是愤慨,也不排除厌恶与蔑视,似乎渐渐又由决心占了上风,但忧虑与沉重也明显可见。

张老师从公安局回到学校时,已经是下午三点钟。他掏出叠得很整齐的手绢,一边擦着脑门上的汗,一边走进年级组办公室。显然同组的老师们都已知道宋宝琦将于明天到他班上课的事了。教数学的尹达磊老师头一个迎上他,形成了关于宋宝琦的第一个波澜。

三

尹老师和张老师同岁,同是一个师范学院毕业,同时分配到光明中学任教,又经常同教一个年级。他们一贯推心置腹,就是吵嘴,也从不含沙射影、指桑骂槐,总是把想法倾巢倒出,一点"底儿"也不留。

尹老师身材细长,五官长得紧凑,这就使他永远摆脱不了"娃娃相",多亏鼻梁上架着副深度近视镜,才使他在学生们面前不至有失长者的尊严。

在这一九七七年的春天,尹老师感到心里一片灿烂的阳光。他对教育战线,对自己的学校、所教的课程和班级,都充满了闪着光晕的憧憬。他觉得一切不合理的事物都应该而且能够迅速得到改进。他认为"四人帮"既已揪出,扫荡"四人帮"在教育战线的流毒,形成理想的境界应当不需要太多的时间。不过,最近这些天他有点沉不住气。他愿意一切都如春江放舟般顺利,不曾想却仍要面临一些复杂的问题。

关于宋宝琦即将"驾到"的消息一入他的耳中,他就忍不住热血沸腾。张老师刚一迈进办公室,他便把满腔的"不理解"朝老战友发泄出来。他劈面责问张老师:"你为什么答应下来?眼下,全年级面临的形势是要狠抓教学质量,你弄个小流氓来,陷到作他个别工作的泥坑里去,哪还有精力抓教学质量?闹不好,还弄个'一粒耗子屎坏掉一锅粥'!你呀你,也不冷静地想想,就答应下来,真让人没法理解……"

办公室的其他老师,有的赞同尹老师的观点,却不赞同他那生硬的态度;有的不赞成他的观点,却又觉得他的确是出于一片好心;有的一时还拿不准道理上该怎么看,只是为张老师凭空添了这么副重担子,滋生了同情与担忧……因此,虽然都或坐或站地望着张老师,却一时都没有说话。就连搁放在存物架上的生理卫生课教具——耳朵模型,仿佛也特意把自己拉成了一尺半长,在专注地等待着张老师作答。

张老师觉得尹老师的意见未免偏激,但并不认为尹老师的话毫无道理。他静静地考虑了一分钟,便答辩似地说:"现在,既没有道理把宋宝琦退回给公安局,也没有必要让他回原学校上学。我既然是个班主任老师,那么,他来了,我就开展工作吧……"

这真是几句淡而无味的话。倘若张老师咄咄逼人地反驳尹老师,也许会引起一场火爆的争论,而他竟出乎意料地这样作答,尹老师仿佛反被慑服了。别的老师也挺感动,有的还不禁低首自问:"要是把宋宝琦分到我的班上,我会怎么想呢?"

张老师的确必须立即开展工作,因为,就在这时,他班上的团支部书记谢惠敏找他来了。

四

谢惠敏的个头比一般男生还高,她腰板总挺得直直的,显得很健壮。有一回,她打业余体校栅栏墙外走过,一眼被里头的篮球教练看中。教练热情地把她请了进去,满心以为发现了个难得的培养对象。谁知让这位长圆脸、大眼睛的姑娘试着跑了几次篮后,竟格外地失望——原来,她弹跳力很差,手臂手腕的关节也显得过分僵硬,一问,她根本对任何球类活动都没有兴趣。

的确,谢惠敏除了随着大伙看看电影、唱唱每个阶段的推荐歌曲,几乎没有什么业余爱好。她功课中平,作业有时完不成,主要是由于社会工作占去的精力和时间太多了——因此倒也能获得老师和同学们的谅解。

头年夏天,张老师接任这个班的班主任时,谢惠敏已经是团支部书记了。张老师到任不久便轮到这个班下乡学农。返校的那天,队伍离村二里多了,谢惠敏突然发现有个男生手里转动着个麦穗,她不禁又惊又气地跑过去批评说:"你怎么能带走贫下中农的麦子?给我!得送回去!"那个男生不服气地辩解说:"我要拿回家给家长看,让他们知道这儿的麦子长得有多么棒!"结果引起一场争论,多数同学并不站在谢惠敏一边,有的说她"死心眼",有的说她"太过分"。最后自然轮到张老师表态。谢惠敏手里紧紧握着那根丰满的麦穗,微张着嘴唇,期待地望着张老师。出乎许多同学的意料,张老师同意了谢惠敏送回麦穗的请求。耳边响着一片扬声争论与嗫嚅低议交织成的音波,望着在雨后泥泞的大车道上奔回村庄的谢惠敏那独特的背影,张老师曾经感动地想:问题不在于小小的麦穗是否一定要这样来处理;看哪,这个仅仅只有三个月团龄的支部书记,正用全部纯洁而高尚的感情,在维护"绝不能让贫下中农损失一粒麦子"的信念——她的身上,有着多么可贵的闪光素质啊!

但是,这以后,直到"四人帮"揪出来之前,浓郁的阴云笼罩着我们祖国的大地,阴云的暗影自然也投射到了小小的初三(三)班。被"四人帮"控制的那个团市委,已经向光明中学派驻了联络员,据说是来培养某种"典型",是否在初三(三)班设点,已在他们考虑之中。谢惠敏自然常被他们找去谈话。谢惠敏对他们的"教诲"并不能心领神会,因为她没有丝毫的政治投机心理,她单纯而真诚。但是,打从这时候起,张老师同谢惠敏之间开始显露出某种似乎解释不清的矛盾。比如说,谢惠敏来告状,说团支部过组织生活时,五个团员竟有两个打瞌睡。张老师没有去责难那两个不像样子的团员,却向谢惠敏建议说:"为什么过组织生活总是念报纸呢?下回搞一次爬山比赛不成吗?保险他们不会打瞌睡!"谢惠敏瞪圆了双眼,几乎不相信自己的耳朵,隔了好一阵,才抗议地说:"爬山,那叫什么组织生活?我们读的是批宋江的文章啊……"再比如,那一天热得像被扣在了蒸笼里,下了课,女孩子们都跑拢窗口去透气,张老师把谢惠敏叫到一边,上下打量着她说:"你为什么还穿长袖衬衫呢?你该带头换上短袖才是,而且,你们女孩子该穿裙子才对啊!"谢惠敏虽然热得直喘气,却惊讶得满脸涨红,她简直不能理解张老师在提倡什么作风!班上只有宣传委员石红才穿带小碎花的短袖衬衫,还有那种带褶子的短裙,这在谢惠敏看来,乃是"沾染了资产阶级作风"的表现!

"四人帮"揪出来之后,张老师同谢惠敏之间的矛盾自然可以解释清楚了,但并没有完全消除。

现在,谢惠敏找到张老师,向他汇报说:"班上同学都知道宋宝琦要来了,有的男生说他原来是什么'菜市口老四',特别厉害;有些女生害怕了,说是明天宋宝琦真来,她们就不上学了!"

张老师一愣。他还没有来得及预料到这些情况。现在既然出现了这些情况,他感到格外需要团支部配合工作,便问谢惠敏:"你怕吗?你说该怎么办?"

谢惠敏晃晃小短辫说:"我怕什么?这是阶级斗争!他敢犯狂,我们就跟他斗!"

张老师心里一热。一霎时,那在泥泞的大车道上奔走的背影活跳在记忆的屏幕上。他亲热地对谢惠敏说:"你赶紧把团支部和班委会的人找齐,咱们到教室开个干部会!"

五

四点二十左右,干部会结束了。其他干部们都走了,教室里只剩下张老师、谢惠敏和石红三个人。

石红恰好面对窗户坐着,午后的春阳射到她的圆脸庞上,使她的两颊更加红润;她拿笔的手托着腮,张大的眼眶里,晶亮的眸子缓慢地游动着,丰满的下巴微微上翘——这是每当她要想出一个更巧妙的方法来解决一道数学题时,为数学老师所熟悉、所喜爱的神态。可是此刻她并不是在解数学题,而是在琢磨怎么写出明天一早同大家——也包括宋宝琦——见面的"号角诗"。

张老师同谢惠敏在一旁谈着话。围绕着接收宋宝琦需要展开的工作,已经全部落实。男生干部们分头找男生们做工作去了,跟他们讲宋宝琦并不是什么威震菜市口的"英雄",而是个犯了错误的需要帮助的人。对他既不别好奇乃至于敬畏,也不能歧视打击,大家要齐心合力地帮助他。女生干部将分头到那几个或者是因为胆小,或者是出于赌气,宣布明天不来上学的女生家去,对她和她们的家长讲清楚,学校一定会保证女孩子们不受宋宝琦欺侮;对宋宝琦这样的小流氓,消极躲避只能助长他的恶习,只有团结起来同他斗争,进行教育,才能化有害为无害,并且逐步化无害为有益。张老师则要对宋宝琦进行家访,对他以及他的家长进行初步了解,并进行第一次思想工作。石红的"号角诗"明天一早将向大家强调:"让我们的教室响彻四化建设的脚步声!"①

当石红的"号角诗"快要写完的时候,张老师同谢惠敏的谈话结束了。张老师把摊在桌上、刚给干部们看过的几件东西往一块敛。那是张老师从派出所带回来的、宋宝琦犯案后被搜出的物品:一把用来斗殴的自行车弹簧锁,一副残破油腻的扑克牌,一个式样新颖附有打火机的镀镍烟盒,还有一本撕掉了封皮的小说。小干部们面对这些东西都厌恶得皱鼻子、撇嘴角。谢惠敏提议说:"团支部明天课后开个现场会,积极分子们也参加,摆出这些东西,狠狠批判一顿!"大伙都同意,张老师也点头说:"对。要利用这个

---

① 此处编者略有改动。

机会,进一步抓好反腐蚀教育。"

没曾想,临到张老师收敛这几件物品时,突然出现了矛盾,还闹得挺僵。

别的东西部收进书包了,只剩下那本小说。张老师原来顾不得细翻,这时拿起来一检查,不由得"啊!"了一声。原来那是本文化大革命以前,中国青年出版社出版的长篇小说《牛虻》。

谢惠敏感到张老师神情有点异常,忙把那本书要过来翻看。她以前没听说过、更没看见过这本书。她见里头有外国男女讲恋爱的插图,不禁惊叫起来:"唉呀!真黄!明天得狠批这本黄书!"

张老师皱起眉头,思索着。他回忆起自己中学时代的情况。那时候,团支部曾向班上同学们推荐过这本小说……围坐在篝火旁,大伙用青春的热情轮流朗读过它;倚扶着万里长城的城堞,大伙热烈地讨论过"牛虻"这个人物的优缺点……这本英国小说家伏尼契写成的作品,曾激动过当年的张老师和他的同辈人,他们曾从小说主人公的形象中,汲取过向上的力量……也许,当年对这本小说的缺点批判不够?也许,当年对小说的精华部分理解得也不够准确、不够深刻?……但,不管怎么说——张老师想到这儿,忍不住对谢惠敏开口分辩道:

"这本《牛虻》可不能说成是黄书……"

谢惠敏的两撇眉毛险些飞出脑门,她瞪圆了双眼望着张老师,激烈地质问说:"怎么?不是黄书?!这号书不是黄书什么是黄书?"在谢惠敏的心目中,早已形成一种铁的逻辑,那就是凡不是书店出售的、图书馆外借的书,全是黑书、黄书。这实在也不能怪她。她开始接触图书的这些年,恰好是"四人帮"搞法西斯文化专制主义最凶的几年。可爱而又可怜的谢惠敏啊,她单纯地崇信一切用铅字新排印出来的东西,而在"四人帮"控制舆论工具的那几年里,她用虔诚的态度拜读的报纸刊物上,充塞着多少他们的"帮文",喷溅出了多少戕害青少年的毒汁啊!倘若在谢惠敏最亲近的人当中,有人及时向她点明张春桥、姚文元那两篇号称"阐述无产阶级专政理论"的"重要文章"大可怀疑,而"梁效"、"唐晓文"之类的大块文章也绝非马列主义的"权威论著"……那该有多好啊!但是,由于种种主观和客观上的原因,没有人向她点明这一点。她的父母经常嘱咐谢惠敏及其弟妹,要听毛主席的话,要认真听广播、看报纸;要求他们遵守纪律、尊重老师;要求他们好好学功课……谢惠敏从这样的家庭教育中受益不浅,具备了强烈的无产阶级感情、劳动者后代的气质;但是,在白骨精化为美女现形的斗争环境里①,光有朴素的无产阶级感情就容易陷于轻信和盲从,而"白骨精"们正是拼命利用

---

① 此处编者略有删节。

一些人的轻信与盲从以售其奸！就这样，谢惠敏正当风华正茂之年，满心满意想成为一个好的革命者，想为共产主义这个大目标而奋斗，却被"四人帮"害得眼界狭窄、是非模糊。岂止《牛虻》这本书她会认为是毒草，我们这段故事发生的时候，《青春之歌》已经进行再版了，但谢惠敏还保持着"四人帮"揪出前形成的习惯——把那些热衷于传播"文艺消息"，什么又会有某个新电影上演啦，电台又播了个什么新歌呀这样的同学们，看成是"沾染了资产阶级思想"。就在前几天，她发现石红在自习课上看一本厚厚的小说，下课她便给没收了。那是一九五九年出版的《青春之歌》，她随便翻检了几页，把自己弄得心跳神乱——断定是本"黄书"，正想拿来上交给张老师，石红笑嘻嘻地一把抢了回去，还拍着封面说："可带劲啦！你也看看吧！"结果两人争吵了一场。后来她忙着去团委开会，倒忘记向张老师反映了，没想到今天张老师竟比石红还要石红——亲口否认这本外国"黄书"不黄！在谢惠敏心中，外国的"黄书"当然一律又要比中国的"黄书"更黄了。面对着这样一位张老师，她又联想起以前的许多细琐冲突来。于是，往常毕竟占据支配地位的尊敬之感，顿然减少了许多。她微微撅起嘴，飞走的眉毛落回来拧成了个死疙瘩。

这时候，石红写完"号角诗"，正准备给张老师和谢惠敏朗诵，忽然听到张老师说："这本《牛虻》可不能说成是黄书⋯⋯"她这才知道那本破书原来就是《牛虻》，赶忙凑拢谢惠敏身边去看。谢惠敏大声质问张老师的话刚一出口，她便热情地晃动着谢惠敏胳膊说："别这么说！我听爸爸妈妈讲过，《牛虻》这本书值得一读！这两天我正读《钢铁是怎样炼成的》，里头的保尔·柯察金是个无产阶级英雄，可他就特别佩服'牛虻'⋯⋯"石红早就想找本《牛虻》来看，一直没有借到，所以她从谢惠敏手中拿过书来翻动时，心里翻腾着强烈的求知欲：这本书写的是什么时代的事儿？故事发生在什么地方？"牛虻"究竟是个啥样的人？真的有值得佩服的地方吗？⋯⋯当她把破书还到张老师手上时，不禁问道："读这本书，该注意些啥？学习些啥？"谢惠敏咬住嘴唇，眯起眼睛，不满地望着石红，心里怦怦直跳。

张老师翻动着那本饱经沧桑的《牛虻》。他本想耐心地对谢惠敏解释为什么不能把它算作"黄书"，但这本书是从宋宝琦那儿抄出来的，并且，瞧，插图上，凡有女主角琼玛出现，一律野蛮地给她添上了八字胡须。又焉知宋宝琦他们不是把它当成"黄书"来看的呢？生活现象是复杂的。这本《牛虻》的遭遇也够光怪陆离的。对谢惠敏这样实际上还很幼稚的孩子，分析过于复杂的生活现象和精华糟粕并存的文艺作品，需要充裕的时间和适宜的场合。

想到这些，我们的张老师便把破旧的《牛虻》放入书包，和蔼地对谢惠敏说:"关于这本书的事儿,咱们改天再谈吧。看,快五点了,咱们赶紧听听石红写的'号角诗'吧,听完分头按计划行动。"

石红念的诗,谢惠敏一句也没装进脑子里去。她痛苦而惶惑地望着映在课桌上的那些斑驳的树影。她非常、非常愿意尊敬张老师,可张老师对这样一本书的古怪态度,又让她不能不在心里嘀咕:"还是老师呢,怎么会这样啊?!……"

六

五点刚过,张老师骑车抵达宋家的新居。小院的两间东屋里,东西还来不及仔细整理,显得很凌乱。比如说,一盆开始挂花的"令箭",就很不恰当地摆放在了歪盖着塑料布的缝纫机上。

宋宝琦的母亲是个售货员,这天正为搬家倒休,忙不迭地拾掇着屋子。见张老师来了,她有些宽慰,又有点羞愧,忙把宋宝琦从屋里喊出来,让他给老师敬礼,又让他去倒茶。我们且不忙随张老师的眼光去打量宋宝琦,先随张老师坐下来同宋宝琦母亲谈谈,了解一下这个家庭的大概。

宋宝琦的父亲在园林局苗圃场工作,一直上"正常班",就是说,下午六点以后就能往家奔了。但他每天常要等八、九点钟才回家。为什么?宋宝琦母亲说起来连连叹气,原来这些年他养成了个坏习惯:下班的路上经过月坛,总要把自行车一撂,到小树林里同一些人席地而坐,打扑克消遣,有时打到天黑也不散,挪到路灯底下接茬打,非得其中有个人站起来赶着去工厂上夜班,他们才散。

显然,这样一位父亲,既然缺乏丰富而有意义的精神生活,那么,对宋宝琦的缺乏教育管束也就可想而知了。至于当母亲的,从她含怨的叙述中,不难看出她是怎样自食了溺爱与放任独生子的苦果。

绝不要以为这个家庭很差劲。张老师注意到,尽管他们还有大量的清理与安置工作,才能使房间达到窗明几净的程度,但是那张镶镜框的毛主席像,却已端正地挂到了北墙,并且,一张稍小的周总理像,装在一个自制的环绕着银白梅花图案的镜框中,被郑重地摆放在了小衣柜的正中。这说明这对年近半百的平凡夫妇,内心里也涌荡着和亿万人民相同的感情波澜。那么,除了他们自身的弱点以外,谁应当对他们精神生活的贫乏负责呢?……

差一刻六点的时候,张老师请当母亲的尽管去忙她的家务事,他把宋宝琦带进里屋,开始了对小流氓的第一次谈话。

现在我们可以仔细看看宋宝琦是个什么模样了。他上身只穿着尼龙弹力背心,一疙瘩一疙瘩的横肉,和那白里透红的肤色,充分说明他有幸生活在我们这个不愁吃不愁穿的社会里,营养是多么充分,躯体里蕴藏着多么充沛的精力。唉,他那张脸啊,即便是以经常直视受教育者为习惯的张老师,乍一看也不免浑身起栗。并非五官不端正,令人寒心的是从面部肌肉里,从殴斗中打裂过又缝上的上唇中,从鼻翅的神经质扇动中,特别是从那双一目了然地充斥着空虚与愚蠢的眼神中,你立即会感觉到,仿佛一个被污水泼得变了形的灵魂,赤裸裸地立在了聚光灯下。

经过三十来个回合的问答,张老师已在心里对宋宝琦有了如下的估计:缺乏起码的政治觉悟,知识水平大约只相当初中一年级程度,别看有着一身犟肉,实际上对任何一种正规的体育活动都不在行。张老师想到,一些满足于贴贴标签的人批判起宋宝琦这样的小流氓来,一定会说他是"满脑子资产阶级思想"。但是,随着进一步地询问,张老师便愈来愈深切地感到,笼统地说宋宝琦这样的小流氓具有资产阶级思想,那就近乎无的放矢,对引导他走上正路也无济于事。

宋宝琦的确有严重的资产阶级思想,但究竟是哪一些资产阶级思想呢?资产阶级标榜"自由、平等、博爱",讲究"个人奋斗"、"成名成家",用虚伪的"人性论"掩盖他们追求剥削、压迫的罪行。而宋宝琦呢?他自从陷入了那个流氓集团以后,便无时无刻不处于森严的约束之中,并且多次被大流氓"扇耳茄子"与用烟头烫后脑勺。他愤怒吗?反抗吗?不,他既无追求"个性解放"、呼号"自由、平等"的思想行动,也从未想到过"博爱";他一方面迷信"哥儿们义气",心甘情愿地替大流氓当"炊拨儿",另一方面又把扇比他更小的流氓耳光当作最大的乐趣。什么"成名成家",他连想也没有想过,因为从他懂事的时候起,一切专门家——科学家、工程师、作家、教授……几乎都被林贼、"四人帮"打成了"臭老九",论排行,似乎还在他们流氓之下,对他来说,何羡慕之有?有何奋斗而求之的必要?"知识即力量"吗?对不起,我们的宋宝琦也绝无此种观念。知识有什么用?无休无止地"造反"最好。张铁生考试据说得了个"大鸭蛋",不是反而当上大官了吗?……所以,不能笼统地给宋宝琦贴上个"满脑袋资产阶级思想"的标签便罢休,要对症下药!资产阶级在上升阶段的那些个思想观点,他头脑里并不多甚至没有,他有的反倒是封建时代的"哥儿们义气"以及资产阶级在没落阶段的享乐主义一类的反动思想影响……请不要在张老师对宋宝琦的这种剖析面前闭上你的眼睛,塞上你的耳朵,这是事实!而且,很遗憾,如果你热爱我们的祖国,为我们可爱的祖国的未来操心的话,那么,你还要承认,宋宝琦身上所反映出的这种问题,在一定程度上还并不是极个别的!请抱着解决实际问题、治疗我们祖国健壮躯体上的局部痈疽的态度,同我们的张老师一起,来考虑考虑如何教育、转变宋宝琦这类青少年吧!

张老师从书包里取出那本饱遭蹂躏的小说来,问宋宝琦:"这本书叫什么名儿?你还记得吗?"

宋宝琦刚经历过专政机关严厉的审讯和带强制性的训斥,那滋味当然远比一个班主任老师的询问与教育难受,所以,他尽可能用最恭顺的态度回答说:"记得。这是牛亡。"他不认识虻字,照他识字的惯例,只读一半。

"不是牛亡,是'牛虻'。你知道这两个字是什么意思吗?"

面部没有表情,两眼直愣愣地望着对面在窗玻璃外扑腾的一只粉蝶,极坦率地回答说:"不懂。"

"那么,这本书你究竟读完了没有呢?"

"翻了翻。我不懂。"

"不懂,你要它干什么呢?这本书是打哪儿来的呢?"

"我们偷的。"

"打哪儿偷的呢?偷它干什么呢?"

"打原来我们学校废书库偷的。听说那里头的书都是不让借、不让看的。全是坏书。我们撬开锁,偷了两大抱。我们偷出来为的是拿去卖。"

"怎么没把这本卖了呢?"

"后来都没卖。我们听说,盖了图书馆戳子的书,我们要是卖去,人家就要逮着我们。"

"你们偷出来的书里,还有些什么呢?你还能说出几个名儿来吗?"

"能!"宋宝琦为能表现一下自己并非愚钝无知感到非常高兴,他第一次有了专注的神情,眨着眼,费劲地回忆着:"有《红岩》,有……《和平与战争》,要不,就是《战争与和平》,对了,还有一本书特怪,叫……叫《新嫁车的词儿》……"

这让张老师吃了一惊。他想了想,掏出钢笔在手心里写了《辛稼轩词选》几个字,伸出去让宋宝琦看,宋宝琦赶忙点头:"就是!没错儿!"

张老师心里一阵阵发痛。几个小流氓偷书,倒还并不令人心悸。问题是,凭什么把这样一些有价值的、乃至于非但不是毒草,有的还是香花的书籍,统统扔到库房里锁起来,宣布为禁书呢?宋宝琦同他流氓伙伴堕落的原因之一,出乎一般人的逻辑推理之外,并非一定是由于读了有毒素的书而中毒受害,恰恰是因为他们相信能折腾就能"拔份儿",什么书也不读而堕落于无知的深渊!

张老师翻动着《牛虻》,责问宋宝琦:"给这插图上的妇女全画上胡子,算干什么呢?你是怎样想的呢?"

宋宝琦垂下眼皮,认罪地说:"我们比赛来着,一人拿一本,翻画儿,翻着女的就画,谁画的多,谁运气就好……"

张老师愤然注视着宋宝琦,一时说不出话来。宋宝琦抬起眼皮偷觑了张老师一眼,以为一定是自己的态度不够老实,忙补充说:"我们不对,我们不该看这黄书……我们算命,看谁先交上女朋友……我们……我再也不敢了!"他想起了在公安局里受审的情景,也想起了母亲接他出来那天,两只红红的、交织着疼和恨的眼睛。

"我们不该看这黄书"——这句话像鼓槌落到鼓面上,使张老师的心"咚"地一响。怪吗?也不怪——谢惠敏那样品行端方的好孩子,同宋宝琦这样品质低劣的坏孩子,他们之间的差别该有多么大啊,但在认定《牛虻》是"黄书"这一点上,却又不谋而合——而且,他们又都是在并未阅读这本书的情况下,"自然而然"地作出这个结论的。这是多么令人震惊的一种社会现象!谁造成的?谁?

当然是"四人帮"!

一种前所未及的,对"四人帮"铭心刻骨的仇恨,像火山般喷烧在张老师的心中,截至目前为止,在人类文明史上,能找出几个像"四人帮"这样用最革命的"逻辑"与口号,掩盖最反动的愚民政策的例子呢?

望着低头坐在床上,两只肌肉饱满的胳膊撑在床边,两眼无聊地瞅着互相搓动的、穿着白边懒鞋的双脚,拒绝接受一切人类文明史上有益的知识和美好的艺术结晶的这个宋宝琦,张老师只觉得心里的火苗扑腾扑腾往上窜,一种无形的力量冲击着他的喉头,他几乎要喊出来——

救救被"四人帮"坑害的孩子!

七

春天日短。当远处电报大楼的七记钟声,悠悠地随风飘来时,暮色已经笼罩着光明中学附近的街道和胡同。

张老师推着自行车,有意识拐进了免费出入、日夜开放的小公园里。他寻了一条僻静处的长椅,支上车,坐到长椅上,燃起一支香烟,眉尖耸动着,有意让胸中汹涌的感情波涛,能集中到理智的闸门,顺合理的渠道奔流出去,化力强劲有力的行动,来执行自己这班主任的职责。

晚风吹动着一直拖到椅背上来的柳丝,身上落下了一些随风旋转而来的干榆钱,在看不见的地方,丁香花开了,飘来沁人心脾的芳馥气息。

同宋宝琦本人及其家庭的初步接触,竟将张老师心弦中的爱弦和恨弦拨动得如此之剧烈,颤动得他竟难以控制自己。他恨不能立时召集全班同学,来这长椅前开个班会。他有许多深刻而动人的想法,有许多诚挚而严峻的意念,有许多倾心而深沉的嘱托、建议、批评、引导和号召,就在这个时候,能以最奔放的感情最有感染力的方式，包括使用许多一定能脱口而出的丰富而奇特的、易于为孩子们所接受的例证和比喻，淋漓尽致地表达出来……

他感到，他比以往任何时候，都更爱我们亲爱的祖国。想到她的未来，想到她的光明前景，想到本世纪结束、下世纪开始时，"四化"初具规模的迷人境界，他便产生了一种不容任何人凌辱、戏弄祖国，不许任何人扼杀、窒息祖国未来的强烈感情！他想到自己的职责——人民教师，班主任，他所培养的，不要说只是一些学生，一些花朵，那分明就是祖国的未来，就是使中华民族在这九百六十万平方公里的土地上，强盛地延续下去，发展下去，屹立于世界民族之林的未来！

他感到，他比以往任何时候，都更深刻地仇恨"四人帮"这伙祸国殃民的蟊贼。不要仅仅看到"四人帮"给国民经济所造成的有形危害，更要看到"四人帮"向亿万群众灵魂上泼去的无形污秽；不要仅仅注意到"四人帮"培养出了一小撮"头上长角、浑身长刺"的张铁生式丑类，还要注意到，有多少宋宝琦式的"畸形儿"已经出现！而且，甚至像谢惠敏这样本质纯正的孩子身上，都有着"四人帮"用残酷的愚民政策所打下的黑色烙印！"四人帮"不仅糟蹋着中华民族的现在，更残害着中华民族的未来！

对丑类的恨加深着对人民的爱，对人民的爱又加深着对丑类的恨。当爱和恨交织在一起的时候，人们就有了为真理而斗争的无穷勇气，就有了不怕牺牲去夺取胜利的无穷力量。

张老师陡然站了起来，他看看表，七点一刻。他想到了晚饭。不是他感到饿了，考虑到自己该回家吃饭去，他简直把自己也需要吃晚饭这件事忘到爪哇岛去了。他是打算亲自到几个同学家里去，了解一下他们对宋宝琦来初三（三）班的反应。而这个时候，同学们家里一定都在吃饭，吃饭的时候进行家访是不适宜的。他想了想，便背着手，在小公园的树林子里踱起步来，同时确定下来，七点半左右再离开这里……

丁香花的芳馨一阵阵更加浓郁。浓郁的香气令人联想起最称心如意的事。张老师想到"四人帮"已经被扫进了垃圾箱，想到党中央已经在短短的半年内打出了崭新的局面，想到亲爱的祖国不但今天有了可靠的保证，未来也更加充满希望，他便感到宋宝琦也并非朽木不可雕的烂树，而谢惠敏的糊涂处以及对自己的误解与反感，比之于蕴藏在她身上的优良素质和社会主义积极性来，简直更不是什么难以消融的冰雪了。

八

张老师推车走出小公园时，恰巧遇上了提着鼓囊囊的塑料包，打从小公园门口走过的尹老师。

尹老师大吃一惊:"俊石,你怎么还有逛公园的雅兴?"

张老师笑了笑,没有解释。他也并不问尹老师从哪儿来,到哪儿去。他知道,尹老师坚持有一个多月了,每天下午四点以后,除了在学校组织一些数学后进的学生补课以外,还要轮流到他们家里去进行个别辅导。他熟悉尹老师的脾性,特别是"四人帮"控制着文教战线的时期,他往往牢骚满腹,对教育部不满,对学校领导不满,对学生不满,对家长不满。倘是一个局外人,听了他那些愤激之情溢于言表的话,一定会以为他是个惯于撂挑子、甩袖子的人;其实尹老师牢骚归牢骚,工作归工作,不管是什么时候,不管遇上什么打击、障碍、困难和挫折,他从未放弃过辛勤的教学劳动。就是在"四人帮"把学生中的无政府主义思潮煽动得达于极点,课堂里往往乱得像一锅煮沸的粥时,他虽然能在办公室里把牢骚话说到"咱们干脆罢教"的地步,一听到上课铃响,却又立即奔赴教室,仍然竭尽全力地用粉笔敲着黑板,用劝导、吆喝、说服、恫吓来让同学们听他讲述那些方程式和多面体。

张老师知道这是他已经结束了个别辅导,要奔赴胡同外的汽车站,乘车回家去了。他既然是忙完了工作,那么,牢骚一定是一触即发。果不其然,不等张老师开口,他便拍着张老师自行车的车座子,长叹一声说:"'四人帮'给咱们造成了些什么样的学生啊!你想想看吧,我教的是初三了,可刚才却还在为两个学生翻来覆去他讲勾股定理……你比我更有'福气'——摊上个'新文盲'宋宝琦!说实在的我不能理解你,眼下是'百废待举',该作的事情那么多,而光是今天一个下午,你就为收留一个小流氓耗费了那么多心血,犯得上吗?!让宋宝琦滚蛋吧!公安局不收,让他回原来的学校!原来的学校不要,就让他在家呆着!……"

张老师诚恳地对他说:"经过这一下午,我越来越自觉地认识到,症结不在是不是一定要收下宋宝琦——的确,也许应当为他这样的学生专门办一种学校,或者把他同相似的学生专门编成一班;要不按他的文化程度,干脆把他降到初一去从头学起……但这都不是主要的。症结在哪里呢?今天下午围绕着收留宋宝琦发生的这一件又一件的事情,好比一面镜子,照出了'四人帮'糟害我们下一代的罪恶;有些'四人帮'的流毒和影响,我以前或者没有觉察出来,或者没有像今天这样感到触目惊心,我想到了很多、很多……达磊,现在是一九七七年的春天,这是多么美好、多么幸福的春天啊,可它又是要求我们迎向更深刻的斗争、付出更艰苦的劳动的春天,因而也是要求我们更加严格的一个春天!朝前看吧,达磊!……"

尹老师从这简单的话语里不可能感受到张老师已经感受到的一切,但是,当他同张老师那饱含着醒悟、深思、信心、力量的动人目光相遇时,他的牢骚和烦躁情绪顿时消失了。七七年春天的晚风吹拂着这两个平平常常、默默无闻的人民教师,有那么一两分钟,他们各自任自己的思绪飞扬奔腾,静静地没有交谈。

张老师想到,过几天,针对尹老师思想方法偏于简单和急躁的缺点,一定要好好地找他谈一谈:感情决不能代替政策;迫切希望革命事业向前迈进的心情,不能简单地表现为焦躁和牢骚;锲而不舍地坚持斗争的同时,又应当对事物的发展抱相应的积极等待的态度;对宋宝琦这类小流氓的厌恨,还可以转化为对祖国的幼苗遭到"四人帮"戕害而生的怜惜和疼爱……总之,要好好地同尹老师谈谈哲学,谈谈辩证法,谈谈现在和未来,谈谈爱和恨,谈谈生活和工作,乃至于谈谈《红岩》和《牛虻》……

远处又飘来了报告七点半已到的一记钟声,张老师收回沸腾的思绪,拍拍尹老师肩膀说:"咱俩另找个时间好好聊聊吧。我还要到几个同学家里去一下。"

"快去石红那儿吧,"尹老师忽然想起,赶紧告诉张老师:"我刚从他们楼里出来,听我那班的一个同学说,谢惠敏跟石红吵了一架,你快去了解一下吧!"

张老师心里一震,他立即骑上车,朝石红家所在的居民楼驶去。

九

石红的爸爸是区上的一个干部,妈妈是个小学教师。两口子都是在"四清"运动里入党的[①];从入党前后起[②],他们形成了一种很好的习惯,就是坚持学习马列、毛主席著作,他们书架上的马恩、列宁四卷集、毛选四卷和许多厚薄不一的马列、毛主席著作单行本,书边几乎全有浅灰的手印,书里不乏折痕、重点线和某些意味着深深思索的符号……石红深深受着这种认真读书的气氛的熏陶,她也成了个小书迷。

石红是幸运的。"晚饭以后"成了她家的一个专用语,那意味着围坐在大方桌旁,互相督促着学习马列、毛主席著作,以及在互相关怀的气氛中各自做自己的事——爸爸有时是读他爱读的历史书,妈妈批改学生的作文,石红抿着嘴唇,全神贯注地思考着一道物理习题或是解着一个不等式……有时一家又在一起分析时事或者谈论文艺作品,父亲和母亲,父母和女儿之间,展开愉快的、激烈的争论。即便在"四人帮"推行法西斯文化专制主义最凶狠的情况下,这家人的书架上仍然屹立着《暴风骤雨》、《红岩》、《茅盾文集》、《盖达尔

---

① ② 编者在文字上略有改动。

选集》、《欧也妮·葛朗台》、《唐诗三百首》……这样一些书籍。

张老师曾经把石红通读过的《共产党宣言》、《马克思主义的三个来源和三个组成部分》和毛选四卷，以及她的两本学习笔记，拿到班会上和家长会上传看过，但是，他觉得更可欣喜的是，这孩子常常能够根据马列主义、毛泽东思想的原则去思考、分析一些问题，这些思考和分析，往往比较正确，并体现在她积极的行动中。

我们这个故事发生的那一天，张老师敲开石红他们家那个单元的门后，发现迎门的那间屋里，坐满了人。石红坐在屋中饭桌边，正朗读着一本书。另外有五个女孩子，也都是张老师班上的学生，散坐在屋中不同的部位，有的右手托腮、睁大双眼出神地望着石红；有的双臂折放在椅背上，把头枕上去；有的低首揉弄着小辫梢……显然，她们都正听得入神。根据下午谢惠敏的汇报，这恰恰是那几个因为害怕或赌气，而扬言明天宋宝琦去了她们就不去上学的同学。

石红读得专心致志，没有发觉张老师的到来，有两三个女孩子抬眼瞧见了张老师，也只是羞涩地对他笑笑，没有出声叫他"张老师"，那显然并非是忘记了礼貌，而是不忍心中断她们已经沉浸进去的那个动人的故事。

来开门的石红妈妈把张老师引到隔壁屋里，请他坐下，轻声地解释说："孩子们正在读鲁迅翻译的《表》……"

《表》是苏联作家班台莱耶夫在十月革命后不久写的一部儿童作品。它描写了一个流浪儿在苏维埃教养院里的转变过程。鲁迅先生当年以巨大的热情翻译了它。张老师虽然好多年没翻过这本书了，但石红妈妈一提，这本书里的一些人物形象和片断情节，顿时涌现在张老师的脑海中。张老师在短短的几分钟里，已经猜测出石红家里出现这种局面的来龙去脉了。果然，石红妈妈告诉他："石红一回家就把宋宝琦的事跟我说了。吃晚饭的时候她一个劲眨巴眼睛，洗碗的时候她跟我商量：'妈妈，要是我约上谢惠敏，把那些害怕、赌气的同学们都找来，读读《表》这本书怎么样呢？'我很赞成。我跟她说：'有党的领导，有社会主义制度，路线对了头，只要老师、同学们发挥集体的作用，小流氓也是能转变的啊！'后来她就找同学们去了——只是谢惠敏不知怎么没有来……"

正说着，石红读完一个段落，知道张老师来了，拿着书跳进里屋，高兴地嚷："张老师，你来得正好！快给我们讲讲吧！"

张老师被她拉到了外屋，几个小姑娘都站起来叫"张老师"，不等他发话，各种各样的问题就争先恐后地提出来了：

"张老师，这本书我们能读吗？"

"张老帅，这本书里的小流氓，怎么又惹人生气，又惹人同情呢？"

"张老师,谢惠敏说我们读毒草,这本书能叫毒草吗?"

"张老师,您见着宋宝琦了吗?跟这本书里的小流氓比,他好点儿还是坏点儿呢?"

……

张老师且不忙回答,却反问她们:"谢惠敏为什么不来呢?石红跟她吵嘴啦?你们应该齐心合力把她拉来啊!"

小姑娘们激动地同声回答起来,吵成一片,结果一句也听不清,还是石红让大伙静下来,解释说:"拉不来啊!除非现在报上专门登篇文章,宣布《表》是一本好书……"

原来,石红刚一找到谢惠敏的时候,谢惠敏见石红工作这么积极,还挺高兴。可是一听是找一块儿去读一本外国小说,她就打心眼里反感。石红跟她解释,这本书挺不错,读了对解决那几个同学的问题能有启发……谢惠敏没等石红说完,立刻反问道:"报上推荐过吗?"这一问使石红呆住了,半晌才回答:"没推荐呢。""读没推荐的书不怕中毒吗?现在正反腐蚀,咱们干部可不能带头受腐蚀呀!……"谢惠敏一脸警惕的神色,警告着石红,不仅自己拒绝参加这个活动,还劝说石红不要"犯错误"……这把石红惹恼了,同她吵了一场,但临走时仍然拉着她的手,央告她去"听听再说",她把石红的手拂开了。石红走后,谢惠敏激动地走出屋子,晚风吹拂着她火烫的面颊,她很痛苦,上牙把下唇咬出了很深的印子……

在石红家里,接下来出现了这样的场面:张老师坐在桌边,石红和那几个小姑娘围住他,师生一起无拘无束地谈了起来,从《表》谈到苏联的演变,从《表》里的流浪儿谈到宋宝琦;从应当怎样改造小流氓谈到大多数小流氓是能够教育好的,最后渐渐谈到明天以后班里面临的新形势,张老师笑着问那几个小姑娘:"怎么样,你们还罢课吗?"

她们互相交换完眼色,便都望着张老师,几乎是异口同声地说:"不罢啦!"

张老师离开石红家的时候,满天的星斗正在宝蓝色的晚空中熠熠闪光。用不着思索,蹬上自行车以后,他自然而然地向谢惠敏家里驰去。说实在的,当他同石红和那几个小姑娘议论时,谢惠敏无时不在他心中;他疼爱谢惠敏,如同医生疼爱一个不幸患上传染病的健壮孩子;他相信,凭着谢惠敏那正直的品格和朴实的感情,只要倾注全力加以治疗,那些"四人帮"在她身上播下的病菌,是一定能够被杀灭的。

离谢惠敏的家越近,张老师心上的内疚感便越沉重。过去,对谢惠敏成为这样一种状态,他总觉得自己难以承担责任——他在接班不久的情况下,就向谢惠敏含蓄地指出过,不要只是学习零星的语录,不要迷信解释领袖思想的文章,要认真学习原著,要独立思考……但谢惠敏并未领悟。今天,张老师有了新的感触,他责问自己,虽然去年十月以前的那个学期里,是个乌云压顶的形势,可是,难道自己就不能更勇敢、更坚决地同荒诞、反动的东西作斗争吗,就不能更直截了当地、更倾注全力地同谢惠敏谈心,引导她擦亮眼睛、识别真假吗?……

快到谢惠敏家的门口时,一个计划已在张老师心中初现轮廓:他今天要把书包中的那本《牛虻》留给谢惠敏,说服她去读读这本书,允许她对这本书发表任何读后感,然后,从分析这本书入手,引导谢惠敏运用马列主义、毛泽东思想的立场、观点、方法去解答一系列互相关联的问题:应当怎样认识生活?应当怎样了解历史?应当怎样对待人类社会产生的一切文明成果?应当怎样批判过去文化遗产中的糟粕而吸取其精华?应当怎样全面地、辩证地看问题?应当怎样辨别香花和毒草,识别真假马列主义?应当使自己成为一个什么样的人?应当怎样去为祖国的"四化"、为共产主义的灿烂未来而斗争?……

张老师心中掀动着激昂的感情波澜。当他刹住车,在谢惠敏家门口站定时,心中的计划进一步明朗起来:不仅要从这件事入手,来帮助谢惠敏消除"四人帮"的流毒,而且,还要深入揭批"四人帮"①,开展有指导的阅读活动,来教育包括宋宝琦在内的全班同学……他决定明天一早就去请示党支部,会获得支持吗?他眼前浮现出老曹在支部会上目光灼灼地发言的面影:"现在,是真格儿按毛主席的思想体系搞教育的时候了!"他正是要"真格儿"地大干一场啊,一定会得到组织支持的!他心中又闪过了一些老师可能发出的疑问,于是,他决定,要争取在教师会上发言,阐述自己的想法:现在,我们不仅要加强课堂教学,使孩子们掌握好课本和课堂上的科学文化知识,获得德、智、体全面发展②;而且,还要引导他们注目于更广阔的世界,使他们对人类全部文明成果产生兴趣,具有更高的分析能力,从而成为社会主义革命和社会主义建设的更强有力的接班人……

这时,春风送来沁鼻的花香,满天的星星都在眨眼欢笑,仿佛对张老师那美好的想法给予着肯定与鼓励……

1977年11月
(原载《人民文学》1977年第11期)

---

① ② 此处编者略有改动。

高晓声

李顺大造屋

一

老一辈的种田人总说,吃三年薄粥,买一条黄牛。说来似乎容易,做到就很不简单了。试想,三年中连饭都舍不得吃,别的开支还能不紧缩到极点吗?何况多半还是句空话!如果本来就吃不起饭,那还有什么好节省的呢!李顺大家从前就是这种样子,所以,在解放前,他并没有做过买牛的梦。可是,土地改革以后,却立了志愿,要用"吃三年薄粥,买一条黄牛"的精神,造三间屋。

造三间屋,究竟要吃几个"三年粥"呢?他不晓得,反正和解放前是不同了,精打细算过日子的确有得积余,因此他就有足够的信心。

那时候,李顺大二十八岁,粗黑的短发,黑红的脸膛,中长身材,背阔胸宽,俨然一座铁塔。一家四口(自己、妻子、妹妹、儿子)倒有三个劳动力,分到六亩八分好田。他觉得浑身的劲道比天还大,一铁耙把地球锄一个对穿洞也容易,何愁造不成三间屋!他那镇定而并不机灵的眼睛,刺虎鱼般压在厚嘴唇上的端正阔大的鼻子,都显示出坚强的决心;这决心是牛也拉不动的了。

别说牛,就是火车也拉不动。李顺大的爹、娘,还有一个周岁的弟弟,都是死在没有房子上的。他们本来是船户,在江南的河浜里打鱼,到处漂泊,自己也不知道祖籍在哪里。到李顺大爹手里,这只木船已经很破旧了;钉头锈出漏洞,芦棚开了天窗,经不起风浪,打不得鱼虾了。一家人改了行,有的拾荒,有的用糖换破烂,有的扒螺蛳,挣一口粥吃。一九四二年,李顺大十九岁,寒冬腊月,船停在陈家村边河浜里。那一天,云黑风紧,李顺大带了十四岁的妹妹顺珍上岸,一个换破烂,一个拾荒,走出去十多里路。傍晚回来时,风停云灰,漫天大雪,顷刻迷路。幸亏碰着一座破庙,兄妹俩躲过一夜。天亮后赶回陈家村,破船已被大雪压沉在河浜里,爹娘和小弟冻死在一家农户大门口。原来大雪把船压沉前,他们就上岸叩门呼救,先后敲过十几家大门。怎奈兵荒马乱,盗贼如毛,他们在外面喊救命,人们还以为是强盗上了村,谁也不敢开门,结果他们活活冻死在雪地里。天没有眼睛,地没有良心,穷人受的灾,想也想不到,说也说不尽,……没有房子,唉!

李顺大兄妹俩哭昏在爹娘身边,陈家村上的穷苦人无不伤心。他们把那条沉船拖上岸来,拆了一半做棺材,埋葬了死人;剩下的半只,翻身底朝天,在坟边搭成一个小窝棚,让李顺大安家落户。

抗战结束,内战开始,国民党抽壮丁,谁也不肯去。保长收了壮丁捐,看中李顺大是六亲无靠的异乡人,出三石米强迫他卖了自己去当兵。他看看窝棚,窝棚上没有门,怕自己走了,妹妹被人糟蹋,就用卖身钱造了四步草屋,才揩干眼泪去扛那"七斤半"。

他怎么肯替国民党卖命!隔了三个月,一上前线就开小差逃了回来。到了明年,保长又把他买了去。前前后后,他一共把自己卖了三次。第二次的卖身钱,付了草屋的地皮钱;第三次的卖身钱,付了爹娘的坟地钱。咳,如果再把自己卖三次,钱也都会给别人搞去的。

然而还亏得有了四步草屋,总算找着了老婆。他出去当兵时,妹妹找来了一个无依无靠的讨饭姑娘同住做伴,后来就成了他的妻。一年后生了个胖小子,哪一点都不比别人的孩子差。

土改分到了田,却没有分到屋。陈家村上只有一户地主,房子造在城里,没法搬到乡下来分。李顺大只有自己想办法了。他粗粗一码算,兄妹两人二个房(妹妹以后出嫁了就让儿子住),起坐、灶头各半间,养猪、养羊、堆柴也要一间,看来一家人家,至少至少要三间屋。

这就是李顺大翻身以后立下的奋斗目标。

二

一个翻身的穷苦人,把造三间屋当做奋斗目标,也许眼光太短浅,志向太渺小了。但李顺大却认为,他是靠了共产党,靠了人民政府,才有这个雄心壮志,才有可能使雄心壮志变成现实。所以,他是真心诚意要跟着共产党走到底的。一直到现在,他的行动始终证明了这一点。在他看来,搞社会主义就是"楼上楼下,电灯电话",主要也是造房子。不过,他以为,一间楼房不及二间平房合用,他宁可不要楼上要楼下。他自己也只想造平房,但又不知道造平房算不算社会主义。至于电灯,他是赞成要的。电话就用不着,他没有什么亲戚朋友,要电话做什么?给小孩子弄坏了,修起来要花钱,岂不是败家当东西吗?这些想法他都公开说出来,倒也没有人认为有什么不是。

陈家村上的种田汉,不但没有轻视他的奋斗目标,反而认为他的目标过高了。有人用了当地一句老话开头,说:"'十亩三间,天下难拣',在我们这里要造三间屋,谈何容易!"有的说:"真要造得成,你也得吃半辈子苦。"有的说:"解放后的世界,要容易些,怕也少不了十年积聚。"

这些话是很实在的。当时沪宁线两侧,以奔牛为界,民房的格局,截然不同:奔牛以西,八成是土墙草屋;奔牛以东,十九是青砖瓦房。陈家村在奔牛以东百多里,全村除了李顺大,没有一家是草屋。李顺大穷虽穷,在这种环境里,倒也看惯了好房子。唉,这个老实人,还真有点好高骛远,竟想造三间砖房,谈何容易啊!

在众多的议论面前,李顺大总是笑笑说:"总不比愚公移山难。"他说话的时候,厚嘴唇掀动着笨重的大鼻子,显得很吃力,因此,那说出的简单的话,给人印象,倒是很有分量的。

从此,李顺大一家,开始了一场艰苦卓绝的战斗,他们以最简单的工具进行拼命的劳动去挣得每一颗粮,用最原始的经营方式去积累每一分钱。他们每天的劳动所得是非常微小的,但他们完全懂得任何庞大都是无数微小的积累,表现出惊人的乐天而持续的勤俭精神。有时候,李顺大全家一天的劳动甚至不敷当天正常生活的开支,他们就决心带饿一点,每人每餐少吃半碗粥,把省下来的六碗看成了赢余。甚至还有这样的时候,例如连天大雨或大雪,无法劳动,完全"失业"了,他们就躺在床上不起来,一天三顿合并成两顿吃,把节约下来的一顿纳入当天的收入。烧菜粥放进几颗黄豆,就不再放油了,因为油本来是从黄豆里榨出来的;烧螺蛳放一勺饭汤,就不用酒了,因为酒也无非是米做的……长年养鸡不吃蛋;清明买一斤肉上坟祭了父母,要留到端阳脚下开秧元①才吃。

只要一有空闲,李顺大就操起祖业,挑起糖担在街坊、村头游转,把破布、报纸、旧棉絮、破鞋子等废品换回来,分门别类清理后卖给收购站,有时能得到很好的利润。废品中还往往有可以补了穿的衣裤、雨鞋等物,就拣出来补了穿一阵,到无法再补的时候仍纳入废品中,这样也省了不少生活费用。那换废品的糖,是买了饴糖回来自己加工的,成本很便宜,可是李顺大的独生儿子小康,长到七岁还不知道那就是糖,不知道是甜的还是咸的。八岁的时候,被村上小伙伴怂恿着回去尝了一块,就被娘当贼捉出来,打他的屁股,让他痛得杀猪似的叫,被娘逼着发誓从此洗心革面。娘还口口声声说他长大了要做败家精,说他会把父母想造的三间屋吃光的,说将来讨不着老婆休要怪爹娘!

最可敬佩的事情,是发生在李顺大的妹妹顺珍身上。一九五一年分进

---

① 开秧元——莳秧第一天。

土地时，她已经二十三岁了。当时政府还没有号召晚婚，按照习惯，正到了结婚的妙龄。她不但肯苦能干，温顺老实，而且一副相貌，也长得出奇的漂亮。细细看去，似乎和她哥哥一模一样，只是鼻子小了一点，嘴唇薄了一点；就在这两个"一点"上，造化却又显露出了它无所不能的伟大，把高挑个儿、鹅蛋脸形的李顺珍衬出了一派清秀俏丽之气。当时，附近村上一些小伙子央人登门求婚的，也不是三个两个。可是，不管对方条件怎样，人品如何，顺珍姑娘只是说自己年纪还轻，一概回绝。她是哥哥抚养长大的，她决心要报答哥哥的恩情。她知道离开她的帮助，哥哥的奋斗目标就很难实现；如果她出嫁，哥哥不但少了一个坚强可靠的助手，而且还得把她名下分到的一亩七分田让她带走。这样一来，她哥哥的经济基础和劳动能力都会大大削弱，不知要到何年何月才能造出三间屋。因此，她甘愿把一生中最美好的时代——称得上是青春中的青春，留给她哥哥的事业。

一直到了一九五七年底，李顺大已经买回了三间青砖瓦屋的全部建筑材料，李顺珍才算了却心事，以二十九岁的大姑娘嫁给邻村一个三十岁的老新郎。新郎因为要负担两个老人和一个残废妹妹的生活，穷得家徒四壁，鹑衣百结，才独身至今。所以，迎接李顺珍的，仍然是艰苦的生活。因为她已苦惯了，所以并不在乎。

三

办过妹妹的婚事，就跨进了一九五八年。李顺大这时候还缺少什么呢？还缺些瓦木匠的工钱和买小菜的费用，再有一年，问题就可完全解决了。而且公社化以后，对李顺大很为有利。土地都归公了，他可以随意选择一块最合适的地基造屋。这不是太理想了吗。

可是，李顺大终究不是革命家，他不过是一个跟跟派。听毛主席话，跟共产党走，能坚决做到，而且完全落实，随便哪个党员讲一句，对他都是命令。有一夜李顺大一觉醒来，忽然听说天下已经大同，再不分你的我的了。解放八年来，群众手里确实是有点东西了。例如李顺大不是就有三间屋的建筑材料吗？那么，何妨把大家的东西都归拢来加快我们的建设呢？我们的建设完全是为了大家，大家势必全力支援这个建设。任何个人的打算都没有必要，将来大家的生活都会一样美满。那点少得可怜的私有财产算得了什么，把它投入伟大的事业才是光荣的行为。不要有什么顾虑，统统归公使用，这是大家大事①，谁也不欺。

---

① 大家大事——大家一样。

这种理论，毫无疑问出自公心。李顺大看看想想，顿觉七窍齐开，一身轻快。虽然自己的砖头被拿去造炼铁炉，自己的木料被拿去制推土车，最后，剩下的瓦片也上了集体猪舍的屋顶，他也曾肉痛得簌簌流泪。但想到将来的幸福又感到异常的快慰。近来的经验也改变了他原来的看法，他认为楼房比平房更优越了。因为粮食存放在楼上不会霉烂，人住在楼上不会患湿疹。看来以后还是住分配到的楼房好，何必自讨苦吃，像蜗牛那样老是把房子作为自己的负担呢。所以，他的思想就彻底解放了，不管集体要什么，他都乐意拿出来。如果需要他的破床，他也会毫不吝惜；因为他和他的老婆，都不是困在床上长大的。他的老婆，那个原先的讨饭姑娘，说真的倒比他多了一个心眼。但十二级台风早把大家刮得身不由己了，她一个女人家又有什么用！多一个心眼无非多一层愁。不过究竟也藏下一只铁锅，没有送进炼铁炉里熔化，所以集体食堂散了以后，不曾要去登记排队买锅子。

后来是没有本钱再玩下去了，才回过头来重新搞社会主义。自家人拆烂污，说多了也没意思。不过在战场尚未打扫之前，李顺大确实常常跑去凭吊，看着那倒坍了的炼铁炉和丢弃在荒滩上的推土车，睁着泪眼，迎风唏嘘。他想起了六年的心血和汗水，想起了饿着肚皮省下来的粮食，想起了从儿子手里夺下来的糖块，想起了被耽误了的妹妹的青春……

四

政府的退赔政策，毫无疑问是大得人心的。但是，把李顺大的建筑材料拿去用光的不是国家，而是集体。这个集体，当然也要执行退赔政策。可是集体也弄得穷透了，要赔材料没材料，要赔钞票也困难，当干部的只好尽一切力量去做思想工作，提高李顺大这类人的政治觉悟，要求他们作出自我牺牲，以最低的价格落实退赔政策。

李顺大的损失是很不小的，但政治觉悟是确实提高了。因为在这以前，从不曾有人对他进行过像这样认真细致的思想教育。区委书记刘清同志，一个作风正派、威信很高的领导人，特地跑来探望他，同他促膝谈心，说明他的东西，并不是哪个贪污掉的，也不是谁同他有仇故意搞光的。党和政府的出发点都是很好的，纯粹是为了加快实现社会主义建设，让大家早点过幸福生活。为了这个目的，国家和集体投入的财物比他李顺大投入的大了不知多少倍，因此，受到的损失也无法估计。现在，党和政府不管本身损失多大，还是决定对私人的损失进行退赔。除了共产党，谁会这样做？历史上从来没有过。只有共产党，才对我们农民这样关心。希望他理解党的困难，以国家集体利益为重，分担一些损失；经过这几年，党和政府也有了经验教训，以后发展起来就快了。只要国家和集体的经济一好转,个人的事情也就好办了。你要造那三间屋,现在看起来困难重重,其实将来是容易煞的。不要失望。最后,刘清同志又帮助他和供销社联系,要供销社在任何困难的情况下都要尽量供应饴糖,使他能够换破烂,多挣一点钱。

李顺大的感情是容易激动的,得到刘清同志的教导和具体的帮助,他的眼泪,早就噗落噗落流了出来,二话没说,呜咽着满口答应了。

另有两万片瓦,由生产队拿去盖了七间五步头猪舍,现在还完整地铺在屋面上,应该是可以原物归还的。但是,如果拆下来,一时买不到新瓦换上去,猪就得养在露天;瓦又是易碎物品,拆拆卸卸,损坏也不会少,还是不拆为宜。后经双方协商同意,互相照顾困难,决定不拆,而由生产队腾出两间猪舍来,借给顺大暂住;等将来李顺大造新屋时,队里还瓦,他也让出猪舍。那猪舍也比李顺大住的草屋强,两间共有十步,够宽敞了;屋脊也有一丈一尺高,就是后步比人矮,但房主人也没有必要挺起胸膛在屋里逞威风,无妨大局。况且李顺大是从小钻惯船棚的,他自然不嫌。

退赔问题就这样解决了。尽管李顺大衷心接受干部们的开导,但是,他从这一件事里也吸取了特殊的教训,在这以前,他想到的是旧社会的通货膨胀,钞票存放在手里是靠不住的;所以,一有余钱,就买了东西存放起来。现在有了新的体验,觉得在新社会里,存放货物是靠不住的,还是把钞票藏在枕头底下保险。老实说,从这种主张里,嗅觉特别敏锐的"左"派是闻得出"反党"味道来的。

从一九六二年到六五年,靠了"六十条",靠了刘清同志特别照顾的饴糖,李顺大又积聚了差不多能造三间屋的钞票。但是他什么也没有买,他打定主张:要么不买,要买就一下子把材料买齐,马上造成屋,免得夜长梦多,再吃从前的亏。

这个李顺大,真和许多农民一样,具有这种向后看的小聪明。因此,当他认为有把握不再吃老亏的时候,转眼又跌倒在前边路上了。说真话,扶着这种人前进,手也真酸。

那时候,物资丰富,什么都敞开供应,他偏不买。过了几年,物资样样紧张起来,没有点"三分三"的人什么都买不到了,他倒又想一下子样样都买全,岂不又做了阿木林!其实怪他也冤枉,谁又是诸葛亮呢?

五

在通常情况下,李顺大觉得自己做一个跟跟派,也还胜任,真心实意,感情上毫不勉强。可是文化大革命开始以后,他就跟不上了。要想跟也不知道去跟谁,东南西北都有人在喊:"惟我正确!"究竟谁对谁错,谁好谁坏,谁真谁假,谁红谁黑,他头脑里轰轰响,乱了套,只得蹲下来,赖着不跟了。"是非之心,人皆有之",这话口气挺大,其实是没有经过文化大革命,太天真了。你总不能光看人家在台上唱什么,还得看看在台底下干的什么吧。"好恶之心,人皆有之",这倒也还有理。李顺大就是有一点不高兴。这不高兴和他想造房子有密切关系。他看到那汹汹的气势,和五八年的更不相同,五八年不过是弄坏点东西罢了,这一次倒是要弄坏点人了,动不动就性命交关。这房子目前是造不成的了,谁知道明天会怎样呢!他为此真有点厌恶。转而又庆幸自己住到村中心的猪舍里来了,如果还孤零零地呆在河边的草屋里,他枕头底下的造屋钱只怕还要遭到盗劫呢。

李顺大想得太落后了,在文明的时代里,文明的人是无需使用那野蛮手段的。有一个造反派的头头,在光天化日之下,腰里插着手枪,肩上挂着红宝书,由生产队长陪同,到李顺大家作客来了。原来他是公社砖瓦厂的文革主任,很讲义气,知道李顺大要造房子买不到砖,特地跑来帮助解决困难。他大骂了一通走资派刘清不替贫下中农谋利益,现在则轮到他来当救世主了,只要李顺大拿出二百一十七元钱来,他负责代买一万砖头,下个月就可以提货。这话说得过分漂亮,原是值得怀疑的。但李顺大却认为,彼此都住同一大队,虽然没有交情,也三天两头见面,从前也不曾听说过这人有什么劣迹,现在出来革命,总也想做点好事,不见得一上马就骗人。况且又是生产队长同来的,还有枪有红宝书,真是讲交情有交情,讲信仰有信仰,讲威势有威势。李顺大虽然当过三次逃兵,还没有经过这种软硬兼施的场面,心一吓,面一软,双手颤颤数出了二百一十七。

到了下个月,大概本来是可以提货的,想不到李顺大交了厄运,被公社的专政机关请去了,要他交代几件事:一,你是哪里人?老家是什么成份?二,你当过三次反动兵,快把枪交出来。三,交代反动言行(例如他说过"楼房不及平房适用,电话坏了修不起"的话,就是恶毒攻击社会主义)。

后来的事情就不用说了,那是人人皆知的。他自己出来后也没有多言。不过有两点颇有性格,第一是他吃不消喊救命的时候,是砖瓦厂的文革主任解了他的围。作为报答,事后私下商定从此不再提起那二百一十七。第二是关押他的那间房子造得相当牢固,他平生第一次详细地在那里研究了建筑学,对自己将来要造的屋,有了非常清楚的轮廓。

等到放出来,他扶着儿子(已经十九岁了)的肩胛拐回家。流着眼泪的老婆、妹妹问他为了什么事,吃了什么苦?他嘶哑着喉咙说了两个莫名其妙的短语:"他们恶啊!我的屋啊!"

之后有一年多时间不能劳动,腰里不好受,碰到阴天和交节气,浑身骨头痛。他有点奇怪,虽然这顿生活从前不曾挨过,但毕竟从小就苦苦拉拉、跌跌掼掼过来的,怎么现在这样娇嫩了?莫非也变"修"了吗?他有点吃惊,觉得自己变牛变马都可以,但是不能变"修"。"修"是什么东西呢?是一只黑锅,是一只不能烧饭、只能驮在背上的装饰品,是一个没有生命因而不会死亡,能够世代相传的"传家宝"。儿子今年十九岁了,如果背上这只锅,到哪里去讨媳妇呢?而房子又没有造,一点条件也没有。

李顺大想到这一点,心中恐慌又迷信。他从小听过不少老故事,其中就有说到人会变成多种东西的。讲的人总这样说:"一夜过来,他变成了××。"而且在变化之前,也总有异样的感觉,比如浑身骨头痛,热皮爆燥……等等。所以,李顺大一碰到身子难受,就怕黑夜,怕自己睡着了。他总是睁大眼睛,以防在昏睡中不知不觉变成一只黑锅。他的警惕性一直很高,所以至今还不曾变过去。

在那些不敢睡着的夜里,李顺大为了打发掉肉体上的痛苦,也想过一点使人开心的文娱生活。他没有收音机,想读书又不认几个字,而且也浪费火油;因此,惟一的办法是去回忆从小听过的故事、看过的戏文和老一辈教给孩儿们的俚歌。后来身体好一些,他挑起糖担出去换废品,嘴里常常不三不四唱着一个小曲儿,招惹孩子们。据他说这就是他在那些夜晚回忆出来的。从这些就可以看出他当时究竟想的是什么。他唱道:

  稀奇稀奇真稀奇,
  老公公困在摇篮里;
  稀奇稀奇真稀奇,
  八仙台装在袋袋里;
  稀奇稀奇真稀奇,
  老鼠咬破猫肚皮;
  稀奇稀奇真稀奇,
  狮子常受跳蚤气;
  稀奇稀奇真稀奇,
  狗派黄鼠狼去看鸡;
  稀奇稀奇真稀奇,
  天鹅肉进了蛤蟆嘴;
  稀奇稀奇真稀奇,
  大船翻在阴沟里;
  稀奇稀奇真稀奇,
  长人做了短人梯。

> 哎呀呀,癞痢头戴西瓜皮,
> 蚌壳兜里一泡尿,
> 皮球肚里装个屁,
> 穿袍的邪神一胎泥。
> 稀奇呀,稀奇呀,真稀奇,
> 火赤练①过冬钻在菩萨肚皮里,
> 闻着香火装神气。

这确是一只公认的装满一兜肚"稀奇"的儿歌,而且老掉了牙。不过,各人兜肚里的货色是不同的,总要把自认为稀奇的东西装进去。但如果追查起来,李顺大决不承认自己加进了什么。他又不是作家,不会有黑字落在白纸上,是不怕有什么把柄落在别人手里的。他虽然笨,究竟也经过锻炼了,晓得当时那一班人——造反的当权派和当权的造反派,如果要触你的霉头,倒不在乎你做了什么,而在于要达到一个这样那样的目的,例如他的二百一十七。

有一天,他在邻村换糖唱歌,偶然碰到了在那里劳改的走资派——老区委书记刘清,悲喜交集,久久不忍离开,最后刘清央求他再唱一遍稀奇歌,他毫不犹豫地唱起来,那悲惨、沉重、愤怒的声音使空气也颤抖,两个人都流下了眼泪。

六

一年病拖下来,李顺大有点心灰意懒了。他常常想自己还能活几年?何必要再操心造屋!愚公立下移山志,也是靠后代去完成的,为啥一定要亲手造成功!再说也算积有一笔钱,也有点汗马功劳,不算坍台了。可是凡胎未脱,尘心难破,儿子已经二十出头了,房子造不出,媳妇就找不着,猪舍做新房,谁肯来住!要像自己那样拾个要饭姑娘做妻子,现在也没有这种好机会了。那可不行,没有媳妇哪有孙子?没有孙子哪有重孙?将来建成共产主义过幸福生活,焉能独缺他李顺大的后代?看来房子还是非造不可,而且要抓紧时间。就算这样,儿子恐怕也得拖到政府规定的晚婚年龄以后才有婚结了。

经过动摇之后又坚定下来,立即开始行动。他挑起拾破烂的箩筐,悠悠地从这个市镇晃荡到那个市镇,县城里大小街巷也几乎跑遍,却从不见有建

---

① 火赤练——赤练蛇。

筑材料出售,询问有关商店,才知道买一块砖也得有本地三级证明,更无空口说白话的余地。他晓得再瞎跑也没有用,只有向当地生产队、大队、公社申请了。幸亏自己是带了箩筐出来的,虽不曾买到造屋材料,拾到的肢烂倒也卖得十几元钱,不算白误了工。

接着自然是找生产队、大队干部打证明,人家听了笑笑说:"打证明有什么用,民用建筑材料,有时稍微有一点,有时简直就没有。给了证明,你也买不到。"李顺大不肯信,以为是干部筑坝;又不敢反驳,怕弄僵。就耐着性子赖着不走,搞变相静坐示威。谁知人家倒并不放在心上,到吃晚饭时发现他没有走,就说:"走吧,锁门了。"他也只得回去,到了明天,又去坐。如此三天,干部不耐烦了,说:"好话你不听,瞎缠。你以为有用,就打个证明给你!"果然打了。他高高兴兴上供销社。营业员看了证明,也和大队干部一样笑笑,说:"没办法,无货供应。"

"几时有呢?"

"不晓得。"营业员说,"有空你就常来问问。"

从此李顺大就如学生上学校,七天里去问六次;半年下来,还是不曾买到一块砖。那营业员是个好心人,暗地里叹息顺大太笨,却也被他的精神感动了。终于有一天,悄悄告诉他说:"你还是省点工夫吧,不要来跑了。这几年革命革得厉害,地皮都快革光了,难得有点东西来,干部都照顾不周全,哪会轮到你。真要有你的份,也都是经过千拣万拣拣剩的落脚货,价钱倒和拣走的好货一样大,你也不划算。我劝你还是另想办法吧!"

李顺大得了这个忠告,十分失望,又非常感激。因此由不得要请教:"另想别的什么法?"

营业员沉吟半晌,说:"可有至亲好友当干部的?"

"没有。"李顺大沉重而吃力地说,"只有一个种田的妹婿,没有第二个亲戚。"

"那就没有路了。"营业员惋惜道,"现在是'圆圆头'不及'点点头'①,你没有亲友可靠,除了买黑市,还有什么办法。"

李顺大信以为真,从此想办法买黑市材料。哪晓得营业员倒也并无这方面的经验,不懂得黑市交易的复杂,一万砖头,市价二百一十七元,黑市要卖到四百左右,而且必须先付钱,过上一年半载才能提货,往往还会碰到骗子手。李顺大已经上过一次当了,钞票当然是不肯轻易出手的,所以,跑了千里路,说了万句话,过了三年也不曾买成。倒还是那个营业员肯帮忙,替他买了一吨官价石灰。那石灰原是分配在蚕室里用的,只为近年来一个劲

---

① 圆圆头——印章。点点头——私人交情。

儿旱改水,许多桑田改莳水稻了,剩下几棵癞癞毛桑树,还能养几条蚕!也就用不了那么多石灰;倒给营业员钻了空子,李顺大拾着了便宜。为此他想买包好烟请营业员的客,却又买不到。偶然碰见砖瓦厂的原文革主任(已当上厂革委会主任了),想起他从来是吸好烟的,他亏待过自己,现在请他买包烟总肯吧。就老着脸皮上去拉交情。主任倒也爽快,拿了他五角钱,从袋里掏出一包还没有开封的"大前门"。但是,在递给他之前,竟自作主张拆开来拿一支抽了,并且说:"我就这一包,要不是你,我谁也不回。"

李顺大拿了十九支去送给营业员,营业员坚决不收,拗不过面子,才抽了一支。其余十八支,硬是让顺大带回去了。

李顺大回家路上,想到自己今天做了一件从来没有做过的欠妥事情,他竟请了自己的恩人和仇人各一支烟。到吃晚饭的时候他真的发怒了,骂他的儿子没出息,二十五岁了,还吃隐下饭①,害他老子在外面受罪。

七

闹腾了许多年,李顺大房子没造成,造房的名气倒很大了。精诚所至,金石为开,不仅感动了营业员,而且还感动了上帝。这上帝不是别人,就是他未来的媳妇,名叫新来。新来姑娘住在邻村,早就同李顺大吃隐下饭的儿子小康有串联活动。她倒不在乎房子造了没有,反正看中了人,过了门造屋也行,可是她爹筑坝,怎么说也不肯把女儿嫁到猪舍里去。他以自己的模范事例教导女儿,因为他尽管穷,也想法造了两间屋,才讨了第一房媳妇。他骂李顺大是孱头,是阿木林,不会做事情。可是,想不到老天爷爱开玩笑,喜欢打说满话人的嘴巴。事隔一年,公社里一班打倒了走资派的当权派,为了要把山河重安排,看着一条河像老家伙似地弯着背,很不舒服。硬是动用了几千民工,花了几万个劳动日开出一条笔直的样板河,足以使火星上的高等动物看了,称赞地球人的伟大。新来姑娘家那两间新屋,偏偏就在样板河的河床上(当然也不止两间),只好拆了搬走。公社补贴搬屋费每间一百五十元,拆拆造造,又借了三百元添进去,才勉强重新搭起一间半来。新来爹瘦了两个膘,头发白了七八成。而且还要老做小,听新来姑娘的教育。新来建议他应该向李顺大伯伯学习,人家就是精明,不盲动,钞票放在枕头边,一个也不少。要造房子,也该看准了形势动手呀!他说不响嘴,只得服输,任凭女儿婚姻自主。

李顺大不但有了儿媳妇,而且也知道儿媳妇在理论上对他的实践作了

---

① 隐下饭——不出头露面,只做事,不拿主张的意思。

充分肯定,非常地高兴。因此,在儿子结婚那天晚上,喝了几杯酒,灵机一动,对着亲家翁说了两句神来之话,他说:"现在是地牌吃天牌,烂污二封王。你的房子造得太急了,天天闹地震,大家宁愿住牛棚,还要房子做什么。我一万砖头给窑鬼吃在肚里,也比你省心。"……他还想说下去,幸亏老婆警惕性高,为了挽救他,当着新亲的面,开口就训他"灌了点酒就像吃了尿,说话没有关拦,骨头痛的日子忘记了!"这才转话收场,皆大欢喜。

从那时开始,李顺大不再白花心计去买东买西。他挑着糖担,东转一天,西转一天,替国家收废品,赚一点生活费。可是,事情也怪,造房子的人家,还真多着呢。他看了不禁眼馋,往往就要打听打听,这幢那幢是谁家造的,哪里买的材料。得到的答复也真千种百样,细细说来,每一幢屋都能写一本书,但也不惹人看,无非是"大官送上门,小官开后门,老百姓求别人"而已。那些吃尽苦头的人,反而羡慕起李顺大来。说还是他乖巧,不曾钻进这苦胆里头去,不愧为识时务的俊杰。有个熟人竟不忌讳,忿然对他说:"我这一块砖、一片瓦,没一样不是黑市货,造两间屋,用了四间的钱。上梁那天,靠造反起家的大队书记来吃了我一顿,还说我这房子,没有文化大革命,哪能造得出。×他娘,我这房子又不是他那官衔,是用拳头打得来的吗!"

到此为止,李顺大对于建筑学的知识,本来已经登峰造极,叹为观止了。想不到天地渊博,造化无穷,值得大书特书的事情,如长江浊流,滚滚而来。竟无法忍心不看。那鸡零狗碎的事,恕不细说,但值得大书特书的奇迹,放过未免可惜。例如有一个大队,要把全部民房拆了,合并到一个地方去,造一列式的楼房,名曰"新农村"。民房拆下的材料,折价归公,谁要住新房,重新出钱买。李顺大听了,大为振奋,认为"楼上楼下"果然要实现了。耐不住挑着糖担,飞奔去自费参观。

那个地方,李顺大从前也常走过,此番看去,果然大不一样,村村巷巷,都有人家在拆屋,拆了把材料运到公路边头一块大田里,那里正在造第一排楼房。那些拆屋的人家,议论非常热烈,甚至到了激烈的程度,都说盘古开天辟地以来,像这样的事情,从未有过;因此有人流出眼泪来,大概过于兴奋了。有些屋上卸下来的瓦,还沾着窑里的煤灰,分明盖了上去还没经过雨淋,倒又翻身了。看了这些,李顺大觉得自己二十几年来空喊造屋没有造成,倒是平生做的一件最正确的事情,不过想着拆屋主过去的一番心血,也不禁有点眼酸。他慨叹着一路低头走去,忽听有人喊道:"喂,换糖的。"

李顺大抬头一看,见一个老头带着个女孩站在公路旁看造屋。十分面熟,却想不起是谁了。那老头笑道:"怎么,不认识了?"

李顺大恍然大悟,忙道:"原来是你,老书记。还在劳改吗?"他忽然伤心起来。想不到,几年不见的老书记,竟老得认不出了。可见老书记的心境不直落。

老书记笑笑,说:"劳还在劳,改却未改。你呢,又来搜集唱稀奇歌材料吗?"

"唉唉,老书记,你取笑我。"李顺大难为情地说,"这可是'楼上楼下',搞'新农村'。我到今天才晓得,原来这农村分新旧,就在这房子上。倒不在集体化不集体化。"

老书记轻轻地嘘了口气,说:"唉,有话你就说清楚点吧。"

李顺大笑笑,说:"自然,说给你听听没关系。不过也不能知法犯法。从前我说过楼房不如平房适用的话,已经当反动言论批过了,现在看了这种样子,倒还真有点想法。满好的屋,有的还是新的,倒又拆了再造,何必呢?有这个力气,不好把田地种种熟吗?这种事情,阳间里人不敢说,阴间里看了也要盯白眼呢。"

听了这"反动"话,老书记不但不驳斥,反而点了点头,严肃地答腔说:"'何必呢?'你问得对。告诉你吧,有人想把这个当上天梯。你倒也明白,晓得集体化是新农村的根本,可是人家搞起复辟来,公社这个组织形式也是可以利用的。你的眼睛还要睁大些。你看看吧,贫下中农吃了二十多年苦造了点房子,一声拆就得拆,还管群众死活吗?可是公社不仍旧是公社!"

李顺大听了,虽有所悟,也不能完全领会,只得张开嘴巴,睁大眼睛,尊敬地看着这个老人,默默无言。

老人愤怒地哼了一声,也不再说,低头看了看小女孩,指着顺大,说:"叫公公。"

小女孩亲热地叫了一声。李顺大大为感动,连忙敲下一块糖塞在她小手里,称她是最乖最乖的小囡。他今年五十四岁,一个拾破烂的外乡人,还是第一次有人叫他公公,这给了他非常有力的鼓舞,竟把别的念头都冲淡了。

从此以后,他同老书记交了朋友。

八

到了一九七七年春节,李顺大带了几块糖去看老书记,才知道老书记重新上了任,又在区里办公了。李顺大喜出望外,把糖给了小囡,吃了小囡妈烧出来的点心,兴冲冲就往区里跑。他觉得如今有了区委书记做朋友,总弄得着造屋材料了。

老朋友一见面,果然十分亲热。可是一提到材料,老书记沉吟不语,打起嗝顿来，弄得顺大心也一颤，觉得不妙。只听老书记慢腾腾说："老弟，你的困难，我都知道。从前你唱稀奇歌，我十分赞成。现在你我总不能做稀奇事了吧。"

李顺大忙说："老书记，别人不做，我也不做。现在不是还通行吗，为什么惟独你我不做，岂不太吃亏！"

老书记笑笑，说："十一年混乱，积习难改。现在应该拨乱反正了，否则的话，建设国家的计划，就成了空话。别人做，我们是不能做的。全区干部来说，第一应从我改起；群众来说，先从唱稀奇歌的人改起，你说合理不合理？"

听了这番话，李顺大心里糖罐醋瓶，一齐打翻，一方面感到书记要同他一起带头整风，不禁自豪；一方面又想到好不容易交了个大官朋友，竟又不能拉私人关系，不禁怅然。他经过文化大革命，也学得很乖了，不愿吃这个亏。想了一下，振振有词道："老书记，你讲的道理我服帖，不过，话说在前头，叫我不做稀奇事，一定照办。你可也不能动摇，不要以后碰到交情比我深的，面子比我大的，就帮他开后门，让别人笑我同你白交了一场。那我是要造你的反的。"

老书记哈哈大笑，拿过纸笔，迅速把顺大的话写了下来，说："我念一遍，你听。"他念了，和顺大讲的一字不差，然后说，"你拿去请人写一张大字报来，贴在我的办公室里。"

李顺大愕然道："我不，这不是要你的好看！"

老书记说："哪里哪里，这才叫帮了我的大忙，我还真怕有大面子的人来开臭口呢！你贴了这大字报，就不用我作难了。"

李顺大高高兴兴真的照办了。

到了一九七七年冬天，李顺大家忽然忙碌起来。老书记刘清同志，在那位文革主任出身的砖瓦厂厂长身上做了点工作，让他把李顺大的一万砖头退赔了，公社革委会也批准了李顺大的报告，同意供应十八根水泥桁条。那位好心的供销社营业员，通知李顺大，现在椽子已经敞开供应了。这一次，李顺大的房屋会有把握造成了。要运回这么多东西，李顺大一家四口，哪里忙得过来，只得把妹妹、妹婿、儿媳妇的兄弟妯娌都请来帮忙，摇船的摇船，推车的推车，连年老的亲家公也高高兴兴地流了几身汗，大大热闹了一番。

不过，在高兴的时候，也还发生了一点扫兴的事情。运回那一万砖头，曾经过一些波折。大船停在砖瓦厂，人家不发货，皮笑肉不笑地对他说："你的桁条还没有买，砖头拿回去白堆在那儿没有用，再等等吧。"李顺大同他吵了个脸红耳赤，说桁条已经落实了。那个人却比李顺大更懂李顺大，一口咬定他没有桁条。幸而他的亲家公跑来，凭自己买过砖头的经验，暗地里告诉李顺大什么叫"桁条",李顺大这才恍然大悟,马上到供销社买了两条最好的香烟送过去,这才皆大欢喜,砖头下船。后来到水泥制品厂运桁条,李顺大再不用别人开口,就散发了一条香烟,免得人家说他还没有买到椽子。

做了这些腐蚀别人的事,李顺大内心惭愧,不敢告诉老书记。但是他的灵魂不得安宁,有时候半夜醒过来,想起这件事,总要骂自己说:"唉、呃,我总该变得好些呀!"

(原载《雨花》1979 年第 7 期)

张　洁

爱,是不能忘记的

　　我和我们这个共和国同年。三十岁,对于一个共和国来说,那是太年轻了。而对一个姑娘来说,却有嫁不出去的危险。

　　不过,眼下我倒有一个正儿八经的求婚者。看见过希腊伟大的雕塑家米伦所创造的"掷铁饼者"那座雕塑么?乔林的身躯几乎就是那尊雕塑的翻板。即使在冬天,臃肿的棉衣也不能掩盖住他身上那些线条的优美的轮廓。他的面孔黝黑,鼻子、嘴巴的线条都很粗犷。宽阔的前额下,是一双长长的眼睛。光看这张脸和这个身躯,大多数的姑娘都会喜欢他。

　　可是,倒是我自己拿不准主意要不要嫁给他。因为我闹不清楚我究竟爱他的什么,而他又爱我的什么?

　　我知道,已经有人在背地里说长道短:"凭她那些条件,还想找个什么样的?"

　　在他们的想像中,我不过是一头劣种的牲畜,却变着法儿想要混个肯出大价钱的冤大头。这使他们感到气恼,好像我真的干了什么伤天害理的、冒犯了众人的事情。

　　自然,我不能对他们过于苛求。在商品生产还存在的社会里,婚姻,也像其他的许多问题一样,难免不带着商品交换的烙印。

　　我和乔林相处将近两年了,可直到现在我还摸不透他那缄默的习惯到底是因为不爱讲话,还是因为讲不出来什么?逢到我起意要对他来点智力测验,一定逼着他说出对某事或某物的看法时,他也只能说出托儿所里常用的那种词藻:"好!"或"不好!"就这么两挡,再也不能换换别的花样儿了。

　　当我问起:"乔林,你为什么爱我"的时候,他认真地思索了好一阵子。对他来说,那段时间实在够长了。凭着他那宽阔的额头上难得出现的皱纹,我知道,他那美丽的脑壳里面的组织细胞,一定在进行着紧张的思维活动。我不由地对他生出一种怜悯和一种歉意,好像我用这个问题刁难了他。

　　然后,他抬起那双儿童般的、清澈的眸子对我说:"因为你好!"

　　我的心被一种深刻的寂寞填满了。"谢谢你,乔林!"

　　我不由地想:当他成为我的丈夫,我也成为他的妻子的时候,我们能不能把妻子和丈夫的责任和义务承担到底呢？也许能够。因为法律和道义已经紧紧地把我们拴在一起。而如果我们仅仅是遵从着法律和道义来承担彼此的责任和义务，那又是多么悲哀啊！那么，有没有比法律和道义更牢固、更坚实的东西把我们联系在一起呢？

逢到我这样想着的时候，我总是有一种古怪的感觉，好像我不是一个准备出嫁的姑娘，而是一个研究社会学的老学究。

也许我不必想这么许多，我们可以照大多数的家庭那样生活下去：生儿育女，厮守在一起，绝对地保持着法律所规定的忠诚……虽说人类社会已经进入了二十世纪七十年代，可在这点上，倒也不妨像几千年来人们所做过的那样，把婚姻当成一种传宗接代的工具，一种交换、买卖，而婚姻和爱情也可以是分离着的。既然许多人都是这么过来的，为什么我就偏偏不可以照这样过下去呢？

不，我还是下不了决心。我想起小的时候，我总是没缘没故地整夜啼哭，不仅闹得自己睡不安生，也闹得全家睡不安生。我那没有什么文化却相当有见地的老保姆说我"贼风入耳"了。我想这带有预言性的结论，大概很有一点科学性，因为直到如今我还依然如故，总好拿些不成问题的问题不但搅扰得自己不得安宁，也搅扰得别人不得安宁。所谓"禀性难移"吧！

我呢，还会想到我的母亲，如果她还活着，她会对我的这些想法，对乔林，对我要不要答应他的求婚说些什么？

我之所以习惯地想到她，绝不因为她是一个严酷的母亲，即使已经不在人世也依然用她的阴魂主宰着我的命运。不，她甚至不是母亲，而是一个推心置腹的朋友。我想，这多半就是我那么爱她，一想到她已经离我远去便悲从中来的原因吧！

她从不教训我，她只是用她那没有什么女性温存的低沉的嗓音，柔和地对我谈她一生中的过失或成功，让我从这过失或成功里找到我自己需要的东西。不过，她成功的时候似乎很少，一生里总是伴着许许多多的失败。

在她最后的那些日子里，她总是用那双细细的、灵秀的眼睛长久地跟随着我，仿佛在估量着我有没有独立生活下去的能力，又好像有什么重要的话要叮嘱我，可又拿不准主意该不该对我说。准是我那没心没肺，凡事都不大有所谓的派头让她感到了悬心。她忽然冒出了一句："珊珊，要是你吃不准自己究竟要的是什么，我看你就是独身生活下去，也比糊里糊涂地嫁出去要好得多！"

照别人看来，做为一个母亲，对女儿讲这样的话，似乎不近情理。而在我看来，那句话里包含着以往生活里的极其痛苦的经验。我倒不觉得她这样叮咛我是看轻我或是低估了我对生活的认识。她爱我，希望我生活得没有烦恼,是不是?

"妈妈,我不想嫁人!"我这么说,绝不是因为害臊或是在忸怩作态。说真的,我真不知道一个姑娘什么时候需要做出害臊或忸怩的姿态,一切在一般人看来应该对孩子隐讳的事情,母亲早已从正面让我认识了它。

"要是遇见合适的,还是应该结婚。我说的是合适的!"

"恐怕没有什么合适的!"

"有还是有,不过难一点——因为世界是这么大,我担心的是你会不会遇上就是了!"她并不关心我嫁得出去还是嫁不出去,她关心的倒是婚姻的实质。

"其实,您一个人过得不是挺好吗?"

"谁说我过得挺好?"

"我这么觉得。"

"我是不得不如此……"她停住了说话,沉思起来。一种淡淡的,忧郁的神情来到了她的脸上。她那忧郁的、满是皱纹的脸,让我想起我早年夹在书页里的那些已经枯萎了的花。

"为什么不得不如此呢?"

"你的为什么太多了。"她在回避我。她心里一定藏着什么不愿意让我知道的心事。我知道,她不告诉我,并不是因为她耻于向我披露,而多半是怕我不能准确地估量那事情的深浅而曲扭了它,也多半是因为人人都有一点珍藏起来的、留给自己带到坟墓里去的东西。想到这里,我有点不自在。这不自在的感觉迫使我没有礼貌,没有教养地追问下去:"是不是您还爱着爸爸?"

"不,我从没有爱过他。"

"他爱您吗?"

"不,他也不爱我!"

"那你们当初为什么结婚呢?"

她停了停,准是想找出更准确的字眼来说明这令人费解和反常的现象,然后显出无限悔恨的样子对我说:"人在年轻的时候,并不一定了解自己追求的、需要的是什么,甚至别人的起哄也会促成一桩婚姻。等到你再长大一些、更成熟一些的时候,你才会明白你真正需要的是什么。可那时,你已经干了许多悔恨得让你感到锥心的蠢事。你巴不得付出任何代价,只求重新生活一遍才好,那你就会变得比较聪明了。人说'知足者常乐',我却享受不到这样的快乐。"说着,她自嘲地笑了笑,"我只能是一个痛苦的理想主义者。"

莫非我那"贼风入耳"的毛病是从她那里来的? 大约我们的细胞中主

管"贼风入耳"这种遗传性状的是一个特别尽职尽责的基因。

"您为什么不再结婚呢?"

她不大情愿地说:"我怕自己还是吃不准自己到底要什么。"她明明还是不肯对我说真话。

我不记得我的父亲。他和母亲在我很小的时候便分手了。我只记得母亲曾经很害羞地对我说过他是一个相当漂亮的、公子哥儿似的人物。我明白,她准是因为自己也曾追求过那种浅薄而无聊的东西而感到害臊。她对我说过:"晚上睡不着觉的时候,我常常迫使自己硬着头皮去回忆青年时代所做过的那些蠢事、错事!为的是使自己清醒。固然,这是很不愉快的,我常会羞愧地用被单蒙上自己的脸,好像黑暗里也有许多人在盯着我瞧似的。不过这种不愉快的感觉里倒也有一种赎罪似的快乐。"

我真对她不再结婚感到遗憾。她是一个很有趣味的人,如果她和一个她爱着的人结婚,一定会组织起一个十分有趣味的家庭。虽然她生得并不漂亮,可是优雅,淡泊,像一幅淡墨的山水画。文章写得也比较美,和她很熟悉的一位作家喜欢开这样的玩笑:"光看你的作品,人家就会爱上你的!"

母亲便会接着说:"要是他知道他爱的竟是一个满脸皱纹、满头白发的老太婆,他准会吓跑了。"

到了这种年龄,她绝不会是还不知道自己到底要什么。这分明是一句遁词。我之所以这么说,是因为她有一些引起我生出许多疑惑的怪毛病。

比如,不论她上哪儿出差,她必得带上那二十七本一套的、一九五〇年到一九五五年出版的契诃夫小说选集中的一本。并且叮咛着我:"千万别动我这套书。你要看,就看我给你买的那一套。"这话明明是多余的。我有自己的一套,干嘛要去动她的那套呢?况且这话早已三令五申地不知说过多少遍了。可她还是怕有个万一的时候。她爱那套书爱得简直像是得了魔症一般。

我们家有两套契诃夫小说选集。这也许说明对契诃夫的爱好是我们家的家风,但也许更多的是为了招架我和别的喜欢契诃夫的人。逢到有人想要借阅的时候,她便拿了我房间里的那套给人。有一次,她不在家的时候,一位很熟的朋友拿了她那套里的一本。她知道了之后,急得如同火烧了眉毛,立刻拿了我的一本去换了回来。

从我记事的那天起,那套书便放在她的书橱里了。别管我多么钦佩伟大的契诃夫,我也不能明白,那套书就那么百看不厌,二十多年来有什么必要天天非得读它一读不可?

有时,她写东西写累了,便会端着一杯浓茶,坐在书橱对面,瞧着那套契诃夫小说选集出神。要是这个时候我突然走进了她的房间,她便会显得慌乱不安,不是把茶水泼了自己一身,便是像初恋的女孩子,头一次和情人约会便让人撞见似地羞红了脸。

我便想:她是不是爱上了契诃夫?要是契诃夫还活着,没准真会发生这样的事。

当她神志不清,就要离开这个世界的时候,她对我说的最后一句话是:"那套书——"她已经没有力气说出"那套契诃夫小说选集"这样一个长句子。不过我明白她指的就是那一套。"……还有,写着,'爱,是不能忘记的'……笔记本,和我,一同火葬。"

她最后叮咛我的这句话,有些,我为她做了,比如那套书。有些,我没有为她做,比如那些题着"爱,是不能忘记的"笔记本子。我舍不得。我常想,要是能够出版,那一定是她写过的那些作品里最动人的一篇,不过它当然是不能出版的。

起先,我以为那不过是她为了写东西而积累的一些素材。因为它既不像小说,也不像札记;既不像书信,也不像日记。只是当我从头到尾把它们读了一遍的时候,渐渐地,那些只言片语与我那支离破碎的回忆交织成了一个形状模糊的东西。经过久久的思索,我终于明白,我手里捧着的,并不是没有生命、没有血肉的文字,而是一颗灼人的、充满了爱情和痛苦的心,我还看见那颗心怎样在这爱情和痛苦里挣扎、熬煎。二十多年啦,那个人占有着她全部的情感,可是她却得不到他。她只有把这些笔记本当做是他的替身,在这上面和他倾心交谈。每时,每天,每月,每年。

难怪她从没有对任何一个够意思的求婚者动过心,难怪她对那些说不出来是善意的愿望或是恶意的闲话总是淡然地一笑付之。原来她的心已经填得那么满,任什么别的东西都装不进去了。我想起"曾经沧海难为水,除却巫山不是云"的诗句,想到我们当中多半有人不会这样去爱,而且也没有人会照这个样子来爱我的时候,我便感到一种说不出来的怅惘。

我知道了三十年代末,他在上海做地下工作的时候,一位老工人为了掩护他而被捕牺牲,撇下了无依无靠的妻子和女儿。他,出于道义,责任,阶级情谊和对死者的感念,毫不犹豫地娶了那位姑娘。逢到他看见那些由于"爱情"而结合的夫妇又因为"爱情"而生出无限的烦恼的时候,他便会想:"谢天谢地,我虽然不是因为爱情而结婚,可是我们生活得和睦、融洽,就像一个人的左膀右臂。"几十年风里来、雨里去,他们可以说是患难夫妻。

他一定是她那机关里的一位同志。我会不会见过他呢?从到过我家的客人里,我看不出任何迹象,他究竟是谁呢?

大约一九六二年的春天,我和母亲去听音乐会。剧场离我们家不太远,我们没有乘车。

一辆黑色的小轿车悄无声息地停在人行道旁边。从车上走下来一个满头白发、穿着一套黑色毛呢中山装的、上了年纪的男人。那头白发生得堂皇而又气派！他给人一种严谨的、一丝不苟的、脱俗的、明澄得像水晶一样的印象。特别是他的眼睛，十分冷峻地闪着寒光，当他急速地瞥向什么东西的时候，会让人联想起闪电或是舞动着的剑影。要使这样一对冰冷的眼睛充满柔情，那必定得是特别强大的爱情，而且得为了一个确实值得爱的女人才行。

他走过来，对母亲说："您好！钟雨同志，好久不见了。"

"您好！"母亲牵着我的那只手突然变得冰凉，而且轻轻地颤抖着。

他们面对面地站着，脸上带着凄厉的、甚至是严峻的神情，谁也不看着谁。母亲瞧着路旁那些还没有抽出嫩芽的灌木丛。他呢，却看着我："已经长成大姑娘了。真好，太好了，和妈妈长得一样。"

他没有和母亲握手，却和我握了握手。而那手也和母亲的手一样，也是冰冷的，也是轻轻地颤抖着的。我好像变成了一路电流的导体，立刻感到了震动和压抑。我很快地从他的手里抽出我的手，说道："不好，一点也不好！"

他惊讶地问我："为什么不好？"或许我以为他故作惊讶。因为凡是孩子们说了什么直率得可爱的话的时候，大人们都会显出这副神态的。

我看了看妈妈的面孔。是，我真像她。这让我有些失望："因为她不漂亮！"

他笑了起来，幽默地说："真可惜，竟然有个孩子嫌自己的妈妈不漂亮。记得吗？五三年你妈妈刚调到北京，带你来机关报到的那一天？她把你这个小淘气留在了走廊外面，你到处串楼梯、扒门缝，在我房间的门上夹疼了手指头。你哇啦哇啦地哭着，我抱着你去找妈妈？"

"不，我不记得了。"我不大高兴，他竟然提起我穿开裆裤时代的事情。

"啊，还是上了年纪的人不容易忘记。"他突然转身向我的母亲说："您最近写的那部小说我读过了。我要坦率地说，有一点您写得不准确。您不该在作品里非难那位女主人公……要知道，一个人对另一个人产生感情原没有什么可以非议的地方，她并没有伤害另一个人的生活……其实，那男主人公对她也会有感情的。不过为了另一个人的快乐，他们不得不割舍自己的爱情……"

这时，有一个交通民警走到停放小汽车的地方，大声地训斥着司机，说车停的不是地方。司机为难地解释着。他停住了说话，回头朝那边望了望，匆匆地说了声："再见！"便大步走到汽车旁边，向那民警说："对不起，这不怪司机，是我……"

我看着这上了年纪的人,也俯首帖耳地听着民警的训斥,觉得很是有趣。当我把顽皮的笑脸转向母亲的时候,我看见她是怎样地窘迫呀!就像小学校里一个一年级的小女孩,凄凄惶惶地站在那严厉的校长面前一样,好像那民警训斥的是她而不是他。

汽车开走了,留下了一道轻烟。很快地,就连这道轻烟也随风消散了,好像什么都没有发生过,而我,不知道为什么却没有很快地忘记。

现在分析起来,他准是以他那强大的精神力量引动了母亲的心。那强大的精神力量来自他那成熟而坚定的政治头脑,他在动荡的革命时代里出生入死的经历,他活跃的思维、工作上的魄力,文学艺术上的素养……而且——说起来奇怪,他和母亲一样喜欢双簧管。对了,她准是崇拜他。她说过,要是她不崇拜那个人,那爱情准连一天也维持不了。

至于他爱不爱我的母亲,我就猜不透了。要是他不爱她,为什么笔记本里会有这样一段记载呢?

"这礼物太厚重了。不过您怎么知道我喜好契诃夫呢?"

"您说过的。"

"我不记得了。"

"我记得。我听到你有一次在和别人闲聊的时候说起过。"

原来那套契诃夫小说选集是他送给母亲的。对于她,那几乎就是爱情的信物。

没准儿,他这个不相信爱情的人,到了头发都白了的时候才意识到他心里也有那种可以称为爱情的东西存在,到了他已经没有权力去爱的时候,却发生了这足以使他献出全部生命的爱情。这可真够凄惨的。也许不只是凄惨,也许还要深刻得多。

关于他,能够回到我的记忆里来的就是这么一小点。

她那迷恋他,却又得不到他的心情有多么苦呀!为了看一眼他乘的那辆小车以及从汽车的后窗里看一眼他的后脑勺,她怎样煞费苦心地计算过他上下班可能经过那条马路的时间;每当他在台上做报告,她坐在台下,隔着距离、烟雾、昏暗的灯光、窜动的人头,看着他那模糊不清的面孔,她便觉得心里好像有什么东西凝固了,泪水会不由地充满她的眼眶。为了把自己的泪水瞒住别人,她使劲地咽下它们。逢到他咳嗽得讲不下去,她就会揪心地想到为什么没人阻止他吸烟?担心他又会犯了气管炎。她不明白为什么他离她那么近而又那么遥远?

他呢,为了看她一眼,天天,从小车的小窗里,眼巴巴地瞧着自行车道上流水一样的自行车辆,闹得眼花缭乱;担心着她那辆自行车的闸灵不灵,会不会出车祸;逢到万一有个不开会的夜晚,他会不乘小车,自己费了许多周折来到我们家的附近,不过是为了从我们家的大院门口走这么一趟;他在百忙中也不会忘记注意着各种报刊,为的是看一看有没有我母亲发表的作品。

在他的一生中,一切都是那么清楚、明确,哪怕是在最困难的时刻。但在这爱情面前却变得这样软弱,这样无能为力。这在他的年纪来说,实在是滑稽可笑的。他不能明白,生活为什么偏偏是这样安排着的?

可是,临到他们难得地在机关大院里碰了面,他们又竭力地躲避着对方,匆匆地点个头便赶紧地走开去。即使这样,也足以使我母亲失魂落魄,失去听觉、视觉和思维的能力,世界立刻会变成一片空白……如果那时她遇见一个叫老王的同志,她一定会叫人家老郭,对人家说些连她自己也听不懂的话。

她一定死死地挣扎过,因为她写道:

我们曾经相约:让我们互相忘记。可是我欺骗了你,我没有忘记。我想,你也同样没有忘记。我们不过是在互相欺骗着,把我们的苦楚深深地隐藏着。不过我并不是有意要欺骗你,我曾经多么努力地去实行它。有多少次我有意地滞留在远离北京的地方,把希望寄托在时间和空间上,我甚至觉得我似乎忘记了。可是等到我出差回来,火车离北京越来越近的时候,我简直承受不了冲击得使我头晕眼花的心跳。我是怎样急切地站在月台上张望,好像有什么人在等着我似地。不,当然不会有。我明白了,什么也没有忘记,一切都还留在原来的地方。年复一年,就跟一棵大树一样,它的根却越来越深地扎下去,想要拔掉这生了根的东西实在太困难了,我无能为力。

每当一天过去,我总是觉得忘记了什么重要的事情,或是夜里突然从梦中惊醒:发生了什么事情!不,什么也没有发生,我清清楚楚地意识到:没有你!于是什么都显得是有缺陷的,不完满的,而且是没有任何东西可以弥补的。我们已经到了这一生快要完结的时候了,为什么还要像小孩子一样地忘情?为什么生活总是让人经过艰辛的跋涉之后才把你追求了一生的梦想展现在你的眼前?而这梦想因为当初闭着眼睛走路,不但在道上错过了,而且这中间还隔着许多不可逾越的沟壑。

对了,每每母亲从外地出差回来,她从不让我去车站接她,她一定愿意自己孤零零地站在月台上,享受他去接她的那种幻觉。她,头发都白了的、可怜的妈妈,简直就像个痴情的女孩子。

那些文字并没有多少是叙述他们的爱情的,而多半记载的都是她生活里的一些琐事:她的文章为什么失败,她对自己的才能感到了惶惑和猜疑;珊珊(就是我)为什么淘气,该不该罚她;因为心神恍惚她看错了戏票上的时间,错过了一场多么好的话剧;她出去散步,忘了带伞,淋得像个落汤鸡……她的精神明明日日夜夜都和他在一起,就像一对恩爱的夫妻。其实,把他们这一辈子接触过的时间累计起来计算,也不会超过二十四小时。而这二十四小时,大约比有些人一生享受到的东西还深、还多。莎士比亚笔下的朱丽叶说过:"我不能清算我财富的一半。"大约,她也不能清算她的财富的一半。

似乎他在文化大革命中死于非命。也许因为当时那种特定的历史条件,这一段的文字记载相当含糊和隐晦。我奇怪我那因为写文章而受着那么厉害的冲击的母亲,是用什么办法把这习惯坚持下来的?从这隐晦的文字里,我还是可以猜得出,他大约是对那位红极一世,权极一时的"理论权威"的理论提出了疑问,并且不知对谁说过:"这简直就是右派言论。"从母亲那沾满泪痕的纸页上可以看出,他被整得相当惨,不过那老头子似乎十分坚强,从没有对这位有大来头的人物低过头,直到死的时候,留下来的最后一句话还是:"就是到了马克思那里,这个官司也非打下去不可"!

这件事一定发生在一九六九年的冬天,因为在那个冬天里,还刚近五十岁的母亲一下子头发全白了。而且,她的臂上还缠上了一道黑纱。那时,她的处境也很难。为了这条黑纱,她挨了好一顿批斗,说她坚持四旧,并且让她交代这是为了谁?

"妈妈,这是为了谁?"我惊恐地问她。

"为一个亲人!"然后怕我受惊似地解释着,"一个你不熟悉的亲人!"

"我要不要戴呢?"她做了一个许久都没有对我做过的动作,用手拍了拍我的脸颊,就像我小的时候她常做的那样。她好久都没有显出过这么温柔的样子了。我常觉得,随着她的年龄和阅历的增长,特别是那几年她所受过的折磨,那种温柔的东西似乎离她越来越远了,也或许是被她越藏越深了,以致常常让我感到她像个男人。

她恍惚而悲凉地笑了笑,说:"不,你不用戴。"

她那双又干又涩的眼睛显得没有一点水分,好像已经把眼泪哭干了。我很想安慰她,或是做点什么使她高兴的事。她却对我说:"去吧!"

我当时不知为什么生出了一种恐怖的感觉,我觉得我那亲爱的母亲似乎有一半已经随着什么离我而去了。我不由地叫了一声:"妈妈!"

我的心情一定被我那敏感的妈妈一览无余地看透了。她温和地对我说:"别怕,去吧!让我自己呆一会儿。"

我没有错,因为她的确这样地写着:

> 你去了。似乎我灵性里的一部分也随你而去了。
> 我甚至不能知道你的下落,更谈不上最后看你一眼。我也没有权

利去向他们质询,因为我既不是亲眷又不是生前友好……我们便这样地分离了。我恨不能为你承担那非人间的折磨,而应该让你活下去!为了等到昭雪的那一天,为了你将重新为这个社会工作,为了爱你的那些个人们,你都应该活着啊!我从不相信你是什么三反分子,你是被杀害的最优秀者中间的一个。假如不是这样,我怎么会爱你呢?我已经不怕说出这三个字。

纷纷扬扬的大雪不停地降落着。天哪,连上帝也是这样地虚伪,他用一片洁白覆盖了你的鲜血和这谋杀的丑恶。

我独自一人,走在我们惟一一次曾经一同走过的那条柏油小路上,听着我一个人的脚步声在沉寂的夜色里响着、响着……我每每在这小路上徘徊、流连,哪一次也没有像现在这样使我肝肠寸断。那时,你虽然也不在我身边,但我知道,你还在这个世界上,我便觉得你在伴随着我,而今,你的的确确不在了,我真不能相信!

我走到了小路的尽头,又折回去,重新开始,再走一遍。

我弯过那道栅栏,习惯地回头望去,好像你还站在那里,向我挥手告别。我们曾淡淡地、心不在焉地微笑着,像两个没有什么深交的人,为的是尽力地掩饰住我们心里那镂骨铭心的爱情。那是一个没有一点诗意的初春的夜晚,依然在刮着冷峭的风。我们默默地走着,彼此离得很远。你因为长年害着气管炎,微微地喘息着。我心疼你,想要走得慢一点,可不知为什么却不能。我们走得飞快,好像有什么重要的事情在等着我们去做,我们非得赶快走完这段路不可。我们多么珍惜这一生中惟一的一次"散步",可我们分明害怕,怕我们把持不住自己,会说出那可怕的、折磨了我们许多年的那三个字:"我爱你"。除了我们自己,大概这个世界上没有一个活着的人会相信我们连手也没有握过一次!更不要说到其它!

不,妈妈,我相信,再没有人能像我那样眼见过你敞开的灵魂。

啊,那条柏油小路,我真不知道它是那样充满了辛酸的回忆的一条小路。我想,我们切不可忽略世界上任何一个最不起眼的小角落,谁知道呢?那些意想不到的小角落会沉默地缄藏着多少隐秘的痛苦和欢乐呢?

难怪她写东西写得疲倦了的时候,她还会沿着我们窗后的那条柏油小路慢慢地踱来踱去。有时是彻夜不眠后的清晨,有时甚至是月黑风高的夜晚,哪怕是在冬天,哪怕峭厉的风像发狂的野兽似地吼叫,卷着沙石噼哩叭啦地敲打着窗棂……那时,我只以为那不过是她的一种怪僻,却不知她是去和他的灵魂相会。

她还喜欢站在窗前,瞅着窗外的那条柏油小路出神。有一次,她显出那样奇特的神情,以致我以为柏油小路上走来了我们最熟悉的、最欢迎的客人。我连忙凑到窗前,在深秋的傍晚,只有冷风卷着枯黄的落叶,飘过那空荡荡的小路的路面。

好像他还活着一样,用文字和他倾心交谈的习惯并没有因为他的去世而中断。直到她自己拿不起来笔的那一天。在最后一页上,她对他说了最后的话:

> 我是一个信仰唯物主义的人,现在我却希冀着天国。倘若真有所谓天国,我知道,你一定在那里等待着我。我就要到那里去和你相会,我们将永远在一起,再也不会分离。再也不必怕影响另一个人的生活而割舍我们自己。亲爱的,等着我,我就要来了——

我真不知道,妈妈,在她行将就木的这一天,还会爱得那么沉重。像她自己所说的,那是镂骨铭心的。我觉得那简直不是爱,而是一种疾痛,或是比死亡更强大的一种力量。假如世界上真有所谓不朽的爱,这也就是极限了。她分明至死都感到幸福:她真正地爱过。她没有半点遗憾。

如今,他们的皱纹和白发早已从碳水化合物变成了其它的什么元素。可我知道,不管他们变成什么,他们仍然在相爱着。尽管没有什么人间的法律和道义把他们拴在一起,尽管他们连一次手也没有握过,他们却完完全全地占有着对方。那是任什么都不能使他们分离的。哪怕千百年过去,只要有一朵白云追逐着另一朵白云;一棵青草傍依着另一棵青草;一层浪花拍打着另一层浪花;一阵轻风紧跟着另一阵轻风……相信我,那一定就是他们。

每每我看着那些题着"爱,是不能忘记的"笔记本,我就不能抑制住自己的眼泪。我哭,这不止一次地痛哭,仿佛遭了这凄凉而悲惨的爱情的是我自己。这要不是大悲剧就是大笑话。别管它多么美,多么动人,我可不愿意重复它!

英国大作家哈代说过:"呼唤人的和被呼唤的很少能互相答应。"我已经不能从普通意义上的道德观念去谴责他们应该或是不应该相爱。我要谴责的却是:为什么当初他们没有等待着那个呼唤着自己的灵魂?

如果我们都能够互相等待,而不糊里糊涂地结婚,我们会免去多少这样的悲剧哟!

到了共产主义,还会不会发生这种婚姻和爱情分离着的事情呢?既然世界是这么大,互相呼唤的人也就可能有互相不能答应的时候,那么说,这样的事情还会发生?可是,那是多么悲哀啊!可也许到了那时,便有了解脱这悲哀的办法!

我为什么要钻牛角尖呢!

说到底,这悲哀也许该由我们自己负责。谁知道呢?也说不定还得由过去的生活所遗留下来的那种旧意识负责。因为一个人要是老不结婚,就会变成对这种意识的一种挑战。有人就会说你的神经出了毛病,或是你有什么见不得人的隐私,或是你政治上出了什么问题,或是你刁钻古怪,看不起凡人,不尊重千百年来的社会习惯,你准是个离经叛道的邪人……总之,他们会想出种种庸俗无聊的玩意儿来糟蹋你。于是,你只好屈从于这种意识的压力,草草地结婚了事。把那不堪忍受的婚姻和爱情分离着的镣铐套到自己的脖子上去,来日又会为这不能摆脱的镣铐而受苦终生。

我真想大声疾呼地说:"别管人家的闲事吧!让我们耐心地等着,等着那呼唤我们的人,即使等不到也不要糊里糊涂地结婚!不要担心这么一来独身生活会成为一种可怕的灾难。要知道,这兴许正是社会生活在文化、教养、趣味……等等方面进化的一种表现!"

(原载《北京文艺》1979 年第 3 期)

谌　容

人到中年

一

　　仿佛是星儿在太空中闪烁,仿佛是船儿在水面上摇荡。眼科大夫陆文婷仰卧在病床上,不知自己是在什么地方。她想喊,喊不出声来。她想看,什么也看不见。只觉得眼前有无数的光环,忽暗忽明,变幻无常。只觉得身子被一片浮云托起,时沉时浮,飘游不定。
　　这是在迷惘的梦中?还是在死亡的门前?
　　她记得,好像她刚来上班,刚进手术室,刚换上手术衣,刚走到洗手池边。对,她的好友姜亚芬是主动要求给她当助手的。姜亚芬的出国申请被批准了,他们一家就要去加拿大,这是姜亚芬跟自己一起做最后的一次手术了。
　　她们并肩站在一起洗手。这两个五十年代在医学院一起读书,六十年代初一起分配到这所大医院,同窗共事二十余载的好友即将天各一方,两人心情都很沉重。这种情绪在手术之前是不适宜的。她记得,自己曾想说些什么,调节一下这种离别前的惨淡的气氛。她说了些什么呢?对,她扭头问过:
　　"亚芬,飞机票订好了吗?"
　　姜亚芬说什么了?她好像什么也没有说,只是眼圈儿红了。
　　停了好久,姜亚芬才问了一句:
　　"文婷,你一上午做三个手术,行吗?"
　　她回答了吗?不记得了,好像是没有回答,只是一遍一遍地用刷子刷手。那小刷子好像是新换上的,一根根的鬃毛尖尖的,刺得手指尖好疼啊!她只看见手上白白的肥皂泡,只注视着墙上的挂钟,严格地按照规定,刷手、刷腕、刷臂,一次三分钟。她刷完三次,十分钟过去,她把双臂浸泡在消毒酒精水桶里。那酒精含量百分之七十五的消毒水好像是白色的,又好像是黄色的,直到现在,她的手和臂都发麻,火辣辣的。这是酒精的刺激吗?好像不是的。从二十年前实习时第一次上手术台到如今,她的手和臂几乎已经被酒精泡得发白,并没有感到什么刺痛呀?为什么现在这手好像抬也抬不起来了?

她记得,已经上了手术台,已经给病人的眼球后注射了奴佛卡因,手术就要开始了,这时,姜亚芬却悄悄问了一句话:

"文婷,你小孩的肺炎好了吗?"

啊!亚芬今天是怎么啦?难道她不知道一个眼科大夫上了手术台,就应该摒弃一切杂念,全神贯注于病人的眼睛,忘掉一切,包括自己,也包括自己的爱人、孩子和家庭。怎么能在这时候探问小佳佳的病呢?或许,亚芬正为她将到异国去而不安,竟至忘掉了她正在协助手术?

陆文婷几乎有些生气了,只答了一句:

"现在我除了这只眼睛,什么也不想。"

于是,她低下头去,用弯剪刀剪开了病眼的球结膜,手术就进行下去了。

啊!手术,手术,一个接着一个,这天上午怎么安排了三个手术呢?焦副部长的白内障摘除;王小嫚的斜视矫正;张老汉的角膜移植。从八点到十二点半,整整四个半小时,她坐在高高的手术凳上,俯身在明亮的灯下,聚精会神地操作。剪开、缝合;再剪开,再缝合。当她缝完最后一针,给病人眼睛上盖上纱布时,她站起身来,腿僵了,腰硬了,迈不开步了。

姜亚芬换好了衣服,站在门边叫她:

"文婷,走啊!"

"你先走吧!"陆文婷站住不动说。

"我等你。今天是我最后一次到医院来了。"

说着,姜亚芬的眼圈儿又红了。她那对漂亮的大眼睛水汪汪的,她是在哭吗?她为什么难过?

"你快回家收拾东西吧,刘大夫一定等你呢!"

"他都弄好了。"姜亚芬抬起头来,忽然叫道:"你,你的腿怎么啦?"

"坐久了,有点麻,一会儿就好了。晚上我去看你。"

"那,我先走了。"

姜亚芬走了,陆文婷退身到墙边,用手扶着白色瓷砖镶嵌的冰冷的墙壁,站了好一阵,才一步一步走到更衣室。

她记得,她是换了衣服的,是那件灰色的布上衣。她记得她走出医院的大门,几乎已经走进了那条小胡同,已经望见了家门口。可是忽然,她觉得疲劳,一种从来没有感到过的极度的疲劳。这疲劳从头到脚震动着她,眼前的路变得模糊了,小胡同忽然变长了,家门口忽然变远了,她觉得永远也走不到了。

手软了,腿软了,整个身子好像都不是自己的了。眼睛累了,睁不开了。嘴唇干了,动不了了。渴啊,渴啊,到哪里去找一点水喝?

她那干枯的嘴唇颤动了一下。

二

"孙主任,你看,陆大夫说话了!"一直守在病床边的姜亚芬轻声叫了起来。

眼科主任孙逸民正在翻阅陆文婷的病历,"心肌梗塞"四个字把他吓住了。他显得心事重重,摇了摇苍白的头,推了推架在高鼻梁上的黑边眼镜,不由联想到在他这个科里,四十岁左右的大夫患冠心病的已经不是一个了。陆文婷大夫才四十二岁,自称没病没灾,从来没有听说过她心脏不好,怎么突然心肌梗塞?这多么出人意料,又是多么可怕啊!

听到姜亚芬的喊声,孙主任转过高大的,有些驼背的身躯,俯视着面色苍白的陆文婷大夫,只见她双目紧闭,鼻息微弱,干裂的唇动了一下,闭上了,又歙动了一下。

"陆大夫!"孙逸民轻轻地喊了一声。

陆文婷又一动不动了。她那瘦削的浮肿的脸上没有一点反应。

"陆大夫! 文婷!"姜亚芬低声唤着。

陆文婷依旧没有反应。

孙逸民抬头望着阴森森竖在墙角的氧气筒,又盯着床头的心电监视仪。当他看到示波器的荧光屏上心动电描图闪现着有规律的 QRS 波时,才稍许放心。他又扭过头看了看病人,挥了挥手说:

"快去叫她爱人来!"

一个中等身材,面目英俊,有些秃顶的四十多岁的男同志跑了进来。他是陆文婷的爱人傅家杰。从昨天晚上开始他就守在床边,没有合过眼,刚才孙主任来,劝他到病房外边的长椅上歇一会儿,他才勉强离开。

这时,孙逸民忙闪开床头的位置,傅家杰过来,俯身在陆文婷的枕边,紧张地盯着这张曾经那么熟悉,现在又变得那么陌生的白纸一样的脸。

陆文婷的嘴唇又微微动了一下。这无声的语言,没有任何人能听懂,只有她的爱人明白了:

"快拿水来! 她说她渴!"

姜亚芬赶忙递过床头柜上的小瓷壶。傅家杰接过来,小心地绕过输氧的橡皮管,把壶嘴挨在那像两片枯叶似的唇边,一滴一滴的清水流进了这垂危病人的口中。

"文婷,文婷!"

傅家杰喊着,他的手抖着,瓷壶里的水珠滴到了那雪一般惨白的脸上,她似乎又微微动了一下。

三

眼睛,眼睛,眼睛……

一双双眼睛纷至沓来,在陆文婷紧闭的双眸前飞掠而过。男的,女的;老的,少的;大的,小的;明亮的,浑浊的;千差万别,各不相同,在她四周闪着,闪着……

这是一双眼底出血的病眼,

这是一双患白内障的浊眼,

这是一双眼球脱落的伤眼。

这,这……啊!这是家杰的眼睛!喜悦和忧虑,烦恼和欢欣,痛苦和希望,全在这双眼睛中闪现,不用眼底灯,不用裂隙镜,就可以看到他的眼底,看到他的心底。

家杰的眼睛清澈明亮,就像天上金色的太阳。家杰的心底是火热的,他曾给过她多少温暖啊!

是他的声音,家杰的声音!那么亲切,那么温柔,却又那么遥远,好似从九天之外的另一个世界飘来:

"我愿意是激流,

……

只要我的爱人,

是一条小鱼,

在我的浪花中,

快乐地游来游去。"

这是在什么地方?啊,是在一片银白色的天地中。冰冻的湖面,水晶一般透明。红的、蓝的、紫的、白的身影在冰面上飞翔。那欢乐的笑声啊,好似要把这透明的宫殿震穿!她和他也手拉着手,穿梭在人流里。笑脸,一张张的笑脸,她都看不见,她只看见他。他们并肩滑翔着,旋转着,嬉笑着,那是多么快乐的日子啊!

银装素裹的五龙亭,庄严古老,清幽旷寂,她和他倚身在汉白玉的亭台栏杆旁。片片雪花打在他们脸上,戏弄着他们的头发。他们不觉得冷,四只手紧紧地握在一起,傲视着这冷峻无情的严寒。

那时她是多么年轻!

她没有幻想过飞来的爱情,也没有幻想过超出常人的幸福。从小,她就是个孤苦伶仃的女孩子。幼年父亲出走,母亲在困苦中把她抚养成人。她不记得曾有过欢乐的童年,只记得一盏孤灯伴着早衰的母亲,夜夜剪裁缝补,度过了一个个冬春。

进了医学院,她住女生宿舍,在食堂吃大锅饭。天不亮,她就起床背外语单词。铃声响,她夹着书本去听课,大课小课,密密麻麻的笔记。接着是晚自习,然后在解剖室呆到深夜。她把青春慷慨地奉献给一堂接着一堂的课程,一次接着一次的考试。

爱情似乎与她无缘。姜亚芬是她同班同学,两人同住一间宿舍。姜亚芬有一双会说话的眼睛,有一张迷人的小嘴;有修长的身材,有活泼的性格。每个星期,她都会收到不能公开的来信;每个周末,她都有神秘的约会。而陆文婷却是茕茕孑立,形影相吊,没有来信,也没有约会。她似乎是一个被人遗忘的少女。

当她和姜亚芬一起被分配到这所具有一百多年历史的著名的大医院时,医院向她们宣布了一条规定:医学院的毕业生分配到本院先当四年住院医。在任住院医期间,必须二十四小时呆在医院,并且不能结婚。

姜亚芬背后咒骂"这简直是修道院",陆文婷却甘心情愿地接受了这种苛求。二十四小时呆在医院,这算什么?她恨不得一天有四十八小时献给医院!四年之内不能结婚,这又算得了什么?医学上有成就的人,不是晚婚就是独身,这样的范例还少吗?小陆大夫把自己全身的精力投入了工作,兢兢业业地在医学的大山上登攀。

然而,生活总是出人意料的,傅家杰忽然闯进了她那宁静的、甚至是刻板的生活中来。

这是怎么回事?这事是怎么发生的?她一直闹不明白,她也没有去闹明白。他因为突然的眼病来住院了,恰巧是她负责的病人。她为他治好了眼睛。也许,就在她认真细巧的治疗中,唤起了他的另一种感情。这种感情蔓延着,燃烧着,使得他们两人的生活都改变了。

北国的冬天多么冷啊!那年的冬天对她又是多么温暖!她从来不曾想到,爱情竟是这样的迷人,这样的令人心醉!她简直有些后悔,为什么不早去寻求?那一年,她已在人世间经历了二十八个春天,算不得年轻,然而,她的心却是年轻的。她用整个纯洁的身心来迎接这迟到的爱情。

"我愿意是荒林,
……
只要我的爱人,

是一只小鸟,
在我的稠密的,
树林间做窝、鸣叫……"

这简直不可思议。傅家杰是学冶金的。他在冶金研究所里专攻金属力学,据说是为"上天"研制新型材料的。他有点傻气,有点呆气,姜亚芬就说他是"书呆子"。可是,这个书呆子会念诗,而且念得那么好!

"这是谁的诗?"她问他。

"裴多菲,匈牙利的诗人。"

"真怪,你是搞科学的,还有时间读诗?"

"科学需要幻想,从这一点说,它同诗是相通的。"

谁说傅家杰傻?他回答得很聪明。

"你呢?你喜欢诗吗?"他问她。

"我?我不懂诗,也很少念诗。"她微笑着略带嘲讽地说:"我们眼科是手术科,一针一剪都严格得很,不能有半点儿幻想的……"

"不,你的工作就是一首最美的诗。"傅家杰打断她的话,热切地说:"你使千千万万人重见光明……"

他微笑着挨近她,脸对着脸,靠得这么近。她从未感到过的男人的热气,猛然地飘洒在她脸上,使她迷惑,使她慌乱。她觉得好像要发生什么事情,果然,他伸开双臂,那么有力地把她拥进自己的怀里。

这一切,来得那么突然。她惶恐地望着这双贴近的含笑的眼睛,张开的双唇。她心跳神驰,微仰起头,下意识地躲闪着,慌乱地紧闭了眼睛,承受着这不可抗拒的爱情的袭击。

雪中的北海,好像是专为她而安排。浓浓的雪花,纷纷扬扬,遮盖着高高的白塔、葱葱的琼岛、长长的游廊和静静的湖面,也遮盖着恋人们甜蜜的羞涩。

于是,出乎所有人的意料,在四年住院医的独身生活结束之后,陆文婷最先举行了婚礼。这只能说是命运的安排,谁能想到在她生活的路上会跳出一个傅家杰来?他要结婚,她怎么能拒绝呢?你看他多么固执地追求着,渴望着,愿意为她牺牲一切——

"我愿意是废墟。
……
只要我的爱人,
是青春的常春藤,
沿着我荒凉的额,

亲密地攀援上升。"

多好啊,生活!多美啊,爱情!这久远的往事重现在脑际,使得垂危中的她似乎有了生的活力,她的眼睛微微启开了一下。

四

在服用了大量镇静和镇痛的药物之后,陆文婷大夫仍在昏睡。内科主任亲自来为她做了检查。他仔细听了她心脏和肺部的情况,看了心动电描图和病房记录,嘱咐值班大夫继续为病人静脉滴注极化液,注射罂粟碱和吗啡,密切监视心电变化,以防止梗塞面扩大和发生严重的合并症。

走出病房,内科主任对孙逸民说道:

"她的体质太弱了。我记得,陆大夫刚到我们医院的时候,身体很好嘛!"

"是啊!"孙逸民摇摇头,叹息着说:"她到我们医院,算来有十八年了。来的时候还是个小姑娘啊!"

十八年前,孙逸民已经是一位享有盛名的眼科专家了。他高超的医术和对工作一丝不苟的态度,赢得了眼科全体大夫的敬畏。这位年富力强、精力旺盛的教授,把培养年轻医生当作自己不容推卸的责任。每当医学院分来一批学生,他都要逐个考察,亲自挑选。他认为,要把这所医院的眼科办成全国最好的眼科,必须从挑选最有前途的住院医开始。

陆文婷是怎么被他挑上的呢?他记得很清楚。最初,这个二十四岁的医学院毕业生并没有给他留下很深的印象。

那一天上午,孙主任已经同五个新分配来的大学生谈了话,心里感到非常失望。这五个大学生,有的很适宜搞眼科,可是看不起眼科,表示不愿意在眼科工作;有的倒是愿意在眼科,可又把眼科看得很简单,以为这是很清闲的一科。当他拿起第六份档案,看到陆文婷这个名字时,他感到有点累,也并不期待还能出现奇迹。他心里想的是应该改进医学院的教学工作,使学生从一开始对眼科就有一个正确的看法。

这时,门悄悄地推开。一个苗条的女生轻步走了进来。孙逸民抬起头来,只见进来的这个女学生穿一身布衣布裤。袖口补着一圈新布边,长裤的膝盖处已经发白。她是朴素的,甚至显得有些寒伧。孙逸民望着档案袋上陆文婷三个字,又抬头漫不经心地打量了她一眼。这个女大学生看起来真像一个小姑娘。她小巧的身子,瓜子型的脸儿,一头乌黑透亮的好头发,短短地剪齐在耳垂下。她坐在对面的椅子上,安静得像一滴水。

孙主任照例问了一般学业上的问题。陆文婷一一回答了,但只限于回答,没有更多的话。

"你愿意在眼科吗?"孙逸民几乎决定草草结束这谈话了。他手臂撑在桌沿上,用手指揉着太阳穴,疲倦地问道。

"愿意。我在学校的时候就对眼科有兴趣。"她说话略带南方口音。

这个回答,使孙逸民那么高兴。他松开了按在太阳穴上的手指,好像额头不那么涨痛了。他立刻改变了主意,要把谈话认真地进行下去。他审视着这女学生,问道:

"为什么有兴趣呢?"

话一出口,他自己感到这个问题提得不好,叫人家太难回答了。不想,那女学生却不慌不忙地回答了:

"我们国家的眼科太落后了……"

"好,你讲讲看,怎么落后?"孙逸民简直是急急地在问了。

"我也讲不好,反正我觉得,有些手术,外国已经搞开了,我们还是空白。比如,用激光封闭视网膜破口。我觉得,我们也应该尝试的。"

"是啊!"孙逸民在心里已经给这个学生打了"五"分。他又问道:"还有呢? 还有什么想法?"

"还有……嗯……用冷冻摘除白内障,也应该普遍推广。反正我觉得,有很多新的课题,值得研究。"

"好啊,你讲得很好。你能看外文资料吗?"

"查字典看,很吃力。我喜欢外语。"

"这太好了。"

孙逸民主任在一个新来的大学生面前连连赞好,这是绝无仅有的。过了几天,陆文婷和姜亚芬首先被眼科要来了。如果说姜亚芬以她的聪慧、热情、精干被孙逸民挑上;那么,陆文婷就是以她的朴实、深沉、敏锐而被选中。

第一年,她们做外眼手术,熟读眼科学。第二年,她们做内眼手术,读屈光学和眼肌学。第三年,她们能做比较精细的白内障之类的手术了。这一年,有一件事更使孙主任对陆文婷大夫另眼相看。

那是一个春天的早晨。星期一,孙主任查病房来了。穿白大褂的各级大夫跟了一群。病人怀着急切的心情,都早已坐好在床上,翘首盼望这位有名的教授给自己看上一眼。好像他的手一按到自己的眼睛上,那病就会好似的。

每到一个床位,孙主任总是接过从背后递上来的病历,一边翻阅着,一边听主治大夫或高年大夫汇报诊断与治疗的情况。有时他掰开病人的眼皮瞧上一眼,有时他拍拍病人的肩膀,嘱咐病人手术时不要紧张,然后转到下一个床位。

查完病房之后，照例有一个短会，交换意见，安排工作。在这样的会上，通常都是孙主任和主治大夫们发言，住院医只用心地在一边听着，谁也不敢说什么，怕说错了在这些眼科权威们面前出乖露丑，日后成为全科的笑料。这一次也是如此，该说的说完了，该布置的布置了。孙逸民准备走了，他站起来问：

"大家还有什么意见吗？"

这时，在屋子角落里，响起了一个很低的女同志的声音：

"四室三床的病人，请孙主任再看看片子。"

满屋的人都朝说话的方向转过头去。孙逸民也看清了，说话的是陆文婷大夫。她确实长得个子不高，而且很不显眼。刚才查房时，孙逸民就没有注意到尾随在自己身后的还有这个住院医。后来进了办公室，谈了这么长时间，他也没有注意到参加会的还有这个陆文婷大夫。

"三床？"孙逸民侧过脸望着总住院医生。

"三床是工伤。"总住院医答道。

"门诊收住院时，给他照过片子。"陆文婷说，"放射科的报告是未见金属异物。住院后，伤口缝合了，病人还是嚷痛。我又给他做了无骨照相，我认为确有异物。请孙主任再看看。"

片子被取来了。孙主任看了，在场的总住院医和主治大夫们都轮流看着。

姜亚芬直拿大眼瞪自己的同学，心说：你不会等会后再给孙主任看，万一你判断错了，就在全科闹下话柄；就算你诊断对了，那也等于说人家门诊的大夫不够仔细，人家可是主治大夫呀！

"你的看法对，是有异物。"孙逸民又接过片子来，点着头。然后，他环视着在场的大夫说道："陆大夫到眼科不久，肯钻研业务，对工作认真细致，这是很可贵的。"

听到这话，陆文婷反低下了头。她没有想到孙主任会当众表扬自己，一时脸红了。孙主任看着她那神情却微微笑了。他也很明白，这个住院医敢于对主治医的诊断怀疑，不仅要有对病人的高度责任心，还需要极大的勇气。

医院与别的单位不同，一级一级，等级森严。这倒也没有什么明文规定，然而，低年大夫要服从高年大夫；住院医要听主治医的；教授、副教授的意见则是不容辩驳的，如此等等。这个还算不上高年大夫的陆文婷竟然能对主治医的诊断提出不同看法，不能不引起孙逸民格外的重视。

"她是一个很有希望的眼科大夫。"从那时起，孙主任就对陆文婷下了这样的断语。

如今,转瞬之间十八年过去了。陆文婷、姜亚芬这批大夫,已经成为这所医院眼科的骨干。按规定,如果凭考试晋升,她们早就应该是主任级大夫了。可是,实际上她们不仅不是主任级大夫,连主治大夫都不是。她们是十八年一贯的住院大夫。文化革命砍断了她们晋级的阶梯,粉碎"四人帮"后的春雨还没有来得及洒到这些多年住院医的身上。

"一茎瘦草!"望着奄奄一息的陆文婷,一种怜悯之情,从他心中油然而生。孙逸民拉住内科主任问道:

"你看她,还不至于……"

内科主任回头朝病房望了望,叹了口气,又摇着头低声说:

"孙老,只希望她很快脱离危险吧!"

孙逸民忧心忡忡地又回身往病房走来。他的步履变得沉重,看上去真是老态龙钟了。到门边,他一眼看见姜亚芬还偎在陆文婷枕边,就站住了,没有前去惊动这两个挚友。

深秋天气,昼短夜长。五点多钟,天已经暗了下来。秋风吹动着窗外的梧桐树叶,沙沙地响。一片、两片、三片……枯黄的叶儿在秋风中飘落了。

孙主任眼望窗外飘泊落下的黄叶,耳听那如泣如诉的沙沙沙的声响,感到一阵从来未曾有过的怅惘。他面前的这两位骨干,两名有造就的眼科医生,一个已经倒下去了,能不能再站起来,尚不可知;一个即将离去,能不能再回来,亦不可料。她们是支撑着这著名医院眼科的两根柱子。撤掉了这两根柱子,他感到整个眼科就如同那秋风中的梧桐,正在一天天地衰落下去。

五

蒙眬之中,陆文婷大夫觉得自己走在一条漫长的路上,没有边际,没有尽头。

这不是崎岖的山路。山路尽管险峻难攀,却是千回百折,令人意气风发。这也不是田间的小道。小道尽管狭窄难行,却有稻花飘香,令人心旷神怡。这是一步一坑的沙滩,这是举步难行的泥潭,这是无边无沿的荒原。极目远眺,人迹渺无,只有死一般的沉寂。啊!多么难走的路,多么累人的路!

歇下来吧,躺下来吧!沙滩是和暖的,泥潭是柔软的。让大地温暖你冰冷的身躯,让春光抚摸你劳累的筋骨。她好像听见死神在冥冥之中低声轻唤着她的名字:

"安歇吧,陆大夫!"

啊!这么歇下来多么好,永远歇下来。什么也不想,什么也不知道。没有烦恼,没有悲伤,没有劳累。

可是,不行啊!在那漫长道路的尽头,病人在等着她。她好像看见了,那病人正因双目刺痛辗转不安。她好像看见了,那病人在面临失明的威胁而暗自饮泣。她看见了,看见了一双双望穿秋水的焦急的眼睛,在等着她,等着她的来临。她耳边只听见病人在绝望中的呼喊:"陆大夫!陆大夫!"

这是神圣的呼唤,这是不可抗拒的命令。她抬起麻木的双腿,继续在长长的路上艰难地行走。从家门到医院,从门诊到病房,从这个医疗点到那个巡回的地方,每天,每月,每年,走啊走啊……

"陆大夫!"

这又是谁在喊呢?好像是赵院长的声音。对了,是他来的电话。她记得,她在门诊护士长的台前放下了电话,把没有看完的病人交待给同诊室的姜亚芬,就向院长办公室走去了。

从眼科门诊到院长办公室,要经过一个小花园。她快步踏着园中小石子儿铺成的甬道,简直没有留心到那满园的菊花娇娜万朵,黄白争艳;也没有感到那从桂花树上飘来的阵阵清香;更没有看到那双双蝴蝶在花丛中戏舞翩翩。她只想赶快走到院长办公室,赶快办完事,赶快回诊室,一上午要看完十七个病人,今天她才叫了七个号。明天就该轮到她去病房,门诊还有些病人需要交待安排。

她很快就到了院长办公室的门前,她记得自己好像没有敲门,就推开门径直往里走。立刻,她看见了迎面沙发上坐着的一男一女两位客人。她不由在门边站住了,以为自己来得不是时候,转眼才看见赵院长斜身坐在皮转椅上。

"陆大夫,请进来呀!"赵院长回身笑着招呼她。

她走了进去,在靠窗的一把皮靠背椅上坐下了。

那间屋子好亮啊!又清洁又宽敞。那间屋子好静啊!没有门诊部那种杂乱的脚步声、乱哄哄的说话声和小病人的哭叫声。坐在那窗明几净的房间里,她感到一种异样的、很不习惯的恬静。

坐在那里的人们,也是那么温文尔雅,安安静静。赵院长总保持着学者的风度,挺直的脊背,和蔼的面容,金丝眼镜后面一双含笑的眼睛,头发梳理得很整齐。雪白的衬衣,乌黑的皮鞋,一身笔挺的浅灰色中山服。

那坐在沙发上的男客身材颀长,两鬓斑白,戴一副茶色眼镜,使人看不见他的目光。但是陆文婷一望而知,这是一位眼科的病人。只见他斜倚在沙发靠背上,无意地摆弄着身边的手杖,心平气和,举止安详。

坐在他身旁的女客五十多岁的样子。尽管上了年纪,仍是眉清目秀。染过的黑发经理发师稍稍冷烫过,既蓬松又不显轻浮时髦,十分得体。身上穿的是普通式样的干部服,但质地考究,剪裁合身,显得很有精神。

她记得,从自己一站在门口,这位女客的目光就跟踪着自己,从上到下地打量。而反映在那女客脸上的则是一种明显的疑虑、不安和失望。

"陆大夫,我来给你介绍一下。这位是焦副部长焦成思同志。这位是成思同志的爱人秦波同志。"

焦副部长?部长?是啊,在她十几年的医生生涯中,她曾为多少部长、书记、主任治过眼睛。她没有注意到这职称,只是习惯地想:他的眼睛怎么了?好像是失明?

"陆大夫,你现在是在门诊还是在病房?"赵院长问。

"今天还在门诊,明天就该上病房了。"

"正好。"赵院长笑道:"陆大夫,焦副部长想在我们这儿做白内障手术。"

病情就是敌情。这一句话就等于把任务交给她了。她开始问诊了:

"是一个眼睛吗?"

"一个。"

"哪只眼睛?"

"左眼。"

"完全看不见了吗?"

那病人点了点头。

"以前在医院检查过吗?"

她记得,病人说了一个什么医院的名字。她就站了起来,准备走过去看那只眼睛。可是,好像出了什么事,没有看成。为什么没有看成呢?记起来了,是坐在一旁的秦波同志客客气气地把她拦住了。

"陆大夫,你先坐,坐嘛,不要急。要检查,恐怕还要到你们的暗室里去吧!"秦波笑了笑,又扭头说:"赵院长,老焦的眼睛一有病,我也成了半个眼科大夫了。"

就这样,当时没有给焦副部长诊断。可是,在那间办公室坐了那么久,谈了些什么呢?对,秦波同志问了好些问题,问得真仔细啊!

"陆大夫,你在医院工作几年了?"

几年?她一时算不清了,她只记得自己是哪年毕业的,就那么回答了:

"我是六一年来的。"

"啊,六一年,那也有十八年了。"

秦波屈指算着,十分认真的样子。

她问这些干什么?只听赵院长从旁说道:

"陆大夫临床经验很丰富,手术做得很漂亮。"

赵院长为什么要当着病人这么夸赞自己？这有什么必要呢？

秦波同志又问道：

"你身体好像不大好,陆大夫？"

这又是什么意思？她整天给别人治病,很少研究自己的健康。本院的保健科甚至没有她的病历档案,也从未有上一级的领导问过她的身体状况。怎么面前坐的这位初次见面的客人忽然关心起自己的身体来了？她迟疑了一下,记得是回答说：

"我身体很好。"

赵院长又在一旁说话了：

"她在我们这儿,就算身强力壮的了。陆大夫,我记得,你这几年一直是全勤。"

她没有回答。她闹不明白,全勤不全勤,身体好不好,和面前的这位夫人有什么关系呢？她记得,当时只是很着急,担心姜亚芬一个人看不完那些病人。

那夫人盯着她,笑了笑,又问道：

"陆大夫,对于白内障手术,你有把握吗？"

把握？又是一个叫人难以回答的问题。的确,在她做过的多少次白内障摘除手术中,还从来没有发生过意外的事故。可是,不怕一万,只怕万一,任何意外的情况都是可能发生的。如果病人配合得不好,或者麻醉的大意,都可能使眼内溶物脱出。

她不记得自己回答没有了,只记得秦波那一双包在皱折里的眼睛,那双眼睛很大,闪着两道不信任的亮光,盯着自己一眨也不眨。这使她感到难以忍受。她接触过各种各样的病人,感到最难缠的就是一些高干夫人。不过,她接触得多了,也就习以为常。当她正考虑怎么委婉答复时,她记得,就在这时,焦副部长不耐烦地把身子在沙发上挪动了一下,朝秦波那边扭过头去。这一来,那夫人不说话了,眼睛也从自己身上移开了。

这场很难进行下去的谈话是怎么结束的呢？不记得了。对了,是姜亚芬跑来了,她探进半个身子,叫道：

"陆大夫,你约的那个张大爷又来了,他非等你不可。"

记得秦波立即客气地说：

"陆大夫有事,那就先忙去吧！"

她赶忙起身离开了这间明亮宽敞的办公室,只感到这里的空气令人窒息,叫人透不过气来。

啊！多么憋闷！

六

赵天辉院长赶在下班前，匆匆忙忙来到内科病房。

"孙老，陆大夫身体一向不错，怎么突然就病倒了？"赵天辉两手插在白大褂的衣兜里，一边对孙逸民谈着，一边向病房走去。他比孙逸民小八岁，看上去却年轻得多，声音也洪亮得多。

"这是一个信号啊！"赵天辉摇摇头又说："中年大夫，是我们医院的骨干力量，工作上担子重，生活负担也最重，身体素质一年不如一年，长此以往，一个个病倒了，你这位主任，我这个院长就没法办了。陆大夫家里几口人？住几间房？"

他侧身看了看心情沉重、面带愁容的孙逸民，又说：

"什么？四口人一间房？是啊，是啊，是这个情况。工资呢？工资多少？五十六块半？你看，你看，难怪人家说拿手术刀的不如拿剃头刀的，真是一点不假。嗯？去年调工资，怎么没给她调？"

"僧多粥少，调不过来。"孙逸民冷冷地说。

"唉！真是个问题啊！孙老，我看就请你和支部的同志商量一下，在眼科搞个中年大夫的调查，他们的工作情况、收入情况、生活情况，还有住房情况，搞个材料给我！"

"这有用吗？我记得这种材料，开科学大会的时候就让写过，交上去不也就完了。"孙逸民客气地反驳着，眼睛看着地面，不看身边的人。

"孙老，你就不要带头发牢骚了嘛！有个材料总比没有材料好。我拿了它去找市委，找卫生部去，见庙就烧香，见神就磕头。求爷爷，告奶奶，也要把这张状子递上去。中央三令五申，要珍惜人才，落实知识分子政策，改善科技人员待遇。总不能到了下边就变成一句空话吧！前天还传达市委开会的精神，要重视中年干部。我还是相信，有办法的，会解决的。"

赵天辉挽着孙逸民的手臂，跨进陆文婷的病房，才停了话头。

傅家杰早已站了起来，赵天辉冲他挥了挥手，就一直走近床边，弯下腰去，端详着病人的脸色，又从值班大夫手上接过病历。这时，他已经丢掉院长的身份，进入大夫的脚色。

赵天辉是国内著名的胸科专家。全国解放时，他在国外学成归来，以自己精湛的医术服务于新生的人民共和国。他的政治热情很高，五十年代中期就被视为又红又专的典范，入了党，后来又被任命为院长。自从担任了这个行政职务，一大堆行政管理事务和会议压下来，使他除了参加重要的会诊，就很少有机会接触病人了。那十年，住"牛棚"、扫院子，自然谈不上发挥他的专长,这三年又处在拨乱反正的特殊历史时期,身为一院之长,每天处理成堆的问题,根本没有时间和精力上手术台了。

现在,赵院长亲自来到病房,显然是为陆大夫看病来了。内科病房的大夫都被吸引了出来,在他身后围了一圈,悄悄地观摩他的临床诊断。

然而,他似乎有些令人失望。他看完病房记录和心电图记录,又看了看心电监视仪的荧光屏,只嘱咐要继续密切监视心电变化,防止出现合并症,就回头对孙逸民:

"他爱人来了吗?"

孙逸民把傅家杰拉到前边来作了介绍,赵天辉才知道他原来就是陆大夫的爱人。他打量着傅家杰,一眼就看到他的秃顶和额前的皱纹,心里有点奇怪,这个面目清秀的中年人怎么已经开始秃顶?看来,他不大会保养身体,当然也就不会知道怎样爱护自己的妻子。

"你要多辛苦了。"赵天辉握了握他的手说:"陆大夫需要绝对静卧,不能让她动,大小便、翻身,都要人,应该二十四小时都有专人护理。你在哪儿工作?需要跟你们单位领导讲一讲,这几天你不能上班了。当然,你一个人也不行,还得有人替你。你们家还有什么人没有?"

傅家杰摇摇头说:

"有两个孩子,都还小。"

赵天辉回头问孙逸民:

"眼科能不能抽人值班啊?"

"一天两天,当然是可以的。"孙逸民说,"长期值下去,人力就安排不过来了。"

"先顾眼前吧!"

赵天辉又回头凝望着陆文婷苍白的瘦脸,心里简直不能明白,这个以精力旺盛著名的小陆大夫,怎么突然间就病成这样?

他脑子里闪过一个念头:会不会是给焦副部长做手术,心里过于紧张了?不可能呀!陆大夫不是一个新手,即便是个新手,也很少发生因手术时精神负担过重,导致心肌梗塞。更何况,心肌梗塞的发病常常来得很突然,不一定有什么诱发因素。

他想排除这种念头,但是,不行。不知为什么,焦副部长的手术和陆大夫的病总是绞在一起,好像有什么必然的联系。他甚至有些后悔,当初不该竭力推荐她。而且事实上,那位副部长夫人从一开始就不愿意让她做手术。

"赵院长,我想问一下,陆大夫是副主任吗?"那天,陆文婷走后,秦波就是这样提出问题的。

"不是。"

"那么,她是主治大夫吗?"

"不是。"

"是党员吧?"

"也不是。"

"我的同志哟!"秦波不大客气地说:"我们都是共产党员,恕我直言,让一个普普通通的大夫来给焦部长动手术,这,是不是有些考虑不周……"

她的话被焦成思手杖"笃、笃"戳地的声音打断了。焦副部长把头扭向他夫人这边,生气地说:

"秦波,你说些什么?听医院安排嘛!谁做不都一样。"

秦波并不屈服,她向焦成思开起连珠炮来:

"老焦,我就不赞成你这种无所谓的态度。这是对自己的眼睛不负责嘛!身体是革命的本钱。我们要对革命负责,对党负责!"

眼看老首长两口子要开战,赵天辉不得不过来劝解。他笑道:

"秦波同志,请你相信我们。陆大夫虽然只是一个普通的大夫,却是我们眼科的一把好刀。她做白内障手术是很有把握的,请放心吧!"

"不是我不放心。赵院长,也不是我替老焦考虑过多。"秦波叹口气说,"我在干校的时候,有个老同志,也是白内障。当时,不准他回北京,就在当地一个小医院开刀。结果,手术没做完,眼珠掉出来了。赵院长,老焦被'四人帮'关了七年,刚出来工作不久,他可不能没有眼睛啊!"

"不会的,秦波同志,我们医院很少有这样的事故。"

秦波考虑了一下,还是力争着:

"赵院长,能不能请眼科孙主任亲自替老焦动这个手术?"

赵天辉摇摇头,笑了笑说:

"孙主任已经快七十了。他自己的眼睛也不行了。再说,他已经好几年没上手术台。他现在的任务是搞点学术研究,带好这一批中青年大夫,还有教学的任务。让他做手术,老实说,还不如让陆大夫做更有把握。"

"要不,请郭大夫做,行不行?"

"郭大夫?"赵天辉一愣。

看来,这位副部长夫人对这里的眼科很作了一番调查。她提示说:

"郭汝清。"

赵天辉两手一摊说:

"郭大夫出国了。"

秦波仍不罢休,她急切地问:

"他什么时候回国?"

"不回国了。"

"为什么?"秦波瞪大眼问道。

赵天辉把头摇了摇,叹道:

"郭大夫的爱人是个归国华侨。她父亲在东南亚开一间杂货铺,不久前病故了。两个月以前,他们申请出国继承遗产,被批准走了。"

"放着大夫不当,去当杂货铺老板,简直不可理解。"焦成思感慨地说。

"在卫生界,这已经不是个别的了。拿我们医院来说,已经批准出国和正在申请要走的,就有好几个了。而且,还都是我们医院的骨干,业务上拿得起来的呀!"

"这些人,真不知是什么想法?"秦波颇有些愤愤然了。

焦成思把手中的拐杖扬了扬,脸向着赵天辉,说道:

"五十年代初,你们这批知识分子,冲破重重阻力,回来为建设新中国服务。想不到七十年代末,我们自己培养的知识分子又往外跑,这个教训太深刻了。"

"这么下去怎么得了!"秦波说:"我看还是应该加强思想政治工作。我的同志哟,粉碎'四人帮'以后,知识分子的地位大大提高了,随着四化的实现,生活条件、学习条件都会改善的嘛。"

"是啊。我们党委讨论的时候,也是这个看法。"赵天辉说,"郭大夫走之前,我代表党委找他谈过两次,再三表示挽留,可是没有用啊!"

秦波还想发点议论,焦成思晃了晃自己的手杖拦住她说:

"赵院长,我来找你们,倒不是非想找个什么专家教授。我对你们医院信得过,或者说有一种特殊的感情,前几年,我右边这只眼睛白内障,就是在你们医院做的,手术很不错。"

"哦!那是谁做的?"赵天辉忙问。

焦成思深为遗憾地说:

"可惜啊,我到现在还不知道她姓什么。"

"那好办,查一查病历就知道了。"

赵天辉拿起电话,他想,只要把那位大夫找来,焦副部长的夫人总该放心了吧!

焦成思对赵院长连连摆手说:

"你不用查了,你也查不到,那时是在你们门诊做的手术,根本没有病历。只记得,是个女同志,说话带南方口音。"

"这就不好找了。"赵天辉放下电话,笑道:"我们这里南方口音的女同志很多,陆大夫就是南方人。就让她做吧!"

当秦波扶着焦副部长站起来时,他们接受了赵院长的意见,让陆文婷大夫来给做这个手术。

也许,就因为这个手术使她心肌梗塞?赵天辉自己想着,又摇摇头,觉得不可能。这样的手术她做过上百次了,不会那么紧张。再说,那天手术前自己还亲自去了,他看见这位女大夫走上手术台时从容不迫,很有信心,精神也很好。怎么可能发生这样意外的不测呢?

赵天辉又把关切的目光停留在陆文婷脸上。他感到,即便是在这生死线上,陆文婷大夫的脸色仍是从容的,好像没有什么病痛,只是安安静静地酣睡在温柔的梦乡。

七

她素来是从容的,沉静的。想让陆文婷大夫生气,在眼科工作过的同志都知道,几乎是不可能的。

秦波对她的挑剔和轻侮,换了别人,十有八九会当面顶撞,即使不说出口,也会怒形于色,或者过后愤愤不平,耿耿于怀。陆文婷呢?她从院长办公室出来的时候心平似镜,一如往常。她没有把替焦副部长做手术,看作是不可多得的荣誉;也没有把秦波的刁难,视为难以忍受的凌辱。手术做不做,要看病人自愿,愿意做就做,不愿意做就不做,这有什么呢?

"怎么,又找你做手术,什么大官儿呀?"姜亚芬见她出来,便悄悄问道。

"还没定做不做呢。"

"快走吧!"姜亚芬拉着她说,"你约的那个老大爷,真难办,简直跟他讲不清,他坚决不做手术了。"

"那怎么行?他是外地来的,花了那么多路费,能治不治,我们也没尽到责任。"

"那你去说服吧!"

回到门诊部,穿过坐满了候诊病人的过道时,一些熟悉的病人早已站起来向她们致意。她俩含笑四顾,点头招呼着。陆文婷进到自己的诊室,正低声回答着一个年轻病人的问题,忽然从身后响起了一个洪亮的喊声:

"陆大夫!"

这一嗓子把病人和大夫的目光都吸引了过去。只见一个高大结实的汉子摸索着朝诊室门口走来。这病人身穿青布裤褂,头缠白色毛巾,肩宽腰圆,五十多岁的样子。他那比人高出一头的个子本来就引人注目,加上这一声喊,两边的人都给他让开了路。但他双目几近失明,不知这么多人在看自己,只伸出两只大手,迎着陆文婷说话的声音摸去。

陆文婷忙转身迎出去,双手扶住这盲人,说:

"张大爷,快坐下吧!"

"您坐,陆大夫!俺找您,说个情况。"

"说吧,坐下说。"陆文婷搀扶着老汉在长椅上坐下。

"陆大夫,是这么回事儿。我在这儿也住了不少日子了。我寻思,还是先回去吧,赶明儿再来……"

"那怎么行?张大爷,您这么远跑到北京,花了这么多路费……"

"谁说不是呢!"不等陆文婷说完,张老汉拍着自己的膝盖抢过话说:"我是想着,回去再干一秋活儿,挣点分儿。您别瞧我眼神不济,摸摸索索也能干,队上派活挺照顾我。陆大夫,我拿定主意先回去,可一想,怎么也得来跟您说一声儿。为俺这双眼睛,真没叫您少操心。"

张老汉患角膜溃疡多年,瘢痕很厚,久治不愈。陆文婷在那里巡回医疗时,曾建议他移植角膜。老汉就是为做这个手术来的。

"张大爷,您儿子花了这么多钱,让您到这儿治病,没治好就回去了,我们也过意不去啊!"

"嗐,有您这份儿心,啥都有了。"

陆文婷笑笑,拍着老汉的胳膊说:

"眼睛治好了,您干活就不用人家照顾了。您身体这么好,还能干它二十年呢!"

张老汉呵呵笑了起来,连声答道:

"那敢情!要不是两眼不争气,啥活儿也难不住我!"

陆文婷笑道:

"那就还是做吧!"

张老汉放低了声音,说道:

"陆大夫,我拿您也不当外人,俺就实话实说吧,俺愁的就是钱。俺这趟治病,全靠自个儿掏,老在北京住店,住不起呀!"

陆文婷愣了一下,马上又说:

"张大爷,您别着急,我已经查过预约本了,这回该轮到您了。这两天,只要有材料,就马上给您做手术,行吧?"

张老汉被说服了,陆文婷把他送到走廊外,转身回来时,被一个十一、二岁的漂亮小女孩拦住了。

这孩子长得可真俊。圆鼓鼓红扑扑的脸儿,黑眉毛高鼻梁配上一个红嘴唇儿,一只双眼皮儿大眼睛滴溜溜水汪汪的。可惜,另一只眼却向外斜着。她穿着医院的白裤褂躲躲闪闪地叫:

"陆大夫!"

"王小嫚,你怎么跑出来了?"陆文婷向她走去。这是她昨天收进来的小病人。

"我害怕,我要回家!"说着,王小嫚抹起眼泪儿来了,"我,不做手术了。"

陆文婷搂住这女孩子的肩膀问:

"来,告诉阿姨,怎么又不想做手术啦?"

"我怕疼。"

"傻丫头!不疼。到时候我给你打麻药。保证一点儿都不疼!"陆文婷拍拍她的头,又弯腰凝视着这张小脸儿,像在惋惜地欣赏一件不小心弄坏了的艺术品似的,不无遗憾地说:"你看,就是这只眼睛!王小嫚,等阿姨给你矫正过来,跟那边的眼睛一样,你看,多好!快回病房去,听话,哎!医院不准乱跑的。"

王小嫚擦干眼泪走了,陆文婷才回到自己的诊桌,一个一个地叫号。

这两天病人很多。今天也一样。她必须抓紧时间,把刚才去院长办公室耽误了的时间补回来。她忘记了焦副部长,忘记了秦波,也忘记了自己,只一个接一个地看下去。问明情况,带到暗室,开药方,给预约号,一个接一个……

"陆大夫,你的电话!"护士跑来叫她。

"请你稍等一下。"陆文婷向病人打了招呼,跑过去拿起听筒。

"佳佳病了,昨天晚上就发烧。"托儿所的阿姨在电话里说,"我们知道你工作很忙,没敢告诉你,带她去看了急诊,打了针。可是现在还不退烧,老哼哼,要找妈妈,你能不能来看看。"

"好的,我就来。"她放下了电话。

可是,她并没有去托儿所。这么多病人压着,怎么能丢下走开?她又拿起电话,拨通傅家杰机关的号码,那边告诉她傅家杰外出开会去了。她只好挂上了电话。

"谁来的电话?有事儿吗?"姜亚芬问。

"没什么。"她答道。

她从来不麻烦别人,也从来不麻烦组织。"先把病人看完了,再上托儿所也行。"她想着,又坐回到诊桌旁,继续看病。开始,哼哼的佳佳,哭喊妈妈的佳佳,还在她脑子里转。后来,一双双病人的眼睛取代了佳佳的位置,直到把所有的病人都看完了,陆文婷才急急忙忙赶到托儿所去。

八

"陆大夫,你怎么才来呀?"托儿所的阿姨抱怨地说。

她冲向隔离室,只见小佳佳一个人冷冷清清地躺在小床上。她的小脸蛋儿烧得通红,小嘴唇儿张着,小鼻子吃力地扇动着,眼睛却闭得紧紧的。

"佳佳,妈妈来了!"陆文婷扑到小床栏杆上。

佳佳的小脑袋在枕头上动了动。她沙哑地喊了一声:

"妈——妈——,回家!"

"回家,回家!"她急忙抱起小佳佳,转回本院儿科看急诊。

"肺炎。"儿科大夫同情地说:"陆大夫,要好好护理几天啊!"

她点点头,给佳佳打了针,取了药,走出儿科急诊室。

中午时,医院安静下来。门诊的病人走了,住院的病人睡了,医护人员也各自奔回家或者找地方休息去了。偌大的一个院子显得空落落的,只有一些不知疲倦的麻雀在梧桐树上叫着,逍遥自在地飞来飞去。原来,在这大楼林立、空气污染、充满噪音的市区,也还有大自然的造物在与人类争妍。陆文婷心中觉得奇怪,怎么天天在医院走来走去,竟没有发现这里还有鸟儿?

她抱着孩子站在院子当中,不知该往哪儿去。回托儿所吧,想到病成这样的孩子,独自单单地躺在隔离室,于心不忍。抱回家去吧,下午还要上班,谁来照顾她。

愣了片刻,她狠了狠心,朝托儿所走去。

伏在她肩上、垂着头的佳佳,忽然大哭起来:

"我不上托儿所,不上……"

"佳佳,乖,听话……"

"不,不,我回家!"佳佳两腿乱踢起来。

"好,回家,回家。"陆文婷只好抱着佳佳朝回家的路上走去。

从医院到家里,要穿过繁华的商业大街。新竖的巨幅时装广告,大街两旁琳琅满目的陈列橱窗,以及人行道上农民自由出售的活鸡活鱼、瓜子、花生等等稀缺的农副产品,陆文婷都一概视而不见。自从有了两个孩子,月月入不敷出,她就同高档商品无缘了。此刻她怀里抱着佳佳,心里惦着园园,更是目不斜视,行迹匆匆。

回到家里,已经快一点了。园园噘着嘴说:

"妈,你怎么才回来?"

"你没看见小妹病了吗?"陆文婷瞪了园园一眼,忙给佳佳脱了衣服,把她放在床上,替她盖上被子。

园园站在桌边,着急地说:

"妈,快做饭呀!要迟到了!"

陆文婷心烦意乱,不由得吼了一声:

"催!你就会催!"

园园又委屈又着急,眼圈儿一红,眼泪儿就在眼眶里打起转来。

陆文婷顾不上去理他,走出房门打开蜂窝煤炉。封闭了一上午的煤块已经奄奄一息,火是一时上不来了。她再掀开锅盖,打开碗橱,全都空空如也,连一点剩饭剩菜都没有了。

她又转身进屋,看见儿子仍站在那里伤心,心里感到内疚。孩子是无辜的,自己为什么拿他出气呢!

近年来,她越来越感到家务劳动的负担沉重。文化革命那些年,傅家杰的实验室被造反的人们封闭了。他研究的专题也被取消了。他变成了"八九二三部队"的成员。每天八点上班,九点下班;二点上班,三点下班。他整天无所事事,把全部精力和聪明才智都用在家务上了。一日三餐他包了,还学会了做棉裤、织毛衣。这倒使陆文婷免去了后顾之忧。粉碎"四人帮"以后,科研工作要大上,傅家杰被视为骨干,他的科研项目被列为重点,又成了忙人。这样,家务劳动的重担又有很大一部分压到陆文婷肩上。

每天中午,不论酷暑和严寒,陆文婷往返奔波在医院和家庭之间,放下手术刀拿起切菜刀,脱下白大褂系上蓝围裙。可以毫不夸张地说,这是分秒必争的战斗。从捅开炉子,到饭菜上桌,这一切必须在五十分钟内完成。这样,园园才能按时上学,家杰才能蹬车赶回研究所,她也才能准时到医院,穿上白大褂坐在诊室里,迎接第一个病人。

一遇到今天的情况,全家就有面临饥饿的危险。她叹了口气,从抽屉里拿出点零钱说:

"园园,你自己去买个烧饼吃吧!"

园园接过钱,正往外走,又回过身来问:

"妈,你吃什么呀?"

"我不饿。"

"也给你买个烧饼吧!"

一会儿,园园给她送回一个烧饼,自己一边吃一边上学去了。

陆文婷啃着干硬的冷烧饼,呆呆地望着这间十二平方米的小屋。

对于生活,她和他都没有非分的企求。他们结婚的时候,就住在这间屋子里。房间没有沙发,没有大立柜,没有新桌椅,甚至没有新铺盖。两个人把自己平日的被褥集中到一起,就开始了新的生活。

他们的被褥是单薄的,他们的书籍是丰厚的。院里的陈大妈说:"一对书呆子,怎么过日子哟!"而他们觉得,日子美得很。一间小屋,足以安身;两身布衣,足以御寒;三餐粗饭,足以充饥。这就够了。

他们视为珍宝的,是属于自己支配的时间。每天晚上,这陋室里就铺开了两摊子。陆文婷占据了惟一的一张三屉桌,借助于外文词典,阅读国外眼科医学文献,贪婪地在自己的本子上记下有用的资料。傅家杰屈居于床边的一叠箱子上,从一个蒙着白布的大书架上取下一本本参考书摊在床上,研究他的金属断裂专题。院里那些调皮的孩子们,常常来窥探这对新婚夫妇的秘密,他们看到的总是这样一幅夜读图。

对于他们来说,能够有一张平静的书桌读一点书,能够不受干扰地开一个夜车研究一点学问,这一天就过得非常充实。尽管没有地方给他们发夜班津贴,她和他天天工作到深夜,把一天变成两天,从不吝惜自己的健康和精力。夏天的晚上,邻居们在院子里乘凉。香茶、团扇,徐徐的晚风,明亮的星星,有趣的新闻,海阔天空的闲扯,都不能把这对"书呆子"从闷热的小屋里吸引出来。

啊!多么安宁的日子,多么充实的夜晚,多么难得的生活。它刚刚开始,却又匆匆离去。

两个新的生命,相继来到这间小屋。园园和佳佳,多么逗人疼爱的两个小人儿!不能说孩子的降临没有给这个小家庭带来欢乐,但是,他们也带来了混乱和灾难。小屋里挤进一张小孩床,后来又换成了单人床,几乎没有转身之地了。屋内空中挂起了"万国旗",瓶瓶罐罐堆起来。孩子的哭声、嬉笑声、吵闹声,破坏了这小屋的宁静。

傅家杰是体贴的。他在屋里拉起一块绿色的塑料布,把三屉桌挪到布幔后面,希望能在这瓶瓶罐罐、哭哭啼啼的世界里,为妻子另辟一块安定的绿洲,使她能像以前一样夜夜攻读。这谈何容易!

但是,一个眼科大夫,不掌握全国眼科医学的新成果,怎么能开阔自己的眼界,结合自己的临床经验,作出新的贡献呢?她常常强迫自己躲在布幔后面,把自己隔离起来,直至深夜。

当园园成为一名小学生以后,这张珍贵的三屉桌的优先使用权属于了园园。只有等儿子功课做完了,腾出地方来,陆文婷才能打开自己的笔记本和借来的医学文献书籍。至于傅家杰,只好排在最后了。

啊!生活,你是多么艰难!

陆文婷啃着冷烧饼,望着窗台上的小闹钟:一点五分,一点十分,一点十五分了!怎么办?该上班去了?明天去病房,门诊还有好多事需要交待。可,佳佳交给谁?再给家杰打电话吗?附近没有电话。就算有电话,也不一定能找到他。再说,他已经耽误了十年,现在不该再占他的时间,不能再让他请假!

她双眉紧皱,一筹莫展了。

或许,一生的错误就在于结婚。不是人常说吗,结婚是恋爱的坟墓。那时候,自己是多么天真,总以为对别人说来,也许是如此。对自己来说,那是决不可能的。如果当时就慎重考虑一下,我们究竟有没有结婚的权力,我们的肩膀能不能承担起组成一个家庭的重担,也许就不会背起这沉重的十字架,在生活的道路上走得这么艰难!

闹钟无情地滴答着,已经一点二十分了!实在没办法,她只好找院里的陈大妈帮忙。陈大妈是街道积极分子,一向热心助人。以前每遇这种情况,也多亏了这位老大妈。可是,陈大妈坚持义务帮忙,从不接受任何形式的报酬,这使陆文婷总觉得于心有愧,也就尽量不去麻烦她。

今天又到了走投无路的时候,她只好去找这位好心肠的大妈。陈大妈满口答应:

"你尽管放心去上班,陆大夫!"

陆文婷把佳佳喜欢的小人书和积木放在小枕头边,又托付陈大妈按时给她喂药,便匆忙赶回医院。

她坐在诊桌旁时,心里还想着,一会儿跟护士长说一下,少叫几个号,我得早点回去。可是,病人一来,这一切又都忘了。

赵院长亲自打电话告诉她:焦副部长明天入院,请她准备手术。

秦波同志接连来了两次电话,询问手术前要注意什么事项,需要病人和病人家属作哪些配合,在精神上和物质上都需要作些什么准备?

这使她很难回答。她做过上百例这种手术,还很少有人向她提过这样的问题,只好答道:

"也没有什么要特别注意的。"

"嗯——怎么没有什么要特别注意的呢?我的同志哟,凡事预则立。思想准备充分一些总好嘛,是不是呀?我看,还是我来一下吧,咱们当面研究一次。"

陆文婷不得不赶忙挡驾,对着话筒说:

"我这里还有很多病人。"

"那明天我们到医院再谈吧!"

"好。"

放下这叫人头疼的电话,她又回到诊桌旁边,一直看完最后一个病人。这时,天已经擦黑了。

她赶回家去。走到窗户底下就听见陈大妈正唱着自己即兴创作的儿歌:

"佳佳、佳佳
快长大,
赶明儿变个
科学家!"

佳佳"咯、咯"地笑了起来。陆文婷心中感激万分,忙进屋谢了大妈,又摸摸孩子的额头,烧也退了些,她才松了口气。

给孩子打完针,傅家杰回来了。跟着又来了两位客人——姜亚芬和她的爱人刘学尧大夫。

"我是来向你告别的。"姜亚芬说。

"你要上哪儿去呀?"陆文婷问。

"我们申请去加拿大,护照批下来了。"姜亚芬的眼睛埋下,望着地面说。

刘学尧的父亲在加拿大行医,陆文婷是知道的。他几次来信要刘学尧夫妇去国外,她也听说过。但是,他们真的要走,却是她意想不到的。

"去多久?什么时候回来?"她问。

"可能就一去不回了。"刘学尧做出轻松的样子耸了耸肩膀答道。

陆文婷盯着自己的好朋友问道:

"亚芬,为什么你早没告诉我?"

"怕你劝阻我,更怕我自己动摇。"姜亚芬仍是躲开陆文婷的目光,眼睛盯着地面,好像要把这地望穿。

刘学尧从提包里拿出一包一包的卤菜,最后拿出一瓶葡萄酒来,兴致勃勃地说:

"你们还没有做饭吧?正好,我借贵方一块宝地,举行告别宴会。"

九

这是一次含泪的晚宴。

与其说他们喝的是酒,不如说他们咽下的是泪。与其说他们吃的是美味的菜肴,不如说他们嚼的是人生的苦果。

佳佳睡着了,园园上邻家看电视去了。刘学尧举起酒杯,望着杯中的酒,感慨万端地说:

"人生,人生,人生真是难以预料啊!我父亲是个医生,古文底子很厚。我从小喜爱诗词歌赋,一心想当文人,可是命中注定要我继承父业,一晃三十多年。家严一生为人谨慎,他处世的格言是'言多必失'。可惜,这一点,我没有学来!我爱说,爱提意见,结果是祸从口出,每次运动都挨上。五七年毕业时差点成了右派,文化革命更不用说,又脱了一层皮。我是个中国人,不敢说有多么高的政治觉悟,可总还是爱国的,真心希望我的祖国富强起来。连我自己也想不到,在我快五十岁的时候,忽然会远离我的祖国。"

"不能不走吗?"陆文婷轻轻地说。

"是啊,为什么非走不可呢?我自己跟自己辩论过无数次了。"刘学尧晃动着手内半杯殷红的葡萄酒,又说:"我已经过了大半辈子,还能活几年,为什么要把骨灰扔进异国他乡的土壤?"

一桌人都默默不语,听着刘学尧抒发他的离情别绪。可是,他忽然缄口不言,仰脖把半杯剩酒一干而尽,才吐出一句话来:

"你们骂我吧!我是中华民族不肖的子孙!"

"老刘!别这么说,这些年你的遭遇,我们都知道的。"傅家杰给他斟上酒说:"现在黑暗已经过去,光明已经来到,一切都会好起来的。"

"这我相信。"刘学尧点点头,"可是,光明什么时候才能照到我家门前?什么时候才能照到我女儿身上?我等不及啊!"

"不谈这些吧!"陆文婷猜想刘学尧非要出国不可的理由,可能是为了他那惟一的女儿,觉得不便深谈,便岔开话说:"我从来不喝酒,亚芬和你要走了,今天我要敬你们一杯!"

"不,应该我敬你一杯!"刘学尧按住酒杯说,"你是我们医院的支柱,是中华医学的新秀!"

"你喝醉了!"陆文婷笑道。

"不,我没有醉。"

半天没有开口的姜亚芬,也举杯说道:

"我诚心诚意为文婷干一杯!为了我们二十多年的友谊,也为了未来的眼科专家!"

"哎呀!你们这是干吗?我算什么呀?"陆文婷连连摆着手说。

"算什么?"刘学尧真有点醉似的,愤愤地说:"像你这样身居陋室,任劳任怨,不计名位,不计报酬,一心苦干的大夫,真可以说是孺子牛,吃的是草,挤的是奶。这是鲁迅先生的话,对不对?傅家杰?"

傅家杰默默地独自喝着酒,点了点头。

"这样的人太多了,又不是我一个。"陆文婷仍笑着说。

"正因为这样,我们的民族才是伟大的民族!"刘学尧又喝了一杯。

姜亚芬望着熟睡在床上的佳佳,不无伤感地叹道:

"就是嘛,宁肯耽误自己孩子的病,也不肯误了给别人治病。"

刘学尧站起来,给所有人斟满酒,说道:

"这就是宁肯牺牲自己,也要普救天下。"

"你们今天怎么回事?专门抬我?"陆文婷笑着指指傅家杰说:"你问他,我最自私了。我把丈夫打入厨房,我把孩子变成了'拉兹',全家都跟着我遭殃。说实话,我是个不称职的妻子,也是个不称职的妈妈。"

"你是一个称职的医生!"刘学尧叫道。

傅家杰又喝了一口酒,放下杯子说:

"这一点,我对你们医院是有意见的。大夫也有家,也有孩子。大夫的孩子也会生病,为什么从来没人关心过!"

"老傅啊!"刘学尧打断他的话,叫了起来:"如果我是赵院长,我首先给你发勋章,还要给园园、佳佳发勋章!是你们作出了牺牲,才使我们医院有了这么好的大夫……"

傅家杰抢过话来说:

"我不求勋章,也不要表扬。我只希望你们医院了解,作一个大夫的爱人,是多么不容易。且不说巡回医疗,抗灾救灾,一声令下,抬腿就走,家里一摊全撂下不管;就连平常手术台上下来,踏进家门,精疲力尽,做饭连手都抬不起来!试问:这种情况下,我不进厨房谁进厨房!说来真要感谢文化革命,给了我那么多时间,也把我练出来了。"

"亚芬早就说要给你摘掉'书呆子'的帽子。"刘学尧拍拍他的肩膀,笑道:"现在你是既能研究上天的尖端技术,又能深入厨房拳打脚踢,简直是一代共产主义新人在成长,谁说文化革命成绩不是主要的!"

傅家杰平日不沾酒,今天喝了一点,脸就红了。他拉着刘学尧的袖口笑道:

"对嘛,文化革命就是改造人的大革命。那几年,我不就被改造成家庭妇男了吗?不信,你们问文婷,我什么不干?什么不会?"

陆文婷听着这些含泪的笑谈,心里很苦。她不能制止他们。此时此刻,好像也只有这种过去的笑话才能冲淡离愁。见傅家杰含笑看着自己,只好勉强笑道:

"什么都会,就是不会纳鞋底。不然园园就不会老嚷买球鞋了。"

"这就是你的苛求了!"刘学尧一本正经地说,"傅家杰改造得再彻底,也不能像农村老太太那样,拿着鞋底到处转啊!"

"要不是粉碎了'四人帮',说不定我还真拿着鞋底到研究所批判大会上去纳。"傅家杰说:"你们想,那种状况继续下去,科学、技术、知识统统打倒,不就剩下纳鞋底了吗!"

然而,这样伤心的笑谈又能持续多久呢?他们谈到粉碎"四人帮",谈到科学的春天到来,谈到"臭老九"变成了"穷老三",谈到中年干部的疾苦,空气又沉闷起来。

"老刘,你认识的人多,可惜你要走了。"傅家杰又打起精神,拍着刘学尧的肩膀说:"我听说当保姆收入颇高。我真想托你打听一下,谁家要雇男保姆……"

"我走了不要紧。"刘学尧也拍着傅家杰的手说:"现在出了一张《市场报》，登待聘广告，你可以试一试。"

"那太好了！"傅家杰推了推宽边眼镜，嘻嘻哈哈地说："本人大学毕业，精通两门外国语，擅长烹调蒸煮，缝纫洗涤，兼做男女粗细各种杂活。体格健壮，性情温和、勤劳勇敢，任劳任怨。最后一条，报酬面议。哈哈！"

姜亚芬默默地坐在一旁，不举杯，不动筷，看他们笑，自己也想笑，可是笑不出来。她碰了碰自己的丈夫说：

"别说这些了，有什么意思！"

"意思？这是一个普遍的社会现象啊！"刘学尧挥着手说："中年，中年，现在从上到下，谁不说中年是我们国家的骨干？是各条战线的支柱？医院的手术靠中年大夫；重点科研项目压在中年科技人员身上；工厂的各种难活是中年工人顶着；学校的重点课程也要中年教师担当……"

"你少发点议论吧！一个大夫管那么多干吗？"姜亚芬打断他的话了。

刘学尧眯起眼，似醉非醉地说：

"陆放翁的名句：'位卑未敢忘忧国'呀！我是个无名医生，可我不敢忘却国家大事。我请问：谁都说中年是骨干，可他们的甘苦有谁知道？他们外有业务重担，内有家务重担；上要供养父母，下要抚育儿女。他们所以发挥骨干作用，不仅在于他们的经验，他们的才干，还在于他们忍受着生活的熬煎，作出了巨大的牺牲，包括他们的爱人和孩子也忍受了痛苦，作出了牺牲。"

陆文婷呆呆地听着，轻轻说了一句：

"可惜，能看到这一点的人太少了！"

傅家杰愣了一下，给刘学尧斟上酒，笑道：

"老刘，你不应该当医生，也不应该当文人，你应该去研究社会学。"

刘学尧苦笑道：

"那我就是大右派了！研究社会学，必然要研究社会的弊病啊！"

"找到了弊病，加以改进，社会才能前进。这是左派，不是右派！"傅家杰说。

"算啦，左派右派我都不想当，不过，我对社会问题的确有兴趣。你比如说中年问题。"刘学尧两个胳膊肘扒在桌沿上，玩着空酒杯，又滔滔不绝起来："旧社会有句话：'人到中年万事休'。这反映了在那个社会里，我们的民族未老先衰。人才活到四十岁，就觉得这辈子完了，不能再有什么作为了。现在呢，可以改一个字，'人到中年万事忙'。对吧？四、五十岁的人，知识比较多了，经验比较多了。加上年富力强，正是担当重任的时候。这也反映在新社会里我们的民族年轻了，富有青春的活力了。中年人，正是大显身手的时候。"

"高论!"傅家杰赞道。

"你别忙叫好,我还有谬论。"刘学尧按住傅家杰的胳膊,谈兴更高了,"单从这方面看,我们这一代中年可以说是生逢其时的幸运儿了。其实不然,这一代的中年人又是不幸的。"

"话都叫你说了!"姜亚芬又打断他。

傅家杰拦住姜亚芬说:

"我倒很想听听这个不幸。"

"不幸在于他们最能出成果的黄金岁月,被林彪、'四人帮'的动乱耽误了。"刘学尧长长叹了口气说:"像你吧,几乎成了无业游民。现在,这批中年人要肩负起'四化'的重任,不能不感到力不从心,智力、精力、体力都跟不上,这种超负荷运转,又是这一代中年人的悲剧。"

"你们这些人也真难伺候!"姜亚芬笑道,"不用你们吧,你们发牢骚:又是怀才不遇啦,又是生不逢时啦!重用你们吧,反倒又叫苦连天:又是担子太重啦,又是待遇太低啦!"

"你就没有牢骚?"刘学尧反问她。

姜亚芬低头不语了。

从刘学尧的这通议论里,陆文婷又感到,他之所以非出去不可,可能不全是为了他女儿,也为了他自己。

刘学尧又举起杯来,叫道:

"来!为中年干一杯!"

十

这天晚上,客人走了,孩子睡了,陆文婷刷了锅,洗了碗,回到屋里,只见傅家杰歪身靠在床头,摸着自己的额头发呆。

"家杰,你在想什么?"陆文婷站在他面前,望着他忧郁的神色,吃惊地问。

傅家杰没有回答她的话,却问道:

"你还记得裴多菲那首诗吗?"

"记得。"

"我愿意是废墟……"傅家杰把手从额上放下说,"我现在真成废墟了。我已经不像中年人,好像是老年了。你看,头顶秃了,头发白了,额头的皱纹多深了呀,我自己都能摸出来。真像一片残垣断壁,一片荒废景象。"

啊,真的,他变得多么苍老啊!陆文婷心酸地扑到他身旁,抚着他的前额说:

"都是我不好,让家务把你拖垮了,都怪我!"

傅家杰取下她的手,温柔地捏在自己手中说:

"不,这不怪你。"

"我太自私了,只顾自己的业务。"陆文婷的眼睛离不开那印着皱痕的前额,声音颤抖着:"我有家,可是我的心思不在家里。不论我干什么家务事,缠在我脑子里的都是病人的眼睛,走到哪儿,都好像有几百双眼睛跟着我。真的,我只想我的病人,我没有尽到做妻子的责任,也没有尽到做母亲的责任……"

"别说傻话。你作出了多大的牺牲,只有我知道。"他忍住涌上眼眶的泪水,不说了。

陆文婷依偎在傅家杰胸前,伤心地说:

"你老了,我,我真不愿意你老……"

"不要紧,'只要我的爱人,是青春的常春藤,沿着我荒凉的额,亲密地攀援上升。'"他轻声地吟着他们喜爱的诗句。

秋夜,静静的。陆文婷倚在爱人的胸前睡着了。泪珠还凝结在她黑黑的睫毛上。傅家杰抬起身子,轻轻地让她在床上睡好。她睁开眼问:

"我睡着了吗?"

"你疲劳了。"

"不,我一点也不疲劳。"

傅家杰斜躺在床边,一手撑着自己的头,望着她说:

"金属也会疲劳。先产生疲劳显微裂纹,然后逐步扩展,到一定程度就发生断裂……"

疲劳、断裂,是傅家杰研究的专题,他常常挂在嘴边,从陆文婷耳边飘过。只有这一次,这些专有名词仿佛有着千钧重量,给她留下了深深的印记。

啊,多么可怕的疲劳,多么可怕的断裂。她觉得,在这悄静的夜晚,在这大千世界,几乎每个角落都有断裂的声音。负荷着巍巍大桥的支架在断裂,承受着万里钢轨的枕木在断裂,废墟上的陈砖在断裂,那在荒凉的废墟上攀援上升的常春藤也在断裂……

十一

夜深了。

病房中的大吊灯熄灭了,只有墙上的壁灯放出蓝幽幽的暗光。

陆文婷躺在病床上,只觉得眼前有两点蓝蓝的光,时而像夏夜的萤火虫在飞跃,时而像荒原的磷火在闪烁,待到定睛看时,又变成了秦波那两道冷冷的目光。

秦波的目光是严厉的。但是,在焦副部长住进医院的那天上午,她把陆文婷叫去的时候,目光却是亲切的,温和的。

"陆大夫,你来了,快,先坐一会儿!老焦做心电图去了,一会儿就回来。"

当陆文婷跨上一幢十分幽静的小楼,穿过铺着暗红色地毯的过道,来到焦副部长住的高干病房门前时,秦波正坐在靠门的沙发上,她立刻起身,堆满笑容地接待了陆文婷。

秦波把陆文婷让到小沙发上坐下,自己也隔着茶几坐下了。可她立刻又站起来,走向床边,从床头柜里拿出一小筐橘子,放到茶几上说:

"来,吃个橘子!"

陆文婷摆了摆手,连说:

"不客气!"

"尝一个吧!这是老战友从南方带来的,很不错。"说着,秦波亲自拣了一个递过来。

陆文婷只好把这黄澄澄的橘子接在手里。尽管今天秦波态度和蔼,陆文婷还是觉得背后冷嗖嗖的。那天初次见面时秦波的眼光好像两支冷箭一样至今还插在她背上。

"陆大夫,白内障到底是怎么一种病啊?我听一些医生说,怎么有的白内障还不能做手术?"秦波竭力用谦逊的声调问,那声音里甚至还含有讨好的成分。

"白内障就是眼睛里的晶体变得混浊了。"陆文婷看着手上的橘子说:"我们把混浊的程度不同分为初期、膨胀期、成熟期、过熟期,一般认为在成熟期做手术比较好……"

"哦,哦,"秦波点着头,又问道:"要是成熟期不做手术,再拖一拖又会怎么样呢?"

"那样不好。"陆文婷解释说,"到了过熟期,晶体缩小,晶体内部的皮质溶化,悬韧带松脆,手术就比较困难了,因为这时候晶体很容易脱位。"

"哦,哦!"秦波答应着,又点着头。

陆文婷感到她并没有听懂,也并不想弄懂。她为什么要问这些她并不懂得,也并不打算真正弄懂的问题呢?消磨时间吗?自己还有那么多事情在等着。刚到病房,病人情况需要了解,好多问题堆在脑子里,她真有点坐不住了。可是,她不能走,焦副部长也是病人,他的眼睛术前应该检查。他怎么还不回来呢?

"听说外国有一种人工晶体,"秦波想着,又说:"做完白内障手术,装上人工晶体,就可以不用配凸透镜了,是吧?"

陆文婷点头答道:

"对,我们也正在试验。"

秦波忙问:

"能不能给焦副部长装一个人工晶体?"

陆文婷微微一笑,说道:

"秦波同志,我才说了,这种手术我们正在试验阶段,给焦副部长装,合适吗?"

"那就算了。"秦波马上同意不在焦副部长身上做试验了。可是,她想了想,又问:"你看,焦副部长这次手术,要采取一些什么措施?"

"采取什么措施?"陆文婷简直莫名其妙。

"我是说,要不要订一个什么手术方案。万一出现意外的情况,该怎么处理,事先安排好,免得到时候慌了手脚,乱了套。"秦波见陆文婷呆呆地望着自己,还不开窍的样子,就又补充说:"我看报上常登这方面的消息,有的还成立手术小组,先讨论方案嘛!"

陆文婷听到这里,不由笑道:

"这没有必要,白内障摘除是很一般的手术。"

秦波把头扭向一边,有点不高兴了。但她还是又把头转过来,心平气和地,甚至笑了笑说:

"我的同志哟!不要轻敌嘛,哎?轻敌思想往往造成失败,这在我们党的历史上是有过的。……"

秦波耐心地做了一番思想工作,又引导陆文婷大夫去设想,在什么情况下,白内障手术容易遭致失败。

"如果病人有心脏病,或者血压很高,做手术就要考虑。"陆文婷说,"还有,要是病人有气管炎的话,也要治好咳嗽再做手术。要不然,伤口切开了,病人一咳嗽,眼内溶物很可能脱落出来。"

"我担心的就是这个啊!"秦波拍着沙发扶手,叫了起来,"焦副部长心脏不大好,血压也高。"

"手术前我们都要检查的。"陆文婷安慰她说。

"他还有气管炎。"

"这几天咳嗽厉害吗?"

"这几天倒没有,可是,万一上了手术台咳嗽呢?嗯?怎么办?"

这时,陆文婷真感到这位夫人不好对付了。你不知道她想什么,也不知道她哪来这么多担心!陆文婷看了一下手表,已经快下班了。她望着两扇落地式大玻璃窗旁一动不动的白纱窗帘,心中不免着急。她侧耳留神听着门外,一阵轻轻的脚步走来,又过去了。又过了好久,才看见门被推开,焦副部长披着蓝条子的毛巾睡衣,由保健护士挽着进来。

"怎么去了这么久?"秦波问。

焦成思同陆文婷握了握手,朝沙发上坐下去,有点疲倦地说:"到了这里就要听医院的。抽血、透视、做心电图。我不用排队,够照顾的了。"

秦波赶忙递过一杯热茶,焦成思喝了一口,说道:

"其实,眼睛做个手术,也用不着这么兴师动众。"

陆文婷从护士手中接过病历,一边翻阅,一边说:

"胸部透视正常,心电图正常,血压稍高一点。"

"高多少?"秦波急忙问道。

"高压150,低压100,不妨碍做手术。"陆文婷又问:"焦副部长,你这几天咳嗽吗?"

"不咳嗽。"焦成思毫不犹豫地答道。

秦波马上盯问道:

"你能保证上了手术台一声不咳嗽?"

"这⋯⋯"焦成思困惑了,不知该怎么回答。

"老焦,你可不要掉以轻心。"秦波严肃地说:"刚才陆大夫说了,上了手术台,你要是一咳嗽,眼珠就可能掉出来。"

"这,我怎么能保证呢?"焦成思转向陆文婷问道。

"也没有说得那么严重。"陆文婷说:"焦副部长,你是抽烟的吧?最好手术前不要抽烟。"

"这没有问题,我可以做到。"焦成思说。

秦波又马上盯问道:

"万一呢?万一你咳嗽起来怎么办?"

陆文婷笑道:

"秦波同志,这也不要紧。万一发生这种情况,我们可以立即把切口缝上,避免出危险。等咳嗽过后,打开再做。"

"对,对,"焦成思说,"我上次右边这只眼睛做的时候,也是打开,缝上,又打开的。不过,那倒不是因为我要咳嗽。"

"那是为什么?"陆文婷觉得很奇怪。

焦成思把茶杯往桌上一放,掏出烟盒,想起大夫刚才的话,又装了进去,叹了口气说道:

"那时候,我被打成叛徒。右眼看不见了,跑来做手术。刚开始手术,造反派就闯了进来,硬逼着大夫中断手术,说是决不能让叛徒重见光明。当时,我简直气晕了,浑身的血直往头上冲。多亏了那位大夫沉着冷静。她立刻把切口缝上了,避免了意外。她又把造反派赶了出去,才把手术做完了,唉!"

"啊……"陆文婷听了不由一怔,忙问道:"你右眼是在哪个医院做的?"

"就在你们医院。"

怎么,世界上会有这么雷同的事?她看了看焦成思,竭力想看出这个人是否曾经相识。可是,一点看不出来了。

十年前,她曾给一个"叛徒"做过白内障摘除,在手术过程中也曾发生过造反派阻拦的事,情节和焦副部长说的一模一样。那个病人姓什么呢?对,也姓焦。是他,就是他!后来造反派串连了医院响当当的人物,给陆文婷刷了大标语:"陆文婷的手术刀为大叛徒焦成思服务,是对无产阶级彻头彻尾的背叛!"

啊,怎么会认不出来了呢?十年前的焦成思身披一件破旧棉袄,脸色憔悴,精神不振,孤身一人来挂普通门诊。陆文婷建议他做手术,开了预约单,病人如期到来。就在刚开始手术的一瞬,就听外面护士在嚷:

"这是手术室,谁也不准进!"

接着就听一阵乱叫乱吼:

"什么手术室?他是大叛徒!给叛徒做手术,我们就是要造反!造定了!"

"臭老九给叛徒大开方便之门,决不允许!"

"冲!往里冲!"

焦成思在手术床上听得清清楚楚。他气急地说:

"算了,瞎就瞎吧,不要做了,大夫!"

"你不要动!"陆文婷一边说,一边已经飞快地把切口预置缝线结扎好了。

三个大汉冲进了手术室,还有几个胆小的在门口站着。陆文婷坐在手术台的床头一动不动。

刚才,焦副部长说是那位大夫"把造反派赶出去"的。这不对。陆文婷从来没有骂过人,也从来没有赶过人。当时,她身穿白色的手术袍,脚穿绿色的泡沫塑料拖鞋,头戴蓝色的布帽,脸上蒙着一个大口罩,只有两个眼睛和一双戴橡皮手套的手露在外面。也许是头一次看到这种陌生的装束;也许是头一次感到手术室异样庄严的气氛;也许是头一次见到手术台上雪白的有孔巾下露出的一只血淋淋的眼球,造反派们给吓住了。陆文婷大夫仍然坐在那只高凳上,只是从口罩底下吐出几个字来:

"请你们出去!"

几个造反派面面相觑,好像也感到这里确实不是一个造反的地方,转身走了。

当陆文婷又重新剪开缝线,继续工作时,焦成思说:

"还是不做了吧!就算你把我的眼睛治好了,他们还会把我整瞎的。而且,可能祸及于你。"

"不要说话!"陆文婷几乎是命令说,同时两手飞快地操作。等到手术完毕,为他缠上纱布时,才说了一句:"我是医生。"

就这样,陆文婷为焦成思在不寻常的情况下做了右眼的白内障手术。

当年,焦成思机关里的造反派到医院来给陆文婷刷大字报,也曾经轰动一时。但是,对陆大夫来说,这也算不得什么!无非是在"白专道路"、"修正主义苗子"等等原有的罪名之外,又新加一个"包庇叛徒"的罪名。这个罪名连同这个手术,她都没有往心里去,也都逐渐从她的记忆中隐退了。如果不是焦成思偶然提起,她已经完全忘记了这件事。

"陆大夫,我就佩服这样的医生,真是治病救人哪!"秦波感叹地说:"可惜那时没有病历,不知她姓什么叫什么。昨天我们还跟赵院长谈起,如果请她做手术,就放心了。"

陆文婷听了,脸上露出尴尬的神色,秦波一见,又忙说道:

"不过,陆大夫,你也不要见怪。赵院长对你是很信任的。我们,当然也是信任你的。希望你不要辜负领导上对你的期望,要向上次给焦副部长做手术的那位大夫学习。当然,我们也要向她学习。你说,是不是啊?"

陆文婷只好把低着的头点了点。

"你还很年轻哟!"秦波又鼓励她说:"听说你还没有入党,是不是啊?要努力争取嘛,我的同志哟!"

"我家庭出身不好。"陆文婷老实地答道。

"唉——,这个问题不能这么看嘛!家庭不能选择,道路可以选择。"秦波热情地滔滔不绝地说起来,"我们党的政策历来是有成份论,不唯成份论,重在表现。只要你真正同家庭划清界限,靠拢组织,对人民作出贡献,党的大门是对你开着的。"

陆文婷没有再说什么,走过去拉上窗帘,掏出眼底镜来给焦成思做检查。之后她说:

"焦副部长,如果你没有什么别的情况,我们后天就把手术做了吧!"

"行,早做完早出院。"焦成思痛痛快快地抢先答应了。

已经过了下班时间了,陆文婷告辞出来。秦波又追出来,喊住她:

"陆大夫,你是回家吗?"

"是呀!"

"用焦副部长的车送你回去吧!"

"不用,不用。"

陆文婷连忙摆着手走了。

十二

临近子夜,病房里没有一点声息,没有一点动静。壁上那盏蓝色的孤灯,依稀地照着吊瓶中的溶液在无声地滴着。一滴,一滴,缓缓地输进病人那青筋隆起的血管里。在这万籁俱寂的黑夜里,似乎只有它是唯一的信息,告诉人们:陆大夫还活着!

傅家杰呆坐在床头,痴痴地望着自己的妻子。在这纷乱的二十多个小时里,他还是第一次独自守护在她身畔。不,在十几年的共同生活中,似乎也是第一次这样地守在她身旁,这样地看着她。

记得有一次,大概还是热恋的时候,他也曾长时间目不转睛地看着她。可是她却歪着头问:"你为什么这样看我?"他只好讪讪地把视线移开。现在,她不能歪过头去了,她也不能问话了。她好像被解除了武装,任凭他的目光在她脸上久久地停留,再也不能"抗议"了。

直到此刻,他才心惊地发现,她变得多么衰老了啊!原来漆黑的美发已夹杂着银丝,原来润泽的肌肉已经松弛,原来缎子般光滑的前额已刻上了皱纹。那嘴角,那小巧的嘴角也已经弯落下来。啊!她的生命似乎也已像耗尽了最后一滴油的灯芯,只剩下微弱的光和热了。他简直不愿相信,自己的妻子,一个如此坚强的女性,竟在昼夜之间变得这样虚弱!

他深知她不是一个弱女子。她生来苗条纤细,看上去弱不禁风,然而,她并不是弱不禁风的。她总是用瘦削的双肩,默默地承受着生活中各种突然的袭击和经常的折磨。没有怨言,没有怯懦,也没有气馁。

"你是一个很坚强的女人。"傅家杰常说。

"我?不,我很软弱哩!一点儿也不坚强。"她总是这样回答。

这一次,就在她病倒的头一天晚上,她又作出了一个被傅家杰称为坚强的决定——让他搬到研究所去住。

那天晚上,佳佳的病基本好了,园园的功课也作完了,兄妹俩相继睡去。小屋里得到片刻的安宁。

已是秋天了,阵阵秋风送来了寒意。托儿所通知家长们给孩子送棉衣了。陆文婷拿出佳佳去年穿的小棉袄,把它拆开,放大,接长袖子。她把棉袄铺在那张三屉桌上,为女儿过冬的棉衣絮上一层新棉花。

傅家杰从书架上取下他的一篇未完成的论文,在桌旁站了站,就歪身在床头坐下。

"等一会儿,我马上就絮完了。"陆文婷说着,没有回头,只加快了速度。

当陆文婷把絮好的棉袄撤走时,傅家杰说:

"什么时候再有半间房就好了。哪怕六平方米,五平方米也行,只要能搁下一张桌子。"

陆文婷坐在床边低头作活。她听着,没有答话。过了一会儿,她忙忙的把没缝完的棉袄折起来,说:

"我得到医院去一下,桌子你尽管用吧!"

傅家杰回过头来问:

"这么晚了,还上医院?"

陆文婷一边穿上外衣,一边说:

"明天早上的两个手术,有些不放心,我得去看看。"

其实,陆文婷晚上跑到医院去是常有的事。为此,傅家杰常常笑她:"人在家中,魂在医院。"

"你多穿一件衣服吧,夜里冷。"

"我马上就回来。"陆文婷忙说,又带着歉意地笑道:"你不知道,明天的两个手术挺有意思。一老一小。一位副部长,他夫人老怕手术做不好,总是制造紧张空气,所以我得去看看他。小的是个女孩儿,娇得很,今天还缠着我说,她晚上尽做梦,睡不好……"

"行啊,我的大夫!快去快回吧!"傅家杰也笑道。

她走了。回来时见傅家杰还在灯下用功。她没有惊动他,过去给孩子披了披被子,说道:

"我先睡了。"

傅家杰见她躺下了,又埋头于稿纸和书本。过了一阵,他虽并不曾回身,却感觉到陆文婷还没有入睡。是不是灯光影响了她?傅家杰把台灯弯得更低些,又用一张报纸挡上,才继续工作。

又过了一阵,他听到她发出了轻轻的均匀的呼吸声。傅家杰心里很清楚,她并没有睡着。多少次,她都是用这种假意的鼾声,企图给他一种错觉和安慰,要他不必顾忌她能不能在灯光下入睡,而专心于自己的著作。其实,这个小小的"诡计"傅家杰早已识破,只是不忍心拆穿它。

再过了一阵,傅家杰站了起来,伸了伸腰说:

"算啦!我也睡吧!"

"你别管我!"陆文婷忙答道:"我已经进入半睡眠状态了。"

傅家杰双臂撑在桌沿上,望着未完成的论文,犹豫了片刻,还是劈劈啪啪扣上了一本本的书,下决心说:

"不干了!"

"你的论文怎么办?不抓紧晚上的时间,什么时候能写完?"

"损失了十年的时间,一夜也补不回来啊!"

陆文婷索性坐了起来,随手披上一件毛衣,靠在床头,很认真地对他说:"你知道刚才我在想什么?"

"你什么也不该想!你应该快闭上你的眼睛,明天你还要给人家治眼睛……"

"你别打岔。你听我说,我想,你应该搬到研究所去住。这样,你就有时间了。"

傅家杰站在床前,瞪大眼睛望着她,只见她脸上放着光,眼睛是笑的,她显然被自己的想法兴奋着。

"我不是说着玩儿,我真的这么想。你应该是有所作为的,应该是科学家。是我和孩子拖累了你,影响你不能早出成果。"

"唉!不是这个问题……"

"是这个问题!"陆文婷打断他的话说:"当然,我们又不能离婚。孩子们不能没有爸爸,科学家也不能没有家庭。可是,我们可以想点办法,把你的八小时变成十六小时。"

"两个孩子,一大堆家务事,都压在你一个人身上,这怎么行!"傅家杰不同意。

"这怎么不行呢?离了你,我们家也在地球上转呀!"

他提出种种具体困难,她一一讲出解决的方案,最后她说:

"你不是常说我是一个坚强的女人吗?你就放心吧!我能挑起这副担子,你的儿子不会饿肚子,你的女儿不会受委屈。"

他被说服了。他们决定从明天起就试一试。

"在中国,要干一点事情真不容易啊!"傅家杰脱衣上床时说:"战争年代,老一辈为了革命的胜利作出了很多牺牲。我们这一代人,为了实现四化,也在作出很多牺牲。只是这种牺牲,常常不被人看见……"

傅家杰独自说着,当他脱下衣服搭在椅背上,回头看时,陆文婷已经睡着了。这回是真的睡着了。她的脸上还留着笑意,好像在睡梦中还为自己的这个倡议感到欣喜。

唉!!谁会料到,这个试验在第一天就失败了。

十三

她的试验是失败的,她的手术是成功的。

那天上午,当她照例提前十分钟来到病房时,孙逸民迎着她说道:

"陆大夫,我正等你呢!今天有角膜材料,能做移植手术吗?"

"太好了。我正有个病人,急等着要做呢!"陆文婷立刻高兴地答应。

"你上午已经安排两个手术了。身体能顶下来吗?"

"能。"陆文婷挺直了身子,笑了笑,好像要证明她身上蕴藏着无穷无尽的精力。

"好吧,那就做吧!"孙逸民决定了。

于是,陆文婷挽着姜亚芬的手臂,朝手术室走去。她精神愉快,步履轻捷,好像不是走向一个紧张的战场,而是走向一个可以安憩的地方。

这所医院的手术室占了整整一层楼,气派宏大。"手术室"三个大红字漆在乳白色的玻璃门上。当病人躺在活动床上,被护士推进这两扇玻璃门之后,他们的家属就只能徘徊于这森严的大门之外,提心吊胆地望着那神秘的、似乎是很可怕的地方。好像死神正在那里游荡,随时可以伸出魔爪夺走自己的亲人。

其实,手术室并不是死神的宫殿,它是一个给人以生的希望的地方。进入手术室宽阔的走廊,四周高大的墙壁刷成淡绿色,使屋内的光线变得很柔和。走廊两边分别是外科、妇科、耳鼻喉科、眼科的手术室。这里每个人都穿着白色消毒长袍,眉上都严严地戴着浅蓝色印有"手术室"字样的消毒布帽。人人眼下都是一个大口罩,只露出两只眼睛。这里的人没有美与丑之分,甚至也看不出男和女之别。这里只有医生、助手、麻醉师、器械护士。白色的人群轻轻地走来走去,他们的脚步是迅速的,又是轻盈的。这里没有笑语,没有喧哗,在这座每天涌入上千人的大医院里,手术室是最安静、最有秩序的一角。

焦成思被送进了手术室。他躺在高高的乳白色的铁架手术床上,被蒙在消毒的有孔巾下。他整个的脸都被蒙上了,只从那橄榄形的小孔内露出一只需要动手术的眼睛。

陆文婷早已换好衣服,高举起戴上橡皮手套的双手,在手术床头的圆形铁凳上坐下。这只活动的凳子,像自行车的车座似的,可以自由升降。陆文婷个子矮,每次手术都需要把凳子升高。今天没有调整,高矮却很合适。她扭头朝坐在一旁的姜亚芬看了一眼,心里明白,这是就要和自己分别的老同学放好的。

护士把手术床旁的托盘架推过来。那长方形的盘内有剪子、缝针、有牙镊、无牙镊、固定镊、持针器、蚊式止血钳、球后针头、晶体勺等等小巧玲珑的手术器械。这个可以移动的托盘架,现在正放在焦成思胸前的上方。医生可以抬手取到自己所需要的用具。陆文婷大夫坐在床头手术凳上,面对托盘架,正好像一个食客坐在餐桌前,隔着餐桌与食客之间的只是下面的一只眼睛。

"我们开始了。你不要紧张。先给你打麻药,这样,你的眼睛就没什么感觉。一会儿手术就做完了。"陆文婷看着那只眼睛说。

听了这话,焦成思忽然叫道:

"等一等。"

怎么啦?陆文婷和姜亚芬都吃了一惊。只见焦成思一把扯下那有孔巾,竭力朝后仰起头,又伸出手来,叫道:

"陆大夫,我上次这只眼睛,就是你做的手术吧?"

陆文婷把双手举得高高的,怕病人的手碰着自己经过消毒的手,还未答话,只听焦成思又那么激动地叫道:

"是你,是你,一定是你!上次你也是这么说的,声调语气都一样!"

"是我。"陆文婷只好承认。

"你为什么不早告诉我?我应该好好感谢你啊!"

"那没有什么……"陆文婷找不到更多的话说了。她遗憾地望着扯下来的有孔巾,示意站在一旁的护士再换上一条。然后又说:"焦副部长,我们开始吧!"

焦成思连声叹息着,似乎一时很难安静下来。陆文婷又用命令的语气说:

"不要动,不要说话!我们开始了!"

说着,她熟练地在眼睛下方皮下注射了奴佛卡因。然后,把病眼的上下眼皮分别用针穿上,拉开固定在有孔巾上。这样,一只被白色混浊体挡住了视线的眼珠,就完全暴露在灯光下了。陆文婷此时已经完全忘了躺在面前的是什么人,她只看到一只有病的眼珠。

这样的手术,陆文婷大夫不知做过多少次了。可是,每当她一上手术台,面对一只新的眼睛,拿起手术刀时,她的感觉都好像是初次上阵的士兵。这一次,也是这样。当她小心翼翼地把眼球结膜剪开,再把角巩膜半切开时,在一旁的姜亚芬已把穿好线的针递了过来。陆文婷伸出两个细长的手指,拿起像小剪刀一般的持针器,夹住针头,朝巩膜扎下去。

咦?不知为什么扎不动?她把浑身的力气都凝聚到了手指上,扎了几下,还是扎不进去。姜亚芬在一旁低声问:

"怎么回事?"

陆文婷没有答话,只把针拿起来对着灯光照看。把这半圆形象钓鱼钩似的针审视了一会儿,她回头问道:

"这针是不是新换的?"

姜亚芬也不知道,回头问器械护士:

"是换了针吗?"

器械护士走过来悄悄地说:

"是新换的。"

陆文婷又看了看针头,小声说:

"这种针怎么能用!"

为医疗器械的不合规格,陆文婷和大夫们不知提过多少次意见。然而,这些不合规格的次品仍然经常出现在托盘里。没办法,陆文婷只好挑选使用。碰到好的刀、剪、针,她就请器械护士保存好,一用再用。

不知为什么,今天换了全新的一套手术包,偏偏碰上这么一个次品。每逢这种情况,一向温和的陆大夫就变了颜色,很严厉地责备器械护士。小护士虽有十分委屈,也不好辩白。是呀,一根针虽小,但在病人的巩膜上一扎再扎,不必要的延长手术时间,将会给病人增加多少不必要的痛苦!

此刻,陆文婷皱起双眉。病人正躺在床上,巩膜扎不动,她又不能让病人知道内情,只低声吩咐了一句:

"换一根针来!"

她的声音完全是命令式的,护士忙从消毒盒里把旧针拿了来。

手术室的护士们对陆文婷大夫七分佩服,三分畏惧。佩服的是陆大夫手术漂亮,怕的是她要求严格。眼科被称为手术科。眼科大夫的威望全在刀上。一把刀能给人以光明,一把刀也能陷入于黑暗。像陆文婷这样的大夫,虽然无职无权,无名无位,然而,她手中救人的刀就是无声的权威。

针换来了。陆文婷很快在巩膜上把预置线缝上,只等把白内障摘除后,把缝线结扎上,这手术就成功了。谁知,就在她把巩膜全切开时,有孔巾下的焦成思忽然身子一动。

"不要动!"陆文婷严厉地说。

姜亚芬也急忙在一旁说。

"不要动!你怎么回事?"

可是,一个瓮声瓮气的声音从有孔巾下传了出来:

"我……要咳,咳……嗽!"

啊!真被秦波说中了!怎么偏偏在这关键时刻要咳嗽!也许只是他的一种心理作用,一种条件反射吧?陆文婷问道:

"能忍一忍吗?"

"不……不行……"焦成思的胸部已经在不停地起伏了。

任何有经验的眼科大夫,在做这种手术时,当病人的眼珠被打开的一刹那,心情都是非常紧张的。而在这时,最忌讳的是病人咳嗽。

事不宜迟,陆文婷一面采取紧急措施,一面安慰着病人:

"等一下!你呵气,呵气,先别咳出来!"

她一边说,一边两手不停地忙着,把刚缝上的预置线结扎起来。焦成思在大口大口地呵气,胸口剧烈地起伏着,好像马上就要憋死过去。待最后一个结打完,陆文婷舒了一口气,说:

"你可以咳嗽了!轻一点!"

然而,焦成思并没有咳出声来。他的呼吸又慢慢恢复了正常。

"你咳吧,不要紧了。"姜亚芬在一旁说。

焦成思很抱歉地说:

"真对不起,我不想咳嗽了,你们做吧!"

姜亚芬瞪起大眼,几乎想说,这么大年纪了,还这么不能控制自己。陆文婷朝她看了一眼,她才没有说出来。两人却相视一笑。类似这种情况也是常有的啊!

陆文婷又把结扎好的线剪掉,手术从头做起。这次很顺利地做完了。当陆文婷离开手术凳,坐在小桌前开处方时,焦成思已经被挪到活动床上,护士正准备把他推走,他叫道:

"陆大夫!"这微微带着颤抖的声音,很像出自一个做错事的男孩子口中。

陆文婷走到两眼缠着纱布的焦成思身旁,弯下腰问道:

"你怎么啦?"

焦成思伸出两手在空中摸着,抓到陆文婷还未脱去手套的手,他使劲握了握说:

"两次手术,都给你格外添了麻烦,真过意不去……"

陆文婷愣了一下,盯着这缠着十字形纱布的脸,安慰地说:

"没什么,你好好休息,过几天给你拆线!"

焦成思被护士推走了。陆文婷看了一下墙上的挂钟,本来四十分钟可以做完的手术用了一个钟头。她脱下身上的这一件手术袍,摘下橡皮手套,又伸臂套上另一件刚从包里取出的消毒袍。当她转身等护士给她系上后面的腰带时,姜亚芬问道:

"接着做吗?"

"做。"

十四

"这个手术我来做,你休息一下,做下一个。"姜亚芬说。

陆文婷摇头笑道：

"还是我来吧。你不知道这个王小嫚，她害怕得要命。这两天跟我熟了，还好一些了。"

王小嫚不是躺在床上被推进来，而是被护士半拉半拽带进手术室的。她被罩在一套嫌大的白色病服里，扭扭捏捏不肯上手术床。

"陆阿姨，我害怕，我不做了，您出去跟我妈说！"

一见手术室里大夫和护士的打扮，王小嫚更紧张了，心跳得嘣嘣的，她求救似地朝陆文婷喊着，想挣脱护士的手。

陆文婷走到床头，笑着招呼她说：

"来呀，小嫚，我们不是讲好了吗？要勇敢呀！我给你打麻药，保证你一点儿都不疼！"

王小嫚从上到下打量着变了样的陆大夫，最后又直盯着她的眼睛。从那双温柔的含着笑意的眼睛里，孩子似乎找到了力量。她身不由主地上了手术台。护士给小病人罩上有孔巾。陆文婷示意护士把孩子的手腕用床两边的带子系上。王小嫚刚要反抗时，陆文婷坐在床头说：

"王小嫚，听话呀！谁都要捆上手的。你别动，一会儿就完了！"说着，就给注射麻醉剂，一边打一边说："我在给你打麻药了。打完了，你就一点儿也不疼了。"

这时，陆文婷不仅是一位手术医生，而且是一名幼儿园的阿姨，甚至是一个溺爱孩子的妈妈。她一边从姜亚芬手中接过适时递过来的剪子、镊子和各种特殊用处的手术针，一边细声细语地同小病人说着话。当她用小剪刀剪去眼里造成斜视的多余的肌肉时，牵动了神经，王小嫚哼哼起来，感到恶心。陆文婷忙说：

"有点恶心吧？不要紧，坚持一会儿。嗯，真听话！还恶心吗？好一点了吧？一会儿就做完了，真是好孩子！"

王小嫚就在这动听的催眠曲中，在一种似睡非睡的状态下，接受了手术。当她被缠上绷带推出手术室时，她清醒地记起了妈妈嘱咐的话，甜甜地说了一句：

"谢谢阿姨！"

手术室的大夫和护士都笑了。墙上挂钟的长针才走了半圈。

这时，陆文婷已经浑身是汗。额头渗出了汗珠，贴身的背心汗湿了，连手术袍的两腋也汗湿了。她自己也感到奇怪：天气并不热，怎么出这么多汗？她轻轻抡了一下胳膊，那由于长时间悬空操作的双臂，好像已经酸痛得麻木了。

当陆文婷再次脱下身上的长袍，伸出于臂去套另一件新袍的一刹那，她忽然感到眼前冒起一排金星。她把眼闭了一下,把头晃了几晃,然后慢慢地把手伸进袖子里。护士过来给她束好腰带后,忽然端详着她问道:

"陆大夫!你怎么嘴唇发白?"

正在一边换手术袍的姜亚芬回头一看,不禁也吃惊地问:

"真的,你怎么脸色这么难看?"

的确,陆文婷的脸色十分难看。青白的脸上两个乌黑的眼圈,好似上妆的演员用炭笔画出来的。上下眼皮都肿了起来,完全是一副病容。

见姜亚芬那么盯着自己,陆文婷笑了笑说:

"怎么啦?过一阵就好了。"

她不仅嘴上这么说,心里也确信自己是能够坚持下去的。多少年来不就是这样坚持下来的吗!

"手术还接着做吗?"护士站着不动。

"做呀!"

怎么能不做呢!角膜材料不能搁,病人不能久等,当然要做呀!

姜亚芬走上前去说:

"文婷,休息半个钟头再做吧!"

陆文婷抬头看了看挂钟,已经十点过了。推迟半小时,到食堂吃饭的同志就赶不上开饭时间,要吃凉菜;双职工也赶不上回家给孩子做饭了。

"接着做吗?"护士又问。

"做。"

十五

经特许来观摩移植手术的外院和本院的进修大夫们来了,正站在门外和陆文婷说话。

张老汉已又说又笑地被护士扶上了手术床。手术床对于这身材高大的老汉是太小了。他那一双穿着布袜子的大脚悬空搁在床外,两只胳膊也半悬在床侧。甚至于他浑身的精力也好似悬在四周。他真像一棵坚硬的橡树,那么高大,那么结实。他的嗓门真大,他一刻也憋不住,正和护士说着话儿:

"姑娘,您别笑话,要不是巡回医疗队去我们村,说死了我也不敢挨这一刀。您想,我的肉,你的刀,这一刀子下去,是好是歹谁知道呀!哈哈哈!"

年轻护士抿嘴儿笑了,又悄悄嘱咐他:

"老大爷,您小点声儿!"

"这我懂!姑娘,医院嘛,那可是个肃静的地方。"说是说,老汉的嗓门并不见小多少。他又抬起一只胳膊,比划着说:"唉,您不知道,一听说我这眼睛瞎了还能治好,我是又想哭又想笑。我爹就瞎了半辈子,临了就那么窝窝囊囊地入了土,没想轮到我这儿,瞎了还能见太阳。您说,是两个世道不是?说到哪儿,我也得说,社会主义好!"

小护士一边抿嘴儿笑着,一边给这兴奋得直要坐起来的病人蒙上有孔巾,一边又嘱咐说:

"老大爷,您可别动了,这是消了毒的,一碰就脏了!"

"那是!"张老汉十分认真地说:"入乡随俗。到哪儿听哪儿的,入了医院,就得守医院的规矩。"说是说,他那粗大的胳膊又想往上抬。

一旁的护士瞧着不放心,拿起拴在手术床旁的带子说道:

"老大爷,给您手腕系上点儿,这是医院的规矩!"

张老汉一愣,继而又哈哈笑道:

"您就捆吧,这还用说!说实话,姑娘,要不是这双眼治的我,我可不是那老实呆着的主儿。就这,我在家还一天下两遍地。唉!生就的兔子脾气,就爱满世乱蹦跶,呆不住呀!"

小护士又被他说得笑了起来,他自己也嘿嘿地笑了。当陆文婷刚一迈进来,他立即止住了笑,侧耳一听,就叫了起来:

"陆大夫!是您吗?我一听就听出来了。也怪,这眼一瞎,俩耳朵倒透着那么好使。没法子,耳朵当眼睛使了。"

陆文婷望着这充满活力的病人,听着他的话,也不由笑了。她坐下来,开始了手术前的准备工作。从托盘架上的一个小杯里取出珍贵的角膜材料,先缝在纱布的眼珠模型上。这功夫,张老汉又说话了:

"这眼珠还能换,我可一辈子头回听说!"

姜亚芬笑道:

"不是换眼珠,是换眼珠上边的一层膜。"

"嘻,那都是一码事儿!"张老汉并不深究其详情,只自顾自地感叹着:"您说,这得多高的手艺!等我带俩好眼睛回去,村里人别说我遇了仙呢!哈哈哈!我得告诉他们,我遇见了陆大夫!"

姜亚芬"扑哧"笑了,冲着陆文婷直眨巴眼儿。陆文婷被他说得不好意思了,一边缝,说了一句:

"别的大夫也一样做的。"

"那是!"张老汉肯定地说:"闹着玩儿的吗?没能耐的大夫他也迈不进这大医院的高门坎儿呀!"

准备工作完毕,陆文婷用开睑器撑开了病人的眼睛,同时说道:

"我们开始了。你不要紧张。"

张老汉可不像一般病人那么默默地听着,他觉得大夫跟你说话,你不吭气儿是不够礼貌的。于是,他十分通情达理地答道:

"不紧张,不紧张,没事儿,疼点儿也没啥。您想这个理儿,动刀动剪子的还有个不疼的吗?您尽管放心动刀!我信得过您,再说……"

姜亚芬笑着拦住他说:

"老大爷,您可不准再说话了。"

张老汉这才不言语了。

陆文婷开始操作。她拿起像钢笔帽口那么小的环钻,轻轻地把病人坏死的角膜取下。又拿过那块缝在纱布上的材料,用同一环钻切下同样大小的一块,按在病人的眼珠上。然后拿起持针器,细心地一针一针地缝了。

在一块只有钢笔帽口那么点的角膜周围,需要缝上十二针。这不是在伏伏贴贴的布面上缝,是在溜滑菲薄的一层膜上缝。每缝一针,她似乎都把自己浑身的力量凝聚在手指尖上,把自己满腔的热血通过那比头发丝儿还细的青线,通过那比绣花针儿还纤小的缝针,一点一滴注入到病人的眼中。此时,她那一双看来十分平常的眼睛放出了异样的智慧的光芒,显得很美。

手术极其顺利。最后一针缝好了,最后的一个结扎上了。那移植上去的圆形材料,严丝合缝地贴在了病人的眼珠上。如果没有四周黑色的线结,你简直认不出那是刚刚才换上去的。

"手术真漂亮!"围观的大夫们悄悄发出由衷的称赞。

陆文婷轻舒了一口气。旁边的姜亚芬抬起眼睛,感动地看了一眼自己的老同学,没有说话,把一叠厚厚的长方形纱布盖在病人的眼上。

张老汉被挪到活动床上往外推时,好像刚从梦中醒来。他顿时活跃起来,人到了门外,还用他那洪亮的声音喊了一声:

"陆大夫,让您受累了!"

手术结束了,陆文婷想站起来。可是,只觉得双腿发麻,站不起来。她停了停,又试图站起,这样好几次,才站了起来。一阵腰部的酸痛突然向她袭来,她反过一只手按住腰。这在她也是常有的事。每当她聚精会神地在这张圆凳上坐了几个小时,全部智与力都集中在手术时,她丝毫也不觉得身体的劳累。可是,当手术一结束,她就觉得浑身像散了架,连迈步都很困难了。

十六

这时,傅家杰正骑着自行车往家跑。

本来,他是不准备回家的。根据昨天晚上陆文婷的建议,傅家杰今天一早就把被褥打成包,捆在车后座上,带到研究所,准备开始新的生活。

到了中午下班时,他的决心动摇了。今天她在病房,手术能按时完吗?一想到她疲乏不堪地走进家门,又要手忙脚乱地做饭,总觉得过意不去。他还是蹬上车回家了。

就在他骑着车刚拐进胡同口时,一眼就看见陆文婷扶着墙站在那儿,好像走不动了。

"文婷!怎么啦?"傅家杰喊了一声,赶紧下车搀住她。

"不要紧,有点累。"陆文婷把胳膊搭在傅家杰肩上,一步一步走回家里。

她只说有点累,可是傅家杰见她脸色苍白,一头冷汗,不放心地问:

"要不要去医院看看?"

陆文婷闭着眼睛在床边坐下说:

"不用了。歇一会儿就好了。"

她指指床,好像没有力气再说话,也不愿再动了。傅家杰替她脱了鞋,脱了外衣,说:

"那你先躺一会儿,休息休息,我一会儿叫你……"

"不用叫,"她躺下时还说,"我反正睡不着,躺一躺就好了。"

傅家杰转身出去,坐上一锅水,又回到屋里来取挂面时,还听见陆文婷说:

"是该休息休息。这个星期天,我们带孩子到北海玩一趟吧!十多年没有去过北海了!"

"好呀,我赞成!"傅家杰口里答应着,心里却疑惑起来:十多年没去北海了,也没有动过去北海的念头,怎么她今天突然提起要去北海?

傅家杰不安地望了望躺着的妻子,转身出去煮面。他又切了点葱花、几片榨菜分放在碗里。当他端着面进屋时,陆文婷已经睡着了。他见她闭目静睡,没忍心叫醒她。园园回来,他们就一块吃起面来。

正在这时,陆文婷在床上呻吟起来。傅家杰忙撂下碗转身到床前,只见陆文婷面如白纸,一头冷汗,微微喘着叫道:

"不行了!"

傅家杰吓慌了,攥着她的指尖,忙问:

"你哪儿不舒服?哪儿疼?"

她只痛苦地挣扎着,指了指左胸,答不出话来。

傅家杰在屋里乱转。他一会儿打开抽屉找止疼片,一会儿想想不对,又去找安定片。

在难以忍受的疼痛中,陆文婷似乎还是冷静的。她用手势止住了傅家杰的慌乱,尽力说了三个字:

"上医院!"

傅家杰这才感到事态严重。他们共同生活十几年来,陆文婷虽然天天去医院上班,可从来没有自己提出来去医院看病。她显然病得不轻。傅家杰顾不得多想,回头就往外走,到门口又扭头说了一声:

"我去叫出租汽车!"

公用电话在胡同口上。他忙忙地拨了汽车公司的号码,接电话的人冷冷地说:

"现在没有车。"

"喂,喂,我是送病人呀!"

"那也要等半个钟头!"

傅家杰还想哀求,那边的电话已经挂上了。

他没办法,赶紧给陆文婷所在的医院打电话。眼科办公室没人接,他让总机接到汽车队。汽车队的一个同志回答他:

"没有领导批的条子,不能派车。"

他上哪儿去找领导批条子呢?

"喂,喂!"他冲话筒嚷着,那边已经没有声音了。

他又给医院政治处打电话。政治处总该过问一下这种事吧?

电话铃声响了半天,才有一个女同志来接。听完他的话,这位女同志很客气地答道:

"请你和行政处联系一下吧!"

他又请总机把电话转到行政处。总机的电话员都听出了他的声音,不耐烦地问:"你到底要哪儿?"到底应该要哪儿呢?傅家杰也搞不清了。他只央求给接行政处。接通了,叮铃铃,叮铃铃响了半天,根本没有人接电话。

傅家杰彻底失望了。他放弃了叫汽车的念头,转而去找平板三轮车。胡同里有一家做纸盒的"五七"工厂,常常用三轮车运货。他跑到工厂说明情况,那主事的老太太倒挺同情,可惜帮不上忙,厂里仅有的两辆平板三轮都派出去了。

怎么办?傅家杰站在胡同口,差点要急疯了。用自行车推吧?她看来坐都坐不住,怎么推?

这时,一辆浅灰色的"一三〇"小卡车开了过来。傅家杰来不及多想,就两步站到路中央,向司机举起手来。

车停了下来。从驾驶室探出一张满腮胡子的脸来,大眼珠瞪着拦车的人。可是,当他听说家里有人得了急病,需要立刻送医院时,二话没说,就把手一挥,招呼傅家杰上车。

"一三〇"开到傅家杰家门口停下。等傅家杰搀着陆文婷一步一挨地走到车边时,司机忙伸出大手来把陆文婷扶进驾驶室,一直小心地把车开到医院的急诊室。

十七

从来没有睡得这么久,从来没有睡得这么累。陆文婷觉得好像是从高高的云端摔落下来,跌得浑身疼痛难禁,没有一点力气了。这突然的静卧,四肢休息了,心也静了下来,脑海里几乎成了一片空白。

多少年来,她奔波在生活的道路上,没有时间停下来,看一看走过的路上曾有多少坎坷困苦;更没有时间停下来,想一想未来的路上还有多少荆棘艰难。如今,肩上的重担卸下了,种种的操劳免去了,似乎有足够的时间去寻找过去的足迹,去探求未来的路。然而,脑子里空空荡荡,没有回忆,没有希望,什么也没有。

啊!多么可怕的空白!

也许,这只是一个梦,一个寂寞的梦。过去,也曾有过这样的梦,也是这样孤独,这样悲凉……

那一年,她还是一个五岁的小姑娘。一个北风呼啸的夜晚,妈妈出去了,只留下她一个人。天黑了,妈妈还没有回来。她第一次感到孤单、感到恐怖。她哭着,喊着:"妈妈……妈妈呀!"后来,这情景,常在她的梦中萦绕。那怒吼的风声,那被吹开了的房门,那昏暗的油灯,是如此逼真。竟使她长久以来分辨不清,是当真入梦,还是把梦当真。

不,这一回不是梦,是真的了!

自己是躺在病床上,家杰还守在自己身旁,看,他累了。他歪倒身子靠在床沿上睡着了。他会着凉的,应该把他叫醒。可是她试了几次,总听不见自己的嗓音。喉咙好像被什么卡住了,叫不出声来。她想伸出手去,拉一件衣服给他披上,可是手动不了,它好像不是属于自己的了。

她朝四周打量了一眼,发现自己是躺在单人病房里。这种"特殊照顾"通常都属于垂危的病人。她忽然感到一阵恐怖:难道我也……

瑟瑟的秋风叩打着门窗,沉沉的夜色吞噬着病房。她出了一身冷汗,神智反而清醒了。她意识到眼前的一切真真实实,这确实不是梦。这是生的尽头,这是死的来临。

死亡原来是这样的,并不可怕,并不痛苦。它不过是生命逐渐地枯萎,意识逐渐地蒙眬,它不过是缓缓地沉落,像一片飘在水中的叶儿,正随波逝去,终致淹没在水底。

她觉得一切都无可挽回地结束了。汹涌的波涛漫过了她的胸前,她正随水而去……

"妈妈……妈妈……"

她听见佳佳在呼喊,她看见佳佳沿着河岸追来。她忙回过头去,伸出双臂喊道:

"佳佳……我的女儿……"

流水把她席卷而去。佳佳的面容模糊了,沙哑的呼喊变成了可怜的抽噎:

"妈妈……我要梳小辫儿……"

为什么不给她扎小辫儿呢?她来到人间才六个年头,她对生活的希望,不过是扎上两个小辫儿。每逢看见那些扎着小辫、系着蝴蝶结的小姑娘,她是多少羡慕!可是,就连这一点小小的要求,她都不能满足她。她没有时间,星期一早上医院的病人也最多,哪怕一分钟的时间,对她来说都是宝贵的。

"妈妈……妈妈……"

她听见园园在呼喊,她看见园园沿着河岸追来。她忙回过头去,伸出双臂喊着:

"园园……园园……"

一个浪头把她打下去,她挣扎出水面,园园已经看不见了,只有他的声音从远处传来:

"妈妈……别忘了……白球鞋……"

各式各样的球鞋像装在万花筒里,在她面前转开了:白色的,蓝色的,高筒的,矮帮的,白色带红边的,白色带蓝边的。给园园挑一双吧,他脚上的鞋早已破了。给他买一双白球鞋吧,他会高兴一个月。可是,顷刻间,这样那样的球鞋都消失了。一张张标价牌迎面打来:三元一角,四元五角,六元三角……

家杰追来了。流水倒印出他狂奔的身影。他跑得那么急,他的声音在发抖:

"文婷,你不能走……"

她多么想停住,等他追来,拉自己一把。然而,流水无情,她身不由主随波逐流!

"陆大夫!陆大夫!"

两岸有多少人在呼喊她啊!穿着白大褂的亚芬、老刘、赵院长、孙主任、穿着病房衣服的焦成思、张老汉、王小嫚、还有许多认识和不认识的病人,都在喊着,喊着。

他们在喊我?我不能走,是不能走啊!在这世界上,我还有很多事情没有了结,还有很多责任没有尽到。我不能让园园和佳佳变成没有妈妈的孤儿。我不能让家杰遭到中年丧妻的打击。我离不开我的医院,我的病人。离不开啊,离不开这折磨人而又叫人难舍的生活!

我不能在这死亡之水中沉没。我要挣扎,我要反抗,我要留在人间。可,我怎么那么累呢?我没有力气反抗,没有力气挣扎,我正在沉下去,沉下去……

啊!永别了,园园!永别了,佳佳!你们还会想起妈妈吗?在这生命的最后一息,妈妈是带着对你们深深的眷恋离去的。我多么想念你们,让我紧紧地搂住你们,听我对你们说:孩子啊!原谅妈妈对你们爱得太少,原谅妈妈不得不一次次缩回向你们伸出的双臂,推开你们扑向我的笑脸,使你们在幼小的年纪就离开了妈妈的怀抱。

永别了,家杰!你为我付出了一切。没有你,我的生活寸步难行。没有你,我活在这世界上索然无味。啊,你为我作了多么大的牺牲!如果允许我忏悔,我将跪倒在你面前,请你原谅,原谅我没有能报答你对我无微不至的关怀和体贴,原谅我对你照顾得那么少,给你的那么少。多少次我想着,等我稍许空一点,我要多尽一点妻子的责任,我要按时下班回家,让你吃上一顿现成的晚饭。我要把三屉桌让给你,给你创造条件,写完你的论文。遗憾啊,晚了,我再也没有时间了。

永别了,门诊的病人!住院的病人!十八年来,我生活中最重要的部分属于你们。无论我行、走、坐、卧,回旋在我脑际的是你们,是你们的眼睛!你们不知道,每治好一只眼睛,你们给予我——一个医生,多么巨大的慰藉和快乐。可惜,这种快乐再也不会有了!

永别了,我的亲人!永别了,医院!永别了,我的病人!我是舍不得离开你们的啊!

我……

十八

"心动异常!"监视着荧光屏的大夫叫了起来。

"文婷,文婷!"傅家杰望着呼吸困难的妻子,尖声喊叫着。

值班室的大夫和护士们跑来了。

"静脉注射利多卡因!"值班大夫命令说。

护士飞快地把针头挑进病人的静脉。可是,刚注入一半,病人已经两手攥成拳、嘴唇发青、眼睛朝上翻去。可怕的阿斯氏综合症出现了。

陆文婷大夫的心脏停止了跳动。

紧张的抢救开始了。几个大夫轮流为病人进行人工心脏按摩。人工呼吸器也罩在病人脸上,发出"咕哒、咕哒"的声响。心脏去颤器打开了,当用这特殊的器械向病人胸部一击之后,病人的心脏又开始了跳动。

"准备冰帽!"值班大夫满头大汗地说。

陆文婷的头被套上了橡皮冰帽。

十九

窗外的天空泛出青色,天终于亮了。陆文婷大夫的生命捱过了危急的夜晚,也进到了新的一天。

接班的护士走来,轻轻拉开紧闭了一夜的百叶窗。一股清新的空气和着鸟儿欢乐的鸣叫一齐扑进病房,顿时冲淡了这里浓烈的药味和沉重的气息。黎明给垂危的生命带来了希望。

量体温的护士,送早饭的卫生员,接早班的大夫,川流不息地来了。在床上度过了一夜的病人似乎又重新燃起了生的希望,病房里呈现出新的生机。

王小嫚头上斜缠着纱布,包着那只经过手术的眼睛,向内科病房的护士苦苦哀求:

"让我去看看陆大夫!就看一眼!"

"不行。陆大夫昨晚上刚抢救过来,谁也不能进去!"

"阿姨!你不知道!她就是给我做手术,才病的呀!叫我去看看吧!我一句话都不说……"

"不行!"护士板起脸来。

"看一眼都不行呀?"王小嫚要哭了。这时,她一扭脸,看见张老汉正扶着他的小孙子走过来,忙扑上去叫道:"张大爷,您快跟她说说,她不让进……"

张老汉头上缠着纱布,被王小嫚拉到护士面前。他站定了说:

"同志啊!让我们进去瞧一眼吧!"

护士一见,又来了个老大爷,生气地嚷了起来:

"眼科的病人怎么到处乱窜啊!"

"嗐!瞧您说的,您咋不懂啊!"张老汉的嗓门可小多了。他低声下气地说:"您不知道这内里详情。陆大夫为啥病倒的?就为给我们开刀呀。唉!说实话,我瞧也是瞧不见。我寻思,在她床边站站,也算尽我这点心意。"

这护士心眼儿软,见大爷情真意切,只好耐心劝道:

"不是我不叫你们进去。陆大夫得的是心脏病,不能激动。你们不是为她好吗?你们去了一惊动,对她反而不好。"

"唉!是这个理儿。"张老汉长叹了一口气,在过道长椅子上歪身坐下,双手拍打着自己的膝盖,后悔不迭地埋怨自己:"都怪我这老头子,催呀催呀,催个没完,硬挤着要早点动手术。唉!真没想到……这,陆大夫要是有个好歹,这可怎么好啊!"

老汉说着,伤心地低下了头。

孙逸民也赶在上班前来看望陆文婷。他忙忙地走着,不意被王小嫚一把拉住。

"孙主任,您是去看陆大夫的吧?"

孙逸民点点头。

"带我去看看吧!嗯?"

"过些日子吧,现在不行。"

张老汉也闻声站了起来,摸索着拉住孙逸民的袖口说道:

"孙主任,听您的,我们就不进去。可,我有句话,今儿不管您多忙,您得听我把话说完。"

孙逸民用另一只手拍着张大爷的胳膊说:

"好,您说吧!"

"孙主任!陆大夫可是个好大夫。你们当领导的,可得花本钱给她治啊!您把她救好了,她能救好些人哪!不是有那好药吗?给她吃,别舍不得!我跟人打听,吃那贵重的药得自个儿掏钱。陆大夫拉家带口的,这又一病,她能掏得起吗?医院这么大,能给她掏点不?"

张老汉住了嘴,两手拉着孙逸民,脸向着他,侧过耳朵,期待着回答。

孙逸民为人古板,从不喜怒形于色。但这一次,他被老汉的话打动了,激动地握着老汉的手说:

"我们一定尽一切努力给她治病!"

张老汉似乎才把心放下,又叫过孙子来,摸着他胳膊上的布书包,对孙逸民说:

"给,几个鸡蛋,您能进去,您给她带进去!"

孙逸民忙说:

"这个,不用了。"

张老汉顿时生气了,拉着孙逸民大声说:

"您不拿进去,今儿我就不走!"

孙逸民只好接过一书包鸡蛋,打算等会儿再叫护士给送回去,解释一下。谁知,张老汉却猜到了,又说道:

"孙主任,您要叫人送回来,我可不依您!"

孙逸民无法,只好拿着鸡蛋,直把这一老一小送下楼去。

这时,赵天辉陪着秦波朝内科病房走来。

"赵院长,我是官僚主义,不了解情况,你怎么也不了解情况哟?"秦波边走边说,神情非常激动,"要不是老焦把她认出来,我们都还蒙在鼓里呢!"

"那一段我也在干校啊!"赵天辉无可奈何地答了一句。

他们进入病房时,孙逸民也走了进来。内科大夫汇报了昨晚的险情和抢救情况。赵天辉又看了看病房记录,点头说:

"要继续密切监视。"

傅家杰见来了这么多人,忙站了起来。秦波根本没有看见他,抢上去就在那张圆凳上坐下说:

"陆大夫,你好一点吗?"

陆文婷双目微启,没有应声。

"焦部长都跟我讲了。"秦波叹息道:"他很感谢你。他本来要亲自来看你,我没让他来。我代表他来看你。你想吃什么,缺什么,有什么困难,尽管告诉我,我们帮你解决,不要客气,大家都是革命同志。"

陆文婷闭了闭眼睛。

"你还年轻,要乐观些。对待疾病嘛,既来之,则安之,这……"秦波还想说下去。

一旁的赵天辉拦住她说:

"秦波同志,让病人休息吧,她刚好一点。"

"行,行,你好好休息吧!"秦波一边抬身站起,一边说:"过两天我再来看你。"

走出病房,秦波又皱起双眉对赵天辉说:

"赵院长,我可要给你们提个意见呀,像陆大夫这样的人才,怎么平时不关心,让她病成这样呢?中年干部,现在是我们的骨干力量,我的同志哟,要珍惜人才呀!"

"对。"赵天辉答道。

望着她远去的身影,傅家杰小声问孙逸民:

"她是谁?"

孙逸民从镜片上方望着门,皱了皱眉头。答道:

"一个马列主义老太太!"

二十

这一天,陆文婷大夫的病情略有好转。她能不大费力地睁开眼睛了,她还喝了两匙牛奶和一点桔汁。但,她仰卧着,两个眼睛直视着一个地方,目光是呆滞的,没有任何表情。似乎对四周的一切幸与不幸都很淡漠,对自己的重病以及这给全家带来的厄运也很淡漠。她那无动于衷的可怕的呆滞,简直是对人生的淡漠了。

傅家杰从未看见过她现在的这种样子。他被吓坏了。他连连唤她,她只轻轻晃动了一下手掌,好像不愿让人惊动,好像她在那种令人耽心的半麻痹状态中感到舒服,决心把自己永远禁锢在那里面。

时间一点一点地过去,傅家杰紧张地坐在陆文婷床边,已经两夜没有合眼了。他觉得自己也到了疲劳的顶点,也在断裂了。

又不知过了多久,忽然,一声撕裂人心的哭叫声,震动着每一个病房,也把傅家杰从麻木的疲惫状态中惊醒。

只听见隔壁房间里一个女孩子的声音在厉声哭叫:"妈,妈妈呀!"接着是一个男子呜呜的哭声。再接着是一阵混杂的脚步声,好像很多人朝隔壁涌去。

傅家杰也奔到病房门口。他看见,先是一张病床从房里推了出来。床上严严地罩着一条白被单,蒙着一位死者的遗体。接着露出护士白色的身影,她轻轻地推着这活动床。一个十六、七岁的姑娘,猛地从房中追了出来。她头发散乱,浑身颤抖,扑过来双手痉挛地抓住床沿,泪流满面地哀哀哭叫:

"别推她走!别推她走!我妈妈睡着了!她会醒的,会醒的呀!"

往来探视病人的家属被堵塞在过道里。人们让开一条道,用静默来表示对这位陌生的死者的哀悼。所有的人都屏住呼吸,不敢移动脚步,似乎怕惊扰了被单下安息着的灵魂。

傅家杰也呆立在人群中,双脚像被钉子钉在那里了。他那明显变得消瘦的脸上,两个颧骨凸起。浓眉下布满红丝的眼睛里闪着泪花。他把汗湿的手掌紧紧捏成拳头,仍然克制不住周身簌簌地颤抖。他几乎想用手蒙住耳朵,不愿再听那凄厉的哭声。

"妈,妈妈呀!你醒醒,醒醒呀!他们要把你推走了!"那女孩子疯狂地喊着,扑过去要掀那被单,好不容易才被两旁的人拉住。

那个尾随在床边痛苦的中年男人,一边哭,一边反复喊着一句话:

"我对不起你呀!……我对不起你呀!"

这绝望的喊声像一把尖刀刺进傅家杰的胸膛。他睁着眼,紧盯着从他面前缓缓推过的这张床,紧盯着那无情的白被单下隆起的遗体。突然,他像触了电似的,猛然朝陆文婷的病房跑去。他一口气跑到她的床前,一头扑在她枕边,闭着眼,喘着气,嘴里只喃喃地重复着三个字:

"你活着!你活着!你活着!"

他那粗重的喘息声,惊醒了半睡中的陆文婷大夫。她睁开眼来,朝他望了望,又好像并没有看见他。

这呆滞的目光,使傅家杰浑身发抖,他失声喊道:

"文婷!……"

陆文婷的眼光又停留在傅家杰脸上,仍然是那种冷漠的眼光。这眼光令人胆寒心碎,使人感到她的灵魂已经飞离身躯,正在太空中遨游。

傅家杰不知该说些什么,做些什么,才能唤回她对生的热望。这是他的妻子,是他在世上最亲的亲人。从那年冬天和她漫游北海,给她念诗,到如今,多少个日日夜夜过去了,她一直是他最亲的人。他不能没有她。他要留住她!

诗!念诗吧!还像当年那样念诗吧!十多年前,是动人的诗句打开了她的心房。今天,再用同样的诗句唤起她最美好的回忆,唤起她对生的欲望和勇气吧!

于是,傅家杰半跪在她床前,含泪念道:

"我愿意是激流,
……
只要我的爱人,
是一条小鱼,
在我的浪花中,
快乐地游来游去。"

这诗句,好似惊动了她,她侧过脸久久地注视着自己的爱人,嘴唇动了动。傅家杰挨近她,听懂了她含混不清的话:

"我不能……游了……"

傅家杰忍下眼泪,又念道:

"我愿意是荒林,
……
只要我的爱人,
是一只小鸟,
在我的稠密的,
树林间做窝、鸣叫……"

陆文婷又轻轻吐出几个字：
"我……飞不动了……"
傅家杰心痛难忍，但他仍含泪念下去：

"我愿意是废墟，
……
只要我的爱人，
是青春的常春藤，
沿着我荒凉的额，
亲密地攀援上升。"

这时，陆文婷眼里滚出两行晶莹的泪珠，默默地顺着眼角滴到雪白的枕头上。她又吃力地说：
"我……攀不……上去了！"
傅家杰扑在她身上，像孩子似地哭起来：
"是我没有把你照顾好……"
他睁开泪眼，呆住了。只见陆文婷的眼光又像先前一样停在一个地方，呆呆地停着，似乎没有听见他的哭声，没有听见他的叫声，对身旁的一切都漠不关心了。
病房大夫闻声赶来，见这情景，对傅家杰说：
"陆大夫身体很弱，你，不要跟她多说话！"
傅家杰就这样无言地守了一个下午。黄昏时，陆文婷好像又好了一些，她把头转向傅家杰，双唇动了动，努力要说什么的样子。
"文婷，你想说什么呀？你说吧！"傅家杰攥住她的手哀求道。
她终于说了：
"给园园……买一双白球鞋……"
"我明天就去买。"他答着，泪水不由自主地滴了下来，他忙用手背擦去。
她望着他，还想说什么的样子。半天，才又说出几个字来：
"给佳佳，扎、扎小辫儿……"
"我，给她扎！"傅家杰吞泣着。他透过泪水模糊的眼睛望着妻子，希望她把想说的话都说出来。可是，她闭上嘴，好像已经用尽了力气，再不开口了。

二十一

两天以后，傅家杰收到一封寄自首都机场的信。他打开看到——

文婷：

我不知道你能不能见到这封信。也许,它将是一封永远无法投递的信。我多么希望不会是这样的,我也相信绝不会是这样的。这次,你病得很重,但我总觉得你会好起来的。你还能干很多事情,你正是出成果的时候,你不应该这么早就离开我们!

昨晚,我和老刘去向你告别时,你还昏昏地睡着。我们本来准备今天上午再去看你,可是临行前的琐事太多了,实在抽不出时间。一想到昨夜一别,也许会成为我们最后的一面,我的心就发抖。同窗共事二十余年,知我者莫如你,知你者也莫如我,想不到我们竟是这样地分别了。

现在,我在首都机场候机室里给你写信。你知道我站在什么地方吗?就在二楼出售工艺美术品的柜台边上。这里没有人,只有玻璃柜里陈列的展品对着我。还记得吗?我们俩第一次坐飞机,也曾来过这里,还在这个卖工艺品的柜台前欣赏了半天。有一盆水仙做得那么逼真,那么娇好,细细的绿叶上还滴着露水珠。你说你最喜欢了。弯下腰一看标价,把我们俩都吓跑了。唉!现在我一个人站在这柜台前,又有一盆水仙,只不过花盆是另一种黄色的。那一盆,想必被人买走了。我望着这盆水仙花,不知为什么,只想哭。我忽然想到,一切都过去了。

记得傅家杰刚认识你的时候,有一次他到我们宿舍来,随口念了一句普希金的诗："一切过去了的都会变成亲切的怀念。"当时我直撇嘴,说这话不确切,还质问他："过去的不幸也怀念吗?"傅家杰笑笑,拒绝和我辩论。他心里一定认为我不懂诗。今天我忽然懂了!我觉得这句诗太确切了,简直是我此时此刻心情的写照,简直是为我写的!我真的觉得：一切过去了的都是那么亲切,那么让人怀念啊!

耳边又听得一阵隆隆声,又是一架飞机起飞了,不知要飞到哪里去?再过一个钟头,我也要登上舷梯,离开生我养我的祖国。一想到足踏在故国土地上只有六十分钟了,我忍不住泪水,我哭了,把信纸打湿了。可是,文婷,我没有时间换一张纸了,就这么写下去吧!

我不知道为什么这样伤心,我忽然觉得自己做了一件错事,我不该走的。我舍不得这里的一切,舍不得!舍不得我们的医院,舍不得我们的手术室,舍不得门诊室里我那一张小小的桌子!我常在背后说孙主任凶,不允许人家有一点错。现在,我愿再听一声他的斥责。他是个多么严厉的老师,没有他的苛求,我不会有今天这一手技术!

广播又响了起来,在祝愿旅客一路平安。能平安吗?想到就要上飞机了,我心里有一种空落落的感觉。我觉得自己像一个漂泊在天空的气球,不知将落在一个什么样的地方?在那里等待着我的又将是什么?我心神不定,甚至感到害怕!是的,是害怕!去一个陌生的国度,一个同我们社会完全不同的社会,我们能适应吗?怎么能不害怕呢!

老刘坐在那边的沙发长椅上发呆。他一直忙于收拾东西,不及思索,好像走的决心从来没有动摇过。但是昨天晚上,他把最后一件衣服塞进箱子里去,忽然说:"从此以后,我们就是天涯孤客了!"后来,他就一直沉默不语。直到现在,还是一句话也没有说过。我知道他心里也很矛盾。

亚亚对这次走是最积极的。她甚至还表现出一种迫不及待的兴奋之情,我几次恨不得揍她一顿。但此刻,她站在候机室的大玻璃门前。望着忙忙碌碌的停机坪,也好像不愿离去了。

"不能不走吗?"我记得那天晚上在你家里,你曾这样问过。

我不能用一句话回答你,为什么我们非走不可。这几个月里,我和老刘几乎天天都在为走或不走烦恼着,争论着。促使我们下这决心的原因很多。为了亚亚,为了老刘,也为了我。但是,各式各样的理由,都不曾使我减少内心的痛苦,我们是不该走的。我们的国家正在开始一个新的时代,我们没有理由逃避历史(或许还应加上民族)赋予我们的使命。用造反派的语言来说,则是"工人农民的血汗把你们养大了,你们不应该背叛"!

同你相比,我是软弱的。我在这十年中受到的磨难比你少得多。但是我不能像你那样忍受。对于那些恶意的中伤,无端的诽谤,我常常爆发。这并不是我比你坚强,恰恰是我比你脆弱。我确实曾经想过,那么屈辱的活着不如死了好!只是为了亚亚,我才打消了这种念头。老刘作为"特嫌"被关起来那几年,我能熬过来,能活下来,亲眼见到粉碎"四人帮"的胜利,连我自己都意想不到。

当然,这些都是过去的伤心事了。傅家杰说得对,"黑暗已经过去,光明已经到来。"可惜的是,林贼、"四人帮"造成的一代人的偏见,绝不是短期内就能改变的。中央的政策来到基层,还要经过千山万水。积怨难除,人言可畏。我惧怕过去的噩梦,我缺少像你那样的勇气!

记得有一次批判白专道路,那些占领医疗卫生阵地的"沙子",点了你的名,也点了我的名。会后,我们一起走出医院的大门。我说:"我想不通。为什么刚有一点钻研业务的积极性,就要打下去?以后,再开这种会,我不参加。以示抗议!"而你却说:"何必呢!再开一百次我也参加。反正手术还得我们做。我回家照样钻研!"我问你:"这么批你,你不觉得冤吗?"你还笑了,你说:"我一天忙得昏头转向,没时间去想它!"当时,我真佩服你!只是快分手时,你却嘱咐我:"这种事,你别告诉傅家杰,他自己的事就够烦的了。"我们默默地走了一条街。我看到你的脸色是平静的,目光是自信的。你心里的想法是任何人动摇不了的。我也明白,你是用多么坚强的毅力抵抗着那些袭来的石子,走着自己生活的路。如果我能够有你一半的勇气和毅力,我也不会作出今天的抉择。

原谅我吧!我只能对你这样说。我走了,我把心留在你身边,留在我亲爱的祖国。不管我的双足走向何方,我都不会忘记故国的恩情。相信我吧!我只能对你这样说。相信我们会回来的。少则几年,多则十几年,等亚亚学有所长,等我们在医学上稍有成就,我们一定会回来的。

最后,衷心祝愿你早日恢复健康!经过这场大病,你应该接受教训,自己多照顾自己。这不是我劝你自私。你的不自私,是我历来敬佩的。我只希望你有一个健康的身体,我只希望中华医学的新秀能够吐出更多的芬芳!

别了,你的好友!

亚芬
匆匆于机场

二十二

一个半月以后,陆文婷大夫病体初愈,被允许出院了。

这几乎是一个奇迹。以陆文婷平日极为虚弱的身体,突然遭到这样一场大病的袭击,几次濒于死亡的边缘,最后竟能活了过来,内科大夫都感到惊异和庆幸。

这天上午,傅家杰怀着感恩的心情在妻子身边忙着。他替她穿上棉衣毛裤,又穿上一件蓝布棉猴,围上一条驼色大长毛围巾。

"家里怎么样了?"她问。

"挺好。昨天你们支部还派人去帮着收拾了。"

她立即想起那间小屋,那个罩着白布的大书架,那窗台上的小闹钟,那张三屉桌……

从死亡线上回来的她,虽然穿了这么多衣服,仍觉得身上轻飘飘的。当她站起来时,两腿打着哆嗦,很难支持身体的重量。她整个身子几乎全靠在丈夫身上,一手拽住他的衣袖,一手扶着墙,才迈出了步子。接着,一步又一步,她慢慢地走出了病房。

赵天辉院长、孙逸民主任,还有内科和眼科的一些同志们,跟在她身后,看着她一步一停地沿着长长的甬道,朝门外走去。

接连下了几天雨,一阵冷风吹得光秃的树枝呼呼地响。雨后的阳光格外的明媚,强烈的光束直射进这长长的长廊,冷风也呼啸着迎面吹来。傅家杰倍加小心地搀着妻子,迎着朝阳和寒风朝前走去。

门外台阶下停着一辆黑色的小卧车。那是赵院长亲自打电话给行政处要来的。

陆文婷大夫靠在丈夫臂上,艰难地一步一步朝门外走去……

(原载《收获》1980年第4期)

汪曾祺

受　戒

明海出家已经四年了。

他是十三岁来的。

这个地方的地名有点怪，叫庵赵庄。赵，是因为庄上大都姓赵。叫做庄，可是人家住得很分散，这里两三家，那里两三家。一出门，远远可以看到，走起来得走一会，因为没有大路，都是弯弯曲曲的田埂。庵，是因为有一个庵。庵叫菩提庵，可是大家叫讹了，叫成荸荠庵，连庵里的和尚也这样叫。"宝刹何处？"——"荸荠庵。"庵本来是住尼姑的。"和尚庙"、"尼姑庵"嘛。可是荸荠庵住的是和尚。也许因为荸荠庵不大，大者为庙，小者为庵。

明海在家叫小明子。他是从小就确定要出家的。他的家乡不叫"出家"，叫"当和尚"。他的家乡出和尚。就像有的地方出劁猪的，有的地方出织席子的，有的地方出箍桶的，有的地方出弹棉花的，有的地方出画匠，有的地方出婊子，他的家乡出和尚。人家弟兄多，就派一个出去当和尚。当和尚也要通过关系，也有帮。这地方的和尚有的走得很远。有到杭州灵隐寺的、上海静安寺的、镇江金山寺的、扬州天宁寺的。一般的就在本县的寺庙。明海家田少，老大、老二、老三，就足够种的了。他是老四。他七岁那年，他当和尚的舅舅回家，他爹、他娘就和舅舅商议，决定叫他当和尚。他当时在旁边，觉得这实在是在情在理，没有理由反对。当和尚有很多好处。一是可以吃现成饭，哪个庙里都是管饭的。二是可以攒钱。只要学会了放瑜伽焰口，拜梁皇忏，可以按例分到辛苦钱。积攒起来，将来还俗娶亲也可以；不想还俗，买几亩田也可以。当和尚也不容易，一要面如朗月，二要声如钟磬，三要聪明记性好。他舅舅给他相了相面，叫他前走几步，后走几步，又叫他喊了一声赶牛打场的号子："格当嘚——"，说是"明子准能当个好和尚，我包了！"要当和尚，得下点本，——念几年书。哪有不认字的和尚呢！于是明子就开蒙入学，读了《三字经》、《百家姓》、《四言杂字》、《幼学琼林》、《上论、下论》、《上孟、下孟》，每天还写一张仿。村里都夸他字写得好，很黑。

舅舅按照约定的日期又回了家，带了一件他自己穿的和尚领的短衫，叫明子娘改小一点，给明子穿上。明子穿了这件和尚短衫，下身还是在家穿的紫花裤子,赤脚穿了一双新布鞋,跟他爹、他娘磕了一个头,就随舅舅走了。

他上学时起了个学名,叫明海。舅舅说,不用改了。于是"明海"就从学名变成了法名。

过了一个湖。好大一个湖!穿过一个县城。县城真热闹:官盐店,税务局,肉铺里挂着成边的猪,一个驴子在磨芝麻,满街都是小磨香油的香味,布店,卖茉莉粉、梳头油的什么斋,卖绒花的,卖丝线的,打把式卖膏药的,吹糖人的,耍蛇的,……他什么都想看看。舅舅一劲地推他:"快走!快走!"

到了一个河边,有一只船在等着他们。船上有一个五十来岁的瘦长瘦长的大伯,船头蹲着一个跟明子差不多大的女孩子,在剥一个莲蓬吃。明子和舅舅坐到舱里。船就开了。

明子听见有人跟他说话,是那个女孩子。

"是你要到荸荠庵当和尚吗?"

明子点点头。

"当和尚要烧戒疤呕!你不怕?"

明子不知道怎么回答,就含含糊糊地摇了摇头。

"你叫什么?"

"明海。"

"在家的时候?"

"叫明子。"

"明子!我叫小英子!我们是邻居。我家挨着荸荠庵。——给你!"

小英子把吃剩的半个莲蓬扔给明海,小明子就剥开莲蓬壳,一颗一颗吃起来。

大伯一桨一桨地划着,只听见船桨泼水的声音:

"哗——许!哗——许!"

荸荠庵的地势很好,在一片高地上。这一带就数这片地高,当初建庵的人很会选地方。门前是一条河。门外是一片很大的打谷场。三面都是高大的柳树。山门里是一个穿堂。迎门供着弥勒佛。不知是哪一位名士撰写了一副对联:

> 大肚能容容天下难容之事
> 开颜一笑笑世间可笑之人

弥勒佛背后,是韦驮。过穿堂,是一个不小的天井,种着两棵白果树。天井两边各有三间厢房。走过天井,便是大殿,供着三世佛。佛像连龛才四尺来高。大殿东边是方丈,西边是库房。大殿东侧,有一个小小的六角门,白门绿字,刻着一副对联:

一花一世界
　　三藐三菩提

进门有一个狭长的天井，几块假山石，几盆花，有二间小房。

小和尚的日子清闲得很。一早起来，开山门，扫地。庵里的地铺的都是篓底方砖，好扫得很，给弥勒佛、韦驮烧一炷香，正殿的三世佛面前也烧一炷香、磕三个头，念三声"南无阿弥陀佛"，敲三声磬。这庵里的和尚不兴做什么早课、晚课，明子这三声磬就全都代替了。然后，挑水，喂猪。然后，等当家和尚，即明子的舅舅起来，教他念经。

教念经也跟教书一样，师父面前一本经，徒弟面前一本经，师父唱一句，徒弟跟着唱一句。是唱哎。舅舅一边唱，一边还用手在桌上拍板。一板一眼，拍得很响，就跟教唱戏一样。是跟教唱戏一样，完全一样哎。连用的名词都一样。舅舅说，念经：一要板眼准，二要合工尺。说：当一个好和尚，得有条好嗓子。说：民国十年闹大水，运河倒了堤，最后在清水潭合龙，因为大水淹死的人很多，放了一台大焰口，十三大师——十三个正座和尚，各大庙的方丈都来了，下面的和尚上百。谁当这个首座？推来推去，还是石桥——善因寺的方丈！他往上一坐，就跟地藏王菩萨一样，这就不用说了；那一声"开香赞"，围看的上千人立时鸦雀无声。说：嗓子要练，夏练三伏，冬练三九，要练丹田气！说：要吃得苦中苦，方为人上人！说：和尚里也有状元、榜眼、探花！要用心，不要贪玩！舅舅这一番大法说得明海和尚实在是五体投地，于是就一板一眼地跟着舅舅唱起来。

　　"炉香乍爇——"
　　"炉香乍爇——"
　　"法界蒙薰——"
　　"法界蒙薰——"
　　"诸佛现金身……"
　　"诸佛现金身……"
　　……

等明海学完了早经，——他晚上临睡前还要学一段，叫做晚经，——荸荠庵的师父们就都陆续起床了。

这庵里人口简单，一共六个人。连明海在内，五个和尚。

有一个老和尚，六十几了，是舅舅的师叔，法名普照，但是知道的人很少，因为很少人叫他法名，都称之为老和尚或老师父，明海叫他师爷爷。这是个很枯寂的人，一天关在房里，就是那"一花一世界"里。也看不见他念佛，只是那么一声不响地坐着。他是吃斋的，过年时除外。

下面就是师兄弟三个，仁字排行：仁山、仁海、仁渡。庵里庵外，有的称他们为大师父、二师父；有的称之为山师父、海师父。只有仁渡，没有叫他"渡师父"的，因为听起来不像话，大都直呼之为仁渡。他也只配如此，因为他还年轻，才二十多岁。

仁山，即明子的舅舅，是当家的。不叫"方丈"，也不叫"住持"，却叫"当家的"，是很有道理的，因为他确确实实干的是当家的职务。他屋里摆的是一张账桌，桌子上放的是账簿和算盘。账簿共有三本。一本是经账，一本是租账，一本是债账。和尚要做法事，做法事要收钱，——要不，当和尚干什么？常做的法事是放焰口。正规的焰口是十个人。一个正座，一个敲鼓的，两边一边四个。人少了，八个，一边三个，也凑合了。荸荠庵只有四个和尚，要放整焰口就得和别的庙里合伙。这样的时候也有过。通常只是放半台焰口。一个正座，一个敲鼓，另外一边一个。一来找别的庙里合伙费事；二来这一带放得起整焰口的人家也不多。有的时候，谁家死了人，就只请两个，甚至一个和尚咕噜咕噜念一通经，敲打几声法器就算完事。很多人家的经钱不是当时就给，往往要等秋后才还。这就得记账。另外，和尚放焰口的辛苦钱不是一样的。就像唱戏一样，有份子。正座第一份。因为他要领唱，而且还要独唱。当中有一大段"叹骷髅"，别的和尚都放下法器休息。只有首座一个人有板有眼地慢声吟唱。第二份是敲鼓的。你以为这容易呀？哼，单是一开头的"发擂"，手上没功夫就敲不出迟疾顿挫！其余的，就一样了。这也得记上：某月某日，谁家焰口半台，谁正座，谁敲鼓……省得到年底结账时赌咒骂娘。……这庵里有几十亩庙产，租给人种，到时候要收租。庵里还放债。租债一向倒很少亏欠，因为租佃借钱的人怕菩萨不高兴。这三本账就够仁山忙的了。另外香烛灯火、油盐"福食"，这也得随时记记账呀。除了账簿之外，山师父的方丈的墙上还挂着一块水牌，上漆四个红字："勤笔免思"。

仁山所说当一个好和尚的三个条件，他自己其实一条也不具备。他的相貌只要用两个字就说清楚了：黄、胖。声音也不像钟磬，倒像母猪。聪明么？难说，打牌老输。他在庵里从不穿袈裟，连海青直裰也免了。经常是披着件短僧衣，袒露着一个黄色的肚子。下面是光脚趿拉着一双僧鞋，——新鞋他也是趿拉着。他一天就是这样不衫不履地这里走走，那里走走，发出母猪一样的声音："哼——哼——"。

二师父仁海。他是有老婆的。他老婆每年夏秋之间来住几个月，因为庵里凉快。庵里有六个人，其中之一，就是这位和尚的家眷。仁山、仁海叫他嫂子，明海叫她师娘。这两口子都很爱干净，整天的洗涮。傍晚的时候。坐在天井里乘凉。白天，闷在屋里不出来。

三师父是个很聪明精干的人。有时一笔账大师兄扒了半天算盘也算不清,他眼珠子转两转,早算得一清二楚。他打牌赢的时候多,二三十张牌落地,上下家手里有些什么牌,他就差不多都知道了。他打牌时,总有人爱在他后面看歪头胡。谁家约他打牌,就说"想送两个钱给你。"他不但经忏俱通(小庙的和尚能够拜忏的不多),而且身怀绝技,会"飞铙"。七月间有些地方做盂兰会,在旷地上放大焰口,几十个和尚,穿绣花袈裟,飞铙。飞铙就是把十多斤重的大铙钹飞起来。到了一定的时候,全部法器皆停,只几十副大铙紧张急促地敲起来。忽然起手,大铙向半空中飞去,一面飞,一面旋转。然后,又落下来,接住。接住不是平平常常地接住,有各种架势,"犀牛望月"、"苏秦背剑"……这哪是念经,这是耍杂技。也算是地藏王菩萨爱看这个,但真正因此快乐起来的是人,尤其是妇女和孩子。这是年轻漂亮的和尚出风头的机会。一场大焰口过后,也像一个好戏班子过后一样,会有一个两个大姑娘、小媳妇失踪,——跟和尚跑了。他还会放"花焰口"。有的人家,亲戚中多风流子弟,在不是很哀伤的佛事——如做冥寿时,就会提出放花焰口。所谓"花焰口"就是在正焰口之后,叫和尚唱小调,拉丝弦,吹管笛,敲鼓板,而且可以点唱。仁渡一个人可以唱一夜不重头。仁渡前几年一直在外面,近二年才常住在庵里。据说他有相好的,而且不止一个。他平常可是很规矩,看到姑娘媳妇总是老老实实的,连一句玩笑话都不说,一句小调山歌都不唱。有一回,在打谷场上乘凉的时候,一伙人把他围起来,非叫他唱两个不可。他却情不过,说:"好,唱一个。不唱家乡的。家乡的你们都熟。唱个安徽的。"

> 姐和小郎打大麦,
> 一转子讲得听不得。
> 听不得就听不得,
> 打完了大麦打小麦。

唱完了,大家还嫌不够,他就又唱了一个:

> 姐儿生得漂漂的,
> 两个奶子翘翘的。
> 有心上去摸一把,
> 心里有点跳跳的。
> ……

这个庵里无所谓清规,连这两个字也没人提起。

仁山吃水烟,连出门做法事也带着他的水烟袋。

他们经常打牌。这是个打牌的好地方。把大殿上吃饭的方桌往门口一搭,斜放着,就是牌桌。桌子一放好,仁山就从他的方丈里把筹码拿出来,哗啦一声倒在桌上。斗纸牌的时候多,搓麻将的时候少。牌客除了师兄弟三人,常来的是一个收鸭毛的,一个打兔子兼偷鸡的,都是正经人。收鸭毛的担一副竹筐,串乡串镇,拉长了沙哑的声音喊叫:

"鸭毛卖钱——!"

偷鸡的有一件家什——铜蜻蜓。看准了一只老母鸡,把铜蜻蜓一丢,鸡婆子上去就是一口。这一啄,铜蜻蜓的硬簧绷开,鸡嘴撑住了,叫不出来了。正在这鸡十分纳闷的时候,上去一把薅住。

明子曾经跟这位正经人要过铜蜻蜓看看。他拿到小英子家门前试了一试,果然!小英的娘知道了,骂明子:

"要死了!儿子!你怎么到我家来玩铜蜻蜓了!"

小英子跑过来:

"给我!给我!"

她也试了试,真灵,一个黑母鸡一下子就把嘴撑住,傻了眼了!

下雨阴天,这二位就光临荸荠庵,消磨一天。

有时没有外客,就把老师叔也拉出来,打牌的结局,大都是当家和尚气得鼓鼓的:"×妈妈的!又输了!下回不来了!"

他们吃肉不瞒人。年下也杀猪。杀猪就在大殿上。一切都和在家人一样,开水、木桶、尖刀。捆猪的时候,猪也是没命地叫。跟在家人不同的,是多一道仪式,要给即将升天的猪念一道"往生咒",并且总是老师叔念,神情很庄重:

"……一切胎生、卵生、息生,来从虚空来,还归虚空去。往生再世,皆当欢喜。南无阿弥陀佛!"

三师父仁渡一刀子下去,鲜红的猪血就带着很多沫子喷出来。

……

明子老往小英子家里跑。

小英子的家像一个小岛,三面都是河,西面有一条小路通到荸荠庵。独门独户,岛上只有这一家。岛上有六棵大桑树,夏天都结大桑椹,三棵结白的,三棵结紫的;一个菜园子,瓜豆蔬菜,四时不缺。院墙下半截是砖砌的,上半截是泥夯的。大门是桐油油过的,贴着一副万年红的春联:

    向阳门第春常在
    积善人家庆有余

门里是一个很宽的院子。院子里一边是牛屋、碓棚;一边是猪圈、鸡窠,还有个关鸭子的栅栏。露天地放着一具石磨。正北面是住房,也是砖基土筑,上面盖的一半是瓦,一半是草。房子翻修了才三年,木料还露着白茬。正中是堂屋,家神菩萨的画像上贴的金还没有发黑。两边是卧房。隔扇窗上各嵌了一块一尺见方的玻璃,明亮亮的,——这在乡下是不多见的。房檐下一边种着一棵石榴树,一边种着一棵栀子花,都齐房檐高了。夏天开了花,一红一白,好看得很。栀子花香得冲鼻子。顺风的时候,在荸荠庵都闻得见。

这家人口不多。他家当然是姓赵,一共四口人:赵大伯、赵大妈,两个女儿,大英子、小英子。老两口没有儿子。因为这些年人不得病,牛不生灾,也没有大旱大水闹蝗虫,日子过得很兴旺。他们家自己有田,本来够吃的了,又租种了庵上的十亩田。自己的田里,一亩种了荸荠,——这一半是小英子的主意,她爱吃荸荠,一亩种了茨菇。家里喂了一大群鸡鸭,单是鸡蛋鸭毛就够一年的油盐了。赵大伯是个能干人。他是一个"全把式",不但田里场上样样精通,还会罩鱼、洗磨、凿砻、修水库、修船、砌墙、烧砖、箍桶、劈篾、绞麻绳。他不咳嗽,不腰疼,结结实实,像一棵榆树。人很和气,一天不声不响。赵大伯是一棵摇钱树,赵大娘就是个聚宝盆。大娘精神得出奇。五十岁了,两个眼睛还是清亮亮的。不论什么时候,头都是梳得滑溜溜的,身上衣服都是格挣挣的。像老头子一样,她一天不闲着。煮猪食,喂猪,腌咸菜,她腌的咸萝卜干非常好吃,舂粉子,磨小豆腐,编蓑衣,织芦筐。

她还会剪花样子。这里嫁闺女,陪嫁妆,磁坛子、锡罐子,都要用梅红纸剪出吉祥花样,贴在上面,讨个吉利,也才好看:"丹凤朝阳"呀、"白头到老"呀、"子孙万代"呀、"福寿绵长"呀。二三十里的人家都来请她:"大娘,好日子是十六,你哪天去呀?"——"十五,我一大清早就来!"

"一定呀!"——"一定!一定!"

两个女儿,长得跟她娘像一个模子里托出来的。眼睛长得尤其像,白眼珠鸭蛋青,黑眼珠棋子黑,定神时如清水,闪动时像星星。浑身上下,头是头,脚是脚。头发滑溜溜的,衣服格挣挣的。——这里的风俗,十五六岁的姑娘就都梳上头了。这两个丫头,这一头的好头发!通红的发根,雪白的簪子!娘女三个去赶集,一集的人都朝她们望。

姐妹俩长得很像,性格不同。大姑娘很文静,话很少,像父亲。小英子比她娘还会说,一天咭咭呱呱地不停。大姐说:

"你一天到晚咭咭呱呱——"

"像个喜鹊!"

"你自己说的!——吵得人心乱!"

"心乱?"

"心乱!"

"你心乱怪我呀!"

二姑娘话里有话。大英子已经有了人家。小人她偷偷地看过,人很敦厚,也不难看,家道也殷实,她满意。已经下过小定,日子还没有定下来。她这二年,很少出房门,整天赶她的嫁妆。大裁大剪,她都会。挑花绣花,不如娘。她可又嫌娘出的样子太老了。她到城里看过新娘子,说人家现在绣的都是活花活草。这可把娘难住了。最后是喜鹊忽然一拍屁股:"我给你保举一个人!"

这人是谁?是明子。明子念"上孟下孟"的时候,不知怎么得了半套《芥子园》,他喜欢得很。到了荸荠庵,他还常翻出来看,有时还把旧账簿子翻过来,照着描。小英子说:

"他会画!画得跟活的一样!"

小英子把明海请到家里来,给他磨墨铺纸,小和尚画了几张,大英子喜欢得了不得:

"就是这样!就是这样!这就可以乱孱!"——所谓"乱孱"是绣花的一种针法;绣了第一层,第二层的针脚插进第一层的针缝,这样颜色就可由深到淡,不露痕迹,不像娘那一代绣的花是平针,深浅之间,界限分明,一道一道的。小英子就像个书童,又像个参谋:

"画一朵石榴花!"

"画一朵栀子花!"

她把花掐来,明海就照着画。

到后来,凤仙花、石竹子、水蓼、淡竹叶、天竺果子、腊梅花,他都能画。

大娘看着也喜欢,搂住明海的和尚头:

"你真聪明!你给我当一个干儿子吧!"

小英子捺住他的肩膀,说:

"快叫,快叫!"

小明子跪在地下磕了一个头,从此就叫小英子的娘做干娘。

大英子绣的三双鞋,三十里方圆都传遍了。很多姑娘都走路坐船来看。看完了,就说"啧啧啧,真好看!这哪是绣的,这是一朵鲜花!"她们就拿了纸来央大娘求了小和尚来画。有求画帐檐的,有求画门帘飘带的,有求画鞋头花的。每回明子来画花,小英子就给他做点好吃的,煮两个鸡蛋,蒸一碗芋头,煎几个藕团子。

因为照顾姐姐赶嫁妆,田里的零碎生活小英子就全包了。她的帮手,是明子。

这地方的忙活是栽秧、车高田水、薅头遍草,再就是割稻子、打场了。这几茬重活,自己一家是忙不过来的。这地方兴换工。排好了日期,几家顾一家,轮流转。不收工钱,但是吃好的。一天吃六顿,两头见肉,顿顿有酒。干活时,敲着锣鼓,唱着歌,热闹得很。其余的时候,各顾各,不显得紧张。

薅三遍草的时候,秧已经很高了,低下头看不见人。一听见非常脆亮的嗓子在一片浓绿里唱:

　　栀子哎开花哎六瓣头哎……
　　姐家哎门前哎一道桥哎……

明海就知道小英子在哪里,三步两步就赶到,赶到就低头薅起草来。傍晚牵牛"打汪,"是明子的事——水牛怕蚊子。这里的习惯,牛卸了轭,饮了水,就牵到一口和好泥水的"汪"里,由它自己打滚扑腾,弄得全身都是泥浆,这样蚊子就咬不透了。低田上水,只要一挂十四轧的水车,两个人车半天就够了。明子和小英子就伏在车杠上,不紧不慢地踩着车轴上的拐子,轻轻地唱着明海向三师父学来的各处山歌。打场的时候,明子能替赵大伯一会,让他回家吃饭。——赵家自己没有场,每年都在荸荠庵外面的场上打谷子。他一扬鞭子,喊起了打场号子:

"格当嘚——"

这打场号子有音无字,可是九转十三弯,比什么山歌号子都好听。赵大娘在家,听见明子的号子,就侧起耳朵:

"这孩子这条嗓子!"

连大英子也停下针线:

"真好听!"

小英子非常骄傲地说:

"一十三省数第一!"

晚上,他们一起看场。——荸荠庵收来的租稻也晒在场上。他们并肩坐在一个石磙子上,听青蛙打鼓,听寒蛇唱歌,——这个地方以为蝼蛄叫是蚯蚓叫,而且叫蚯蚓叫"寒蛇",听纺纱婆子不停地纺纱,"唦——",看萤火虫飞来飞去,看天上的流星。

"呀!我忘了在裤带上打一个结!"小英子说。

这里的人相信,在流星掉下来的时候在裤带上打一个结,心里想什么好事,就能如愿。

……

"捋"荸荠,这是小英子最爱干的生活。秋天过去了,地净场光,荸荠的叶子枯了,——荸荠的笔直的小葱一样的圆叶子里是一格一格的,用手一捋,哔哔地响,小英子最爱捋着玩,——荸荠藏在烂泥里。赤了脚,在凉浸浸滑溜溜的泥里踩着,——哎,一个硬疙瘩！伸手下去,一个红紫红紫的荸荠。她自己爱干这生活,还拉了明子一起去。她老是故意用自己的光脚去踩明子的脚。

她挎着一篮子荸荠回去了,在柔软的田埂上留下一串脚印,明海看着她的脚印。傻了。五个小小的趾头,脚掌平平的,脚跟细细的,脚弓部分缺了一块。明海身上有一种从来没有过的感觉,他觉得心里痒痒的。这一串美丽的脚印把小和尚的心搞乱了。

……

明子常搭赵家的船进城,给庵里买香烛,买油盐。闲时是赵大伯划船；忙时是小英子去,划船的是明子。

从庵赵庄到县城,当中要经过一片很大的芦花荡子。芦苇长得密密的,当中一条水路,四边不见人。划到这里,明子总是无端端地觉得心里很紧张,他就使劲地划桨。

小英子喊起来：

"明子！明子！你怎么啦？你发疯啦？为什么划得这么快？"

……

明海到善因寺去受戒。

"你真的要去烧戒疤呀？"

"真的。"

"好好的头皮上烧八个洞,那不疼死啦？"

"咬咬牙。舅舅说这是当和尚的一大关,总要过的。"

"不受戒不行吗？"

"不受戒的是野和尚。"

"受了戒有啥好处？"

"受了戒就可以到处云游、逢寺挂褡。"

"什么叫'挂褡'？"

"就是在庙里住。有斋就吃。"

"不把钱？"

"不把钱。有法事,还得先尽外来的师父。"

"怪不得都说'远来的和尚会念经'。就凭头上这几个戒疤？"

"还要有一份戒牒。"

"闹半天,受戒就是领一张和尚的合格文凭呀！"

"就是！"

"我划船送你去。"

"好。"

小英子早早就把船划到荸荠庵门前。不知是什么道理,她兴奋得很。她充满了好奇心,想去看看善因寺这座大庙,看看受戒是个啥样子。

善因寺是全县第一大庙,在东门外,面临一条水很深的护城河,三面都是大树,寺在树林子里,远处只能隐隐约约看到一点金碧辉煌的屋顶,不知道有多大。树上到处挂着"谨防恶犬"的牌子。这寺里的狗出名的厉害。平常不大有人进去。放戒期间,任人游看,恶狗都锁起来了。

好大一座庙!庙门的门坎比小英子的肐膝都高。迎门矗着两块大牌,一边一块,一块写着斗大两个大字:"放戒",一块是:"禁止喧哗",这庙里果然是气象庄严,到了这里谁也不敢大声咳嗽。明海自去报名办事,小英子就到处看看。好家伙,这哼哈二将、四大天王,有三丈多高,都是簇新的,才装修了不久。天井有二亩地大,铺着青石,种着苍松翠柏。"大雄宝殿",这才真是个"大殿"!一进去,凉飕飕的。到处都是金光耀眼。释迦牟尼佛坐在一个莲花座上。单是莲座,就比小英子还高。抬起头来也看不全他的脸,只看到一个微微闭着的嘴唇和胖墩墩的下巴。两边的两根大红蜡烛,一搂多粗。佛像前的大供桌上供着鲜花、绒花、绢花,还有珊瑚树、玉如意、整棵的大象牙。香炉里烧着檀香。小英子出了庙,闻着自己的衣服都是香的。挂了好些幡。这些幡不知是什么缎子的,那么厚重,绣的花真细。这么大一口磬,里头能装五担水!这么大一个木鱼,有一头牛大,漆得通红的。她又去转了转罗汉堂,爬到千佛楼上看了看。真有一千个小佛!她还跟着一些人去看了看藏经楼。藏经楼没有什么看头,都是经书!妈吔!逛了这么一圈,腿都酸了。小英子想起还要给家里打油,替姐姐配丝线,给娘买鞋面布,给自己买两个坠围裙飘带的银蝴蝶,给爹买旱烟,就出庙了。

等把事情办齐,晌午了。她又到庙里看了看,和尚正在吃粥。好大一个"膳堂",坐得下八百个和尚。吃粥也有这样多讲究:正面法座上摆着两个锡胆瓶,里面插着红绒花,后面盘膝坐着一个穿了大红满金绣袈裟的和尚,手里拿着戒尺。这戒尺是要打人的。哪个和尚吃粥吃出了声音,他下来就是一戒尺。不过他并不真的打人,只是做个样子。真稀奇,那么多的和尚吃粥,竟然不出一点声音!她看见明子也坐在里面,想跟他打个招呼又不好打。想了想,管他禁止不禁止喧哗,就大声喊了一句:"我走啦!"她看见明子目不斜视的微微点了点头,就不管很多人都朝自己看,大摇大摆地走了。

第四天一大清早小英子就去看明子。她知道明子受戒是第三天半夜,——烧戒疤是不许人看的。她知道要请老剃头师傅剃头,要剃得横摸顺摸都摸不出头发茬子,要不然一烧,就会"走"了戒,烧成了一片。她知道是用枣泥子先点在头皮上,然后用香头子点着。她知道烧了戒疤就喝一碗蘑菇汤,让它"发",还不能躺下,要不停地走动,叫做"散戒"。这些都是明子告诉她的。明子是听舅舅说的。

她一看,和尚真在那里"散戒",在城墙根底下的荒地里。一个一个,穿了新海青,光光的头皮上都有八个黑点子。——这黑疤掉了,才会露出白白的、圆圆的"戒疤"。和尚都笑嘻嘻的,好像很高兴。她一眼就看见了明子。隔着一条护城河,就喊他:

"明子!"

"小英子!"

"你受了戒啦?"

"受了。"

"疼吗?"

"疼。"

"现在还疼吗?"

"现在疼过去了。"

"你哪天回去?"

"后天。"

"上午?下午?"

"下午。"

"我来接你!"

"好!"

……

小英子把明海接上船。

小英子这天穿了一件细白夏布上衣,下边是黑洋纱的裤子,赤脚穿了一双龙须草的细草鞋,头上一边插着一朵栀子花,一边插着一朵石榴花。她看见明子穿了新海青,里面露出短褂子的白领子,就说:"把你那外面的一件脱了,你不热呀!"

他们一人一把桨。小英子在中舱,明子扳艄,在船尾。

她一路问了明子很多话,好像一年没有看见了。

她问,烧戒疤的时候,有人哭吗?喊吗?

明子说,没有人哭,只是不住地念佛。有个山东和尚骂人:

"俺日你奶奶!俺不烧了!"

她问善因寺的方丈石桥是相貌和声音都很出众吗?

"是的。"

"说他的方丈比小姐的绣房还讲究?"

"讲究。什么东西都是绣花的。"

"他屋里很香?"

"很香。他烧的是伽楠香,贵得很。"

"听说他会做诗,会画画,会写字?"

"会。庙里走廊两头的砖额上,都刻着他写的大字。"

"他是有个小老婆吗?"

"有一个。"

"才十九岁?"

"听说。"

"好看吗?"

"都说好看。"

"你没看见?"

"我怎么会看见?我关在庙里。"

明子告诉她,善因寺一个老和尚告诉他,寺里有意选他当沙弥尾,不过还没有定,要等主事的和尚商议。

"什么叫'沙弥尾'"?

"放一堂戒,要选出一个沙弥头,一个沙弥尾。沙弥头要老成,要会念很多经。沙弥尾要年轻,聪明,相貌好。"

"当了沙弥尾跟别的和尚有什么不同?"

"沙弥头,沙弥尾,将来都能当方丈。现在的方丈退居了,就当。石桥原来就是沙弥尾。"

"你当沙弥尾吗?"

"还不一定哪。"

"你当方丈,管善因寺?管这么大一个庙?!"

"还早呐!"

划了一气,小英子说:"你不要当方丈!"

"好,不当。"

"你也不要当沙弥尾!"

"好,不当。"

又划了一气,看见那一片芦花荡子了。

小英子忽然把桨放下,走到船尾,趴在明子的耳朵旁边,小声地说:

"我给你当老婆,你要不要?"

明子眼睛鼓得大大的。

"你说话呀!"

明子说:"嗯。"

"什么叫'嗯'呀! 要不要,要不要?"

明子大声地说:"要!"

"你喊什么!"

明子小小声说:"要——!"

"快点划!"

英子跳到中舱,两只桨飞快地划起来,划进了芦花荡。

芦花才吐新穗。紫灰色的芦穗,发着银光,软软的,滑溜溜的,像一串丝线。有的地方结了蒲棒,通红的,像一枝一枝小蜡烛。青浮萍,紫浮萍。长脚蚊子,水蜘蛛。野菱角开着四瓣的小白花。惊起一只青桩(一种水鸟),擦着芦穗,扑鲁鲁飞远了。

一九八〇年八月十二日,写四十三年前的一个梦
(原载《北京文学》1980 年第 10 期)

扎西达娃

系在皮绳扣上的魂

　　现在很少能听见那首唱得很迟钝、淳朴的秘鲁民歌《山鹰》。我在自己的录音带里保存了下来,每次播放出来,我眼前便看见高原的山谷、乱石缝里窜出的羊群、山脚下被分割成小块的田地、稀疏的庄稼、溪水边的水磨房、石头砌成的低矮的农舍、负重的山民、系在牛颈上的铜铃、寂寞的小旋风、耀眼的阳光。

　　这些景致并非在秘鲁安第斯山脉下的中部高原,而是在西藏南部的帕布乃冈山区。我记不清是梦中见过还是亲身去过。记不清了。我去过的地方太多。

　　直到后来某一天我真正来到帕布乃冈山区,才知道存留在我记忆中的帕布乃冈只是一幅康斯太勃笔下的十九世纪优美的田园风景画。

　　虽然还是宁静的山区,但这里的人们正悄悄享受着现代化的生活。这里有座小型民航站,每星期有五班直升飞机定期开往城里。附近有一座太阳能发电站。在哲鲁村口自动加油站旁的一家小餐厅里,与我同桌的是一位喋喋不休的大胡子,他是城里一家名气很大的"喜马拉雅运输公司"的董事长,在全西藏第一个拥有德国进口的大型集装箱车队。我去访问当地一家地毯厂时,里面的设计人员正使用电脑程序设计图案。地面卫星接收站播放着五个频道,每天向观众提供三十八小时的电视节目。

　　不管现代的物质文明怎样迫使人们从传统的观念意识中解放出来,帕布乃冈山区的人们,自身总还残留着某种古老的表达方式:获得农业博士学位的村长与我交谈时,嘴里不时抽着冷气,用舌头弹出"罗罗"的谦卑的应声。人们有事相求时,照样竖起拇指摇晃着,一连吐出七八个"咕叽咕叽"的哀求。一些老人们对待远方的城里人,仍旧脱下帽子捧在怀中站到一旁表示真诚的敬意。虽然多年前国家早已统一了计量法,这里的人们表示长度时还是伸直一条胳膊,另一只手掌横砍在胳膊的手腕、小臂、肘部直到肩膀上。

　　桑杰达普活佛快要死了,他是扎妥寺的第二十三位转世活佛。高龄九十八岁。在他之后,将不再会有转世继位。我想为此写篇专题报道。我和他以前有过交道。全世界最深奥和玄秘之一的西藏喇嘛教(包括各教派)在没有了转世继位制度从而不再有大大小小的宗教领袖以后,也许便走向了它的末日。形式在一定程度上也支配着意识,我说。

扎妥·桑杰达普活佛摇摇头,表示否认我的观点。他的瞳孔正慢慢扩散。

"香巴拉,"他蠕动嘴唇,"战争已经开始。"

根据古老的经书记载,北方有个"人间净土"的理想国——香巴拉。据说天上瑜伽密教起源于此,第一个国王索查德那普在这里受过释迦的教诲,后来弘传密教《时轮金刚法》。上面记载说,在某一天,香巴拉这个雪山环抱的国家将要发生一场大战。"你率领十二天师,在天兵神将中,你永不回头,骑马驰骋。你把长矛掷向哈鲁太蒙的前胸,掷向那反对香巴拉的群魔之首,魔鬼也随之全部除净。"这是《香巴拉誓言》中对最后一位国王神武轮王赞美的描写。扎妥·桑杰达普有一次跟我说起过这场战争。他说经过数百年的恶战,妖魔被消灭后,甘丹寺里的宗喀巴墓会自动打开,再次传布释迦的教义,将进行一千年。随后,就发生风灾、火灾,最后洪水淹没整个世界。在世界末日到达时,总会有一些幸存的人被神祇救出天宫。于是当世界再次形成时,宗教又随之兴起。

扎妥·桑杰达普躺在床上,他进入幻觉状态,跟眼前看不见的什么人在说话:"当你翻过喀隆雪山,站在莲花生大师的掌纹中间,不要追求,不要寻找。在祈祷中领悟,在领悟中获得幻像。在纵横交错的掌纹里,只有一条是通往人间净土的生存之路。"

我恍惚看见莲花生离开人世时,天上飞来了一辆战车,他在两位仙女的陪伴下登上战车,向遥远的南方凌空驶去。

"两个康巴地区的年轻人,他们去找通往香巴拉的路了。"活佛说。

我疲惫地看着他。

"你要说的是——在一九八四年,这里来了两个康巴人,一男一女?"我问。

他点点头。

"男的在这里受了伤?"我又问。

"你也知道这件事。"活佛说。

扎妥·桑杰达普活佛闭上眼,断断续续回忆起当年那两个年轻人来到帕布乃冈山区的事,他讲起那两个人告诉他一路上的经历。我听出扎妥活佛是在背诵我虚构的一篇小说。这篇小说我给谁都没有看过,写完锁进了箱里。他几乎是在逐字逐句地背诵,地点是一路上直到帕布乃冈一个叫甲的村庄。时间是一九八四年。人物一男一女。这篇小说没给别人看的原因就是到最后我也不知道主人公要去什么地方。经活佛点明我现在才清楚。惟一不同的一点是结尾时主人公是坐在酒店里有一位老人指路。我没写老人指的是什么路,当时连我自己也不知道。而扎妥活佛说是在他的房子里给那俩人指的路,但这里还有一个巧合,即老人与活佛都谈起过关于莲花生的掌纹。

最后,其他人进屋来围在活佛身边,活佛眼睛半睁,渐渐进入了失去知觉和思想的状态。

有人开始准备后事了。扎妥活佛将被火葬,我知道有人想拾到活佛的舍利作为永久的收藏和纪念。

与扎妥·桑杰达普诀别后,在回家的路上,我边走边考虑着有关文学创作的动机问题……

回到家,我打开贴有"可爱的弃儿"题词的箱子盖。里面整齐地排列着上百只牛皮纸袋,我所有不被发表或我不愿发表的作品都存在这儿。我取出一个编码是840720的纸袋,里面是一个短篇小说,记录着两个康巴人来到帕布乃冈的经过,还没有题目。下面是这篇小说的原文:

嫖赶着她的二十几只羊下山的时候,站在半山腰。她看见山脚底下那一条宽阔蜿蜒、砾石累累的枯干的河床有个蚂蚁般的小黑点在缓缓移动。她辨认出那是一个男人,正朝她家的方向走来,嫖挥挥羊鞭,匆匆把羊往山下赶。

她粗略算了算,那人得走到天黑时才能到这儿。周围荒野只有这隆起的小山岗上有几间鹅卵石垒起的矮房,房后是羊圈,一共两户人家:嫖和她的爸爸,还有一个五十多岁的哑女人。爸爸是个说《格萨尔》的艺人,常常被几十里远的外村人请去说唱,有时还被请到更远的镇里。短则几天,长则数月。来人骑马,还牵匹空马来到小山岗,把身背长柄六弦琴的爸爸请上马。随后马蹄伴着铜铃声有节奏地久久敲响着荒野里的寂静。嫖站在岗上,一手抚摩坐立在她裙边的大黑狗,一直望到两匹马拐过前面的山弯。

嫖从小就在马蹄和铜铃单调的节奏声中长大,每当放羊坐在石头上,在孤独中冥思时,那声音就变成一支从遥远的山谷中飘过的无字的歌,歌中蕴含着荒野中不息的生命和寂寞中透出的一丝苍凉的渴望。

哑女人整天织氆氇,每天早晨站在小山岗上,向空中撒出一把豌豆糌粑,呼喊着观音菩萨。然后手摇一柄浸满油污的经轮筒,朝东方喃喃祈祷。偶尔在半夜时分,爸爸爬起身去女人房里,天蒙蒙亮时头顶蒙着长长的袍子又钻进自己的羊皮垫里,早晨嫖起来挤完奶打好茶,喝糌粑糊。然后背上装了一天口粮的小羊皮口袋,背一只小黑锅,去房后拉开羊圈栅栏,软鞭一挥,赶着羊群上山。生活就是这样。

婛把食物和热茶准备好,趴在毯子上等待来客。室外的狗叫了,她冲出门,月亮刚刚升起。她拉住狗链,不见四周有人,一会儿,从她前面的坡下冒出个脑袋。

"来吧,不要紧,我抓住狗的。"婛说。

来人是一位顶天立地的汉子。

"辛苦,大哥。"婛说。她把汉子领进了房里,他礼帽下的额边垂着一绺鲜红的丝穗。爸爸不在家,去说《格萨尔》了。隔壁传来哑女人织氆氇时木槌砸下的梆梆声。这位疲惫的汉子吃过饭道完谢后便倒在婛的爸爸床上睡了。

婛在门外站了一会儿,天空繁星点点,周围沉寂得没有一点大自然的声音,眼前空旷的峡谷地带在月光下泛着青白色。大黑狗被铁链拴着在原地转圈,婛过去蹲下身搂着它的脖子。想起自己在这寂寞简朴的小山岗上度过的童年和少年时代,想起每次来接爸爸上马的都是些沉闷不语的人,想到屋里那位从远方来明天又要去远方的酣睡的旅人。她哭了,跪在地上捧着脸,默默祈求爸爸的宽恕,然后将眼泪在黑狗的皮毛上蹭擦干,起身回屋。

黑暗中,她像发疟疾似地浑身打颤,一声不响地钻进了汉子的羊毛毯里。

当东方的启明星刚刚升起,在摇曳的酥油灯下,婛把自己的薄毯裹成一个卷,在一只布袋里塞了些牛肉干、揉糌粑的皮口袋、粗盐和一块酥油,又背上天天放羊时在山上熬茶用的小黑锅,一个姑娘该带的都在她背上了。她最后巡视一眼昏暗的小屋。

"好了。"她说。

汉子吸完最后一撮鼻烟,拍拍巴掌上的烟末,起身。摸她头顶。搂住她肩膀,俩人低头钻出小屋,向黑魆魆的西方走去。婛全身负重,身上的东西一路上丁当作响。她根本不想去打听汉子会把她带向何处,她只知道她永远要离开这片毫无生气的土地了。汉子手中只提着一串檀香木佛珠,他昂首阔步,似乎对前方漫漫的旅途充满了信心。

"你腰上挂条皮绳干什么?像只没人牵的小狗。"塔贝问。

"用它来计算天数,你没见上面打了五个结么!"婛告诉他,"我离开家有五天了。"

"五天算什么,我生来没有家。"

她跟着塔贝徒步行走,一路上,有时在村庄的麦场上过夜,有时住羊圈里,有时卧在寺庙废墟的墙角下,有时住山洞,运气好时,能在农人外屋借宿,或是在牧人的帐篷里。

每进一个寺庙,他俩便逐一在每个菩萨像的座台前伸出额头触碰几下,膜拜顶礼。在寺庙外,道路旁,江河边,山口上,只要看见玛尼堆,都少不了拾几块小白石放在上面。一路上还有些磕等身长头的佛教徒,他们一步一磕,系着厚帆布围裙,胸部和膝部磨穿了,又补了几层厚补钉。他们脸上突出的地方全是灰,额头上磕了一个鸡蛋大的肉瘤,血和土粘在一起。手掌上钉铁皮的木板护套在他们身体俯卧的两边地上印出两道深深的擦痕。塔贝和嫔没有磕长头,他俩是走路,于是超过了他们。

西藏高原群山绵延,重重叠叠,一路上人烟稀少。走上几天看不到一个人影,更没有村庄。山谷里刮来呼呼的凉风。对着蓝色的天空仰望片刻,就会感到身体在飘忽上升,要离开脚下的大地。烈日烤炙,大地灼烫。在白昼下沉睡的高原山脉,永恒与无极般宁静。塔贝的身体矫健灵活,上山时脚尖踩着一块块滑动的石头步步上蹿,他径直攀上一块圆石,回头看见嫔被甩下好长一截,便坐下来等她。他们在赶路时总是默默无言,嫔有时在难以忍受的沉默中突然爆发出她的歌声,像山谷里的一只母兽在仰天吼叫。塔贝并不转过头看她一眼,只顾行路。嫔过一会儿不唱了,周围又是死一般沉寂。嫔低头跟在他身后,只有坐下来小憩时才说说话。

"不流血了吧?"

"它现在一点也不疼。"

"我看看。"

"你去给我捉几只蜘蛛来,我捏碎了涂在上面就会好得快。"

"这儿没有蜘蛛。"

"去找找,石头缝里,你扒开石块会有的。"

嫔在四周扒开一块块半掩在土中的石块,认真地寻找蜘蛛。一会儿她就捉了五六只,握在掌中,走过来扳开塔贝的手掌放在上面,他一只只捏碎后涂在小腿的伤口上。

"那条狗好凶,我跑跑跑跑,背上的锅老碰我的后脑勺,碰得我眼睛都花了。"

"当初我该拔出刀宰了它。"

"那女人给我们这个。"她模仿着做了个最污辱人的下流动作,"真吓人。"

塔贝又抓起一把土撒在伤口上,让太阳晒着。

"她钱放在哪儿的?"

"在酒店的屋柜子里,有这么厚一叠。"他亮亮巴掌,"我只拿了十几张。"

"你用它想买什么呢?"

"我要买什么?前面山下有个次古寺,我给菩萨送去。我还要留一点。"

"好的。你现在好点了吗?不疼了吧?"

"不疼了。我说,我口干得要冒烟。"

"你没见我把锅已经架上了吗?我就去捡点干刺枝。"

塔贝懒洋洋躺在石头上,将宽礼帽拉在眼睛上挡住阳光,嘴里嚼着干草,婛趴在三颗白石垒成的灶前,脸贴着地,鼓起腮帮吹火熬茶。火苗膨地燃烧起来。她跳起身,揉揉被烟熏得灼辣的眼,拉下前额的头发看看,已经被火舌燎焦了。

远处高山顶上有两个黑影,大约是牧羊人,一高一矮,像是盘踞在山顶岩石上的黑鹰。他们一动也不动。

婛也看见了他们,挥起右手在空中划圈向他们招呼,上面的人晃动起来,也划起圈向她致意。距离太远,扯破嗓子喊互相也听不见。

"我还以为这里只有我们两个人。"婛对塔贝说。

"我在等你的茶。"他闭上眼。

婛忽然想起了什么,她从怀里掏出一本书,很得意地向塔贝展示自己的猎物,那是昨晚上在村里投宿时从一个往她耳里灌满了甜言蜜语、行为并不太规矩的小伙子屁股兜里偷来的。塔贝接过一看,他不认识这种文字和一些机械图,封面印的是一辆拖拉机。

"这玩意儿没一点用处。"他扔给婛。

婛很沮丧,下一次烧茶时她一页页撕下来用作引火的燃料了。

走到黄昏,站在山弯远远看见前面一个被绿树环抱的村庄时,婛的精神重新振奋起来,又唱起歌了,她抡起挂棍在地边的马兰草堆里乱舞,又端起棍子小心翼翼地戳戳塔贝的胳肢窝和腰下想逗他发痒,塔贝不耐烦地抓住棍梢往外一甩,拽得她趔趄几下跌倒在地。

进了村,塔贝自己一个人去喝酒或者干别的什么去了。他俩约好在村里小学校边一幢刚刚盖好还没有安装门窗的空房子里住宿。村里的广场晚上演电影,有人在木杆上挂银幕。婛在一片林子里抬柴火时被一群小孩围住,孩子们趴在墙头朝她扔石头。有一颗打在她肩上,她没有回头,直到一个戴黄帽子的年轻人把孩子们轰走。

"他们扔了八颗石头,有一颗打中你了。"黄帽子笑眯眯地说,他把手中握着的一只电子计算机摊在婛跟前,显示屏显出一个阿拉伯数字"8","你从哪儿来?"

婛看着他。

"你记不记得你走了多少天?"

"我不记得。"她撩起皮绳说,"我数数看。你帮我数数。"

"这一个结算一天吗?"他跪在她跟前。"有意思……九十二天。"

"真的!"

"你没数过吗?"

嫦摇摇头。

"九十二天,一天按二十公里计算,"他戳戳计算机上的数字键码,"一千八百四十公里。"

嫦没有数字概念。

"我是这儿的会计。"小伙子说,"我遇到什么问题,都用它来帮我解答。"

"这是什么?"嫦问。

"是电子计算机,好玩极了。它知道你今年多大。"他按出一个数字给嫦看。

"多大?"

"十九岁。"

"我今年十九岁吗?"

"那你说。"

"我不知道。"

"我们藏族以前从不计算自己的年龄。但它却知道。看,上面写的是十九吧。"

"不像。"

"是吗?我看看。哦,刚开始看有些不习惯,它的数字有点怪。"

"它能知道我名字吗?"

"当然。"

"叫什么。"

他一连按出八位数,把显示屏显得满满的。

"怎么样?它知道吧。"

"叫什么?"

"你连自己的名字还看不出来?笨蛋。"

"怎么看?"

"你这样看。"他竖着给她看。

"这是叫嫦吗?"

"当然叫嫦,洽霞布久曲呵嫦。"

"嘿!"她兴奋地叫道。

"嘿什么,人家外国人早用了。我在想一个问题,以前我们没日没夜地干活,用经济学的解释是输出的劳动力应该和创造的价值成正比。"他信口开河起来,把工分值、劳动值以及商品值和年月日加减乘除乱说一通。又显出数字,"你看看,计算出来倒成了负数。结果到年终我们还要吃返销粮,向国家伸手要粮,这是违反经济规律的……你瞪我干什么?想吃掉我?"

"如果你没晚饭吃,就在这儿吃好了,我拾了柴就烧菜。"

"他妈的。你是从中世纪走来的吗?或者你是……是叫什么外星人。"

"我从很远的地方来,走了……"她又撩起皮绳,"刚才你数了多少?"

"我想想,八十五天。"

"走了八十五天。不对,你刚才说九十二天,你骗我。"婛格格笑起来。

"啊啧啧!菩萨哟,我快醉了。"他闭眼喃喃道。

"你在这儿吃吗?我还有点肉干。"

"姑娘,我带你去一个地方好吧?有快活的年轻人,有音乐、啤酒,还有迪斯科。把你手上那些烂树枝扔掉吧!"

塔贝从黑压压一片看电影的人群中挤出来。他没被酒灌醉,倒被那银幕上五光十色、晃来晃去、时大时小的景物和人物弄得昏头涨脑、疲惫不堪,只好拖着脚步回到那幢空房里。小黑锅架在石头上,石头是冰凉的。婛的东西都放在角落边。他端起锅喝了几口凉水,便背靠墙壁对着天空冥思苦想。越往后走,所投宿的村庄越来越失去了大自然夜晚的恬静,越来越嘈杂、喧嚣。机器声、歌声、叫喊声。他要走的决不是一条通往更嘈杂和各种音响混合声的大都市,他要走的是……

婛撞撞跌跌回来,她靠着没有门框的土坯墙。隔着一段距离塔贝就闻到她身上发出的酒气,比他喷出的酒气要香一些。

"真好玩,他们真快活。"婛似哭似笑地说,"他们像神仙一样快活。大哥,我们后……大后天再走。"

"不行。"他从不在一个村里住两个晚上。

"我累了,我很疲倦。"婛晃着沉甸甸的脑袋。

"你才不懂什么叫累,瞧你那粗腿,比牦牛还健壮。你生来就不懂什么叫累。"

"不,我说的不是身体。"她戳戳自己的心窝。

"你醉了,睡觉。"他扳住婛的肩头将她按倒在满是灰土的地上。最后替她在皮绳上系了个结。

婛越来越疲倦了,每次在途中小憩时,她躺下就不想继续往前走。

"起来,别像贪睡的野狗一样赖着。"塔贝说。

"大哥,我不想走了。"她躺在阳光下,眯起眼望着他。

"你说什么?"

"你一人走吧,我不愿再天天跟着你走啊走啊走啊走。连你都不知道该去什么地方,所以永远在流浪。"

"女人,你什么都不懂。"但是他也不知道该往哪个方向走。

"是,我不懂。"她闭上眼,蜷缩成一团。

"滚起来,"他在嫜屁股上踹了两脚,高高扬起巴掌,做出砍来的样子。"要不,我揍你。"

"你是个魔鬼!"嫜哼哼唧唧爬起身。塔贝先走了,她拄着棍子跟在后面。

嫜在一个她认为适当的机会里逃跑了。他俩睡在山洞里,半夜时她爬起身,没忘记背上她的小黑锅,借着星光和月光朝山下往回跑。她觉得自己像出笼的小鸟一样自由。到第二天中午,在一边是深谷的岩边休息时,从对面山脊出现了一个黑点,就像那天她放羊回家时所看见的一样。塔贝截住了她,走来。她气得发抖,抡起小黑锅向他头上死命砸去,那其大无比的力量足以使一头野公牛的脑浆飞迸出来。塔贝惊骇机智地闪过,抬手一拨,黑锅从她手中飞脱,丁丁当当滚下深谷里。他俩互相看看,听见那声音响了好一阵,最后嫜只得呜呜咽咽攀下深谷,几个时辰后才把锅拣上来。锅身碰满了大大小小的凹坑。

"你赔我的锅。"嫜说。

"我看看,"他接过来。俩人仔细检查了一阵,"只有一条小缝,我能补好。"

塔贝走了,嫜垂头丧气地跟着。

"哎——"她用大得出奇的声音唱起一首歌,把整个山谷震得嗡嗡响。

大概有那么一天,塔贝对嫜也厌倦了,他想:只因我前世积了福德和智慧资粮,弃恶从善,才没有投到地狱,生在邪门外道,成为饿鬼痴呆,而生于中土,善得人身。然而在走向解脱苦难终结的道路上,女人和钱财都是身外之物,是道路中的绊脚石。

不久,他俩来到名叫"甲"的村庄。这个时候,嫜的腰间那根皮绳已系了一串密密麻麻的结。没想到甲村的人们会敲锣打鼓站在村口迎接他俩。民兵组成仪仗队背着半自动步枪站在两旁,为了保险起见,枪口都塞了红布卷。两头由四个村民装扮的牦牛在夹道中跳着舞。村长和几个姑娘捧着哈达和壶嘴上沾着酥油花的银壶在最前面迎接。原来这里一直大旱。前不久有人打了卦,今天黄昏时会有两个从东边来的人进村,他们将带来一场琼浆般吉祥的雨水,使久旱的庄稼得到好收成。他俩果然出现了,人们认为这是一个好兆头。欢天喜地将塔贝和嫜扶上挂满哈达的铁牛拖拉机簇拥着进了村。男女老少都穿着新衣,家家户户的屋顶都换了新的五色经幡布。有人从嫄的音容、谈吐和体态上看出了她有转世下凡的白度母的特征,于是塔贝被撇在了一边。但是塔贝知道嫄决不是白度母的化身。因为在嫄睡熟的时候,他发现她的睡相丑陋不堪,脸上皮肉松弛,半张的嘴角流出一股股口涎。

他一人闷闷不乐地去酒店喝酒,他想惹点事,最好有人讨厌他,跟他过不去,他就有事干了。打上一场,那人敢跟他拼刀子更好。

酒店只有一个老头在喝酒,苍蝇在他头顶飞来飞去。塔贝进去后,带着挑衅的神气坐在他对面。一个包花头巾的农家姑娘取一只玻璃杯放在他桌前,斟满酒。

"这酒像马尿。"他喝了一口大声说。

没有人回答。

"你说像不像?"他问老头。

"要说马尿,我年轻时喝过。那真正是用嘴对着公马底下那玩意儿喝的。"

塔贝得意地笑起来。

"为了把我的牛羊从阿米丽尔大盗手中夺回来,我从格则一直追到塔克拉玛干沙漠。"

"阿米丽尔是谁?"

"嘿,那是几十年前从新疆那边来的一支强盗的女首领,是哈萨克人,在阿里和藏北一带赫赫有名。一个万户数不清的牛羊群在一夜之间就从草原上带走,第二天从帐篷出来一看,白茫茫一片,留下的只有数不清的蹄印,连噶厦政府派出的藏兵也制不了她。"

"后来?"

"刚才你说马尿。是哪,我背着叉子枪,骑马追我的牛羊,在那大沙漠里,就是那几口马尿救了我的命。"

"再后来?"

"再后来,女首领要留我,留我给她当……"

"丈夫?"

"羊倌。我是万户的儿子啊!她娘的长得真漂亮,她简直是太阳,谁都不敢对直看她一眼,我逃了回来。你说说,我除了地狱和天堂,还有什么地方没去过?"

"我要去的地方你就没去过。"塔贝说。

"你准备去哪儿?"老头问。

"我,不知道。"塔贝第一次对前方的目标感到迷惘,他不知道该继续朝前面什么地方去。老头明白他的心思。

老头指着他身后的一座山说:"谁也没有往那边去过。我们甲村以前是驿站,通四面八方,可就是没人往那边去。1964年的时候,"他回忆起来,"这里开始办人民公社,大家都讲走共产主义道路,那时没有几个人讲得清楚共产主义是什么,反正它是一座天堂。在哪儿,不知道。问卫藏的来人,说,没有。问阿里的来人,说,没有。康藏的人也说没看见。那只有喀隆雪山没人去过。村里就有几个人变卖了家产,背着糌粑口袋,他们说去共产主义,翻越喀隆雪山,从此没有回来,后来,村里人没一个再去那边,哪怕日子过得再苦。"

塔贝用牙咬住玻璃杯口,翻起眼看他。

"但是我知道有关喀隆雪山下的一点秘密。"老头眨眨眼。

"说吧。"

"你准备去那边吗?"

"也许。"

"爬到山顶,你会听见一种奇怪的哭声,像一个被遗弃的私生子的哭声,不要紧,那是从一个石缝里吹来的风声。爬完七天,到山顶时刚好天亮,不要急着下山。太阳下,雪的反光会刺瞎你的眼,等天黑后再下山。"

"这不是秘密。"塔贝说。

"对,这不是秘密。我要说的是,下山走两天,能看见山脚下时,那底下有数不清的深深浅浅的沟壑。它们向四面八方伸展,弯弯曲曲。你走进沟底就算是进了迷宫。对,这也不是什么秘密,别打断我的话,你知道山脚为什么有比别的山脚多得多的沟壑吗,那是莲花生大师右手的掌纹。当年他与一个叫喜巴美如的妖魔在那里混战一百零八天不分胜负,大师施出种种法力未能降伏喜巴美如。当妖魔变成一只小小的虱子想使对手看不见时,莲花生举起了神奇的右手,口中高声念诵着咒经,一巴掌盖向大地,把喜巴美如镇到了地狱中,从此在那里留下了自己的掌纹。凡人只要走到那里面就会迷失方向。据说在这数不清的沟壑中只有一条能走出去,剩下的全是死路。那条生路没有任何标记。"

塔贝神情严肃地看着老头。

"这是一个传说,我也不知道走出去以后前面是个什么世界。"老头摇摇头,咕噜道。

塔贝准备去那边了。老头后来向他提出要求,请他将婇留下。他家有个儿子,最近刚买了一台拖拉机。现在家家都想买拖拉机。大清早,隆隆的机器声掩盖了千百年雄鸡的打鸣声。道路上的马车和毛驴被挤到了边上,人们喝着从雪山流下的纯洁透明的溪水时,也嗅到一股淡淡的柴油气味。老头自己经营着一座电机磨房,老伴耕种着十几亩田地。前不久,老头还去大城市出席了一个"治穷致富先进代表大会",领到奖状和奖品,报纸上也登过他的四寸大照片。他们世世代代没像现在这么富裕过,也世世代代没像现在这么忙碌过。需要一个操持家务的媳妇。说话的时候,他儿子进来了,掏出一叠花花绿绿的钞票,想在外乡人面前炫耀。儿子戴着电子表,腰间挂着小巧的放声机,头上戴着耳机,他随着别人听不见的音乐节奏扭着舞步,真是把城里公子哥儿的派头学到家了。塔贝对此无动于衷,只是门外停着的那辆没熄火的手扶拖拉机的突突声牵动了一下他的心弦。他起身走向拖拉机,摸摸扶手。

"好的,婛留给你了。"塔贝说。

小伙子大概刚从婛那里得到了一点什么,笑眼朦胧。

"我能坐坐你这玩意儿吗?"塔贝问。

"当然,半个小时保你会开。"小伙子上前教他操作常识,教他怎样控制油门,教他怎样换档、离合器怎样配合,怎样起步和刹车。

塔贝慢慢开动了拖拉机,行驶在黄昏的乡村土道上。婛在一旁看着他。她要留下来了。她愉快地流着眼泪。这时后面开来一辆速度很快的带拖斗的铁牛拖拉机,塔贝不知道怎么办。旁边是条浅沟,小伙子在后面高声喊他开进沟里。塔贝从驾驶座跳到了路中间,手扶拖拉机自己慢慢溜进了沟里。他被来不及刹车的"铁牛"后面的拖斗撞倒在地。大家全围上前。塔贝爬起身,拍拍土。他的腰部被撞了,他说没什么,一点事也没有。大家松了口气。

塔贝要走了,他第一次摆弄机器就被它咬了一口。他抱住婛,跟她行了个碰头礼,往喀隆雪山那边去了。到夜晚时,果然下了场雨,村里人高高兴兴唱起歌。塔贝离开甲村,一人进了山。在半路上,他吐了一口血,他的内脏受了伤。

小说到此结束。

我决定回到帕布乃冈,翻过喀隆雪山,去莲花生的掌纹地寻找我的主人公。

从甲村翻过喀隆雪山到掌纹地的路途比我预料的要遥远得多。雇的一匹骡子在途中累倒了。它卧在地上,口中流着白沫,用临死前那样一种眼光看着我。我只得卸下它驮的包裹背在自己身上,在它嘴边放了几块捏碎的压缩面包。一翻过喀隆雪山,首先听见海啸般轰轰的巨响,山下的雪堆像云朵般上下翻卷,脚下的雪粒像急流的河水。但是我的整个身体一点没感到风的吹动,空气就像无风的冬夜一样寒冷而静谧。我戴着防护镜,所以用不着等到天黑才下山。整个山面是被厚雪覆盖的一片平滑的大斜坡,看上去没什么凸凹障碍,我背着囊包走Z形缓慢下山。沉重的囊包从背上慢慢坠到腰间,就在我收腹挺胸耸肩想把囊包提起来时,由于猛烈的失重,脚下站立不稳,一个跟头朝前跌倒。我知道已经无法再站起来,身体正快速往下滑动,于是手脚抱成一团,接着天旋地转向山下滚去。

万幸的是,还没掉进雪窝里去。等我醒来,已躺在平整松软的雪地上,我已到了山脚,向上望去,在雪坡中一道深深的条痕通到高处雪雾飘渺的空间。

在山顶时我看了一次表,时间是九点四十六分,此刻再次看表时,指针却指向八点零三分。走下雪线便进入草苔地带,再往下是草地,高寒灌木丛,小树林,接着是一片大森林。穿出森林,树木植物又渐渐稀少,呈现出光秃秃的荒凉的山石、空坝。整个途中,我不时地看表,把心里估计的时间和表上的时间不断加以对照,计算一番后得出了结论:翻过喀隆雪山以后,时间开始出现倒流现象,右手腕上这块精工牌全自动太阳能电子表从月份数字到星期日历全向后翻,指针向逆方向运转,速度快于平常的五倍。

越往前走,映入视觉中的自然景象也越来越产生了形的异变:一株株长着卵形叶子、枝干黄白的菩提树,根部像生长在输送带上一样整整齐齐从我眼前缓缓移过。旁边有座古代寺庙的废墟。在一片广阔的大坝上走来一只长着天梯般长脚的大象。它使我想起了萨尔瓦多·达利的《圣安东尼的诱惑》,我小心翼翼避开这一切,加快脚步,并不回头再望一眼。一直走到蒸腾着热气的温泉边才歇息一会儿。我实在太累了,但不敢睡,我知道一旦合上眼皮,将永远长眠不醒了。透过温泉的热气,前面有些不知哪个时代遗弃在这里的金马鞍、弓箭铁矛、盔甲、转经筒和法号,还有破布条的黄旗,这里很像是一个古战场。如果我不那么累的话,我会走过去仔细看看,也许能考证出《格萨尔》史诗中所描写的某一战场是在这里。现在我只能坐在一旁远远地观看。这些金属被温泉长时间的高温熔化了,软绵绵摊在那里,失去了视觉上的硬度感,有的已无法辨认出它本身的形状,变成稀释的物质四处流溢,颇有规律地排列组合成像玛雅文字一样难解的符号。起先我怀疑眼前这一切物象是由于患上了孤独症而错误地感知外界客体产生形的变异,但马上又排斥了这个想法,因为我大脑的思维是有逻辑性的,记忆力和分析能力都良好。太阳自始至终由东向西,宇宙不管怎样还是在按照自身的规律存在和运动。虽然白昼和黑夜交替出现,但由于手表上的指针继续向反时针方向作快速运行,日历和星期月份牌不断向后翻,这使我心理上产生一种体内生物钟的紊乱,甚至身体出现失重现象。

等我从一个黎明醒来,发现自己睡在一块高大无比的红色巨石下面。我是在一个呈放射型向前延伸的数不清沟壑的汇聚点上。一定是这又凉又潮的寒意把我冻醒了,加上从四处沟底吹来的风更冷得我牙齿打颤。我急忙攀上眼前一面乱石突出的沟壑，探头一看，前面是一望无际的地平线，我已经到了掌纹地。数不清的黑沟像魔爪一样四处伸展，沟壑像是干旱千百年所形成的无法弥合的龟裂地缝，有的沟深不见底。竟然找不到一棵树，一根草。一片蛮荒。它使我想起一部描写核战争电影的最后一个广角镜头：在世界末日的焦土上，一东一西两个男女主人公慢慢抬起头，费力地向对方爬去，最后这两个世界上惟一的幸存者终于爬到一起，拥抱。苦难的阳光。定格。他们将成为又一对亚当和夏娃。

扎妥·桑杰达普的躯体早已被火葬。大概有人在烫手的灰烬中拣到了几块珍宝般的舍利。我的主人公却没有在眼前出现。

"塔——贝！你——在——哪——儿？"我放声音喊叫，我觉得他走不出这块地方。声音传得很远，却没有一点回音。

不一会儿，我便看见了奇迹：一二公里外的前面出现了一个黑点。我沿着垄沟朝前飞跑，一面喊着我的主人公的名字。等我看清时，惊讶得站住了：是婛！这是我万万没预料到的。

"塔贝要死了。"她哭哭啼啼走过来说。

"他在哪儿？"

婛把我带到她身边的沟底下。塔贝躺在地上，他脸色苍白，憔悴，沉重地呼吸着。沟边长着苔藓的石缝里滴着水，在地上积成个小水洼，婛不停地用腰带蘸一点水，滴在他半张的嘴里。

"先知，我在等待，在领悟，神会启示我的。"塔贝睁眼看着我说。

"他腰上的伤很严重，需要不停地喝水。"婛在我耳边低语。

"你为什么没留在甲村？"我问。

"我为什么要留在甲村呢？"她反问。"我根本没这样想过。他从来没答应我留在什么地方。他把我的心摘去系在自己腰上，离开他我准活不了。"

"不见得。"我说。

"他一直想知道那是什么。"婛指着我身后，我回过头，从沟底往回望去，这是一条笔直的深沟，一直可见到头，前面那座红色巨石正是我昨晚过夜的地方。现在才看清，红色的心脏上刻着一个雪白的"弓"。站在红石下仰起头是无法看见的。"弓"通常是喇嘛念"唵吗呢叭咪哄"六字真言一百遍时要喊出的一个音节。它刻在红石上。据我所知，要么，就是此地是神灵鬼怪出没的地方，要么，这里曾埋葬过一位伟人的英灵，在从江孜到帕里的一个名叫曲米新古河边的一块岩石上也刻着这样一个"弓"。那是为纪念一九　　四年为抵抗英国人的侵略在那里献身的藏军首领二代本拉丁而刻的。但这一切我觉得没有对塔贝再解释的必要。

此时此刻,我才发现一个为时过晚的真理,我那些"可爱的弃儿"们原来都是被赋予了生命和意志的。我让塔贝和嫔从编有号码的牛皮纸袋里走出来,显然是犯了一个不可弥补的错误。为什么我至今还没塑造出一个"新人"的形象来?这更是一个错误。对人物的塑造完成后,他们的一举一动即成客观事实,如果有人责问我在今天这个伟大的时代为什么还允许他们的存在,我将作何回答呢?

怀着最后的一丝侥幸心理,我俯在塔贝耳边,轻声细语地用各种他似乎能理解的道理说服他,使他相信他要寻找的地方是不存在的,就像托马斯·莫尔创造的《乌托邦》,就那么一回事。

晚了,在他生命的最后一刻要让他放弃多少年形成的信仰是不可能了。他翻了个身,将脑袋贴在地面。

"塔贝,"我说,"你会好起来的,你等我一会儿,我的东西全放在那边,里面还有些急救药……"

"嘘!"塔贝制止住我,耳朵贴紧冰凉潮湿的地面,"你听!听!"

好半天,我只听见自己心律跳动中出现的一点微弱的杂音。

"扶我上去!我要到上面去!"塔贝坐起身,挥舞着手喊道。

我只得扶起他。嫔先爬到沟上面,我在下面托住塔贝,他身体居然很沉。我扛着他,一只手小心护着他腰,另一只手扭住锋利突出的岩石块,一点点把他往上托。两只脚踩在外凸的石块上。攀石的那只手被划了一下,先是麻木,接着灼痛,热呼呼的血流了出来,顺着胳膊流到衣袖里。嫔趴在上面,伸下两只手夹住了塔贝的胳肢窝。一个在上面拽,一个在下面托,费好大的劲才把他抬上沟来。太阳正要从地平线上升起,东边辉映着一派耀眼的光芒。他贪婪地吸了一口早晨的空气,眼睛警觉地四处搜寻,想要发现什么。

"它说的是什么,先知?我听不懂,快告诉我,你一定听懂了,求求你。"他转过身匍匐在我脚下。

他耳朵里接收的信号比我早几分钟,随后我和嫔都听见了一种从天上传来的非常真实的声音。我们注意聆听。

"是寺庙屋顶的铜铃声。"嫔喊道。

"是教堂的钟声。"我纠正道。

"山崩了,好吓人。"嫔说。

"不,这是气势庞大的鼓号乐和千万人的合唱。"我再次纠正道。嫔困惑地看我一眼。

"神开始说话了。"塔贝严肃地说。

这次我没敢纠正。是一个男人用英语从扩音器里传来的声音。我怎么也不能告诉他,这是在美国洛杉矶举行的第二十三届奥林匹克运动会的开幕式,电视和广播正通过太空向地球上的每一个角落报送着这一盛会的实况。我终于获得了时间感。手表上的指针和日历全停止了,整个显出的数字告诉我:现在是公元一千九百八十四年七月,北京时间二十九日上午七时三十分。

"这不是神的启示,是人向世界挑战的钟声、号声,还有合唱声,我的孩子。"我只能对他这样讲。

不知他听见没有,或者他什么都明白了。他好像很冷似地蜷缩起身子,闭上眼,跟睡着了一样。

我放下塔贝,跪在他身边,为他整理着破烂的衣衫,将他的身体摆成一个弓形,由于我右手上的血沾在了他衣衫上,这使我感到很内疚。是我害了他,也许,这以前我曾不止一次地将我其他的主人公引向死亡的路。是该好好内省一番了。

"现在,只剩下我一个人了。"婍可怜巴巴地说。

"你不会死。婍,你已经经历了苦难的历程,我会慢慢地把你塑造成一个新人的。"我仰面望着她说,我从她纯真的精神中看见了她的希望。

她腰间的皮绳在我鼻子前晃荡。我抓住皮绳,想知道她离家的日子,便顺着顶端第一个结认真地往下数:"五……八……二十五……五十七……九十六……"

数到最后一个结是一百零八个,正好与塔贝手腕上盒珠的颗数相吻合。

这时候,太阳以它气度雍容的仪态冉冉升起,把天空和大地辉映得黄金一般灿烂。

我代替了塔贝,婍跟在我后面,我们一起往回走。时间又从头算起。

     (原载《西藏文学》1985 年第 1 期,《民族文学》
      1985 年第 9 期转载并作了少许改动)

莫　言

透明的红萝卜

一

秋天的一个早晨，潮气很重，杂草上、瓦片上都凝结着一层透明的露水。槐树上已经有了浅黄色的叶片，挂在槐树上的红锈斑斑的铁钟也被露水打得湿漉漉的。队长披着夹袄，一手里拤着一块高粱面饼子，一手里捏着一棵剥皮的大葱，慢吞吞地朝着钟下走。走到钟下时，手里的东西全没了，只有两个腮帮子象秋田里搬运粮草的老田鼠一样饱满地鼓着。他拉动钟绳，钟锤撞击钟壁，"嘡嘡嘡"响成一片。老老少少的人从胡同里涌出来，汇集到钟下，眼巴巴地望着队长，象一群木偶。队长用力把食物吞咽下去，抬起袖子擦擦被络腮胡子包围着的嘴。人们一齐瞅着队长的嘴，只听到那张嘴一张开——那张嘴一张开就骂："他娘的腿！公社里这些狗娘养的，今日抽两个瓦工，明日调两个木工，几个劳力全被他们给零打碎敲了。小石匠，公社要加宽村后的滞洪闸，每个生产队里抽调一个石匠，一个小工，只好你去了。"队长对着一个高个子宽肩膀的小伙子说。

小石匠长得很潇洒，眉毛黑黑的，牙齿是白的，一白一黑，衬托得满面英姿。他把脑袋轻轻摇了一下，一绺滑到额头上的头发轻轻地甩上去。他稍微有点口吃地问队长去当小工的人是谁，队长怕冷似地把膀子抱起来，双眼象风车一样旋转着，嘴里嘈嘈地说："按说去个妇女好，可妇女要拾棉花。去个男劳力又屈了料。"最后，他的目光停在墙角上。墙角上站着一个十岁左右的男孩子。孩子赤着脚，光着脊梁，穿一条又肥又长的白底带绿条条的大裤头子，裤头上染着一块块的污渍，有的象青草的汁液，有的象干结的鼻血。裤头的下沿齐着膝盖。孩子的小腿上布满了闪亮的小疤点。

"黑孩儿，你这个小狗日的还活着？"队长看着孩子那凸起的瘦胸脯，说，"我寻思着你该去见阎王了。打摆子好了吗？"

孩子不说话，只是把两只又黑又亮的眼睛直盯着队长看。他的头很大，脖子细长，挑着这样一个大脑袋显得随时都有压折的危险。

"你是不是要干点活儿挣几个工分？你这个熊样子能干什么？放个屁都怕把你震倒。你跟上小石匠到滞洪闸上去当小工吧，怎么样？回家找把小锤子，就坐在那儿砸石头子儿，愿意动弹就多砸几块，不愿动弹就少砸几块，根据历史的经验，公社的差事都是胡弄洋鬼子的干活。"

孩子慢慢地蹭到小石匠身边，扯扯小石匠的衣角。小石匠友好地拍拍他的光葫芦头，说："回家跟你后娘要锤子，我在桥头上等你。"

孩子向前跑了。有跑的动作，没有跑的速度，两只细胳膊使劲甩动着，象谷地里被风吹动着的稻草人。人们的目光都追着他，看着他光着的背，忽然都感到身上发冷。队长把夹袄使劲扯了扯，对着孩子喊："回家跟你后娘要件袄子穿着，嗐，你这个小可怜虫儿。"

他翘腿蹑脚地走进家门。一个挂着两条清鼻涕的小男孩正蹲在院子里和着尿泥，看着他来了，便扬起那张扁乎乎的脸，孪煞着手叫："可……可……抱……"黑孩弯腰从地上拣起一个浅红色的杏树叶儿，给后母生的弟弟把鼻涕擦了，又把粘着鼻涕的树叶象贴传单一样"巴唧"拍到墙上。对着弟弟摆摆手，他向屋里溜去，从墙角上找到一把铁柄羊角锤子，又悄悄地溜出来。小男孩又冲着他叫唤，他找了一根树枝，围着弟弟画了一个大大的圆圈，扔掉树枝，匆匆向村后跑去。他的村子后边是一条不算大也不算小的河，河上有一座九孔石桥。河堤上长满垂柳，由于夏天大水的浸泡，树干上生满了红色的须根。现在水退了，须根也干巴了。柳叶已经老了，桔黄色的落叶随着河水缓缓地向前漂。几只鸭子在河边上游动着，不时把红色的嘴插到水草中，"呱唧呱唧"地搜索着，也不知吃到什么没有。

孩子跑上河堤，已经累得气喘吁吁。凸起的胸脯里象有只小母鸡在打鸣。

"黑孩！"小石匠站在桥头上大声喊他，"快点跑！"

黑孩用跑的姿式走到小石匠跟前，小石匠看了他一眼，问："你不冷？"

黑孩怔怔地盯着小石匠。小石匠穿着一条劳动布的裤子，一件劳动布夹克式上装，上装里套着一件火红色的运动衫，运动衫领子耀眼地翻出来，孩子盯着领口，象盯着一团火。

"看着我干什么？"小石匠轻轻拨拉了一下孩子的头，孩子的头象货郎鼓一样晃了晃。"你呀"，小石匠说，"生被你后娘给打傻了。"

小石匠吹着口哨，手指在黑孩头上轻轻地敲着鼓点，两人一起走上了九孔桥。黑孩很小心地走着，尽量使头处在最适宜小石匠敲打的位置上。小石匠的手指骨节粗大，坚硬得象小棒槌，敲在光头上很痛，黑孩忍着，一声不吭，只是把嘴角微微吊起来。小石匠的嘴非常灵巧，两片红润的嘴唇忽而噘起，忽而张开，从他唇间流出百灵鸟的婉啭啼声，响，脆，直冲到云霄里去。

过了桥上了对面的河堤,向西走半里路,就是滞洪闸,滞洪闸实际上也是一座桥,与桥不同的是它插上闸板能挡水,拔开闸板能放洪。河堤的漫坡上栽着一簇簇蓬松的紫穗槐。河堤里边是几十米宽的河滩地,河滩细软的沙土上,长着一些大水落后匆匆生出来的野草。河堤外边是辽阔的原野,连年放洪,水里挟带的沙土淤积起来,改良了板结的黑土,土地变得特别肥沃。今年洪水不大,没有危及河堤,滞洪闸没开闸滞洪,放洪区里种植了大片的孟加拉国黄麻。黄麻长得象原始森林一样茂密。正是清晨,还有些薄雾缭绕在黄麻梢头,远远看去,雾下的黄麻地象深邃的海洋。

小石匠和黑孩悠悠逛逛地走到滞洪闸上时,闸前的沙地上已集合了两堆人。一堆男,一堆女,象两个对垒的阵营。一个公社干部拿着一个小本子站在男人和女人之间说着什么,他的胳膊忽而扬起来,忽而垂下去。小石匠牵着黑孩,沿着闸头上的水泥台阶,走到公社干部面前。小石匠说:"刘副主任,我们村来了。"小石匠经常给公社出官差,刘副主任经常带领人马完成各类工程,彼此认识。黑孩看着刘副主任那宽阔的嘴巴。那构成嘴巴的两片紫色嘴唇碰撞着,发出一连串音节:"小石匠,又是你这个滑头小子!你们村真他妈的会找人,派你这个笊篱捞不住的滑蛋来,够我淘的啦。小工呢?"

孩子感到小石匠的手指在自己头上敲了敲。

"这也算个人?"刘副主任捏着黑孩的脖子摇晃了几下,黑孩的脚跟几乎离了地皮。"派这么个小瘦猴来,你能拿动锤子吗?"刘副主任虎着脸问黑孩。

"行了,刘副主任,刘太阳。社会主义优越性嘛,人人都要吃饭。黑孩家三代贫农,社会主义不管他谁管他?何况他没有亲娘跟着后娘过日子,亲爹鬼迷心窍下了关东,一去三年没个影,不知是被熊瞎子舔了,还是被狼崽子啖了。你的阶级感情哪儿去了?"小石匠把黑孩从刘太阳副主任手里拽过来,半真半假地说。

黑孩被推搡得有点头晕。刚才靠近刘副主任时,他闻到了那张阔嘴里喷出了一股酒气。一闻到这种味儿他就恶心,后娘嘴里也有这种味。爹走了以后,后娘经常让他拿着地瓜干子到小卖铺里去换酒。后娘一喝就醉,喝醉了他就要挨打,挨拧,挨咬。

"小瘦猴!"刘副主任骂了黑孩一句,再也不管他,继续训起话来。

黑孩提着那把羊角铁锤,焉儿古唧地走上滞洪闸。滞洪闸有一百米长,十几米高,闸的北面是一个和闸身等长的方槽,方槽里还残留着夏天的雨水。孩子站在闸上,把着石栏杆,望着水底下的石头,几条黑色的瘦鱼在石缝里笨拙地游动。滞洪闸两头连结着高高的河堤,河堤也就是通往县城的道路。闸身有五米宽,两边各有一道半米高的石栏杆。前几年,有几个骑自行车的人被马车搡到闸下,有的摔断了腿,有的摔折了腰,有的摔死了。那时候他比现在当然还小,但比现在身上肉多,那时候父亲还没去关东,后娘也不喝酒。他跑到闸上来看热闹,他来得晚了点,摔到闸下的人已被拉走了,只有闸下的水槽里还有几团发红发浑的地方。他的鼻子很灵,嗅到了水里飘上来的血腥味……

他的手扶住冰凉的白石栏杆,羊角锤在栏杆上敲了一下,栏杆和锤子一齐响起来。倾听着羊角铁锤和白石栏杆的声音,往事便从眼前消散了。太阳很亮地照着闸外大片的黄麻,他看到那些薄雾匆匆忙忙地在黄麻里钻来钻去。黄麻太密了,下半部似乎还有间隙,上半部的枝叶挤在一起,湿漉漉,油亮亮。他继续往西看,看到黄麻地西边有一块地瓜地,地瓜叶子紫勾勾地亮。黑孩知道这种地瓜是新品种,蔓儿短,结瓜多,面大味道甜,白皮红瓤儿,煮熟了就爆炸。地瓜地的北边是一片菜园,社员的自留地统统归了公,队里只好种菜园。黑孩知道这块菜园和地瓜都是五里外的一个村庄的,这个村子挺富。菜园里有白菜,似乎还有萝卜。萝卜缨儿绿得发黑,长得很旺。菜园子中间有两间孤独的房屋,住着一个孤独的老头,孩子都知道。菜园的北边是一望无际的黄麻。菜园的西边又是一望无际的黄麻。三面黄麻一面堤,使地瓜地和菜地变在一个方方的大井。孩子想着,想着,那些紫色的叶片,绿色的叶片,在一瞬间变成井中水,紧跟着黄麻也变成了水,几只在黄麻梢头飞蹿的麻雀变成了绿色的翠鸟,在水面上捕食鱼虾……

刘副主任还在训话。他的话的大意是,为了农业学大寨,水利是农业的命脉,八字宪法水是一法,没有水的农业就象没有娘的孩子,有了娘,这个娘也没奶子,有了奶子,这个奶子也是个瞎奶子,没有奶水,孩子活不了,活了也象那个瘦猴。(刘副主任用手指指着闸上的黑孩。黑孩背对着人群,他脊梁上有两块大疤瘌,被阳光照得忽啦忽啦打闪电)而且这个闸太窄,不安全,年年摔死人,公社革委特别重视,认真研究后决定加宽这个滞洪闸。因此调来了全公社各大队共合二百余名民工。第一阶段的任务是这样的,姑娘媳妇半老婆子加上那个瘦猴(他又指指闸上的孩子,阳光照着大疤瘌,象照着两面小镜子),把那五百方石头砸成柏子养心丸或者是鸡蛋黄那么大的石头子儿。石匠们要把所有的石料按照尺寸剥磨整齐。这两个是我们的铁匠(他指着两个棕色的人,这两个人一个高,一个低,一个老,一个少),负责修理石匠们秃了尖的钢钻子之类。吃饭嘛,离村近的回家吃,离村远的到前边村里吃,我们开了一个伙房。睡觉嘛,离村近的回家睡,离村远的睡桥洞(他指指滞洪闸下那几十个桥洞)。女的从东边向西睡,男的从西边向东睡。桥洞里铺着麦秸草,暄得象钢丝床,舒服死你们这些狗日的。

"刘副主任,你也睡桥洞吗?"

我是领导。我有自行车。我愿意在这儿睡不愿意在这儿睡是我的事,你别操心烂了肺。官长骑马士兵也骑马吗?狗日的,好好干,每天工分不少挣,还补你们一斤水利粮,两毛水利钱,谁不愿干就滚蛋。连小瘦猴也得一份钱粮,修完闸他保证要胖起来……

刘副主任的话,黑孩一句也没听到。他的两根细胳膊拐在石栏杆上,双手夹住羊角锤。他听到黄麻地里响着鸟叫般的音乐和音乐般的秋虫鸣唱。逃逸的雾气碰撞着黄麻叶子和深红或是淡绿的茎秆,发出震耳欲聋的声响。蚂蚱剪动翅羽的声音象火车过铁桥。他在梦中见过一次火车,那是一个独眼的怪物,叭着跑,比马还快,要是站着跑呢?那次梦中,火车刚站起来,他就被后娘的扫炕条帚打醒了。后娘让他去河里挑水。条帚打在他屁股上,不痛,只有热乎乎的感觉。打屁股的声音好象在很远的地方有人用棍子抽一麻袋棉花。他把扁担钩儿挽上去一扣,水桶刚刚离开地皮。担着满满两桶水,他听到自己的骨头"咯崩咯崩"地响。肋条跟胯骨连在了一起。爬陡峭的河堤时,他双手扶着扁担,摇摇晃晃。上堤的小路被一棵棵柳树扭得弯弯曲曲。柳树干上象装了磁铁,把铁皮水桶吸得摇摇摆摆。树撞了桶,桶把水撒在小路上,很滑,他一脚踏上去,象踩着一块西瓜皮。不知道用什么姿式他趴下了,水象瀑布一样把他浇湿了。他的脸碰破了路,鼻子尖成了一个平面,一根草梗在平面上印了一个小沟沟。几滴鼻血流到嘴里,他吐了一口,咽了一口。铁桶一跟欢唱着滚到河里去了。他爬起来,去追赶铁桶。两个桶一个歪在河边的水草里,一个被河水载着向前漂。他沿着水边追上去,脚下长满了四个棱的他和一班孩子们称之为"狗蛋子"的野草。尽管他用脚指头使劲扒着草根,还是滑到河里。河水温暖,没到了他的肚脐。裤头湿了,漂起来,围在他的腰间,象一团海蜇皮。他呼呼隆隆蹚着水追上去,抓住水桶,逆着水往回走。他把两只胳膊夯煞开,一只手拖着桶,另一只手一下一下划着水。水很硬,顶得他趔趔趄趄。他把身体斜起来,弓着脖子往前用力。好象有一群鱼把他包围了,两条大腿之间有若干温柔的鱼嘴在吻他。他停下来,仔细体会着,但一停住,那种感觉顿时就消逝了。水面忽地一暗,好象鱼群惊惶散开。一走起来,愉快的感觉又出现了,好象鱼儿又聚拢过来。于是他再也不停,半闭着眼睛,向前走啊,走……

"黑孩!"

"黑孩!"

他猛然惊醒,眼睛大睁开,那些鱼儿又忽地消失了。羊角铁锤从他手中挣脱了,笔直地钻到闸下的绿水里,溅起了一朵白菊花一样的水花。

"这个小瘦猴,脑子肯定有毛病。"刘太阳上闸去,拧着黑孩的耳朵,大声说:"过去,跟那些娘们砸石子去,看你能不能从里边认个干娘。"

小石匠也走上来,摸摸黑孩凉森森的头皮,说:"去吧,去摸上你的锤子来。砸几块算几块,砸够了就耍耍。"

"你敢偷奸磨滑我就割下你的耳朵下酒。"刘太阳张着大嘴说。

黑孩哆嗦了一下。他从栏杆空里钻出去,双手勾住最下边一根石杆,身子一下子挂在栏杆下边。

"你找死!"小石匠惊叫着,猫腰去扯孩子的手。黑孩往下一缩,身体贴在桥墩菱状突出的石棱上,轻巧地溜了下去。黑孩子贴在白桥墩上,象粉墙上一只壁虎。他哧溜到水槽里,把羊角锤摸上来,然后爬出水槽,钻进桥洞不见了。

"这小瘦猴!"刘太阳摸着下巴说,"他妈的这个小瘦猴!"

黑孩从桥洞里钻出来,畏畏缩缩地朝着那群女人走去。女人们正在笑骂着。话很脏,有几个姑娘夹杂在里边,想听又怕听,脸儿一个个红扑扑的象鸡冠子花。男孩黑黑地出现在她们面前时,她们的嘴一下子全封住了。愣了一会儿,有几个咬着耳朵低语,看着黑孩没反应,声音就渐渐大了起来。

"瞧瞧,这个可怜样儿!都什么节气了还让孩子光着。"

"不是自己腔里养出来的就是不行。"

"听说他后娘在家里干那行呢……"

黑孩转过身去,眼睛望着河水,不再看这些女人。河水一块红一块绿,河南岸的柳叶象蜻蜓一样飞舞着。

一个蒙着一条紫红色方头巾的姑娘站在黑孩背后,轻轻地问:"哎,小孩,你是哪个村的?"

黑孩歪歪头,用眼角扫了姑娘一下。他看到姑娘的嘴上有一层细细的金黄色的茸毛,她的两眼很大,但由于眼睫毛太多,毛茸茸的,显出一副睡眼惺松的样子。

"小孩,你叫什么名字?"

黑孩正和沙地上一棵老蒺藜作战,他用脚指头把一个个六个尖或是八个尖的蒺藜撕下来,用脚掌去捻。他的脚象骠马的硬蹄一样,蒺藜尖一根根断了,蒺藜一个个碎了。

姑娘愉快地笑起来:"真有本事,小黑孩,你的脚象挂着铁掌一样。哎,你怎么不说话?"姑娘用两个手指戳着孩子的肩头说:"听到了没有,我问你话呢!"

黑孩感觉到那两个温暖的手指顺着他的肩头滑下去,停到他背上的伤疤上。

"哎,这,是怎么弄的?"

孩子的两个耳朵动了动。姑娘这才注意到他的两耳长得十分夸张。

"耳朵还会动,哟,小兔一样。"

黑孩感觉到那只手又移到他的耳朵上,两个指头在捻着他漂亮的耳垂。

"告诉我,黑孩,这些伤疤,"姑娘轻轻地扯着男孩的耳朵把他的身体调转过来,黑孩齐着姑娘的胸口。他不抬头,眼睛平视着,看见的是一些由红线交叉成的方格,有一条梢儿发黄的辫子躺在方格布上。"是狗咬的?生疮啦?上树拉的?你这个小可怜……"

黑孩感动地仰起脸来,望着姑娘浑圆的下巴。他的鼻子吸了一下。

"菊子,想认个干儿吗?"一个脸盘肥大的女人冲着姑娘喊。

黑孩的眼睛转了几下,眼白象灰蛾儿扑楞。

"对,我就叫菊子,前屯的,离这儿十里,你愿意说话就叫我菊子姐好啦。"姑娘对黑孩说。

"菊子,是不是看上他了?想招个小女婿吗?那可够你熬的,这只小鸭子上架要得几年哩……"

"臭老婆,张嘴就喷粪。"姑娘骂着那个胖女人。她把黑孩牵到象山岭一样的碎石堆前,找了一块平整的石头摆好,说,"就坐在这儿吧,靠着我,慢慢砸。"她自己也找了一块光滑石头,给自己弄了个座位,靠着男孩坐下来。很快,滞洪闸前这一片沙地上,就响起了"噼噼啪啪"的敲打石头声。女人们以黑孩为话题议论着人世的艰难和造就这艰难的种种原因,这些"娘儿们哲学"里,永恒真理羼杂着胡说八道,菊子姑娘一点都没往耳里入,她很留意地观察着孩子。黑孩起初还以那双大眼睛的偶然一瞥来回答姑娘的关注,但很快就象入了定一样,眼睛大睁着,也不知他看着什么,姑娘紧张地看着他。他左手摸着石头块儿,右手举着羊角锤,每举一次都显得筋疲力竭,锤子落下时好象猛抛重物一样失去控制。有时姑娘几乎要惊叫起来,但什么也没发生,羊角铁锤在空中划着曲里拐弯的轨迹,但总能落到石头上。

黑孩的眼睛本来是专注地看着石头的,但是他听到了河上传来了一种奇异的声音,很象鱼群在喋喋,声音细微,忽远忽近,他用力地捕捉着,眼睛与耳朵并用,他看到了河上有发亮的气体起伏上升,声音就藏在气体里。只要他看着那神奇的气体,美妙的声音就逃跑不了。他的脸色渐渐红润起来,嘴角上漾起动人的微笑。他早忘记了自己坐在什么地方干什么,仿佛一上一下举着的手臂是属于另一个人的。后来,他感到右手食指一阵麻木,右胳膊也不由自主地抽搐了一下。他的嘴里突然迸出了一个音节,象哀叫又象叹息。低头看时,发现食指指甲盖已经破成好几半,几股血从指甲破缝里渗出来。

"小黑孩,砸着手了是不?"姑娘耸身站起,两步跨到孩子面前蹲下,"亲娘哟,砸成了什么样子?哪里有象你这样干活的?人在这儿,心早飞到不知哪国去了。"

姑娘数落着黑孩。黑孩用右手抓起一把土按到砸破的手指上。

"黑孩,你昏了?土里什么脏东西都有!"姑娘拖起黑孩向河边走去,孩子的脚板很响地扇着油光光的河滩地。在水边上蹲下,姑娘抓住孩子的手浸到河水里。一股小小的黄浊流在孩子的手指前形成了。黄土冲光手,血丝又渗出来,象红线一样在水里抖动,孩子的指甲象砸碎的玉片。

"痛吗?"

他不吱声。这时候他的眼睛又盯住了水底的河虾,河虾身体透亮,两根长须冉冉飘动,十分优美。

姑娘掏出一条绣着月季花的手绢,把他的手指包起来。牵着他回到石堆旁,姑娘说:"行了,坐着耍吧,没人管你,冒失鬼。"

女人们也都停下了手中的锤子,把湿漉漉的目光投过来,石堆旁一时很静。一群群绵羊般的白云从青蓝蓝的天上飞奔而过,投下一团团稍纵即逝的暗影,时断时续地笼罩着苍白的河滩和无可奈何的河水。女人们脸上都出现一种荒凉的表情,好像寸草不生的盐碱地。待了好长一会儿,她们才如梦初醒,重新砸起石子来,锤声寥落单调,透出了一股无可奈何的情绪。

黑孩默默地坐着,目不转睛地看着手绢上的红花儿。在红花旁边又有一朵花儿出现了,那是指甲里的血渗出来了。女人们很快又忘了他,"嘎嘎咕咕"地说笑起来。黑孩把伤手举起来放在嘴边,用牙齿咬开手绢的结儿,又用右手抓起一把土,按到伤指上。姑娘刚要开口说话,却发现他用牙齿和右手又把手绢扎好了。她长长地叹了一口气,举起锤子,沉重地打在一块酱红色的石片上。石片很坚硬,石棱儿象刀刃一样,石棱与锤棱相接,碰出了几个很大的火星,大白天也看得清。

中午,刘副主任骑着辆乌黑的自行车从黑孩和小石匠的村子里窜出来。他站在滞洪闸上吹响了收工哨。他接着宣布,伙房已经开火,离家五里以外的民工才有资格去吃饭。人们匆匆地收拾着工具。姑娘站起来。孩子站起来。

"黑孩,你离家几里?"

黑孩不理她,脑袋转动着,象在寻找什么。姑娘的头跟着黑孩的头转动,当黑孩的头不动了时,她也把头定住,眼睛向前望,正碰上小石匠活泼的眼睛,两人对视了几十秒钟。小石匠说:"黑孩,走吧,回家吃饭,你不用瞪眼,瞪眼也是白瞪眼,咱俩离家不到二里,没有吃伙房的福份。"

"你们俩是一个村的?"姑娘问小石匠。

小石匠兴奋地口吃起来,他用手指指村子,说他和黑孩就是这村人,过了桥就到了家。姑娘和小石匠说了一些平常但很热乎的话。小石匠知道了姑娘家住前屯,可以吃伙房,可以睡桥洞。姑娘说,吃伙房愿意,睡桥洞不愿意。秋天里刮秋风,桥洞凉。姑娘还悄悄地问小石匠黑孩是不是哑巴。小石匠说绝对不是,这孩子可灵性哩,他四五岁时说起话来就象竹筒里晃豌豆,咯崩咯崩脆。可是后来,话越来越少,动不动就象尊小石像一样发呆,谁也不知道他寻想着什么。你看看他那双眼睛吧,黑洞洞的,一眼看不到底。姑娘说看得出来这孩子灵性,不知为什么我很喜欢他,就象我的小弟弟一样。小石匠说,那是你人好心眼儿善良。

小石匠、姑娘、黑孩儿,不知不觉落到了最后边,他和她谈得很热乎,恨不得走一步退两步。黑孩跟在他俩身后,高抬腿、轻放脚,神情和动作都很象一只沿着墙边巡逻的小公猫。在九孔桥上,刚刚在紫穗槐树丛里耽误了时间的刘太阳骑着车子"嘎嘎啦啦"地赶上来,桥很窄,他不得不跳下车子。

"你们还在这儿磨蹭?黑猴,今天上午干得怎么样?噢,你的爪子怎么啦?"

"他的手让锤子打破了。"

"他妈的。小石匠,你今天中午就去找你们队长,让他趁早换人,出了人命我可担不起。"

"他这是公伤,你忍心撵他走?"姑娘大声说。

"刘主任,咱俩多年的老交情了,你说,这么大个工地,还多这么个孩子?你让他瘸着只手到队里去干什么?"小石匠说。

"瘦猴儿,真你妈的,"刘太阳沉吟着说,"给你调个活儿吧,给铁匠炉拉风匣,怎么样?会不会?"

孩子求援似地看看小石匠,又看看姑娘。

"会拉,是不是黑孩?"小石匠说。

姑娘也冲着他鼓励地点点头。

二

黑孩在铁匠炉上拉风箱拉到第五天,赤裸的身体变得象优质煤块一样乌黑发亮;他全身上下,只剩下牙齿和眼白还是白的。这样一来,他的眼睛就更加动人,当他闭紧嘴角看着谁的时候,谁的心就象被热铁烙着一样难受。他的鼻翼两侧的沟沟里落满煤屑,头发长出有半寸长了,半寸长的头发间也全是煤屑。现在,全工地的男人女人们都叫他"黑孩"儿,他谁也不理,连认真看你一眼也不。只有菊子姑娘和小石匠来跟他说话时,他才用眼睛回答他们。昨天中午,工地上的人们全去吃饭了,铁匠师傅的一把小锤和一个淬火用的新水桶被人偷走了。刘太阳在滞洪闸上大骂了半个小时。他分派给黑孩一个新任务：每天中午放工吃饭后，留在工地看守工具，午饭由铁匠师傅从伙房里带来。刘副主任说，便宜黑孩这个狗小子一顿午饭。

人全走了，喧闹了一上午的工地静得很。黑孩走出桥洞，在闸前的沙地上慢慢地踱步。他倒背着胳膊，双手捂着屁股，蹙着眉毛，额头上出现三道深深的皱纹。他翻来复去地数着桥洞，从两片嘴唇间"叭儿叭儿"地吐出一个个小泡泡儿。在第七个桥墩前，他站住了，然后双腿夹住桥墩的菱状石棱，一耸一耸地往上爬。爬到半截时，他滑了下来，肚皮上擦破了一大块，渗出一层血珠来。他弯腰抓起一把土，按到肚子上。然后倒退几步，抬起手掌打着眼罩，看着桥墩与桥面相接处那道石缝，他放心了。

很快地他又走到了妇女们砸石子的地方，他曾经坐过的那块石头没有了。他很准地找到了菊子姑娘的座位，他认识她那把六棱石匠锤。他坐在姑娘的座位上，不断地扭动着身体，变换着姿式，一直等调整到眼睛跟第七个桥墩上那条石缝成一条直线时，才稳稳地坐住，双眼紧盯着石缝里那个东西……

那天中午，他早早地跑到滞洪闸下，在西边第一个桥洞里蹲下来。他眼睛一遍遍地抚摸红炉、铁钳、大锤、小锤、铁桶、煤铲，甚至每块煤，甚至每块煤渣。快到上工时间了，他右手拿起煤铲，捅开了压住火的红炉，左手用力一拉风箱，煤烟和着煤灰飞起来，迷了眼睛，他使劲揉着，眼眶处充血发了紫。风箱里新勒了鸡毛，很沉，他一只手拉起来有些吃力。右手食指被碰了一下。看手指时才想起那条包着伤指的手绢。手绢已经不白了，月季花还是鲜红的。他转了一个念头，走出桥洞，四下打量着。在第七个桥墩前，他解下手绢用口叼着，费力地爬上去，把手绢塞到石缝里……三捅两戳，火灭了。他的额上沁出一层汗珠。这时桥洞外响起踢踢踏踏的脚步声，他惶恐地倒退着，一直退到脊背贴着凉凉的石壁。黑孩看到一个短腿的青年弯着腰走进桥洞，那姿式好象要证明桥洞很低他人很高。黑孩咧了咧嘴。短腿青年看着被捅灭的火炉和拉出半截的风箱，又看看紧贴石壁站着的他，骂一声："小狗崽子！你来折腾什么？火也捅灭了，风匣也拉歪了，欠揍的小混蛋。"黑孩听到头上响起一阵风声，感到有一个带棱角的巴掌在自己头皮上扇过去，紧接着听到一个很脆的响，象在地上摔死一只青蛙。

"滚出去砸你的石头子儿，小混蛋！"青年人骂着。

黑孩这才知道这就是小铁匠。小铁匠的脸上布满密集的粉刺疙瘩，鼻子象牛犊的鼻子一样，扁扁的，平平的，上边布满汗珠。黑孩看到小铁匠麻利地清理炉膛。又看着他从桥洞的角上抓过一把金黄的麦秸塞到炉膛里，点燃，轻轻地拉几下风箱，麦秸先冒出又轻又白的烟，紧跟着窜出火苗。小铁匠铲了一铲湿漉漉的煤,薄薄地撒在正在燃烧的麦秸上,拉几箱的手一直不停。又撒了一层煤。又撒了一层煤。炉里窜起焦黄的烟,烟里夹带着呛鼻子的煤味。小铁匠用铁铲尖儿把炉中煤一戳,几缕强劲有力的暗红色的火苗窜了出来,煤着了。

黑孩兴奋地"欧"了一声。

"你还不滚,小混蛋!"

一个又高又瘦的老头子慢吞吞地走进桥洞,问小铁匠:"不是压住火了吗?怎么又生?"他的语声沉闷,声音象是从胸膈以下发出来的。

"被这个小混蛋给捅灭了。"小铁匠抬起煤铲指指黑孩。

"你让他拉吗。"老头说。他把一块蛋黄色的油布围在腰间,把两块蛋黄色的油布绑在脚脖子上护住了脚面。油布上布满了火星烧成的洞洞眼眼。黑孩知道这就是老铁匠了。

"让他拉风匣,你专管打锤,这样你也轻松一点。"老铁匠说。

"让这么个毛孩子拉风匣?你看他瘦得那个猴样,在火炉边还不给烤成干柴棍儿!"小铁匠不满意的嘟哝着。

刘太阳一步闯进来,翻着眼皮说:"怎么啦?不是你说的要个拉火的吗?"

"要拉火的不要他!刘副,你看看他瘦得那个样子,恐怕连他妈的煤铲都拿不动,你派他来干什么?臭杞摆碟凑样数!"

"我知道你小子的鬼心眼子。你想要个大姑娘来给你拉火是不是?挑个最漂亮的,让那个蒙着紫红色方头巾的来?美得你这个臊包狗蛋!黑孩,拉风匣吧。"刘太阳冲着小铁匠说,"你他妈的好好教教他!"

黑孩畏畏缩缩地走到风箱前站定,目光却期待什么似地望着老铁匠的脸。孩子发现,老铁匠的脸色象炒焦了的小麦,鼻子尖象颗熟透了的山楂。他走上前来,教给黑孩一些烧火的要领。黑孩的耳朵抖动着,把老铁匠的话儿全听进去了。

刚开始拉火时,他手忙脚乱,满身都是汗水,火焰烤得他的皮肤象针尖刺着一样疼痛。老铁匠面部没有表情,僵硬犹如瓦片,连看也不看他一眼。黑孩咬着下嘴唇,不断地抬起黑胳膊擦着流到眼睛上边的汗水。他的鸡胸脯一起一伏,嘴和鼻孔象风箱一样"呼哧呼哧"喷着气。

小石匠送来磨秃的钢钻待修,看着黑孩那副样子,说:"能不能挺住?挺不住就吱一声,还去砸你的石头子儿。"

黑孩连头都没抬。

"这偏种!"小石匠把钢钻扔在地上,走了。但很快他又折了回来,和菊子姑娘一起。菊子把方头巾扎在脖子上,整个脸显得更加完整。

桥洞里的小铁匠忽然感到眼前一亮，使劲咽了一口唾液，又用肥厚的舌头舔了舔干裂的嘴唇。他的两只眼睛不比黑孩的眼睛小，但右眼里有一个鸭蛋皮色的"萝卜花"遮盖了瞳孔。天长日久地用左眼看东西，养成了脑袋往右歪的习惯。他的头枕在右肩上，左眼里射出一道灼热的光，直盯着姑娘红扑扑的脸膛。十八磅的大铁锤头朝下站在他的两腿间，他手扶锤把子，象拄着一根拐棍。

炉中烟火升腾，黑烟挟带着火星直冲到桥面上，又愤怒地反扑下来。孩子的脸笼罩在烟雾里，他咳嗽着，胸脯里"呲呲"地响。老铁匠冷冷地看了黑孩一眼，从磨得油亮的皮口袋里掏出烟袋，慢吞吞地装上烟，就着炉火点燃，把两股白烟喷进黑色烟里，鼻孔里两撮黑毛抖动着，他从烟雾里漠然地看了一眼桥洞口的小石匠和菊子，这才对黑孩说："少加煤，撒匀一点。"

孩子急促地拉着风箱，瘦身子前倾后仰，炉火照着他汗湿的胸脯，每一根肋巴条都清清楚楚。左胸脯的肋条缝中，他的心脏象只小耗子一样可怜巴巴地跳动着。老铁匠说："拉长一点，一下是一下。"

菊子姑娘看到黑孩的下唇流出深红的血，眼睛里顿时充满泪水。她喊道："黑孩，不给他们干了。走，回去跟我砸石子儿。"她走到风箱前，捏住了黑孩那两条干柴棍一样的细胳膊。黑孩拼命挣扎着，喉咙里呜呜地响着，象一条要咬人的小狗。他身体很轻，姑娘架着他的胳膊把他端出了桥洞，他粗糙的脚趾划着地面，地上的碎石片儿哗哗地响着。

"黑孩，咱不给他们干了，你顶不住烟熏火燎，你这么瘦，流光了汗，就烤成锅巴啦。还是跟姐姐去砸石子儿轻松。"一边说着，一边把他放下，用一只手拖着他往石堆那边走。她的胳膊粗壮有力，手很大很柔软，捏着黑孩的手腕，象捏着一条小山羊腿。黑孩打着坠，脚后跟哗哗啦啦犁着地上的碎石片。"小傻瓜，小拗种，好好跟我走。"姑娘停住脚，回头对他说着，手用力捏捏他的腕子，"看看你这小狗腿，我要一用劲，保准捏碎了，那么重的活你怎么干得了？"黑孩恨恨地盯了她一眼，猛地低下头，在姑娘胖胖的手腕上狠狠地咬了一口。她"哎哟"了一声，松开手，黑孩转身跑回了桥洞。

黑孩的牙齿十分锋利，姑娘的手腕上被咬出了两排深深的牙印。他的犬齿是两个锥牙儿，这两个锥牙在姑娘腕上钻出了两个流血的小洞。小石匠关切地走上前去，掏出一条皱巴巴的手绢要给姑娘包扎。她推开他，眼睛也不看他，弯腰从地上抓起一把土，按在伤口上。

"有病菌！"小石匠吃惊地叫喊。

姑娘走回乱石堆前，寻着自己的座位坐下来，呆呆地瞅着河水上层出不穷的波纹，一块石头儿也不砸。

"看看，又傻了一个。"

"黑孩八成会使魔法。"

女人们咬着耳朵低语。

"黑孩,你给我滚出来,狗崽子,狗咬吕洞宾,不识好人心。"小石匠骂着往铁匠炉所在的桥洞里走。

一股脏乎乎、热烘烘的水泼出来,劈头盖脸蒙住了小石匠。小石匠对得正,桥洞里瞄得准,半桶水几乎没浪费一滴。他柔软的黄头发上,劳动布夹克衫上、大红运动衫翻领上,沾满了铁屑和煤灰,脏水象小溪一样从头往脚流。

"瞎了狗眼了!"小石匠大骂着冲进桥洞,"谁干的?说,谁干的?"

没有人答理他。桥洞里黑烟散尽,炉火正旺,紫红色的老铁匠用一把长长的铁钳子把一根烧得发白透亮的钢钻子从炉里夹出来,钻子尖上"噼噼"地爆着耀眼的钢花。老铁匠把钻子放在铁砧上,用小叫锤敲了一下铁砧的边缘,铁砧清脆地回答着他。他的左手操着长把铁钳,铁钳夹着钻子,钻子按着他的意思翻滚着;右手的小右锤很快地敲着钢钻。他的小锤敲到哪儿,独眼小铁匠的十八磅大铁锤就打到哪儿。老铁匠的小锤象鸡啄米一样迅疾,小铁匠的大锤一步不让,桥洞里习习生出热风。在惊心动魄的锻打声中,钢钻子火星四溅,火星溅到老铁匠和小铁匠围腰护脚的油布上,"滋滋"地冒着白色的烟。火星也飞到了黑孩裸露的皮肤上,他咧着嘴,龇出两排雪白的小狼牙齿。钢火在他肚皮上烫起几个大燎泡,他一点都没有痛的表情,眼睛里跳动着心荡神迷的火苗,两个瘦削的肩头耸起来,脖子使劲缩着,双臂交叠在胸前,手捂着下巴和嘴巴,挤得鼻子上满是皱纹。

秃钻子被打出了尖,颜色暗淡下来——先是殷红,继而是银白。地下落着一层灰白的铁屑,铁屑引燃了一根草梗,草梗悠闲地冒着袅袅的白烟。

"谁他妈的泼了我?"小石匠盯着小铁匠骂。

"老子泼的,怎么着?"小铁匠遍体放光,双手挂着锤把,优雅地歪着头,说。

"你瞎眼了吗?"

"瞎了一个。老爹泼水你走路,碰上了算你运气。"

"你讲理不讲?"

"这年头,拳头大就有理。"小铁匠捏起拳头,胳膊上的肉隆起来。

"来吧,独眼龙!老子今天把你这只狗眼也打瞎。"小石匠怒气冲冲地靠了前,老铁匠好象无意地往前跨了一步,撞了他一下。小石匠猛然觉得老人那双深深地眍着的眼窝里射出了一股物质,好象暗示着什么,他顿时感到浑身肌肉松弛。老铁匠微微扬起脸,极随便地哼唱了一句说不出是什么味道的戏文或是歌词来。

恋着你刀马娴熟通晓诗书少年英武,跟着你闯荡江湖风餐露宿吃尽了世上千般苦。

老铁匠只唱了这一句,声音戛然而止,听得出他把一大截悲怆凄楚的尾音咽进了肚子。老铁匠又看了小石匠一眼,低下头去给刚打出尖的钻子淬火。淬火前,他捋起右手衣袖,把手伸进水桶里试着水温,他的小臂上有一个深紫色的伤疤,圆圆的,中间凸出,尽管这个伤疤不象一只眼睛,但小石匠却觉得这个紫疤象一只古怪的眼睛盯着自己。他撇了一下嘴,恍恍惚惚象中了魔症,飘飘地出了桥洞,红炉这边,一下午没见到他的影子。

……孩子的眼睛酸了,头皮也晒得发烫。他从姑娘的座位上站起来,踱回到铁匠炉边,桥洞里很暗,他摸摸索索地坐在老铁匠的马扎上,什么都不想的时候,双手便火烧火燎地痛起来,他把手放在凉森森的石壁上,赶快去想过去的事情。

三天前,老铁匠请假回家拿棉衣和铺盖,他说人老了腿值钱,不愿天天往家跑,在红炉边絮个铺,冻不着的。(黑孩抬眼看看老铁匠的铺。桥洞的北边已经用闸板堵起来了,几缕亮光从板缝里漏进来,斜照着老铁匠那件油晃晃的棉袄和那条狗毛脱落的皮褥子。)老师傅回了家,小铁匠成了一洞之主。那天上午进桥洞来,他挺着胸,凸着肚,好颜好色地说:"黑孩,生火,老东西回家了,咱们俩干。"

黑孩看着他。

"瞪什么眼,兔崽子!你瞧不起老子是不?老子跟着老东西已经熬了整三年啦,他那点把戏我全知道。"小铁匠说。

黑孩懒洋洋地生起火来。小铁匠得意地哼着什么。他把几支头天没来得及修的钢钻插进炉膛烧着。黑孩把火拉得很旺,照着自己的黑脸透出红来。小铁匠忽然笑起来,说:"黑孩,你小子冒充老红军准行,浑身是疤。"

孩子使劲拉火。

"这几天怎么也不见你那个浪干娘来看你啦?你咬了她一口,把她得罪啦,狗儿子。她的胳膊什么味儿?是酸的还是甜的?你狗日的好口福。要是让我捞到她那条白嫩胳膊,我象吃黄瓜一样啃着吃了。"

黑孩提起长钳,夹起一根烧透了的钢钻扔到砧子上。

"哟,儿子,好快!"小铁匠抄起一把比大锤小比小锤大的中锤,一手掌钳,一手抡锤,狠狠地打起来。黑孩呆呆地看着。小铁匠一身好力气,铁锤耍得出神出鬼,打出的钢钻尖儿棱角分明,象支削好的铅笔。黑孩很悲哀地看着老铁匠那把小叫锤儿。小铁匠用铁钳夹着打好的钢钻到桶边淬火,他淬火的动作跟老铁匠一模一样。黑孩背过脸,又去看那把躺在砧子旁边的小叫锤,小叫锤的木把儿象老牛的角尖一样又光又滑。

透明的红萝卜

小铁匠好马快刀,一会儿功夫就修好十几支钢钻。他得意地坐在师傅的马扎上卷烟。卷好烟,插进嘴,吩咐黑孩夹过一块通红的炭给他点着。

"儿子,看到了吧?没有老梆子我们照样干!"

小铁匠正得意着,刚才拿走钻子的石匠们找他来了。

"小铁匠,你淬得什么鸟火?不是崩头就是弯尖,这是剥石头,不是打豆腐。没有弯弯肚子,别吞镰头刀子。等你师傅回来吧,别拿着我们的钢钻练功夫。"

石匠们把那十几支坏钻子扔在地上,走了。小铁匠脸变了色,咋呼着黑孩拉火烧钻子。一会儿功夫他又把钻子打好,淬好,亲自抱着送到工地上。他前脚进了桥洞,石匠们后脚就跟来了。坏钻子扔在地上,脏话扔在小铁匠头上:"去你娘的蛋,别耍我们的大头了,看看你淬的火!全崩了你娘的尖啦!"

黑孩看看小铁匠,嘴角上漾出两道纹来,谁也不知道他是高兴还是难过。小铁匠把工具摔得"噼哩卡啦"响,蹲到地上,呼呼地吐闷气。他抽了一支烟,那只独眼古噜噜地转着,射出迷茫暴躁的光线,两条大蝌蚪一样的眉毛急遽地扭动着。他扔掉烟屁股,站起来,说:

"妈的,就不信羊不吃蒿子!黑孩,拉火再干!"

黑孩无精打采地拉着风箱,动作一下比一下迟缓。小铁匠催他,骂他,他连头都不抬。钻子又烧好了。小铁匠草草打了几锤,就急不可耐地到桶边淬火。这次他改变了方式,不是象老铁匠那样一点点地淬,而是整个钻子一下插到水里。桶里的水吱吱地叫着,一股白气绞着麻花冲起来。小铁匠把钢钻提起来,举到眼前,歪着头察看花纹和颜色。看了一阵,他就把这支钻子放在砧子上,用锤轻轻一敲,钢钻断成两半。他沮丧地把锤子扔到地上,把那半截钻子用力甩到桥洞外边去。坏钻子躺在洞前石片上,怎么看都难受。

"去把那根钻子捡回来!"小铁匠怒冲冲地吩咐黑孩。黑孩的耳朵动了动,脚却没有动。他的屁股上挨了一脚,肩膀上被捅了一钳子,耳边响起打雷一样的吼声:"去把钻子捡回来。"

黑孩垂着头走到钻子前,一点一点弯下腰去,伸手把钻子抓起来。他听到手里"滋滋啦啦"地响,象握着一只知了。鼻子里也嗅到炒猪肉的味道。钻子沉重地掉在地上。

小铁匠一愣,紧接着大笑起来:"兔崽子,老子还忘了钻子是热的,烫熟了猪爪子,啃吧!"

黑孩走回桥洞,一眼也不看小铁匠,把烫熟了皮肉的手淹到水桶里泡了泡,又慢悠悠走出桥洞。他弯下腰去,仔细地端详着那半截钢钻子。钢钻是银灰色的,表面粗糙,有好多小颗粒。地上的湿土在钢钻下冒着白气,那白气很细,若有若无。他更低地俯下身去,屁股高高地翘起来,大裤头全褪到屁股上,露出比小腿颜色略浅的大腿。他的一只手捂在背上,一只手从肩前垂下去,慢慢地接近钢钻,水珠沿着指尖滴下去,钢钻子嗤啦一声响。水珠在钻子上跳动着,叫着,缩小着,变成一圈波纹,先扩大一下,立即收缩,终于消逝了。他的指尖已经感到了钢钻的灼热,这种灼热感一直传导到他心里去。

"你他妈的在那儿干什么,弯腰撅腚,冒充走资派吗?"小铁匠在桥洞里喊他。

他一把攥住钢钻,哆嗦着,左手使劲抓着屁股,不慌不忙走回来。小铁匠看到黑孩手里冒出黄烟,眼象风瘫病人一样呙斜着叫:"扔、扔掉!"他的嗓子变了调,象猫叫一样,"扔掉呀,你这个小混蛋!"

黑孩在小铁匠面前蹲下,松开手,抖了两抖,钻子打了两滚儿躺在小铁匠脚前。然后就那么蹲着,仰望着小铁匠的脸。

小铁匠浑身哆嗦起来:"别看我,狗小子,别看我。"他拧过脸去。黑孩站起来,走出桥洞……他记得他走出桥洞后望了一会儿西天,天上连一丝云彩也没有,只有半个又白又薄的月亮,象一块小小的云……

他想得很累,耳朵里有蜜蜂的叫声。从马扎子上起来,走到老铁匠的铺前躺下来。头枕着棉袄,眼皮不知不觉合上了。他感到有一个人在抚摸自己的脸,抚摸自己的手,痛,他忍着。有两滴沉甸甸的水珠落下来,一滴落在两片唇间,他咽了;一滴打到鼻尖上,鼻子被砸得酸溜溜的。

"黑孩、黑孩,醒醒,吃饭啦。"

他觉得鼻子酸得厉害,匆忙爬起来,看着姑娘。有两股水儿想从眼窝里滚出来,他使劲憋住,终于让水儿流进喉咙。

"给你。"姑娘解开那条紫红色头巾。头巾里包着两个窝窝头。一个窝窝头的眼里塞着一根腌黄瓜,一个窝窝头眼里栽着一棵大葱。一根长长的梢儿发黄的头发沾在窝窝头上。姑娘用两个指头拈起头发,轻轻一弹,头发落地时声音很响,黑孩听到了。

"吃吧,你这条小狗!"姑娘摸着他的脖子说。

黑孩咬葱咬黄瓜咬窝窝头,一边咀嚼一边看姑娘。

"手是怎么烫的?是不是独眼龙使坏?还咬我吗?看看你的狗牙多快。"

孩子的耳朵使劲忽扇着,左手举起窝窝头,右手举起大葱腌黄瓜,遮住了脸。

三

夜里,莫名其妙地下了一场雷阵雨。清晨上工时,人们看到工地上的石头子儿被洗得干干净净,沙地被拍打得平平整整。闸下水槽里的水增了两拃,水面蓝汪汪地映出天上残余的乌云。天气仿佛一下子冷了,秋风从桥洞里穿过来,和着海洋一样的黄麻地里的飕飕之声,使人感到从心里往外冷。老铁匠穿上了他那件亮甲似的棉袄,棉袄的扣子全掉光了,只好把两扇襟儿交错着掩起来,拦腰捆上一根红色胶皮电线。黑孩还是只穿一条大裤头子,光背赤足,但也看不出他有半点瑟缩。他原来扎腰的那根布条儿不知是扔了还是藏了,他腰里现在也扎着一节红胶皮电线。他的头发这几天象发疯一样地长,已经有二寸长,头发根根竖起,象刺猬的硬毛。民工们看着他赤脚踩着石头上积存的雨水走过工地,脸上都表现出怜悯加敬佩的表情来。

"冷不冷?"老铁匠低声问。

黑孩惶惑地望着老铁匠,好象根本不理解他问话的意思。"问你哩!冷吗?"老铁匠提高了声音。惶惑的神色从他眼里消失了,他垂下头,开始生火。他左手轻拉风箱,右手持煤铲,眼睛望着燃烧的麦秸草。老铁匠从草铺上拿起一件油腻腻的褂子给黑孩披上。黑孩扭动着身体,显出非常难受的样子。老铁匠一离开,他就把褂子脱下来,放回到铺上去。老铁匠摇摇头,蹲下去抽烟。

"黑孩,怪不得你死活不离开铁匠炉,原来是图着烤火暖和哩,妈的,人小心眼儿不少。"小铁匠打了一个百无聊赖的呵欠,说。

工地上响起哨子声,刘副主任说,全体集合。民工们集合到闸前向阳的地方,男人抱着膀子,女人纳着鞋底子。黑孩偷觑着第七个桥墩上的石缝,心里忐忑不安。刘副主任说,天就要冷,因此必须加班赶,争取结冰前浇完混凝土底槽。从今天起每晚七点到十点为加班时间,每人发给半斤粮,两毛钱。谁也没提什么意见。二百多张脸上各有表情。黑孩看到小石匠的白脸发红发紫,姑娘的红脸发灰发白。

当天晚上,滞洪闸工地上点亮了三盏气灯。气灯发着白炽刺眼的光,一盏照耀石匠们的工场,一盏照着妇女们砸石子儿的地方。妇女们多数有孩子和家务,半斤粮食两毛钱只好不挣。灯下只围着十几个姑娘。她们都离村较远,大着胆子挤在一个桥洞里睡觉,桥洞两头都堵上了闸板,只在正面留了个洞,钻进钻出。菊子姑娘有时钻桥洞,有时去村里睡(村里有她一个姨表姐,丈夫在县城当临时工,有时晚上不回家睡,表姐就约她去作伴)。第三盏气灯放在铁匠炉的桥洞里,照着老年青年和少年。石匠工场上锤声叮当,钢钻子啃着石头,不时迸出红色的火星。石匠们干得还算卖劲,小石匠脱掉夹克衫,大红运动衣象火炬一样燃烧着。姑娘们围灯坐着,产生许多美妙联想。有时嘎嘎大笑,有时窃窃私语,砸石子的声音零零落落。在她们发出的各种声音的间隙里,充填着河上的流水声。菊子放下锤子,悄悄站起来,向河边走去。灯光把她的影子长长地投在沙地上。"当心被光棍子把你捉去。"一个姑娘在菊子身后说。菊子很快走出灯光的圈子。这时她看到的灯光象几个白亮亮的小刺球,球刺儿伸到她面前停住了,刺尖儿是红的、软的。后来她又迎着灯光走上去。她忽然想去看看黑孩儿在干什么,便躲避着灯光,闪到第一个桥墩的暗影里。

她看到黑孩儿象个小精灵一样活动着,雪亮的灯光照着他赤裸的身体,象涂了一层釉彩。仿佛这皮肤是刷着铜色的陶瓷橡皮,既有弹性又有韧性,撕不烂也扎不透。黑孩似乎胖了一点点,肋条和皮肤之间疏远了一些。也难怪他,每天中午她都从伙房里给他捎来好吃的。黑孩很少回家吃饭,只是晚上回家睡觉,有时候可能连家也不回——姑娘有天早晨发现他从桥洞里钻出来,头发上顶着麦秸草。黑孩双手拉着风箱,动作轻柔舒展,好象不是他拉着风箱而是风箱拉着他。他的身体前倾后仰,脑袋象在舒缓的河水中漂动着的西瓜,两只黑眼睛里有两个亮点上下起伏着,如萤火虫优雅地飞动。

小铁匠在铁钻子旁边以他一贯的姿式立着,双手拄着锤柄,头歪着,眼睛瞪着,象一只深思熟虑的小公鸡。

老铁匠从炉子里把一支烧熟的大钢钻夹了出来,黑孩把另一支坏钻子捅到大钢钻腾出的位置上。烧透的钢钻白里透着绿。老铁匠把大钢钻放到铁砧上,用小叫锤敲砧子边,小铁匠懒洋洋地抄起大锤,象抡麻秆一样抡起来,大锤轻飘飘地落在钢钻子上,钢花立刻光彩夺目地向四面八方飞溅。钢花碰到石壁上,破碎成更多的小钢花落地,钢花碰到黑孩微微凸起的肚皮,软绵绵地弹回去,在空中画出一个个漂亮的半圆弧,坠落下去。钢花与黑孩肚皮相撞以及反弹后在空中飞行时,空气摩擦发热发声。打过第一锤,小铁匠如同梦中猛醒一般绷紧肌肉,他的动作越来越快。姑娘看到石壁上一个怪影在跳跃,耳边响彻"咣咣咣咣"的钢铁声。小铁匠塑铁成形的技术已经十分高超,老铁匠右手的小叫锤只剩下干敲砧子边的份儿。至于该打钢钻的什么地方,小铁匠是一目了然。老铁匠翻动钢钻,眼睛和意念刚刚到了钢钻的某个需要锻打的部位,小铁匠的重锤就敲上去了,甚至比他想的还要快。

姑娘目瞪口呆地欣赏着小铁匠的好手段,同时也忘不了看着黑孩和老铁匠。打得最精彩的时候,是黑孩最麻木的时候(他连眼睛都闭上了,呼吸和风箱同步),也是老铁匠最悲哀的时候,仿佛小铁匠不是打钢钻而是打他的尊严。

钢钻锻打成形,老铁匠背过身去淬火,他意味深长地看了小铁匠一眼,两个嘴角轻蔑地往下撇了撇。小铁匠直勾勾地看着师傅的动作。姑娘看到老铁匠伸出手试试桶里的水,把钻子举起来看了看,然后身体弯着象对虾,眼瞅着桶里的水,把钻子尖儿轻轻地、试试探探地触及水面,桶里水"咝咝"地响着,一股很细的蒸气窜上来,笼罩住老铁匠的红鼻子。一会儿,老铁匠把钢钻提起来举到眼前,象穿针引线一样瞄着钻子尖,好象那上边有美妙的画图,老头脸上神采飞扬,每条皱纹里都溢出欣悦。他好象得出一个满意答案似地点点头,把钻子全淹到水里,蒸气轰然上升,桥洞里形成一个小小的蘑菇烟云。气灯光变得红殷殷的,一切全都朦胧晃动。雾气散尽,桥洞里恢复平静,依然是黑孩梦幻般拉风箱,依然是小铁匠公鸡般冥思苦想,依然是老铁匠如枣者脸如漆者眼如屎克螂者臂上疤痕。

老铁匠又提出一支烧熟的钢钻,下面是重复刚才的一切,一直到老铁匠要淬火时,情况才发生了一些变化。老铁匠伸手试水温。加凉水。满意神色。正当老铁匠要为手中的钻子淬火时,小铁匠耸身一跳到了桶边,非常迅速地把右手伸进了水桶。老铁匠连想都没想,就把钢钻戳到小伙子的右小臂上。一股烧焦皮肉的腥臭味儿从桥洞里飞出来,钻进姑娘的鼻孔。

小铁匠"嗷"地号叫一声,他直起腰,对着老铁匠恶狠狠地笑着,大声喊:"师傅,三年啦!"

老铁匠把钢钻扔在桶里,桶里翻滚着热浪头,蒸气又一次弥漫桥洞。姑娘看不清他们的脸子,只听到老铁匠在雾中说:"记住吧!"

没等烟雾散尽她就跑了,她使劲捂住嘴,有一股苦涩的味儿在她胃里翻腾着。坐在石堆前,旁边一个姑娘调皮地问她:"菊子,这一大会儿才回去,是跟着大青年钻黄麻地了吧?"她没有回腔,听凭着那个姑娘奚落。她用两个手指捏着喉咙,极力不让自己发出声音。

收工的哨声响了。三个钟头里姑娘恍惚在梦幻中。"想汉子了吗?菊子?""走吧,菊子。"她们招呼着她。她坐着不动,看着灯光下憧憧的人影。

"菊子,"小石匠板板整整地站在她身后说,"你表姐让我捎信给你,让你今夜去作伴,咱们一道走吗?"

"走吗?你问谁呢?"

"你怎么啦?是不是冻病啦?"

"你说谁冻病啦?"

"说你哩!"

"别说我。"

"走吗?"

"走。"

石桥下水声响亮,她站住了。小石匠离她只有一步远。她回过头去,看到滞洪闸西边第一个桥洞还是灯火通明,其他两盏气灯已经熄灭。她朝滞洪闸工地走去。

"找黑孩吗?"

"看看他。"

"我们一块去吧,这小混蛋,别迷迷糊糊掉下桥。"

菊子感觉到小石匠离自己很近了,似乎能听到他"砰砰"的心跳声。走着,走着。她的头一倾斜,立刻就碰到小石匠结实的肩膀,她又把身子往后一仰,一只粗壮的胳膊便把她揽住了。小石匠把自己一只大手捂在姑娘窝窝头一样的乳房上,轻轻地按摩着,她的心在乳房下象鸽子一样乱扑楞。脚不停地朝着闸下走,走进亮圈前,她把他的手从自己胸前移开。他通情达理地松开了她。

"黑孩!"她叫。

"黑孩!"他也叫。

小铁匠用只眼看着她和他,腮帮子抽动一下。老铁匠坐在自己的草铺上,双手端着烟袋,象端着一杆盒子炮。他打量了一下深红色的菊子和淡黄色的小石匠,疲惫而宽厚地说:"坐下等吧,他一会儿就来。"

……黑孩提着一只空水桶,沿着河堤往上爬。收工后,小铁匠伸着懒腰说:"饿死啦。黑孩,提上桶,去北边扒点地瓜,拔几个萝卜来,我们开夜餐。"

黑孩睡眼迷蒙地看看老铁匠。老铁匠坐在草铺上,象只羽毛凌乱的败阵公鸡。

"瞅什么?狗小子,老子让你去你尽管去。"小铁匠腰挺得笔直,脖子一抻一抻地说。他用眼扫了一下瘫坐在铺上的师傅。胳膊上的烫伤很痛,但手上愉快的感觉完全压倒了臂上的伤痛,那个温度可是绝对的舒适绝对的妙。

黑孩拎起一只空水桶,踢踢踏踏往外走。走出桥洞,仿佛"忽通"一声掉下了井,四周黑得使他的眼睛里不时迸出闪电一样的虚光,他胆怯地蹲下去,闭了一会眼睛。当他睁开眼睛时,天色变淡了,天空中的星光暖暖地照着地,也照着瓦灰色的大地……

河堤上的紫穗槐枝条交叉伸展着,他用一只手分拨着枝条,仄着肩膀往上走。他的手捋着湿漉漉的枝条和枝条顶端一串串结实饱满的树籽,微带苦涩的槐枝味儿直往他面上扑。他的脚忽然碰到一个软绵绵热乎乎的东西,脚下响起一声"唧喳",没及他想起这是只花脸鹌,这只花脸鹌就懵头转向地飞起来,象一块黑石头一样落到堤外的黄麻地里。他惋惜地用脚去摸花脸鹌适才趴窝的地方,那儿很干燥,有一簇干草,草上还留着鸟儿的体温。站在河堤上,他听到姑娘和小石匠喊他。他拍了一下铁桶,姑娘和小石匠不叫了。这时他听到了前边的河水明亮地向前流动着,村子里不知哪棵树上有只猫头鹰凄厉地叫了一声。后娘一怕天打雷,二怕猫头鹰叫。他希望天天打雷,夜夜有猫头鹰在后娘窗前啼叫。槐枝上的露水把他的胳膊濡湿了,他在裤头上擦擦胳膊。穿过河堤上的路走下堤去。这时他的眼睛适应了黑暗,看东西非常清楚,连咖啡色的泥土和紫色的地瓜叶儿的细微色调差异也能分辨。他在地里蹲下,用手扒开瓜垅儿,把地瓜撕下来,"叮叮当当"地扔到桶里。扒了一会儿,他的手指上有什么东西掉下,打得地瓜叶儿哆嗦着响了一声。他用右手摸摸左手,才知道那个被打碎的指甲盖儿整个儿脱落了。水桶已经很重,他拐着水桶往北走。在萝卜地里,他一个挨一个地拔了六个萝卜,把缨儿拧掉扔在地上,萝卜装进水桶……

"你把黑孩弄到哪儿去了?"小石匠焦急地问小铁匠。

"你急什么?又不是你儿子!"小铁匠说。

"黑孩呢?"姑娘两只眼盯着小铁匠一只眼问。

"等等,他扒地瓜去了。你别走,等着吃烤地瓜。"小铁匠温和地说。

"你让他去偷?"

"什么叫偷?只要不拿回家去就不算偷!"小铁匠理直气壮地说。

"你怎么不去扒?"

"我是他师傅。"

"狗屁!"

"狗屁就狗屁吧!"小铁匠眼睛一亮,对着桥洞外骂道:"黑孩,你他妈的去哪里扒地瓜?是不是到了阿尔巴尼亚?"

黑孩歪着肩膀,双手提着桶鼻子,趔趔趄趄地走进桥洞,他浑身沾满了泥土,象在地里打过滚一样。

"哟,我的儿!真够下狠的了,让你去扒几个,你扒来一桶!"小铁匠高声地埋怨着黑孩,说,"去,把萝卜拿到池子里洗洗泥。"

"算了,你别指使他了。"姑娘说,"你拉火烤地瓜,我去洗萝卜。"

小铁匠把地瓜转着圈子垒在炉火旁,轻松地拉着火。菊子把萝卜提回来,放在一块干净石头上。一个小萝卜滚下来,沾了一身铁屑停在小石匠脚前,他弯腰把它捡起来。

"拿来,我再去洗洗。"

"算了,光那五个大萝卜就尽够吃了。"小石匠说着,顺手把那个小萝卜放在铁砧子上。

黑孩走到风箱前,从小铁匠手里把风箱拉杆接过来。小铁匠看了姑娘一眼,对黑孩说:"让你歇歇哩,狗日的。闲着手痒痒?好吧,给你,这可不怨我,慢着点拉,越慢越好,要不就烤糊了。"

小石匠和菊子并肩坐在桥洞的西边石壁前。小铁匠坐在黑孩后边。老铁匠面南坐在北边铺上,烟锅里的烟早烧透了,但他还是双手捧烟袋,双肘支在膝盖上。

夜已经很深了,黑孩温柔地拉着风箱,风箱吹出的风犹如婴孩的鼾声。河上传来的水声越加明亮起来,似乎它既有形状又有颜色,不但可闻,而且可见。河滩上影影绰绰,如有小兽在追逐,尖细的趾爪踩在细沙上,声音细微如同毳毛纤毫毕现,有一根根又细又长的银丝儿,刺透河的明亮音乐穿过来。闸北边的黄麻地里,"泼剌剌"一声响,麻秆儿碰撞着,摇晃着,好久才平静。全工地上只剩下这盏气灯了,开初在那两盏气灯周围寻找过光明的飞虫们,经过短暂的迷惘之后,一齐麇集到铁匠炉边来,为了追求光明,把气灯的玻璃罩子撞得"哗哗啪啪"响。小石匠走到气灯前,捏着气杆,"噗唧噗唧"打气。气灯玻璃罩破了一个洞,一只蝼蛄猛地撞进去,炽亮的石棉纱罩撞掉了,桥洞里一团黑暗。待了一会儿,才能彼此看清嘴脸。黑孩的风箱把炉火吹得如几片柔软的红绸布在抖动,桥洞里充溢着地瓜熟了的香味。小铁匠用铁钳把地瓜挨个翻动一遍。香味愈来愈浓,终于,他们手持地瓜红萝卜吃起来。扒掉皮的地瓜白气袅袅,他们一口凉,一口热,急一口,慢一口,咯咯吱吱,唏唏溜溜,鼻尖上吃出汗珠。小铁匠比别人多吃了一个萝卜两个地瓜。老铁匠一点也没吃,坐在那儿如同石雕。

"黑孩,回家吗?"姑娘问。

黑孩伸出舌头,舔掉唇上残留的地瓜渣儿,他的小肚子鼓鼓的。

"你后娘能给你留门吗?"小石匠说,"钻麦秸窝儿吗?"

黑孩咳嗽了一声。把一块地瓜皮扔到炉火里,拉了几下风箱,地瓜皮卷曲,燃烧,桥洞里一股焦糊味。

"烧什么你?小杂种,"小铁匠说,"别回家,我收你当个干儿吧,又是干儿又是徒弟,跟着我闯荡江湖,保你吃香的喝辣的。"

小铁匠一语未了,桥洞里响起凄凉亢奋的歌唱声。小石匠浑身立时爆起一层幸福的鸡皮疙瘩,这歌词或是戏文他那天听过一个开头。

恋着你刀马娴熟,通晓诗书,少年英武,跟着你闯荡江湖,风餐露宿,受尽了世上千般苦——

老头子把脊梁靠在闸板上,从板缝里吹进来的黄麻地里的风掠过他的头顶,他头顶上几根花白的毛发随着炉里跳动不止的煤火轻轻颤动。他的脸无限感慨。腮上很细的两根咬肌象两条蚯蚓一样蠕动着,双眼恰似两粒燃烧的炭火。

……你全不念三载共枕,如云如雨,一片恩情,当作粪土。奴为你夏夜打扇,冬夜暖足,怀中的香瓜,腹中的火炉……你骏马高官,良田千亩,丢弃奴家招赘相府,我我我我是苦命的奴呀……

姑娘的心高高悬着,嘴巴半张开,睫毛也不眨动一下地瞅着老铁匠微微仰起的表情无限丰富的脸和他细长的脖颈上那个象水银珠一样灵活地上下移动着的喉结。凄婉艾怨的旋律如同秋雨抽打着她心中的田地,她正要哭出来时,那旋律又变得昂扬壮丽浩渺无边,她的心象风中的柳条一样飘荡着,同时,有一种麻酥酥的感觉从脊椎里直冲到头顶,于是她的身体非常自然地歪在小石匠肩上,双手把玩着小石匠那只厚茧重重的大手,眼里泪光点点,身心沉浸在老铁匠的歌里,意里。老铁匠的瘦脸上焕发出夺目的光彩,她仿佛从那儿发现了自己象歌声一样的未来……

小石匠怜爱地用胳膊揽住姑娘,那只大手又轻轻地按在姑娘硬梆梆的乳房上。小铁匠坐在黑孩背后,但很快他就坐不住了,他听到老铁匠象头老驴一样叫着,声音刺耳,难听。一会儿,他连驴叫声也听不到了。他半蹲起来,歪着头,左眼几乎竖了起来,目光象一只爪子,在姑娘的脸上撕着,抓着。小石匠温存地把手按到姑娘胸脯上时,小铁匠的肚子里燃起了火,火苗子直冲到喉咙,又从鼻孔里、嘴巴里喷出来。他感到自己蹲在一根压缩的弹簧上,稍一松神就会被弹射到空中,与滞洪闸半米厚的钢筋混凝土桥面相撞,他忍着,咬着牙。

黑孩双手扶着风箱杆儿,炉中的火已经很弱了,一绺蓝色火苗和一绺黄色火苗在煤结上跳跃着,有时,火苗儿被气流托起来,离开炉面很高,在空中浮动着,人影一晃动,两个火苗又落下去。孩子目中无人,他试图用一只眼睛盯住一个火苗,让一只眼黄一只眼蓝,可总也办不到,他没法把双眼视线分开。于是他懊丧地从火上把目光移开,左右巡睃着,忽然定在了炉前的铁砧上。铁砧踞伏着,象只巨兽。他的嘴第一次大张着,发出一声感叹(感叹声淹没在老铁匠高亢的歌声里)。黑孩的眼睛原本大而亮,这时更变得如同电光源。他看到了一幅奇特美丽的图画:光滑的铁砧子。泛着青幽幽蓝幽幽的光。泛着青蓝幽幽光的铁砧子上,有一个金色的红萝卜。红萝卜的形状和大小都象一个大个阳梨,还拖着一条长尾巴,尾巴上的根根须须象金色的羊毛。红萝卜晶莹透明,玲珑剔透。透明的、金色的外壳里苞孕着活泼的银色液体。红萝卜的线条流畅优美,从美丽的弧线上泛出一圈金色的光芒。光芒有长有短,长的如麦芒,短的如睫毛,全是金色……老铁匠的歌唱被推出去很远很远,象一个小蝇子的嗡嗡声。他象个影子一样飘过风箱,站在铁砧前,伸出了沾满泥土煤屑、挨过砸伤烫伤的小手,小手抖抖索索……

当黑孩的手就要捉住小萝卜时,小铁匠猛地窜起来,他踢翻了一个水桶,水汩汩地流着,渍湿了老铁匠的草铺。他一把将那个萝卜抢过来,那只独眼充着血:"狗日的!公狗!母狗!你也配吃萝卜?老子肚里着火,嗓里冒烟,正要它解渴!"小铁匠张开牙齿焦黑的大嘴就要啃那个萝卜。黑孩以少有的敏捷跳起来,两只细胳膊插进小铁匠的臂弯里,身体悬空一挂,又嘟噜滑下来,萝卜落到了地上。小铁匠对准黑孩的屁股踢了一脚,黑孩一头扎到姑娘怀里,小石匠大手一翻,稳稳地托住了他。

　　老铁匠停下了嘶哑的歌喉,慢慢地站起来。姑娘和小石匠也站起来。六只眼睛一起瞪着小铁匠。黑孩头很晕,眼前的一切都在转动。使劲晃晃头,他看到小铁匠又拿着萝卜往嘴里塞。他抓起一块煤渣投过去,煤渣擦着小铁匠腮边飞过,碰到闸板上,落在老铁匠铺上。

　　"日你娘,看我打死你!"小铁匠咆哮着。

　　小石匠跨前一步,说:"你要欺负孩子?"

　　"把萝卜还给他!"姑娘说。

　　"还给他?老子偏不。"小铁匠冲出桥洞,扬起胳膊猛力一甩,萝卜带着飕飕的风声向前飞去,很久,河里传来了水面的破裂声。

　　黑孩的眼前出现了一道金色的长虹,他的身体软软地倒在小石匠和姑娘中间。

四

　　那个金色红萝卜砸在河面上,水花飞溅起来。萝卜漂了一会儿,便慢慢沉入水底。在水底下它慢滚动着,一层层黄沙很快就掩埋了它。从萝卜砸破的河面上,升腾起沉甸甸的迷雾,凌晨时分,雾积满了河谷,河水在雾下伤感地呜咽着。几只早起的鸭子站在河边,忧悒地盯着滚动的雾。有一只大胆的鸭子耐不住了,蹒跚着朝河里走。在蓬生的水草前,浓雾象帐子一样挡住了它。它把脖子向左向右向前伸着,雾象海绵一样富于伸缩性,它只好退回来,"呷呷"地发着牢骚。后来,太阳钻出来了,河上的雾被剑一样的阳光劈开了一条条胡同和隧道,从胡同里,鸭子们望见一个高个子老头儿挑着一卷铺盖和几件沉甸甸的铁器,沿着河边往西走去了。老头的背驼得很厉害,担子沉重,把它的肩膀使劲压下去,脖子象天鹅一样伸出来。老头子走了,又来了一个光背赤脚的黑孩子。那只公鸭子跟它身边那只母鸭子交换了一个眼神,意思是说:记得吧?那次就是他,水桶撞翻柳树滚下河,人在堤上做狗趴,最后也下了河拖着桶残水,那只水桶差点没把麻鸭那个臊包砸死⋯⋯母鸭子连忙回应:是呀是呀是呀,麻鸭那个讨厌家伙,天天追着我说下流话,砸死它倒利索……

黑孩在水边慢慢地走着,眼睛极力想穿透迷雾,他听到河对岸的鸭子在"呷呷呷呷,嘎嘎嘎嘎"地乱叫着。他蹲下去,大脑袋放在膝盖上,双手抱住凉森森的小腿。他感觉到太阳出来了,阳光晒着背,象在身后生着一个铁匠炉。夜里他没回家,猫在一个桥洞里睡了。公鸡啼鸣时他听到老铁匠在桥洞里很响地说了几句话,后来一切归于沉寂。他再也睡不着,便踏着冰凉的沙土来河边。他看到了老铁匠伛偻的背影,正想追上去,不料脚下一滑,摔了一个屁股墩,等他爬起来时,老铁匠已经消逝在迷雾中了。现在他蹲着,看着阳光把河雾象切豆腐一样分割开,他望见了河对岸的鸭子,鸭子也用高贵的目光看着他。露出来的水面象银子一样耀眼,看不到河底,他非常失望。他听到工地上吵嚷起来,刘太阳副主任响亮地骂着:"娘的,铁匠炉里出了鬼了,老混蛋连招呼都不打就卷了铺盖,小混蛋也没了影子,还有没有组织纪律性?"

"黑孩!"

"黑孩!"

"那不是黑孩吗?瞧,在水边蹲着。"

姑娘和小石匠跑过来,一人架着一支胳膊把他拉起来。

"小可怜,蹲在这儿干什么?"姑娘伸手摘掉他头顶上的麦秸草,说,"别蹲在这儿,怪冷的。"

"昨夜里还剩下些地瓜,让独眼龙给你烤烤。"

"老师傅走了。"姑娘沉重地说。

"走了。"

"怎么办?让他跟着独眼?要是独眼折磨他呢?"

"没事,这孩子没有吃不了的苦。再说,还有我们呢,谅他不敢太过火的。"

两个架着黑孩往工地上走,黑孩一步一回头。

"傻蛋,走吧,走吧,河里有什么好看的?"小石匠捏捏黑孩的胳膊。

"我以为你狗日的让老猫叼了去了呢!"刘太阳冲着黑孩说。他又问小铁匠:"怎么样你?把老头挤兑走了,活儿可不准给我误了。淬不出钻子来我剜了你的独眼。"

小铁匠傲慢地笑笑,说:"请着好吧,刘头。不过,老头儿那份钱粮可得给我补贴上,要不我不干。"

"我要先看看你的活。中就中,不中你也滚他妈的蛋!"

"生火,干儿。"小铁匠命令黑孩。

整整一个上午,黑孩就象丢了魂一样,动作杂乱,活儿毛草,有时,他把一大铲煤塞到炉里,使桥洞里黑烟滚滚;有时,他又把钢钻倒头儿插进炉膛,该烧的地方不烧,不该烧的地方反而烧化了。"狗日的,你的心到哪儿去啦?"小铁匠恼怒地骂着。他忙得满身是汗,绝技在身的兴奋劲儿从汗珠缝里不停地流溢出来。黑孩看到他在淬火前先把手插到桶里试试水温,手臂上被钢钻烫伤的地方缠着一道破布,似乎有一股臭鱼烂虾的味道从伤口里散出来。黑孩的眼里蒙着一层淡淡的云翳,情绪非常低落。九点钟以后,阳光异常美丽,阴暗的桥洞里,一道光线照着西壁,折射得满洞辉煌。小铁匠把钢钻淬好,亲自拿着送给石匠师傅去鉴定。黑孩扔下手中工具,蹑手蹑脚溜出桥洞,突然的光明也象突然的黑暗一样使他头晕眼花。略为迟疑了一下,他便飞跑起来,只用了十几秒钟,他就站在河水边缘上了。那些四个棱的狗蛋子草好奇地望着他,开着紫色花朵的水茨和擎着咖啡色头颅的香附草贪婪地嗅着他满身的煤烟味儿。河上飘逸着水草的清香和鲢鱼的微腥,他的鼻翅扇动着,肺叶象活泼的斑鸠在展翅飞翔。河面上一片白,白里掺着黑和紫。他的眼睛生涩刺痛,但还是目不转睛,好象要看穿水面上漂着的这层水银般的亮色。后来,他双手提起裤头的下沿,试试探探下了水,跳舞般向前走。河水起初只淹到他的膝盖,很快淹到大腿,他把裤头使劲捌起来,两半葡萄色的小屁股露了出来。这时候他已经立在河的中央了,四周的光一齐往他身上扑,往他身上涂,往他眼里钻,把他的黑眼睛染成了坝上青香蕉一样的颜色。河水湍急,一股股水流撞着他的腿。他站在河的硬硬的沙底上,但一会儿,脚下的沙便被流水掏走了,他站在沙坑里,裤头全湿了,一半贴着大腿,一半在屁股后飘起来,裤头上的煤灰把一部分河水染黑了。沙土从脚下卷起来,抚摸着他的小腿,两颗琥珀色的水珠挂在他的腮上,他的嘴角使劲抽动着。他在河中走动起来,用脚试探着,摸索着,寻找着。

"黑孩!黑孩!"

他听到小铁匠在桥洞前喊叫着。

"黑孩,想死吗?"

他听到小铁匠到了水边,连头也不回,小铁匠只能看到他青色的背。

"上来呀!"小铁匠挖起一块泥巴,对准黑孩投过去,泥巴擦着他的头发梢子落到河水里,河面上荡开椭圆形的波纹。又一坨泥巴扔过来,正打着他的背,他往前扑了一下,嘴唇沾到了河水。他转回身,"唿唿隆隆"地蹚着水往河边上走。黑孩遍身水珠儿,站在小铁匠面前。水珠儿从皮肤上往下滚动,一串一串的,"嘟噜噜"地响。大裤头子贴在身上,小鸡子象蚕蛹一样硬梆梆地翘着。小铁匠举起那只熊掌一样的大巴掌刚要扇下去,忽然觉得心脏让猫爪子给刷了一下子,黑孩的眼睛直盯着他的脸。

"快去拉火。师傅我淬出的钢钻,不比老家伙差。"他得意地拍拍黑孩的脖颈。

铁匠炉上暂时没有活儿,小铁匠把昨夜剩下的生地瓜放在炉边烤着。黄麻地里的风又轻轻地吹进来了。阳光很正地射进桥洞。小铁匠用铁钳翻动着烤出焦油的地瓜,嘴里得意地哼着:"从北京到南京,没见过裤裆里拉电灯。黑孩,你见过裤裆里拉电灯吗?你干娘裤裆里拉电灯哩……"小铁匠忽然记起似地对黑孩说:"快点,拔两个萝卜去,拔回来赏你两个地瓜。"黑孩的眼睛猛然一亮,小铁匠从他肋条缝里看到他那颗小心儿使劲地跳了两下,正想说什么没及开口,孩子就象家兔一样跑走了。

黑孩爬上河堤时,听到菊子姑娘远远地叫了他一声。他回过头,阳光捂住了他的眼。他下了河堤,一头钻进黄麻地。黄麻是散种的,不成垅也不成行,种子多的地方黄麻秆儿细如手指、铅笔;种子少的地方,麻秆如镰柄、手臂。但全都是一样高矮。他站在大堤上望麻田时,如同望着微波荡漾的湖水。他用双手分拨着粗粗细细的麻秆往前走,麻秆上的硬刺儿扎着他的皮肤,成熟的麻叶纷纷落地。他很快就钻到了和萝卜地平行着的地方,拐了一个直角往西走。接近萝卜地时,他趴在地上,慢慢往外爬。很快他就看到了满地墨绿色的萝卜缨子。萝卜缨子的间隙里,阳光照着一片通红的萝卜头儿。他刚要钻出黄麻地,又悄悄地缩回来。一个老头正在萝卜垅里爬行着,一边爬一边从口袋里往外掏着麦粒,一穴一穴地点种在萝卜垅沟中间。骄傲的秋阳晒着他的背,他穿着一件白布褂儿,脊沟溻湿了,微风扬起灰尘,使汗溻的地方发了黄。黑孩又膝行着退了几米远,趴在地上,双手支起下巴,透过麻秆的间隙,望着那些萝卜。萝卜田里有无数的红眼睛望着他,那些萝卜缨子也在一瞬间变成了乌黑的头发,象飞鸟的尾羽一样耸动不止……

一个红脸膛汉子从地瓜地里大步走过来,站在老头背后,猛不丁地说:"哎,老生,你说昨天夜里遭了贼?"

老头手忙脚乱地爬起来,垂着手回答:"遭了,偷了六个萝卜,缨子留下了,地瓜八墩,蔓子留下了。"

"怕是让修闸的那些狗日的偷去了,加点小心,中饭晚点回去吃。"

"我听着啦,队长。"老头儿说。

黑孩和老头一起,目送着红脸汉子走上大堤。老头坐在萝卜地里,面对着孩子。黑孩又惶乱地往后退出一节,这时,密密麻麻的黄麻把他的视线遮住了。

"黑孩!"

"黑孩!"

姑娘和小石匠站在大堤上,对着黄麻地喊着。他们背对着正响的太阳,阳光照着散工的人群。

"我看到他钻到黄麻地里,我还以为他去撒尿拉屎了呢!"姑娘说。

"独眼龙难道又欺负他了?"小石匠说。

"黑孩!"

"黑孩!"

姑娘和小石匠的男女声二重喊贴着黄麻梢头象燕子一样滑翔,正在黄麻梢头捕食灰色小蛾的家燕被惊吓得高飞,好一会儿才落下来。小铁匠站在桥洞前边,独眼望着这并膀站着的男女,感到肚子越胀越大。方才姑娘和小石匠来找黑孩,那语气那神态就象找他们的孩子。"等着吧,丫头养的你们!"他恨恨地低语着。

"黑孩!黑孩!"姑娘说,"他怕是钻到黄麻地里睡着了。"

"去看看吗?"小石匠乞求地看着姑娘。

"去吗?去吧。"

两个人拉着手下了堤,钻到黄麻地里。小铁匠尾追着冲上河堤,他看到黄麻叶子象波浪一样翻滚着,黄麻杆子"唰拉拉"地响着,一男一女的声音在喊叫黑孩,声音象从水里传上来的一样……

黑孩趴累了,舒了一口气,翻了一个身,仰面朝天躺起来。他的身下是干燥的沙土,沙上铺着一层薄薄的黄麻落叶。他后脑勺枕着双手,肚子很瘦的凹陷着,一个带着红点的黄叶飘飘地落下来,盖住了他满是煤灰的肚脐。他望着上方,看到一缕粗一缕细的蓝色光线从黄麻叶缝中透下来,黄麻叶片好象成群的金麻雀在飞舞。成群的金麻雀有时又象一簇簇的葫芦蛾,蛾翅上的斑点象小铁匠眼中那个棕色的萝卜花一样愉快地跳动。

"黑孩!"

"黑孩!"

熟悉的声音把他从梦幻中唤醒,他坐起来,用手臂摇了一下身边那棵粗大的黄麻。

"这孩子,睡着了吗?"

"不会的,我们这么大声喊。他肯定是溜回家去了。"

"这小东西……"

"这里真好……"

"是好……"

声音越来越低,象两只鱼儿在水面上吐水泡。黑孩身上象有细小的电流通过,他有点紧张,双膝跪着,扭动着耳朵,调整着视线,目光终于通过无数障碍,看到了他的朋友被麻秆分割得影影绰绰的身躯。一时间极静了的黄麻地里掠过了一阵小风,风吹动了部分麻叶,麻杆儿全没动。又有几个叶片落下来,黑孩听到了它们振动空气的声音。他很惊异很新鲜地看到一根紫红色头巾轻飘飘地落到黄麻杆上,麻杆上的刺儿挂住了围巾,象挑着一面沉默的旗帜,那件红格儿上衣也落到地上。成片的黄麻象浪潮一样对着他涌过来。他慢慢地站起来,背过身,一直向前走,一种异样的感觉猛烈冲击着他。

五

一连十几天,姑娘和小石匠好象把黑孩忘记了,再也不结伴到桥洞里来看望他。每当中午和晚上,黑孩就听到黄麻地里响起百灵鸟婉转的歌唱声,他的脸上浮起冰冷的微笑,好象他知道这只鸟在叫着什么。小铁匠是比黑孩晚好几天才注意到百灵鸟的叫声的。他躲在桥洞里仔细观察着,终于发现了奥秘:只要百灵鸟叫起来,工地上就看不见小石匠的影子,菊子姑娘就坐立不安,眼睛四下打量,很快就会扔下锤子溜走。姑娘溜走后一会儿,百灵鸟就歇了歌喉。这时,小铁匠的脸色就变得更加难看,脾气变得更加暴躁。他开始喝起酒来。黑孩每天都要走过石桥到村里小卖部给他装一瓶地瓜烧酒。

这天晚上,月光皎皎如水,百灵鸟又叫起来了。黄麻地里的熏风象温柔的爱情扑向工地。小铁匠攥着酒瓶子,把半瓶烧酒一气灌下去,那只眼睛被烧得泪汪汪的。刘太阳副主任这些天回家娶儿媳妇去了,工地上人心涣散,加夜班的石匠们多半躺在桥洞里吸烟,没有钻子要修理,炉火半死不活地跳动着。

"黑孩……去,给老子拔几个萝卜来……"酒精烧着小铁匠的胃,他感到口中要喷火。

黑孩象木棍一样立在风箱边上,看着小铁匠。

"你,等着老子揍你吗?去……"

黑孩走进月光地,绕着月光下无限神秘的黄麻地,穿过花花绿绿的地瓜地,到了晃动着沙漠蜃影的萝卜地。等他提着一个萝卜走回桥洞时,小铁匠已经歪在草铺上呼呼地睡了。黑孩把萝卜放在铁砧子上,手颤抖着拨亮炉火,可再也弄不出那一蓝一黄升腾到空中的火苗,他变换着角度,瞅那个放在铁砧子上的萝卜,萝卜象蒙着一层暗红色的破布,难看极了,孩子沮丧地垂下头。

这天夜里,黑孩没有睡好。他躺在一个桥洞里,翻来复去地打着滚。刘副主任不在,民工们全都跑回家去睡觉。桥洞里只剩下一层薄薄的麦秸草。月光斜斜地照进桥洞,桥洞里一片清冷光辉,河水声,黄麻声,小铁匠在最西边桥洞里发出的鼾声。以及其它一些莫名其妙的声音,一齐钻进了他的耳朵。石头上的麦草闪闪烁烁,直扎着他的眼睛。他把所有的麦秸草都收拢起来,堆成一个小草岭,然后钻进去,风还是能从草缝里钻进来,他使劲蜷缩着,不敢动了。他想让自己睡觉,可总是睡不着。他总是想着那个萝卜,那是个什么样的萝卜呀。金色的,透明。他一会儿好象站在河水中,一会儿又站在萝卜地里,他到处找呀,到处找……

第二天早晨,太阳还没出来,月亮还没完全失去光彩,成群的黑老鸹惊惶失措地叫着从工地上空掠过,滞洪闸上留下了它们脱落的肮脏羽毛。东边的地平线上,立着十几条大树一样的灰云,枝杈上挂满了破烂的布条。黑孩从桥洞里一钻出来就感到浑身发冷,象他前些日子打摆子时寒颤上来一样滋味。刘副主任昨天回来了,检查了工地上的情况,他非常生气,大骂了所有的民工。所以今天人们来得都很早,干活也卖力,工地上的锤声象池塘里的蛙鸣连成一片。今天要修的钢钻很多,小铁匠的工作态度也非常认真,活儿干得又麻利又漂亮。来换钢钻的石匠们不断地夸奖他,说他的淬火功夫甚至超过了老铁匠,淬出的钢钻又快又韧,下下都咬石头。

太阳两竿子高的时候,小石匠送来两支钢钻待修。这是两支新钻,每支要值四五块钱。小铁匠瞥瞥神采焕发的小石匠,独眼里射出一道冷光。小石匠没觉察到小铁匠的表情,幸福的眼睛里看到的全是幸福。黑孩儿感到心里害怕,他看出小铁匠要作弄小石匠了。小铁匠把那两支钢钻烧得象银子一样白,草草地在砧子上打出尖儿,然后一下子浸到水里去……

小石匠提着钢钻走了,小铁匠嘴上滑过一个得意的笑容,他对着黑孩玑玑眼,说:"孙子,他他妈的也配使老子淬出的钻子?儿子,你说他配吗?"黑孩缩在角落里,使劲打着哆嗦。一会儿,小石匠回到铁匠炉边,他把两支钻子扔到小铁匠跟前,骂道:"独眼龙,你这是淬得什么火?"

"孙子,叫唤什么?"小铁匠说。

"睁开你那只独眼看看!"

"这是你的钻子不好。"

"放屁,你这是成心作弄老子。"

"作弄你又怎么着?爷们看着你就长气!""你、你,"小石匠气得脸色煞白,说,"有种你出来!"

"老子怕你不成!"小铁匠撕下腰间扎着的油布,光着背,象只棕熊一样踱过去。

小石匠站在闸前的沙地上,把夹克衫和红运动衣脱下来,只穿一件小背心。他身材高大,面孔象个书生,身体壮得象棵树。小铁匠脚上还扎着那两块防烫的油布,脚掌踩得地上尖利的石片欻欻地响,他的臂长腿短,上身的肌肉非常发达。

"文打还是武打?"小铁匠不屑一顾地说。

"随你的便。"小石匠也不屑一顾地说。

"你最好回家让你爹立个字据,打死了别让我赔儿子。"

"你最好回家先钉口棺材。"

骂着阵,两个人靠在了一起。黑孩远远地蹲着,一直没停地打着哆嗦。他看到,小铁匠和小石匠最初的交锋很象开玩笑。小石匠卷着舌头啐了小铁匠一脸唾沫,小铁匠扬起长臂,把拳头捅过去,小石匠一退,这一拳打空了。又啐。又一拳。又退。闪空。但小石匠的第三口唾沫没迸出唇,肩头上就被小铁匠猛捅了一拳,他的身体不由自主地转了一圈。

人们惊叫着围拢上来,高喊着:"别打了,别打了。"但没有人上前拉架。后来,连喊声也没有了,大家都睁大眼,屏住气,看着这两个身段截然不同的小伙子比试力气。菊子姑娘脸色灰白,使劲地抓住她身边一个姑娘的肩头。当她的情人吃了小铁匠的铁拳时,她就低声呻唤着,眼睛象一朵盛开的墨菊。

决斗还难分高低,你打我一拳,我也打你一拳,小石匠个头高,拳头打得漂亮潇洒,但显然有点飘,有点花哨,力量不很足,小铁匠动作稍慢一点,但出拳凶狠扎实,被他懵上一拳,小石匠就要转一个圈。后来,小铁匠头上挨了一拳,有点晕头转向,小石匠趁机上前,雨点般的拳头打得小铁匠的身体澎澎地响。小铁匠一猫腰,钻进了小石匠腑下,两只长臂象两条鳗鱼一样缠住了小石匠的腰,小石匠急忙夹住小铁匠的头,两个人前进,后退,后退,又前进,小石匠支持不住,仰面朝天摔在沙地上。

人群里爆发了一阵欢呼。

小铁匠站起来,吐吐口中的血沫子,歪着头,象只斗胜的公鸡。

小石匠爬起来,向着小铁匠扑过去。一白一黑两个身体又扭在一起。这次小石匠把身体伏得很低,保护着自己的下三路不让小铁匠得手,四只胳膊紧紧地纠缠着,有时候,小石匠把小铁匠撩起来,转着圈抡动,但并不能把小铁匠摔出去。小石匠气喘吁吁,满身都是汗水,小铁匠却连一个汗珠都没掉。小石匠体力不支,步伐错乱,眼前出现重影,稍一懈息,手臂便被拨开,小铁匠抱住他的腰,箍得他出气不匀,他再次仰天倒地。

第三个回合小石匠败得更惨,小铁匠一个癞狗钻裆把他扛起来,摔出去足有两米远。

菊子姑娘哭着扑上去,扶起了小石匠。在菊子姑娘的哭声中,小铁匠脸上的喜色顿时消逝,换上了满面凄凉。他呆呆地站着。小石匠爬起来,拨开菊子的手,抓起一把沙土,对准小铁匠的脸打上去。沙土迷住了小铁匠的独眼,他象野兽一样嗥叫着,使劲搓着眼睛。小石匠趁机扑上去,卡着小铁匠的脖子把他按倒,拳头象擂鼓一样对着小铁匠的脑袋乱打……

这时候,从人们的腿缝里,钻出了一个黑色的影子。这是黑孩。他象只大鸟一样飞到小石匠背后,用他那两只鸡爪一样的黑手抓住小石匠的腮帮子使劲往后扳,小石匠龇着牙,咧着嘴,"嗷嗷"地叫着,又一次沉重地倒在沙地上。

小铁匠挣扎着坐起来,两只大手摸起地上的碎石片儿,向着四周抛撒。"畜牲!狗!"骂声和着石头片儿,象冰雹一样横扫着周围的人群,人们慌乱地躲闪着。菊子姑娘突然惨叫了一声。小铁匠的手象死了一样停住了。他的独眼里的沙土已被泪水冲积到眼角上,露出了瞳孔。他朦胧地看到菊子姑娘的右眼里插着一块白色的石片,好象眼里长出一朵银耳。他怪叫一声,捂着眼睛,躺在地上痛苦地扭动着。

黑孩听到姑娘的惨叫,便松开了自己的手。他的手指把小石匠的腮帮子抓出两排染着煤灰的血印。趁着人们慌乱的时候,他悄悄地跑回桥洞,蹲在最黑暗的角落上,牙齿"的的"地打着战,偷眼望着工地上乱纷纷的人群。

六

第二天,滞洪闸工地上消失了小石匠和菊子姑娘的影子,整个工地笼罩着沉闷压抑的气氛。太阳象抽风般颤抖着,一股股萧杀的秋风把黄麻吹得象大海一样波浪起伏,一群群麻雀惊恐不安地在黄麻梢头躁叫着。风穿过桥洞,扬起尘土,把半边天都染黄了。一直到九点多钟,风才停住,太阳也慢慢恢复正常。

刚娶完儿媳妇回来的刘太阳副主任碰上了这些事,心里窝着一腔火,他站在铁匠炉前,把小铁匠骂得狗血淋头,并扬言要抠出他那只独眼给菊子姑娘补眼。小铁匠一气不吭,黑脸上的刺疙瘩一粒粒憋得通红,他大口喘着气,大口喝着酒。

石匠们不知被什么力量催动着,玩儿命地干活,钢钻子磨秃了一大批,堆在红炉旁等着修理。小铁匠象大虾一样蜷曲在草铺上,咕咕地灌着酒,桥洞里酒气扑鼻。

刘副主任发火了,用脚踹着小铁匠骂:"你害怕了?装孙子了?躺着装死就没事了?滚起来修钻子,这样也许能将功补过。"

小铁匠把手中的酒瓶向上抛起来,酒瓶在桥面上砰然撞碎,碎玻璃掺着烧酒落了刘副主任一头。小铁匠跳起来,一路歪斜跑出去,喊着:"老子怕什么,老子天都不怕,死都不怕,还怕什么?"他爬上滞洪闸,继续高叫着:"我谁都不怕!"他的腿碰到了石栏杆,身子歪歪扭扭,桥下有人喊:"小铁匠,当心掉下桥。""掉下桥?"他哈哈大笑起来,笑着攀上石栏杆,一松手,抖抖擞擞地站在石栏杆上。桥下的人都中了魔,入了定,呼吸也不敢用力。

小铁匠双臂夯煞开,一上一下起伏着,象两只羽毛丰满的翅膀。他在窄窄的石栏杆上走起来,身体晃来晃去。他慢走变成快走,快走变成小跑,桥下的人捂住眼睛,又松手露出眼睛。

小铁匠一起一伏晃晃悠悠地在石栏杆上跑着,栏杆下乌蓝的水里映出他变了形的身影。他从西头跑到东头,又从东头跑回来,一边跑一边唱起来:"南京到北京,没见过裤裆里拉电灯,格里咙格里格咙,里格咙,里格咙,南京到北京,没见过裤裆里打弹弓……"

几个大胆的石匠跑上闸去,把小铁匠拖了下来。他拼命挣扎着,骂着:"别他妈的管我,老子是杂技英豪,那些大妞在电影上走绳子,老子在闸上走栏杆,你们说,谁他妈的厉害……"几个人累得气喘吁吁,总算把他弄回桥洞里。他象块泥巴一样瘫在铺上,嘴里吐着白沫,手撕着喉咙,哭叫着:"亲娘哟,难受死了,黑孩,好徒弟,救救师傅吧,去拔个萝卜来……"

人们突然发现,黑孩穿上了一件包住屁股的大褂子,褂子是用崭新的、又厚又重的小帆布缝的。这种布非常结实,五年也穿不破。那条大裤头子在褂子下边露出很短的一截,好象褂子的一个花边。黑孩的脚上穿着一双崭新的回力球鞋,由于鞋子太大,只好紧紧地系住鞋带,球鞋变得象两条丑陋的胖头鲇鱼。

"黑孩,听到了吗?你师傅让你去干什么?"一个老石匠用烟袋杆子戳着黑孩的背说。

黑孩走出桥洞,爬上河堤,钻进黄麻地。黄麻地里已经有了一条依稀可辨的小径,麻秆儿都向两边分开。走着走着,他停住脚。这儿一片黄麻倒地,象有人打过滚。他用手背揉揉眼睛,抽泣了一声,继续向前走。走了一会,他趴下,爬进萝卜地。那个瘦老头不在,他直起腰,走到萝卜地中央,蹲下去,看到萝卜垅里点种的麦子已经钻出紫红的锥芽,他双膝跪地,拔出了一个萝卜,萝卜的细根与土壤分别时发出水泡破裂一样的声响。黑孩认真地听着这声响,一直追着它飞到天上去。天上纤云也无,明媚秀丽的秋阳一无遮拦地把光线投下来。黑孩把手中那个萝卜举起来,对着阳光察看。他希望还能看到那天晚上从铁钻上看到的奇异景象,他希望这个萝卜在阳光照耀下能象那个隐藏在河水中的萝卜一样晶莹剔透,泛出一圈金色的光芒。但是这个萝卜使他失望了。它不剔透也不玲珑,既没有金色光圈,更看不到金色光圈里苞孕着的活泼的银色液体。他又拔出一个萝卜,又举到阳光下端详,他又失望了。以后的事情就变得很简单了。他膝行一步,拔两个萝卜。举起来看看。扔掉。又膝行一步,拔,举,看,扔……

看菜园的老头子眼睛象两滴混浊的水,他蹲在白菜地里捉拿钻心虫儿。捉一个用手指捏死,再捉一个还捏死。天近中午了,他站起来,想去叫醒正在看院子里睡觉的队长。队长夜里误了觉,白天村里不安宁,难以补觉,看院屋子里只能听到秋虫浅吟,正好睡觉。老头儿一直起腰,就听到脊椎骨"叭哽叭哽"响。他恍然看到阳光下的萝卜地一片通红,好象遍地是火苗子。老头打起眼罩,急步向前走,一直走到萝卜地里,他才看得那遍地通红的竟是拔出来的还没有完全长成的萝卜。

"作孽啊!"老头子大叫一声。他看到一个孩子正跪在那儿,举着一个大萝卜望太阳。孩子的眼睛是那么大,那么亮,看着就让人难受。但老头子还是不客气地抓住他,扯起来,拖到看园屋子里,叫醒了队长。

"队长,坏了,萝卜,让这个小熊给拔了一半。"

队长睡眼惺忪地跑到萝卜地里看了看,走回来时他满脸杀气。对着黑孩的屁股他狠踢了一脚,黑孩半天才爬起来。队长没等他清醒过来,又给了他一耳巴子。

"小兔崽子,你是哪个村的?"

黑孩迷惘的眼睛里满是泪水。

"谁让你来搞破坏?"

黑孩的眼睛清澈如水。

"你叫什么名字?"

黑孩的眼睛里水光潋滟。

"你爹叫什么名字?"

两行泪水从黑孩眼里流下来。

"他娘的,是个小哑巴。"

黑孩的嘴唇轻轻嚅动着。

"队长,行行好,放了他吧。"瘦老头说。

"放了他?"队长笑着说,"是要放了他。"

队长把黑孩的新褂子、新鞋子、大裤头子全剥下来,团成一堆,扔到墙角上,说:"回家告诉你爹,让他来给你拿衣裳。滚吧!"

黑孩转身走了,起初他还好象害羞似地用手捂住小鸡儿,走了几步就松开了手。老头子看着这个一丝不挂的黑孩,抽抽答答地哭起来。

黑孩钻进了黄麻地,象一条鱼儿游进了大海。扑簌簌黄麻叶儿抖,明晃晃秋天阳光照。

黑孩——黑孩——

(原载《中国作家》1985 年第 2 期)

残　雪

山上的小屋

在我家屋后的荒山上,有一座木板搭起来的小屋。

我每天都在家中清理抽屉。当我不清理抽屉的时候,我坐在围椅里,把双手平放在膝头上,听见呼啸声。是北风在凶猛地抽打小屋杉木皮搭成的屋顶,狼的嗥叫在山谷里回荡。

"抽屉永生永世也清理不好,哼。"妈妈说,朝我做出一个虚伪的笑容。

"所有的人的耳朵都出了毛病。"我憋着一口气说下去,"月光下,有那么多的小偷在我们这栋房子周围徘徊。我打开灯,看见窗子上被人用手指捅出数不清的洞眼。隔壁房里,你和父亲的鼾声格外沉重,震得瓶瓶罐罐在碗柜里跳跃起来。我蹬了一脚床板,侧转肿大的头,听见那个被反锁在小屋里的人暴怒地撞着木板门,声音一直持续到天亮。"

"每次你来我房里找东西,总把我吓得直哆嗦。"妈妈小心翼翼地盯着我,向门边退去,我看见她一边脸上的肉在可笑地惊跳。

有一天,我决定到山上去看个究竟。风一停我就上山,我爬了好久,太阳刺得我头昏眼花,每一块石子都闪动着白色的小火苗。我咳嗽着,在山上辗转。我眉毛上冒出的盐汗滴到眼珠里,我什么也看不见,什么也听不见。我回家时在房门外站了一会,看见镜子里那个人鞋上沾满了湿泥巴,眼圈周围浮着两大团紫晕。

"这是一种病。"听见家人们在黑咕隆咚的地方窃笑。

等我的眼睛适应了屋内的黑暗时,他们已经躲起来了——他们一边笑一边躲。我发现他们趁我不在的时候把我的抽屉翻得乱七八糟,几只死蛾子、死蜻蜓全扔到了地上,他们很清楚那是我心爱的东西。

"他们帮你重新清理了抽屉,你不在的时候。"小妹告诉我,目光直勾勾的,左边的那只眼变成了绿色。

"我听见了狼嗥,"我故意吓唬她,"狼群在外面绕着房子奔来奔去,还把头从门缝里挤进来,天一黑就有这些事。你在睡梦中那么害怕,脚心直出冷汗。这屋里的人睡着了脚心都出冷汗。你看看被子有多么潮就知道了。"

我心里很乱,因为抽屉里的一些东西遗失了。母亲假装什么也不知道,垂着眼。但是她正恶狠狠地盯着我的后脑勺,我感觉得出来。每次她盯着我的后脑勺,我头皮上被她盯的那块地方就发麻,而且肿起来。我知道他们把我的一盒围棋埋在后面的水井边上了,他们已经这样做过无数次,每次都被我在半夜里挖了出来。我挖的时候,他们打开灯,从窗口探出头来。他们对于我的反抗不动声色。

吃饭的时候我对他们说:"在山上,有一座小屋。"

他们全都埋着头稀哩呼噜地喝汤,大概谁也没听到我的话。

"许多大老鼠在风中狂奔。"我提高了嗓子,放下筷子,"山上的砂石轰隆隆地朝我们屋后的墙倒下来,你们全吓得脚心直出冷汗,你们记不记得?只要看一看被子就知道。天一晴,你们就晒被子,外面的绳子上总被你们晒满了被子。"

父亲用一只眼迅速地盯了我一下,我感觉到那是一只熟悉的狼眼。我恍然大悟。原来父亲每天夜里变为狼群中的一只,绕着这栋房子奔跑,发出凄厉的嗥叫。

"到处都是白色在晃动,"我用一只手抠住母亲的肩头摇晃着,"所有的都那么扎眼,搞得眼泪直流。你什么印象也得不到。但是我一回到屋里,坐在围椅里面,把双手平放在膝头上,就清清楚楚地看见了杉木皮搭成的屋顶。那形象隔得十分近,你一定也看到过,实际上,我们家里的人全看到过。的确有一个人蹲在那里面,他的眼眶下也有两大团紫晕,那是熬夜的结果。"

"每次你在井边挖得那块麻石响,我和你妈就被悬到了半空,我们簌簌发抖,用赤脚蹬来蹬去,踩不到地面。"父亲避开我的目光,把脸向窗口转过去。窗玻璃上沾着密密麻麻的蝇屎。"那井底,有我掉下的一把剪刀。我在梦里暗暗下定决心,要把它打捞上来。一醒来,我总发现自己搞错了,原来并不曾掉下什么剪刀,你母亲断言我是搞错了。我不死心,下一次又记起它。我躺着,会忽然觉得很遗憾,因为剪刀沉在井底生锈,我为什么不去打捞。我为这件事苦恼了几十年,脸上的皱纹如刀刻的一般。终于有一回,我到了井边,试着放下吊桶去,绳子又重又滑,我的手一软,木桶发出轰隆一声巨响,散落在井中。我奔回屋里,朝镜子里一瞥,左边的鬓发全白了。"

"北风真凶,"我缩头缩脑,脸上紫一块蓝一块,"我的胃里面结出了小小的冰块。我坐在围椅里的时候,听见它们叮叮当当响个不停。"

我一直想把抽屉清理好,但妈妈老在暗中与我作对。她在隔壁房里走来走去,弄得踏踏地响,使我胡思乱想。我想忘记那脚步,于是打开一副扑克,口中念着:"一二三四五……"脚步却忽然停下了,母亲从门边伸进来墨绿色的小脸,嗡嗡地说话:"我做了一个很下流的梦,到现在背上还流冷汗。"

"还有脚板心,"我补充说,"大家的脚板心都出冷汗。昨天你又晒了被子。这种事,很平常。"

小妹偷偷跑来告诉我,母亲一直在打主意要弄断我的胳膊,因为我开关抽屉的声音使她发狂,她一听到那声音就痛苦得将脑袋浸在冷水里,直泡得患上重伤风。

"这样的事,可不是偶然的。"小妹的目光永远是直勾勾的,刺得我脖子上长出红色的小疹子来。"比如说父亲吧,我听他说那把剪刀,怕说了有二十年了?不管什么事,都是由来已久的。"

我在抽屉侧面打上油,轻轻地开关,做到毫无声响。我这样试验了好多天,隔壁的脚步没响,她被我蒙蔽了。可见许多事都是可以蒙混过去的,只要你稍微小心一点儿。我很兴奋,起劲地干起通宵来,抽屉眼看就要清理干净一点儿,但是灯泡忽然坏了,母亲在隔壁房里冷笑。

"被你房里的光亮刺激着,我的血管里发出怦怦的响声,像是在打鼓。你看看这里,"她指着自己的太阳穴,那里爬着一条圆鼓鼓的蚯蚓。"我倒宁愿是坏血症。整天有东西在体内捣鼓,这里那里弄得响,这滋味,你没尝过。为了这样的毛病,你父亲动过自杀的念头。"她伸出一只胖手搭在我的肩上,那只手像被冰镇过一样冷,不停地滴下水来。

有一个人在井边捣鬼。我听见他反复不停地将吊桶放下去,在井壁上碰出轰隆隆的响声。天明的时候,他咚地一声扔下木桶,跑掉了。我打开隔壁的房门,看见父亲正在昏睡,一只暴出青筋的手难受地抠紧了床沿,在梦中发出惨烈的呻吟。母亲披头散发,手持一把笤帚在地上扑来扑去。她告诉我,在天明的那一瞬间,一大群天牛从窗口飞进来,撞在墙上,落得满地皆是。她起床来收拾,把脚伸进拖鞋,脚趾被藏在拖鞋里的天牛咬了一口,整条腿肿得像根铅柱。

"他,"母亲指了指昏睡的父亲,"梦见被咬的是他自己呢。"

"在山上的小屋里,也有一个人正在呻吟。黑风里夹带着一些山葡萄的叶子。"

"你听到了没有?"母亲在半明半暗里将耳朵聚精会神地贴在地板上,"这些个东西,在地板上摔得痛昏了过去。它们是在天明那一瞬间闯进来的。"

那一天,我的确又上了山,我记得十分清楚。起先我坐在藤椅里,把双手平放在膝头上,然后我打开门,走进白光里面去。我爬上山,满眼都是白石子的火焰,没有山葡萄,也没有小屋。

(原载《人民文学》1985 年第 8 期)

刘 恒

狗日的粮食

日后人们记起杨天宽那天早晨离开洪水峪的样子,总找不到别的说法儿。他们只记住了一件事,不知道是不是顶重要的一件事。

"他背了二百斤谷子。"

这没滋没味儿的话说了足有三十年。它显不出味道是因为那天早晨以后的日子味道太浓的缘故。

杨天宽是趟着雾走的,步子很飘。他背着花篓,篓里竖着粮袋,鼓的。这些都陷入白烟,人们疑心他背着空篓。但他前几日的确跟各家借过粮食,谷子的用处也吞吐着挑了。他走得健就是因了这个。

人们却只说:"他背了二百斤谷子。"把一个火烧火燎的光棍儿汉说得丢了分量。

杨天宽驴一样把谷子背到那地方,脸面丢尽了。不会说话,只会吐气,眼一劲儿翻白,晕噎中那个男人问他:"新谷?"

他点头,甩一帘汗下来。那人身后立一匹矮骡儿,也不计分量,只掂了掂就用肩一顶,将粮袋拱到骡鞍上。

"妥了,兄弟歇着。"

那人一笑,便牵了骡走。骡屁股后面就移出了一个人,站在那儿瞭他。杨天宽只对了一眼,不敢看了,有心去宰走了的男人,又没有力气。他叹了一口气。这声长叹便成了他永远扔不脱的话柄。

丑狠了。二百斤谷子换来个瘿袋。值也不值?他思来想去,觉得还是值,总归是有了女人。于是他领了女人上路,光棍脑袋细打路的尽头那盘老炕的主意。事情比他想的来得快,女人有火。

"你的瘿袋咋长的?"出了清水镇的后街,杨天宽有了话儿。

"自小儿。"

"你男人嫌你……才卖?"

"我让人卖了六次……你想卖就是七次,你卖不?要卖就省打来回,就着镇上有集,卖不?"

"不,不……"女人出奇的快嘴,天宽慌了手脚,定了神决断,"不卖!"

"说的哩。二百斤粮食背回山,压死你!"女人咯咯笑着瞭前边去,瘿袋在肩上晃荡,天宽已不在意,只盯了眼边马似的肥臀和下方山道上两只乱掀的白薯脚。

"瘿袋不碍生?"天宽有点儿不放心。

"碍啥?又不长裆里……"女人话里有骚气,搅得光棍儿心动,"要啥生啥!信不?"

"是哩是哩!"

最后是女人到坡下小解,竟一蹲不起,让天宽扛到草棵子里呼天叫地地做了事。进村时女人的瘿袋不仅不让天宽丢脸,他倒觉得那是他舍不下的一块乖肉了。

那时分地不久。杨天宽屋里添了人,地数就不够,村里把囫囵坨两亩胡萝卜地拨给了他,地很肥,可是路远,是日本人在的时候游击队烧荒撂下的,多年不种了,天宽性子钝,人人不要的地给了他,也嚼不出啥,苦着脸忍了,女人却不,爬到猪棚上骂街。句句骂的猪,可句句人不要听,唬得村干部谁也不敢露脸。

"猪哩,哪个托生的你呀?你前辈造了孽,欺负我家男人,今世你可美了吧?哼哼啥,看老娘拉屎给你吃,你是个臭了心肝的……"

人们只知道天宽娶了个瘿袋婆,丑得可乐,却不想生得这般俐口,是个惹不得的夜叉,都不敢来撩拨了。天宽也由此生出一些怕来,女人的瘿袋越哭越亮,圆圆的像个雷,他便矮下三寸去,觉着自己做个男人确是活得不带劲,比不上这娘们儿豁爽。他灶间里舀一瓢水,哀怯怯地劝她。

"累着,行啦……下来喝。"

"你哑啦?尿挤不出一星,屁崩不来一个,屄的你!我下去你上来,你给我吆喝,给我日他欺人精的祖宗……"

天宽搡女人进屋,愁得苦。这女人是个混种,以后的日子怕难得好过。但是,凭怎么骂,女人还是女人,身条儿和力气都不缺,炕上也做得地里也做得,他要的不就是这个么。

女人果然勤快。扛了镢头、吃食,在囫囵坨搭个草棚,五宿不下山。白天翻坡地的黑土,两口子一对儿光膀,夜里草铺上打挺儿,四条白腿缠住放光。不下三日天宽就蔫了,女人却虎虎不倦,净了地留丈夫在棚里养精,独自下山背回一篓一篓的山药种。种块切得匀,拌了烧透的草灰,两拃一颗掩进松软的泥土。这女人很会做。

秋后天宽家收的山药吃不清了。叔伯兄弟杨天德口儿众,四个娃儿,谷子又没有长好,天宽有心接济他。

"屁话,饱日不思饥,你不怕我还怕日后饿煞哩,他吃自己种去……"

女人挡了他,在屋后掘了一口大窖,将黄皮山药鸡蛋似的堆成小山,封了。

她嘴伤人,心也伤人。天宽在乡人面前抬不起头,但他心里有数,女人待他不薄。两口子熬日月,有这个够了。

以后他们有了孩儿。头一个生下来,女人就仿佛开了壳,一劈腿就掉一个会哭会吃的到世上。直到四十岁她怀里几乎没短过吃奶的崽儿,总有小小的黄口叼她小萝卜似的奶头儿,吃饱了就在瘪袋上磨嫩牙,口水、鼻涕蹭她一脖儿。

她奶水一向充足。伏天吃饭,天宽蹲北屋檐下,她在灶间门口,孩儿玩她奶子弄不对付了,只需一压,一股白溜溜的长线能嗖地挂到天宽碗里去。两口子闲时打趣,奶柱儿时时滋得天宽眼珠麻痛。这些都成了男人的骄傲。

但是,女人到底不是奶牛,孩儿们也不是永远不大。他们要吃,孩儿们也要吃,大小八张嘴,总得有像样的东西来填塞。天宽起初只尝到养孩儿的乐趣,生得一多就明白自己和女人一辈子只在打洞,打无底洞。一个孩儿便是一个填不满的黑坑。他们生下第三个孩子的时候,锅里的玉米粥就稀了,并且再没有稠起来,到第四个孩儿端得住碗,捏得拢筷子,那粥竟绿起来,顿顿离不开叶子了。

孩儿们名字却好,都是粮食。大儿子唤做大谷,下边一溜儿四个女儿,是大豆、小豆、红豆、绿豆,煞尾的又是儿子,叫个二谷,两谷夹四豆,人丁兴旺。可一旦睡下来,撂一炕瘪肚子,天宽和女人就只剩下叹息。

几个孩子舌头都好,长而且灵活。每日餐后他们的母亲要验碗,哪个留下渣子就逃不脱骂和揍:"就你短舌,舔喽!"

脑勺上挨一掌,腮上掉着泪,下巴上挂着舌,小脸儿使劲儿往碗里挤,兄妹几个干得最早、最认真的正经事就是这个。外人进了天宽家,赶巧了能看见八个碗捂住一家人的脸面,舌面在粗瓷上的磨擦声、叭嗒声能把人吓一大跳。

天暗得看不清人形了,天宽常常顶着星星去串户。他拎一个小口袋,好像提拎着自己的心,又羞又慌,碰上不肯借粮给他的,他就恨不得整个儿钻到破口袋里去。洪水峪奸人少,没有借过粮给天宽的人不多,天德要算一个。

"你借不给,让瘪袋来!"

叔伯兄弟说出这个,天宽料定早年山药蛋的账还未结,只好呐呐地走开。传话给女人,她就骂:"这算一个爷的种?日歪了的!"

出不够气,她便到天德菜园儿里将白日瞄下的一颗南瓜摘来,放了盐煮,待天德在菜园儿里揪着秃秧跳脚,天宽的孩儿们已经拉出了南瓜籽。

一家人就这么活。

女人姓曹,叫什么谁也不知。她对人说叫杏花,但没有人信。西水那一带荒山无杏,有杏的得数洪水峪,杏花是她嫁来自己捡的名儿,大家还都说她不配,因此不叫。人们只叫她脖上的那颗瘤,瘿袋!

她的西水口音短促、尖厉,说快了能似公鸡踩蛋儿,咕咕咯咯的满是傲气,人们觉得这种嘴只配骂人。她又的确会骂,骂起来脏字连珠,恍惚间一跃而为男人,又比一般男人多着胆量和本事能让对手或与对手有关的一切女人受辱,不管她活着还是在坟里。

这里男人打老婆是一顿饭,常事。她来了就造出天宽这厌货,让老婆揪住耳朵在院里打悠儿。这又是西水的习气,人们简直近不得她,当她是西水的母虎。

生红豆那年,队里食堂塌台,地里闹灾,人眼见了树皮都红,一把草也能逗下口水,恰逢一小队演习的兵从山梁上过,瘿袋抱着刚出满月的红豆跟了去,从驮山炮的骡子屁股下接回一篮热粪。天宽见了在阳儿里晒,真把它当了粪,拎起来倒猪圈里。瘿袋见了空篮,从屋里跳出来就给他两嘴巴:"瞎了你的!我闻骡子屁都不嫌,你看一眼就嫌它?你自己拉!自己拉一锅能熬的来,能煮的来……"

谷子豆子们看着父亲让巴掌抡得转圈儿,好一阵挣扎才稳下来。墙头上有几个脑袋在笑、叹气。她不是母虎又是什么!但人们又发觉她夹着细筛到河里去了。

骡粪沾了猪圈的脏味儿,淘得不能不细,草棍儿和渣子顺水漂去,余下的是整的碎的玉米粒儿,两把能攥住,一锅煮糟的杏叶上就有了金光四射的粮食星星,一边搅着舌头细嚼,一边就觉得骡儿的大肠在蠕动,天宽家吃得惬意,女人是好的,天宽用筷子在打肥的腮上拨,这么想。乡人们只好沉默,百孬不如一好,这娘们儿坏得不透。

那年头天宽家坟场没有新土,一靠万幸,二靠这脏嘴凶心的女人。

日子苦,但让她得些怜悯也难。她做活不让男人,得看在什么地界儿。家里不消说了,推碾子腰顶主杠,咚咚地走,赛一头罩眼牲口,能把拉副杠的小儿小女甩起来;从风火铳背柴到家里,天宽一路打六歇,她两歇便足了,柴捆壮得能掩下半堵墙;担水一晨一夕十五担,雨雪难阻,五担满自家的缸,十担挑给烈属、军属,倒不是她仁义,而是每日四个工分诱着。地里就不同了,一上工立即筋骨全无,成了出奇的懒肉,别人锄两梯玉米的工夫,她能猫在绿林深处纳出半拉鞋底,锄不沾土;去远地收麻,男背八十,女背五十,她却嫩丫头似的只在胳肢窝里夹回镐把粗的一捆。

"瘿袋长到屁股台儿了,背不得?"队长怨她。

"背不得,我腿根子夹着你的屌哩!"

"……你篓儿倒不空。"

"空了不饿死你六个小祖宗?亏是天宽揍下的,你的种儿你敢说这个?!"

她笑得野,队长扯眉无话。她篓里是半下子泉里泡过的麻麻棵儿,绿格盈盈吐香,单等着掉锅里煮了,别人歇晌她不歇,草坡上乱扒图的就是这货,是村旁山地难得一见的野菜呢!队长能说什么?怪不得,自然地敬不得,还不由她去!

怪不得不只一项。她身上有口袋,收工进家手不知怎么一揉,嫩棒子、谷穗子、梨子、李子……总能揪一样出来。日积月累,也不能说是个小数目。但谁也逮不住她,不知道口袋在什么地方。有猜在裆里的,虽说是老娘们儿终究不是可探的地方,证实不易。或许又是人家不愿逮她罢了。天宽未必明白小秋收的底细,他只明白起初女人只是嘴坏些,有了孩儿,肚子一紧瘪,她的手便也坏了。不能说,他嘴打不过她,手打怕也吃力。况且养一堆活口,女人的本事哪一样都是有用的。

这爪子就难免四处撒野。

邻家靠院墙搭了葫芦架,水汪汪一棚嫩叶,几朵白花挤到墙头这边来,绿豆和二谷伸着小手去够。

"看落了!让它长……"瘿袋有了心思,也不说。白花枯后,茎上吊了拳大几颗蛋蛋,吹气似的胀起来。邻家女人也是精明的,趁瘿袋上工溜进来,用荆条圈将葫芦一一托牢,既免了坠秧,又宣白了它们的主人。瘿袋只当无事,邻人扒墙头窥动静,她就背身藏住冷笑,滴水不露。

葫芦大了,估量着搀俩茄子已够吃一天,瘿袋便刮北风似的割了它们。依旧是煮,然后骂也依旧,邻家的嫩崽打了先锋骑墙头日偷儿的娘。这边就威凌凌杀出了瘿袋。不骂人,只骂葫芦。骂得很委屈,葫芦成了骚娘们儿,把漂亮身子递过墙,将清白的瘿袋勾引了。

"心肝葫芦肉儿,你天生是个招人日的货哩,明儿个记着,有骚憋自家院儿里,便宜自个儿留着……"

声气儿顿消,邻家女人羞得只剩了拔秧的力气,把一棚葫芦扯散了,吃亏的都说,西水的娘们儿不是个人。天宽也觉得女人八成是着了魔。

那一年粮食又不济。可二谷都七岁了呀!魔鬼附体的日子没个休、没个休。

天宽五十了,闹不清自己是怎么长的,也闹不清自己肚里是什么下水。人呆得像个木桩,横炕上总打不住要想年轻时那沉甸甸的二百斤谷子。鼻子凉酸,哀气也跟着涌,一声叠着一声。

"哀啥?见我那天就打哀声,半辈子也下来了,我亏了你没?"

"不亏,不亏!"

两口子捂一床破絮无事可做。早年几句话逗下来,天宽就能折腰腾身,压女人一身腥汗。如今不行了,女人的屁股他看都不要看,况且又有满满一炕大的小的孩子,大谷二豆怕已听不得爹娘喘气。

最后一次是在园子里,黄瓜架后边。俩人在月亮底下办事,不紧不慢做得渐浓,瘿袋就开了口:"明儿个吃啥?"

天宽愣住了,"吃啥?"自己问自己,随后就闷闷地拎着裤子蹲下。好像一下子解了谜,在这一做一吃之间寻到了联系。他顺着头儿往回想,就抓到了比二百斤谷子更早的一些模糊事,仿佛看到不识面的祖宗做着、吃着,一个向另一个唠叨:"明儿个吃啥?"

"你说吃啥哩?"他问瘿袋,不论月光把她粗皮照得多么白细,他算彻底失了兴趣了。

"麸子。"

"哪儿拾的?"

"鞍子房。小豆眼快,这丫头出息了。"

"……仓库后头地里有鼠坑儿,怕能掏下正经粮食。"

天宽认真琢磨耗窝儿的走向。从此清心寡欲,与女人贴肉的事算淡了。瘿袋也到了日子,仰炕上不再向他伸手。

吃啥?细想想,祖宗代代而思的老事,俩口子可是一天都不曾怠慢过。

女人日见憔悴。如虎也是病虎了,急躁中添了忧伤。瘿袋有了皱儿,再不似亮亮的粉红气球,骂人时也鼓不起来。

天宽呆想:操心操够了吧?看看六个孩儿个个饿相,大的小的都有舔鼻涕的病,心里就有了火苗,燎着熏着朝上顶。

他想逮上活的揍一顿,揍死它!

绿豆退学、二谷上学那年,洪水峪日子不坏。虽说新崽儿不在这家就在那家哇地降世,人均土地已由九分降到七分,但返销粮是足的。家家一本购粮证,每人二十斤,断了顿儿就到公社粮栈去买。夏粮绿在地里时辰,山道上总有拎着空的鼓的口袋的人,来回踟蹰地走。那天早上瘿袋挑了八担水,留七担晚上挑,伺候鸡、猪、人吃了,便披着购粮证离了家。出村的时候,凡见她的人都觉得她气色不坏。过后人们才明白,凶人善相不是吉兆。

公社粮栈柜台外边挤着人,虽挤倒并不显得怎么饥饿,瘿袋捏着空口袋,发现钱和购粮证一并丢掉了。生就的急性子,当即便嗷地怪叫一声,跌倒地上吐开了沫儿。买粮的卖粮的四下里围住,看那有趣的瘿袋在她胸脯上滚来滚去,人人探个鸡脖儿,眼也都乌鸡似的鼓出来。粮栈一个人物拨不开人,拿腔儿抓调儿地念出一段语录,说的是大家都来自五湖四海,为了一个什么目标共同走到这地方来了,意思是他要挤进去……帮助帮助。那时候兴这个,而且管用,于是人们闪一条缝出来。他看明白了,到柜台后面端出个大茶缸,含一口水漱了漱嗓子,然后喷到瘿袋脸上。几口刷牙水浇下来,她嘴不抽抽了,眼却愣直。

"哪村的?"

"丢了。"

"姓啥?"

"丢了。"

"啥丢了。"

"丢了丢了……丢了……"

女人撒了癔症,围的人更添趣味,那人加倍逞能,逮住人中狠掐,嘿嘿着:"丢不了,你过来呗!"瘿袋乱扑愣,终于尖嗓"日你娘!"她爬起来,夺路而去。

瘿袋哭软了,一辈子刚气,不知哪儿积了那么多泪。她打了两个来回,把十几里山路上每块石头都摸了,又到灌木林儿里脱光,撅着腚撕衣裳补丁,希望里边藏点儿什么。有了月亮她才进家,油灯底下天宽在吸烟袋锅,旁边炕桌上给她晾着一碗稀粥。她盯住那碗粥愣了神儿。

"娘,快吃粥!"二谷蹦过来拽她。

"不吃,再不吃啦……"女人猫似的。

天宽一下子知道出了事。一边问,一边就有火苗在心里拱,手巴掌打着抖,没处搁没处放,女人不曾现过的软弱使他勇气陡升,尿人有了胆了不得!

"败家的!"

他吼一声,把粥碗往地下一砸。

"吃货!"

一辈子没这么痛快过。

"丢了粮,吃你!老子吃你!"

说着说着就管不住手,竟扑上去无头无脸一阵乱拍,大巴掌在女人头上、瘿袋上弹来弹去,好不自在。乡人们蹲在夜地里听,明白瘿袋的男人又成了男人,把女人的威风煞了,半世里逞能扒食,却活生生丢了口粮,这是西水女人的造化。大宽,往死里揍她!

正揍得紧,一声长号让他悬了手。

"天爷,瞭哪个拾了粮证,让他给我家还来呀,我的粮唉……"

这歌是复调,一遍一遍唱。月亮把那脖上的瘿袋照成个白球,在黑院里闪。天宽撸一把酸鼻涕,点个马灯拎着去了。

有睡不实的乡邻,半夜里听到瘿袋到水泉担水,白薯脚在石板上踏踏地蹭,又听到蒜臼响,响得很脆,啪啪的像是硬壳碎了。以后就没有声音。

天宽趴在山道上拿马灯东照西照的时候,他女人卧在席上服了苦杏仁儿。天上有不少星星,眨着眼冷冷地瞧着他们。

天宽耗尽了灯油回家,隔二里地就听到村里有惨哭。是自己那窝粮食在响。院子里嘈杂,豆子们从门里滚出来迎他:"爹,快看娘!"他一听就怕了,硬挺着踱到炕前,老娘们儿丑脸歪着,还有气,只是喘得骇人。他从二谷手里接过碗来,在粗瓷儿上抹下一指杏仁儿渣子,这才记起她一天不曾吃什么。她再不想惦记吃,所以她就吃了这个。一辈子不饥,天宽也有吃的意思了。

黎明时分,一扇门板离了村庄。几个邻家后生抬举着,瘿袋高高地睡在上边,蜡脸焕发荣光,大谷在前头引路,天宽由叔伯兄弟天德陪着殿后,一行人在雾里向山下滑。天宽迷迷瞪瞪走路,恍然回到差不多二十年前的那个早晨,但二百斤谷子正沉得把他压扁,压做薄薄的骨饼。

大谷唤他:"爹,娘有话!"

门板撂稳,天宽把耳朵凑上去。听不清,他扒拉一下瘿袋球,挨她嘴近些。

"狗日的!"

静了半天,又吐出两个字。

"粮……食……"

天宽赞同地点点头,很悲哀。他在女人头发上摸了一把,最后一把。

门板将要漂出山谷时,大谷把天德的儿子换下小解。那小子绕到大石头后面哗哗地撒了一通,接着便狂叫,蛇啃了似的。天宽赶来,只一眼就子瞭上了那个皮筋扎紧的包包。它躺在石根子那儿,几束草掩着,像块灰石。两尺开外有两节不大新鲜的绿粪,是人的。为什么绿,天宽明白,但他分明已完全糊涂,傻了似的看看这、看看那,脸上迅即失了血色。

脏物如有幸石化,将使后世的考古学者出丑。他们将陷入历史的迷宫,在年代和人种问题上苦苦纠缠。

瘿袋却是离去了。天德的儿拾了布包抢功:"婶子,天爷还你粮证哩!"她两目圆睁,阔嘴微开,大瘿袋亮着黄光,仿佛对突如其来的窝心事儿大吃了一惊。

"婶子,你瞭瞭!"

"闭你娘的嘴!"

天宽吼过侄子,大谷便哭了。天德踹儿子一脚。看看人确是没了气,又赶上去踹儿子一脚,天宽也就下了泪。他收了布包,把女人身下垫的麻袋抽一条出来。卫生站不必去,粮食不能不买。余人抬了瘿袋回头,两口子一硬一软算是暂且分了手。

一袋粮食买回,刚够助丧的众乡亲饱食一顿,天宽的一家自然也扎进人堆抢吃,吃得猛而香甜。他们的娘死也对得起他们了。

"明儿个吃啥?"

夫妻合谋的事,剩天宽独自苦想,他深知了女人的不易。夜里头赤条条翻身,被里的空儿叫他心痛,接着就有女人脆响的脏话传来:"狗日的……粮食!"

这仁义的老伴竟去了。

洪水峪少了母虎,清静了,也寂寞了。听不到她公鸡踩蛋儿似的骂声,日子便过得不够紧迫,谷子豆子们摆脱了母亲的淫威,活得反而快活起来。岁月毕竟是一天一天不同,个个肚子大了不止一倍,却大抵充实得可以。

如今杨天宽六十多岁了,仍旧慈眉善目,老娘们儿似的低声细气。他一辈子没有逞过大男人的威风,也许试过一次,但只一次便要了老婆的命。到承包的田里做活,时时要拐到坟地里去,小心拔土堆旁的杂草,他好悔!

孩子们可没有什么债务,他们几乎将母亲忘却了。认真回想一番,也无非更加肯定那是个不可思议的人物。二谷念高中时翻过一本医书,发现瘿袋即是"甲状腺肿大"之类,于是母亲就脖上吊着个肉球在他脑海里走。虽说只是一闪,也算有了一份想念,不能说是不孝的了。大谷、大豆、小豆们都有了孩儿,他们的孩儿是不耍苦杏核儿的,可见有些事他们也还记着。

老辈儿人却爱讲瘿袋的故事。开头便是:"他背了二百斤谷子。"语调沉在"谷子"上,意味着那不是土、不是石头、不是木柴,而是"谷子"是粮食,是过去代代人日后代代人谁也舍不下的、让他们死去活来的好玩意儿。

曹杏花因它而来又为它而走了,却是深爱它们的。

"狗日的……粮食!"

哪里是骂,分明是疼呢。是不是骂,骂个谁,得问在她坟上蹓跶的天宽,老家伙心里或许明白。

(原载《中国》1986 年第 9 期)

余 华

十八岁出门远行

柏油马路起伏不止,马路像是贴在海浪上。我走在这条山区公路上,我像一条船。这年我十八岁,我下巴上那几根黄色的胡须迎风飘飘,那是第一批来这里定居的胡须,所以我格外珍重它们。我在这条路上走了整整一天,已经看了很多山和很多云。所有的山所有的云,都让我联想起了熟悉的人。我就朝着它们呼唤他们的绰号。所以尽管走了一天,可我一点也不累。我就这样从早晨里穿过,现在走进了下午的尾声,而且还看到了黄昏的头发。但是我还没走进一家旅店。

我在路上遇到不少人,可他们都不知道前面是何处,前面是否有旅店。他们都这样告诉我:"你走过去看吧。"我觉得他们说的太好了,我确实是在走过去看。可是我还没走进一家旅店。我觉得自己应该为旅店操心。

我奇怪自己走了一天竟只遇到一次汽车。那时是中午,那时我刚刚想搭车,但那时仅仅只是想搭车,那时我还没为旅店操心,那时我只是觉得搭一下车非常了不起。我站在路旁朝那辆汽车挥手,我努力挥得很潇洒。可那个司机看也没看我,汽车和司机一样,也是看也没看,在我眼前一闪就他妈的过去了。我就在汽车后面拼命地追了一阵,我这样做只是为了高兴,因为那时我还没有为旅店操心。我一直追到汽车消失之后,然后我对着自己哈哈大笑,但是我马上发现笑得太厉害会影响呼吸,于是我立刻不笑。接着我就兴致勃勃地继续走路,但心里却开始后悔起来,后悔刚才没在潇洒地挥着的手里放一块大石子。

现在我真想搭车,因为黄昏就要来了,可旅店还在它妈肚子里。但是整个下午竟没再看到一辆汽车。要是现在再拦车,我想我准能拦住。我会躺到公路中央去,我敢肯定所有的汽车都会在我耳边来个急刹车。然而现在连汽车的马达声都听不到。现在我只能走过去看了。这话不错,走过去看。

公路高低起伏,那高处总在诱惑我,诱惑我没命奔上去看旅店,可每次都只看到另一个高处,中间是一个叫人沮丧的弧度。尽管这样我还是一次一次地往高处奔,次次都是没命地奔。眼下我又往高处奔去。这一次我看到了,看到的不是旅店而是汽车。汽车是朝我这个方向停着的,停在公路的低处。我看到那个司机高高翘起的屁股,屁股上有晚霞。司机的脑袋我看不见,他的脑袋正塞在车头里。那车头的盖子斜斜翘起,像是翻起的嘴唇。车箱里高高堆着箩筐,我想着箩筐里装的肯定是水果。当然最好是香蕉。我想他的驾驶室里应该也有,那么我一坐进去就可以拿起来吃了。虽然汽车将要朝我走来的方面开去,但我已经不在乎方向。我现在需要旅店,旅店没有就需要汽车,汽车就在眼前。

我兴致勃勃地跑了过去,向司机打招呼:"老乡,你好。"

司机好像没有听到,仍在拨弄着什么。

"老乡,抽烟。"

这时他才使了使劲,将头从里面拔出来,并伸过来一只黑乎乎的手,夹住我递过去的烟。我赶紧给他点火。他将烟叼在嘴上吸了几口后,又把头塞了进去。

于是我心安理得了,他只要接过我的烟,他就得让我坐他的车。我就绕着汽车转悠起来,转悠是为了侦察箩筐的内容。可是我看不清,便去使用鼻子闻,闻到了苹果味。苹果也不错,我这样想。

不一会他修好了车,就盖上车盖跳了下来。我赶紧走上去说:"老乡,我想搭车。"不料他用黑乎乎的手推了我一把,粗暴地说:"滚开。"

我气得无话可说,他却慢悠悠地打开车门钻了进去,然后发动机响了起来。我知道要是错过这次机会,将不再有机会。我知道现在应该豁出去了。于是我跑到另一侧,也拉开车门钻了进去。我准备与他在驾驶室里大打一场。我进去时首先是冲着他吼了一声:"你嘴里还叼着我的烟。"这时汽车已经活动了。

然而他却笑嘻嘻地十分友好地看起我来,这让我大惑不解。他问:"你上哪?"

我说:"随便上哪。"

他又亲切地问:"想吃苹果吗?"他仍然看着我。

"那还用问。"

"到后面去拿吧。"

他把汽车开得那么快,我敢爬出驾驶室爬到后面去吗?于是我就说:"算了吧。"

他说:"去拿吧。"他的眼睛还在看着我。

我说:"别看了,我脸上没公路。"

他这才扭过头去看公路了。

汽车朝我来时的方向驰着,我舒服地坐在座椅上,看着窗外,和司机聊着天。现在我和他已经成为朋友了。我已经知道他是在个体贩运。这汽车是他自己的,苹果也是他的。我还听到了他口袋里面钱儿叮当响。我问他:"你到什么地方去?"

他说:"开过去看吧。"

这话简直象是我兄弟说的,这话可多亲切。我觉得自己与他更亲近了。车窗外的一切应该是我熟悉的,那些山那些云都让我联想起来了另一帮熟悉人来了,于是我又叫唤起另一批绰号来了。

现在我根本不在乎什么旅店,这汽车这司机这座椅让我心安而理得。我不知道汽车要到什么地方去,他也不知道。反正前面是什么地方对我们来说无关紧要,我们只要汽车在驰着,那就驰过去看吧。

可是这汽车抛锚了。那个时候我们已经是好得不能再好的朋友了。我把手搭在他肩上,他把手搭在我肩上。他正在把他的恋爱说给我听,正要说第一次拥抱女性的感觉时,这汽车抛锚了。汽车是在上坡时抛锚的,那个时候汽车突然不叫唤了,像死猪那样突然不动了。于是他又爬到车头上去了,又把那上嘴唇翻了起来,脑袋又塞了进去。我坐在驾驶室里,我知道他的屁股此刻肯定又高高翘起,但上嘴唇挡住了我的视线,我看不到他的屁股。可我听得到他修车的声音。

过了一会他把脑袋拔了出来,把车盖盖上。他那时的手更黑了,他把脏手在衣服上擦了又擦,然后跳到地上走了过来。

"修好了?"我问。

"完了,没法修了。"他说。

"等着瞧吧。"他漫不经心地说。

我仍在汽车里坐着,不知该怎么办。眼下我又想起什么旅店来了。那个时候太阳要落山了,晚霞则像蒸汽似地在升腾。旅店就这样重又来到了我脑中,并且逐渐膨胀,不一会便把我的脑袋塞满了。那时我的脑袋没有了,脑袋的地方长出了一个旅店。

司机这时在公路中央做起了广播操,他从第一节做到最后一节,做得很认真。做完又绕着汽车小跑起来。司机也许是在驾驶室里呆得太久,现在他需要锻炼身体了。看着他在外面活动,我在里面也坐不住,于是打开车门也跳了下去。但我没做广播操也没小跑。我在想着旅店和旅店。

这个时候我看到坡上有五个人骑着自行车下来,每辆自行车后座上都用一根扁担绑着两只很大的箩筐,我想他们大概是附近的农民,大概是卖菜回来。看到有人下来,我心里十分高兴,便迎上去喊道:"老乡,你们好。"

那五个人骑到我跟前时跳下了车,我很高兴地迎了上去,问:"附近有旅店吗?"

他们没有回答,而是问我:"车上装的是什么?"

我说:"是苹果。"

他们五人推着自行车走到汽车旁,有两个人爬到了汽车上,接着就翻下来十筐苹果,下面三个人把筐盖掀开往他们自己的筐里倒。我一时间还不知道发生了什么,那情景让我目瞪口呆。我明白过来就冲了上去,责问:"你们要干什么?"

他们谁也没理睬我,继续倒苹果。我上去抓住其中一个人的手喊道:"有人抢苹果啦!"这时有一只拳头朝我鼻子上狠狠地揍来了,我被打出几米远。爬起来用手一摸,鼻子软塌塌地不是贴着而是挂在脸上了,鲜血像是伤心的眼泪一样流。可当我看清打我的那个身强力壮的大汉时,他们五人已经跨上自行车骑走了。

司机此刻正在慢慢地散步,嘴唇翻着大口大口喘气,他刚才大概跑累了。他好像一点也不知道刚才的事。我朝他喊:"你的苹果被抢走了!"可他根本没注意我在喊什么,仍在慢慢地散步。我真想上去揍他一拳,也让他的鼻子挂起来。我跑过去对着他的耳朵大喊:"你的苹果被抢走了。"他这才转身看了我起来,我发现他的表情越来越高兴,我发现他是在看我的鼻子。

这时候,坡上又有很多人骑着自行车下来了,每辆车后都有两只大筐,骑车的人里面有一些孩子。他们蜂拥而来,又立刻将汽车包围。好些人跳到汽车上面,于是装苹果的箩筐纷纷而下,苹果从一些摔破的筐中像我的鼻血一样流了出来。他们都发疯般往自己筐中装苹果。才一瞬间工夫,车上的苹果全到了地下。那时有几辆手扶拖拉机从坡上隆隆而下,拖拉机也停在汽车旁,跳下一帮大汉开始往拖拉机上装苹果,那些空了的箩筐一只一只被扔了出去。那时的苹果已经满地滚了,所有人都像蛤蟆似地蹲着捡苹果。

我是在这个时候奋不顾身扑上去的,我大声骂着:"强盗!"扑了上去。于是有无数拳脚前来迎接,我全身每个地方几乎同时挨了揍。我支撑着从地上爬起来时,几个孩子朝我击来苹果,苹果撞在脑袋上碎了,但脑袋没碎。我正要扑过去揍那些孩子,有一只脚狠狠地踢在我腰部。我想叫唤一声,可嘴巴一张却没有声音。我跌坐在地上,我再也爬不起来了,只能看着他们乱抢苹果。我开始用眼睛去寻找那司机,这家伙此刻正站在远处朝我哈哈大笑,我便知道现在自己的模样一定比刚才的鼻子更精彩了。

那个时候我连愤怒的力气都没有了。我只能用眼睛看着这些使我愤怒极顶的一切。我最愤怒的是那个司机。

坡上又下来了一些手扶拖拉机和自行车,他们也投入到这场浩劫中去。我看到地上的苹果越来越少,看着一些人离去和一些人来到。来迟的人开始在汽车上动手,我看着他们将车窗玻璃卸了下来,将轮胎卸了下来,又将木板撬了下来。轮胎被卸去后的汽车显得特别垂头丧气,它趴在地上。一些孩子则去捡那些刚才被扔出去的箩筐。我看着地上越来越干净,人也越来越少。可我那时只能看着了,因为我连愤怒的力气都没有了。我坐在地上爬不起来,我只能让目光走来走去。

现在四周空荡荡了,只有一辆手扶拖拉机还停在趴着的汽车旁。有几个人在汽车旁东瞧西望,是在看看还有什么东西可以拿走。看了一阵后才一个一个爬到拖拉机上,于是拖拉机开动了。

这时我看到那个司机也跳到拖拉机上去了,他在车斗里坐下来后还在朝我哈哈大笑。我看到他手里抱着的是我那个红色的背包。他把我的背包抢走了。背包里有我的衣服和我的钱,还有食品和书。可他把我的背包抢走了。

我看着拖拉机爬上了坡,然后就消失了,但仍能听到它的声音,可不一会连声音都没有了。四周一下子寂静下来,天也开始黑下来。我仍在地上坐着,我这时又饥又冷,可我现在什么都没有了。

我在那里坐了很久,然后才慢慢爬起来。我爬起来时很艰难,因为每动一下全身就剧烈地疼痛,但我还是爬了起来。我一拐一拐地走到汽车旁边。那汽车的模样真是惨极了,它遍体鳞伤地趴在那里,我知道自己也是遍体鳞伤了。

天色完全黑了,四周什么都没有,只有遍体鳞伤的汽车和遍体鳞伤的我。我无限悲伤地看着汽车,汽车也无限悲伤地看着我。我伸出手去抚摸了它。它浑身冰凉。那时候开始起风了,风很大,山上树叶摇动时的声音像是海涛的声音,这声音使我恐惧,使我也像汽车一样浑身冰凉。

我打开车门钻了进去,座椅没被他们撬去,这让我心里稍稍有了安慰。我就在驾驶室里躺了下来。我闻到了一股漏出来的汽油味,那气味像是我身内流出的血液的气味。外面风越来越大,但我躺在座椅上开始感到暖和一点了。我感到这汽车虽然遍体鳞伤,可它心窝还是健全的,还是暖和的。我知道自己的心窝也是暖和的。我一直在寻找旅店,没想到旅店你竟在这里。

我躺在汽车的心窝里,想起了那么一个晴朗温和的中午,那时的阳光非常美丽。我记得自己在外面高高兴兴地玩了半天,然后我回家了,在窗外看到父亲正在屋内整理一个红色的背包,我扑在窗口问:"爸爸,你要出门?"

父亲转过身来温和地说:"不,是让你出门。"

"让我出门?"

"是的,你已经十八了,你应该去认识一下外面的世界了。"

后来我就背起了那个漂亮的红背包,父亲在我脑后拍了一下,就像在马屁股上拍了一下。于是我欢快地冲出了家门,像一匹兴高采烈的马一样欢快地奔跑了起来。

1986 年 11 月 16 日北京

(原载《北京文学》1987 年第 10 期)

池 莉

热也好冷也好活着就好

这天,大约是下午四点钟光景。有个赤膊男子骑辆破自行车,"嗤"地刹在小初开堂门前的流水沟里,不下车,脚尖蹭地上,将汗湿透的一张钱揉成一坨,两手指一弹,准确地弹到小初开堂的柜台上。

"喂。猫子。给支体温表。"

猫子愉快地应声"呃",去拿体温表。

收费的汉珍找了零钱,说,"谁呀?"

猫子说:"不晓得谁。"

汉珍说:"不晓得他叫你猫子?"

猫子说:"江汉路一条街人人都晓得我叫猫子。"

汉珍说:"哟,像蛮大名气一样。"

猫子说:"我实事求是。"

汉珍张了张嘴,没想出什么恰当的话来,也就闭了口,将摇头的电扇定向自己的脸,眼光从吹得东倒西歪的睫毛丛中模糊地投向街上。

猫子走到流水沟边递体温表给顾客,顷刻间两人都晒得汗滚油流。突然,他们被吓了一大跳,接着他们哈哈大笑,都说:"这个婊子养的!"

猫子又取出一支体温表给了顾客。汉珍说:"出么事了?"

猫子只顾津津有味地笑,扔过又一支体温表的钱。

汉珍说:"出么事了哟?"

猫子说:"你猜猜?"

汉珍说:"这么热的天让我猜?你这个人!"

猫子说:"猜猜有趣些。你死也猜不着。"

汉珍:"我真是要劝燕华别嫁你。个巴妈一点都不男子汉。"

猫子说:"么事男子汉?浅薄!告诉你吧,砰——体温表爆了,水银标出去了!"

汉珍猛地睁大眼睛,说:"我不信!"

"不信?这样——砰。"猫子做动作。动作很传神。汉珍说:"世界真奇妙。"

猫子白汉珍一眼,摹仿"正大综艺"节目主持人姜昆的普通话:"世界真奇妙。"

他们捂着肚皮笑了。这天余下的钟点过得很快。他们没打瞌睡,谈论了许多奇奇怪怪的话题,好有意思。

下班了猫子本来是准备回自己家的,现在他改变决定还是回燕华家。今天体温表都爆了,多热的天,他要帮帮燕华。既然他们是在谈朋友,他就要表现体贴一点儿。

出了小初开堂,顺着大街走三分钟,燕华家就到了。旧社会过来的老房子,门面小,里头博大精深,地道战一样复杂,不知住了多少家。进门就是陡峭狭窄的木质楼梯,燕华家住二楼,住二楼其中的两间房。燕华一间,她父亲一间,都有十五个平方米,这种住房条件在武汉市的江汉路一带那是好得没说的了。所以燕华就更有俏皮的资本啦。猫子认为:燕华不俏皮谁俏皮?要长相有长相,要房子有房子,要技术有技术,要钱是个独生女。燕华不俏皮谁俏皮?人嘛,不过,话该这么说,燕华只管俏她的,猫子有猫子的把握。

住一楼的王老太在楼梯口坐只小板凳剥毛豆。王老太像钟点,每天下午六点钟准坐这儿择菜。

猫子说:"太。热啊。"

王老太说:"热啊猫子。"

猫子给王老太一盒仁丹,说:"太。热不过了就吃点仁丹。"

王老太说:"咳呀吃么仁丹,这大把年纪了活着害人,只惟愿一口气上不来去了才好。"

猫子说:"看太说到哪里去了。"

王老太倒出几粒银光闪烁的仁丹丸子含在舌头上,含糊地说:"猫子啊,燕华今天轮早班了,你小点心。"

用不着王老太提醒,猫子心中有数。燕华是公共汽车司机,一周一轮班,早班凌晨四点发车,最是睡不好觉的班次。燕华一轮到上早班就寻着猫子发火。所以猫子今天本来是要回自己家的。

燕华在厨房里洗菜,穿了件相当于男式背心的女背心,下面是花布裤头,整个背部包括裤头的腰全汗湿得贴在身上。厨房几家共用,几家的女人都在忙碌饭菜,自然都汗湿得不比燕华少。猫子想这里好比游泳池了。

猫子说:"热啊嫂子们。"

女人们说:"猫子好甜的嘴。"

猫子说:"燕华。"

燕华哗啦啦洗菜,不理他。

猫子说:"燕华我来洗吧。"

燕华继续洗菜不理人。

猫子朝女人们做了个求助的手势,女人们就说:"燕华死丫头,有福不会享。"

猫子说:"就是。"

燕华竖起一根手指,将脸面上的汗珠刮得飞溅,说:"去去。说不来呢做么事又来了?说你妈病了呢你妈这么快就好了?"

猫子说:"你不晓得今天出了什么事呢,我特意来告诉你的。"

燕华横了他一眼。

女人们都问:"么事呀么事呀?"

猫子说:"我卖一支体温表,拿到街上给顾客。只晒了一会太阳,砰——水银标出来了,体温表爆了。"

女人们说:"啧啧啧啧,你看这武汉婊子养的热!多少度哇!"

燕华说:"吹!"

猫子说:"我吹吗?我是吹的人吗?"

燕华说:"你以为你不吹?十男九吹。"

猫子说:"那让嫂子们说句公道话。"

女人们说:"猫子真不是吹的人。燕华别冤枉他了。"

燕华说:"你们干什么干什么?八国联军打中国呀。"说完忍不住笑,扭身跑了。

猫子脱了T恤衫,赤膊上阵洗菜。接着切菜。接着炒菜。叮叮当当,做得大汗淋漓,热火朝天。

女人们说:"猫子啊,一个怕老婆的毛坯子。"

猫子说:"怕就怕。怕老婆有么事丑的。当代大趋势。其实呢,是心疼她,上早班多辛苦。"

女人们说:"猫子真是个好男将哦,又体贴人又勤快,又不赌不嫖。"

猫子说:"你们又不接客,么样晓得我不嫖啊?"

一个女人跑上来拧了猫子的嘴。其他几个咬牙切齿笑,说:"这个小狗日的!"

猫子大笑。

菜饭刚做好。燕华的父亲回来了。老师傅白发白眉,寿星老头模样。老通城餐馆退休的豆皮师傅,没休一天又被高薪返聘回去了,据说他是当年给毛泽东主席做豆皮的厨师之一。这一带街坊邻居无不因此典故而敬慕他。

一厨房的人都一叠声打招呼。

"许师傅您家回来了。"

许师傅说:"回了回了。今天好热啊。"

人都应:"热啊热啊。"

许师傅说:"猫子你热死了,快到房里吹吹电扇。"

猫子说:"无所谓,吹也是热风。"

燕华冲了凉水澡出来。黑色背心白色短裤裙,乳房大腿都坦率地鼓着,英姿飒爽。猫子冲她打了个响指。她扭了扭腰要走。

许师傅说:"燕华!帮猫子摆饭菜。"

太阳这时正在一点一点沉进大街西头的楼房后边,余辉依然红亮地灼人眼睛。洒水车响着洒水音乐过来过去,马路上腾腾起了一片白雾,紧接着干了。黄昏还没来呢,白天的风就息了。这个死武汉的夏天!

燕华拧了两桶水,一遍又一遍洒在自家门口的马路上,终于将马路洒出了湿湿的黑颜色。待她直起腰的时候,许多人家已经搬出竹床了。

燕华叫:"猫子。"

猫子在楼上回答:"来了。"

过了一会儿猫子还没下楼。

燕华不满意了。高叫:"猫子——"

猫子搬了张竹床下来了。

燕华说:"老不下来老不下来,地方都给人家占了。"

猫子说:"哎你小点声好不好?你这人啦,谁家的竹床自有谁家的老地方。大家都要睡,挤紧点就挤紧点呗。"

燕华声音低了下来,却没服气,说:"就你懂事,就你会做人,就你讨街坊喜欢,德性!"

猫子说:"我实事求是嘛。"

猫子和燕华一边嘀咕着一边干活。他们摆好了一张竹床两只躺椅,鸿运扇搁竹床一头,电视机搁竹床另一头。几个晒得黑鱼一样的半大男孩窜来窜去碰得电线荡来荡去,燕华就说:"咄,咄。"赶小动物似的。猫子觉得怪有趣,说:"这些儿子们。"

许师傅摇把折扇下楼来了。他已经冲了个澡,腰间穿条老蓝的棉绸大裤衩,坐进躺椅里,望着燕华和猫子,一种十分受用的样子。

竹床中央摆的是四菜一汤。别以为家常小菜上不了谱,这可是最当令的武汉市人最爱的菜了:一是鲜红的辣椒凉拌雪白的藕片,二是细细的瘦肉丝炒翠绿的苦瓜,三是筷子长的鲹鲦鱼煎得两面金黄又烹了葱姜酱醋,四是卤出了骨朵朵的猪耳朵薄薄切了一小碟子。汤呢,清淡,丝瓜蛋花汤。汤上飘一层小磨麻香油。

燕华给父亲倒了一杯酒,给猫子也倒了一杯酒。"黄鹤楼"的酒香和着菜香就笼罩了一大片马路。隔壁左右的邻居说:"许师傅,好菜呀。"

许师傅用筷子直点自家的菜,说:"来来喝一口。"

邻居说:"您家莫客气。"

许师傅说:"那就有偏了。"

燕华冷笑着自言自语:"恶心。"

猫子说:"咳,老人嘛。"

马路对面也是成片的竹床。有人扯着嗓子叫道:"许师傅,好福气呀。"

许师傅说:"福气好福气好。"

燕华开了电视,正好雄壮的国歌升起。大街两旁的竹床上都开饭了。举目四顾,全是吃东西的嘴脸。许师傅喝得很香。猫子也香。一条湿毛巾搭在肩上,吃得勇猛,一会儿就得擦去滚滚的汗。燕华盛了一小碗绿豆稀饭,有一口没一口地喝,筷子在菜盘子里拨来拨去,百无聊赖。

猫子说:"燕华,我的菜是不是做得呱呱叫?"

燕华说:"你自我感觉良好。"

猫子说:"嗤,许伯伯?"

许师傅说:"是呱呱叫。猫子不简单呐。"

燕华:"我吃不香。这么热的天还吃得下东西?"

猫子说:"这是没睡好的原因,上早班太辛苦了。所以我不回家,来给你做菜。"

许师傅听完就嗨嗨地乐。燕华说:"他油嘴滑舌。先头说是因为出了体温表的事。"

猫子猛拍大腿。他怎么居然还没告诉未来老丈人今天的大新闻呢!他说:"许伯伯,今天出了件希奇事。一支体温表在街上砰地爆了,水银柱标出玻璃管了!"

许师傅歪着头想像了好半天,惊叹道:"真是世界之大无奇不有哇!猫子,体温表最高多少度?"

猫子说:"摄氏42度。"

许师傅说:"这个婊子养的!好热啊!"

燕华放下碗,说:"热死了。不吃了。"

猫子说:"热是热,吃归吃呀。"

燕华说:"像个苕。"

猫子说:"不吃晚上又饿。"

燕华说:"像个苕。人是活的吵,就叫饿死了?满街的宵夜不晓得吃。"

猫子说:"好吧好吧,十二点钟去吃宵夜。"

燕华说:"你美哩,谁要你陪,我早和人家约好了。"

猫子说:"谁？和谁？"

燕华说:"你是太平洋的警察？——管得真宽。"

许师傅说:"猫子别理她！燕华像放多了胡椒粉,口口呛人。还是个姑娘伢哟。"

燕华说:"姑娘伢么样？姑娘伢么样？"

许师傅说:"姑娘伢要文静本分温顺。"

燕华说:"怕又是旧社会了吧？"

猫子说:"许伯伯您家莫和她怄气。"

许师傅说:"都不理她。"

一老一少两个男人就去看电视。燕华从鼻子里哼哼两声,转过身望街去坐;眼睛怔怔变幻着各种情绪。一般姑娘家只是背了人才有这种神态的。所以贴街行走的外地人冷不丁瞧见了燕华便吓了一跳。

街上行人稀了一些,却也稀不到哪儿去。武汉市城区每平方公里平均将近四千人,江汉路又是城区最繁华的商业区,行人又能稀到哪儿去？照旧是车水马龙。不过日暮黄昏了,竹床全出来了,车马就被挤到马路中间去了。本市人不觉得有什么异常,与公共汽车,自行车等等一块儿走在大街中间。外地人就惊讶得不得了。他们侧身慢慢地走,长长一条街,一条街的胳膊大腿,男女区别不大,明晃晃全是肉。武汉市这风景呵！

电视播映国际新闻了。

猫子大声宣布:"嗨,国际啦国际啦。"

在伊拉克侵占科威特之后,猫子主动负起了提醒街坊看国际新闻的责任。几家的男人端着饭碗跑了过来。

伊拉克吞并了科威特又想搞沙特阿拉伯。

猫子说:"个婊子养的伊拉克,吃饱了撑的。"

男人们都感慨:"这个婊子养的！"

有人说:"这婊子破坏我们亚运会。等开完了亚运再打不迟嘛。"

许师傅说:"毛主席说过,侵略者决无好下场。你们信不信？"

猫子说:"我信。有钱的国家都出动了,收拾它是迟早的事。"

男人们说:"那难说。阿盟其实不喜欢美国佬。咱们出兵算了,赚点外汇,减少点人口,又主持了正义,刀切豆腐两面光。不知江书记想到了这点没有？"

许师傅说:"你怎么这思想呢？现在的年轻人？"

大家说:"许师傅啊,我们哪有什么思想,比不得您家,毛泽东思想武装的。"

许师傅知道这是玩笑话,和气地笑了。

臭了一顿伊拉克,接着又臭武汉的持续高温。再接下来是广告,又臭广告。臭广告时人就渐渐散了。

猫子一放下碗,许师傅就说:"燕华,收碗。"

燕华说:"我要等汉珍。"

猫子说:"哦,汉珍。你们好紧的口,都不告诉我。"

燕华说:"你是个么事大人物,要告诉你?"

许师傅说:"收碗,燕华!"

猫子说:"我来收碗。"

许师傅说:"不行猫子。街坊邻居都看着,我家这点家教还是有的。燕华收碗。"

燕华不情不愿起身收拾碗筷,猫子给她打下手。

王老太和女人们看着燕华猫子上了楼,就对许师傅说:"您家做得对,燕华脾气是娇躁了一些。猫子是个几好的呀,换个人燕华要吃亏的。"

许师傅说:"是的吵,像猫子这忠厚的男伢现在哪里去找?现在的女伢们时兴找洋毛子,洋毛子会给他丈人炒苦瓜吃么?燕华要是不跟猫子,我捶断她的腿。"

燕华满以为猫子会主动洗碗的,谁知他放下饭锅就走。燕华说:"猫子啊。"

猫子说:"干什么呀?"

燕华说:"好好!我算看透你了!"

猫子说:"今儿都没给个好脸色嘛。"

燕华说:"么样脸色是好?"说着就露出了笑。

猫子说:"这就对了。谈朋友嘛要有具体行动。"

猫子一把拉过燕华拥进怀里。燕华说:"太热了。"胳膊却不由自主揽住了猫子的腰。两人扭扭拌拌进了房间。房间完全是个蒸笼,墙壁,地板,家具,摸哪儿都是烫的。等他们出房间时都有点儿中暑了。

汉珍是晚上八点半来的。燕华又换了一件新潮太阳裙和她走了。她们嘻嘻哈哈对猫子说:"拜拜。"

这个时候,住人的房子空了。男女老少全睡在马路两旁。竹床密密麻麻连成一片,站在大街上一望无际。各式各样的娱乐班子很快组合起来。

许师傅本来是要摸两把麻将的。新近相识的王厨师来了。王厨师是武汉人,在远洋轮上工作了三十年,最近退休回了老家。着了迷寻着许师傅讲究武汉小吃。他们还有一个忠实的听众王老太。王老太在许师傅谈论的武汉小吃中度过了大半生。

一个嫂子约猫子打麻将。

许师傅说:"猫子去玩吧。"

猫子说:"我不玩麻将。"

嫂子说:"玩么事呢?总要玩点么事啊。"

猫子说:"我和他们去聊天。"

嫂子说:"天有么事聊头?二百五!没听人说的么:十一亿人民八亿赌,还有两亿在跳舞,剩下的都是二百五。"

猫子说:"二百五就二百五。现在的人不怕戴帽子。"

嫂子膝下的小男孩爬竹床一下子摔跤了,哇地大哭。她丈夫远远叫道:"你这个婊子养的聋了!伢跌了!"

嫂子拧起小男孩,说:"你这个婊子养的么样搞的啵!"

猫子说:"个巴妈苕货,他是婊子养的你是么事?"

嫂子笑着拍猫子一巴掌,说:"哪个骂人了不成?不过说了句口头语。个巴妈装得像不是武汉人一样。"

猫子抱起小男孩,送到他家竹床上。这家男人递了猫子一支烟。

猫子说:"王师傅我说个新闻吓你一跳。"

男人说:"个巴妈。"

猫子说:"今天,就是今天,下午四点,我们店一支体温表在太阳下呆了两分钟,水银就冲破了玻璃管。"

男人扬起眉毛,半天才说:"真的?"

猫子很高兴,吐出一串烟圈。

男人说:"你说吓人不吓人,多热!还要不要人活嘛!"

猫子豪迈地笑,说:"个婊子养的,我们不活了!"

前边有人叫了:"猫子,过来坐。"

猫子前边去了。一大群人在说话看电视。猫子将电视机揿灭了,有声有色讲了今天体温表的事。人们听了十分激动。有人建议给武汉晚报写篇通讯。有人建议给市长专线打电话:多热的天,你还让我们全天上班吗?由此受到启发,有人提出政府在搞鬼,不让电台如实报天气预报,以免人心浮动。立即有人出来反驳,说测气象不是测的大马路,科学有科学的讲究,搞科学的人不会撒谎。猫子参加了争论,与他争论的小伙子说体温表事件很有可能不是气温的问题而是体温表质量问题。猫子极为气愤,因为体温表是他进的货,全是一等品。

许师傅这时也成了谈话的中心人物。围绕着他的除了王老太全是剃着青皮光头的老头子。

许师傅显然有几分得意忘形,他说毛主席吃完豆皮,到厨房来和厨师一一握手,最后拍着他的肩说:你的豆皮味道好极了!

老人们乐得跟小孩一样。许师傅自嘲说:"啊,是有点像雀巢咖啡的广告。"

王老太说:"再讲讲朝鲜国吃四季美的故事。"

许师傅就又讲金日成某年某月某日到武汉访问了四季美的小笼汤包。吃完就走了,去北京了。十多天后金日成启程回国,上车前突然对送行的中央首长说:"我还有一个小问题始终没想通。"中央首长请他讲,金日成说:"那武汉市四季美的汤包,汤是么样进包子的?"

老人们更乐得不知道怎么才好,捧着茶杯咕咕喝茶,过那痛快的瘾。

王厨师说:"个杂种,我漂洋过海不晓得跑了多少国家和城市,个杂种,他们的油条都是软皮隆的,只有我们武汉的油条是酥酥的。"

许师傅说:"咳,提不得喽。说那上海吧,十里洋场,过早吃泡饭;头天的剩饭用开水一泡,就根咸菜,还是上海!北京首都哩,过早就是火烧面条,面条火烧。广州深圳,开放城市,老鼠蛇虫,什么恶心人他们吃什么。哪个城市比得上武汉?光是过早,来,我们只数有点名堂的——"

王老太扳起指头就数开了:老通城的豆皮,一品香的一品大包,蔡林记的热干面,谈炎记的水饺,田恒启的糊汤米粉,厚生里的什锦豆腐脑,老谦记的牛肉枯炒豆丝,民生食堂的小小汤圆,五芳斋的麻蓉汤圆,同兴里的油条,顺香居的重油烧梅,民众甜食的沁汁酒,福庆和的牛肉米粉。王老太的牙齿不关缝,气一急潜出了一挂口水。她难为情地用手遮住了嘴巴,说:"丢丑了丢丑了,老不死的涎都馋出来了。"

老人们鼓掌。

王厨师说:"不愧老汉口!会吃!我这个人喜欢满街瞎吃。过个早,面窝,糍粑,欢喜坨酥饺,核糕,糯米鸡,一样吃一个,好吃啊!"

许师傅说:"那不是吹的,全世界全国谁也比不过武汉的过早。"

老人们自豪极了,说:"就是就是。"

夜就这样渐渐深了。

公共汽车不再像白天那样呼呼猛开。它嗤嗤喘着气,载着半车乘客,过去了好久才过来。推麻将的声音变得清晰起来。竹床上睡的人因为热得睡不着不住地翻来覆去。女人家耳朵上,颈脖上和手腕手指上的金首饰在路灯的照射下一闪一闪地发亮。竹床的竹子在汗水的浸润下使人不易觉察地慢慢变红着……

燕华正在回家的路上。

燕华和汉珍又约了两个高中女同学。四个姑娘穿得时髦之极。摩丝定型发胶将刘海高高耸在前额,脸上是浓妆艳抹。她们的步态是时装模特儿的猫步,走在大街上十分引人注目,没玩什么她们就开心极了。

她们没去跳舞也没看电影。就是逛大街。从江汉路逛到六渡桥,又从六渡桥逛回江汉路。吃冰淇淋,吃什锦豆腐脑,你出钱请一次,她出钱请一次。

汉珍说了今天体温表的新闻。

燕华说了今天她车上售票员小乜和乘客相骂的事。说是两个北方男人坐过了站,小乜要罚款。北方人不肯掏钱,还诉了一通委屈。小乜就说:"赖儿叭叭的,亏了裆里还长了一坨肉。"

北方人看着小乜是个年轻姑娘,不敢相信自己的耳朵,大声问:嘛?

小乜也大声告诉他们:鸡巴。不懂吗?

北方人面红耳赤,赶快掏出了钱。

四个姑娘笑得一塌糊涂。燕华顶快活,说:"个婊子养的,家里一个老头子,一个男朋友,想讲给人听又讲不出口,憋死我了。"

汉珍说:"那你就结婚当嫂子嘛。我看猫子已经等不得了。"

另外两个女同学说:"燕华只怕都是嫂子喽,猫子那老实?"

燕华扑过去撕女同学的嘴,闹得一团锦簇在霓虹灯下乱滚。

她们又议论了影星歌星,议论了黄金首饰的价格与款式,议论了各自的男朋友,议论了被歹徒杀害的"娟兰"和"两兰",为这四个女性叹息了一番。

汉珍说:"要是你们遇上了歹徒怎么办?"

燕华说:"老子不怕!凭么事让他搞钱?我们公司赚几个钱容易?全是老子们没日没夜开车赚的。邪不压正,你越怕越出鬼。"

姑娘们说:"是这个话,怕他也一样杀你。"

走着说着,实在走不动了,她们才分了手。

燕华买了宵夜拎回家来。

许师傅在躺椅上闭目养神。

燕华说:"爸爸吃点汴汁酒吧。猫子呢?"

许师傅说:"前边玩。"

燕华踮脚往前望,望见一片又一片竹床,没见猫子。

猫子这时其实在燕华的视线内,但他躺在四的竹床上。四的竹床都与众不同,脚矮,所以被遮挡住了。

四是个有点年纪的单身汉。街坊传说他是个作家,他本人则不置可否。四是他的小名。许多人讨厌他酸文假醋,猫子却有点喜欢他。因为和四说话可以胡说八道。

猫子说:"四,我给你提供一点写作素材好不好?"

四说:"好哇。"

猫子说:"我们店一支体温表今天爆炸了。你看邪乎不邪乎?"

四说:"哦。"

猫子说:"怎么样?想抒情吧?"

四说:"他妈的。"

猫子说:"他妈的四,你发表作品用什么名字?"

四唱起来:"不要问我从哪里来,我的故乡在远方,为什么流浪,流浪远方,流浪。"

猫子说:"你真过瘾,四。"

四将大背头往天一甩,高深莫测仰望星空,说:"你就叫猫子吗?"

猫子说:"我有学名,郑志恒。"

四说:"不,你的名字叫人!"

猫子说:"当然。"

然后,四给猫子聊他的一个构思,四说准把猫子聊得痛哭流涕。四讲到一半的时候,猫子睡着了。四就放低了声音,坚持讲完。

燕华洗了个澡,穿着汗衫短裤,沿着街低低叫唤:"猫子。猫子。"

四听见了却没回答。他想的是:让男人们自由一些吧。

凌晨一点钟了,燕华回到自家竹床上想睡上一会儿。王老太在她耳朵边说:"呀,猫子是个好男将啊。"

燕华说:"晓得。"

王老太又说:"男怕干错行,女怕找错郎啊!"

燕华说:"晓得晓得。"

王老太深深叹了一口气,不出声了。

燕华迷迷糊糊睡了一觉,一身汗,热醒了。三点半,该去上班了。

燕华的第一趟车四点钟准时发出。售票员依然是小乜。车过江汉路时,她们发现了猫子。猫子睡在四的竹床上,毫不客气摊成个大字。燕华最恨四,说:"这个混账东西,哪儿不好睡。"

小乜说:"猫子搭帐篷了。"

燕华说:"呸,流氓。"

小乜说:"个巴妈,他在大街上'搭帐篷',我把眼睛剜瞎它?"

燕华说:"个婊子养的!"

小乜说:"结婚吧。莫丢人了。"

小乜纵情大笑。

燕华说:"小点声伙计,武汉市就现在能睡一会。"

小乜掩住口,吃吃笑个不住。

燕华驾驶着两节车厢的公共汽车,轻轻在竹床的走廊里穿行,她尽量不踩油门,让车像人一样悄悄走路。

(原载《小说林》1991年第1—2期)

陈 染

嘴唇里的阳光

另一种规则

我是一个年轻女子,做着一份很刻板的工作,刻板得如同钟表的时针,永远以相同的半径朝着一个方向运行圆周,如同一辆疲倦的货车,永远沿着既定的轨道行驶。平时,我在阅读单位发的学习材料时,特别是那些与斗争新动向有关的文章,即使我把同一条消息读上十遍,也无法记住伊拉克与科威特到底是谁吞灭谁,飞毛腿与爱国者到底是谁阻截谁。但是,我会把那上边所有的印刷错误,比如一句话后边右下角的","错印成"'"等等,牢记于心。这就是我干校对这一职业的后果。

我庆幸这一单纯的工作使我那混乱的头脑免于许多错误。因为在许多领域我是一个惯于想入非非而无法遵守规则的人。比如,一个凶猛残暴的杀手,他的性格孱弱的儿子在一次失误中弄死了一个人,当死刑无法逃脱地落到他的恐惧惊慌的儿子身上时,这个幽灵一般神出鬼没永远能脱身法律之网的父亲,主动承担了儿子的死罪。这举动应该说是对法律的一种嘲弄和欺骗,但我会对着这样一个杀人不见血的残暴父亲的舐犊之情感动得泪流满面,甚而起了一种敬仰。当我看到一个技术高超的外科医生,面对一个受了重伤、苦痛难耐、祈求帮助的阶级敌人的妻子而不予抢救医治的时候,我便会对这个医生产生恶感。这一立场问题以及不合规则的思路,使我无法成为一名合格的法官或医生。

据说,要成为一个作家必须要操守更多的规则。我自知奇异的思维与混乱的脉路同样使我无法合乎规则。好在我懂得自己的症结,也从不期待或奢望成为什么。

但也许有另外一种可能,比如你正好与我拥有同样的思维方式,你会把我误入歧途的思维理解成另外一种规则,也说不准。

对针头的恐惧

牙科医生总使黛二小姐充满奇异的想像。这种奇异之想从她刚刚走近牙科诊室听到那种钻洗牙齿的嗞嗞声便开始了。走进诊室后，那声音便在她全身每一个细小的神经周围弥漫，与此同时，在她目光所及的空间里，无数颗牙齿便像雪片一样在她身前身后舞荡翻飞，纷纷扬扬，散发一股梨树花飘落的清香。

这会儿，黛二小姐坐在第103医院牙科诊室第103号孔森医生的诊椅上想入非非。黛二二十二岁，且带有一股病态的柔媚与忧郁。智齿阻生的痛苦把她带到这里，她仔细查看了她的四周：左侧扶手部位有一个冲盂和水杯。左上方是一套可以推拉旋转的器械和一只小电风扇。头部正上方是一个很大的聚光灯，它像一枚金色的向日葵，围绕着牙齿患者的口腔转动。右侧扶手旁边放着另外一只带轱辘的转椅，年轻的牙医就坐在上边。

这是一个沉默寡言的年轻医生。他个子很高，但敦实稳重。眼神专注而清澈（他的眼神使黛二小姐终生难忘，在未来的岁月中，她凭藉着这样一双眼睛把他从茫茫人海里找寻出来）。他的鼻子和嘴全部遮在雪白的大口罩里边，这遮挡起来的部分赋予他一种想像的空间，一种神秘莫测之感。假若你仰身靠在诊椅上，聚光灯雪亮地射在你的唇部周围，你神情紧张地攥紧拳头，本能地把它们放在腹部。年轻的牙医在你的右侧俯身贴近你的脸孔，你张大嘴，任他用钩子、钳子、刀子在你的牙齿上搬弄。他粗大有力的手指在你的不大的口腔空间不停地转动，由于口腔的狭小，他用力拔掉你的某个牙齿的时候，充满了内聚力。他使劲你也使劲。如果你像黛二小姐一样是个年轻女子，并且善于浮想联翩，那么你便很容易联想起另外一种事情。

孔森医生在黛二邻座的一个牙疾患者面前俯下身，他往那个头发花白的老妪的上腭上注射了麻药后，就转向黛二小姐这边。

他问："有什么不舒服吗？"声音是低沉的，像闷在地下隧道的声音。

"没有。"她说。

"心脏有问题吗？"

"没有。"

"血压高吗？"

"不高。"

"那好，我们开始。"他的语词简约而准确。这种非此即彼式的谈话使她感到一种辩证法的魅力。

他转身去取麻药。黛二觉得他提出的疾病离她还遥远。她还年轻，那些老年性疾病还远远够不上她。黛二理解这种提问是拔牙程序之一,便冲他笑笑,表示对他的感谢。

他取来了装满麻药的注射器,针头冲上,用右手拇指推了推针管,细细碎碎的雾状液体便从针头孔零零星星喷射出来些许。这雾状的液体顷刻间纷纷扬扬,夸张地弥散开来。那白色的云雾袅袅腾腾飘出牙科病室,移到楼道,然后沿着楼梯向下慢行,它滑动了二十八级台阶,穿越了十几年的岁月,走向西医内科病房。在那儿,黛二小姐刚刚七岁半。

豁着门牙,动张着两只惊恐的大眼睛望着这个白色世界的黛二,是个体弱多病的小萝卜头。她刚刚从一场脑膜炎的高烧昏迷中苏醒过来。

"认识妈妈吗?"一个和黛二小姐现在的年龄相仿的女子坐在她七岁半的小女儿身边,等待命运判决一样期待她的孩子的回答。

"认识妈妈吗?妈妈在哪儿?"那年轻女子又问。

黛二尽可能地张大由于疾病的折磨显得越发枯大的眼睛在房间里搜寻。墙壁是白色的,一个游荡的声音是白色的,一束在这声音后边从那个很高的嘴角射出的微笑是白色的。那儿,站着一个大个子男人,右手正推动针管,针头冲上,那针头像一个荒凉冷落的旷场正等待着人们经过。它长长地空空地等待着戳入她的屁股。他也许是朝他的小病人微笑,但一切表情全被白色的大口罩涂染成冷漠的无动于衷。

"认识妈妈吗?你看妈妈冲你笑呢!"

黛二一动不动,眼光游移着来来回回打量那针头。她把小身体里的全部力量都凝聚在她的目光中,阻挡着那针头向她靠近。

"妈妈在你身边呢,你不认识了吗?"那年轻女子几乎要崩溃了。

针头已经朝她慢慢过来,带着尖厉的寒光和嘶鸣。

"妈妈,不打针。"黛二一下子跃身抱住妈妈的脖子,"妈妈,不打针。"黛二大声哭叫。

那年轻女子泱泱哭泣起来,边笑边哭:"我的孩子又活了,没有变傻,又活了……"

白大褂和针头已经走到小黛二身边。

"把她放下,请出去,她要打针了。"白大褂上边的嘴说。那只硕大的针管就举在他手里,如同一只冷冷硬硬的手枪。

年轻女子令黛二失望地放下了她,高高兴兴地流着泪,退出去了。

她知道她的妈妈也怕这个男人,她的离开已经说明了这一点。她不想保护黛二,黛二最后的依赖没有了。她不再哭,她知道只有独自面对这个冰冷的针头了。

"趴下,脱下裤子。"

抵抗是没有用的,连妈妈都服从他。

她顺从地趴下,脱下裤子。

整整两个多月时间,七岁半的小黛二在"趴下,脱掉裤子"这句千篇一律的命令中感受着世界,她知道了没有谁会替代她承受那响亮的一针,所有的人都只能独自面对自己的针头。

那长长的针头从小黛二的屁股刺到她的心里,那针头同她的年龄一起长大。

牙科诊室响起一阵刺激的钻洗牙齿的声音,那嗞嗞声钻在黛二小姐的神经上,她打了个冷战。

年轻敦实的牙医举着盛满药液的针管向着她靠近。

"不!"黛二小姐一声惊叫扰乱了牙科诊室一成不变的操作程序。

一次奇遇

我与他的那次相遇完全是天意。那是五年前的事情。有一天薄暮向晚时候,黄昏衰落的容颜已经散尽,夜幕不容分说地匆匆降临。那一阵,我的永远涌动着的怀旧情绪总是把我从这一个由历史的碎片衔接的舞台拉向另一个展示岁月滑落的影院。那天,我独自走进一家宏大的剧场。这剧场弥散着一种华丽奢侈与宗教衰旧的矛盾气息。我是在门口撞见他的,确切地说,我首先是被一个英姿勃发丰采夺目的年轻男子的目光抓住,然后通过这个男子的声音认出了他。

"是你吗?"他说。

我定神看了看他,那双专注而清澈的眼睛我是认识的。但眼睛以下的部位只在我的想像中出现过。只不过想像中的下巴是宽阔的,棱角分明,眼前的这一个下巴却是陡削滑润。挺拔的直鼻子吻合了我的想像,正好属于他。

"是的,是我。我认识你……的一部分。"这种方式与一位英俊男子相识,使我不禁微微发笑。

他也微微发笑。他用右手在自己的下巴上摸了一下,那很大的手掌连同他的一声轻快的口哨声一起滑落。我们谁都没有提起在这之前我们曾经经历的那件事。

"你……一个人吗?"他说。

"对。"

"如果你不介意,我这儿正好有两张票。"

"我有票。"我举起自己手中的票。

"可是,我的是前排。"

"嗯……那么你不想继续等她了吗?"

"谁?"

"嗯……"我转身极目四望。

我还没有转回身,就被他轻轻拉了一下,"我就是在这儿等一位和你一模一样的姑娘。"

我笑着摇摇头,却跟着他走了。

巨大的帷幕拉开了,灯光昏黯,四周沉寂。我从来都以为,办公室与剧场影院最大的区别就在于,办公室是舞台,即使你不喜欢表演,你也必须担任一个哪怕是最无足轻重的配角,你无法逃脱。即使你的办公室里宁静如水,即使你身边只有一两个人——演员,你仍然无法沉湎于内心,你脸上的表情会出卖你。那里只是舞台,是外部生活,是敞开的空间。而影院、剧场却不同,当灯光熄灭,黑暗散落在你的四周,你就会被巨大无边的空洞所吞没,即使你周围的黑暗中埋伏着无数个脑袋,即使无数多窃窃私语弥漫空中如同疲倦的夜风在浩瀚的林叶上轻悄悄憩落,但你的心灵却在这里获得了自由漫步的静寂的广场,你看着舞台上浓缩的世界和岁月,你珠泪涟涟你吃吃发笑你无可奈何,你充分释放你自己。

那一天,演出一个与爱情有关的剧目,演员们如醉如痴,一个男人对着一个女人动听得像说假话一样倾诉真心话,一个女人对着另一个女人动听得像倾诉真心话一样说着假话。我完全沉浸在舞台上虚构的人生故事与感叹之中。当帷幕低垂,灯光骤然亮起,四周纷乱的嘈杂声与涌动的人流把我从内心空间拉回剧场里时,我再一次看到我身边的他那双专注而清澈的眼睛。

我说谢谢。

他也说谢谢。

然后我们一起往外走。随着缓慢而拥挤的人流我们挪着脚步。他的手臂放在我的身后以阻挡后边的人群对我的碰撞,那手臂不时地被人流碰到我的背部和腰上,我感受到轻柔而安全的触摸。走到门口,他接过我的外衣,从后边帮我穿上。这细微而自然的举动使我觉得那件外衣变得分外温馨。

从剧场到汽车站要经过一条极窄的楼群夹道。我来剧场的时候就发现了这狭小的通道潜藏着什么危险,当时天色还没有完全黑透,这种想像只是一掠而过。而从剧场出来时,夜色已经极为浓稠,月亮像一块破损的大石头只露出一角。于是,关于那个狭长的黑道的想像便把我完全地占领了。我提议,请他站在夹道口的这边,等我跑过去站在夹道口的另一边向他说冉见,然后我们再分手。"

他吃吃发笑。

"这么复杂干嘛?我送你过去。"

"不。"

"没关系没关系。"

"不用,我……真的不用。"

"怎么了,你?"

"我只是有点害怕……突然什么人……"

"噢,也包括我?"

"嗯……"

"你真是个小姑娘。你需要我又害怕我。好吧,你先过去,然后喊一声我再过去。我送你回去。"

我愉快地接受了。

我一口气飞跑过去,像百米冲刺。身后是他伫立在原地的身影和目光。我刚跑到夹道的另一端就大声叫:"我过来了。"

那一边咚咚的脚步声才响起。

我们重新聚合后,他郑重地向我保证了我的安全。我觉得我信赖他。这种信赖来源于以前我们共同经历的那一次我在这里暂时不便透露的记忆。

我们一边走一边很勉强地回忆了一下那段往事。我告诉他我对于他那双眼睛存有深刻的记忆,还有他的声音——大提琴从关闭的门窗里漫出的低柔之声。出乎我意料的是,他对于我那一次的细枝末节,包括神态举止都记忆犹新。

"当时我就知道你不会再来。"他说。

我们在夜晚的人影凋零的街上慢走,远远近近地说这说那。

我们的话题落到刚才剧场里的爱情剧上,我说我对男主角的一句台词有不同的看法。我说"肋骨说"是荒诞的,当初的亚当和夏娃以及未来的亚当和夏娃们无论怎样亲密,他们毕竟都分别长着自己的脑袋,有自己的思想和精神。女人是独立的。

他表示同意。

我又说:"这也许是我没有信仰的缘故。"

五年前的时候,我对于爱情这一话题的想往像对死亡这一话题的想往一样深挚。

在距我家的楼几十米的地方,我们分手了。

他的手轻轻抚了一下我的头发,说:"你说起话来像个大人。"他的重音落在"像"上边,那意思是说我其实不过是个小姑娘。

"这并不矛盾。"我越过了他的潜台词。

"矛盾是美丽的。你是个矛盾的姑娘。"

他的银灰色风衣飘起来轻打在我身上,我感到一种湿漉漉的温情。他向下俯了俯身,但只是俯了俯身。

大大的月亮全部呈现出来,街旁的路灯昏黄地在我们身影的一端摇动。他的气息抚在我的脸颊上,我垂下头无所适从。

我从他飘逸的风衣的拥围里脱出身来。我说:"别。"

"别紧张。我只想听听你的故事。"

望着他的脸孔,我感到安全而放松。

重现的阴影

黛二小姐仰坐在孔森医生的诊椅上,她的头颅微微后仰,左腿平平伸开,右腿膝盖处向内侧弯曲着,别在左侧小腿下边。双手僵硬地放在平坦的腹部。微微颤动的身体使她那一双美丽的乳房像两个吃惊的小脑瓜,探头探脑。年轻的牙医神情专注地凝视这年轻女子紧张的躯体,她在聚光灯强烈光芒的照射下呈现出孤独无援之态。

黛二小姐望着孔森医生举着注满药液的针管向她靠近,惊恐万状。她张大嘴,那只就要戳向她的上腭的狰狞的针头使她面色苍白,失去控制力。

"不!不!"她惊叫。

年轻的牙医放下针管,语调平平,似乎没有任何怜悯色彩,"如果你不舒服,那么就先不做。"

黛二脸孔发凉,嘴角和右侧鼻翼无法抑制地抽搐起来,以至她无法睁开眼睛,脑袋里一片空荡,许多铅色的云托着她的身体向上旋转,旋转。

……那是一片又一片浓得发沉的云,天空仿佛被一群黑灰色的病鸟的翅膀所覆盖,空中水气弥漫,骏马一般遨游在宇宙的硕鸟们慢慢晕倒,雷雨声把它们的羽翼一片片击落,那黑灰色掉下来徐徐地贴在房间的窗子上。就在那个阴雨绵绵的日子,在那个阴黯潮湿的房间里,七岁半的小黛二所目睹的一切像长发一样纷乱,模模糊糊中,小黛二触目惊心地看到一根长在男人身上的巨大的针头朝向她的脸孔,那景象在她记忆里的某个隐秘的地方长久地驻扎下来,在所有阴雨连绵的天气,群鸟们总是黑压压一片片晕倒……

牙科诊室一片嘈杂。她听到窗外仿佛响起了雨声,溅起一股霉味的暗绿色腾向天空。她感到仰坐的椅子被人缓慢地平放下来,她的头颅被一股力量引着向后倾仰下去。

"没什么,没什么,紧张的缘故。"她听到是年轻的孔森医生在说。

喧哗了一阵儿,她感到周围模模糊糊的白色人影散开了,诊室里恢复了原有的秩序。

黛二小姐感到年轻的牙医正在用手指触按她脸颊上的一些穴位,有力而酸胀的指压渐渐使她紧张抽搐的脸部肌肉放松下来。窗外下起了雨,细润的雨丝从玻璃窗轻柔地滑下,仿佛抚在她的脸颊。年轻的牙医正用白色的毛巾擦去她脸上沁出的虚汗。她模糊地看到一团白色,像一只帆船从遥远的天边驶进她的视线,那帆船正悬挂在窗口向着室内混浊的光线四处张望和探询。她紧迫地呼吸起来,感到自己的肺腑正一点一点被室内混浊的气息涂染得昏黄。她望着那白色的帆船,千思百绪,浮想联翩,她的目光和手臂一起用力,想伸出窗外抓住那一掠而过稍纵即逝的白色。

黛二小姐睁开眼,深深呼了一口气,渐渐恢复常态。

"感觉好些了吗?"牙医问。

黛二吃力地坐起来,"我……没有什么。"

年轻的牙医笑了笑(只是黛二猜测他在笑,他的一切表情都挡在口罩里边了)。"你晕针吗?"他说。

"不,不完全是。那针头……让我想起另外的事情。"

"今天你的状态不好。过几天在你感觉身体状态好的时候再来,你看好不好?"

黛二小姐双腿软软地走下诊椅,她感到愧疚交加。她知道她再也不会来这里。她望望这个触摸过她的脸颊的年轻牙医,他的清澈的眼睛已经印在她心里了。一种彻底失败的情绪统占了她的全身,她甚至没有和这位使她产生某种想像并且由于这种想像使她想延长与他的接触的年轻牙医告别,就怅然若失地离开了。

冬天的恋情

冬天是这样一个安详的老人,它心平气和地从热烈的夏天走过去,从偏执的浪漫的危险的热带气息走过去,一切渐渐宁息下来。我热爱夏天,然而,我的恋情却偏偏以冬天为背景展开,这当然也可看做我赋予这恋情的一种性质。

我在与他偶然地再次相遇以前,我的冬天漫长且荒凉。冰冷的北风总是呼啸着从窗外飞过,像个没有身影的隐身人气喘吁吁地狂奔。光秃秃的天空枯旷地迎向我的窗子。我在暖暖的房间里手捧一本什么书面窗而坐,阳光比我设想出来的所有的情人都更使我感到信赖,它懒洋洋爬满我的周身,只有它在我感到冰冷的岁月里尾随于我,覆盖于我,溶解我心灵里所有郁滞的东西——哀愁的、绝望的情结,使之超然平和起来,一切泰然而处之。

在这个冬季,我对他的信赖渐渐变得仅次于对阳光的信赖。

自从他闯入我的生活,我感到自己每一天都活得像做梦一样不真实。躯体只是一个表面静止的发射站,把神思发射出去,我的大部分时间无法留住涌动的思绪,只能一任它四方出游,如云如烟。我常常用力摸摸自己的脸颊,让真实的触觉使自己真实起来。

我们开始频繁地约会。我感到我喜欢并信赖这个男人。他总是回避那一次由于我的失态使我们在最初一次接触时彼此留下深刻记忆的那个事件。

我们每天晚上约会。这许多年来我惟一长久热爱的就是走路。我们沿着建国门大街一走就是几个小时,一路清风拂面,彩灯闪烁,景致迷人。这个属公马的男子有着雄马一样高大的身材(他在自己的属相前总要加上公性),我挎着他的左臂,悠然行走。实际上只消他一个人走,我们俩便可以共同向前移动。他就像土地一样承受我的一切。

终于有一天,他问我,"你为什么那一次走了之后就不再来了呢?"我知道他指的是我们最初的那次。"要不是在剧场偶然地碰到你,恐怕你永远消失了,不敢想像,我失去的可是一个世界。"

我忽然一阵感动。

我们就站在华灯照耀、光亮如昼的大街上亲吻起来。我的心一下子空了,四肢瘫软。这举动对于一个浅试初尝男女之事的小姑娘的确有着非同小可的震撼。我发现我是那么渴望他的身体,潜藏在我身体里的某种莫名的恐惧正在渐渐消散。

他把我拉进路旁的树林阴影里,我们在被树叶摇碎的月光里长时间地亲吻和爱抚。他强按着激动,生平第一次解开了一个年轻女子的钮扣,那种慌乱的解法使人感到一个刚刚学会系钮扣的儿童正在被幼儿园老师催着脱掉衣服。他也是第一次用目光旅游了一个女人真切的身体。我们紧紧拥抱,那种荡人心弦的触摸使两个初经云雨的年轻男女神飞魄散。我感到身体忽然被抽空了,成为一个空洞的容器,头顶冰凉发麻,我的身体变成一块杳无人烟的旷地,一种我从未体验过的空虚在漫延,没有边界,仿佛那旷地四周长满石笋、岩峰和游动的鱼……

我无意在此叙述我们的"爱情",我根本不知道这是否叫做爱情。五年后的今天,我仍然无法对我当时的情感做出准确的判断,因为我从来不知道爱情的准确含义。

记得当时正当我迫不及待地想投入他的怀抱感受他的身体的时候,我却忽然停住了,我只是抱住他的腰一动不动,泪眼星星,低声啜泣。我说:"我不想看见它,不想……"。他说"怎么了你?"我说"我就是不想看见它。""怎么了为什么?"我珠泪涟涟,用低声的哭泣回答他。

他停下来,久久抚摸我的脸颊。多少年潜藏在我身体里的压抑骨髓在喉。我终于鼓足勇气把压在我心底的东西胆怯地拿出来交给这个男人,我低声恳求他帮我分担,帮我分担。只有他可以分担我的恐惧。

我依偎在他臂弯上的温暖里,也依偎在他的职业带给我的安全中。我从未这样放松过,因为我从未在任何怀抱里失去过抑制力,我的一声声吟泣渐渐滑向我从未体验过的极乐世界;我也从未如此沉重过,我必须重新面对童年岁月里已经模糊了的往事,使我能够与他分担。

一次临床访谈

黛二小姐终于在一个绵雨过后的午日用电话约出了那位年轻牙医,她说她必须见他。

他们在绿树叠翠的被细雨润湿的疗养区域里慢步。太阳已经出来了,天空呈现出鲜嫩欲滴的粉红色,阳光把草坪上绿绿的雨露蒸腾起来。懒洋洋的长椅上半睡半醒的老人们默默自语。年轻的孔森医生身上散发出的来苏气味不断地使黛二小姐感到自己也是个病人。

"你终于来了。"他说。

"……"

"你的牙齿又发炎了吗?"

"……"

黛二小姐先是沉默不语,然后她讲起了另外的事情。她滔滔不绝,被倾吐往事之后的某种快慰之感牵引着诉说下去。

黛二小姐讲起她童年时代曾有过一位当建筑师的朋友,这位瘦削疲弱而面孔阴郁的中年男人是童年的黛二惟一的伙伴。他就住在黛二家的隔壁。那时候,孩子们的玩具只有沙土、石子和水,积木、橡皮泥以及那些非电动简易玩具还是奢侈品。小黛二一天一天沉浸在玩沙土的乐趣中,她在自己周围挖出无数个坑坑,在坑坑里放下一只只用嘴吹鼓的圆纸球(她称之为地雷),然后在那些坑坑上交叉地放上两三根树枝,再用纸放在树枝上边,最后轻轻地用沙土将它们遮埋住。一切完毕之后,黛二像个运筹帷幄的将军站在原地四顾环视,身边布满了她已看不见了的成果。她闭上眼睛,在原地转上几圈,然后怀着一种刺激的心理走出地雷区。这是小黛二从电影《地道战》中学来并演绎了的游戏,她长时间沉浸在这种游戏中。

长大后的黛二小姐,无论在办公室还是在人群中,总是不能自已地回忆起儿时这种游戏,她才恍然感悟到小时候的游戏正是她今天的人生。

小黛二总是和她的建筑师朋友一起玩。这个沉默寡言的男人只有和黛二一起玩着具有象征性的游戏时才表现出兴奋的神情("象征性"这个词是成年后的黛二赋予"游戏"的修饰词)。他教会小黛二一些她意想不到的玩法。比如,他教会她建筑"高塔",他把碎石块用泥土砌起来,尽可能地高,那个高度对于童年的黛二完全可以比作耸立,这种耸立有一种轰然坍塌的潜在危险,一阵风便可以把它推翻刮倒。当它摇摇欲坠危险地耸立着的时候,建筑师便带领黛二发出一阵欢呼。

他们还玩水龙头。院子的西南角有一个长水池,水池上边是三只水龙头。建筑师常常把三只水管同时打开,尽可能地开大,让三注喷射的水流勃发而出。这种痛快淋漓的喷射带给他无穷的激动。每当这时,他便兴奋得嚎叫,那叫声回荡在无人的院落里格外瘆人,令小黛二兴奋又恐惧。

他是一个优秀的建筑师,家里的奖状贴满一面墙壁。但是,他的妻子却从不为此自豪。在黛二的记忆里,这一家惟一的邻居总是吵吵闹闹,小黛二问起父母他们吵闹的缘由,父母似乎总是躲躲闪闪避重就轻,或者模棱两可地说叔叔总是忙于建筑工作,没有时间照顾家庭,阿姨不高兴。小孩子不懂,不要多问。这种答复总使黛二不能满足。她总想找个机会问问她的建筑师朋友,直到在一个阴雨连绵的天气里,发生了那起令小黛二终生难忘的事件。当她哭着告诉了妈妈她所看到的建筑师裸露的那些以后,他们便再也不是朋友了。

长大后,黛二小姐才渐渐懂得了建筑师那种疯狂工作和游戏与他作为一个失败的男人之间的某种关联——一种丧失的补偿。

终于有一天,一辆白色的救护车鸣叫着把建筑师从小黛二玩游戏的院落拉走了。据说他被拉到城北的疯人院去了。人们说他在一个幽僻的林荫小道上徘徊许久之后,冲着一位途经这里的年轻女子再一次重复了那个阴雨天里对着小黛二的事情。

黛二在上小学的时候,亲身经历了一场火灾。人们先是被一股浓烈的焦糊味和呛鼻酸眼的烟雾从自家引出屋,继而人们看到建筑师家的窗子被无数只鲜红的狗舌头舔破,那些长长的狗舌啼嘘着渐渐合拢成一片灼热的火红。建筑师在停职之后的一天下午,把自己反锁在房间中,一把大火伴随着令人窒息的汽油味结束了他的苦恼、悔恨和无能为力的欲望。那滚滚的浓烟嘶鸣的火焰弥漫了静静的院落,弥漫了蜿蜿蜒蜒的小巷以及流失在小巷深处的黛二小姐蜿蜿蜒蜒的童年……

年轻的牙医把一只手重重压在黛二小姐的肩上,那种压法仿佛她会忽然被记忆里的滚滚浓烟带走飘去。那是一只黛二小姐想往已久的医生的手臂,她深切期待这样一只手把她从某种记忆里拯救出来。有生以来她第一次把自己当做病人软软地靠在那只根除过无数只坏牙的手臂之中。这手臂本身就是一个最温情最安全的临床访谈者,一个最准确的DSM—Ⅲ系统①。

诞生或死亡的开端

在我和他同居数月之后的一个风和日丽的上午,我们穿越繁闹的街区,走过一片荒地,和一个堆满许多作废的铁板、木桩和砖瓦的旷场。我对废弃物和古残骸从来都怀有一种莫名的情感和忧伤,那份荒凉落破与阴森瘆人的景观总使我觉得很久以前我曾经从这里经过,那也许是久已逝去的童年和少年时光。我们默默地伫立了一会儿,就走向旷场尽头一个狭小的房间——这个房间多少年来被人们视为爱情的摇篮与坟墓的发源地,据说它是通往喜剧与悲剧的舞台。我无法给这个地方准确地命名,正像我至今无法给自己当时的情感命名为爱情一样。

一个热情的并且习惯用"操"字充当语言的逗号(这个字在他嘴里并不含有喜或怒的情感色彩)为他滔滔不绝的句子断句的青年人接待了我们。我们从这个狭小的房间领取了一份红色的类似于奖状的证书。那上面写着:

××字第18号

黛二(女)23岁

孔森(男)26岁

自愿结婚,经审查合于本国婚姻

法关于结婚的规定,发给此证。

我和他各持一份。我们都知道那张纸厚如铁板又薄若蝉翼。

飞翔的仪式

黛二小姐终于再次出现在第103医院牙科诊室的第103号诊椅上,是在她结婚之后的一天下午。她的气色格外佼好,脸颊散发一股柔媚的光彩,那双惊恐的大眼睛已不复存在,她的目光像一个闪闪烁烁的星座散发着耀人的神韵。

---

① DSM-Ⅲ是精神医学里一个多轴分类系统,接受评价的行为是在不同的轴上或方面加以评估,从而全面准确地诊断出患者的障碍所在。

她坐上那把诊椅宁和而自信,像主人命令侍从般地对身旁那个年轻牙医说:

"我们开始吧。"

年轻的牙医右手举着注满药液的针管,针头空空地冲上,像举着一只填满火药的随时可以发出响亮一击的手枪,他把它在黛二小姐眼前晃了晃,说:"真的没问题了吗?"

黛二笑起来:"当然。"

她张大嘴巴,坦然地承受那只具有象征意义的针头戳入她的上腭。一阵些微的胀痛之后,温馨而甜蜜的麻醉便充满她的整个口腔。阳光进入她的嘴里,穿透她的上腭,渗入她的舌头,那光在她的嘴里翩翩起舞,曼声而歌。一抹粉红色的微笑从她的嘴里溢到唇边。

年轻的孔森医生俯下身贴近她的脸孔,尽管白色的大口罩遮挡了他的嘴唇,但黛二仍然感到一股热热的气息向她扑来。牙医用右手举着刀子和钳子,左臂做为支撑点压在她的胸部,这种重量带给她一种美妙绝伦的想像。年轻的牙医很顺利地拔掉了黛二小姐左边和右边的两颗已经坏死的智齿。他们一起用力的时候,黛二小姐没有感到疼痛,她是一个驯服而温存的合作者。他们好像只是在一起飞翔,一次行程遥远的飞翔,轻若羽毛,天空划满一道道彩虹般的弧线。那种紧密的交融配合仿佛使她重温了与丈夫的初夜同床。

当年轻的孔森医生把那两颗血淋淋的智齿哨啷一声丢到乳白色的托盘里时,深匿在黛二小姐久远岁月之中的隐痛便彻底地根除了。

(原载《收获》1992 年第 5 期)

刘庆邦

鞋

有个姑娘叫守明,十八岁那年就订了亲。姑娘家一订亲,就算有了未婚夫,找到了婆家。未婚夫这个说法守明还不习惯,她觉得有些陌生,有些重大,让人害羞,还让人害怕。她在心里把未婚夫称作那个人,或遵从当地的传统叫法,把未婚夫称为哪哪庄的。那个人的庄子离她们的庄子不远,从那个人的庄子出来,跨过一座高桥,往南一拐,再走过一座平桥,就到了她们庄。两个村庄同属一个大队,大队部设在她们庄。

那个人家里托媒人把订亲的彩礼送来了,是几块做衣服的布料,有灯草绒、春风呢、蓝卡其、月白府绸,还有一块石榴红的大方巾。那时他们那里还很穷,不兴买成衣,这几样东西就是最好的。听说媒人来过彩礼,守明吓得赶紧躲进里间屋去了,手捂胸口,大气都不敢出。母亲替女儿把东西收下了。母亲倒不客气。

媒人一走,母亲就把那包用红方巾包着的东西原封不动地端给了女儿,母亲眼睛弯弯的,饱含着掩饰不住的笑意,说:"给,你婆家给你的东西。"

对于婆家这两个字眼儿,守明听来也很生分,特别是经母亲那么一说,她觉得有些把她推出去不管的味道,她撒娇中带点抗议地叫了一长声妈,说:"谁要他的东西,我不要!"

母亲说:"不要好呀,你不要我要,我留着给你妹妹做嫁妆。"

守明的妹妹也在家,她上来就叫出了那个人的名字,说她才不要那个人的破东西呢,她要把那个人的东西退回去,就说姐嫌礼轻,要送就重重地来。

"再胡说我撕你的嘴!"守明这才把东西从母亲手里接过来了。她有些生妹妹的气,生气不是因为妹妹说的礼轻礼重的话,而是妹妹叫了那个人的名字。那名字在她心里藏着,她小心翼翼,自己从来舍不得叫。妹妹不知从哪里听说的,没大没小,无尊无重,张口就叫出来了。仿佛那个名字已与她的心有了某种连结,妹妹猛丁一叫,带动得她的心疼了一下。她想训妹妹一顿,让妹妹记住那个名字不是哪个小丫头片子都能随便叫的,想到妹妹是个心直口快的,说话从来没遮拦,说不定又会说出什么造次话来,就忍住了。

守明正把东西往自己的木箱里放,妹妹跟过来了,要看看包里都是什么好东西。

姐姐对她当然没好气,她说:"哪有好东西,都是破东西。"

妹妹嬉皮笑脸,说刚才是跟姐姐说着玩呢。向姐姐伸出了手。

守明像是捍卫什么似的,坚决不让妹妹看,连碰都不让妹妹碰,她把包袱放进箱子,啪嗒就锁上了。

妹妹被闪了手,觉得面子也闪了,脸上有些下不来,她翻下脸子,把姐姐一指说:"你走吧,我看你的心早不在这个家了!"

"我走不走你说了不算,你走我还不走呢。"

"谁要走谁不是人!"

母亲过来把姐妹俩劝开了。母亲说:"当闺女的哪个不是嘴硬,到时候就由心不由嘴了。"

家里只有守明一个人时,守明才关了门,把彩礼包儿拿出来了。她一块一块地把布页子揭开,轻轻抚抚摸摸,放在鼻子上闻闻,然后提住布块两角围在身上比划,看看哪块布适合做裤子,哪块布做上衣才漂亮。她把那块石榴红的方巾也顶在头上了,对着镜子左照右照。她的脸早变得红通通的,很像刚下花轿的新娘子。想到新娘子,她把眉一皱,小嘴一咕嘟,做出一副不甚情愿的样子。觉得这样子不太好看,她就展开眉梢儿,耸起小鼻子,轻轻微笑了。她对自己说:"你不用笑,你快成人家的人了。"说了这句,不知为何,她叹了一口气,鼻子也酸酸的。

有来无往不成礼,按当地的规矩,守明该给那个人做一双鞋了。这对守明来说可是一件了不得的大事,平生第一次为那个将要与她过一辈子的男人做鞋,这似乎是一个仪式,也是一个关口,人家男方不光通过你献上的鞋来检验你女红的优劣,还要从鞋上揣测你的态度,看看你对人家有多深的情义。画人难画手,穿戴上鞋最难做。从纳底,做帮儿,到缝合,需要几就节儿,哪个环节就不对了,错了针线,鞋就立不起来,拿不出手。给未婚夫的第一双鞋,必须由未婚妻亲手来做,任何人不得代替,一针一线都不能动。让别人代做是犯忌的,它暗示着对男人的不贞,对今后日子的预兆是不吉祥的。为这第一双鞋,难坏当地多少女儿家啊!有那手拙的闺女,把鞋拆了哭,哭了拆,鞋没做成,流下的眼泪差不多能装一鞋壳儿。做鞋守明是不怕的,她给自己做过鞋,也给父亲和小弟做过鞋,相信自己能给那个人把第一双鞋做合脚。在给父亲和小弟做鞋时,她就提前想到了今天这一关,暗暗上了几分练习的心,如今关口就在眼前,她的心如箭在弦,当然要全神贯注。

守明开始做鞋的筹备工作了。她到集上买来了乌黑的鞋面布和雪白的鞋底布,一切全要新的,连袼褙和垫底的碎布都是新的,一点旧的都不许混进来。她的表情突然变得严肃起来,让母亲觉得有些可笑,但母亲不敢笑,母亲怕笑羞了女儿。母亲悄悄地帮女儿做一些女儿想不到、或想到了不好意思开口的事情,比如:女儿把做鞋的一应材料都准备齐了,才想起来还没有那个人的鞋样子。不论扎花子、描云子,还是做鞋,样子是必要的,没样子就不得分寸,不知大小,便无从下手。女儿正犯愁,母亲打开一个夹鞋样的书本,把那副鞋样子送到了女儿面前。原来母亲事先已托了媒人,从那男孩子的姐姐手里把男孩子的鞋样子讨过来了。女儿不大相信这是真的,但从母亲那肯定的目光里,她感到不用再问,只把鞋样子接过来就是了。她心头涌出一股说不出的感动,遂低下头,不敢再看母亲。

拿到了鞋样子,等于知道了那个人的脚大小。她把鞋底的样子放在床上,张开指头拃了拃,心中不免吃惊,天哪,那个人人不算大,脚怎么这样大。俗话说脚大走四方,不知这个人能不能走四方。她想让他走四方,又不想让他走四方。要是他四处乱走,剩下她一个人在家可怎么办。她想有了,应该在鞋上做些文章,把鞋做得比原鞋样儿稍小些,给他一双小鞋穿,让他的脚疼,走不成四方。想到这里,她仿佛已看见那人穿上了她做的新鞋,那个人由于用力提鞋,脸都憋得红了。

她问:"穿上合适吗?"

那个人吭吭吃吃,说合适是合适,就是有点紧,有点夹脚。

她做得不动声色,说:"那是的,新鞋都紧都夹脚,穿得次数多了就合适了。"

那个人把新鞋穿了一遭,回来说脚疼。

她准备的还有话,说:"你疼我也疼。"

那个人问她哪里疼。

她说:"我心疼。"

那个人就笑了,说:"那我给你揉揉吧!"

她有些护痒似的,赶紧把胸口抱住了。她抱得动作大了些,把自己从幻想中抱了回来。她意识到自己走神走远了,走到了让人脸热心跳的地步,神都回来一会儿了,摸摸脸,脸还火辣辣的。

瞎想归瞎想,在动剪子剪袼褙时,她还是照原样儿一丝不差地剪下来了。男人靠一双脚立地,脚是最受不得委屈的。

做底的功夫在纳鞋底上,那真称得上千针万线,千花万朵。在选择鞋底针脚的花型时,她费了一番心思:是梅花型好?枣花型好?还是对针子好呢?她听说了,在此之前,那个人穿的鞋都是他姐姐给做,他姐姐的心灵手巧全大队有名,对别人的针线活儿一般看不上眼。待嫁的闺女不怕笨,就怕婆家有个巧手姐。这个巧手姐给她摊上了。不用说,等鞋做成,必定是巧手姐先来个百般验看。她说什么也不能让婆家姐姐挑出毛病来。守明最后选中了枣花型。她家院子里就有一棵枣树,四月春深,满树的枣花开得正喷,她抬眼就看见了,现成又对景。枣花单看有些细碎,不起眼,满树看去,才觉繁花如雪。枣花开时也不争不抢,不独领枝头。枝头冒出新叶时,花在悄悄孕来。等树上的新叶浓密如盖,花儿才细纷纷地开了。人们通常不大注意枣花,是因远远看去显叶不显花,显绿不显白。白也是绿中白。可识花莫若蜂,看看花串中间那嗡嗡不绝的蜜蜂就知道了,枣花的美,何其单纯,朴素。枣花的香,才是真正的醇厚绵长啊! 守明把第一朵枣花"搬"到鞋底上了。她来到枣树下,把鞋底的花儿和树上的花儿对照了一下,接着鞋底上就开了第二朵,第三朵……

那时生产队里天天有活儿,守明把鞋底带到地里,趁工间休息时纳上几针。她怕地里的土会沾到白鞋底上,用拆口罩的细纱布把鞋底包一层,再用手绢包一层,包得很精样,像是什么心爱的宝贝。她想到姐妹们和嫂子们会拿做鞋的事打趣她,不知出于何种心理需求,她还是忐忑忑地把"宝贝"带到地里去了。那天的活儿是给棉花打疯杈子,刚打一会儿,她的手就被棉花的嫩枝嫩叶染绿了,像扑克牌上大鬼小鬼的手。这样的手是万万不敢碰上白鞋底的,若碰上了,鞋底不变成鬼脸才怪。工间休息时,她来到附近河边,团一块黄泥作皂,把手洗了一遍又一遍。这还不算,拿起鞋底时,她先把手可能握到的部分用纱布缠上,捏针线的那只手也用手绢缠上,直到确信自己的手不会把鞋底弄脏,才开始纳了一针。

守明是躲到一旁纳的,一个嫂子还是看到了。底是千层底,封底是白细布,特别是守明那份痴痴迷迷的精心劲儿,一看就不同寻常。嫂子问她给谁做的鞋。

守明低着眉,说:"不知道!"

她一说"不知道",大家都知道了,一齐围拢来,拿这个将要作新娘的小姑娘开玩笑。有的说,看着跟笏板一样,怎么像个男人鞋呢! 有的问,给你女婿做的吧? 有人知道那个人的名字,干脆把名字指出来了。

守明还说"不知道"。

她的脸红了,耳朵红了,仿佛连流苏样的剪发也红了,剪发遮不住她满面的娇羞,却烤得她脑门上出了一层细汗。她虽然长得结结实实,饱饱满满,身体各处都像一个大姑娘了,可她毕竟才十八岁,这样的玩笑她还没经过,还不会应付。她想恼,恼不成。想笑,又怕把心底的幸福泄露出去,反招人家笑话。还有她的眼睛,眼睛水汪汪、亮闪闪的,蕴满无边的温存,闪射着青春少女激情的火花,一切都遮掩不住,这可怎么办呢? 后来她双臂一抱,把脸埋在臂弯里了,鞋底也紧紧地抱在怀里。这样,谁也看不见她的眼睛和她的"宝贝"了。

姐妹们和嫂子说:"哟,守明害羞了,害羞了!"

她们的玩笑还没有完,一个嫂子惊讶地哟了一声,说:"说曹操,曹操就到,守明快看,路上过来的那个人是谁?"说着对众人挤眼,让众人配合她。

众人说,不巧不成双,真是的呢!

守明的脑子这会儿已不会拐弯儿,她心中轰地热了一下,心想,路上过来的那个人一定是她的那个人,那个人在大队宣传队演过节目,和大队会计又是同学,来大队部走走是可能的。她仿佛觉得那个人已经到了她跟前,她心头大跳,紧张得很。别人越是劝她,拉她,让她快看,再不看那人就走过去了,她越是把脸埋得低。她心里一百个想看,却一眼也不敢看,仿佛不看是真人真事,一看反而会变成假人假事似的。

守明的一位堂姐大概也受过类似的蒙蔽,有些看不过,帮守明说了一句话,让守明别上她们的当。又说,我守明妹子心实,你们逗她干什么。

守明这才敢抬起头来,往地头的大路上迅速瞥了一眼,路上走过来的人倒是有一个,那是一个戴烂草帽、光脊梁、像吓唬老鸹的谷草人一样的老爷爷,哪里是她日思夜想的那个人。心说不看,管不住自己,还是看了,一看果然让人失望。守明觉得受了欺负,跃起来去和那位始作俑的坏嫂子算账。那位嫂子早有防备,说着"好好,我投降",像兔子一样逃窜了。

又开始给棉花打杈子时,守明的心里像是生了杈子,时不时往河那岸望一眼。河里边就是那个庄子的地,地尽头那绿苍苍的一片,就是那个庄子,她的那个人就住在那个庄子里。也许过个一年半载,她就过桥去了,在那边的地里干活,在那个不知多深多浅的庄子里住,那时候,她就不是姑娘家了。至于是什么,她还不敢往深里去想。只想一点点开头,她就愁得不行,心里就软得不行。棉花地里陡然飞起一只鸟,她打着眼罩子,目光不舍地把鸟追着,眼看着那只鸟飞过河面河堤,落到那边的麦子地里去了。麦子已经泛黄,热熏熏的南风吹过,无边的麦浪连天波涌。守明漫无目的地望着,不知不觉眼里汪满了泪水。

第一次看见那个人是在全大队的社员大会上,那个人在黑压压的会场中念一篇大批判的稿子,她不记得稿子里说的是什么,旁边的人打听那个人是哪庄的,叫什么名字,她却记住了。那个人头发毛毛的,唇上光光的,不像个成年人,像个刚毕业的中学生。她当时想,这个男孩子,年纪不大,胆子可够大的,敢在这么多人面前念那么长一大篇话,要是她,几个人抬她,她也不敢站起来。就算能站起来,她也张不开嘴。再次看见那个人是大队文艺宣传队在她们村演节目的时候,那个人出的节目是二胡独奏,拉的是一支诉苦的曲子,叫天上布满星,月牙儿亮晶晶……那个人拉时低着头,塌蒙着眼皮,精神头儿一点也不高,想不到他拉出的曲子那样好听,让人禁不住地眼睛发潮，鼻子发酸。以后宣传队到别的村演出，到公社去演，她跟别的姐妹搭成帮，都追着去看了，看到那个人不光会拉二胡，吹笛子，还会演小歌剧和活报剧。演戏时脸上是化了妆的，穿的衣服也是戏中人的衣服，这让守明觉得那个人有点好看。要是舞台上有好几个人在演，守明不看别人，专挑那一个人看。她心里觉得和那个人已经有点熟了，她光看人家，不知人家看不看她。她担心那个人看她时没注意到，就不错眼珠地看着那个人的一举一动。她这个年龄正是心里乱想的年龄，难免七想八想，想着想着，就把自己和那个人联系到一块儿去了。她不知道那个人有没有对象，要是没对象的话，不知那个人喜欢什么样的……她突然感到很自卑，有一次戏没看完就退场了，在回家的路上她骂了自己，骂完了她又有点可怜自己，长一声短一声地叹气。

有一天，家里来个媒人给守明介绍对象，守明正要表示心烦，表示一辈子也不嫁人，一听介绍的不是别人，正是让她做梦的那个人，她一时浑身冰凉，小脸发白，显得有些傻，不知如何表态。媒人一走，她心说，我的亲娘哎，这难道是真的吗！泪珠子一串一串往下掉。母亲以为她对这门亲事不乐意，对她说，心里不愿意就说不愿意，别委屈自己。守明说："妈，我是舍不得离开您！"

守明相信慢工出巧匠的话，她纳鞋底纳得不快，她像是有意拉长做鞋的过程，每一针都慎重斟酌，每一线都一丝不苟。回到家，她把鞋底放在枕头边，或压在枕头底下，每天睡觉前都纳上几针，看上几遍。拿起鞋底，她想入非非，老是产生错觉，觉得捧着的不是鞋，而是那个人的脚。她把"脚"摸来摸去，揉来揉去，还把"脚"贴在脸上，心里赞叹：这"脚"是我的，这"脚"真不错啊！既然得了那个人的"脚"，就等于得了那个人的整个身体。有天晚上，她把"那个人的脚"搂到怀里去了，搂得紧贴自己的胸口。不料针还在鞋底上别着，针鼻儿把她的胸口高处扎了一下，几乎扎破了，她说："哟，你的指甲盖这么长也不剪剪，扎得人家怪痒痒的，来，我给你剪剪吧！"她把针鼻儿顺倒，把"脚"重新搂在怀里，说："好了，剪完了，睡吧！"她眯缝着眼，怎么也睡不着，心跳，眼皮也弹弹地跳。点上灯，拿起小镜子照照脸，她吓了一跳，脸红得像发高烧。她对自己说："守明，好好等着，不许这样，这样不好，让人家笑话！"她自我惩罚似地把自己的脸拍打了一下。

媒人递来消息，说那个人要外出当工人。守明一听有些犯愣，这真应了那句脚大走四方的话。看来手上的鞋得抓紧做，做成了好赶在那个人外出前送给他。那个人此一去不知何时才能回还，她一走得送给那个人一点东西，让那个人念着她，记住她，她没有别的可送，只有这一双鞋。这双鞋代表她，也代表她的心。她有点担心，那个人到了外边会不会变心呢？

这时妹妹插了一手。趁守明眼错不见，拿起鞋底纳了几针。她一眼就发现了,一发现就恼了,她质问妹妹:"谁让你动我的东西,你的手怎么这么贱!"她把鞋底往床上一扔,说她不要了,要妹妹赔她。

妹妹没见过姐姐这么凶,她吓得不敢承认,说她没动鞋底子,连摸也没摸。

"还敢嘴硬,看看那上面你的脏爪子印!"她过去一把捉住妹妹的手,捉得狠狠。拉妹妹去看。

妹妹坠着身子使劲往后挣,嚷着坚持说没动,求救似地喊妈,声音里带了哭腔。

母亲过来,问她们姐妹俩又怎么了。

守明说妹妹把她的鞋底弄脏了。

母亲把鞋底看了看,这不是干干净净的吗!

守明说:"就脏了,就脏了,反正我不要了,她得赔我,不赔我就不算完!"她觉得母亲在偏袒妹妹,把妹妹的手冲母亲一扔,扔开了。

母亲说:"不算完怎么了,你还能把她吃了。你是姐姐,得有个当姐姐的样儿。"母亲又吵妹妹:"愣在那里干什么,还不下地给我薅草去!"

妹妹如得了赦令,赶紧走了。

守明把母亲偏袒妹妹的事指出来了,说:"我看你就是偏向她!"她隐约觉出,母亲开始把她当成人家的人了,这使她伤感顿生。

母亲说:"你们姐妹都是我亲生亲养,我对哪个都不偏不向。我看你这闺女越大越不懂事,不像是个有婆家的人。要是到了婆家,还是这个脾气,说话不照前顾后,张嘴就来,人家怎么容你,你的日子怎么过?"

母亲的话使守明的想法得到印证,母亲果然把她当成人家的人了,她说:"我就是不懂事……我哪儿也不去,死也要死在家里!……"说着一头扑在床上就哭起来了。哭着还想到了那个人,那个人要远走,也不来告诉她一声,不知为什么!这使她伤心伤得更远。

母亲坐在床边劝她,说鞋底别说没脏,脏了也不怕,到时用漂白粉擦一遍,再趁邻家在大缸里用硫磺熏粉条时熏一遍,鞋底保证雪白雪白的,比戏台上粉底朝靴的漆白底都白。

守明把母亲的话听到了,也记住了,但她的伤感并不能有所减轻。

在一个落雨的日子,守明把鞋做好了,做得底是底帮是帮的,很有鞋样儿。她把鞋拿在手上近看,靠在窗台上远观,心里还算满意。

鞋做成后,守明不大放得住。那双鞋像是她心中的一团火,她一天不把"火"送出去,心里就火烧火燎的。还好,那个人外出的日期定下来了,托媒人传话,向她约会,她正好可以亲手把鞋交给那个人。

约会的地点是那座高桥,时间是吃过晚饭之后。当晚守明没有吃饭,她心跳得吃不下。等别人吃过晚饭,天已经黑透了。那天晚上月亮很细,像一支透明的鸽子毛。星星倒很密,越看越密。守明心想,一万颗星星也顶不上一颗月亮,要这么多星星有什么用。地里的庄稼都长出来了,到处像黑树林,有些吓人。母亲要送她到桥头去。她不让。

守明把一切都想好了,她要让那个人把鞋穿上试一试,那个人若说正好,她就不许他脱下来,让他穿这双鞋上路——人是你的,鞋就是你的,还脱下来干什么!临出门,她又改变了主意,觉得只让那个人把鞋穿上试试新就行了,还得让他脱下来,脱下来带走,保存好,等他回来完婚那一天才能穿。她要告诉他,在举行婚礼那一天,她若是看不见他穿上她亲手做的这双鞋,她就会生气,吹灭灯以后也不理他。当然了,就这个事情守明会征求他的意见,他要是点头同意了,守明就等于得到一个比穿鞋不穿鞋意义深远得多的重大许诺,她就可以放心地等待他了。

守明的设想未能实现,她两次让那个人把鞋试一试,那个人都没试。第一次,她把鞋递给那个人时,让那个人穿上试试。那个人对她表示完全信任似地,只笑了笑,说声谢谢,就把鞋竖着插进上衣口袋里去了。二人依着桥上的石栏说了一会儿话,守明抓了一个空子,再次提出让那个人把鞋试一试。那个人把他的信任说出来了,说不用试,肯定正好。

"你又没试,怎么知道正好呢?"

那个人固执得真够可以,说不用试,他也知道正好。直到那个人说再见,鞋也没试一下。那个人说再见时,猛地向守明伸出了手,意思要把手握一握。

这是守明没有料到的。他们虽然见过几次面,说过几次话,但从来没有碰过手。和男人家碰手,这对守明来说可是一件了不得的大事,她心头撞了几下,犹豫了一会儿,还是低着头把手交出去了。那个人的手温热有力,握得她的手忽地出了一层汗,接着她身上也出汗了。她抬头看了看,在夜色中,见那个人正眼睛很亮地看着她。她又把头低下去了。那个人大概怕她害臊,就把她的手松开了。

守明下了桥往回走时,见夹道的高庄稼中间拦着一个黑人影,她大吃一惊,正要折回身去追那个人,扑进那个人怀里,让她的那个人救她,人影说话了,原来是她母亲。

怎么会是母亲呢!在回家的路上,守明一直没跟母亲说话。

后记:我在农村老家时,人家给我介绍了一个对象。那个姑娘很精心地给我做了一双鞋。参加工作后,我把那双鞋带进了城里,先是舍不得穿,想留作美好的纪念。后来买了运动鞋、皮鞋之后,觉得那双鞋太土,想穿也穿不出去了。第一次回家探亲,我把那双鞋退给了那位姑娘。那姑娘接过鞋后,眼里一直泪汪汪的。后来我想到,我一定伤害了那位农村姑娘的心,我辜负了她,一辈子都对不起她。

(原载《北京文学》1997年第1期)

白先勇

游园惊梦

钱夫人到达台北近郊天母窦公馆的时候,窦公馆门前两旁的汽车已经排满了,大多是官家的黑色小轿车。钱夫人坐的计程车开到门口她便命令司机停了下来。窦公馆的两扇铁门大敞,门灯高烧,大门两侧一边站了一个卫士,门口有个随从打扮的人正在那儿忙着招呼宾客的司机。钱夫人一下车,那个随从便赶紧迎了上来,他穿了一身藏青哔叽的中山装,两鬓花白。钱夫人从皮包里掏出了一张名片递给他,那个随从接过名片,即忙向钱夫人深深的行了一个礼,操了苏北口音,满面堆着笑容说道:

"钱夫人,我是刘副官,夫人大概不记得了?"

"是刘副官吗?"钱夫人打量了他一下,微带惊愕的说道,"对了,那时在南京到你们公馆见过你的。你好,刘副官。"

"托夫人的福,"刘副官又深深的行了一礼,赶忙把钱夫人让了进去,然后抢在前面用手电筒照路,引着钱夫人走上一条水泥砌的汽车过道,绕着花园往正屋里行去。

"夫人这向好?"刘副官一行引着路,回头笑着向钱夫人说道。

"还好,谢谢你,"钱夫人答道,"你们长官夫人都好呀?我有好几年没见着他们了。"

"我们夫人好,长官最近为了公事忙一些,"刘副官应道。

窦公馆的花园十分深阔,钱夫人打量了一下,满园子里影影绰绰,都是些树木花草,围墙周遭却密密的栽了一圈椰子树,一片秋后的清月,已经升过高大的椰树干子来了。钱夫人跟着刘副官绕过了几丛棕榈树,窦公馆那座两层楼的房子便赫然出现在眼前,整座大楼,上上下下灯火通明,亮得好像烧着了一般。一条宽敞的石级引上了楼前一个弧形的大露台,露台的石栏边沿上却整整齐齐的置了十来盆一排齐胸的桂木,钱夫人一踏上露台,一阵桂花的浓香侵袭过来了。楼前正门大开,里面有几个仆人穿梭一般来往着。刘副官停在门口,哈着身子,做了个手势,毕恭毕敬的说了声:

"夫人请。"

钱夫人一走入门内前厅,刘副官便对一个女仆说道:"快去报告夫人,钱将军夫人到了。"

前厅只摆了一堂精巧的红木几椅,几案上搁了一套景泰蓝的瓶樽,一只鱼篓瓶里斜插了几支万年青;右侧壁上,嵌了一面鹅卵形的大穿衣镜。钱夫人走到镜前,把身上那件玄色秋大衣卸下,一个女仆赶忙上前把大衣接了过去。钱夫人往镜里瞟了一眼,很快的用手把右鬓一绺松弛的头发抿了一下。下午六点钟才去西门町红玫瑰做的头发,刚才穿过花园,吃风一撩,就乱了。钱夫人往镜子又凑近了一步,身上那件墨绿杭绸的旗袍,她也觉得颜色有点不对劲儿。她记得这种丝绸,在灯光底下照起来,绿汪汪翡翠似的,大概这间前厅不够亮,镜子里看起来,竟有点发乌,难道真的是料子旧了?这份杭绸还是从南京带出来的呢。这些年都没舍得穿,为了赴这场宴才从箱子里拿出来裁了。早知如此,还不如到鸿翔绸庄去买份新的。可是她总觉得台湾的衣料粗糙,光泽扎眼,尤其是丝绸,哪里及得上大陆货那么细致,那么柔熟?

"五妹妹到底来了,"一阵脚步声,窦夫人走了出来,一把便攥住了钱夫人的双手笑道。

"三阿姐,"钱夫人也笑着叫道,"来晚了,累你们好等。"

"哪里的话,恰是时候,我们正要入席呢。"

窦夫人说着便挽了钱夫人往正厅走去。在走廊上,钱夫人用眼角扫了窦夫人两下,她心中不禁觇敲起来;桂枝香果然还是没有老。临离开南京那年,自己明明还在梅园新村的公馆替桂枝香请过三十岁的生日酒,得月台的几个姐妹淘都差不多到齐了——嫁给上海棉纱大王陶鼎新的老二露凝香,桂枝香的妹子后来嫁给任主席任子久做小的十三天辣椒,还有她自己的亲妹妹十七月月红——几个人还学洋派凑份子替桂枝香定制了一个三十寸两层楼的大寿糕,上面足足插了三十根红蜡烛。现在她总该有四十大几了吧?钱夫人又朝窦夫人瞄了一下。窦夫人穿了一身银灰洒朱砂的薄纱旗袍。足上也配了一双银灰闪光的高跟鞋,右手的无名指上戴了一只莲子大的钻戒,左腕也笼了一付白金镶碎钻的手串,发上却插了一把珊瑚缺月钗,一对寸把长的紫瑛坠子直吊下发脚外来,衬得她丰白的面庞愈加雍容矜贵起来。在南京那时,桂枝香可没有这般风光,她记得她那时还做小,窦瑞生也不过是个次长,现在窦瑞生的官大了,桂枝香也扶了正,难为她熬了这些年,到底给她熬出了头了。

"瑞生到南部开会去了,他听说五妹妹今晚要来,特地着我向你问好呢,"窦夫人笑着侧过身来向钱夫人说道。

"哦,难为窦大哥还那么有心,"钱夫人答道。一走近正厅,里面一阵人语喧笑便传了出来,窦夫人在正厅门口停了下来,又握住钱夫人的双手笑道：

"五妹妹，你早就该搬来台北了，我一直都挂着，你一个人住在南部那种地方有多冷清呢？今夜你是无论如何缺不得席的——十三也来了。"

"她也在这儿吗？"钱夫人问道。

"你知道呀，任子久一死，她便搬出了任家，"窦夫人说着又凑到钱夫人耳边笑道，"任子久是有几份家当的，十三一个人也算过得舒服了。今晚就是她起的哄。来到台湾还是头一遭呢。她把天香票房里的几位朋友搬了来，锣鼓笙箫都是全的，他们还巴望着你上去显两手呢。"

"罢了，罢了，那里还能来这个玩意儿！"钱夫人急忙挣脱了窦夫人，摆着手笑道。

"客气话不必说了，五妹妹，你当年的老工夫一定是在的，连你蓝田玉都说不能，别人还敢开腔吗？"窦夫人笑道，也不等钱夫人分辩便挽了她往正厅里走去。

正厅里东一堆西一堆，锦簇绣丛一般，早坐满了衣裙明艳的客人。厅堂异常宽大，呈凸字形，是个中西合璧的款式。左半边置着一堂软垫沙发，右半边置着一堂紫檀硬木桌椅，中间地板上却隔着一张两寸厚刷着二龙抢珠的大地毯，沙发两长四短，对开围着，黑绒底子洒满了醉红的海棠叶儿，中开一张长方矮几上摆了一只两尺高天青釉磁胆瓶，瓶里冒着一大蓬金骨红肉的龙须菊。右半边八张紫檀椅子团团围着一张嵌纹石桌面的八仙桌。桌子上早布满了各式的糖盒茶具。厅堂凸字尖端，也摆着六张一式的红木靠椅，椅子三三分开，圈了个半圆，中间缺口处却高高竖了一档乌木架流云蝙蝠镶云母片的屏风。钱夫人看见那些椅子上搁满了饶钱琴弦，椅子前端有两个木架，一个架着一只小鼓，另一只却齐齐的插了一排笙箫管笛。厅堂里灯光辉煌，两旁的座灯从地面斜射上来，照得一面大铜锣金光闪烁。

窦夫人把钱夫人先引到厅堂左半边，然后走到一张沙发跟前对一位五十多岁穿了珠灰旗袍，带了一身玉器的女客说道：

"赖夫人，这是钱夫人，你们大概见过的吧？"

钱夫人认得那位女客是赖祥云的太太，以前在南京时，社交场合里见过几面，那时赖祥云大概是个司令官，来到台湾，报纸上倒常见到他的名字。

"这位大概就是钱鹏公的夫人了？"赖夫人本来正和身旁一位男客在说话，这下才转过身来，打量了钱夫人半晌，款款地立了起来笑着说道。一面和钱夫人握手，一面又扶了头。说道：

"我是说面熟得很！"

然后转向着身边一位黑红脸身材硕肥头顶光秃穿了宝蓝丝葛长袍的男客说：

"刚才我还和余参军长聊天,梅兰芳第一次到上海在丹桂第一台唱的是什么戏,再也想不起来了。你们瞧,我的记性!"

余参军长老早立了起来,朝着钱夫人笑嘻嘻的行了一个礼说道:

"夫人久违了。那年在南京励志社大会串瞻仰过夫人的风采的。我还记得夫人票的是'游园惊梦'呢!"

"是呀。"赖夫人接嘴道,"我一直听说钱夫人的盛名,今天晚上总算有耳福要领教了。"

钱夫人赶忙向余参军长谦谢了一番,她记得余参军长在南京时来过她公馆一次,可是她又仿佛记得他后来好像犯了什么大案子被革了职退休了。接着窦夫人又引着她过去把在座的几个客人都一一介绍一轮。几位夫人太太她一个也不认识,她们的年纪都相当轻,大概来到台湾才兴起来的。

"我们到那边去吧,十二和几位票友都在那儿。"

窦夫人说着又把钱夫人领到厅堂的右手边去。她们两人一过去,一位穿红旗袍的女客便踏着碎步迎了上来,一把便将钱夫人的手臂勾了过去,笑得全身乱颤说道:

"五阿姐,刚才三阿姐告诉我你也要来,我就喜得叫道:'好哇,今晚可真把名角给抬了出来了!'"

钱夫人方才听窦夫人说天辣椒蒋碧月也在这里,她心中就踌躇了一番,不知天辣椒嫁了人这些年,可收敛了一些没有。那时大伙儿在南京夫子庙得月台清唱的时候,有风头总是她占先,扭着她们师傅专拣讨好的戏唱。一出台,也不管清唱的规矩,就脸朝了那些捧角的,一双眼睛钩子一般,直伸到台下去。同是一个娘生的,性格儿却差得那么远。论到懂事故,有担待,除了她姐姐桂枝香再也找不出第二个人来。桂枝香那儿的便宜,天辣椒也算检尽了。任子久连她姐姐的聘礼都下定了,天辣椒却有本事拦腰一把给夺了过去。也亏桂枝香有涵养,等了多少年才委委曲曲做了窦瑞生的三房。难怪桂枝香老叹息说:是亲妹子才专拣自己的姐姐往脚下踹呢!钱夫人又打量了一下天辣椒蒋碧月,蒋碧月穿了一身火红的缎子旗袍,两只手腕上,铮铮锵锵,直戴了八只扭花金丝镯,脸上勾得十分入时,眼皮上抹了眼圈膏,眼角儿也着了墨,一头蓬得像鸟窝似的头发,两鬓上却刷出几只俏皮的月牙钩来。任子久一死,这个天辣椒比从前反而愈更标劲,愈更佻达了,这些年的动乱,在这个女人身上,竟找不出半丝痕迹来。

"哪,你们见识见识吧,这位钱夫人才是真正的女梅兰芳呢!"

蒋碧月挽了钱夫人向座上几个男女票友客人介绍道。几位男客都慌忙不迭站了起来朝了钱夫人含笑施礼。

"碧月,不要胡说,给这几位内行听了笑话。"

钱夫人一行还礼,一行轻轻责怪蒋碧月道。

"碧月的话倒没有说差。"窦夫人也插嘴笑道,"你的昆曲也算是得了梅派的真传了。"

"三阿姐——"

钱夫人含糊的叫了一声,想分辩几句。可是若论到昆曲,连钱鹏志也对她说过:

"老五,南北名角我都听过,你的'昆腔'也算是个好的了。"

钱鹏志说,就是为着在南京得月台听了她的"游园惊梦",回到上海去,日思夜想,心里怎么也丢不下,才又转了回来娶她的。钱鹏志一迳对她讲,能得她在身边,唱几句"昆腔"作娱,他的下半辈子也就无所求了。那时她刚在得月台冒红,一句"昆腔",台下一声满堂彩,得月台的师傅说:一个夫子庙算起来,就数蓝田玉唱得最正派。

"就是说呀,五阿姐,你来见见,这位徐太太也是个昆曲大王呢!"蒋碧月把钱夫人引到一位着黑旗袍,十分净扮的年轻女客跟前说道,然后又笑着向窦夫人说:"三阿姐,回头我们让徐太太唱'游园',五阿姐唱'惊梦',把这出昆腔的戏祖宗搬出来,让两位名角上去较量较量,也好给我们饱饱耳福。"

那位徐太太连忙立了起来,道了不敢。钱夫人也赶忙谦让了几句,心中却着实嗔怪天辣椒讲话太过冒失,今天晚上这些人,大概没有一个不懂戏的,恐怕这位徐太太就现放着是个好角色,回头要真给抬了上去,倒不可以大意呢。运腔转调,这些人都不足畏,倒是在南部这么久,嗓子一直没有认真吊过,却不知如何了。而且裁缝师傅的话果然说中:台北不兴长旗袍喽。在座的——连那个老得脸上起了鸡皮皱的赖夫人在内,个个的旗袍下摆都缩到差不多到膝盖上去,露出大半截腿子来。在南京那时,哪个夫人的旗袍不是长得快拖到脚面上来了的?后悔没有听从裁缝师傅,回头穿了这身长旗袍站出去,不晓得还登不登样。一上台,一亮相,最要紧了。那时在南京梅园新村请客唱戏,每次一站上去,还没开腔就先把那台下压住了的。

"程参谋,我把钱夫人交给你。你不替我好好伺候着,明天罚你作东。"

窦夫人把钱夫人引到一个三十多岁的军官面前笑着说道,然后转身悄声对钱夫人说:"五妹妹,你在这里聊聊,程参谋最懂戏的,我得进去招呼着上席了。"

"钱夫人久仰了。"

程参谋朝着钱夫人,立了正,利落的一鞠躬,行了一个军礼。他穿了一身浅色凡呢丁的军礼服,外套的翻领上别了一付金亮的两朵梅花中校领章,一双短统皮鞋靠在一起,乌光水滑的。钱夫人看见他笑起来时,咧着一口齐朵朵净白的牙齿,容长的面孔,下巴剃得青亮,眼睛细长上挑,随一双飞扬的眉毛,往两鬓插去,一杆葱的鼻梁,鼻尖却微微上佝,一头墨浓的头发,处处都抿的妥妥帖帖的。他的身段颀长,着了军服分外英发,可是钱夫人觉得他这一声招呼里却又透着温柔,半点也没带武人的粗糙。

"夫人请坐。"

程参谋把自己的椅子让了出来,将椅子上那张海绵椅垫挪挪正,请钱夫人就了坐,然后立即走到那张八仙桌端了一盅茉莉香片及一个四色糖盒来,钱夫人正要伸手去接过那盅石榴红的磁杯,程参谋却低声笑道:

"小心烫了手,夫人。"

然后打开了那个描金乌漆糖盒,佝下身子,双手捧到钱夫人面前,笑吟吟地望着钱夫人,等她挑选。钱夫人随手抓了一把松瓤,程参谋忙劝止道:

"夫人,这个东西顶伤嗓子。我看夫人还是尝颗蜜枣,润润喉吧。"

随着便拈起一根牙签挑了一枚蜜枣,递给钱夫人。钱夫人道了谢,将那枚蜜枣接了过来,塞到嘴里,一阵沁甜的蜜味,果然十分甘芳。程参谋另外搬了一张椅子,在钱夫人右侧坐了下来。

"夫人最近看戏没有?"程参谋坐定后笑着问道。他说话时,身子总是微微倾斜过来,十分专注似的,钱夫人看见他又露出了一口白净的牙齿来,灯光下,照得莹亮。

"好久没看了,"钱夫人答道,她低下头去,细细的啜了一口手里那盅香片,"住在南部,难得有好戏。"

"张爱云这几天正在国光戏院演'洛神'呢,夫人。"

"是吗?"钱夫人应道,一直俯着首在饮茶,沉吟了半晌才说道,"我还是在上海天蟾舞台看她演过这出戏——那是好久以前了。"

"她的做工还是在的,到底不愧是'青衣祭酒',把个宓妃和曹子建两个人那段情意,演得细腻到了十分。"

钱夫人抬起头来,触到了程参谋的目光,她即刻侧过了头去。程参谋那双细长的眼睛,好像把人都罩住了似的。

"谁演得这般细腻呀?"天辣椒蒋碧月插了进来笑道,程参谋赶忙立起来,让了座。蒋碧月抓了一把朝阳瓜子,跷起腿嗑着瓜子笑道:"程参谋,人人说你懂戏,钱夫人可是戏里的通天教主,我看你趁早别在这儿班门弄斧了。"

"我正在和钱夫人讲究张爱云的'洛神',向钱夫人讨教呢。"程参谋对蒋碧月说着,眼睛却瞟向了钱夫人。

"哦,原来是说张爱云吗?"蒋碧月噗哧笑了一下,"她在台湾教教戏也就罢了,偏偏又要去唱'洛神',扮起宓妃来也不像呀!上礼拜六我才去国光看来,买到了后排,只见她嘴巴动,声音也听不到,半出戏还没唱完,她嗓子先就哑掉了——嗳唷,三阿姐来请上席了。"

一个仆人拉开了客厅通向饭厅的一扇镂空心卍字的桃花心木推门,窦夫人已经从饭厅里走了出来。整座饭厅银素装饰,明亮得像雪洞一般,两桌席上,却是猩红的细布桌面,杯碗羹箸一律都是银的。客人们进去后都你推我让,不肯上坐。

"还是我占先吧,这样让法,这餐饭也吃不成了,倒是辜负了主人的这番心意!"

赖夫人走到第一桌的主位坐了下来,然后又招呼着余参军长说道:

"余参军长,你也来我旁边坐下吧。刚才梅兰芳的戏,我们还没有论出头绪来呢。"

余参军长把手一拱,笑嘻嘻的道了一声:"遵命。"客人们哄然一笑便都相随入了席。到了第二桌,大家又推让起来了,赖夫人隔着桌子向钱夫人笑着叫道:

"钱夫人,我看你也学学我吧。"

窦夫人便过来拥着钱夫人走到第二桌主位上,低声在她耳边说道:

"五妹妹,你就坐下吧。你不占先,别人不好入座的。"

钱夫人环视了一下,第二桌的客人都站在那儿带笑瞅着她。钱夫人赶忙含糊地推辞了两句,坐了下去,一阵心跳,连她的脸都有点发热了。倒不是她没经过这种场面,好久没有应酬,竟有点不惯了。从前钱鹏志在的时候,筵席之间,十有八九的主位,倒是她占先的。钱鹏志的夫人当然上坐,她从来也不必推让。南京那起夫人太太们,能僭过她辈分的,还数不出几个来。她可不能跟那些官儿的姨太太们去比,她可是钱鹏志明公正道迎回去做填房夫人的。可怜桂枝香那时出面请客都没份儿,连生日酒还是她替桂枝香做的呢。到了台湾桂枝香才敢这么出头摆场面,而她那时才冒二十岁,一个清唱的姑娘,一夜间便成了将军夫人了。卖唱的嫁给小户人家还遭多少议论,又何况是入了侯门?连她亲妹子十七月月红还刻薄过她两句:姐姐,你的辫子也该铰了,明日你和钱将军走在一起,人家还以为你是他的孙女儿呢!钱鹏志娶她那年已经六十靠边了,然而怎么说她也是他正正经经的填房夫人啊。她明白她的身份,她也珍惜她的身份。跟了钱鹏志那十几年,筵前酒后,那次她不是捏着一把冷汗,任是多大的场面,总是应付得妥妥帖帖的?走在人前,一样风华翩跹,谁又敢议论她是秦淮河得月台的蓝田玉了?

"难为你了,老五。"

钱鹏志常常抚着她的腮对她这样说道。她听了总是心里一酸，许多的委曲却是没法诉的。难道她还能怨钱鹏志吗？是她自己心甘情愿的。钱鹏志娶她的时候就分明和她说清楚了，他是为着听了她的"游园惊梦"才想把她接回去伴他的晚年的。可是她妹子月月红说的呢，钱鹏志好当她的爷爷了，她还要希冀甚么？到底应了得月台瞎子师娘那把铁嘴：五姑娘，你们这种人只有嫁给年纪大的，当女儿一般疼惜算了，年轻的，那里靠得住？可是瞎子师娘偏偏又捏着她的手，眨巴着一双青光眼叹息道：荣华富贵你是享定了，蓝田玉，只可惜你长错了一根骨头，也是你前世的冤孽！不是冤孽还是什么？除却天上的月亮摘不到，世上的金银财宝，钱鹏志怕不都设法捧了来讨她的欢心。她体验得出钱鹏志那番苦心。钱鹏志怕她念着出身低微，在达官贵人面前气馁胆怯，总是百般怂恿着她讲排场，耍派头。梅园新村钱夫人宴客的款式怕不噪反了整个南京城，钱公馆里的酒席钱，"袁大头"就用得罪过花啦。单就替桂枝香请生日酒那天吧，梅园新村的公馆里一摆就是十台，吹箫的是琴雪芳那儿搬来的吴声豪，大厨司却是花了十块大洋特别从桃叶渡的绿柳居接来的。

"窦夫人，你们大司务是那儿请来的呀？来到台湾我还是头一次吃到这么讲究的鱼翅呢。"赖夫人说道。

"他原是黄钦之黄部长家在上海时候的厨子，来到台湾才到我们这儿来的。"窦夫人答道。

"那就难怪了，"余参军长接口道，"黄钦公是有名的吃家呢。"

"那天要能借府上的大司务去烧个翅，请起客来就风光了。"赖夫人说道。

"那还不容易？我也乐得去白吃一餐呢！"窦夫人说道，客人们都笑了起来。

"钱夫人，请用碗翅吧，"程参谋盛了一碗红烧鱼翅，加了一匙羹镇江醋，搁在钱夫人面前，然后又低声笑道：

"这道菜，是我们公馆里出了名的。"

钱夫人还没有来得及尝鱼翅，窦夫人却从隔壁桌子走了过来，敬了一轮酒，特别又叫程参谋替她斟满了，走到钱夫人身边，按着她的肩膀笑道：

"五妹妹，我们两个好久没有对过杯了。"

说完便和钱夫人碰了一下杯，一口喝尽，钱夫人也细细的干掉了。窦夫人离开时又对程参谋说道：

"程参谋，好好替我劝酒啊！你长官不在，你就在那一桌替他做主人吧。"

程参谋立起，执了一把银酒壶，弯了身，笑吟吟便往钱夫人杯里筛酒，钱

夫人忙阻止道:

"程参谋,你替别人斟吧,我的酒量有限得很。"

程参谋却站着不动,望着钱夫人笑道:

"夫人,花雕不比别的酒,最易发散。我知道夫人回头还要用嗓子,这个酒暖过了,少喝点儿,不会伤喉咙的。"

"钱夫人是海量,不要饶过她!"

坐在钱夫人对面的蒋碧月却走了过来,也不用人让,自己先斟满了一杯,举到钱夫人面前笑道:

"五阿姐,我也好久没有和你喝过双钟儿了。"

钱夫人推开了蒋碧月的手,轻轻咳了一下说道:

"碧月,这样喝法要醉了。"

"到底是不赏妹子的脸,我喝双份儿好啦,回头醉了,最多让他们抬回去就是了。"

蒋碧月一仰头便干了一杯,程参谋连忙捧上另一杯,她也接过去一气干了,然后把个银酒杯倒过来,在钱夫人脸上一晃。客人们都鼓起掌来喝道:

"到底是蒋小姐豪兴!"

钱夫人只得举起了杯子,缓缓的将一杯花雕饮尽。酒倒是烫得暖暖的,一下喉,就像一杯热流般,周身游荡起来了。可是台湾的花雕到底不及大陆的那么醇厚,饮下去终究有点割喉。虽说花雕容易发散,饮急了,后劲才凶呢。没想到真正从绍兴办来的那些陈年花雕也那么伤人。那晚到底中了她们的道儿! 她们大伙儿都说,几杯花雕哪里就能把嗓子喝哑了? 难得是桂枝香的好日子,姐妹们不知何日才能聚得齐,主人尚且不开怀,客人那能恣意呢? 连月月红十七也夹在里面起哄:姐姐,我们姐妹俩儿也来干一杯,亲热亲热一下。月月红穿了一身大金大红缎子旗袍,艳得像只鹦哥儿,一双眼睛,鹁伶伶地尽是水光。姐姐不赏脸,她说,姐姐到底不赏妹子的脸,她说道。逗够了强,检够了便宜,还要赶着说风凉话。难怪桂枝香叹息:是亲妹子才专拣自己的姐姐往脚下踹呢。月月红——就算她年轻不懂事,郑彦青他就不该也跟了来胡闹了。他也捧了满满的一杯酒,咧着一口雪白的牙齿说道:夫人,我也来敬夫人一杯。他喝得两颧鲜红,眼睛烧得像两团黑水,一双带刺的马靴拍达一声并在一起,弯着身腰柔柔的叫道:夫人——

"这下该轮到我了,夫人。"程参谋立起身,双手举起了酒杯,笑吟吟地说道。

"真的不行了,程参谋。"钱夫人微俯着首,喃喃说道。"我先干三杯,表示点敬意,夫人请随意好了。"

程参谋一连便喝了三杯,一片酒晕把他整张脸都盖了过去。他的额头发出了亮光,鼻尖上也冒出几颗汗珠子来。钱夫人端起了酒杯,在唇边略略沾了一下。程参谋替钱夫人拈了一只贵妃鸡的肉翅,自己也挟了一个鸡头来过酒。

"嗳唷,你敬的是什么酒呀?"

蒋碧月站起来,伸头前去嗅了一下余参军长手里那杯酒,尖着嗓门叫了起来,余参军长正捧着一只与众不同的金色鸡缸杯在敬蒋碧月的酒。

"小姐,这杯是'通宵酒'哪!"余参军长笑嘻嘻的说道,他那张黑红脸早已喝得像猪肝似的了。

"'呀呀嘬,何人与你们通宵哪!'"蒋碧月把手一挥,打起京白说道:

"蒋小姐,百花亭里还没摆起来,你先就'醉酒'了。"赖夫人隔着桌子笑着叫道,客人们又一声哄笑起来。窦夫人也站了起来对客人们说道:

"我们也该上场了,请各位到客厅那边去吧。"

客人们都立了起来,赖夫人带头,鱼贯而入进到客厅里,分别坐下。几位男票友却走到那档屏风面前几张红木椅子就了座,一边调弄起管弦来。六个人,除了胡琴外,一个拉二胡,一个弹月琴,一个管小鼓拍板,另外两个人立着,一个擎了一双铙钹,一个手里却吊了一面大铜锣。

"夫人,那位杨先生真是把好胡琴,他的洞箫,台湾还找不出第二个人呢,回头你听他一吹,就知道了。"

程参谋指着那位拉胡琴姓杨的票友,在钱夫人耳根下说道。钱夫人微微斜靠在一张单人沙发上,程参谋在她身旁一张皮垫矮圆凳上坐了下来。他又替钱夫人沏了一盅茉莉香片,钱夫人一面品着茶,一面顺着程参谋的手,朝那位姓杨的票友望去。那位姓杨的票友约莫五十上下,穿了一件古铜色起暗团花的熟罗长衫,面貌十分清癯,一双手指修长,洁白得像十管白玉一般,他将一柄胡琴从布袋子里抽了出来,腿上垫一块青搭布,将胡琴搁在上面,架上了弦弓,随便咿呀的调了一下,微微将头一垂,一扬手,猛地一声胡琴,便像抛线一般窜了起来,一段夜深沉,奏得十分清脆嘹亮,一奏毕,余参军长便头一个跳了起来叫了声:"好胡琴!"客人们便也都鼓起掌来。接着锣鼓齐鸣,凑出了一只"将军令"的上场牌子来。窦夫人也跟着满客厅一一去延请客人们上场演唱,正当客人们相互推让间,余参军长已经拥着蒋碧月走到胡琴那边,然后打起丑腔叫道:

"启娘娘,这便是百花亭了。"

蒋碧月双手握着嘴,笑得前俯后仰,两只腕上几个扭花金镯子,铮铮锵锵的抖响着。客人们都跟着起哄喝彩起来,胡琴便奏出了"贵妃醉酒"里的四平调。蒋碧月身也不转,面朝了客人便唱了起来。唱到过门的时候,余参军长跑出去托了一个朱红茶盘进来,上面搁了那只金色的鸡缸杯,一手撩

袍子,在蒋碧月跟前做了个半跪的姿势,效那高力士叫道:

"启娘娘,奴婢敬酒。"

蒋碧月果然装了醉态,东歪西倒的做出了种种身段,弯下身去,用嘴将那只酒杯衔了起来,然后又把杯子当啷一声掷到地上,唱出了两句:

  人生在世如春梦
  且自开怀饮几盅

客人们早笑得滚做了一团,窦夫人笑得岔了气,沙着喉咙对了赖夫人喊道:

"我看我们碧月今晚真的醉了!"

赖夫人笑得直用绢子揩眼泪,一面大声叫道:"蒋小姐醉了倒不要紧,只是莫学那杨玉环又去喝一缸醋就行了。"

客人们正在闹着要蒋碧月唱下去,蒋碧月却摇摇摆摆的走了下来,把那位徐太太给抬了上去,然后对客人们宣布道:

"昆曲大王来给我们唱'游园'了,回头再请另一位昆曲泰斗——钱夫人来接唱'惊梦'。"

钱夫人赶忙抬起了头来,将手里的茶杯搁到左边的矮几上,她看见徐太太已经站到那档屏风前面,半背着身子,一只手却扶在插笙箫的那只乌木架上。她穿了一身净黑的丝绒旗袍,脑后松松地挽了一个贵妇髻,半面脸微微向外,莹白的耳垂露在发外,上面吊着一丸翠绿的坠子。客厅里几只喇叭形的座灯像数道注光,把徐太太那细挑的身影,袅袅娜娜地推送到那档云母屏风上去。

"五阿姐,你仔细听听,看看徐太太的'游园'跟你唱的可有个高下。"

蒋碧月走了过来,一下子便坐到了程参谋的身边,伸过头来,一只手拍着钱夫人的肩,悄声笑着说道。

"夫人,今晚总算我有缘,能领教夫人的'昆腔'了。"

程参谋也转过头来,望着钱夫人笑道。钱夫人睇着蒋碧月手腕上那只金光乱窜的扭花镯子,她忽然感到一阵微微的晕眩。一股酒意涌上了她的脑门似的,刚才灌下去的那几杯花雕好像渐渐着力了,她觉得两眼发热,视线都有点朦胧起来。蒋碧月身上那袭红旗袍如同一团火焰,一下子明晃晃的烧到了程参谋的身上,程参谋衣领上那几枚金梅花,便像火星子般,跳跃了起来。蒋碧月的一对眼睛像两丸黑水银在她醉红的脸上溜转起来,程参谋那双细长的眼睛却眯成了一条缝,射出了逼人的锐光,两张脸都向着她,一齐咧着整齐的白牙,朝她微笑着,两张红得发油光的脸庞渐渐的靠拢起来,凑在一块儿,咧着白牙,朝她笑着。洞箫和笛子都鸣了起来,笛音如同流水,把靡靡下沉的箫声又托了起来,送进"游园"的"皂罗袍"中去——

　　原来姹紫嫣红开遍
　　似这般都付与断井颓垣
　　良辰美景奈何天
　　便赏心乐事谁家院——

　　杜丽娘唱的这段"昆腔"便算是昆曲的警句了。连吴声豪也说:钱夫人,您这段"皂罗袍"便是梅兰芳也不能过的。可是吴声豪的箫却偏偏吹得那么高。(吴师傅,今晚让她们灌多了,嗓子靠不住,吹低些吧。)吴声豪说,练嗓子的人,第一要忌酒;然而月月红十七却端着那杯花雕过来说道:姐姐,我们姐妹俩儿也来干一杯。她穿得大金大红的,还要说,姐姐,你不赏脸。不是这样说,妹子,不是姐姐不赏脸。实在为着他是姐姐命中的冤孽。瞎子师娘不是说过:荣华富贵——蓝田玉,可惜你长错了一根骨头。冤孽呵。他可不就是姐姐命中招的冤孽了?懂吗,妹子,冤孽。然而他也捧着酒杯来叫道:夫人。他笼着斜皮带,戴着金亮的领章,腰干子扎得挺细,一双带白铜刺的长统马靴乌光水滑的啪哒一声靠在一起,眼皮都喝得泛了桃花,却叫道:夫人。谁不知道南京梅园新村的钱夫人呢?钱鹏公,钱将军的夫人啊。钱鹏志的夫人。钱鹏志的随从参谋。钱将军的夫人,钱将军的参谋。钱将军。难为你了,老五,钱鹏志说道,可怜你还那么年轻。然而年轻的人哪里会有良心呢?瞎子师娘说,你们这种人,只有年纪大的才懂得疼惜啊。荣华富贵——只可惜长错了一根骨头。懂吗?妹子,他就是姐姐命中招的冤孽了。钱将军的夫人。将钱军的随从参谋。将军夫人。随从参谋。冤孽,我说。冤孽,我说。(吴师傅,吹得低一些,我的嗓子有点不行了。哎,这段"山坡羊"。)

　　没乱里春情难遣
　　蓦地里怀人幽怨
　　则为俺生小婵娟
　　拣名门一例一例里神仙眷
　　甚良缘把青春抛的远
　　俺的睡情谁见——

　　那团红火焰又熊熊的冒了起来了,烧得那两道飞扬的眉毛,发出了青湿的汗光。两张醉红的脸又渐渐的靠拢在一处,一齐咧着白牙,笑了起来。紫箫上那几根玉管子似的手指,上下飞跃着。那袭袅娜的身影儿,在那档雪青的云母屏风上,随着灯光,仿仿佛佛的摇曳起来。洞箫声愈来愈低沉,愈来愈凄咽,好像把杜丽娘满腔的怨情都吹了出来似的。杜丽娘快要入梦了,柳梦梅也该上场了。可是吴声豪却说,"惊梦"里幽会那一段,最是露骨不过的。(吴师傅吹低一点,今晚我喝多了酒。)然而他却偏捧着酒杯过来叫道,夫人。他那双乌光水滑的马靴啪哒一声靠在一处,一双白铜马刺扎得人的眼睛都发痛了。他喝得眼皮泛了桃花,还要那么叫道:夫人,我来扶你上马,夫人,他说道,他的马裤把两条修长的腿子翻得滚圆,夹在马肚子上,像一双钳子。他的马是白的,路也是白的,树干子也是白的,他那匹白马在猛烈的太阳底下照得发了亮。他们说:到中山陵的那条路上两旁种满了白桦树。他那匹白马在桦树林子里奔跑起来,活像一头麦秆丛中乱窜的兔儿。太阳照在马背上,蒸出一缕缕的白烟来。一匹白的,一匹黑的——两匹马都在流汗了。而他身上却沾满了触鼻的马汗。他的眉毛变得碧青,神眼像两团烧着了的黑火,汗珠子一行行从他额上流到他鲜红的颧上来。太阳,我叫道。太阳照得人的眼睛都睁不开了。那些树杆子,又白净,又细滑,一层层的树皮都卸掉了,露出里面赤裸裸的嫩肉来,他们说:那条路上种满了白桦树。太阳,我叫道,太阳直射到人的眼睛上来了。于是他便放柔了声音唤道:夫人。钱将军的夫人。钱将军的随从参谋。钱将军的——老五,钱鹏志叫道,他的喉咙已经咽住了。老五,他喑哑的喊道,你要珍重吓。他的头发乱得像一丛枯白的茅草,他的眼睛坑出了两只黑窟窿,他从白床单下伸出他那只瘦黑的手来,说道,珍重吓,老五。他抖索的打开了那只描金的百宝匣儿,这是祖母绿,他取出了第一层抽屉。这是猫儿眼。这是翡翠叶子。珍重吓,老五,他那乌青的嘴皮颤抖着,可怜你还这么年轻。荣华富贵——只可惜你长错了一根骨头。冤孽,妹子,他就是姐姐命中招的冤孽了。你听我说,妹子,冤孽呵。荣华富贵——可是我只活过那么一次。懂吗?妹子,他就是我的冤孽了。荣华富贵——只有那一次。荣华富贵——我只活过一次。懂吗?妹子,你听我说,妹子。姐姐不赏脸,月月红却端着酒过来说道,他的眼睛亮得剩了两泡水。姐姐到底不赏妹子的脸,她穿得一身大金大红的,像一团火一般,坐到了他的身边去。(吴师傅,我喝多了花雕)

　　迁延,这衷怀那处言
　　淹煎,泼残生除问天——

　　就是那一刻,泼残生——就是那一刻,她坐到他身边,一身大金大红的,就是那一刻,那两张醉红的面孔渐渐的凑拢在一起,就在那一刻,我看到了他们的眼睛:她的眼睛,他的眼睛。完了,我知道,就在那一刻,除问天——(吴师傅,我的嗓子。)完了,我的喉咙,你摸摸我的喉咙,在发抖吗?完了,在发抖?天——天——(吴师傅,我唱不出来了。)天——天——完了,荣华富贵——可是我只活过一次,——冤孽、冤孽、冤孽——天——天——(吴师傅,我的嗓子。)——就在那一刻,哑掉了——天——天——

"五阿姐,该是你'惊梦'的时候了,"蒋碧月站了起来,走到钱夫人面前,伸出了她那一双戴满了扭花金丝镯的手臂,笑吟吟的说道。

"夫人——"程参谋也立了起来,站在钱夫人跟前,微微倾着身子,轻轻地叫道。

"五妹妹,请你上场吧,"窦夫人走了过来,一面向钱夫人伸出手说道。

锣鼓笙箫一齐鸣了起来,奏出了一只"万年欢"的牌子来。客人们都倏地离了座,钱夫人看见满客厅里都是些手臂在交挥拍击,把徐太太团团围在客厅中央。笙箫管笛愈吹愈急切,那面铜锣高高的举了起来,敲得金光乱闪。

"我不能唱了,"钱夫人望着蒋碧月,微微摇了两下头,喃喃说道。

"那可不行!"蒋碧月一把捉住了钱夫人的双手,"五阿姐,你这位名角今晚无论如何逃不掉的。"

"我的嗓子哑了,"钱夫人突然用力摔开了蒋碧月的双手,嘎声说道,她觉得全身的血液一下子都涌到头上来了似的,两腮滚热,喉头好像猛让刀片拉了一下,一阵阵的刺痛起来,她听见窦夫人插进来说:

"五妹妹不唱算了——余参军长,我看今晚还是你这位名黑头来压轴吧。"

"好呀,好呀,"那边赖夫人马上响应道,"我有好久没有领教余参军长的'八大锤'了。"

说着赖夫人便把余参军长推到了锣鼓那边。余参军长一站上去,便拱了手朝下面道了一声"献丑",客人们一阵哄笑,他便开始唱了一段金兀术上场时的"点绛唇";一面唱着,一面又撩起了袍子,做了个上马的姿势,踏着马步便在客厅中央环走起来,他那张宽肥的醉脸涨得紫红,双眼圆睁,两道粗眉一齐竖起,几声呐喊,把胡琴都压了下去。赖夫人笑得弯了腰,跑上去,跟在余参军长后头直拍着手,蒋碧月即刻上去加入了他们的行列,不停地尖起嗓子叫着"好黑头!好黑头!"另外几位女客也上去跟了他们喝彩,团团围走,于是客厅里的笑声便一阵比一阵暴涨了起来。余参军长一唱歇,几个着白衣黑裤的女佣已经端了一碗碗的红枣桂圆汤进来让客人们润喉了。

窦夫人引了客人们走出到屋外的露台上的时候,外面的空气里早充满了风露,客人们都穿上了大衣,窦夫人却围了一张白丝的大披肩,走到了台阶的下端去。钱夫人立在露台的石栏旁边,往天上望去,她看见那片秋月恰恰的升到中天,把窦公馆花园里的树木路阶都照得镀了一层白霜,露台上那十几盆桂花,香气都比先前浓了许多,像一阵湿雾似的,一下子罩到了她的面上来。

"赖将军夫人的车子来了，"刘副官站在台阶下面，往上大声通报各家的汽车。头一辆开进来的，便是赖夫人那架黑色崭新的林肯，一个穿着制服的司机赶忙跳了下来，打开车门，弯了腰毕恭毕敬的候着。赖夫人走下台阶，和窦夫人道了别，把余参军长也带上了车，坐进去后，却伸出头来向窦夫人笑道：

"窦夫人，府上这一夜戏，就是当年梅兰芳和金少山也不能过的！"

"可是呢，"窦夫人笑着答道，"余参军长的黑头真是赛过金霸王了。"

立在台阶上的客人都笑了起来，一齐向赖夫人挥手作别。第二辆开进来的，却是窦夫人自己的小包车，把几位票友客人都送走了。接着程参谋自己开了一辆吉普军车进来，蒋碧月马上走了下去，捞起旗袍，跨上车子去，程参谋赶着过来，把她扶上了司机旁边的座位上，蒋碧月却歪出半个身子来笑道：

"这架吉普车连门都没有，回头怕不把我摔出马路上去呢！"

"小心点开啊，程参谋，"窦夫人说道，又把程参谋叫了过去，附耳嘱咐了几句，程参谋直点着头笑应道："夫人请放心。"

然后他朝了钱夫人，立了正，深深的行了一个礼，抬起头来笑道：

"钱夫人，我先告辞了。"

说完便利落的跳上了车子，发了火，开动起来。

"三阿姐再见！五阿姐再见！"

蒋碧月从车门伸出手来，不停的招挥着，钱夫人看见她臂上那一串扭花镯子，在空中划了几个金圈圈。

"钱夫人的车子呢？"客人快走尽的时候，窦夫人站在台阶下问刘副官道。

"报告夫人，钱将军夫人是坐计程车来的，"刘副官立了正答道。

"三阿姐——"钱夫人站在露台上叫了一声，她老早就想跟窦夫人说替她叫一辆计程车来了，可是刚才客人多，她总觉得有点堵口，钱鹏志过世后，她那辆官家汽车已经归还政府了。

"那么我的汽车回来，立刻传进来送钱夫人吧，"窦夫人马上接口道。

"是，夫人。"刘副官接了命令便退走了。

窦夫人回转身，便向着露台走了上来，钱夫人看见她身上那块白披肩，在月光下，像朵云似的簇拥着她。一阵风掠过去，周遭的椰树都沙沙地鸣了起来。把窦夫人身上那块大披肩吹得姗姗扬起，钱夫人赶忙用手把大衣领子锁了起来，连连打了两个寒噤。刚才滚热的面腮，吃这阵凉风一扬逼，汗毛都张开了。

"我们进去吧，五妹妹。"窦夫人伸出手来，搂着钱夫人的肩膀往屋内走去,"我叫人沏壶茶来,我们正好谈谈心——你这么久没来,可发觉台北变了些没有?"

钱夫人沉吟了半晌,侧过头来答道:

"变多喽。"

走到房子门口的时候,她又轻轻的加了一句:

"变得我都快不认识了——起了好多新的高楼大厦。"

(原载台北《现代文学》1966年第30期)

西 西

像我这样的一个女子

像我这样的一个女子,其实是不适宜与任何人恋爱的。但我和夏之间的感情发展到今日这样的地步,使我自己也感到吃惊。我想,我所以会陷入目前的不可自拔的处境,完全是由于命运对我作了残酷的摆布,对于命运,我是没有办法反击的。听人家说,当你真的喜欢一个人,只要静静地坐在一个角落,看着他即使是非常随意的一个微笑,你也会忽然地感到魂飞魄散。对于夏,我的感觉正是这样。所以,当夏问我你喜欢我吗的时候,我就毫无保留地表达了我的感情。我是一个不懂得保护自己的人,我的举止和语言,都会使我永远成为别人的笑柄。和夏一起坐在咖啡室里的时候,我看来是那么地快乐,但我的心中充满隐忧,我其实是极度地不快乐的,因为我已经预知命运会把我带到什么地方,而那完全是由于我的过错。一开始的时候,我就不应该答应和夏一起到远方去探望一位久别了的同学,而后来,我又没有拒绝和他一起经常看电影。对于这些事情,后悔已经太迟了,而事实上,后悔或者不后悔,分别也变得不太重要,此刻我坐在咖啡室的一角等夏,我答应了带他到我工作的地方去参观,而一切也将在那个时刻结束。当我和夏认识的那个季节,我已经从学校里出来很久了,所以当夏问我是在做事了吗,我就说我已经出外工作许多年了。

那么,你的工作是什么呢。

他问。

替人化妆。

我说。

啊,是化妆。

他说。

但你的脸却是那么朴素。

他说。

他说他是一个不喜欢女子化妆的人,他喜欢朴素的脸容。他所以注意到我的脸上没有任何的化妆,我想,并不是由于我对他的询问提出了答案而引起了联想,而是由于我的脸比一般的人都显得苍白。我的手也是这样。

我的双手和我的脸都比一般的人要显得苍白，这是我的工作造成的后果。我知道当我把我的职业说出来的时候，夏就像我曾经有过的其他的每一个朋友一般直接地误解了我的意思。在他的想像中，我的工作是一种为了美化一般女子的容貌的工作，譬如，在婚礼的节日上，为将出嫁的新娘端丽她们的颜面；所以，当我说我的工作并没有假期，即使是星期天也常常是忙碌的，他就更加信以为真了。星期天或者假日，总有那么多的新娘。但我的工作并非为新娘化妆，我的工作是为那些已经没有了生命的人作最后的修饰，使他们在将离人世的最后一刻显得心平气和与温柔。在过往的日子里，我也曾经把我的职业对我的朋友提及，当他们稍有误会时我立刻加以更正辩析，让他们了解我是怎样的一个人，但我的诚实使我失去了几乎所有的朋友，是我使他们害怕了，仿佛坐在他们对面喝着咖啡的我竟也是他们心目中恐惧的幽灵了。这我是不怪他们的，对于生命中不可知的神秘面我们天生就有原始的胆怯。我没有对夏的问题提出答案时加以解释，一则是由于我怕他会因此惊惧，我是不可以再由于自己的奇异职业而使我周遭的朋友感到不安，这样我将更不能原谅我自己；其次是由于我原是一个不懂得表达自己的意思的人，而且长期以来，我同时习惯了保持沉默。

　　但你的脸却是那么朴素。

　　他说。

　　当夏这样说的时候，我已经知道这就是我们之间感情路上不祥的预兆了。但那时候，夏是那么地快乐，因为我是一个不为自己化妆的女子而快乐，但我的心中充满了忧愁。我不知道，在这个世界上，谁将是为我的脸化妆的一个人，会是怡芬姑母吗？我和怡芬姑母一样，我们共同的愿望仍是在我们有生之年，不要为我们自己至爱的亲人化妆。我不知道在不祥的预兆冒升之后，我为什么继续和夏一起常常漫游，也许，我毕竟是一个人，我是没有能力控制自己而终于一步一步走向命运所指引我走的道路上去；对于我的种种行为，我实在无法作出一个合理的解释，我想人难道不是这样子的吗，人的行为有许多都是令自己也莫名其妙的。

　　可以参观一下你的工作吗？

　　夏问。

　　应该没有问题。

　　我说。

　　她们会介意吗？

　　他问。

　　恐怕没有一个会介意的。

　　我说。

夏所以说要参观一下我的工作,是因为每一个星期日的早上我必须回到我的工作的地方去工作,而他在这个日子里并没有任何的事情可以做。他说他愿意陪我上我工作的地方,既然去了,为什么不留下来看看呢。他说他想看看那些新娘和送嫁的女人们热闹的情形,也想看看我怎样把她们打扮得花容月貌,或者化丑为妍。我毫不考虑地答应了。我知道命运已经把我带向起步跑的白线前面,而这注定是必会发生的事情,所以,我在一间小小的咖啡室里等夏来,然后我们一起到我工作的地方去。到了那个地方,一切就会明白了。夏就会知道他一直以为我为他而洒的香水,其实不过是附在我身体上的防腐剂的气味罢了;他也会知道,我常常穿素白的衣服,并不是因为这是我特意追求纯洁的表征,而是为了方便我出入我工作的那个地方。附在我身上的一种奇异的药水气味,已经在我的躯体上蚀骨了,我曾经用过种种的方法把它们洗涤清洁,都无法把它们驱除,直到后来,我终于放弃了我的努力,我甚至不再闻得那股特殊的气息,夏却是一无所知的,他曾经对我说,你用的是多么奇特的一种香水。但一切不久就会水落石出。我一直是一名能够修理一个典雅发型的技师,我也是个能束一个美丽出色的领结的巧手,但这些又有什么用呢,看我的双手,它们曾为多少沉默不语的人修剪过发须,又为多少严肃庄重的颈项修理过他们的领结。这双手,夏能容忍我为他理发吗,能容忍我为他细意打一条领带吗?这样的一双手,本来是温暖的,但在人们的眼中已经变成冰冷,这样的一双手,本来该适合怀抱新生的婴儿的,但在人们的眼中已经成为接抚骷髅的白骨了。

怡芬姑母把她的技艺传授给我,也许有甚多的理由,人们从她平日的言谈中可以探测得清清楚楚。不错,像这般的一种技艺,是一生一世也不怕失业的一种技能,而且收入甚丰,像我这样一个读书不多、知识程度低的女子,有什么能力到这个狼吞虎咽、弱肉强食的世界上去和别的人竞争呢。怡芬姑母把她的毕生绝学传授给我,完全是因为我是她的亲侄女儿的缘故。她工作的时候,从来不让任何一个人参观,直到她正式收我为她的门徒,才让我追随她的左右,跟着她一点一点地学习,即使独自对着赤裸而冰冷的尸体也不觉得害怕。甚至那些碎裂得四分五散的部分、爆裂的头颅,我已学会了把它们拼凑缝接起来,仿佛这不过是制作一件戏服。我从小失去父母,由怡芬姑母把我抚养长大。奇怪的是,我终于渐渐地变得愈来愈像我的姑母,甚至是她的沉默寡言,她的苍白的手脸,她步行时慢吞吞的姿态,我都愈来愈像她。有时候我不禁感到怀疑,我究竟是不是我自己,我或者竟是另外的一个怡芬姑母,我们两个人其实就是一个人,我就是怡芬姑母的一个延续。

从今以后,你将不愁衣食了。

怡芬姑母说。

你也不必像别的女子那般，要靠别的人来养活你了。

她说。

怡芬姑母这样说，我其实是不明白她的意思的。我不知道为什么跟着她学会了这一种技能，就可以不愁衣食，不必像别的女子要靠别人来养活自己，难道世界上就没有其他的行业可以令我也不愁衣食，不必靠别的人来养活吗。但我是这么没有什么知识的一个女子，在这个世界上，我是必定不能和别的女子竞争的，所以，怡芬姑母才特别传授了她的特技给我，她完全是为了我好。事实上，像我们这样的工作，整个城市的人，谁不需要我们的帮助呢，不管是什么人，穷的还是富的，大官还是乞丐，只要命运的手把他们带到我们这里来，我们就是他们最终的安慰，我们会使他们的容颜显得心平气和，使他们显得无比地温柔。我和怡芬姑母都各自有各自的愿望，除了自己的愿望以外，我们尚有一个共同的愿望，那就是希望在我们的有生之年，都不必为我们至爱的亲人化妆。所以，上一个星期之内，我是那么地哀伤，我隐隐约约知道有一件凄凉的事情发生了，而这件事，却是发生在我年轻的兄弟的身上。据我所知，我年轻的兄弟结识了一个声色性情令人赞羡的女子，而且是才貌双全的，他们彼此是那么地快乐，我想，这真是一件幸福的大喜事，然而快乐毕竟是过得太快一点了，我不久就知道那可爱的女子不明不白地和一个她并不倾心的人结了婚。为什么两个本来相爱的人不能结婚，却被逼要苦苦相思一生呢。我年轻的兄弟变成了另外一个人了，他曾经这么说，我不要活了。我不知道应该怎么办，难道我竟要为我年轻的兄弟化妆吗。

我不要活了。

我年轻的兄弟说。

我完全不明白事情为什么会发展成那样，我年轻的兄弟也不明白。如果她说：我不喜欢你了。那我年轻的兄弟是无话可说的。但两个人明明相爱，既不是为了报恩，又不是经济上的困难，而在这么文明的现代社会，还有被父母逼了出嫁的女子吗？长长的一生为什么就对命运低头了呢。唉，但愿在我们有生之年，都不必为我们至爱的亲人化妆。不过，谁能说得准呢，怡芬姑母在正式收我为徒，传授我绝技的时候曾经对我说过：你必须遵从我一件事情，我才能收你为门徒。我不知道为什么怡芬姑母那么郑重其事，她严肃地对我说：当我躺下，你必须亲自为我化妆，不要让任何陌生人接碰我的躯体。我觉得这样的事并无困难，只是奇怪怡芬姑母的执着，譬如我，当我躺下，我的躯体与我，还有什么相干呢。但那是怡芬姑母惟一的一个私自的愿望，我必会帮助她完成，只要我能活到那个适当的时刻和年月。在漫漫的人生路途上，我和怡芬姑母一样，我们其实都没有什么宏大的愿望，怡芬姑母希望我是她的化妆师，而我，我只希望凭我的技艺，能够创造一个"最安详的死者"出来，他将比所有的死者更温柔，更心平气和，仿佛死亡真的是最佳的安息。其实，即使我果然成功了，也不过是我在人世上无聊时藉以杀死时间的一种游戏吧了，世界上的一切岂不毫无意义，我的努力其实是一场徒劳，如果我创造了"最安详的死者"，我难道希望得到奖赏？死者是一无所知的，死者的家属也不会知道我在死者身上所花的心力，我又不会举行展览会，让公众进来参观分辨化妆师的优劣与创新，更加没有人会为死者的化妆作不同的评述、比较、研究和开讨论会，即使有，又怎样呢？也不过是蜜蜂蚂蚁的喧嚷，我的工作，只是斗室中我个人的一项游戏而已。但我为什么又作出了我的愿望呢，这大概是支持我继续我的工作的一种动力了，因为我的工作是寂寞而孤独的，既没有对手，也没有观众，当然更没有掌声。当我工作的时候，我只听见我自己低低的呼吸，满室躺着男男女女，只有我自己独自低低地呼吸，我甚至可以感到我的心在哀愁或者叹息，当别人的心都停止了悲鸣的时候，我的心就更加响亮了。昨天，我想为一双为情自杀的年轻人化妆，当我凝视那个沉睡了的男孩的脸时，我忽然觉得这正是我创造"最安详的死者"的对象。他闭着眼睛，轻轻地合上了嘴唇，他的左额上有一个淡淡的疤痕，他那样地睡着，仿佛真的不过是在安详睡觉。这么多年，我所化妆过的脸何止千万；许多的脸都是愁眉苦脸的，大部分的十分狰狞，对于这些面谱，我一一为他们作了最适当的修正，该缝补的缝补，该掩饰的掩饰，使他们变得无限地温柔。但我昨天遇见的男孩，他的容颜有一种说不出的平静，难道说他的自杀竟是一件快乐的事情？但我不相信这种表面的姿态，我觉得他的行为是一种极端懦弱的行为，一个没有勇气向命运反击的人，从我自己出发，应该是我不屑一顾的。我不但打消了把他创造为一个"最安详的死者"的念头，同时拒绝为他化妆，我把他和那个和他一起愚蠢地认命的女孩一起移交给怡芬姑母，让她去为他们因喝剧烈的毒液而烫烧的面颊细细地粉饰。

　　没有人不知道怡芬姑母的往事，因为有一些人曾经是现场的目击者。那时候怡芬姑母仍然年轻，喜欢一面工作一面唱歌，并且和躺在她前面的死者说话，仿佛他们都是她的朋友。至于怡芬姑母变得沉默寡言，那就是后来的事了。怡芬姑母习惯把她心里的一切话都讲给她沉睡了的朋友们听，她从来不写日记，沉睡在她面前的那些人都是人类中最优秀的听众，他们可以长时间地听她娓娓细说，而且，又是第一等的保密者。怡芬姑母会告诉他们她如何结识了一个男子，而他们在一起的时候就像所有的恋人们在一起那样地快乐，偶然中间也不乏遥远而继续的、时阴时晴的日子。那时候，怡芬姑母每星期一次上一间美容学校学化妆术，风雨不改，经年不辍，她几乎把所有老师的技艺都学齐了，甚至当学校方面告诉她她已经没有什么可以再学的时候她仍坚持要老师们看看还有什么新的技术可以传给她。她对化妆的兴趣如此浓厚，几乎是天生的因素，以至她的朋友都以为她将来必定要开什么大规模的美容院。但她没有，她只把她的学问贡献在沉睡在她前面的人的躯体上。而这样的事情，她年轻的恋人是不知道的，他一直以为爱美是女孩子的天性，她不过是比较喜好脂粉吧了。直到这么的一天，她带他到她工作的地方去看看，指着躺在一边的死者，告诉他，这是一种非常孤独而寂寞的工作，但是这样的一个地方，并没有人世间的是是非非，一切的妒忌、仇恨和名利的争执都已不存在；当他们落入阴暗之中，他们将一个个变得心平气和而温柔。他是那么地惊恐，他从来没有想像她是这样的一个女子，从事这样的一种职业，他曾经爱她，愿意为她做任何事，他起过誓，说无论如何都不会离弃她，他们必定白头偕老，他们的爱情至死不渝。不过，竟在一群不会说话、没有能力呼吸的死者的面前，他的勇气与胆量完全消失了，他失声大叫，掉头拔脚而逃，推开了所有的门，一路上有许多人看见他失魂落魄地奔跑。以后，怡芬姑母再也没有见过他了，人们只听见她独自在一间斗室里，对她沉默的朋友们说：他不是说爱我的么，他不是说不会离弃我的么，而他为什么忽然这么惊恐呢。后来，怡芬姑母就变得逐渐沉默寡言起来，或者，她要说的话也已经说尽，或者，她不必再说，她沉默的朋友都知道关于她的故事，有些话的确是不必多说的。怡芬姑母在开始把她的绝技传授给我的时候，也对我讲过她的往事，她选择了我，而没有选择我年轻的兄弟，虽然有另外的一个原因，但主要的却是，我并非一个胆怯的人。

你害怕吗？

她问。

我并不害怕。

我说。

你胆怯吗？

她问。

我并不胆怯。

我说。

是因为我并不害怕，所以怡芬姑母选择了我作她的继承人。她有一个预感，我的命运或者和她的命运相同，至于我们怎么会变得愈来愈相像，这是我们都无法解释的事情，而开始的原因也许是由于我们都不害怕。我们毫不畏惧。当怡芬姑母把她的往事告诉我的时候，她说，但我总相信，在这世界上，必定有像我们一般，并不畏惧的人。那时候，怡芬姑母还没有到达完全沉默寡言的程度,她让我站在她的身边,看她怎样为一张倔强的嘴唇涂上红色,又为一只久眴的眼睛轻轻抚摸,请他安息。那时候,她仍断断续续地对她的一群沉睡了的朋友说话:而你,你为什么害怕了呢。为什么在恋爱中的人却对爱那么没有信心,在爱里竟没有勇气呢。在怡芬姑母的沉睡的朋友中,也不乏胆怯而懦弱的家伙,他们则更加沉默了,怡芬姑母很知道她的朋友们的一些故事,她有时候一面为一个额上垂着刘海的女子敷粉时一面告诉我:唉唉,这是一个何等懦弱的女子呀,只为了要做一个名义上美丽的孝顺女儿,竟把她心爱的人舍弃了。怡芬姑母知道这边的一个女子是为了报恩,那边的女子是为了认命,都把自己无助地交在命运的手里,仿佛她们并不是一个个活生生有感情有思想的人,而是一件件商品。

这真是可怕的工作呀。

我的朋友说。

是为死了的人化妆吗,我的天呀。

我的朋友说。

我并不害怕,但我的朋友害怕,他们因为我的眼睛常常凝视死者的眼睛而不欢喜我的眼睛,他们又因为我的手常常抚触死者的手而不喜欢我的手。起先他们只是不喜欢,渐渐地他们简直就是害怕了,而且,他们起先不喜欢和感到害怕的只是我的眼睛和我的手,但到了后来,他们不喜欢和感到害怕的已经蔓延到我的整体,我看着他们一个一个在我的身边离去,仿佛动物看见烈火,田农骤遇飞蝗。我说:为什么你们要害怕呢,在这个世界上,总得有人做这样的工作,难道我的工作做得不够好,不称职?但我渐渐就安于我的现状了,对于我的孤独,我也习惯了。总有那么多的人,追寻一些甜蜜温暖的工作,他们喜欢的永远是星星与花朵。但在星星与花朵之中,怎样才显得出一个人坚定的步伐呢。我如今几乎没有朋友了,他们从我的手感觉到另一个深邃的国度的冰冷,他们从我的眼看见无数沉默浮游的精灵,于是,他们感到害怕了。即使我的手是温暖的,我的眼睛是会流泪的,我的心是热的,他们并不回顾。我也开始像我的怡芬姑母那样,只剩下沉睡在我的面前的死者成为我的朋友了。我奇怪我在静寂的时刻居然会对他们说:你们知道吗,明天早上,我会带一个叫做夏的人到这里来探访你们。夏问过:你们会介意吗。我说,你们并不介意。你们是真的不介意吧。到了明天,夏就会到这个地方来了,我想,我是知道这个事情的结局是怎样的,因为我的命运已经和怡芬姑母的命运重叠为一了。我想,我当会看到夏踏进这个地方时的魂飞魄散的样子,唉,我们竟以不同的方式彼此令彼此魂飞魄散。对于将要发生的事情,我并不惊恐,我从种种的预兆中已经知道结局的场面。夏说:你的脸却是那么朴素。是的,我的脸是那么朴素,一张朴素的脸并没有力量令一个人对一切变得无所畏惧。

  我曾经想过转换一种职业，难道我不能像别的女子那样做一些别的工作吗？我已经没有可能当教师、护士，或者写字楼的秘书或文员，但我难道不能到商店去当售货员，到面包店去卖面包，甚至是当一名清洁女仆？像我这样的一个女子，只要求一日的餐宿，难道无处可以容身？说实在的，凭我的一手技艺，我真的可以当那些新娘的美容师，但我不敢想像，当我为一张嘴唇涂上唇膏时，嘴唇忽然裂开而显出一个微笑，我会怎么想，太多的记忆使我不能从事这一项与我非常相称的职业。只是，如果我转换了一份工作，我的苍白的手脸会改变它们的颜色吗，我的满身蚀骨的防腐剂的药味会完全彻底消失吗？那时，对于夏，我又该把我目前正在从事的工作绝对地隐瞒吗？对一个我们至亲的人隐瞒过往的事，是不忠诚的，世界上仍有无数的女子，千方百计地掩饰她们愧失了的贞节和虚长了的年岁，这都是我所鄙视的人物。我必定会对夏说，我长时期的工作，一直是在为一些沉睡的死者化妆。而他必须知道、认识，我是这样的一个女子。所以，我身上并没有奇异的香水气味，那是防腐剂的药水味；我常常穿白色的衣裳也并非由于我刻意追求纯洁的形象，而是我必须如此才能方便出入我工作的地方。但这些只不过是大海中的一些水珠罢了。当夏知道我的手长时期触抚那些沉睡的死者，他还会牵着我的手和我一起跃过急流的溪涧吗，他会让我为他修剪头发，为他打一个领结吗？他会容忍我的视线凝定在他的脸上吗？他会毫不恐惧地在我的面前躺下来吗？我想他会害怕，他会非常地害怕，他就像我的那些朋友，起先是惊讶，然后是不喜欢，结果就是害怕而掉转脸去。怡芬姑母说：如果是由于爱，那还有什么畏惧的呢。但我知道，许多人的所谓爱，表面上是非常地刚强、坚韧，事实上却是异常地脆弱、柔萎；吹了气的勇气，不过是一层糖衣。怡芬姑母说：也许夏不是一个胆怯的人。所以，这也是为什么我一直对我的职业不作进一步的解释的缘故，当然，另外的一个原因完全由于我是一个不擅于表达自己思想的人，我可能说得不好，可能选错了环境、气候、时间和温度，这都会把我想表达的意思扭曲。我不对夏解释我的工作并非为新娘添妆，其实也正是对他的一场考验，我要观察他看见我工作对象时的反应，如果害怕，那么他就是害怕了。如果他拔脚而逃，让我告诉我那些沉睡的朋友：其实一切就从来没有发生。

  可以参观一下你工作情形吗？

  他问。

  应该没有问题。

  我说。

  所以，如今我坐在咖啡室的一个角落等夏来。我曾经在这个时刻仔细地思想,也许我这样做对夏是不公平的,如果他对我所从事的行业感到害怕,而又有什么过错呢,为什么他要特别勇敢,为什么一个人对死者的恐惧竟要和爱情上的胆怯有关,那可能是两件完全不相干的事情。我年纪很小的时候,我的父母都已经亡故了,我是由怡芬姑母把我抚养长大的,我,以及我年轻的兄弟,都是没有父母的孤儿。我对我父母的身世和他们的往事所知甚少,一切我稍后知悉的事都是怡芬姑母告诉我的。我记得她说过,我的父亲正是从事为死者化妆的一个人,他后来娶了我的母亲。当他打算和我母亲结婚的时候,曾经问她:你害怕吗?而我母亲说:并不害怕。我想,我所以也不害怕,是因为我像我的母亲,我身体内的血液原是她的血液。怡芬姑母说,我母亲在她的记忆中是永生的,因为她这么说过:因为爱,所以并不害怕。也许是这样,我不记得我母亲的模样和声音,但她隐隐约约地在我的记忆中也是永生的。可是我想,如果我母亲说了因为爱而不害怕的话,只因为她是我的母亲,我没有理由要求世界上的每一个人都如此。或者,我还应该责备自己从小接受了这样的命运,从事如此令人难以忍受的职业。世界上哪一个男子不喜爱那些温柔、暖和、甜美的女子呢,而那些女子也该从事一些亲切、婉约、典雅的工作,但我的工作是冰冷而阴森、暮气沉沉的,我想我整个人早已也染上了那样的一种雾霭,那么,为什么一个明亮如太阳似的男子要结识这样一个郁暗的女子呢,当他躺在她身边,难道不会想起这是一个经常和尸体相处的一个人,而她的双手,触及他的肌肤时,会不会令他想起,这竟是一双长期轻抚死者的手呢。唉唉,像我这样的一个女子,原是不适宜与任何人恋爱的。我想一切的过失皆自我而起,我何不离开这里,回到我工作的地方去,世界上从来没有一个我认识的人叫做夏,而他也将忘记曾经结识过一个女子,是一名为新娘添妆的美容师。不过一切又仿佛太迟了,我看见夏,透过玻璃,从马路的对面走过来。他手里抱着的是什么呢?这么大的一束花。今天是什么日子,有人生日吗。我看着夏从咖啡室的门口进来,发现我,坐在这边幽黯的角落里。外面的阳光非常灿烂,他把阳光带进来了,因为他的白色的衬衫反映了那种光亮。他像他的名字,永远是夏天。

喂,星期日快乐。

他说。

这些花都是送给你的。

他说。

他的确是快乐的,于是他坐下来喝咖啡。我们有过那么多快乐的日子。但快乐又是什么呢,快乐总是过得很快的。我的心是那么地忧愁。从这里走过去,不过是三百步路的光景,我们就可以到达我工作的地方。然后,就像许多年前发生过的事情一样,一个失魂落魄的男子从那扇大门里飞跑出来,所有好奇的眼睛都跟踪着他,直到他完全消失。怡芬姑母说:也许,在这个世界上,仍有真正具备勇气而不畏惧的人。但我知道这不过是一种假设,当夏从对面的马路走过来的时候,手抱一束巨大的花朵,我又已经知道,因为这正是不祥的预兆。唉唉,像我这样的一个女子,其实是不适宜与任何人恋爱的,或者,我该对我的那些沉睡了的朋友说:我们其实不都是一样的吗?几十年不过匆匆一瞥,无论是为了什么因由,原是谁也不必为谁而魂飞魄散的。夏带进咖啡室来的一束巨大的花朵,是非常非常地美丽,他是快乐的,而我心忧伤。他是不知道的,在我们这个行业之中,花朵,就是诀别的意思。

(原载香港《素叶文学》1982年第6期)

毕飞宇

青　衣

一

　　乔炳璋参加这次宴会完全是一笔糊涂账。宴会都进行到一半了，他才知道对面坐着的是烟厂的老板。乔炳璋是一个傲慢的人，而烟厂的老板更傲慢，所以他们的眼睛几乎没有好好对视过。后来有人问"乔团长"，这些年还上不上台了？炳璋摇了摇头，大伙儿才知道"乔团长"原来就是剧团里著名的老生乔炳璋，80年代初期红过好一阵子的，半导体里头一天到晚都是他的唱腔。大伙儿就向他敬酒，开玩笑说，现在的演员脸蛋比名字出名，名字比嗓子出名，乔团长没赶上。乔团长很好听地笑了笑。这时候对面的胖大个子冲着乔炳璋说话了，说："你们剧团有个叫筱燕秋的吧？"又高又胖的烟厂老板担心乔炳璋不知道筱燕秋，补充说："1979年在《奔月》中演过嫦娥的。"乔炳璋放下酒杯，闭上眼睛，缓慢地抬起眼皮，说："有的。"老板不傲慢了，他把乔炳璋身边的客人哄到自己的座位上去，坐到乔炳璋的身边，右手搭到乔炳璋的肩膀上，说："都快二十年了，怎么没她的动静？"乔炳璋一脸的矜持，解释说："这些年戏剧不景气，筱燕秋女士主要从事教学工作。"烟厂老板一听这话直着腰杆子反问说："什么景气？你说说什么景气？关键是钱。"老板向乔炳璋送出他的大下巴，莫名其妙地颁布了他的命令，说："让她唱。"乔炳璋的脸上带上了狐疑的颜色，试探性地说："听老板的意思，老板想为我们搭台啰？"老板的脸上重又傲慢了，他一傲慢脸上就挂上了伟人的神情。老板说："让她唱。"乔炳璋对小姐招招手，让她给自己换上白酒。炳璋捏着酒杯站起身，说："老板可是开玩笑？"老板不仅傲慢，还严肃，一严肃就像作报告。老板说："我们厂没别的，钱还有几个——你可不要以为我们光会赚钱，光会危害人民的身体健康，我们也要建设精神文明。干了。"老板没有起立，乔炳璋却弓着腰站起来了。他用酒杯的沿口往老板酒杯的腰部撞了一下，仰起了脖子。酒到杯干。乔炳璋激动了。人一激动就顾不上自己的低三下四。乔炳璋连声说："今天撞上菩萨了，撞上菩萨了，"

《奔月》是剧团身上的一块疤。其实《奔月》的剧本早在1958年就写成了,是上级领导作为一项政治任务交代给剧团的。他们打算在一年之后把《奔月》送到北京,献给共和国十周岁的生日。可是,公演之前一位将军看了内部演出,显得很不高兴。他说:"江山如此多娇,我们的女青年为什么要往月球上跑?"这句话把剧团领导的眼睛都说绿了,浑身起了鸡皮疙瘩。《奔月》当即下马。

严格地说,后来的《奔月》是被筱燕秋唱红的,当然,《奔月》反过来又照亮了筱燕秋。戏运带动人运,人运带动戏运,戏台本来就是这么回事。不过这已经是1979年的事了。1979年的筱燕秋年方十九,正是剧团上下一致看好的新秀。十九岁的燕秋天生就是一个古典的怨妇,她的运眼、行腔、吐字、归音和甩动的水袖弥漫着一股先天的悲剧性,对着上下五千年怨天尤人,除了青山隐隐,就是此恨悠悠。说起来十五岁那年筱燕秋还在《红灯记》中客串过一次李铁梅的,她高举着红灯站立在李奶奶的身边,没有一点铮铮铁骨,没有一点"打不尽豺狼决不下战场"的霹雳杀气,反倒秋风秋雨愁煞人了。气得团长冲着导演大骂,谁把这个狐狸精弄来了!?

但到了1979年,《奔月》第二次上马了。试妆的时候筱燕秋的第一声倒板就赢得了全场肃静。重新回到剧团的老团长远远地打量着筱燕秋,嘟哝说:"这孩子,黄连投进了苦胆胎,命中就有两根青衣的水袖。"

老团长是坐过科班的旧艺人,他的话一言九鼎。十九岁的筱燕秋立马变成A档嫦娥。B档不是别人,正是当红青衣李雪芬。李雪芬在几年前的《杜鹃山》中成功地扮演过女英雄柯湘,称得上红极一时。但是,在A档和B档这个问题上,李雪芬表现出了一位成功演员的得体与大度。李雪芬在大会上说:"为了剧团的明天,我愿意做好传帮带;我愿意把我的舞台经验无私地传授给筱燕秋同志,做一根合格的接力棒。"筱燕秋眼泪汪汪地和同志们一起鼓了掌。《奔月》被筱燕秋唱红了。剧组在各地巡回演出,《奔月》成了全省戏剧舞台上最轰动的话题。所到之处,老戏迷抚今追昔,青年人则大谈古代的服装。全省的文艺舞台"和其他各条战线一样",迎来了他们的"第二个春天"。《奔月》唱红了,和《奔月》一样蹿红的当然是当代嫦娥筱燕秋。军区著名的将军书法家一看完《奔月》就豪情迸发,他用苍松翠柏般的遒劲魏体改换了叶剑英元帅的伟大诗篇:"攻城不怕坚,攻戏莫畏难,梨园有险阻,苦战能过关。"下面是一行行书落款:"与燕秋小同志共勉"。将军书法家把筱燕秋叫到了家中,他在抚今追昔之后亲自将一条横幅送到了筱燕秋的手上。

谁能料得到"燕秋小同志"会自毁前程呢。事后有老艺人说,《奔月》这出戏其实不该上。一个人有一个人的命,一出戏有一出戏的命。《奔月》阴气过重,即使上,也得配一个铜锤花脸压一压,这样才守得住。后羿怎么说也应当是花脸戏,须生怎么行?就是到兄弟剧团去借也得借一个。否则剧组怎么会出那么大的乱子,否则筱燕秋怎么会做那样的事?

《奔月》剧组到坦克师慰问演出是一个冰天雪地的日子。这一天李雪芬要求登台。事实上,李雪芬的要求不过分。她毕竟是嫦娥的 B 档。相反,过分的倒是筱燕秋。《奔月》公演以来,筱燕秋就一直霸着毡毯,一场都没有让过。嫦娥的唱腔那么多,戏那么重,筱燕秋总是说自己"年轻"、"没问题"、"青衣又不是刀马旦"、"吃得消的"。其实大伙儿早就看出来了,闷不吭声的筱燕秋心气实在是太旺了,有吃独食的意思。这孩子的名利心开始膨胀了,想着法子横在李雪芬的面前。可是谁也没法说,领导一找她,她漂亮的小脸就成了猪肝。筱燕秋没心没肺,就有猪肝,她是做得出来的。领导们只能反过来给李雪芬做工作,让她"多指点指点年轻人"、"多扶持扶持年轻人"。可是李雪芬这一次的理由很充分,李雪芬说,她演《杜鹃山》的时候就经常下部队,今天上午还有很多战士冲着她喊"柯湘"呢,她在部队有观众基础,她不上台,"战士们不答应"。

李雪芬在这个晚上征服了坦克师的所有官兵,他们从嫦娥的身上看到了当年柯湘的影子,当年的柯湘头戴八角帽,一双草鞋,一把手枪,威风凛凛的。而今夜的柯湘却穿起了古装。李雪芬嗓音高亢,音质脆亮,激情奔放,这种高亢与奔放经过十多年的巩固与发展,业已构成了李雪芬独特的表演风格,即李派唱腔。基于此,李雪芬在舞台上曾经成功地塑造过一连串的巾帼豪杰,透过李雪芬的一招一式,观众们可以看到女战士慷慨赴死,女民兵英姿飒爽,女知青豪情冲天,女支书须眉不让。李雪芬在这个晚上重点展示了她的高亢嗓音,战士们有组织地给她鼓掌,掌声整齐而又有力,使人想起接受检阅的正步方阵。没有人注意到筱燕秋。其实戏演到一半,筱燕秋已经披着军大衣来到舞台了,一个人站立在大幕的内侧,冷冷地注视着舞台上的李雪芬。谁都没有注意到筱燕秋,谁都没有发现筱燕秋的脸色有多难看。厄运在这个时候其实已经降临了,它笼罩着筱燕秋,同时也笼罩着李雪芬。《奔月》演完了。五次谢幕之后,李雪芬来到了后台,脸上洋溢着一股难以掩抑的飞扬神采。李雪芬就是在这个时候和筱燕秋在后台相遇了,面对面。一个热气腾腾,一个寒风飕飕。李雪芬一看见筱燕秋的脸色便主动迎了上去,左手拉着筱燕秋的右手,右手拉着筱燕秋的左手,说:"燕秋,都看了?"筱燕秋说:"看了。"李雪芬说:"还行吧?"筱燕秋却不开口。说话的工夫许多人已经走上来了,围在了她们的四周。李雪芬掀掉肩膀上的军大衣,说:"燕秋,我正想和你商量呢,你看看这样,这样,这句唱腔我们这样处理是不是更深刻一些,哎,这样。"李雪芬这么说着,手指已经跷成了兰花状,一挑眉毛,兀自唱了起来。艺人们都是知道的,同行是冤家,即使是师傅传艺,"宁教一声腔,不教一个字,宁教一个字,不教一口气"。可是李雪芬不。她把李派唱腔的一字一气毫无保留地演示给了筱燕秋。筱燕秋不声不响,只是望着李雪芬。人们站立在李雪芬和筱燕秋的四周,默默地看着剧团里的两代青衣,一个德艺双馨,一个谦虚好学,许多人都看到了这令人感慨的一幕,这令人心宽的一幕。但是筱燕秋的眼神很快就出了问题了,是那种极为不屑的样子。所有的人都看得出,燕秋这孩子的心气实在是太旺了,心里头不谦虚就算了,连目光都不谦虚了。李雪芬却浑然不觉,演示完了,李雪芬对着筱燕秋探讨性地说:"你看,这样,这才是旧社会的劳动妇女,我们这样处理,是不是好多了?"筱燕秋一直瞅着李雪芬,脸上的表情有些说不上来。"挺好,"筱燕秋打断了李雪芬,笑着说,"只不过你今天忘了两样行头。"李雪芬一听这话就把双手捂在了身上,又捂到头上去,慌忙说:"我忘了什么了?"筱燕秋停了好大一会儿,说:"一双草鞋,一把手枪。"大伙儿愣了一下,但随即就和李雪芬一起明白过来了。燕秋这孩子真是过分了,眼里不谦虚就不谦虚吧,怎么说嘴上也不该不谦虚的!筱燕秋微笑着望着李雪芬,看着热气腾腾的李雪芬一点一点地凉下去。李雪芬突然大声说:"你呢?你演的嫦娥算什么?丧门星,狐狸精,整个一花痴!关在月亮里头卖不出去的货!"李雪芬的脚尖一跺一跺的,再一次热气腾腾了。这一回一点一点凉下去的却是筱燕秋。筱燕秋似乎被什么东西击中了,鼻孔里吹的是北风,眼睛里飘的却是雪花。这时候一位剧务端过来一杯开水,打算给李雪芬焐焐手。筱燕秋顺手接过剧务手上的搪瓷杯,"呼"地一下浇在了李雪芬的脸上。

后台立即变成了捅开的马蜂窝。筱燕秋愣在原处,看着无序的身影在自己的面前急速穿梭,耳朵里充斥着慌乱的脚步声。脚步声轰隆轰隆的,从后台移向了过道,从过道移向了远处,最后变成了远处汽车的马达声。眨眼的工夫后台就空荡荡的了,而过道更空荡,像通往月亮的路。筱燕秋站立在原处,愣了好大一会儿,沿着寂静的过道拐进了化装间。筱燕秋站在镜子面前,吃惊地盯着镜子里的自己。直到这个时候筱燕秋才弄明白自己到底干了什么。她失神地望着自己的双手,一屁股坐在了化装间的凳子上。

保温杯里的水到底有多烫,这个问题已经没有任何意义了。事情的"性质"永远决定着事态的严峻程度。一心扶持筱燕秋的老团长气得晃起了脑袋,他把中指与食指并在一处,对着筱燕秋的鼻尖晃了十来下。老团长说:"你,你,你,你你你你你呀——啊!"老团长急得都不会说话了,就会背戏文,"丧尽天良本不该,名利熏心你毁就毁在妒良才!"

"不是这样的。"筱燕秋说。

"又是哪样?"

"不是这样的。"筱燕秋泪汪汪地说。

老团长一拍桌子,说:"又是哪样?"

筱燕秋说:"真的不是这样的。"

筱燕秋离开了舞台。嫦娥的 A 角调到戏校任教去了,而 B 角则躺在医院不出来。《奔月》第二次熄火。"初放蕊即遭霜雪摧,二度梅却被冰雹擂。"《奔月》没那个命。

二

谁能想到《奔月》会遇上菩萨呢。

启动资金终于到账了。这些日子炳璋一直心事重重。他在等。没有烟厂的启动资金,《奔月》只能是水中月。其实炳璋只等了十一天,可是炳璋就好像熬过了一个漫长的岁月。等钱的日子里炳璋发现,钱不只是数量,还是时光的长度。这年头钱这东西越来越古怪了。

但是,炳璋没有料到反对筱燕秋重新登台的力量如此巨大,预备会在筱燕秋能不能登台这个问题上僵持住了。炳璋把玩着手上的圆珠笔,一直在听。后来他把手上的圆珠笔丢到会议桌的桌面上,上身靠在椅背了。炳璋笑了笑,说:"你们还是让步吧,人家可是点了筱燕秋的名的。这年头给钱让步,不丢脸。"会议室里一片沉默。人们不说话。不说话虽说还是反对,但通融的余地肯定就大了。幸亏李雪芬离开剧团开饭店去了,要不然,李派唱腔的高亢嗓音炳璋现在可是招架不住的。大伙儿继续沉默,不说是,也不说否。但无声有时就是默许。炳璋因势利导,很含糊地说:"我看就这样了吧。"

然而,谁担纲 B 档,问题又来了。对一个演员来说,给当红演员做 B 档,本来就是一个寒碜人的角色,更何况又是筱燕秋的 B 档呢。还是老高出了一个好主意,B 档让筱燕秋自己在学生里头挑。筱燕秋忌妒心再重,再名欲熏心、利欲熏心,总不能和自己的弟子争风。大家都说好。可是老高接下来的一句话让炳璋心里不踏实了。老高说:"我看你们都白说,二十年过去了,筱燕秋也四十岁的人了,她的嗓子还能不能扛得住?我看悬。"这句话让炳璋觉得自己真的疏忽了,怎么就没有想到这个?毕竟是二十年哪。二十年,什么样的好钢不给你锈成渣?炳璋偷偷地叹了一口气。会议开来开去,在筱燕秋一个人的身上就纠缠了将近两个小时。这哪里是筹备?简直是回顾历史。没钱的时候想钱,钱来了却不知道怎么花。钱这东西不只是时光的长度,还有历史的脸色。钱这东西现在实在是太古怪了。

炳璋想听筱燕秋溜溜嗓子,这是必须的。要不然,烟厂的钱再多,还不如拿来卷鞭炮去放响呢。筱燕秋依照约定的时间来到会议室,刚一落座,炳璋发现自己又冒失了。很空的会议室里头只有他们两个,炳璋坐在这头,筱燕秋坐在那头,中间隔了一张长长的椭圆桌,有些公事公办的意味。筱燕秋胖了,人却冷得很,像一台空调,凉飕飕地只会放冷气。炳璋打算先和筱燕秋谈一谈《奔月》的,可《奔月》是筱燕秋永远的痛,炳璋越发不知道从哪儿开口了。

  炳璋有几分惧怕筱燕秋。要是细说起来,炳璋比筱燕秋还大出一个辈分,不过筱燕秋的脾气戏校里头可是有名的。这个女人平时软绵绵的,一举一动都有些逆来顺受的意思,有点像水。但是,你要是一不小心冒犯了她,眨眼的工夫她就有可能结成了冰,寒光闪闪的,用一种愚蠢而又突发性的行为冲着你玉碎。所以戏校食堂里的师傅们都说,"吃油要吃色拉油,说话别找筱燕秋"。炳璋不知道怎么和筱燕秋挑开话题,就开始和筱燕秋绕。一会儿聊她的生活,一会儿聊她的教学、学生,还扯到了天气。有些前言不搭后语。东扯西拽了几分钟,筱燕秋闷头闷脑地说:"你到底想和我说什么?"炳璋被堵住了,心里头一急,脱口说:"你亮个相吧。"筱燕秋望着炳璋,把两只胳膊放到桌面上来,抱成了一个半圆,却又看不出任何风吹草动。筱燕秋毫无表情地望着炳璋,突然说:"想听什么?是西皮《飞天》还是二黄《广寒宫》?"《飞天》和《广寒宫》是《奔月》里著名的唱腔选段,筱燕秋因为《奔月》倒了二十年的霉,这刻儿主动把话题扯到《奔月》上去,无疑就有了一种挑衅的意思,有了一种子弹上膛的意思。炳璋本能地直了直上身,等着筱燕秋的唇枪舌剑。不过炳璋手里有牌,倒也没有过分担心。炳璋说:"那就来一段二黄。"筱燕秋站起身,离开座椅,拽了拽上衣的前下摆,又拽了拽上衣的后下摆,把目光放到窗户的外面去,凝神片刻,开始运手、运眼,咿咿呀呀地居然进了戏。她的嗓音还是那样地根深叶茂。炳璋还没有来得及诧异,一阵惊喜已经袭上了心头。一个贪婪而又充满悔恨的嫦娥已经站立在他的面前了。炳璋闭上眼睛,把右手插进裤子的口袋,跷起了四只手指头,慢慢地敲了起来,一个板,三个眼,再一个板,再三个眼。

  筱燕秋一口气唱了十五分钟。炳璋睁开眼,眯起来,仔细详尽地打量起面前的这个女人。这段二黄慢板转原板转流水转高腔有极为复杂的表现难度,音域又那么宽,一个离开戏台二十年的演员能把它一口气完成下来,答案只有一个,她一直没有丢。炳璋歪在椅子里头,没有动。但是,他在暗中欷歔感叹了一回。二十年,二十年哪。炳璋有些百感交集,对筱燕秋说:"你怎么一直坚持下来了?"

  "坚持什么?"筱燕秋说,"我还能坚持什么。"

  炳璋说:"二十年,不容易。"

"我没有坚持，"筱燕秋听懂炳璋的话了，仰起脸说，"我就是嫦娥。"

筱燕秋从炳璋的办公室里出来，人却恍惚了。这是十月里的一个日子，一个有风有阳光的日子，像春天。阳光有些明媚，有些荡漾，但是恍惚，像梦寐，萦绕在筱燕秋的周遭。筱燕秋踩着自己的身影，就这么在马路上游走。后来筱燕秋停下了脚步，迷迷糊糊朝四下打量。筱燕秋低下头，失神地看着自己的身影。现在正是午后，筱燕秋的影子很短，胖胖的，像一个侏儒。筱燕秋注视着自己的身影，夸张变形的身影臃肿得不成样子。仿佛泼在地上的一摊水。筱燕秋往前走了几大步，地上的身影像一只巨大的蛤蟆那样也往前爬了几大步。筱燕秋突然凝神了，确信了这样一个事实：地上的身影才是自己，而自己的身体只是影子的附属物。人就是这样，都是在某一个孤独的刹那突然发现并认清了自己的。筱燕秋的眼神再一次茫然了，伤心与绝望成了十月的风，从一个不确切的地方吹来，又飘到一个不确切的地方去了。

筱燕秋突然决定减肥，立即就减。

在命运出现转机的时候，女人们习惯于以减肥开启她们的崭新人生。筱燕秋叫了一辆红夏利，直奔人民医院而去。人民医院是筱燕秋的伤心之地。这么多年了，即使在肾脏闹得最厉害的日子，筱燕秋也没有到这家医院就诊过一次。她的命运其实就是在人民医院彻底改变的，或者说，她的内心就是在人民医院彻底被击垮的。李雪芬住院的第二天，筱燕秋就被老团长逼到人民医院来了。李雪芬躺在医院里发过话了，只有筱燕秋自我批评的"态度"让她满意，她才可以考虑"是不是放她一马"。老团长一心想保筱燕秋，这一点全团上下都是知道的。老团长亲手给筱燕秋写了一份检查，让她到医院里念。事态是明摆着的，筱燕秋必须在李雪芬的面前走好这个场，剩下来的话才能往下说。筱燕秋看完检查书，合起来，急了。她一急就更加愚蠢。筱燕秋拼命地辩解说：

"我没有嫉妒她，我不是故意想毁了她。"老团长盯着筱燕秋，到了这样的光景这孩子的心气还这么旺，老团长的眼睛都气红了，就想抽她一耳光，怔了好半天又下不了手。老团长甩开了胳膊，大声说："大牢我待过七年，我可不想到那地方去看你！"筱燕秋望着老团长的身影，她从老团长的背影里头看清了自己潜在的厄运。

筱燕秋还是到人民医院去了。李雪芬躺在床上，脸上蒙着一块很大的白纱布。团里的领导都在，《奔月》的主创也在，高高矮矮站了一屋子。筱燕秋把两手叉在小肚子前面，走到李雪芬的床前，耷拉着两只眼皮。她看着自己敛脚尖，开始骂。她把自己的祖宗八代里里外外都骂了一遍，骂成了一摊屎。骂完了，病房里静悄悄的，没有一个人说话，只有李雪芬在纱布的后面干咳了一声。气氛顿时压抑了。没有人好说什么。李雪芬到现在都没有把筱燕秋告到公安局去,已经算对得起她了。筱燕秋承受不了这样的压抑,泪汪汪地四处找人。老团长站在门框的旁边,对她瞪起了眼睛。筱燕秋没有退路了,她慢腾腾地从口袋里掏出检查书,一层一层地打开来,开始念。筱燕秋像油印打字机那样,一个字一个字地往外蹦。念完了,所有的人都松了一口气。检查书的内容最终肯定了检查者的"态度"。李雪芬把脸上的纱布掀开来,她的脸上紫红了一大块,涂着一层油亮亮的膏。李雪芬接过检查书,拉起筱燕秋的手,笑着说:"燕秋,你还年轻,心胸要宽,可不能再这样了。"筱燕秋看到了李雪芬的笑。还没看清,李雪芬却又把脸盖上了。筱燕秋感到李雪芬的笑容才是一杯水,并不烫,浇在了筱燕秋的心坎上。"嗞"地一下,筱燕秋如焰的心气就彻底熄灭了。

筱燕秋走出病房的时候满天都是大太阳。她走到楼梯口,站在扶手的旁边停下了脚步,转过头来。她看到了老团长如释重负的叹息。老团长对她点了点头。筱燕秋就那么望着老团长,突然也笑了一下,可是没能收住。她笑出了声来,一阵一阵的,两个肩头一耸一耸的,像戏台上须生或者花脸才有的狂笑。许多人都听到了筱燕秋出格的动静,他们从病房里探出脑袋,一起望着筱燕秋。筱燕秋就知道傻笑,膝盖一软,顺着楼梯的沿口一头栽了下去,从四楼一直滚到了三楼半。大伙儿跟下来,筱燕秋趴在水磨石地板上,听见老团长不停地对众人说:

"态度还是好的,态度还是深刻的。"

都二十年了。筱燕秋挂的是内分泌科,开过药,筱燕秋特地绕到了后院。二十年了,筱燕秋远远地看见了那座病房楼。一些人在那里进进出出。楼已经不是老样子了,墙面贴上了马赛克,但是屋顶、窗户和过廊一如过去,这一来又似乎还是老样子。筱燕秋立在那里,发现生活并不像常人所说的那样,在伸向未来,而是直指过去。至少,在框架结构上是这样的。

筱燕秋比平时到家晚了近一个小时,女儿已经趴在餐桌上做作业了。筱燕秋打开门,丈夫正歪在沙发里头看电视,电视只有画面,没有声音。筱燕秋提着人民医院的药袋,懒懒地倚在了门框上,疲惫地看着自己的丈夫。丈夫从筱燕秋的神情里头感到了某些异样,连忙走上来。筱燕秋把药袋递到丈夫的手上,一径往卧室去,进了卧室就把卧室的门反锁上了。丈夫把目光从筱燕秋的身上移到药袋里面,疑疑惑惑地掏出药盒子,反过来复过去地看。药盒子上全是外文,一副看不到底又望不到边的样子,这一来事态就进一步严峻了。丈夫从药盒子上预感到了大难,匆忙跟进卧室。刚一进门筱燕秋便扑在了他的身上,胳膊箍住他的脖子,用力往里收。她的腹部贴在他的腹部,一吸一吸的。他感到了她的努力。她用力忍着,一种强烈而又迅猛的伤恸。丈夫手里的药袋掉在了地上,大祸真的临头了。丈夫的身体向后退了一步,"咚"的一声,卧室的门重又关死了。丈夫就那么拥着自己的妻子,毁灭性的念头在脑袋里窜来窜去。筱燕秋终于开口了,她哭着说:"面瓜,我又上台了。"面瓜似乎没听清,拨过筱燕秋的脑袋,用那种侥幸的和将信将疑的目光再一次打量妻子。筱燕秋说:"我又能上台了。"面瓜一把把筱燕秋推开了,惊魂未定,脱口说:"至于吗,你!弄成这样!"筱燕秋有些不好意思,瞥了一眼面瓜,笑了笑,却不停地掉泪,自语说:"我就是难过。"面瓜打开门,准备给妻子热晚饭,女儿却怯生生地堵在房门口。面瓜逃出了假想中的劫难,骨头都轻了,故意拉下脸来,粗声恶气地说:"做作业去!"

  筱燕秋把面瓜拉住了,对女儿招了招手,示意女儿过来。她让女儿坐到自己的身边,端详起自己的女儿。女儿一点都不像自己,骨骼大得要命,方方正正的,全像她老子。但是筱燕秋今天晚上觉得自己的女儿特别地耐看,细细地推敲起来还是像自己,只是放大了一号。面瓜又要上厨房,筱燕秋说:"你不要做,我要减肥。"面瓜站在卧室的门口,不解地说:"你肥什么?我什么时候说你肥了。"筱燕秋把巴掌放到女儿的头顶上去,说:"你不嫌我肥,观众可不承认嫦娥是个胖婆娘。"

  幸运的夫妻最急着要做的事情就是命令孩子上床。等孩子入睡了,他们好回到自己的床上,开始他们的庆典。幸福的夜晚都是宁静似水的,但又是轰轰烈烈的。这个夜晚实在让面瓜喜出望外,他上上下下地忙,里里外外地忙,进进出出地忙。都不知道怎么好了。

  面瓜是一个交通警察,从部队上下来的,五大三粗,就是不活络。说起婚姻,面瓜最大的愿望也就是娶上一位国有企业的正式女工。面瓜做梦也没有想到著名的美人嫦娥会成为自己的老婆。真的像一个梦。

  面瓜的婚姻算得上一桩老式婚姻,没有一丝一毫的新鲜花样。先是由介绍人在公园的一棵柳树下面介绍他们认识了。接下来便是"谈"。"谈"了一些日子,便匆匆步入了洞房。

  这时的筱燕秋绝对是一个冰美人。她在公园鹅卵石的路面上不像一个行人,而更像一个梦游者,一具失魂的走尸。不过女人的落魄不仅没有妨碍女人的美丽,反而让她们炫目起来了。对于年轻而又漂亮的女人来说,落魄会赋予她们额外的魅力,在体貌的姣好之外,附带上一种气息的美——那种让人怦然心动的、招人怜爱的异质。面瓜一见到筱燕秋两只手就凉了,心口也凉了。筱燕秋一身寒气,凛凛的,像一块冰,要不像一块玻璃。面瓜顿时就自惭形秽了。面瓜甚至在暗中抱怨起介绍人来了,再怎么说他面瓜也配不上这样亮晶晶的美人的。面瓜小心翼翼地陪着筱燕秋沿着鹅卵石的路面往前走,筱燕秋不说话,面瓜就更不敢说了。最初的那些日子面瓜不是

"谈"恋爱,简直是受罪。然而,这份罪受起来又有一份说不出来头的甜蜜。筱燕秋还是那么凛凛的,魂不守舍的,瞳孔里虚散着目光的。面瓜起初以为筱燕秋看不上他,可是又不像。只要面瓜约她,筱燕秋总是会病歪歪地准时到达的。面瓜一点都不知道筱燕秋现在的心思,筱燕秋中了邪了,她铁定了心思一心要把自己嫁出去,越快越好。但是筱燕秋却又不好好"谈"。她不说话,就知道和面瓜一起走。面瓜在筱燕秋的面前自卑得要了命,一点想象力都没有了。他反反复复地把筱燕秋约到公园的那条鹅卵石路上去——既然他们是在那儿认识的,他们的"恋爱"就只能和必须在那儿"谈"了。筱燕秋从来不问心思以外的事,她只是面瓜的影子。面瓜怎么走她怎么走,面瓜往哪儿走她往哪儿走。其实面瓜也不知道往哪儿走,但是第一次既然那么走了,第二次当然也那样走。以此类推。他们每一次都走相同的路,以同样的方向向同样的地方走去,在同一个地方拐弯,在同一个地方休息,走完了,在同一个地方分手。然后,面瓜说同样的话,约好下一次见面的时间。局面的改变起源于一次意外。那一天筱燕秋的脚意外地在鹅卵石的路面上崴了一下,忽悠一下倒在了地上。在此以前筱燕秋一直斜着头,看着天上的月亮。她的鞋跟一定踩到了鹅卵石路上的罅隙,脚踝迅速地朝外一撇,说倒就倒下去了。面瓜的脸色吓得比月光还要白。面瓜天生的慢性子,是那种火上了头顶也能够不紧不慢地迈动四方步的男人。面瓜乱了。面瓜在手忙脚乱的时候越发不知所措。他慌慌张张地把筱燕秋送进医院,慌慌张张地把筱燕秋送到了家中。筱燕秋的脚踝肿起来了,青紫了一大块,肘部也蹭掉了一块皮。

筱燕秋对自己的受伤一点都没有在意。受伤的似乎是别人,她只不过是一个旁观者,偶然看见的罢了。她那种事不关己的样子使你相信,即使有人把她的脑袋砍下来,放在了桌面上,她也能镇定自若的,不慌不忙地眨巴她的眼睛。

疼的是面瓜。面瓜在疼。面瓜望着筱燕秋的脚脖子,不敢看筱燕秋的眼睛。后来他到底偷看了一眼筱燕秋,目光立即又避开了。面瓜说:"还疼么?"面瓜的声音很小,但是筱燕秋听见了。筱燕秋不是一块玻璃,而是一块冰。只是一冰块。此时此刻,她可以在冰天雪地之中纹丝不动,然而,最承受不得的恰恰是温暖。即使是巴掌里的那么一丁点余温也足以使她全线崩溃、彻底消融。面瓜木头木脑的,痛心地说:"我们还是别谈了吧,我把你摔成这种样子。"筱燕秋冷冷地望着面瓜,面瓜木头木脑的,扯不上边地胡乱自责。可胡乱的自责不是怜香惜玉又是什么?筱燕秋的心潮突然就是一阵起伏,汹涌起来了,所有的伤心一起汪了开来。坚硬的冰块一点一点地、却又是迅猛无比地崩溃了、融化了。收都来不及收。不能自已。不可挽回。

她一把拉住面瓜的手,她想叫面瓜的名字,但是没有能够,筱燕秋已经失声痛哭了。她拼了命地哭,声音那么大,那么响,全然不顾了脸面。面瓜吓得想逃,没能逃掉。筱燕秋死死地拽住了面瓜,面瓜没有能够逃掉。

筱燕秋和面瓜都没有意识到这一次大哭对他们来说意味着什么。在某种时候,女人为谁而哭,她就为谁而生。

戏校的筱燕秋老师匆匆忙忙把自己嫁了出去。筱燕秋置身于大海,面瓜是她唯一的独木舟。在筱燕秋看来,这桩婚姻过了此村就再无此店了。面瓜是令人满意的,是那种典型的过日子的男人,顾家、安稳、体贴、耐劳,还有那么一点自私。筱燕秋还图什么?不就是一个过日子的男人么?面瓜唯一的缺点就是床上贪了些,有点像贪食的孩子,不吃到弯不下腰是不肯离开餐桌的。不过这又算什么缺点呢?筱燕秋只是有点弄不明白,床上就那么一点事,每次也就是那么几个动作,又有什么意思?面瓜哪里来的那么大兴致,每一次都像吃苦,把自己累成那样。但是面瓜是疼老婆的,他在一次房事过后这样肉麻地对老婆说:"只要没有女儿,你就是我的女儿。"面瓜的这句呆话让筱燕秋足足想了一个多星期。床上的事筱燕秋不太喜欢做,想起来有时候反而倒是蛮好的。

这个晚上是筱燕秋命令女儿上床的。面瓜从妻子垂挂着的睫毛上猜到了这个晚上精彩的压轴戏。结婚这么多年了,每一次做爱都是面瓜巴结着筱燕秋,都是面瓜死皮赖脸的,今天的光景还是头一次。筱燕秋在女儿的床边轻声喊了一声女儿,女儿那边没有了动静。面瓜站在客厅里头就高兴,又是转圈,又是搓手。后来筱燕秋回到了自己的卧室,默默地脱光了,钻进了被窝。再后来筱燕秋从被窝里伸出了一只胳膊,五根手指挂在那儿。筱燕秋对面瓜说:"面瓜,来。"

这个晚上的筱燕秋近乎浪荡。她积极而又努力,甚至还有点奉承。她像盛夏狂风中的芭蕉,舒张开来了,铺展开来了,恣意地翻卷、颠簸。筱燕秋不停地说话,好些话说得都过分了,又不敢大声,一字一句都通了电。她急促地换气,紧贴着面瓜的耳边,痛苦地请求:"要喊,面瓜。我想喊,面瓜。"筱燕秋像换了一个人,陌生了。这是好日子真正开始的征候。面瓜心花怒放,心旌摇荡,忘乎所以。面瓜疯了,而筱燕秋更疯。

三

炳璋算过一笔账,决定从启动资金里拿出一部分来请烟厂老板一次客。要想把这顿饭吃得像个样,费用虽说不会低,这笔费用也许还能从烟厂那边补回来的。现在,关键中的关键是必须让老板开心。他开心了,剧团才能开心。过去的工作重点是把领导哄高兴了,如今呢,光有这一条就不够了。作为一个剧团的当家人,一手挠领导的痒,一手挠老板的痒,这才称得上两手都要抓。把老板请来,再把头头脑脑的请来,顺便叫几个记者,事情就有个开头的样子了。人多了也好,热闹。只要有一盆好底料,七荤八素全可以往火锅里倒。革命不是请客吃饭,对的。炳璋不想革命,就想办事。办事还真的是请客吃饭。

烟厂的老板成了这次宴请的中心。这样的人天生就是中心。炳璋整个晚上都赔着笑,有几次实在是笑累了,炳璋特意到卫生间里头歇了一会儿。他用巴掌把自己的颧骨那一块揉了又揉,免得太僵硬,弄得跟假笑似的。卖东西要打假,笑容和表情同样要打假。这可不是闹着玩的。

炳璋原以为启动资金到账之后他能够轻松一点的,相反,炳璋更紧张、更焦虑了。这么多年了,剧团没法上戏,一直干耗着,说过来居然也过来了。剧团不是美术家协会,不是作家协会,那些协会里的人老了,一个人待在家里,写几块招牌,画几枝蜡梅、几串葡萄,再不就到晚报上骂骂人,跷胳膊抬腿都有银子跟着来。一句话,那些人都是越老越值钱的。剧团不一样,再好的演员一个人待在家里也唱不来一台戏。当然了,为住房和职称找领导除外,在住房和职称面前,出色的演员一个人就能将生旦净末丑全部反串一遍。演戏这个行当说到底又与别的不同,不论是说唱念打还是吹拉弹奏,扛的是"艺术家"这块招牌,做的终究是体力活儿,吃的还是身体这碗饭,一到岁数身子骨就破了。他们的破身子骨全是沙漠,一盆水浇下去,不要说看不见水漂,就连"嗞"的一声都没有。他们挣不来一分钱,耗起银子来却是老将出马,一个顶俩。炳璋就愁钱。炳璋感到自己不只是一个剧团的团长,都快成商人了,就等着资本全部到位。炳璋想起了当年在学习班上听来的一句话,是一位领袖的著名格言:资本来到世上,从头到脚滴着血和肮脏的东西。这话对。资本就是流淌的血,肮脏不肮脏事后再说。剧团等着这滴血,靠着这滴血,生产、生产、再生产、扩大再生产。急命呢。炳璋就等着《奔月》上马,越快越好。夜长了难免梦多。钱哪,钱哪。

宴会在老板和筱燕秋认识的那一刻达到高潮,这就是说,晚宴从头到尾都是高潮。宴会尚未开始,炳璋便把筱燕秋十分隆重地领了出来,十分隆重地叫到了老板的面前。这次见面对老板来说只是一次交际,也可以说,是一次娱乐活动。然而,它是筱燕秋一生中的一件大事。筱燕秋的后半生如何,完全取决于这次见面。筱燕秋得到宴会通知的时候不仅没有开心,相反,她的心中涌上了无边的惶恐,立即想起了前辈青衣、李雪芬的老师柳若冰。柳若冰是50年代戏剧舞台中最著名的美人,"文革"开始之后第一个倒霉的名角。她去世之前的一段往事曾经在剧团里头广为流传,那是1971年的事了,一位已经做到副军长的戏迷终于打听到当年偶像的下落了,副军长的警卫战士钻到了戏台的木地板下面,拖出了柳若冰。柳若冰丑得像一个妖怪,裤管上沾满了干结的大便和月经的紫斑。副军长远远地看着柳若冰,只看了一眼,副军长就爬上他的军用吉普车了。副军长上车之前留下了一句千古名言:"不能为了睡名气而弄脏了自己。"筱燕秋捏着炳璋的请柬,毫无道理地想起了柳若冰。她坐在美容院的大镜子面前,用她半个月的工资精心地装潢她自己。美容师的手指非常柔和,但她感到了疼。筱燕秋觉得自己不是在美容,而是在对着自己用刑。男人喜欢和男人斗,女人呢,一生要做的事情就是和自己作斗争。

老板在筱燕秋的面前没有傲慢,相反,还有些谦恭。他喊筱燕秋"老师",用巴掌再三再四地请筱燕秋老师坐上座。老板并不把文化局的头头们放在眼里,但是,他尊重艺术,尊重艺术家。筱燕秋几乎是被劫持到上座上来的。她的左首是局长,右首是老板,对面又坐着自己的团长,都是决定自己命运的大人物,不可避免地有点局促。筱燕秋正减着肥,吃得少,看上去就有点像怯场了,一点都没有二十年前头牌青衣的举止与做派。好在老板并没有要她说什么。老板一个人说。他打着手势,沉着而又热烈地回顾过去。他说自己一直是筱燕秋老师的崇拜者,二十年前就是筱燕秋老师的追星族了。筱燕秋很有礼貌地微笑着,不停地用小拇指捋耳后的头发,以示谦虚和不敢当。但是老板回忆起《奔月》巡回演出的许多场次来了。老板说,那时候他还在乡下,年轻,无聊,没事干,一天到晚跟在《奔月》的剧组后面,在全省各地四处转悠。他还回忆起了一则花絮,筱燕秋那一回感冒了,演到第三场的时候居然在舞台上连着咳嗽了两声——台下没有喝倒彩,而是响起了雷鸣般的掌声。老板说到这儿的时候酒席上安静了。老板侧过头,看着筱燕秋,总结说:"那里头就有我的掌声。"酒席上笑了,同时响起了掌声。老板拍了几下巴掌。这掌声是愉快的,鼓舞人心的,还是继往开来的,相见恨晚和同喜同乐的。大伙儿一起干了杯。

老板还在聊。语气是推心置腹的,谈家常的。他聊起了国际态势,WTO、科索沃、车臣、香港、澳门、改革与开放、前途还有坎坷;聊起了戏曲的市场化与产业化;聊起了戏曲与老百姓的喜闻乐见。他聊得很好。在座的人都在严肃地咀嚼、点头。就好像这些问题一直缠绕在他们的心坎上,是他们的衣食住行,油盐酱醋;就好像他们为这些问题曾经伤神再三,就是百思不得其解。现在好了,水落石出、大路通天了。答案终于有了,豁然开朗了,找到出路了。大伙儿又干了杯,为人类、国家以及戏剧的未来一起松了一口气。

炳璋一直望着老板。自从认识老板以来,他对老板一直都心存感激,但在骨子里头,炳璋瞧不起这个人。现在不同。炳璋对老板刮目相看了。老板不仅仅是一个成功的企业家,他还是一个成熟的思想家兼政治家。如果爆发战争,他也许就是一个出色的战略家和军事指挥家。一句话,他是伟人。炳璋有些激动,没头没脑地说:"下次人代会改选市长,我投厂长一票!"老板没有接他的话茬儿,点烟,做了一个意义不明的手势,把话题重新转移到筱燕秋的身上来了。

话题到了筱燕秋的身上,老板更机敏了,更睿智也更有趣了。老板的年纪其实和筱燕秋差不多,然而,他更像一个长者。他的关心、崇敬、亲切都充满了长者的意味,然而又是充满活力的、男人式的、世俗化的、把自己放在民间与平民立场上的,因而也就更亲切、更平等了。这种平等使筱燕秋如沐春风,人也自信、舒展了。筱燕秋对自己开始有了几分把握,开始和老板说一些闲话。几句话下来老板的额头都亮了,眼睛也有了光芒。他看着筱燕秋,说话的语速明显有些快,一边说话一边接受别人的敬酒。从酒席开始到现在,他一杯又一杯的,来者不拒,酒到杯干,差不多已经是一斤五粮液下了肚。老板现在只和筱燕秋一个人说,旁若无人。酒到了这个份儿上炳璋不可能没有一点担忧,许多成功的宴席就是坏在最后的两三杯上,就是坏在漂亮女人的一两句话上。炳璋开始担心,害怕老板过了量。成功体面的男人在女演员的面前被酒弄得不可收拾,这样的场面炳璋见得实在是太多了。炳璋就害怕老板冒出什么唐突的话来,更害怕老板做出什么唐突的举动。他非常担心,许多伟人都是在事态的后期犯了错误,而这样的错误损害的恰恰正是伟人自己。炳璋害怕老板不能善终,开始看表。老板视而不见,却掏出香烟,递到了筱燕秋的面前。这个举动轻薄了。炳璋看在眼里,咽了一口,知道老板喝多了,有些把持不住。炳璋看着面前的酒杯,紧张地思忖着如何收好今晚这个场,如何让老板尽兴而归,同时又能让筱燕秋脱开这个身。许多人都看出了炳璋的心思,连筱燕秋都看出来了。筱燕秋对老板笑笑,说:"我不能吸烟的。"老板点点头,自己燃上了,说:"可惜了。你不肯给我到月亮上做广告。"大伙儿愣了一下,接下来就是一阵哄笑。这话其实并不好笑,但是,伟人的废话有时候就等于幽默。

哄笑之中老板却起身了,说:"今天我很高兴。"这句话是带有总结性的。老板朝远处招招手,叫过司机,说:"不早了,你送筱燕秋老师回家。"炳璋吃惊地看了一眼老板,炳璋担心他会在筱燕秋面前纠缠的,但是没有,老板举止恰当,言谈自如,一副与酒无关的样子,就好像一斤五粮液不是被他喝到肚子里去了,而是放在裤子的口袋里面。老板实在是酒席上的大师,酒量过人,见好就收。整个晚宴凤头、猪肚、豹尾,称得上一台好戏。倒是筱燕秋有些始料不及,没想到这么快就结束了。筱燕秋一时不知道说什么,慌忙说:"我有自行车。"老板说:"哪有大艺术家骑自行车的。"老板一边坚持着"请"的手势,一边关照司机回头来接他。筱燕秋瞥了老板一眼,只好跟着司机往门口去。她在走向门口的时候知道许多眼睛都在看她,便把所有的注意力全部集中在走路的姿势上,感觉有些别扭,甚至都不会走路了。好在没有人看出这一点。人们望着筱燕秋的背影,她的背影给人以身价百倍的印象。这个女人的人气说旺就旺了。

老板转过身来,和局长闲聊,请局长得空的时候到他们厂去转转。炳璋插进来,抢过话茬儿,说:"老板好酒量,好酒量!"他一口气把这句话重复了四五遍。炳璋自己也弄不懂为什么逮着老板的酒量不要命地死奉承,听上去好像心里有什么疙瘩,受了什么惊吓似的。老板莞尔而笑,笑而不答,掐烟的工夫又一次把话题岔开了。

四

老话是对的,好运气想找你,就算你关上大门它也会侧着身子从门缝里钻进来。这年头好运气并不玄乎,说白了,就是钱。只有钱才能够侧着身子从门缝里钻来钻去的。烟厂的老板算什么?这年头大街上的老板比春天的燕子多,比秋天的蚂蚱多,比夏天的蚊子多,比冬天的雪花多。然而,烟厂的老板有钱,又不是他自己的,这就齐了。可是,剧团和戏校里的人们真正羡慕的倒不是筱燕秋,而是春来。春来这个小丫头这一回真的是撞上大运了。

春来十一岁走进戏校,从二年级到七年级一直跟在筱燕秋的身后,知道筱燕秋的人都知道,春来不仅仅只是筱燕秋的学生,简直就是筱燕秋的宝贝女儿。春来最初学的并不是青衣,而是花旦,是筱燕秋厚着脸皮硬把她拽到自己的身边的。青衣与花旦其实是两个完全不同的行当,只不过现在喜欢看戏的人少了,许多人都习惯于把戏台上的年轻女性统统称为"花旦"。这种混淆局面的形成固然是后来的戏迷们功夫不到,但是,要是真的细究起来,这笔账还要记到著名大师梅兰芳的头上。梅老板博大精深,他在长期的舞台实践中把青衣与花旦的唱腔与表演程式杂糅在了一起,创建了一种有别于青衣同时又有别于花旦的新行当,也就是"花衫"。"花衫"行当的出现体现了梅老板的求新与创造的精神,也给后来的人们带来了不必要的麻烦,人们对青衣与花旦的区分也就再也不那么顶真,不那么严格了。比如说,当初所谓的"四大名旦",这个统称其实就十分马虎,贴切的说法应当是"两大名旦,两大青衣"。好在所有的剧种都一起没落了,分不清青衣花旦也不算什么芝麻大的事。可是,话还得反过来说,对于学戏和演戏的人来说,这可是一点含混不得的,青衣就是青衣,花旦就是花旦。它们的唱腔、道白、行头、台步、表演程式隔着九九艳阳天，真的是花开两朵，各表一枝的，永远弄不到一起去。

春来想学花旦有她的理由。就说道白，花旦的道白用的是清亮的京腔，而青衣的韵白则拖声拖气的，在没有翻译、不打字幕的情况下，比看盗版碟片还要吃力，一句话，青衣的韵腔道白说的整个就不是人话。唱腔就更不一样了，花旦唱起来利索、爽朗，接近于捏着嗓子的流行歌曲，还歪着脑袋一蹦三跳，又活泼，又可爱，像一只叽叽喳喳的小麻雀。青衣则不同，就那么一个字，她也要咿咿呀呀的，一步三晃的，一手捂着小肚子，一手比画着，在那儿晃悠着，跷着个小指头，慢慢地哼，等你上完了厕所，把该尿的尿了，该拉的拉了，前前后后擦完了，一回头，那个字还没唱完呢。戏剧如此不景气，喜欢青衣的也就剩下那么几个离休老干部了。许多当红青衣都走下舞台了，不是穿上漆黑的皮夹克站在麦克风前面乱了头发狮吼，就是在电视连续剧里头演一回二奶，演一回小蜜。好歹也能到晚报的文化版上"文化"那么一下子。青衣说到底不能和花旦比，现在的晚会那么多，笑星歌星们再闹腾，民族文化总是要弘扬的，国粹总是要保留的，"爱江山更爱美人"之后，最次也得来个"打不尽豺狼决不下战场"。花旦的出路比青衣多少要好一些，要不然，人们也不会把剧团戏称为"蛋窝"的。

春来是在三年级的下学期改学的青衣。春来这孩子说话的嗓音和筱燕秋并不像，可是，一开腔，春来的唱腔简直就是另一个筱燕秋。戏校的老师们开玩笑说，春来的嗓子天生就是和筱燕秋唱对台戏的料。筱燕秋和春来商量，让她放弃花旦，改学青衣。春来不肯。商量来商量去，春来就是不肯。筱燕秋急了，筱燕秋的那句名言至今还是戏校里的一个笑话，一个笑柄。筱燕秋一急，拉下了脸来，对春来说："你要是不肯拜我为师，我就拜你，我拜你做我的老师，你答应不答应？"做老师的把话说到了这个份儿上，春来还敢说什么？

戏校的人们还记得春来刚到戏校时的模样，一口浓重的乡下口音，衣袖和裤腿都短得要命，袜子的上方还留了一截小腿肚。那时的春来一到冬天两只腮帮总是皴着的，裂了好几道红颜色的口子。没有人会相信春来能出落成今天的这副模样，什么叫女大十八变？春来就是一个最生动的例子，一个最具感召力的例子。谁能想到筱燕秋能有今天？谁能想到春来能赶上这趟车？

筱燕秋在戏校待了二十年了，教了那么多学生，细细排下来，却没有一个能唱出来的。大红大紫就不说了，显一下山露一下水的都没有过。这样的局面给筱燕秋带来了十分强烈的失败感。筱燕秋对自己是彻底死了心了，然而，毕竟又没有死透。一个人可以有多种痛，最大的痛叫做不甘。筱燕秋不甘。三十岁生日那一天筱燕秋就知道自己死了,十年里头筱燕秋每天都站在镜子面前,亲眼目睹着自己一天一天老下去,亲眼目睹着著名的"嫦娥"一天一天地死去。她无能为力。焦虑的过程加速了这种死亡。用手拽都拽不住,用指甲抠都抠不住。说到底时光对女人太残酷,对女人心太硬,手太狠。三十岁,我的亲爹,我的亲娘。三十岁生日那一天筱燕秋头一回喝了酒,不到二两。筱燕秋醉得不成样子。酒后的筱燕秋握着剪刀把厨房里的围裙剪成了两块。她把两块白布捏在手上,权当了水袖。筱燕秋挥舞着油渍斑斑的围裙,跌跌撞撞,油盐酱醋的罐子倒了一厨房,咣叮咣当的,碎了一厨房。她的手不知道被什么碎片剐破了,鲜红的血液流淌在水袖上,红白相间的围裙在半空中抛上去,又落下来,再抛上去,再落下来。面瓜冲进了厨房,抱住了筱燕秋,筱燕秋愣愣地盯着面瓜,喊面瓜"亲娘"。筱燕秋用纯正的韵腔对着面瓜念起了道白:"亲——娘——啊——啊!"面瓜知道筱燕秋醉了。面瓜担心妻子的叫喊传播出去,他把带血的围裙堵在了筱燕秋的嘴边。筱燕秋的嘴巴给堵紧了,腹部却激荡了起来,一挺一挺的,嗓子里发出母兽的呼噜声。面瓜心疼万分,不住地喊燕秋的名字。筱燕秋侧过头,回望着面瓜,叫不出声。然而,她的腹部还在叫,面瓜看得见。她用她的腹部一遍又一遍地呼喊:"亲、娘、啊、啊、啊、啊!"

"千生万旦,难求一净",这是旧时的艺人留下来的古话了。其实这话不对。筱燕秋从一开始就不能同意这句话。生、旦、净、末、丑,唱花脸的固然难求一个,然而,没有一个行当的演员可以成千上万地一抓一把。自古到今,唱青衣的成百上千,真正把青衣唱出意思来的,真正领悟了青衣的意蕴的,也就那么几个。唱青衣固然要有上好的嗓音,上好的身段——可是好嗓音算得了什么?好身段又算得了什么?出色的青衣最大的本钱是你是一个什么样的女人。哪怕你是一个七尺须眉,只要你投了青衣的胎,你的骨头就再也不能是泥捏的,只能是水做的,飘到任何一个码头你都是一朵雨做的云。戏台上的青衣不是一个又一个女性角色,甚至不是性别,而是一种抽象的意味,一种有意味的形式,一种立意,一种方法,一种生命里的上上根器。女人说到底不是长成的,不是岁月的结果,不是婚姻、生育、哺乳的生理阶段。女人就是女人。她学不来也赶不走。青衣是接近于虚无的女人,或者说,青衣是女人中的女人,是女人的极致境界。青衣还是女人的试金石,是女人,即使你站在戏台上,在唱,在运眼,在运手,所谓的"表演"、"做戏"也不过是日常生活里的基本动态,让你觉得生活就是如此这般的——话就是那样说的,路就是那样走的;不是女人,哪怕你坐在自家的沙发上,床头上,你都是一个拙巴的戏子,你都在"演",演也演不像,越演越不像人。与此相应的是,花脸则是一个绝对的男人,或者说,是绝对男人的绝对侧面。男人就应当是简单的,所有的身心只是一张脸谱,简单到夸张的程度,简单到恒久与一成不变的程度。所以,戏的衰退首先是男人与女人的携手衰退。是种性的一天不如一天。

老天爷创造出一个花脸不容易,老天爷创造出一个青衣同样不容易。筱燕秋是其中的一个,其中的另一个则是春来。

春来的出现让筱燕秋看到了希望。春来是"嫦娥"能够活在这个世上最充分的理由。筱燕秋宛如一个绝望的寡妇,拉扯着唯一的孩子。只要有春来,筱燕秋的香火终究可以续上了,这是老天爷对筱燕秋的最后一点补贴,最后一点安慰。春来刚过了十七岁,严格地说,还是一个女孩子。但是春来从来就不是女孩子,她天生就是一个女人,一个风姿绰约的女人,一个风情万种的女人,一个风月无边的女人,一个她看你一眼就让你愁肠百结的女人。这不是早熟,只能说,它与生俱来。春来在十七岁的这个夏天就此步入了青衣的黄金年段,身段该有的都有,该没的都没。腰肢里头流宕着一股天成的婀娜态、风流态。春来的一双眼睛里头有一种独特而美妙的神采,她看所有的东西都不是看,而是顾盼,左盼盼,右顾顾,有股美目盼兮的意思,有股依依不舍的意思,还有股此怨不知所从何来的意思。春来运动的眼珠就像戏台上的运眼,她有一种将最戏剧化的程式还原到生活中来的禀赋,她同时还有一种将最日常化的动态提升到戏台上的异质。而春来的变声期也是格外地顺利,居然没怎么在意说过去就过去了,许多演员过不了变声期这么一个鬼门关,昨晚上洗澡的时候还好好的,一觉醒来,好嗓子已经被鬼偷走了。

春来这孩子命好。所有的一切好像都是给她预备好了的。虽说只是嫦娥的 B 档,但是谁也不能否认,二郎神的灵光已经照亮春来了。

五

一部戏总是从唱腔戏开始。说唱腔俗称说戏,你先得把预设中一部戏打烂了,变成无数的局部、细节,把一部戏中戏剧人物的一恨、一怒、一喜、一悲、一伤、一哀、一枯、一荣,变成一字、一音、一腔、一调、一颦、一笑、一个回眸、一个亮相、一个水袖、一句话,变成一个又一个说、唱、念、打,然后,再把它组装起来,磨合起来,还原成一段念白,一段唱腔。说戏过后,排练阶段才算真正开始。首先是连排。一个人成不了一台戏,"戏"首先是人与人的关系。那么多的演员挤在一个戏台上,演员与演员之间就必须沟通、配合、交流、照应,这样的完善过程也就是连排。连排完了还不行。演员的唱腔、造型还得与乐队、锣鼓家伙形成默契,没有吹、拉、弹、奏、打,那还叫什么戏?

把吹、拉、弹、奏、打一同糅合进去,这就是所谓的响排了。响排过了还得排,也就是彩排。彩排接近于实弹演习,是面对着虚拟中的观众进行的一次公演,该包头的得包头,该勾脸的得勾脸,一切都得按实地演出的模样细细地走场。彩排过去了,一出大戏的大幕才能拉得开。

几乎所有的人都注意到了,从说唱腔的第一天开始,筱燕秋就流露出了过于刻苦、过于卖命的迹象。筱燕秋的戏虽说没有丢,但毕竟是四十岁的人了,毕竟是二十年不登台了,她的那种卖命就和年轻人的莽撞有所不同,仿佛东流的一江春水,在入海口的前沿拼命地迂回、盘旋,巨大的漩涡显示出无力回天的笨拙、凝重。那是一种吃力的挣扎、虚假的反溯,说到底那只是一种身不由己的下滑、流淌。时光的流逝真的像水往低处流,无论你怎样努力,它都会把覆水难收的残败局面呈现给你。让你竭尽全力地拽住牛的尾巴,再缓缓地被牛拖下水去。

截至说戏阶段,筱燕秋已经从自己的身上成功地减去了4.5公斤的体重。筱燕秋不是在"减"肥,说得准确一些,是抠。筱燕秋热切而又痛楚地用自己的指甲一点一点地把体重往外抠,往外挖。这是一场战争,一场隐蔽的、没有硝烟的、只有杀伤的战争。筱燕秋的身体现在就是筱燕秋的敌人,她以一种复仇的疯狂针对着自己的身体进行地毯式轰炸,一边轰炸一边监控。减肥的日子里头筱燕秋不仅仅是一架轰炸机,还是一个出色的狙击手。筱燕秋端着她的狙击步枪,全神贯注,密切注视着自己的身体。身体现在成了她的终极标靶,一有风吹草动筱燕秋就会毫不犹豫地扣动她的扳机。筱燕秋每天晚上都要站到磅秤上去,她对每一天的要求都是具体而又严格的:好好减肥,天天向下。筱燕秋一定要从自己的身上抠去十公斤——那是她二十年前的体重。筱燕秋坚信,只要减去十公斤,生活就会回到二十年前,她就会站在二十年前,二十年前的曙光一定会把她的身影重新投射在大地上,颀长、婀娜、娉婷世无双。

这是一场残酷的持久战。汤、糖、躺、烫是体重的四大忌,也就是说,吃和睡是减肥的两大法门。筱燕秋首先控制的就是自己的睡。她把自己的睡眠时间固定在五个小时,五个小时之外,她不仅不允许自己躺,甚至不允许自己坐。接下来控制的就是自己的嘴了。筱燕秋不允许自己吃饭,不允许自己喝水,更不用说热水了。她每天只进一些瓜果、蔬菜。在瓜果与蔬菜之外,筱燕秋像贪婪的嫦娥那样,就知道大口大口地吞药。

减肥的前期是立竿见影的,她的体重如同股票的熊市一样,一路狂跌。身上的肉少了,然而,皮肤却意外地多了出来。多皮的皮肤挂在筱燕秋的身上,宛如捡来的钱包,浑身上下找不到一个存放的地方。多出来的皮肤使筱燕秋对自己产生了这样一种错觉:整个人都是形式大于内容的。这是一个古怪的印象,一个恶劣的印象,这还是一个滑稽和歹毒的印象。最要命的还在脸上,多出来的皮肤使筱燕秋的脸庞活脱脱地变成了一张寡妇脸。筱燕秋望着镜子里的自己,寡妇一样沮丧,寡妇一样绝望。

真正的绝望还在后头。减肥见了成效之后筱燕秋整日便有些恍惚,这是营养不良的具体反应。精力越来越不济了。头晕、乏力、心慌、恶心,总是犯困,贪睡,而说话的气息也越来越细。说戏阶段过去了,《奔月》就此进入了艰苦的排练阶段,体力消耗逐渐加大,筱燕秋的声音就不那么有根,不那么稳,有点飘。气息跟不上,筱燕秋只好在嗓子里头发力,声带收紧了,唱腔就越来越不像筱燕秋的了。

筱燕秋再也没有料到自己会出那么大的丑,当着那么多人的面,她在给春来示范一段唱腔的时候居然"刺花儿"了。"刺花儿"俗称"唱破"了,是任何一个靠嗓子吃饭的人最丢脸的事。那声音不像是人的嗓子发出来的,像玻璃剐在了玻璃上,像发情期的公猪趴在了母猪的背脊上。其实"刺花儿"也不是什么大不了的事,每一个演员都会碰上的,然而,筱燕秋到底又不是别人,她不能忍受一起集中过来的目光。那些目光不是刀子,而是毒药,它不需要你流一滴血,不让你有半点疼痛,活生生地就要了你的命。筱燕秋决定挽回她的体面。她必须在众人的面前捞回这个脸面。筱燕秋强作镇定,示意再来。连续两次,嗓子就是不肯给筱燕秋下这个台。筱燕秋的嗓子痒得要了命,宛如爬上一万只小虫子。想咳。筱燕秋用力忍住,咬着牙,把满嘴的咳嗽堵在嗓眼里头。坐在一边的炳璋端来了一杯水,递到筱燕秋的面前,故意轻松地对大伙儿说:"歇会儿,歇会儿了哈。"筱燕秋没有接炳璋的杯子,接杯子这个动作筱燕秋无论如何是不肯做的。筱燕秋看着演后羿的男演员,说:"我们再来一遍。"筱燕秋这一回没有"刺花儿",她的高音部只爬到了一半,筱燕秋自己就停下来了。筱燕秋重重地吁出一口气,僵在那儿。没有一个人敢上来和筱燕秋搭腔,没有一个人敢看筱燕秋。筱燕秋强忍着,越忍越难忍。人在丢脸的时候不能急着挽回,有时候,你想挽回多少,反过来会再丢出去多少。她开始用目光去扫别人,他们像是约好了的,都是一副过路人的样子,似乎什么都没发生过。众人的心照不宣有时候更像一次密谋,其残忍的程度不亚于千夫所指。筱燕秋想再来一遍,到底没有勇气了。炳璋端着茶杯,大声对众人宣布:"筱燕秋老师感冒了,就到这儿,今天就到这儿了,哈。"筱燕秋泪汪汪地盯着炳璋,知道他的好意。可是筱燕秋就想扑上去,揪着炳璋的领口给他两大耳光。

排练厅立即走空了,只留下了筱燕秋与春来。春来同样不敢看她的老师,弓着腰,假装收拾东西。筱燕秋长久地望着春来,她年轻的侧影是多么的美,颧骨和下巴那儿发出瓷器才有的光。筱燕秋失神了,反反复复在心里问:自己怎么就没她那个命?春来直起身来,发现老师的目光一直罩在自己的身上,唬了一大跳。筱燕秋突然说:"春来,你过来。"春来停住了,愣在那儿没有动。筱燕秋说:"春来,你把刚才我唱的那一段重来一遍。"春来咽了一口,她在这样的时候怎么敢做那样的事。春来说:"老师。"筱燕秋没开口,却挪了一把椅子,坐了下来。春来的心里头慌乱了一会儿,不过看老师的架势,躲是躲不过去了,反倒镇定下来了,站好了,进了戏。筱燕秋坐在椅子上,用心地看着春来,听着春来。几分钟过后筱燕秋却走神了。她瞥了一眼墙上的大镜子,大镜子像戏台,十分残酷地把春来和自己一同端出来了。筱燕秋有意无意地拿自己和春来做起了比较。镜子里的筱燕秋在春来的映照之下显得那样地老,几乎有些丑了。当初的自己就是春来现在的这副样子,它现在到哪儿去了呢?人不能比人,这话真是残忍。人不能比别人,人同样不能和自己的过去攀比。什么叫青山遮不住,毕竟东流去?镜子会慢慢地告诉你。筱燕秋的自信心在往下滑,像水往低处流,挡都挡不住。她想起了当初复出时的那种喜悦,那样的喜悦说到底也不过是过眼的烟云,刹那之间就荡然无存了。筱燕秋动摇了,甚至产生了打退堂鼓的意思,却又舍弃不下。虽说春来的表演还有许多地方需要打磨,然而,从整体上说,这孩子超过自己也就是眼前的事了。春来如此年轻,未来的岁月实在是不可限量。筱燕秋突然就是一顿难受,内中一阵一阵地酸,一阵一阵地疼。筱燕秋知道自己嫉妒了。细细说起来,筱燕秋就因为嫉妒吃了二十年的苦头,可是,她实在没有嫉妒过李雪芬,从来没有,一天都没有。但是,面对自己的学生,筱燕秋遏制不住。筱燕秋知道自己在嫉妒,她第一次尝到了嫉妒的厉害。她看到了血在流。筱燕秋痛恨自己,她不能允许自己嫉妒。她决定惩罚。她用指甲拼命地掐自己的大腿。越用力越忍,越忍越用力。大腿上尖锐的疼痛让筱燕秋产生了一种古怪的轻松感。她站起身来,决定利用这个空隙帮春来排练,不允许自己有半点保留。筱燕秋站到春来的面前,面对面,手把手,从腰身到眼神,一点一点地解释,一点一点地纠正,她一定要把春来锻造成自己的二十年前。太阳落下去了,梧桐树的巨大阴影落在窗户的玻璃上,抚摸着玻璃,絮絮叨叨的,苦口婆心的。排练大厅里的光线越来越暗,越来越安静。她们忘记了开灯,师徒两个在昏暗的光线下面反反复复地比画,一遍又一遍,每一个动作都细微到手指的最后一个关节。筱燕秋的脸离春来只有几寸那么远,春来的眼睛忽闪忽闪的,在昏暗的排练大厅里反而显得异样地亮,那样地迷人,那样地美。筱燕秋突然觉得对面站着的就是二十年前的自己,二十年前的筱燕秋就在自己的面前,亭亭玉立。筱燕秋迷惑了,像做梦,像水中观月。眼前的一切都像梦幻那样飘忽起来,充满了不确定性。筱燕秋停下来,侧着头,用那种不聚焦的、近乎烟雾的目光笼罩了春来。春来不知道自己的老师怎么了,也侧过了脑袋,端详着自己的老师。筱燕秋绕到了春来的身后,一手托住春来的肘部,另一只手捏住了春来跷着的小拇指的指尖。筱燕秋望着春来的左耳,下巴几乎贴住春来的腮帮。春来感到了老师的温湿的鼻息。筱燕秋松开手,十分突兀地把春来揽进了怀抱。她的胳膊是神经质的,搂得那样地紧,乳房顶着春来的后背,脸贴在了春来的后颈上。春来猛一惊,却不敢动,僵在了那里,连呼吸都止住了。但只是一会儿,春来的呼吸便澎湃了,大口大口地换气,她喘息一次两只乳房就要在筱燕秋的胳膊里软绵绵地撞击一回。筱燕秋的手指在春来的身上缓缓地抚摸,像一杯水泼在了玻璃台板上,开了岔,困厄地流淌。她的手指流淌到春来腰部的时候春来终于醒悟过来了,春来没敢叫喊,春来小声央求说:"老师,别这样。"

筱燕秋突然醒来了。那真是一种大梦初醒的感觉。梦醒之后的筱燕秋无限地羞愧与凄惶,她弄不清自己刚才到底做了些什么。春来捡起包,冲出了排练大厅。筱燕秋被丢在排练大厅的正中央,耳朵里头充满了春来下楼的脚步声,急促得要命。筱燕秋想叫住春来,可她实在不知道还能对春来说什么。筱燕秋就觉得羞愧难当。天已经黑了,却又没有黑透,是梦的颜色。筱燕秋垂着手,呆呆地站着,不知身在何处。

下班的路上筱燕秋就觉得这一天太古怪了,大街是古怪的,路灯的颜色是古怪的,行人走路的样子也是古怪的。筱燕秋一直想哭,但是,实在又不知道要哭什么。不知道要哭什么就不那么容易哭得出来。这一来筱燕秋的胸口反而堵住了。胸口堵住了,肚子却出奇地饿,这阵饿是丧心病狂的,仿佛肚子里长了五只手,七上八下地拽。筱燕秋走到路边的一家小饭店,决定停下脚步。她怀着一股难言的仇恨走进饭店,要过菜单,专门挑大油大腻的点。一上来筱燕秋就恶狠狠地吞下了三只大肉丸。筱燕秋又是嚼,又是咽,一直吃到喘息都困难的程度。

六

春来并没有在筱燕秋的面前流露什么,戏还是和过去一样地排。只是春来再也不肯看筱燕秋的眼睛了。筱燕秋说什么,她听什么,筱燕秋叫她怎么做,她就怎么做,就是不肯再看筱燕秋的眼睛。一次都不肯。筱燕秋与春来都是心照不宣的,不过,这不是母亲与女儿之间才有的心照不宣,是女人与女人之间的那种,致命的那种,难以启齿的那种。

筱燕秋再也没有料到会和春来这样别扭。一个大疙瘩就这样横在了她们的面前。这个疙瘩看不见,也就越发无从下手了。筱燕秋恢复了饮食,可还是累。筱燕秋说不出这种累掩藏在身体的哪个部位,它具有散发性,在身体的内部四处延展,都无所不在了。好几次她都想从剧组退出,就是下不了那个死决心。这样的心态二十年以前曾经有过一次的,她想到过死,后来竟一次又一次犹豫了。筱燕秋责怪自己当初的软弱。二十年前她说什么也应当死去的。一个人的黄金岁月被掐断了,其实比杀死了更让你寒心。力不从心地活着,处处欲罢不能,处处又无能为力,真的是欲哭无泪。

春来那里一点动静都没有。她永远都是那样气定神闲的,没有一点风吹,没有一点草动,远远的,和筱燕秋隔着一两丈的距离。筱燕秋现在怕这孩子,只是说不出。如果春来就这么和自己不冷不热地下去,筱燕秋的这辈子就算彻底了结了,一点讨价还价的余地都没有了。"嫦娥"要是不能在春来的身上复生,筱燕秋站二十年的讲台究竟是为了什么?

筱燕秋终于和老板睡过了。这一步跨出去了,筱燕秋的心思好歹也算了了。这是迟早的事,早一天晚一天罢了。筱燕秋并没有什么特别的感觉,这件事说不上好,也说不上不好,从古到今反正都是这样的。老板是谁?人家可是先有了权后有了钱的人,就算老板是一个令人恶心的男人,就算老板强迫了她,筱燕秋也不会怪老板什么的。更何况还不是。筱燕秋在这个问题上没有半点羞答答的,半推半就还不如一上来就爽快。戏要不就别演,演都演了,就应该让看戏的觉得值。

可是筱燕秋难受。这种难受筱燕秋实在是铭心刻骨。从吃晚饭的那一刻起,到筱燕秋重新穿上衣服,老板从头到尾扮演着一个伟人,一个救世主。筱燕秋一脱衣服就感觉出来了,老板对她的身体没有一点兴趣。老板是什么人?这年头漂亮新鲜的小姑娘就是货架上的日用百货,只要老板喜欢,下巴一指,售货员就会把什么样的现货拿到他们的面前。筱燕秋是自己脱光衣服的,刚一扒光,老板的眼神就不对劲了,它让筱燕秋明白了减肥后的身体是多么的不堪入目。老板一点儿都没有掩饰。在那个刹那里头筱燕秋反而希望老板是一个贪婪的淫棍,一个好色的恶魔,她就是卖给老板一回她也卖了。然而,老板不那样。老板上了床就更是一个伟人了。他十分从容地躺在了席梦思上,用下巴示意筱燕秋骑上去。老板平躺在席梦思上,一动不动。筱燕秋骑上去之后就只剩下筱燕秋一个人忙活了。有一个阶段老板对筱燕秋的工作似乎比较满意,嘴里哼唧了几声,说,"哦,叶儿。哦,叶儿。"筱燕秋不知道老板到底在哼唧什么。几天之后,筱燕秋伺候老板之前老板先让她看了几部外国毛片,看完了毛片筱燕秋才算明白过来,大老板在学洋人叫床呢。老板在床上可真是冲出了亚洲走向了世界,一下子就与世界接轨了。这固然不是做爱,可是,这甚至不是性交,筱燕秋只是莫名其妙地巴结着一个男人、伺候着一个男人。筱燕秋就觉着自己贱。她好几次都想停止下来了,然而,性是一个歹毒的东西,不是你想停就停得下来的。这样的感觉筱燕秋在和面瓜做爱的时候反而没有过。筱燕秋一边动作一边骂着自己,她这个女人实在是下贱得到了家了。

筱燕秋从老板那回来的时候外面下了一点小雨,马路上水亮水亮的,满眼都是汽车尾灯的倒影与反光,猩红猩红的,热烈得有些过分,有些无中生有,因而也就平添了许多颓丧的意思。筱燕秋望着路面上的斑驳反光,认定了自己今晚是被人嫖了。被嫖的却又不是身体。到底是什么被嫖了,筱燕秋实在又说不上来。她弓在巷子的拐角处,想呕吐出一些什么,终于又没有能够如愿,只是呕出了一些声音。那些声音既难听,又难闻。

女儿已经睡了。面瓜正看着电视,陷在沙发里头等着筱燕秋。筱燕秋进了门就没有看面瓜。她不肯和面瓜打照面,低着头径直往卫生间去。筱燕秋打算先洗个澡的,又有些过于多疑,担心这样匆忙地洗澡面瓜会怀疑的,只好坐到便池上去了。坐下一会儿,没有拉出什么,也没有尿出什么。只是拽着内衣,正过来看了看,反过来又看了看。筱燕秋把自己的上上下下全都检查了一遍,没有发现任何点点斑斑,放下心来走出了卫生间。筱燕秋困乏得厉害,为了不让面瓜看出来,便故意弄出一副精神饱满的样子。面瓜还坐在那儿,弄不懂筱燕秋为什么这样开心,傻笑起来,说:"喝酒啦?脸红红的。"筱燕秋的心口咯噔了一下,轻描淡写地说:"哪里红了。"面瓜认真起来,说:"是红了。"筱燕秋不敢纠缠,立即把话岔开了,说:"孩子呢?"面瓜说:"早就睡了。"筱燕秋不情愿面瓜老是站在自己的面前,她实在不能承受面瓜的目光。筱燕秋说:"你先上床去吧,我冲个澡。"她回避了"睡觉"这两个字,但"上床"的意思其实还是一样的。筱燕秋说这句话的时候迅速地瞥了一眼面瓜,面瓜却开心起来了,不住地搓手。筱燕秋的胸口平白无故地便是一阵痛。

筱燕秋把洗澡水的温度调得很烫,几乎达到了疼痛的程度。筱燕秋就希望自己疼。疼的感觉具体而又实在,甚至还有一点快慰,有一种自虐和自戕的味道。筱燕秋把自己冲了又冲,搓了又搓。她用指头抠向身体的深处,企图抠出一点儿什么,拽出一点儿什么。洗完了,筱燕秋坐在了客厅里的沙发上,皮肤上泛起了一层红,有些火烧火燎的。大约在深夜十一点,面瓜裹着毛巾被出来了。面瓜显然没睡,挂着一脸巴结的笑,面瓜说:"魂不守舍的,捡到钱包了吧?"筱燕秋没有搭腔。面瓜文不对题地"嗨"了一声,说:"今天是周末了。"筱燕秋凛了一下,紧张起来了,不动。面瓜挨着筱燕秋坐下来,嘴唇正对着筱燕秋的右耳垂。面瓜张开嘴巴,顺势把筱燕秋的耳垂衔在了嘴里,手却向常去的地方去了。筱燕秋的反应是她自己都始料不及的,她一把就把面瓜推开了,她的力气用得那样猛,居然把面瓜从沙发上推下去了。筱燕秋尖声叫道:"别碰我!"这一声尖叫划破了宁静的夜,突兀而又歇斯底里。面瓜怔在地上,起先只是尴尬,后来竟有些恼羞成怒了,夜深人静的,又不敢发作。筱燕秋的胸脯一鼓一鼓的,像涨满了风的帆。筱燕秋抬起头来,眼眶里突然沁出了两汪泪,她望着自己的丈夫,说:"面瓜。"

今夜不能入眠。筱燕秋在漆黑的夜里瞪大了眼睛,黑夜里的眼睛最能看清的就是自己的今生今世。筱燕秋的一只眼睛看着自己的过去,一只眼睛看着自己的未来。可筱燕秋的两眼都一样地黑。筱燕秋好几次想伸出手去抚摸面瓜的后背,终于忍住了。她在等天亮。天亮了,昨天就过去了。

除了学戏,春来总是闷不吭声的,静得像一杯水。空闲的时刻春来习惯于一个人坐在一边,又长又弯的眉毛挑在那儿,大而亮的眼睛这儿瞭瞭,那儿瞅瞅,一副妩媚而又自得的模样。春来的身上有一种寂静的美,恬然的美,一举一动都透出弱柳扶风的意味。但是,这样的女孩子说来动静就来了动静。春来无风就是三尺浪。她带来了消息,一个让筱燕秋五雷轰顶的消息。

临近响排的那一天炳璋突然把筱燕秋叫住了。炳璋的脸上很不好看,他闷着头,不声不响地只是把筱燕秋往自己的办公室里带,春来坐在炳璋的办公室里,安安静静地翻着当天的晚报。筱燕秋一看见春来就预感到有什么事发生了。

"她要走。"炳璋一进办公室就这样没头没脑地说。

"谁要走?"筱燕秋蒙在那儿。她看了一眼春来,不解地说,"要到哪里去?"

春来站起身来,依旧不肯看自己的老师。她站在筱燕秋的面前,一言不发,只是望着自己的脚尖。春来的模样再一次使筱燕秋想起了自己的当初,她当初站在李雪芬的病床前面就是这副样子的。但是,自己的心气和春来的现在显然是不可同日而语的。春来磨蹭了半天,开口说话了。春来说:"我想走。"春来说:"我要到电视台去。"

筱燕秋听清楚了,就是不明白。春来的那两句话前言不搭后语的,筱燕秋弄不清里面的山高水深。筱燕秋说:"你要到哪里去?"

春来直接把底牌亮出来了。春来说:"我不想演戏了。"

筱燕秋听明白了,每一个字都听清楚了。筱燕秋静静地打量着她的学生,慢慢歪过了脑袋。筱燕秋轻声说:"你不想做什么?"

春来又沉默了,接下来的话是炳璋帮她说的。炳璋说:"电视台要一个主持人,她报名去了,一个月之前她就报名去了。都已经面试过了,人家要她。"筱燕秋想起来了,说戏的那些日子里头电视台的确是在晚报上面做过广告的,都一个月了,这孩子不声不响居然把什么都准备好了。筱燕秋傻在了沙发旁边,身体晃了一下,就好像被谁拽了一把。筱燕秋顿时就乱了方寸。她伸出双手,打算搭到春来的肩膀上去的,刚一伸手,又收回了原处。筱燕秋喘息了,突然喊道:"你知道你在说什么?"

春来看了看窗外,不说话。

"你休想!"筱燕秋大声说。

"我知道你在我的身上花费了心血,可我走到今天也不容易。你不要拦我。"

"你休想!"

"那我退学。"

筱燕秋抬起了双手,就是不知道要抓什么。她看了看炳璋,又看了看春来,双手抖动起来。她一把拽住了春来的衣襟,心碎了。筱燕秋低声说:"你不能,你知道你是谁?"

春来耷拉着眼皮,说:"知道。"

"你不知道!"筱燕秋心痛万分地说,"你不知道你是多好的青衣——你知道你是谁?"

春来歪了歪嘴角,好像是笑。但没出声。春来说:"嫦娥的 B 档演员。"

筱燕秋脱口说:"我去和他们商量,你演 A 档,我演 B 档,你留下来,好不好?"

春来掉过头去,说:"我不抢老师的戏。"

春来还是那样生硬,然而,口气上毕竟有所松动了。筱燕秋抓住了春来的手,慌忙说:"没有,你没有抢我的戏!你不知道你多出色,可我知道。出一个青衣多不容易,老天爷要报应的——你演 A 档,你答应我!"她把春来的手捂在自己的掌心里,急切地说,"你答应我。"

春来抬起了头来,望着她的老师。这么些日子来春来还是第一次这样正眼看她的老师。筱燕秋仔细地研究着春来的目光,这是一种疑虑的目光,一种打算改弦更张的目光。筱燕秋全神贯注地看着春来,就好像春来的目光一移开立即就会飞走了似的。炳璋一直注视着春来,他从春来细微的变化当中看到了玄机。那绝对是七不离八的。炳璋有底了,知道和春来的谈话从哪儿入手了。炳璋对筱燕秋摆了摆手,示意她先出去。筱燕秋不动,都有些神经质了,直到炳璋把手搭在了她的肩上她才还过了神来。筱燕秋一步一回头。炳璋悄声说:"先回去,你先回去。"

筱燕秋回到了排练大厅,远远地打量着炳璋的那扇窗。那扇窗现在是她的命。排练结束了,人去楼空,空荡荡的排练大厅孤零零地吊着筱燕秋的身影。筱燕秋在焦急地等。夕阳残照,大厅里的粉尘悬浮在半空,橙黄橙黄的,弥漫着一股毫无由头的温馨,植物的叶片被残阳放大了,已经看不出植物叶片的轮廓。筱燕秋抱着胳膊,在大厅里来来回回。炳璋的窗户突然打开了,探出了炳璋的脑袋和一条手臂。筱燕秋看不见炳璋的表情,然而,她看到了炳璋挥舞胳膊。炳璋挥得很有力,最后还把指头握成了拳头。筱燕秋明白了。她扶着墙边的练功架,泪水涌了上来。她的身体沿着墙面慢慢滑落了下去。在她坐在地板上的时候,筱燕秋终于哭出了声来。她的一切差一点就付诸东流了,这真的是一场劫后余生。这是多么幸福的泪水?多么令人欣慰的泪水?筱燕秋扶着一把椅子,扶着椅子的靠背坐了上去。她在椅子上慢慢地哭,慢慢地体会这份幸福与欣慰。筱燕秋在抹眼泪的时候认认真真地责备了自己一回,剧组一成立她其实就应该和春来说明白的,春来要是有戏演,她断不至于去找别的出路的。自己都这个年纪了,一个青衣到了这个岁数,还争什么戏?还演什么 A 档。这样多好!反正春来都已经顶上来了,再怎么说,春来终究是另一个自己,是自己的另一种形式。只要春来唱红了,自己的命脉一样可以在春来的身上流传下去的。这么一想筱燕秋突然放松了,心中的压力与阴影荡然无存。放弃,彻底放弃。筱燕秋深深地出了一口气,心情为之一振。

减肥真的像一场病。病去如抽丝,病来如山倒。开禁没几天,磅秤的红色指针呼啦一下就把筱燕秋的体重反弹上去了,还捞回了 0.5 公斤,都有点像有奖销售了。筱燕秋的心情爽朗了一些日子,但是,等体重真的回复到过去,筱燕秋便又后悔了。刚刚到手的机会说失去就这么失去了,这样的伤心实在是毁灭性的。筱燕秋望着磅秤上的红色指针,指针翘上去一点儿筱燕秋的心就沉下去一点儿。但是筱燕秋不允许自己伤心,不是不允许自己流露出伤心,而是不允许自己产生一点点难受的念头,产生多少就掐死多少。做出放弃的承诺之后,筱燕秋原以为自己从此就能够心静如水的。但是没有。相反,登台的念头甚至比以往更强烈了。可是放弃 A 档毕竟是筱燕秋在炳璋的面前亲口承诺的,这个承诺是一把剑,筱燕秋亲眼看着自己被这把剑劈成两个,一个站在岸上,另一个则被摁在了水底。当水下的筱燕秋企图浮出水面的时候,岸上的筱燕秋毫不犹豫地就会用鞋底把她踩向水的深处。岸上的筱燕秋感到了水下的窒息,而水下的筱燕秋则亲眼目睹了谋杀的冷酷。岸上和水下的两个女人一起红眼了,怒目相向。筱燕秋在水底与岸上两头挣扎,疲惫万分。她选择了拼命进食,宛如溺水的人拼命喝水。她的体重就此一路飙升。捞回来的体重不仅是对春来的一种交代,同样也是对自己最有效的阻拦。筱燕秋第一次发现自己这么能吃,实在是好胃口。

剧组的人们从筱燕秋的身上看出了反常种种。这个沉默的女人在减肥初见成效的时刻说放弃就放弃了。没有人听到筱燕秋说起过什么,然而,人们看着筱燕秋的脸色重新红润起来了,而唱腔的气息也再一次落了地,生了根。有了猜测,那次"刺花儿"对筱燕秋的刺激一定太大了,要不然,像筱燕秋这样好强的女人不可能说放弃就放弃的。真正反常的也许还不是筱燕秋放弃了减肥,几乎所有人都注意到了,《奔月》刚进入响排,筱燕秋其实已经把自己撤下来了。实地排练的差不多全是春来,筱燕秋只是提着一把椅子,坐在春来的对面,这儿点拨一下,那儿纠正一下。筱燕秋显出一副愉快万分的模样,只是愉快得有些过了头,就好像太阳都已经放到他们家冰箱里了。这一来就免不了夸张和表演的意思。筱燕秋把所有的精力全都耗在了春来的身上,看上去再也不像一个演员在排练,更像一个导演,严格地说,像春来一个人的导演。人们不知道筱燕秋到底怎么了,没有人知道这个女人的脑子里栽的是什么果,开的是什么花。

一到家筱燕秋的疲惫就全上来了。那种疲惫像秋雨之后马路两侧被点燃的落叶,弥散出呛人的浓烟,缭绕着,纠缠着,盘旋在筱燕秋的体内。筱燕秋甚至连眼睛都有些累了,只要一看住什么东西,一看就是好半天,眼珠子就再也懒得挪动一下子。好几次筱燕秋都直起了腰,大口大口地做深呼吸,想把虚拟的烟雾从自己的胸口呼出去,可是深呼吸总也是吸不到位,努力了几次,筱燕秋只好作罢了。

筱燕秋的失神自然没有逃出面瓜的眼睛,她那种半死不活的模样不能不引起面瓜的高度关注。她在床上已经连续两次拒绝面瓜了,一次冷漠,另一次则神经质。她那种模样就好像面瓜不是想和她做爱,而是提了一把匕首,存心想刺刀见红。面瓜已经暗示了几次了,有些话说得都已经相当露骨了,她竟然什么都没有听得进去。这个女人的心一定开叉了,这个女人看来是不为所动了。

七

炳璋在筱燕秋给春来示范亮相的时候找到了筱燕秋。春来在亮相这个问题上老是处理得不那么到位。亮相不仅是戏剧心理的一种总结,它还是另一种戏剧心理无言的起始。亮相有它的逻辑性,有它的美。亮相最大的难点就是它的分寸,艺术说到底都是一种恰如其分的分寸。筱燕秋连续示范了好几遍。筱燕秋强打着精神,把说话的声音提到了近乎喧哗的程度。她要让所有的人都看出来,她热情洋溢,她还心平气和,她没有丝毫不甘,没有丝毫委屈,她的心情就像用熨斗熨过了一样平整。她不仅是最成功的演员,她还是这个世上最幸福的女人,最甜蜜的妻子。

炳璋这时候过来了。他没有进门,只在窗户的外面对着筱燕秋招了招手。炳璋这一次没有把筱燕秋叫到办公室里去,而是喊到了会议室。他们的第一次谈话就是在办公室里进行的。那一次谈得很好,炳璋希望这一次同样谈得很好。炳璋先是询问了排练的一些具体情况,和颜悦色的,慢条斯理的。炳璋要说的当然不是排练,可他还是习惯于先绕一个圈子。他这个团长不知道为什么,就是有点害怕面前的这个女人。

筱燕秋坐在炳璋的对面,专心致志。她那种出格的专心致志带上了某种神经质的意味,好像等待什么宣判似的。炳璋瞥了一眼筱燕秋,说话便越发小心翼翼了。

炳璋后来把话题终于扯到春来的身上来了。炳璋倒也是打开窗子说起了亮话。炳璋说,年轻人想走,主要还是担心上不了戏,看不到前途,其实也不是真的想走。筱燕秋突然堆上笑,十分突兀地大声说:"我没有意见,真的,我绝对没有意见。"炳璋没有接筱燕秋的话茬儿,顺着自己的思路往下走。炳璋说:"照理说我早就该找你交流交流的,市里头开了两个会,耽搁了。"炳璋自我解嘲似的笑了笑,说,"你是知道的,没办法。"筱燕秋咽了一口,又抢话了,说:"我没意见。"炳璋小心地看了一眼筱燕秋,说:"我们还是很慎重的,专门开了两次行政会议,我想再和你商量商量,你看这样好不好——"筱燕秋突然站起来了,她站得如此之快,把她自己都吓了一跳。筱燕秋又笑,说:"我没意见。"炳璋紧张地跟着站起了身,疑疑惑惑地说:"他们已经和你商量了?"筱燕秋茫然地望着炳璋,不知道"他们"和她"商量了"什么了。炳璋把下嘴唇含在嘴里,不住地眨眼,有些欲言又止。炳璋最后还是鼓起了勇气,磕磕绊绊地说:"我们专门开了两次行政会议,我们想呢——他们还是觉得我来和你商量妥当一些,能够从你的戏量里头拿出一半,当然了,你不同意也是合情合理的,你演一半,春来演一半,你看看是不是——"

下面的话筱燕秋没有听清楚,但是前面的话她可是全听清楚了。筱燕秋突然醒悟过来了,这些日子她完全是自说自话了,完全是自作主张了!领导还没有找她谈话呢!一出戏是多大的事?演什么,谁来演,怎么可能由她说了算呢?最后一定要由组织来拍板的。她筱燕秋实在是拿自己太当人了。一人一半,这才是组织上的决定呢,组织上的决定历来就是各占百分之五十。筱燕秋喜出望外,喜出了一身冷汗,脱口说:"我没意见,真的,我绝对没有意见。"

筱燕秋的爽快实在出乎炳璋的意料。他小心地研究着筱燕秋,不像是装出来的。炳璋悄悄地松了一口气。炳璋有些激动,想夸筱燕秋,一时居然没有找到合适的词句。炳璋后来自己也奇怪,怎么说出那样一句话来了,几十年都没人说了。炳璋说:"你的觉悟真是提高了。"筱燕秋在返回排练大厅的路上几乎喜极而泣,她想起了春来闹着要走的那个下午,想起了自己为了挽留春来所说的话。筱燕秋突然停下了脚步,回头看会议室的大门。筱燕秋当着炳璋的面说过的,春来演 A 档,可炳璋并没有拿她的话当回事。显然,炳璋一定只当是筱燕秋放了个屁。筱燕秋对自己说,炳璋是对的,她这个女人所作的誓言顶多只是一个屁。不会有人相信她这个女人的,她自己都不相信。

过道里旋起了一阵冬天的风,冬天的风卷起了一张小纸片。孤寂的小纸片是风的形式,当然也就是风的内容。没有什么东西像风这样形式与内容绝对统一的了。这才是风的风格。冬天的风从筱燕秋的眼角膜上一扫而过,给筱燕秋留下了一阵战栗。纸片像风中的青衣,飘忽,却又痴迷,它被风丢在了墙的拐角。又是一阵风飘来了,纸片一颠一颠的,既像躲避,又像渴求。小纸片是风的一声叹息。

天气说冷就冷了,而公演的日子说近也就近了。老板在这样的时刻表现了老板的威力,老板实在是一个操纵媒体的大师,最初的日子媒体上只是零零星星地做了一些报道,随着公演一天一天地逼近,媒体逐渐升温了,大大小小的媒体一起喧闹了起来。热闹的舆论营造出这样一种态势,就好像一部《奔月》业已构成了公众的日常生活,成了整个社会倾心关注的重点。媒体设置了这样一个怪圈:它告诉所有的人,"所有的人都在翘首以待"。舆论以倒计时这种最为撩拨人的方式提醒人们,万事俱备,只欠东风。

响排已经接近了尾声。这个上午筱燕秋已经是第五次上卫生间了,一大早起床的时候筱燕秋就发现身上有些不大对路,恶心得要了命。筱燕秋并没有太往心里去。前些日子服用了太多的减肥药,感觉好像也是这样的。第五次走进卫生间之后,筱燕秋的脑子里头一直挂牵着一件事,到底是什么事,一时又有点想不起来,反正有一件要紧的事情一直没有做。筱燕秋就觉着自己胀得厉害,不住地要小解。其实也尿不出什么。利用小解的机会筱燕秋又想了想,还是觉得有一件要紧的事情没有做。就是想不起来。

洗手的时候一阵恶心重又反上来了,顺带着还涌上来一些酸水。筱燕秋呕了几口,突然愣住了。她想起来了。筱燕秋终于想起来了。她知道这些日子到底是什么事还没做了。她惊出了一身汗,站在水池的前面,一五一十地往前推算。从炳璋第一次找她谈话算起,今天正好是第四十二天。四十二天里头她一直忙着排戏,居然把女人每个月最要紧的事情弄忘了。其实也不是忘了,破东西它根本就没有来!筱燕秋想起了四十二天之前她和面瓜的那个疯狂之夜。那个疯狂的夜晚她实在是太得意忘形了,居然疏忽了任何措施。她这三亩地怎么就那么经不起惹的呢?怎么随便插进一点什么它都能长出果子来的呢?她这样的女人的确不能太得意,只要一忘乎所以,该来的肯定不来,不该来的则一定会叫你现眼。筱燕秋下意识地捂住了自己的小肚子,先是一阵不好意思,接下来便是不能遏制的恼怒。公演就在眼前,她那天晚上怎么就不能把自己的大腿根夹紧呢?筱燕秋望着水池上方的小镜子,盯着镜子中的自己。她像一个最粗鲁的女人用一句最下作的话给自己做了最后总结:"操你妈的,夹不住大腿根的贱货!"

肚子成了筱燕秋的当务之急。筱燕秋算了一下日子,这一算一口凉气一直逼到了她的小腿肚子。公演的日子就在眼前,要是在戏台上犯了恶心,呕吐起来,救火都来不及的。首选当然是手术。手术干净、彻底,一了百了。可手术到底是手术,皮肉之苦还在其次,恢复起来可实在是太慢了。上了台,你就等着"刺花儿"吧。筱燕秋五年之前坐过一次小月子,刮完了身子骨便软了,跋拉了二十多天。筱燕秋不能手术,只有吃药。药物流产不声不响的,歇几天或许就过去了。筱燕秋站在水池的前面,愣在那儿,突然走出了卫生间,直接往大门口的方向去。筱燕秋要抢时间,不是和别人抢,而是和自己抢,抢过来一天就是一天。

筱燕秋的手上捏了六粒白色的小药片。医生交代了,早晚各一粒,后天上午两粒,吃完了再去找他。小药片的名字起得实在是抒情,"含珠停"。就好像筱燕秋的肚子里头这刻儿含着的是一粒锃亮的珍珠,正在缓缓地生长,筱燕秋要做的事情是把它停下来。难怪现在写诗的少了,写戏的少了,他们都忙着给大大小小的药丸子起名字去了。筱燕秋望着手里的小药片,心中涌上了一阵酸楚。女人的一生总是由药物相陪伴,嫦娥开了这个头,她筱燕秋也只能步嫦娥的后。药物实在是一个古怪的东西,它们像生活当中特别诡异的阴谋。

筱燕秋的家离医院有一段路,筱燕秋还是决定步行回去。一路上她生着自己的气,更多的是生面瓜的气。到家的时候她已经不是在生面瓜的气了,而是对面瓜充满了仇恨。一进家门她就没有给面瓜好脸。筱燕秋没有吃,没有洗,倒下头便睡。

筱燕秋没有请假,说到底流产这样的事情也不是什么了不得的光荣,没必要弄得路人皆知。只不过筱燕秋有点扛不住"含珠停"的药物反应。她恶心得厉害了,身子骨全轻了,像是从月亮上刚飞回来的。筱燕秋用力支撑着,总算把这一天的排练挺过来了。但是,她的仇恨却与日俱增。筱燕秋这一次总算把面瓜恨到骨子里头了。第二天的夜晚是昨天晚上的翻版,气氛却比昨天更为凌厉。筱燕秋走进家门的时候更加严峻地阴着一张脸,不吃,不喝,不洗,不说,一声不响地上床。家里异样了。冬天的风一起堵在了面瓜的门口,顺着门缝扁扁地劈了进来。面瓜静静地听了一会儿,不知所以,不知所措。

但是筱燕秋并没有睡。面瓜在夜深人静的时候听到了她的沉重叹息。

她把气吸得那么深,而呼的时候却故意收住了,静悄悄的,好像故意不让人听见似的;这又瞒得住谁呢?面瓜也轻轻地叹了一口气。生活出了问题了,生活绝对出了问题了。面瓜看到了生活的尽头。

面瓜开始缅怀起过去。一个人学会了缅怀,必然意味着某一种东西走到了尽头。面瓜是在筱燕秋最落魄的时候鸠占了雀巢,两个人原本就不般配的。人家现在又能演戏了,又要做大明星了,做了嫦娥的人除了想往天上飞还往哪儿飞?她迟早总是要飞回到天上去的。这个家离鸡飞狗散的日子绝对不远了。面瓜记起了筱燕秋这些日子里的诸种反常,面对着夜的颜色,兀自冷笑了一回。

一大早筱燕秋吃掉最后两粒药片,坐在家里静静地等。上午九点,筱燕秋带上擦换的纸巾往医院去。医生没有做别的,还是命令她吃药。这一回医生给她的是三颗六角形的白色片剂,筱燕秋一口吞进了肚子,转了一会儿,在一边的椅子上静静地坐等。腹部的阵痛在她坐下之后慢慢开始了,一阵紧似一阵。筱燕秋弓在那儿,不声不响地喘息。后来医生过来了,厉声说:"坐在这儿做什么?要等四个小时呢。出去跑,跳,坐在这儿做什么?"筱燕秋来到了楼下,肚子却疼得咬人了,有些支撑不住,就想找个地方好好躺下来。筱燕秋不敢回到楼上,实在又不愿意待在医院的门口,万一碰上熟人免不了丢人现眼。筱燕秋实在熬不过去,一赌气就回到了家中。家中没有人,整座楼上都没有人。筱燕秋站在客厅里头,突然想起了医生的话。她决定跳,决定在这个无人的时刻弄出一点动静来。筱燕秋脱了鞋,光着脚,"呼"地一下一蹦多高。光着的脚后跟落在了楼板上,楼板"咚"地一下,吓了筱燕秋一跳,听上去却鼓舞人心。筱燕秋倾听了片刻,再跳,楼板"咚"的又一下。楼板的轰隆声激励了筱燕秋,筱燕秋越跳越疼,越疼越跳,颠跳伴随着疼痛,疼痛伴随着颠跳。筱燕秋越跳越高,越跳越来劲了。一阵空前的畅快与轻松突然间布满了筱燕秋,这真是一次意外的收获,意外的惊喜。筱燕秋扒掉了大衣,在自己的大衣上拼命地跳跃、拼命地扭动。她的头发散开来了,像一万只手,在半空中乱舞乱抓。筱燕秋就想叫,只想叫,不过不叫也没有关系,这样就足够了。筱燕秋都忘记了为什么而跳的了,她现在只是为跳而跳,为"咚咚"作响而跳,为地动山摇而跳。筱燕秋痛快淋漓了,升腾起来了,飞起来了。她竭尽了全力,直至耗尽了最后一丝体力。筱燕秋躺在地板上,眼窝里沁出了幸福的泪。

楼下小卖部的女人听到了楼上的反常动静。她伸出了脖子,自语说:"楼上这是怎么啦?"她的丈夫正在数钱,没有抬头,"嗨"了一声,说:"装修呢。"

中午时分那粒"珍珠"从筱燕秋的体内滑落了出来。血在流,疼痛却终止了。无痛一身轻,从疼痛中解脱出来的时刻多么令人陶醉!筱燕秋疲惫万分。她躺在床上,仔细详尽地体会着这份陶醉、这份轻松、这份疲惫。陶醉是一种境界。轻松是一种领悟。疲惫是一种美。

筱燕秋睡着了。

筱燕秋不知道这一觉睡了有多久,昏睡之中筱燕秋做了许多细碎的梦,连不成片断,像水面上的月光,波光粼粼的,密密匝匝的,闪闪烁烁的,一个都捡不起来。筱燕秋甚至知道自己在做梦,但是醒不来。

"咣当"一声,面瓜下班了。今天下午面瓜下班到家之后显得有点异样,手上没有了轻重,似乎什么都碍他的事。面瓜摔摔打打的,这儿"咚"地一下,那儿"轰"地一下。筱燕秋想支起身子和他说些什么,但是整个人都绵软了,只好罢了。筱燕秋翻了个身,接着睡。

筱燕秋看出了事态的严重性。事实上,当一个人看出了事态的严重性的时候,事态往往已经超出了当事人的认知程度。说起来还是女儿提醒了筱燕秋,那天晚上女儿故意绕到了卫生间里头,问筱燕秋说:"爸爸最近怎么啦?"女儿的脸上是一无所知的样子,孩子的一无所知往往意味着知根知底。这句话把筱燕秋问醒了,她从女儿的目光当中看到了自己的恍惚,看到了家中潜在的危险性。第二天排练一结束筱燕秋就撑着身子拐到了菜场,买了一只老母鸡,顺便还捎了一些洋参片。天这么冷了,面瓜一天到晚站在风口,该给他补一补了。再说自己也该补一补了。等吃完了这顿饭,筱燕秋一定要和面瓜好好聊一聊的。

面瓜回家的时候脸上紫紫的,全是冬天的风。筱燕秋迎了上去。筱燕秋一点都不知道自己热情得有多过分,一点都不像居家过日子的模样。面瓜疑疑惑惑地看了筱燕秋一眼,挪开之后的目光愈发疑云密布了。女儿远远地看了看父母这边,趴在阳台上做作业去了。客厅里头只有筱燕秋和面瓜两个。筱燕秋回头瞄了一下阳台,舀了一碗鸡汤端到了餐桌上。筱燕秋像一个下等酒馆的女老板,热情地劝了,说:"喝点吧,天冷了,补补,鸡汤,还加了洋参片。"

面瓜陷在沙发里头,没动,却点起了一根香烟。面瓜的胸脯笑了一下,脸上的笑容就不那么像笑,看上去有些古怪。面瓜把打火机丢在茶几上,自语说:"补补。鸡汤。还加了洋参片。"面瓜抬起头,说:"补什么补?这么冷的天,让我夜里到大街上去转圆圈?"

这话伤人了。这话一出口面瓜也知道伤人了,听上去还特别地别扭。就好像夫妻两个在一起生活就为了床上那些事似的,这一来又戳到了筱燕秋的痛处。面瓜其实并没有细想,只是心情不好,脱口就出来了。面瓜想缓和一下,又笑,这一回笑得就更不像笑了,看上去一脸的毒。筱燕秋当头遭到了一盆凉水,生活中最恶俗、最卑下的一面裸露出来了。筱燕秋重新把脸拉了下来,说:"不喝拉倒。"

说完这话筱燕秋瞄了一眼阳台,目光正好和女儿撞上了。女儿立即把目光移开了,仰起头,做出一副认真思考的样子。

八

彩排极其成功。春来演了大半场,临近尾声的时候筱燕秋演了一小段,算是压轴。师生同台,真的成了一件盛事了。炳璋坐在台下的第二排,控制着自己,尽量平静地注视着戏台上的两代青衣。炳璋太兴奋了,差不多溢于言表了。炳璋跷着二郎腿,五根手指像五个下了山的猴子,开心得一点板眼都没有。几个月之前剧团是一副什么样子,现在说上戏就上戏了。炳璋为剧团高兴,为春来高兴,为筱燕秋高兴,然而,他还是为自己高兴。炳璋有理由相信自己成了最大赢家。

筱燕秋没有看春来的彩排,她一个人坐在化装间里休息了。她的感觉实在不怎么好。后来筱燕秋上台了,筱燕秋一登台就演唱了《广寒宫》,这是嫦娥奔月之后幽闭于广寒宫中的一段唱腔,即整部《奔月》最大段、最华彩的一段唱,二黄慢板转原板转流水转高腔,历时十五分钟之久。嫦娥置身于仙境,长河即落,晓星将沉,嫦娥遥望着人间,寂寞在嫦娥的胸中无声地翻涌,碧海青天放大了她的寂寞,天风浩荡,被放大的寂寞滚动起无从追悔的怨恨。悔恨与寂寞相互撕咬,相互激荡,像夜的宇宙,星光闪闪的,浩渺无边的,岁岁年年的。人是自己的敌人,人一心不想做人,人一心就想成仙。人是人的原因,人却不是人的结果。人啊,人啊,你在哪里?你在远方,你在地上,你在低头沉思之间,你在回头一瞥之间,你在悔恨交加之间。人总是吃错了药,吃错了药的一生经不起回头一看,低头一看。吃错药是嫦娥的命运,女人的命运,人的命运。人只能如此,命中八尺,你难求一丈。

这段二黄的后面有一段笛子舞,嫦娥手里拿着从人间带过去的一支竹笛,众仙女飘飘然,徐徐而上。嫦娥在众仙女的环抱之中做无助状,做苦痛状,做悔恨状,做无奈状,做顾盼状。嫦娥与众仙女亮相。整部《奔月》就是在这个亮相之中降下大幕的。

照炳璋原来的意思,彩排的戏量筱燕秋与春来一人一半的。筱燕秋没有同意。她对自己的身体没有把握。嫦娥在服药之后有一段快板唱腔,快板下面又是一段水袖舞,水袖舞张狂至极,幅度相当大。不论是快板还是水袖舞,都是力气活儿。放在过去筱燕秋自然是没有问题的,今天却不行。筱燕秋流产毕竟才第五天。虽说是药物流产,可到底失了那么多的血,身子还软,气息还虚,筱燕秋担心自己扛不下来,到底也不是正式演出。筱燕秋的决定的确是明智的,笛子舞过后,大幕刚刚落下,筱燕秋一下子就坍塌在地毯上了,把身边的"仙女们"吓了一大跳。好在筱燕秋并不慌张,她坐在毡毯上,笑着说:"绊了一下,没事的。"筱燕秋没有谢幕,直接到卫生间去了。她感到了不好,下身热热的,热热的东西在往下淌。

筱燕秋从卫生间里出来,一拐弯就被众人围住了。炳璋站在最前面,冲着她无声地微笑,跷着他的大拇指。炳璋在赞美筱燕秋。炳璋的赞美是由衷的,他的眼里噙着泪花。筱燕秋的嫦娥实在是太出色了。炳璋把左手搭在筱燕秋的肩膀上,说:"你真的是嫦娥。"

筱燕秋无力地笑着。她突然看见春来了,还有老板。春来依偎在老板身边,仰着脸,满面春风,一路走一路和老板说着什么。老板步履矫健,神采奕奕,像微服私访的伟人。老板亲切地微笑着,边微笑边点头。筱燕秋从他们的神态上面敏锐地捕捉到了异样的征候,心口"咯噔"了一下。筱燕秋笑了笑,迎了上去。

《奔月》公演的这天下起了大雪,一大早就是雪霁之后晴朗的冬日。晴朗的太阳把城市照得亮亮的,白白的,都有些刺眼了。大雪覆盖了城市,城市像一块巨大的蛋糕,铺满了厚厚的奶油,又柔和,又温馨,笼罩着一种特殊的调子,既像童话,又像生日。筱燕秋躺在床上,目光穿过了阳台,静静地看着玻璃外面的巨大蛋糕。筱燕秋没有起床,她就是弄不明白,下身的血怎么还滴滴答答的,一直都不干净。筱燕秋没有力气,她在静养。她要把所有的力气都省下来,留给戏台,留给戏台上的一举一动,一字一句。

临近傍晚的时分厚厚的蛋糕已经被糟蹋得不成样子了,有一种客人散尽、杯盘狼藉的意味。雪化了一部分,积余了一部分,化雪的地方裸露出了大地的乌黑、肮脏、丑陋,甚至狰狞。筱燕秋叫了一辆出租车,早早来到了剧院。化妆师和工作人员早到齐了。今天是一个不一般的日子,是筱燕秋这一生当中最为重要的日子。一下车筱燕秋就在台前与台后都走了一遍,看了一遍,和工作人员招呼了几回,然后,回到化装间,查看过道具,静静地坐在了化妆台的前面。

筱燕秋望着镜子里的自己,慢慢地调息。她细细地端详着自己,突然觉得自己今天是一个古典的新娘。她要精心地梳妆,精心地打扮,好把自己闪闪亮亮地嫁出去。她不知道新郎是谁,尚未拉开的红色大幕是她头上的红头盖,把她盖住了。一阵慌张十分突兀地涌向了筱燕秋的心房,筱燕秋慌张得厉害。红头盖是一个双重的谜,别人既是你的谜,你同样又构成了别人的谜。你掩藏在红头盖的下面,你与这个世界彻底变成了互猜的关系,由不得你不紧张,不心跳,不神飞意乱。

筱燕秋深吸了一口气,定下心来。她披上了水衣,扎好,然后,筱燕秋伸出了手去。她取过了底彩。她把肉色的底彩挤在了左手的掌心上,均匀地抹在脸上、脖子上、手背上。抹匀了,筱燕秋开始搽凡士林。化妆师递上了面红,筱燕秋用中指一点一点地把自己的眼眶、鼻梁画红了,左右研究了一回,满意了,拍定妆粉。筱燕秋开始上胭脂了。胭脂搽在了面红抹过的部位,面红立即出彩了,鲜亮了起来,镜子里青衣的模样顿时就出来了一个大概。现在轮到眼睛了。筱燕秋用指尖顶住了眼角,把眼角吊向太阳穴的斜上方,画眼、画眉。画好了,筱燕秋松开手,眼角的皮肤一起松垮垮地掉了下来,而眼眶却画在了高处,这一来眼角那一把就有些古怪,妖里妖气的。

化完妆,筱燕秋便把自己交给了化妆师。化妆师湿好了勒头带,开始为筱燕秋吊眉。化妆师把筱燕秋的眼角重新顶上去,筱燕秋感到有点疼。化妆师用潮湿的勒头带把筱燕秋的脑袋裹了一圈又一圈,勒住了眼角的皮,紧绷绷的,吊上去的眼角这一回算是固定住了,筱燕秋的双眼呈倒"八"字状,看上去有点像传说中的狐狸,妩媚起来了,灵动起来了。吊好眉,化妆师为筱燕秋贴上大片,左腮一个,右腮一个,筱燕秋的脸型一下子变了,居然变成了一只剥了壳的鸡蛋。上好齐眉穗,盖好水纱、戴上头套、假发,一个活灵活现的青衣立时就出现在镜框里了。筱燕秋盯着自己,看,她漂亮得自己都认不出自己来了。那绝对是另一个世界里的另一个女人。但是,筱燕秋坚信,那个女人才是筱燕秋,才是她自己。筱燕秋挺起了胸,侧过头,意外地发现化装间里挤了好些人。他们一起愣在那儿,专心地看着她,用一种疑惑的眼光研究着她。筱燕秋看到了春来,春来就在身边。春来一直就站在筱燕秋的身边。春来呆在那儿,她不敢相信面前的女人就是与她朝夕相处的老师筱燕秋。筱燕秋简直就是变魔术,突然变出一个人来了。筱燕秋睃了春来一眼。她知道这个小女人此时此刻的心情。她看得出,这个小女人妒忌了。筱燕秋没有开口,她现在谁也不是。她现在只是自己,是另一个世界里的另一个女人。是嫦娥。

大幕拉开了。红头盖掀起来了。筱燕秋撂开了两片水袖。新娘把自己嫁出去了。没有新郎,这个世界就是新郎,所有的人都是新郎。所有的新郎一起盯住了唯一的新娘。筱燕秋站在入相处,锣鼓响了起来。

筱燕秋没有料到一出戏如此之短,筱燕秋只觉得刚开了一个头,刚刚离开了这个世界,说回来就又回来了。筱燕秋起初还担心自己的身体吃不消的,刚刚登台的时候是有那么一点紧张,很快她就完全放松下来了。她开始了抒发,开始了倾诉,她彻底忘记了自己,甚至,彻底忘记了嫦娥,她把满腔的块垒抽成了一根绵延的细长的丝,一点一点地吐了出来,缠绕了起来,挥洒了起来。她在世界的面前坦露出了她自己,满世界都在为她喝彩。她越来越投入,越来越痴迷,筱燕秋越陷越深。这是喜悦的两个小时,哭泣的两个小时,五味俱全的两个小时,缤纷飞扬的两个小时,酣畅的两个小时,凄艳的两个小时,恣意的两个小时,迷乱的两个小时,这还是类似于床笫之欢的两个小时。筱燕秋的身体连同她的心窍,一起全都打开了,舒张了,延展了,润滑了,柔软了,自在了,饱满了,接近于透明,接近于自缢,处在了亢奋的临界点。筱燕秋就感到自己成了一颗熟透了的葡萄,就差轻轻地、尖锐地一击,然后所有黏稠的液汁就会了却心愿般地流淌出来。可是,戏完了,没戏了,结束了,"那个女人"说走就走了,毫不留情地把筱燕秋留给了筱燕秋。筱燕秋置身于巨大的惯性之中,她停不下来,她的身体不肯停下来。筱燕秋欲罢不能,她还要唱,还要演。筱燕秋不知道自己是怎么谢幕的,可大幕黑了一张脸,拉下了。那感觉就如同高潮临近的时候男人突然收走了他的器具。筱燕秋伤心欲绝。筱燕秋就想对着台下喊:"不要走,我求求你们,你们都回来,你们快回来!"

散场了,一切都结束了。筱燕秋不是不累,而是有劲无处使。她在焦虑之中蠢蠢欲动。她在百般失落之中走向了后台,炳璋站在那儿,似乎在等着她。炳璋张开了双臂,正在出口那边高兴地迎候着她。筱燕秋走到炳璋的面前,委屈得像个孩子。她扑在了炳璋的怀里。她把脸埋进炳璋的胸前,失声痛哭。炳璋拍着她,不停地拍着她。炳璋懂。炳璋一个劲地眨巴他的眼睛。没有人知道筱燕秋的心思,没有人知道筱燕秋此时此刻最想做的是什么。筱燕秋自己也说不上来。嫦娥飞走了,只把筱燕秋一个人留在了这个世界上。筱燕秋就觉得自己想找一个男人,不要命地做一次爱。筱燕秋突然抬起了头来,脸上的油彩糊成了一片,三分像人,七分像鬼,炳璋吓了一跳。炳璋再也没有料到筱燕秋会说出这样的话来,炳璋听了筱燕秋的话才知道自己并不懂得这个女人。筱燕秋冷冷地望着炳璋,说:"明天还是我。你答应我。明天我还是要上!"

筱燕秋一口气演了四场。她不让。不要说是自己的学生,就是她亲娘老子来了她也不会让。这不是A档B档的事。她是嫦娥,她才是嫦娥。筱燕秋完全没有在意剧团这几天气氛的变化,完全没有在意别人看她的目光,她管不了这些。只要化妆的时间一到,她就平平静静地坐在了化妆台的前面,把自己弄成别人。

天气晴好了四天,午后的天空又阴沉下来了。昨晚的天气预报说了,今天午后有大风雪的。下午风倒是起了,雪花却没有。午后的筱燕秋又乏了,浑身上下像是被捆住了,两条腿费劲得要了命。下午刚过了三点,筱燕秋突然发起了高烧,而下身又见红了,量比以往似乎还多了些,都没完没了了。高烧来得快,上得更快。筱燕秋的后背上一阵一阵地发寒,大腿的前侧似乎也多出了一根筋,拽在那儿,吊在那儿,无缘无故地扯着疼。筱燕秋到底不踏实了,到医院挂了妇科门诊。筱燕秋计划好了的,开上药,吃了,好歹也不会耽搁晚上的演出。可这一回医生倒是没有忙着让她吃药,而是问了又问,开出一大串的检查单子,叫她查了又查。医生一脸的肃穆,既没有吓人的话,也没有宽慰人的话,一副死不了也不怎么好的样子。医生最后开口了,医生说:"怎么拖到现在?内膜都感染成这样了,你看看血象。"医生后来说,"手术还是要做。最好呢,住下来。"筱燕秋没有讨价还价,生硬地说:"我不住。"筱燕秋又追了一句,说,"手术能不能等些时候?"医生的目光从眼镜镜框的上方看过来,说:"身体不等人哪。"筱燕秋说:"我不住。"医生拿起了处方,龙飞凤舞,说:"先消炎,再忙你也得先消炎。先吊两瓶水再说。"

利用取药的工夫筱燕秋拐到大厅,她看了一眼时钟,时间不算宽裕。毕竟也没到火烧眉毛的程度。吊到五点钟,完了吃点东西,五点半赶到剧场,也耽搁不了什么。这样也好,一边输液,一边养养神,好歹也是住在医院里头。

筱燕秋完全没有料到会在输液室里头睡得这样死,简直都睡昏了。筱燕秋起初只是闭上眼睛养养神的,空调的温度打得那么高,养着养着居然就睡着了。筱燕秋那么疲惫,发着那么高的烧,输液室的窗户上又挂着窗帘,人在灯光下面哪能知道时光飞得有多快?筱燕秋一觉醒来,身上像松了绑,舒服多了。醒来之后筱燕秋问了问时间,问完了眼睛便直了。她拔下针管,包都没有来得及提,拔完了针管就往门外跑。

天已经黑了。雪花却纷扬起来。雪花那么大,那么密,远处的霓虹灯在纷飞的雪花中明灭,把雪花都打扮得像无处不入的小婊子了,而大楼却成了器宇轩昂的嫖客,挺在那儿,在错觉之中一晃一晃的。筱燕秋拼命地对着出租车招手,出租车有生意,多得做不过来,傲慢得只会响喇叭。筱燕秋急得没病了,一个劲地对着出租车挥舞胳膊,都精神抖擞了。她一路跑,一路叫,一路挥舞她的胳膊。

筱燕秋冲进化装间的时候春来已经上好妆了。她们对视了一眼,春来没有开口。筱燕秋上课的时候关照过她的,化上妆这个世界其实就没有了,你不再是你,他也不再是他——你谁都不认识,谁的话你也不要听。筱燕秋一把抓住了化妆师,她想大声告诉化妆师,她想告诉每一个人,"我才是嫦娥,只有我才是嫦娥!"但是筱燕秋没有说。筱燕秋现在只会抖动她的嘴唇,不会说话。此时此刻,筱燕秋就盼望着王母娘娘能从天而降,能给她一粒不死之药,她只要吞下去,她甚至连化妆都不需要,立即就可以变成嫦娥了。王母娘娘没有出现,没有人给筱燕秋不死之药。筱燕秋回望着春来,上了妆的春来比天仙还要美。她才是嫦娥。这个世上没有嫦娥,化妆师给谁上妆谁才是嫦娥。

锣鼓响起来了。筱燕秋目送着春来走向了上场门。大幕拉开了,筱燕秋看见老板坐在了第三排的正中央。他像伟人一样亲切地微笑,伟人一样缓慢地鼓掌。筱燕秋望着老板,反而平静下来了。筱燕秋知道她的嫦娥这一回真的死了。嫦娥在筱燕秋四十岁的那个雪夜停止了悔恨。死因不详,终年四万八千岁。

筱燕秋回到了化装间,无声地坐在化妆台前。剧场里响起了喝彩声,化装间里就越发寂静了。她望着自己,目光像秋夜的月光,汪汪地散了一地。筱燕秋一点都不知道她做了些什么,她像一个走尸,拿起水衣给自己披上了,然后取过肉色底彩,挤在左手的掌心,均匀地、一点一点地往脸上抹,往脖子上抹,往手上抹。化完妆,她请化妆师给她吊眉,包头,上齐眉穗,戴头套,最后她拿起了她的笛子。筱燕秋做这一切的时候是镇定自若的,出奇地安静。但是,她的安静让化妆师不寒而栗,后背上一阵一阵地竖毛孔。化妆师怕极了,惊恐地盯着她。筱燕秋并没做什么,也没有说什么,只是拉开了门,往门外走。

筱燕秋穿着一身薄薄的戏装走进了风雪。她来到剧场的大门口,站在了路灯的下面。筱燕秋看了大雪中的马路一眼,自己给自己数起了板眼,同时舞动起手中的竹笛。她开始了唱,她唱的依旧是二黄慢板转原板转流水转高腔。雪花在飞舞,剧场的门口突然围上来许多人,突然堵住了许多车。人越来越多,车越来越挤,但没有一点声音。围上来的人和车就像是被风吹过来的,就像是雪花那样无声地降落下来的。筱燕秋旁若无人。剧场内爆发出又一阵喝彩声。筱燕秋边舞边唱,这时候有人发现了一些异样,他们从筱燕秋的裤管上看到了液滴在往下淌。液滴在灯光下面是黑色的,它们落在了雪地上,变成一个又一个黑色窟窿。

格 非

戒指花

突然间黄昏变得明亮,因为此刻正有细雨落下。透过有栅栏的窗户,丁小曼可以看见那处空荡荡的停车场。遮雨篷下坐着一个小男孩。他看上去只有四五岁,身上背着一个洗得发黄的小书包,双腿不时地踢着不锈钢的垃圾筒。他很瘦。哪怕是让目光轻轻一碰,也能触摸到他突出的肩胛骨。他已经在那儿坐了好一会儿了。街道对面的山坡上,是一片开阔的玉米地。茂密的玉米几乎将那条通往水泥厂的小路遮盖住了。不久前,在这条小路上发生了一起离奇的凶杀案。说它离奇,倒不是因为案件本身有多么复杂,也不是因为歹徒在杀死被害者之后的奸尸行径令人发指;这个普通的刑事案件之所以吸引了众多媒体的注意,疑犯的年龄是一个关键的因素。蜘蛛新闻网是这样报道这个案件的:

96 岁的耄耋老者奸杀 18 岁花季少女

世界之大,无奇不有。体态丰盈、长相俏丽的平谷镇水泥厂女工白莉莉(18 岁)做梦也没有想到她竟然会被一个足以做她祖父的老人奸杀。8 月 18 日夜间,白莉莉在下夜班返回宿舍的途中,在经过一片玉米地时,身后突然蹿出一道黑影,犯罪嫌疑人高德顺(96 岁)用木棒猛击她的后脑勺,将其击晕,然后强奸了她。白莉莉的尸体于第二天凌晨被发现。尽管她的嘴巴和下体被塞满了泥土,但技艺精湛的侦缉队员们还是从她的阴道中提取了毛发和精液的残留物,从而在事发 48 小时内将罪犯一举擒获。据高德顺事后交代,他在发泄兽欲的过程中,白莉莉曾经醒过来一次,她不断地叫他爷爷,恳求他不要杀死自己。高德顺自称当时也曾的确动了"恻隐之心",但他最终还是残忍地掐死了她,随后又进行了两次奸尸。(记者李鼎新)

诺亚网的报道与蜘蛛网几乎一字不差,但却使用了另外一个标题:96 岁?不可思议!!! 这也是丁小曼听到这件事的第一反应。当《新闻周刊》主编邱怀德打电话让她赶往案发现场采写一篇两万字的新闻稿时,丁小曼脱口而出的一句话也是:怎么可能?

"这个世界上没有什么事是不可能的。"邱怀德说,"当初我第一次请你吃饭时,你说不可能,可后来呢?"

丁小曼是今天凌晨到达这里的。她没有费什么周折,就找到了那家水泥厂以及报道中提到的那一片玉米地。整整一个上午,她一共采访了十六个人。每一个人的回答都是一致的:不知道。他们的表情和语调也都完全一样。不知道,然后扭身就走。最后一个人的回答稍有不同,他的答复是:知不道。

丁小曼独自一人在玉米地里转悠了两个小时。四周寂然无声,她能听到地沟里流淌的水声,甚至玉米叶在阳光下卷曲的声音。这些声音让她想起了自己没有实现的抱负:上大学时母亲让她报考植物学,父亲让她报考垃圾处理,为了讨好他们两个人,她就两个专业一起报。最后却录取在西班牙语专业。

她来到镇派出所时,已经是中午时分了。在传达室里,几个民警正在边吃饭边聊天。丁小曼刚刚掏出记者证来,说明了自己的意图,屋里的人就全笑了。一个高个子民警用筷子敲了敲饭盆:"嗬,又来一个!"他一下子就把窗户给关了。总之,采访进行得很不顺利,她打算找一个旅馆先住下来再说。后来,天空中就有细雨落下。或曾经落下。下雨,无疑是在过去发生的一件事。它牵动了她的全部记忆,什么时候、什么地方全都想不起来了。

那个小男孩朝窗口这边走过来了。他抬头看雨,又看看手里捏着的一枚硬币,仿佛对天空的阴霾迷惑不解。丁小曼朝他钩了钩手指,像招呼一条小狗。"宝贝儿,过来。"她喊道。于是,小男孩来到了窗下。他装出对她没有兴趣的样子,用硬币刮着窗户栏上的铁锈。

"怎么不回家?雨下大了。"丁小曼说。小男孩不理睬她,只是用力吸了吸鼻涕。手机的铃声响了。那是一条短信,是邱怀德发来的:你还没有告诉我肚脐眼下面那道疤是怎么回事。

"我有很多钱……"小男孩突然说了一句,带着天真的炫耀。丁小曼抬头看了他一眼,笑了笑,给他的上司回了一个短信:虽然你是我的领导,但我不得不说你这个人真是有点无聊。

"你刚才说你有很多钱?"丁小曼问他。小男孩点点头,他有点害羞。

"拿出来给我看看。"丁小曼朝他挤了挤眼睛。

小男孩犹豫了一下,把背上的小书包转过来,从里面拿出了一个塑胶袋。里面花花绿绿果然装满了钞票。

"有多少?"丁小曼笑道。

"多极了。"小男孩也笑了,"比一千还要多,根本数不过来。"

"阿姨帮你数,怎么样?"丁小曼本来是随口这么一说,没想到小男孩还真的把钱从窗户中递了进来。丁小曼将塑胶袋里的钱一股脑地倒在桌子上,然后坐了下来,按照币值的大小帮他理了起来。"妈妈呢?"丁小曼问道。"在抽屉里。"他想了想答道。她听见他在小声地唱歌。那是她从来没有听过的一首歌。不过,他的声音太小了,丁小曼几乎什么也听不清。很快,丁小曼就帮他把那些钱数好了,一共是四十七块二角。她从头上取下一根橡皮筋,将那些钱用橡皮筋勒好,仍然放回到塑胶袋里递给他。

"一共是四十七块两毛,加上你手里的那枚硬币,就是四十八块两毛,你记住了吗?"

"记住了。"他说。

"好吧,那你现在可以回家了,把钱交给妈妈。走吧,雨下大了。"

"我不能回去。"

"为什么?"

"你说,什么东西可以悬在空中?"小男孩忽然向她提出了这么一个古怪的问题。

丁小曼又笑了。她有点喜欢这个小男孩了。他长长的眼睫毛上缀满了亮晶晶的雨珠。"你是在给我猜谜语吧,让我猜猜看——鸟,对不对?"他摇摇头。

"风筝,对不对?"

他仍然在摇头:"我是说人,人可以悬在空中不落下来吗?"

丁小曼想了想,说:"跳伞运动员大概可以。"

"什么是跳伞运动员呀?"

"从飞机上跳下来,有降落伞。"丁小曼答道。随着一声清脆的铃声,邱怀德又发来了短信:案件有新进展,请立刻上网浏览。丁小曼随后就打开了电脑。在等待桌面出现的这段时间里,那个小男孩又在唱歌了。这一次,她听清楚了他唱的内容:

> 你说要听听我唱歌
> 你说要看看我的脸
> 我不能唱歌给你听,我一唱歌就要流眼泪
> 我不能让你看我的脸,你一看我我就要流眼泪

丁小曼的心就像是被针突然刺了一下。毕竟,她已有很长时间没有听过这么稚拙的歌了。她又抬头重新打量起这个孩子来。天色已暗。街道对面的一幅巨大的广告牌,已经亮起了霓虹灯。小男孩也注意到丁小曼正在看他,他突然不唱了。

"下面呢?你接着唱,阿姨很想听。"

"可我忘了,你说这是怎么回事呀?"小男孩向她摊开手。

"谁教你唱这首歌?"

"妈妈。"

"妈妈呢?"

"在抽屉里。"还是那句话。

互联网接通了,丁小曼打开了蜘蛛网的网页。初一看,并没有关于凶杀案的最新报道,倒是网民参加这个案件讨论的人数已经猛增到 106 873 人。丁小曼随即进入讨论区,马上就看到了网民所发的新帖子:

来自 61.53.185.* 的网友于 17:03:23 发表评论

我 KAO,这是真的吗?96 岁?他能硬得起来吗?而且是三次!!!

来自 128.72.64.* 的网友于 17:02:34 发表评论

真羡慕这条老狗。我今年才 37 岁,就已经完全丧失了 TMD 性欲,害得我老婆像一条发情的母狗,成天嗷嗷乱叫。

来自 78.52.38.* 的网友于 17:10:12 发表评论

没准那老头一发愤,果然就写出一部《史记》来。拜托各位,今晚阿森纳对曼联榜首大战中央五台转不转播?

网友 Catch Wind 261 于 16:52:02 发表评论

宰了他。最好把他阉了,让他成为另一个司马迁。

网友 6158KV3100 于 16:47:01 发表评论

强力建议政府不要枪毙他。应全面跟踪他的饮食习惯,做认真细致的调查研究,为什么人家 96 岁了,还能有如此旺盛的性功能?争取早日生产出咱们中国人自己的伟哥。

来自 117.28.413. 的网友于 16:33:56 发表评论

为什么要把我的帖子删去?我抗议!我只不过就说了几句真话而已。

在诺亚网上,全国著名性心理学家耿玉秀教授正和网友在线交谈:这事按常识来说,不太可能,但也不是完全不可能。我看到报道,既然警方从被害人性器官中检测出了精液,说明性交是完成了的。医学,尤其是解剖学研究的成果表明,海绵体充血和脑丘体和中枢神经类型……

丁小曼从网上下来,发现那个小男孩已经不在了。窗外的雨下得更大了。车灯不时地照亮了停车场,雨点把路面弄得像一锅烧开的粥。

服务员按铃进来送开水,丁小曼就和她聊了起来。丁小曼一提起不久前发生的那件事,服务员就笑了,她说,今天也有一个电视台的记者向她打听这件事。

"那是不可能的。"她说,"你们所说的那个案子就发生在我们宾馆对面的那个山坡上,出这么大的事,我们不可能不知道,何况……"服务员说到这里,忽然停住了,只是抿嘴而笑。

"何况什么?"

"那种事情,我说的强奸这回事,在我们镇上,已经五六年没有听说了,根本用不着。到处都是妓女,你只要花很少的一点钱,就哪儿都能找到,什么服务都有,你都想象不出他们搞的那些鬼名堂。用不着冒那么大的风险,除非他疯了。"丁小曼又问她,餐厅在哪儿,服务员说了声"二楼",就倒退着走出去了。

服务员的话多少证实了她此前的判断:这是一则假新闻。蜘蛛网和诺亚网的新闻来源都注明是《淮阳晚报》。她从电话簿上很快就查到了这家报社的电话号码。可对方说,他们的新闻是《星星都市报》的一位兼职记者提供的。在丁小曼的再三恳求下,对方才提供了这位记者的电话。丁小曼拨通了这位记者的电话,接电话的是一台电脑:你好,这里是省农机公司……

丁小曼看着窗外的雨有点心烦意乱。她给邱怀德的手机发了一个短信:我怀疑这是一条假新闻,没有任何进展。邱怀德不喜欢接电话,他迷上了短信,因为他觉得这样更时尚。窗外的一个报贩正在高声叫卖当天的报纸:

卖报,卖报,最新消息。巩俐自杀。
卖报,卖报,巩俐自杀。最新消息。

不一会儿她的手机就响了,邱怀德给她回了电:那你就编一个。在新闻行业中,适当的杜撰是允许的。宝贝,我想你。这么潮,这么长。

这个短信显然增加了她的忧虑。丁小曼一生气干脆就把手机给关了。

丁小曼上楼去用餐的时候,心里还在想着那个小男孩。她总觉得有什么事不对劲。她上了电梯,可就在她转过身来的那一刻,她看见了他。原来他并没有离开,他蜷缩着身子趴在大堂的沙发上睡着了。他的屁股撅得很高。一个头发花白的门卫正打算把他推醒。电梯的门很快就关上了。

餐厅里到处都是人,服务生将她带到一个靠窗的位子坐下。点完菜以后,服务生向她躬了躬身子:"对不起,今天晚上客人比较多,菜上得比较慢,您得多等一会儿。"

她的对面坐着的一位穿西装的男士已经用完了餐,一边剔着牙,一边看报纸。桌上有一只白瓷花瓶,瓶子里插着一朵玫瑰。喧闹的说话声、杯盘的碰撞声,甚至把窗外的雨声都盖住了。可她知道雨下得很大,窗户玻璃上泻水如注。她坐在那儿一阵胡思乱想。任意几个事物之间都能找到联系,都能给她提供丰富的联想。比如说小男孩和那个子虚乌有的水泥厂女工;比如说跳伞运动员和张开翅膀的鸟;比如说玫瑰和雨,还有她熟悉的博尔赫斯。谁听见雨落下来,谁就回想起那个时候,幸福的命运向她呈现了一朵叫做玫瑰的花,和它那奇妙、鲜红的色彩。可她的玫瑰凋萎了,正在腐烂。她甚至觉得自己的脑子也正在一点点地烂掉。她等了足足有四十五分钟,可是菜还是没有送来。坐在她对面的那个男士已经离开了,却将看完的报纸随手放了餐桌上。丁小曼拂去了两根丢在报纸上的牙签,拿起报纸翻了翻,头版上的醒目标题一下子就吸引住了她:巩俐自杀身亡(详情请见第八版)。

丁小曼将报纸翻到第八版,找了半天,才在右下角很小的一块地方读到了这则报道:

　　本报通讯员王小强 诸葛镇八里乡丁卯村七组农妇巩俐为两只鸭子与邻居争吵怄气,回到家中一时想不开,用一根麻绳将自己吊死在屋梁下……

丁小曼的嘴角撇过一丝冷笑,随后就将报纸丢在了桌上。饭菜上来了,丁小曼吃了几口,眼睛又朝那份报纸看了一眼。她忽然想起一件什么事来,放下碗筷又拿起那张报纸看了起来,她的目光紧紧盯在"用一根麻绳将自己吊死在屋梁下"这一行小字上。她心头一紧,忽然想起了刚才那个小男孩给她猜的谜语:人可以悬在空中不落下来吗?

她意识到了某种危险,又有点责怪自己的粗心。她向服务生招了招手,结完账就朝楼下跑去。

她一口气跑到大堂里。沙发上空空荡荡,小男孩已经离开了。她朝门卫走过去,向他打听小男孩的去向。老人指了指门外,没有理她。

"你认识他吗?"丁小曼问道。

"怎么不认识?"老头一说话,嘴里就冒出一股刺鼻的蒜味,"说起来,他爹还是我的学生呢。"

"这么说,你还是个老师?"

"我退休前在高中教地理,那是好多年前的事了。他爹就在我班上,他肝不好,读到高三就退学了,现在在镇子上扫马路。我差不多每天都看见他们爷儿俩。那个小男孩可懂事了,他爹扫马路,他就跟着他爹捡废纸。"

"你这两天看到过他爹吗?"丁小曼问。

老头认真地想了想说道:"你这一说,我倒想起来了,这两天都没见他来扫马路。你找那孩子了有事吗?"

"他家住哪儿?"丁小曼急切地问道,"你能不能带我去一趟?"

"他家我倒认识,不过我的腰不太好,走不动路,再说外面还下着雨呢。"

丁小曼取出钱包,抽出一张一百元的人民币递给老人:"麻烦你带我去一趟,我有急事要找他。"

老头看了看丁小曼递过来的钱,嘿嘿地笑了两声,似乎没有料到她给了这么多。老人转过身去向服务台的小姐借伞,小姐打趣道:"您老的腰不疼了吗?"中学教师还挺幽默,他答道:"不疼,不疼,她要是给我两百块,我可以一口气跑到美国。"

他们俩在雨中走了差不多一小时,终于来到了一幢五层的灰砖楼前。一辆白色的面包车亮着灯迎面驶来,将泥水溅了她一脸。地理教师把她带到楼房最西侧的一个楼洞前就站住了。

"我不上去了,把伞给我。他家住在四楼,401。我就不上去了。"说完,他从丁小曼手里接过雨伞,自己收拢了它,转身走了。

门洞里积了一层雨水。底楼的两家住户都开着门,两家的女主人在高声地谈论着什么。他的舌头吐出了那么长,怪吓人的。在三楼她碰到三个警察正从楼上下来,他们穿着雨衣,脚上是高高的雨靴,手里拿着长长的电筒,楼道里聚集了不少人。孩子也不懂事,人死了这么长时间,怎么也不知道叫人。她闻到了一股刺鼻的消毒药水的味道,怪怪的。

401的门开着。丁小曼一眼就看见了那个小东西。他正趴在床上吃着梨或苹果,他已经吃得只剩下核了。一个四十多岁的中年妇女站在床边,一副心神不定的样子。房间里还有一个小女孩,七八岁。她正踮着脚要从五斗橱上拿什么东西,中年妇女大叫一声:"别碰,会传染的!"转过身来就给了她一巴掌。与此同时,妇人也发现了门口站着的丁小曼。小男孩显然也看见了她,他咧开嘴笑了。

"你是他家什么人?"中年妇女上上下下地打量着她。

丁小曼想了想,说:"亲戚。"

妇人长长地松了一口气,笑道:"那就太好了。"

她说她就住在对门。刚才民警吩咐她,暂时由她来照管这个小男孩。明天早上居委会会有人来处理这件事的。

"他家出什么事了?"

"刚才你没看见殡仪馆来的车吗?他爹吊死了。"妇人说,"这孩子今天一大早,也就四五点钟吧,就来敲我的门,我从水泥厂下夜班回家,刚睡了两个小时就被这小东西吵醒了。我开了门,问他有什么事,小东西说:'你快去看看我爸爸。'我心想:'你爸爸我又不是没见过,有什么好看的。'说实话,我那时是太困了,就把门关上了,谁知道他爹上了吊。"

那女人摊开双手凑在灯光下仔仔细细地看:"我刚才帮他们搬尸体来着,你说会不会传染?他是老肝炎。不过我已经用肥皂洗过手了。"

"洗过手就没事了。"丁小曼对她说。

那妇人牵过女孩的手转身就往外走。

"他妈呢?"丁小曼对着她们的背影问了一句。妇人回过头来,朝她挥了挥手:"也死了。两个月前刚死的,肺癌。"随后,她听见对面的门砰的一声关上了。

现在屋子里就只剩下了他们两个人,丁小曼和小男孩。朝西的窗户玻璃碎了一块,风呼呼地灌进来,将墙边的一摞旧报纸打得透湿。五斗橱上有一张医院的病历单,字迹潦草但还能辨认:肝,CA,晚期。旁边还搁着一卷麻绳,是新的。这自然使丁小曼联想到:孩子的父亲在从医院回来的路上,说不定产生了自杀的念头,就去杂货店买了麻绳。

丁小曼挨着孩子坐在床上,摸了摸他的头,问他饿不饿。小男孩眼睛有点迷糊了,他说他刚才吃了苹果,不太饿,就是有点想睡觉。随后,他忽然从床上溜到地上,搬过一张凳子来,爬上去,打开了五斗橱最上面一层的那个抽屉,取出一个相框来,朝丁小曼晃了晃。

"这就是我妈妈。我说过,她住在抽屉里。"

在看这幅照片的时候,丁小曼才意识到嘴里咸咸的泪水。那是一张苍白而脆弱的脸,目光中带着疑问、哀矜和惊恐。仿佛在拍下它的那一刹那,她正巧看到了一件什么可怕的事。丁小曼把相框放回抽屉里。她想去打盆水来给孩子洗洗脸,但却找不到脸盆。她只得将孩子带到厨房里,凑近水龙头,用手蘸了水替他抹脸。她看到他鼻子下面有一块血斑,就问他鼻子是不是破了。男孩说,他早上去敲对面阿姨的门,阿姨一关门,就把他的鼻子撞流血了。

"可流了一会儿,就不流了,你说这是怎么回事呀?"男孩道。

丁小曼一直在流泪。她抱起他,替他脱了鞋,洗了脚,然后就把他抱到床上去。他那小身体软绵绵的,一接触到床铺,几乎立刻就睡着了。

丁小曼坐在床边看着他,独自流了一会儿泪。她取出手机来,拨通了邱怀德的电话。

"邱主编……我想换一个题目,另写一篇报道。"

"你的声音怎么不对劲,出什么事了……喂喂……"

"我这里发生了一件事,我想把它写出来……"丁小曼随后就在电话里说了这件事。

"傻瓜,这事哪儿都有,每天都在发生,算不得什么新闻。"在电话的另一端,邱怀德耐着性子听她说完了那件事,笑了起来,"你不要感情用事。我这里要接另一个电话,待会儿我给你打过来。"

她靠在床上,等了两个小时。脑子里乱七八糟。邱怀德的电话还没有打来,窗外的雨飒飒地下着。这蒙住了窗玻璃的细雨,必将在被遗弃的郊外,在某个不复存在的庭院里洗亮架上的黑葡萄。潮湿的暮色带给我一个声音,我渴望的声音,我的父亲回来了,他没有死去。丁小曼迷迷糊糊地睡了一会儿,脑子里一直在想,第二天早上如何与这个小男孩告别。一想到这里,她的眼泪不知不觉又流下来了。

半夜里,小东西忽然醒了过来,眼睛又黑又亮。他正在拨弄着丁小曼的左手,实际上他是在看丁小曼无名指上戴着的那枚戒指。丁小曼把戒指退下来,递给他看。

"它是什么?"小东西问她。

"它是一枚戒指。"

小家伙把戒指放在眼前看了半天,忽然说:"我想起妈妈教我唱的那首歌了。"正在这时,手机的铃声响了,是邱怀德打来的,依然是一条短信:计划改变,明天一早赶往合肥,随后转机飞往北京。刘晓庆出事了。

小男孩呆呆地看着她:"我要唱歌了,你听不听?"

"听,阿姨很想听,你唱吧!"她摸了摸他的头。他的眼睛又黑又亮。

你说要听听我唱歌
你说要看看我的脸
我不能唱歌给你听,我一唱歌就要流眼泪
我不能让你看我的脸,你一看我我就要流眼泪
还是给你摘一朵野花吧
你问我,妈妈,那是什么名字的花
你问我,妈妈,那是什么颜色的花
那是戒指花呀
那是洁白漂亮的戒指花
它是妈妈的泪,它是妈妈的心
它是戒指花